AF095797

Impressum:

Personen und Handlungen sind frei erfunden.
Ähnlichkeiten mit lebenden oder verstorbenen Personen sind zufällig und nicht beabsichtigt.

Besuchen Sie uns im Internet:
www.papierfresserchen.de

© 2021 – Papierfresserchens MTM-Verlag GbR
Mühlstraße 10, 88085 Langenargen
info@papierfresserchen.de
Alle Rechte vorbehalten.

Lektorat + Herstellung: CAT creativ - www.cat-creativ.at

Cover: © germancreative
Druck: Bookpress / Polen

ISBN: 978-3-96074-429-0 - Taschenbuch
ISBN: 978-3-96074-430-6 - E-Book

John Spraud

und das Geheimnis von Eridu

S. C. Fürler

Inhalt

Unheilbringende Ereignisse	7
Eine furchtbare Entdeckung	19
Mr. Spraud außer Rand und Band	39
Unheimliche Stimmen	46
Professor Flirts merkwürdige Geschichte	57
Großmutter Gertruds fideles Geplapper	72
Unheimliche Kräfte	82
Enlil und Tiamat	100
Der glühende Steinblock	115
Eine teuflische Bootsfahrt	133
Ein merkwürdiges Päckchen	143
Eine verhängnisvolle Idee	159
Turm des Schreckens	172
Atlatis	199
Furchterregende Kugelblitze	220
Schwebende Stühle und eine Menge sonderbares Zeug	241
Die Prüfung	267
Der Raum des Vril	280
Ein folgenschwerer Entschluss	293
Lebendig begraben	304
Bastet, Eisenringe und ein Rätsel	313
Die Halle der geheimen Aufzeichnungen	326
Onkel Abgal	343
In die Falle gelockt	367
Armadeiras	383
Fugere et moriar	402
Ein ungleicher Kampf	417
In der Zeitschleuse	436

*Es ist absolut möglich,
dass jenseits der Wahrnehmung unserer Sinne
ungeahnte Welten verborgen sind.*

**Logik bringt dich von A nach B.
Fantasie, wohin du willst.**

Albert Einstein

Unheilbringende Ereignisse

Die Sprauds im schottischen Aberdeen waren darauf bedacht, dass niemand etwas von ihrem Familiengeheimnis erfuhr. Sehr bedacht sogar. Es gelang ihnen auch einigermaßen gut, denn keiner, der die Sprauds kannte, hätte je geahnt, dass mit ihnen etwas nicht stimmen könnte. Keiner hätte je vermutet, dass sie in eine unglaubliche Geschichte verstrickt sein könnten, und schon gar nicht, dass ihre Kinder in diese schier unbegreifliche Sache verwickelt waren. Darüber waren sie auch sehr froh, denn ihr Geheimnis war selbst für sie so unbegreiflich, dass es ihnen die Angst in die Knochen trieb, schwer auf ihre Gemüter drückte und wie ein bleierner Umhang auf ihren Schultern lastete. Sie fürchteten ständig, undurchsichtige Gestalten könnten Wind davon bekommen und ihren Kindern etwas anhaben. Schon der bloße Gedanke daran ließ ihre Eingeweide schrumpfen und ihr Blut in den Adern gefrieren. Sie unternahmen alles, nur damit diese unsägliche Geschichte niemandem zu Ohren kam oder ihre Kinder etwas davon erfuhren. Einfach entsetzlich wäre es, wenn diese leidige Sache mit John und Babs ans Licht kommen würde oder die beiden dahinterkämen. Selbst ihr panikartiger Umzug von England nach Schottland, den man durchaus auch als Flucht bezeichnen konnte, ließ sie nicht ruhig schlafen. Mrs. Spraud war derart besorgt, dass sie in ihrem Leid zu ertrinken drohte. Sie behauptete sogar, sie hätte die beiden während einer längeren Urlaubsreise bekommen, nur um keinen Verdacht zu erregen. Mr. Spraud hingegen steckte die kalte Furcht im Nacken. Mit Argusaugen achtete er auf alles, das auch nur im Entferntesten den Geruch von Abnormität hatte und Ungemach über seine Familie bringen könnte. Trotz seiner unermüdlichen Anstrengungen waren ihm aber die seltsamen Dinge, die sich in der Nacht zuvor in seinem Hause ereignet hatten, völlig entgangen. Er hatte sie schlichtweg verschlafen, was auch nicht verwunderte, denn es passierte rasend schnell und vollkommen lautlos. Nur das Leuchten grüner Blitze hätte ihn wecken können, doch auch das war nicht geschehen, da er am Abend zuvor etwas zu tief ins Glas geschaut hatte.

Auch an diesem trüben verregneten Morgen, an dem diese Geschichte beginnt, war Mr. Spraud sehr darum bemüht, auf jede Ungereimtheit zu achten, was jedoch gründlich in die Hose ging, da seine älteste Tochter July von einem hysterischen Schreianfall geplagt wurde und alle auf Trab hielt. Mr. Spraud war zweiundvierzig Jahre alt, ein ziemlicher Choleriker und wegen jeder Kleinigkeit sofort auf der Palme. Er war auch ein ziemlich mürrischer Zeitgenosse und seine Ähnlichkeit mit einem Walross war verblüffend. Seine Beine waren viel zu kurz geraten und im Verhältnis zu seinem massigen Oberkörper auch viel zu dünn. Dafür waren seine Oberarme aber so dick wie Eichenstämme. Was ihm an Länge fehlte, machte er mit seiner Breite wieder wett. Sein dunkles Haar stand ihm ständig wirr von seinem viel zu kleinen Kopf ab, der fast halslos aus seinen fleischigen Schultern ragte. Von Beruf war er Steuerberater. Seine trockene eintönige Arbeit, der ständige Streit mit seinen Klienten und die Sorge, jemand könnte ihr Geheimnis zu Ohren kommen, machten ihm das Leben nicht gerade leichter. Darum nörgelte er auch mit einer nicht zu überbietenden Ausdauer an allem rum, war meist im Stress und auch sehr oft sehr schlecht gelaunt.

Obwohl weder Mr. noch Mrs. Spraud genau wussten, was sich damals wirklich zugetragen hatte, vermieden sie es seit Jahren, darüber zu reden. Sie wollten diese unsägliche Geschichte einfach totschweigen. Mrs. Spraud war Architektin und neununddreißig Jahre alt. Ihre zierliche große Statur erinnerte an eine Giraffe und war so ziemlich das genaue Gegenteil von Mr. Sprauds Statur. Um das, was seine Beine zu kurz waren, waren ihre zu lang, und was ihm an Hals fehlte, hatte sie zu viel. Ihr Name war Samantha, doch von vielen wurde sie nur Sam genannt. Obgleich diese leidige Sache für sie ein ebenso großes Kümmernis war, waren auch ihr die merkwürdigen Dinge, die sich in der Nacht zuvor in ihrem Haus ereignet hatten, völlig entgangen.

Die Sprauds wohnten in einem großen Haus in einer guten Gegend von Aberdeen. Sie hatten alles, was man für ein angenehmes Leben brauchte. Sie hätten auch durchaus ein bequemes Leben gehabt, wenn da nicht diese unglaubliche Sache mit John und Babs wäre, die ständig in ihren Hinterköpfen herumgeisterte. Es war wie ein Fluch, den man nicht loswerden konnte. Sie argwöhnten ständig, ihr Geheimnis könnte durch unvorhergesehene Ereignisse ans Licht kommen. Damit sollten sie auch recht behalten, nur kamen diese Ereignisse ganz anderes, als sie dachten.

Doch noch gab es für sie keine Hinweise auf diese Ereignisse, denn ihr Geheimnis durchbrach nun völlig unbemerkt die dichten Schleier der Vergangenheit und kroch still wie eine Krake aus den verborgenen Tiefen empor, um John an den Ort seiner wahren Bestimmung zu bringen. Einen düsteren Ort, an dem seit Jahrtausenden eigene Gesetze herrschten, dunkle Mächte skrupellos die Geschicke an sich rissen, um mit ihren magisch anmutenden Kräften die kommenden Ereignisse zu lenken.

John Spraud saß an diesem regnerischen, für ihn so schicksalhaften Tag in seinem Zimmer und langweilte sich wieder einmal fast zu Tode. Eigentlich hätte er ja genügend Hausaufgaben zu erledigen gehabt, doch er war der Meinung, Hausaufgaben seien so unnötig wie ein Kropf und wurden nur erfunden, um die Menschheit zu quälen. Nach der Schule hing er meist in seinem Zimmer rum. Entweder glotzte er in die Röhre und zog sich einen Film nach dem anderen rein oder er hockte vor seinem Computer. John war fünfzehn Jahre alt, überdurchschnittlich groß und sehr schlank. Seine Augen waren tiefblau. So blau wie der Himmel an einem schönen Sommertag. Er hatte glattes blondes Haar, das ihm fast bis zu den Schultern reichte und für einen Jungen eigentlich zu lang war. Mit seiner schwarzen Sonnenbrille, die er fast immer trug, fühlte er sich wie ein berühmter Rockstar. Doch sein Leben war bei Weitem nicht so aufregend wie das eines Rockstars. Genau genommen war sein Leben stinklangweilig. Doch das sollte sich sehr bald ändern, nur ahnte John noch nichts davon, denn auch er hatte die seltsam bekleideten Menschen, die in der Nacht zuvor um ihr Haus geschlichen waren, nicht bemerkt. Keiner von ihnen hatte sie bemerkt. Keiner hatte gesehen, wie sie in grünen Blitzen aus dem Nichts erschienen und in ihr Haus eingedrungen waren. Doch sie waren nicht gekommen, um etwas zu stehlen. Sie waren gekommen, um etwas zu hinterlegen. Etwas, das Johns Leben für immer dramatisch verändern sollte. Es schlummerte nun in einem dicken, blauen Aktenordner und lauerte darauf, von John entdeckt zu werden. Dunkle Mächte von *anderswo* lenkten auf magisch anmutende Weise dieses unglaubliche Geschehen. Für diesen Tag sollte Johns Leben jedoch noch unbekümmert und normal verlaufen, sofern bei den Sprauds je etwas normal war. John reckte den Kopf aus seiner Zimmertür, um zu horchen, ob von seiner Schwester endlich etwas zu hören sei, da er kurzerhand beschlossen hatte, seine Hausaufgaben ihr aufzuhalsen.

Barbara Spraud, die von allen nur Babs genannt wurde, war wie John fünfzehn Jahre alt und zu seinem Bedauern seine Zwillingsschwester. Wenn John ehrlich sein würde, müsste er zugeben, dass Babs ein toller Kumpel war. Sie war immer und überall mit dabei und handelte sich mindestens genauso viel Ärger ein wie er selbst. Babs war ebenso überdurchschnittlich groß und schlank wie John. Sie hatte die gleichen wunderschönen tiefblauen Augen und ebenfalls blondes Haar. Und dasselbe Schicksal. Auch sie war in dieses Geheimnis verstrickt. Auch über ihr hing das Unheil in der Luft. Doch auch sie hatte nicht den leisesten Hauch einer Ahnung, wie sich die Dinge in Kürze entwickeln würden.

Nachdem John von Babs nichts hören konnte, knallte er missmutig seine Tür wieder zu und überlegte sich, was da wohl los sein könnte. „Sie müsste doch längst zu Hause sein", dachte er verwundert. Übellaunig nahm er die Fernbedienung, zappte sich durch sämtliche Kanäle und döste dabei ein. Er verfiel in einen unruhigen Schlaf und träumte wirres Zeug. Er träumte von einer seltsam anmutenden Stadt, deren Häuser wie gigantische, steinerne Iglus aussahen. Aus diesen Iglus ragten mächtige Masten und Türmchen, die in einem diffusen grünlichen Dämmerlicht schaurige Schatten warfen. Auf einmal strömte Licht von oben herab. Große runde Schatten huschten über die hell erleuchteten Iglus und ein unheimliches Surren lag in der Luft. Dann erlosch das Licht so jäh, wie es aufgetaucht war, und eigenartig gekleidete Menschen stahlen sich durch schemenhaft beleuchtete Straßen. Manche von ihnen verschwanden spurlos in grünen Blitzen, andere erschienen in gespenstischen Funkenregen aus dem buchstäblichen Nichts. Es war beängstigend und John erwachte schlagartig. Schweißperlen standen auf seiner Stirn und ihm war ganz schummrig zumute. Sein Herz pochte gegen seine Rippen, sein Mund war völlig ausgetrocknet und er hatte das beklemmende Gefühl, diesen Traum letzte Nacht schon einmal geträumt zu haben.

Plötzlich flog seine Tür auf und verscheuchte seinen Traum. Babs kam mit saurer Miene und hochrotem Kopf in sein Zimmer gefegt, ließ sich auf sein Sofa fallen, begrub dabei seinen halben Kleiderschrank unter sich, schnaubte wie ein erregtes Nashorn und sah zum Fürchten aus.

„Was zum Teufel ist denn mit dir los?", rief John bei ihrem Anblick überrascht.

Es belustigte ihn immer, wenn Babs vor Zorn überschäumte, außerdem freute er sich, dass seine Langeweile unterbrochen war. Sein Traum hatte sich nun gänzlich in Luft aufgelöst.

„Stell dir vor", platzte es aus Babs heraus, „Mike Domsy, dieser verpeilte ..."

„Der Typ mit dem Pferdegesicht?", unterbrach John grinsend.

„Ja, genau der", knurrte Babs. „Dieser Hornochse hat uns heute doch glatt eine Stunde Nachsitzen und eine gehörige Strafarbeit eingebracht." Obwohl John und Babs Zwillinge waren, besuchten sie nicht dieselbe Klasse.

Da John sich wegen der Strafarbeit vor Lachen kaum halten konnte, wurde Babs noch wütender. Böse, mit zusammengekniffenen Augen, funkelte sie ihren Bruder wie eine gereizte Hyäne an.

„Was hat dieser Mike Dingsbums ausgefressen?", fragte John amüsiert, packte dabei so viel Neugierde wie möglich in seine Stimme, lugte gespannt hinter seiner Sonnenbrille hervor und bemühte sich, sein Lachen zu unterdrücken.

„Guck nicht so blöd!", schrie Babs und warf ihm zornig einen seiner Pullover an den Kopf. Leider so heftig, dass dabei Johns Sonnenbrille, die man durchaus auch als sein Heiligtum bezeichnen konnte, aus seinem Gesicht gefegt wurde.

„Pass doch gefälligst etwas auf", blaffte er gereizt, „erzähl endlich, was passiert ist."

„Also", begann Babs außer sich zu berichten, „dieses Rindvieh hat doch tatsächlich in Professor Spakleys Aktenkoffer herumgewühlt, um etwas über unsere nächste Matheprüfung in Erfahrung zu bringen. Spakley hat ihn natürlich dabei ertappt und dachte, die gesamte Klasse stecke dahinter. Das musst du dir mal vorstellen, John", fauchte sie mit erhitztem Gesicht weiter. „Auf so eine hirnverbrannte Idee würdest vermutlich nicht mal du kommen", fügte sie noch schnaubend hinzu, was Johns Laune nicht gerade verbesserte.

Bei den Sprauds gab es pünktlich um halb acht Abendessen. Anwesenheit war Pflicht. Darauf bestand Mr. Spraud. Zuspätkommen wurde ausnahmslos bestraft. Alle hatten sich bereits im Esszimmer versammelt. Alle – außer July. July war John und Babs ältere Schwester. Sie war bereits sechzehn und obwohl sie ein Jahr älter war als die beiden, war sie dennoch kleiner. Sie hatte wie ihr Vater dunkles Haar, das fast ebenso wirr auf ihrem Kopf herumstand und sie dadurch auch aussah, als hätte sie in eine Steckdose gegriffen.

„Na toll, wenn July nicht gleich auftaucht, gibt's sicher mächtig Ärger", dachte John gereizt, da er null Bock auf eine Strafpredigt hatte. Er warf seinem Vater rasch einen prüfenden Blick zu, der mit saurer Miene auf die Uhr starrte, und erkannte sofort, die Strafpredigt war eine sichere Sache. Seine Laune verschlechterte sich blitzartig noch um einiges mehr, als July wie ein gerupfter Pfau durch die Tür stolzierte und mit griesgrämigem Gesicht und schriller Stimme lauthals verkündete: „Was ist? Warum starrt ihr mich so an? Ich bin nicht zu spät!"

Mr. Spraud, nicht sonderlich erpicht auf solche Auftritte, schaute, als hätte er in eine Zitrone gebissen. Sein Gesicht färbte sich zu einer riesigen Scheibe Rote Bete mit Brille. Röchelnd und schnaufend wie ein ertrinkendes Walross schnappte er nach Luft, während er noch immer auf seine Uhr starrte. „Na ja, gerade noch rechtzeitig", zischte er dabei, worauf July, anstatt ihre Klappe zu halten, hysterisch und laut etwas zu erwidern hatte, obwohl sie wusste, ihren Vater damit noch mehr in Rage zu bringen.

„Was heißt da *gerade noch rechtzeitig*, Dad?", zeterte sie hochmütig und warf dabei ziemlich affektiert ihr langes, krauses Haar in den Nacken. „Auf meiner Uhr ist es Punkt halb acht! Ich wusste nicht, dass wir neuerdings schon früher erscheinen müssen."

Ihre Stimme war viel zu schnippisch für Johns Geschmack und darum huschte sein Blick, nichts Gutes ahnend, wieder zu seinem Vater, um herauszufinden, ob dem gleich der Kragen platzen würde. „Bestimmt geht er gleich an die Decke", dachte John und zog instinktiv den Kopf ein. Solche Auseinandersetzungen waren eine ganz gewöhnliche Sache bei den Sprauds. Alles lief seinen gewohnten Gang und nichts deutete auf ein Geheimnis oder gar etwas Unglaubliches hin. Doch das Unglaubliche schwebte bereits unheildrohend im Raum. Es braute sich soeben wie ein mächtiger Gewittersturm über Johns Kopf zusammen, ohne dass er auch nur die geringste Ahnung davon hatte oder etwas dagegen tun konnte.

***

Anderswo versammelten sich gerade dunkle, sehr mächtige Gestalten, um Johns Schicksal zu besiegeln. Es passierte in einem gewölbeartigen Raum, in dem in mehreren düsteren Nischen mächtige Feuer flackerten. Ihr Lichtschein warf lange, spinnengleiche Schatten auf riesige

Steinköpfe, die überall herumstanden und auch die glänzenden Wände zierten. Eine übermächtige Steinstatue stand in einer Ecke. Grusel erregende steinerne Tierfratzen starrten von der Gewölbedecke durch die langen goldenen Lichtstreifen hindurch, die das Feuer an die schwarze Decke warf. Milchige Gesichter wurden vom Glimmern des Feuers erleuchtet. Es war heiß und stickig.

Ein Mann begann zu sprechen. Seine Stimme klang aufsässig. „Willst du den Jungen wirklich hierherlocken und töten?"

„Ja", sagte eine zweite Stimme. Sie klang wie ein jäher eisiger Windstoß.

„Lass ihn doch, wo er ist", setzt die aufsässige Stimme uneinsichtig nach.

„Habe ich mich etwa nicht deutlich genug ausgedrückt, Achnum?", zischte die kalte Stimme. Sie war so frostig, dass die Worte in der Luft zu Eis gefroren.

„Und ich sag dir, lass ihn, wo er ist! Dieses Bürschchen macht uns doch nur Ärger. Keiner weiß, dass er noch am Leben ist. Selbst Anu hat nicht den geringsten Verdacht", fauchte Achnum widerspenstig. Ein leichtes Zittern mischte sich dabei in seine aufsässige Stimme, da er genau wusste, die kalte Stimme duldete keinen Widerspruch. „Du wirst in Kürze die Macht über unser Reich erlangen", versuchte er rasch, der kalten Stimme zu schmeicheln, um sie etwas zu besänftigen. „Deine Anhängerschar ist riesengroß. Der Junge ist doch nur ein Klotz am Bein."

„Tu, was man dir befiehlt, Achnum, wenn dir dein Leben lieb ist", drohte plötzlich eine dritte Stimme.

„Ich will den Jungen tot sehen, Achnum", zischte die kalte Stimme, „und du wirst ihn mir bringen."

„Der Junge weiß doch nicht mal, dass wir existieren", stieß Achnum halsstarrig hervor. „Wozu ihn hierherbringen?"

„Das geht dich nichts an, Achnum", warnte die dritte Stimme schroff. „Tu einfach, was man dir sagt."

„Achnums Grips füllt gerade mal eine Nussschale, Adamu", höhnte die kalte Stimme verächtlich. „Er redet sich um Kopf und Kragen und ist zu blöd, um es zu bemerken."

„Lass mich den Jungen herbringen", sagte Adamu verheißungsvoll zu der kalten Stimme. „Es steht zu viel auf dem Spiel. Diese Aufgabe überfordert Achnums Fähigkeiten."

„Adamu", sagte die kalte Stimme, „du darfst deine Tarnung nicht aufs Spiel setzen. Unser aller Schicksal hängt davon ab. Achnum muss es tun. Du kennst den Deal." Dann trat ein langes Schweigen ein. Nur das Knistern und Prasseln der Feuer und unregelmäßige Atemzüge waren zu hören. Plötzlich durchbrach lautes Rascheln von Gefieder die Stille und erfüllte den Raum auf schauderbare Weise. Der Schein des Feuers warf jäh einen riesigen Schatten an die Wand und tauchte deren Verzierung in vollkommene Dunkelheit.

„Wenn du den Jungen hierherholst, wird es verheerende Folgen haben", sagte nun eine raue, krächzende Stimme. Sie klang wie die eines Papageis. „Komm zur Vernunft, bevor es zu spät ist!"

„Keiner wird es erfahren", sagte die kalte Stimme herrisch. „Keiner außer uns wird ihn zu Gesicht bekommen. Weder lebend noch als Leiche."

„Es wird kein Geheimnis bleiben", warnte die Papageienstimme hellsichtig.

„Gorudo hätte nie davon erfahren dürfen. Keiner dieser Apkallu hätte je davon erfahren dürfen", grollte Adamu anklagend. In seinem Gesicht spiegelte sich Unmut.

„Wie oft noch, Adamu", zischte die kalte Stimme wütend. „Wir brauchen einen Apkallu auf unserer Seite und keiner eignet sich dafür besser als Gorudo. Er ist ein wertvoller Spitzel und unerlässlich für uns. Sollte er sich jedoch als Verräter entpuppen, stirb er."

„Mag sein, dass Gorudo unerlässlich ist", sagte Adamu unnachgiebig, „doch die Sache mit dem Jungen hat damit nichts zu tun. Der Junge ist dein persönlicher Rachefeldzug. Und wie ich schon anmerkte, finde ich deine Entscheidung falsch."

„Hör auf ihn! Wenn du den Jungen anfasst, werdet ihr alle sterben", mahnte Gorudo mit seiner Papageienstimme prophetenhaft. „Ich warne dich kein weiteres Mal, Halbblut! Dein Vorhaben wird scheitern."

„Wird es nicht!", zischte die kalte Stimme verärgert. „Wir sind gewappnet."

„Gewappnet!", rief Gorudo abschätzig. Seine Papageienstimme hallte dabei unheildrohend durch den Gewölberaum. „Lächerlich! Du weißt, auf welcher Seite die anderen Apkallu stehen. Sie werden euch gnadenlos bekämpfen, wenn sie die Sache mit dem Jungen erfahren. Euer aller Schicksal ist der Tod."

Abermals trat ohrenbetäubende Stille ein, die sich unheilvoll im

Raum ausbreitete, schwer wie Blei in der Luft hing und alles zu erdrücken schien.

Dann raschelten erneut Federn und ein wütendes Krächzen zerriss die Stille wie ein Schuss. Der riesige Schatten des Apkallu löste sich langsam von der Wand und das Licht der Feuer wellte sich wieder über deren Verzierungen.

„Ich sage es dir ein letztes Mal, wenn du den Jungen anfasst, ihm auch nur ein Haar krümmst, wird Blut fließen. Viel Blut! Das Blut aller Halbblüter wird vergossen werden", prophezeite Gorudo weissagend und eine Tür wurde zugeschlagen.

„Wie willst du Gorudo besänftigen?", fragte Adamu die kalte Stimme und mühte sich, besorgt zu klingen. „Diesen Apkallu ist doch allen nicht zu trauen. Gorudo könnte dir gewaltige Probleme bereiten. Die Sache mit dem Jungen spaltet sein Gewissen."

„Um Gorudo und die anderen Apkallu mach dir keine Gedanken, Adamu", zischte die kalte Stimme unbeirrt. „Um die kümmere ich mich später. Bring mir jetzt den Jungen, Achnum. Alles ist vorbereitet. Seine Fährte ist gelegt. Er wird ihr blind folgen, wenn er die hinterlegten Schriftstücke findet. Du hast doch beide Schriftstücke wie befohlen hinterlegt, Achnum?"

„Ähm, natürlich", sagte Achnum mit schwerer Stimme und senkte rasch seinen Kopf, um Adamus Blick zu entgehen. Schweiß trat auf seine Stirn. Er wusste in diesem Moment, dass ihm ein furchtbarer Fehler unterlaufen war. Dies behielt er aber, seiner Gesundheit zuliebe, für sich.

„Gut", sagte die kalte Stimme, „sorg nun dafür, dass er beide Schriftstücke findet. Leite ihn, damit er sie schnell und sicher findet, danach streu die letzten Krümel. Seine Neugierde wird ihn hinterherlaufen lassen. Geh jetzt, Achnum, und schaff mir den Jungen her! Aber kein Aufsehen, Achnum. Keiner darf etwas bemerken."

„Überleg dir die Sache mit dem Jungen", sagte Adamu zur kalten Stimme, als Achnum den Raum verlassen hatte. „Hass war noch nie ein guter Ratgeber. Achnum hat recht, obwohl er nicht der Schlauste ist. Deine Unversöhnlichkeit könnte dir den Erfolg kosten."

„Auf wessen Seite stehst du eigentlich", blaffte die kalte Stimme feindselig.

„Auf der Seite der Vernunft", sagte Adamu gelassen, obgleich er wusste, es könnte ihm zum Verhängnis werden. „So wie auch Gorudo auf der Seite der Vernunft steht. Ich werde dir helfen, dein Ziel zu erreichen, doch ich bitte dich, überleg dir die Sache mit dem Jungen."

„Da gibt es nichts zu überlegen, Adamu", sagte die kalte Stimme. Sie war nun kälter als Eis und nahm einen bedrohlichen Klang an. „Der Junge muss sterben. Nur dann wird es Gerechtigkeit geben."

„Du verwechselst deine Gerechtigkeit mit wahrer Gerechtigkeit", wagte sich Adamu ungerührt noch einen Schritt weiter, obwohl er sich auf sehr dünnem Eis bewegte.

„Genug, Adamu", blaffte die kalte Stimme grimmig und fuhr dann mit einem leisen Flüstern fort, das bedrohlicher klang als der lauteste Schrei. „Die Sache ist entschieden, Adamu. Der Junge wird sterben."

***

Nachdem Mr. Spraud seine Strafpredigt über July ergossen hatte, er hatte dabei Gift und Galle gespuckt, schritten sie völlig arglos zum Abendessen. Keiner ahnte etwas von dem Sturm, der sich gerade *anderswo* zusammenbraute. Es sollte ein ganz typisches Abendessen bei den Sprauds werden. Allerdings, das letzte!

„Was gibt es in der Schule?", erkundigte sich Mr. Spraud flüchtig, während er schwerfällig auf seinem Stuhl Platz nahm. Seiner Stimme konnte man jedoch entnehmen, dass er immer noch mürrisch war.

„Nichts", antworteten John, Babs und July wie aus einem Mund. Es war einer der wenigen Momente, wo sich die drei einig waren.

„Du, Paps, kann ich dich mal was fragen?", erkundigte sich July plötzlich mit einschmeichelnder Stimme und einem honigsüßen Lächeln im Gesicht.

„Mann, nicht schon wieder", dachte John fast ein wenig amüsiert, schaufelte sich Unmengen Reis auf den Teller und schaute gespannt zu ihr. „Jetzt kommt sie sicher wieder mit irgendeiner Spinnerei um die Ecke", dachte er grinsend und nahm sich erwartungsvoll noch ein riesiges Stück Fleisch. Immer wenn July ihr honigsüßes Lächeln aufsetzte und Süßholz zu raspeln begann, wollte sie etwas schier Unerreichbares erreichen.

„Wenn es etwas Vernünftiges ist", sagte Mr. Spraud mit gönnerhaftem Blick, wobei seine massige Brust anschwoll, als hätte er eben eine Heldentat vollbracht.

„In Kürze beginnen doch die Ferien", flötete July leise mit einschmeichelnder Stimme los, „da fahren wir doch wieder in unser Ferienhäuschen auf Mull. Meinst du, Paps, ich könnte dieses Mal zu Hause bleiben? Ich würde so gerne die Ferien bei Sandra verbringen", säuselte sie mit honigsüßem Lächeln weiter und blickte ihren Vater flehend an. Augenblicklich trat betretene Stille ein. Die Luft wurde dicker als der Kartoffelbrei am Tisch. John bemerkte, wie der kaum sichtbare Hals seines Vaters unter der Krawatte, die ihm wie ein Ziegenbart am Kinn klebte, immer weiter anschwoll und seine geröteten Augen hinter der dicken Brille, ohne die er so blind wie ein Maulwurf war, weit hervortraten.

„Ich hab's doch gewusst", dachte John nun wirklich amüsiert. „Diese blöde Kuh lernt es wohl nie."

„Kommt nicht infrage", donnerte Mr. Spraud im selben Moment auch schon grimmig los, wobei das Blut in seinen Stirnadern wild pulsierte. „Was denkst du dir eigentlich?", polterte er July giftig über den Esstisch weiter zu. Sein Kopf war indessen vor Zorn hochrot angelaufen und sah bereits ziemlich ungesund aus. Seine breiten Nasenflügel bebten und blähten sich gefährlich weit auf. Er warf sein Besteck wütend zur Seite und beäugte July wie ein Adler auf Beuteflug. „Sollte das wirklich dein Ernst sein, so kannst du dir diese verrückte Idee gleich wieder aus dem Kopf schlagen. Du kommst selbstverständlich mit uns mit, und damit basta!", rief er dann noch wutentbrannt und schnaubte dabei wie ein altes Zirkuspferd.

July sah Hilfe suchend zu ihrer Mutter, während der Wutausbruch ihres Vaters über sie hereinbrach. Ihr honigsüßes Lächeln erlosch dabei schneller als eine durchbrennende Lampe und ihre Wangen glühten wie die untergehende Sonne. Sie öffnete den Mund, doch Mr. Spraud ließ sie in seinem maßlos übertriebenen Wutanfall erst gar nicht zu Wort kommen. Er starrte sie mit einem Ausdruck größter Strenge an, hämmerte mit der Faust auf den Tisch und schnappte wie ein erstickender Goldfisch nach Luft. Natürlich war seine übertriebene Aufregung der Sorge geschuldet, jemand könnte July schnappen und ihn erpressen. Oder noch schlimmer, jemand könnte im Austausch für July John und Babs fordern. Seine Ängste waren diesbezüglich grenzenlos. Aber das konnte er den dreien ja nicht auf die Nase binden und so kam es, dass er John, Babs und July alles verbat, was auch nur annähernd Spaß machte.

„July, ich wünsche keinerlei Diskussion! Hast du mich verstanden?", röchelte er so gereizt, dass John dachte, er würde jeden Moment Feuer spucken. Seine Nasenflügel hatten sich mittlerweile so weit aufgebläht, dass es John nicht verwundert hätte, wenn plötzlich Rauchschwaden zum Vorschein gekommen wären. Zusätzlich trommelte sein Vater nun auch noch Unheil verkündend mit den Fingern auf der Tischplatte herum. John kannte seinen Vater nur allzu gut und darum beeilte er sich mit dem Essen, damit er sich aus dem Staub machen konnte. Wenn Vater schlecht gelaunt war, und das war er ohne Zweifel, fiel er für gewöhnlich über jeden her und meckerte an jedem herum. John wusste, es konnte nicht mehr lange dauern, bis er an der Reihe war und eine Flutwelle des Zornes über ihn hinwegrollen würde. Dies wollte er sich aber heute Abend ersparen. Als er sein Essen hinuntergeschlungen hatte, er bereute inzwischen zutiefst, sich so viel aufgeladen zu haben, huschte er wie ein Blitz aus dem Esszimmer und rannte die Treppe hoch. Beim Hochlaufen konnte er gerade noch hören, wie seine Mutter sagte: „Adam, Liebling, so beruhige dich doch endlich wieder ...", dann war er außer Hörweite.

„Puh ... geschafft", dachte er erleichtert, als er seine Tür hinter sich schloss. Er legte sich auf sein mit Klamotten überladenes Sofa und träumte von den baldigen Ferien und von seinen beiden Freunden Ben und Eddie, die er dann endlich wiedersehen würde.

Hätte er geahnt, was ihm, seinen Freunden und Babs in den nächsten Wochen schier Unglaubliches widerfahren sollte, hätten ihm die Haare zu Berge gestanden und ein eiskalter Schauer wäre ihm über den Rücken gelaufen. Aber zum Glück wusste er ja noch nichts davon. Doch sollte er bereits am nächsten Tag eine furchtbare Entdeckung machen, die ihm den Atem rauben und sein ganzes Leben ordentlich auf den Kopf stellen würde.

Obwohl, genau genommen, diese Entdeckung ja erst der Beginn dieser schier unglaublichen Dinge und Ereignisse war, die John und Babs nun widerfahren sollten. All diese Ereignisse wurden nun ausnahmslos von **anderswo** aus gelenkt und John folgte, ohne es zu wissen, der für ihn vorbereiteten Spur.

Eine furchtbare Entdeckung

Am nächsten Morgen hatte John es sehr eilig. Für gewöhnlich hatte er es ja immer eilig, aber heute war es besonders knapp. Er musste noch vor dem Unterricht ein Buch in der Schulbibliothek zurückgeben, doch er konnte dieses verflixte Buch nirgends finden. Es war einfach weg – spurlos verschwunden. So, als hätte es sich in Luft aufgelöst. Also machte er sich hektisch auf die Suche und durchstöberte das ganze Haus. Er durchsuchte jeden Winkel. Seine Suche führte ihn natürlich auch am Arbeitszimmer seines Vaters vorbei. Plötzlich loderte ein Gefühl in ihm hoch, das nichts mit seinen eigenen Gefühlen zu tun hatte, und jagte ihm einen gehörigen Schrecken ein. Er verspürte jäh den unwiderstehlichen Drang, in dieses Zimmer zu gehen. Es war ein unnatürlicher, zwanghafter Drang, den er nicht unterdrücken konnte. Er wusste genau, er war in Vaters Arbeitszimmer ungefähr so erwünscht, wie es eine Bettwanze im Bett war, dennoch zog es ihn nun magisch dorthin. Bisher hatte er sich um dieses Zimmer nie wirklich geschert. Vaters Arbeit interessierte ihn nicht mehr als schmutzige Socken, außerdem wusste er, sein Vater würde explodieren, sollte er dahinterkommen. Er hatte ihnen, schon als sie noch klein waren, verboten, dieses Zimmer zu betreten, da sie seiner Meinung nach nichts darin zu suchen hatten. John wusste natürlich auch, dass er sein Buch dort mit Sicherheit nicht finden würde. Da er aber ganz alleine im Haus war und dieser Drang übermächtig wurde, tat er es dennoch.

Ganz vorsichtig öffnete er die Tür und ging hinein. Das Zimmer war sehr düster, da die Vorhänge zugezogen waren. Er musste seine Sonnenbrille abnehmen, damit er überhaupt etwas sehen konnte. Vor dem Fenster stand Vaters riesiger Schreibtisch, der mit so viel Papier beladen war, dass man kaum die Tischplatte erkennen konnte. An der rechten Seite des Zimmers befand sich ein großes, vollgestopftes Bücherregal, das fast die ganze Wand einnahm. Auf der gegenüberliegenden Seite standen der Kamin mit Vaters großem Lesesessel und ein Aktenschrank. John ging langsam zu dem antiken Schreibtisch und setzte sich bedächtig in den wuchtigen, ledernen Drehsessel, der davorstand. Das

Buch, das er suchen wollte, hatte er natürlich längst vergessen. Vorsichtig öffnete er die oberste Schublade und lugte hinein. Darin befand sich nur stapelweise unbeschriftetes Papier. Nach kurzem Zögern öffnete er die nächste Lade. Es waren riesige Schubladen und man konnte sein Zeug darin wie in schwarzen Löchern versenken. John machte sich keine großen Hoffnungen, etwas Interessantes zu finden. Er suchte aber auch nichts Bestimmtes. Es war dieser seltsame Drang, den er jetzt in jeder Faser seines Körpers spürte, der ihn nun auch auf unerklärliche Weise vorantrieb. Auch in der zweiten Schublade befand sich nur lauter uninteressanter Kram, soweit er das überblicken konnte. Ganz langsam öffnete er die dritte Lade.

„Warum mach ich das bloß?", dachte er fröstelnd, während er in die Lade spähte. Sein Herz schlug ihm bis zum Hals. Er wusste, wenn er etwas in Unordnung bringen würde und Vater bemerken würde, dass sich jemand an seinem Schreibtisch zu schaffen gemacht hatte, würde er, John, der Erste sein, der dran war. Er zog die Schublade etwas weiter heraus, damit er deren Inhalt besser betrachten konnte. Plötzlich entdeckte er ganz hinten einen dünnen, roten Ordner, auf dem unübersehbar in großen Druckbuchstaben Babs und sein Name stand. Augenblicklich stockte ihm der Atem und es überkam ihn eine gewisse Beklommenheit. *JOHN & BARBARA* prangte ihm auf dem Deckel des Ordners entgegen. Er verspürte einen dicken Kloß im Hals, doch der Drang herauszufinden, was es damit auf sich hatte, war nun übermächtig. Gespannt starrte er auf den Schriftzug ihrer Namen. Seine Wissbegierde und diese schleierhafte Triebkraft in ihm war jetzt größer als jegliche Vernunft. Mit zittrigen Händen nahm er den Ordner aus der Schublade. Vorsichtig legte er ihn auf den Schreibtisch. Er musste dabei höllisch aufpassen, damit ja nichts vom Tisch fiel. Wäre er nur an einem der vielen Papierstöße angekommen und das ganze Zeug hätte zu rutschen begonnen, wäre vermutlich auf einen Schlag der halbe Schreibtisch leer gewesen. Der ganze Papierkram würde dann verstreut am Boden liegen. Aber wenn das passieren sollte, würde John voraussichtlich nichts anderes übrig bleiben, als auszuwandern, um seinem Vater zu entkommen. Was konnte dieser Ordner mit ihren Namen bloß bedeuten?

John holte noch einmal tief Luft, dann öffnete er den Deckel und blätterte neugierig durch die Seiten. Plötzlich entdeckte er einen großen Umschlag, auf dem ebenfalls ihre Namen standen. Vorsichtig, mit angehaltenem Atem, öffnete er den Umschlag und zog ein Dokument heraus. Ihm fielen fast die Augen aus dem Kopf. Was er hier sah, verschlug ihm die Sprache. Er war fassungslos und konnte es nicht glauben.

„Das kann doch unmöglich wahr sein", ging es ihm durch den Kopf, während er mit herabhängendem Unterkiefer das Dokument von allen Seiten betrachtete und wieder und wieder durchlas. In seinem Kopf startete ein Feuerwerk und vor seinen Augen begann sich, wie bei einem Karussell, alles zu drehen. Ein unübersehbarer Anflug von Bitterkeit huschte über sein Gesicht. Mit zusammengepressten Lippen schloss er die Augen in der Hoffnung, wenn er sie wieder öffnete, er in seinem Bett lag und alles nur ein böser Traum war.

Aber es war kein Traum. Das wurde ihm schmerzlich bewusst, als er seine Augen öffnete. Er saß nun, wie vom Schlag getroffen und zu Eis erstarrt, an Vaters Schreibtisch, mit einem Dokument in der Hand, das jäh sein ganzes bisheriges Leben wie eine Seifenblase platzen ließ und mit einem Wimpernschlag alles veränderte. Mit einem Mal war nichts mehr, wie es sein sollte.

Das wahre Ausmaß dieser Entdeckung, war ihm zu diesem Zeitpunkt natürlich noch nicht bekannt, denn die weit größere Entdeckung schlummerte noch immer gut verborgen in dem dicken, blauen Aktenordner, dessen Ausmaß so unglaublich war, dass es jegliche Fantasie sprengte.

„Das, muss ich Babs berichten. Die wird mindestens genauso entsetzt sein wie ich", dachte er, während wachsender Unmut über seinen Vater in ihm aufstieg wie ein giftiges Gas. „Wie konnte uns Dad das nur verheimlichen?" Doch dann überlegte er, ob es vielleicht besser wäre, seiner Schwester nichts zu erzählen. Er wusste einfach nicht mehr, was er tun sollte. Seine Lippen waren kalt und taub. Sein Atem ging schnell und flach. „Nein, ich muss es Babs erzählen. Ich muss jetzt einen kühlen Kopf bewahren", dachte er mit pochendem Herzen und legte mit leerem Blick den roten Ordner ganz vorsichtig in die Schublade zurück. Mit ziemlich flauem Gefühl im Magen machte er sich schleunigst auf den Weg zur Schule. Zu spät kam er mittlerweile ohnedies und das Buch hatte er natürlich auch nicht dabei.

***

Draußen hatte es endlich aufgehört, zu regnen, und die Sonne kämpfte sich mühsam durch die letzten Wolken. Als Babs aus der Schule kam, entdeckte sie einen Fetzen Papier, der mit Klebestreifen an ihrem Kleiderschrank befestigt war. „Nanu", dachte sie verwundert und riss ihn vom Schrank. Auf dem Papier stand in Johns typischer, fast unleserlicher Handschrift:

Hi Babs,
habe heute eine unglaubliche, kaum fassbare Entdeckung gemacht! Muss dich sofort sprechen! Komm gleich in mein Zimmer und vernichte diesen Zettel, John.

Babs betrachtete argwöhnisch das Stück Papier und dachte, John sei nun endgültig übergeschnappt. Was hatte er wohl dieses Mal Furchtbares ausgefressen? Der Hinweis, den Zettel zu vernichten, machte ihr große Sorgen. Rasch huschte sie über den Flur und stürmte, ohne vorher zu klopfen, in Johns Zimmer. „Was gibt es denn so Dringendes?", rief sie schon neugierig, bevor sie das Zimmer richtig betreten hatte.

„Psst! Sei doch nicht so laut", zischte John im Flüsterton. „Und schließ die Tür hinter dir", fügte er noch mit geheimnisvoller Miene hinzu.

„Sag mal, John, bist du sicher, dass mit dir alles in Ordnung ist?", erkundigte sich Babs gedehnt und schaute ihren Bruder misstrauisch an.

„In Ordnung? Überhaupt nichts ist in Ordnung", krächzte John aufgebracht. „Ich habe heute eine Entdeckung gemacht, die mich aus den Schuhen warf. Da es auch dich betrifft, dachte ich mir, es würde dich vielleicht interessieren."

„Mich?", rief Babs überrascht und glaubte, ihre Ohren spielten ihr einen Streich.

„Ja, dich!", bestätigte ihr John.

Babs beschlich ein unheimliches Gefühl. So seltsam hatte sich John noch nie verhalten. Jeder Nerv in ihrem Körper vibrierte unangenehm. „Was ist denn passiert?", fragte sie mit zittriger Stimme, als sie sich eilig zu John auf das Sofa setzte.

„Stell dir vor, Babs", begann John hastig zu erzählen, „heute Morgen suchte ich doch das blöde Buch für die Schulbibliothek. Bei meiner Suche kam ich an Vaters Arbeitszimmer vorbei und verspürte plötzlich so einen unheimlichen … na egal … jedenfalls … also, es war keiner da und darum bin ich …"

„Du warst in Vaters Arbeitszimmer?", entfuhr es Babs bestürzt. „Sag mal, hast du sie nicht mehr alle?"

„Psst, sei doch etwas leiser", raunte John mit gedämpfter Stimme.

„Hat dich jemand entdeckt?"

„Nein, ich sagte doch, es war niemand da", schnaubte John unwirsch, da er Babs endlich von seiner Entdeckung berichten wollte. „Dürfte ich jetzt gefälligst weitererzählen?"

„Ja, klar", stammelte Babs vollkommen durcheinander mit einem leichten Anflug von Nervosität. Ihr schwante nichts Gutes und eigentlich war sie sich gar nicht mehr sicher, ob sie dies alles überhaupt hören wollte.

John fuhr mit seinem Bericht fort: „Ich betrat also das Arbeitszimmer, ging zu Vaters Schreibtisch, öffnete ihn und ..."

„Du hast was getan?", unterbrach ihn Babs schon wieder. „Bist du von allen guten Geistern verlassen, John? Du tickst doch nicht mehr richtig!"

John blickte sie mit seinen leuchtend blauen Augen durch die dunkle Sonnenbrille hindurch wütend an. Langsam verlor er echt die Geduld mit seiner Schwester. „Sag mal, willst du nun von meiner Entdeckung hören?", fragte er grimmig.

„Klar will ich das!"

„Dann unterbrich mich gefälligst nicht bei jedem Satz", schnauzte er unwirsch und fuhr mit seiner Erzählung fort: „Ich öffnete also die Laden und durchstöberte sie. Ich suchte nichts Bestimmtes, Babs. Es war plötzlich so ein unheimlicher, seltsamer ... mein ganzer Körper war ... ich konnte nichts dagegen ... also, ich wollte sehen, was Vater da so aufbewahrt."

„Toll, wirklich toll! Eine echte Spitzenidee von dir", unterbrach ihn Babs abermals mit zynischem Unterton.

John warf ihr einen giftigen Blick zu und sprach unbeirrt weiter: „Also ich entdeckte plötzlich in der untersten Schublade einen dünnen, roten Ordner mit unseren Namen darauf. Ich nahm ihn heraus, öffnete ihn und fand einen Haufen Dokumente. Und was glaubst du wohl, was auf einem dieser Dokumente stand?"

„Vermutlich, dass du nicht ganz dicht bist", sagte Babs lachend.

John verdrehte die Augen und warf Babs abermals einen giftigen Blick zu. „Also, dort stand", sagte er mit gewichtiger Stimme, „dass wir nicht die leiblichen Kinder von Samantha und Adam Spraud sind!"

„Was?", keuchte Babs und blickte John ungläubig an. Das Lachen auf ihrem Gesicht war noch nicht ganz erloschen, doch ihre Augen weiteten sich vor Entsetzen. „John, ich glaube, du bist übergeschnappt", meinte sie schließlich.

„Wirklich, Babs, es ist wahr!", versicherte John mit glaubhafter Miene.

„Willst du damit sagen, Mum und Dad sind nicht Mum und Dad?"

„Jep! Genau das will ich damit sagen. Wir sind vor vierzehn Jahren adoptiert worden. Aber nicht in Birmingham, wo unsere Eltern damals wohnten, sondern auf Mull. Wir stammen von der Insel Mull. So steht es jedenfalls in diesem Dokument."

„Wir stammen von Mull?", fragte Babs ungläubig. „Dem gleichen Mull, wo wir unser Ferienhäuschen haben?"

„Es sieht ganz danach aus", antwortete John trocken.

„Wenn das einer deiner blöden Scherze sein soll, kannst du was erleben, das sag ich dir", fauchte Babs mit finsterem Blick.

„Nein, Babs. Ehrenwort. Geh nach unten und überzeuge dich doch selbst davon. Du musst nur in Vaters Schreibtisch nachsehen", sagte John und zuckte gleichgültig mit den Schultern.

„Steht da auch, wer unsere wirklichen Eltern sind? Und was ist mit July? Ist die auch adoptiert?", sprudelte es nun aus Babs heraus.

„Keine Ahnung", murmelte John mit düsterer Miene, „ich hatte nicht genügend Zeit. In dieser Schublade befindet sich ein ganzer Stapel Ordner und ich sag dir, da steckt mehr dahinter. Ich hab da so ein Gefühl … also, irgendetwas sagt mir … jedenfalls, ich werde es herausfinden. Darauf kannst du dich verlassen."

„Willst du etwa nochmals in Vaters Arbeitszimmer?", erkundigte sich Babs fassungslos mit erbleichtem Gesicht. Sie klang dabei, als würde ihr jedes Wort Schmerzen bereiten.

„Das muss ich wohl. Wie soll ich sonst herausfinden, was hier läuft?", sagte John kühl und bemühte sich, mutiger zu klingen, als er sich fühlte.

„Nein, John! Was tun wir, wenn Dad uns erwischt? Er hat uns verboten, das Zimmer zu betreten", sagte Babs mit Grabesstimme und innerlich zitternd vor Unbehagen. Einen Moment gab sie sich der aberwitzigen Hoffnung hin, John von diesem Vorhaben abhalten zu können. Sie wusste, wenn ihr Dad sie erwischen würde, gäbe es eine Katastrophe. Ähnlich einer Atomexplosion, nur mit verheerenderen Auswirkungen.

„Du musst ja nicht mitkommen", meinte John gelassen und jäh war er wieder da, dieser unbändige Drang. Er spürte ihn nun abermals in jeder Faser seines Körpers. Plötzlich konnte er es kaum noch erwarten, die Ordner genauer anzusehen. Es war ihm, als würde ihn etwas Unsichtbares dorthin drängen und er fragte sich mit Schaudern, woher dieser heftige Drang so plötzlich kam.

„Natürlich komme ich mit!", erwiderte Babs bestimmt und versuchte, selbstsicher zu lächeln, doch es gelang ihr nicht. Sie sah einfach nur aus, als hätte sie Kieferschmerzen. „Wann willst du nachsehen?", fragte sie dann mit erlahmender Stimme. Schon der bloße Gedanke ließ sie erschaudern und ein ganz eigenartiger Ausdruck stahl sich auf ihr Gesicht.

„Heute Nacht", antwortete John in bemüht beiläufigem Ton. Gerade so, als würde er nur über das Wetter reden. „Ich habe reichlich darüber nachgedacht, Babs, und alles genauestens geplant. Wir warten, bis Mum und Dad schlafen, dann schleichen wir leise runter und sehen uns diese Ordner mal etwas genauer an. Wäre gelacht, wenn wir nichts finden. Ich bin mir sicher, Dad verheimlicht uns etwas." Es war ein jäh aufkeimendes, ganz starkes inneres Gefühl, das John nun sagte, dass mehr hinter dieser Sache steckte. Das verheimlichte er Babs jedoch tunlichst, da er fürchtete, sie würde ihn für verrückt erklären.

Babs lächelte matt. Gänsehaut lief ihr über den Rücken. In Vaters Arbeitszimmer einzudringen, war in etwa so ungefährlich, wie einem schlafenden Löwen ins Maul zu fassen.

Nach dem Abendessen gingen John und Babs mit knurrenden Mägen, aber um eine gehörige Strafpredigt reicher, rasch nach oben. Sie hatten sich verspätet und ihr Vater, wie immer schlecht gelaunt und fuchsteufelswild, hatte ihnen mit rauchenden und dampfenden Ohren erklärt: „Wer zu spät kommt, bekommt nichts."

„Wir sehen uns um eins", flüsterte John beim Raufgehen so lässig wie möglich, um seine Unruhe zu verbergen. Sein Magen knurrte dabei so laut, dass er ihn fast übertönte. Er wollte noch: „Mach dir keine Sorgen, Babs", sagen, aber auf dem Weg zum Mund gingen ihm vor Aufregung die Worte verloren und darum sah er sie nur mit forschenden Augen an.

„Jep", sagte Babs gleichmütig, seufzte tief, huschte in ihr Zimmer und ließ sich mit trübseliger Miene auf ihr Bett fallen. Ihre Gedanken fuhren Achterbahn. Vielleicht hatte John sich ja geirrt oder es gab eine andere vernünftige Erklärung für seine Entdeckung. Verheimlichten die Sprauds tatsächlich etwas? Aber wenn ja – warum? Und vor allem – was?

John saß in seinem Zimmer und machte sich mit röhrendem Magen Sorgen, dass etwas schiefgehen könnte. Die Zeit schlich nur so dahin. Erst zehn. Was sollte er die nächsten drei Stunden nur tun? Zum Schlafen war er viel zu aufgeregt. Sein Magen knurrte wie ein tollwütiger Hund und seine Gedanken spielten verrückt. „Ich muss die Wahrheit herausfinden", dachte er aufgewühlt und schlagartig war er wieder da, dieser Drang, der ihn nun zu ängstigen begann. Irgendwann sank er erschöpft auf sein Sofa und schlief auf einem Berg Hemden, Hosen, Socken und Pullovern ein.

Babs wurde durch ein Piepsen unter ihrem Kopfpolster geweckt und fuhr erschrocken hoch. Sie benötigte einige Zeit, um sich zu entsinnen, was eigentlich los war. Nachdem es ihr wieder eingefallen war, schlüpfte sie rasch in ihren Morgenmantel und huschte zur Tür hinaus. Auf dem Flur war es ganz still und ziemlich dunkel. Leise schlich sie zu Johns Tür, öffnete sie und reckte den Kopf ein Stück hinein.

„John ... hey, John ... bist du wach?", flüsterte sie dabei.

Nachdem keine Antwort kam, drehte sie etwas beunruhigt das Licht in Johns Zimmer auf und sah, wie er zusammengerollt auf seinem Sofa lag und wie ein Murmeltier auf einem Berg zerknüllter Klamotten schlief. Er hatte noch seine komplette Kleidung an und seine Sonnenbrille hing ihm schief am Kopf. Mit einem verschmitzten Grinsen ging sie zu ihm und rüttelte ihn an der Schulter. „Hey, John ... wach auf!", flüsterte sie dabei in sein Ohr.

John fuhr wie elektrisiert hoch. „Habe ich etwa verschlafen?", fragte er betreten. „Wieso hat denn mein blöder Wecker nicht geklingelt?", maulte er schlaftrunken weiter.

„Kein Wunder, bei dem alten Schrotthaufen", gluckste Babs belustigt.

John reckte seine steifen Glieder, wobei ihm wieder dieser unsägliche Drang in die Knochen fuhr.

„Gut", sagte er knapp und etwas beunruhigt, „es geht los. Bist du bereit?"

„Ja", wisperte Babs angespannt.

Leise schlichen sie auf den Flur hinaus. Sie waren noch keine paar Schritte gegangen, als John mit voller Wucht gegen eine Kommode stieß. Es rumste und bumste und polterte wie bei einem Erdbeben und Babs dachte, das Haus würde auf der Stelle zusammenfallen.

„Autsch! Verdammt, es ist so dunkel", hörte sie John wütend fluchen und sah, wie er sich den Fuß rieb.

„Vielleicht wäre es etwas besser, wenn du deine Sonnenbrille endlich mal abnehmen würdest, du Blödmann", kicherte Babs leise.

„Kommt überhaupt nicht infrage", murmelte John, „die bleibt auf!"

Nachdem sich im ganzen Haus nichts rührte, gingen sie weiter in Richtung Treppe. Babs Herz pochte dabei so heftig, dass sie dachte, es würde ihr aus dem Leib springen. Mit zittrigen Knien schlich sie hinter John her. Als sie vor Vaters Arbeitszimmer anlangten, lugten sie leise unter dem Türspalt hindurch. Es brannte kein Licht. Vater war also schon zu Bett gegangen.

„Komm rasch rein", flüsterte John Babs zu und drückte die Tür auf. Stumm wie ein Schatten glitt Babs durch die Tür. John knipste seine Taschenlampe an, die er unter seiner Kleidung verborgen hatte. Auf Zehenspitzen schlich er zum Schreibtisch. Babs blieb, wie verabredet, an der Tür stehen, um zu hören, ob sich draußen jemand näherte. Ihr war ganz schlecht vor Aufregung. Ihre Beine waren weich wie Pudding und ihre Knie schlotterten entsetzlich. Sie hatte richtig Angst vor dem, was John und sie gleich entdecken könnten, aber auch Angst davor, entdeckt zu werden.

John erging es ähnlich. Er holte tief Luft und öffnet die dritte Schublade. Die Ordner waren noch alle da. Fein säuberlich gestapelt lagen sie vor ihm. Er nahm kurzerhand den ganzen Stapel heraus und machte es sich auf dem Fußboden bequem.

Babs konnte vor Aufregung kaum noch stillstehen. Nervös trat sie von einem Fuß auf den anderen, während John den Deckel des roten Ordners aufschlug und im Schein seiner Taschenlampe zu suchen begann. Er dauerte nur einige Augenblicke, bis er das Dokument, das noch immer in dem großen Umschlag steckte, wiedergefunden hatte und es triumphierend in die Höhe hielt. „Hier ist es! Sieh dir das an!", entfuhr es ihm aufgeregt.

Babs wollte und konnte ihre Neugierde nun nicht länger unterdrücken, daher ging sie einfach zu ihm rüber und setzte sich neben ihn. „Und?", fragte sie voller Ungeduld. „Was steht denn da?"

„Das ist unsere Geburtsurkunde", raunte John fast tonlos und starrte auf das Dokument. „Und sieh doch nur, in der Zeile *Geburtsort* steht: *Nicht bekannt, vermutlich Mull*. Das bedeutet doch, dass man es nicht genau weiß! Und bei *Eltern* steht: *Unbekannt*", murmelte er, deutete mit seinem Finger auf die entsprechende Stelle und reichte Babs das Dokument.

„Das gibt's doch nicht. Unbekannt! Was soll das heißen? Irgendjemand muss doch wissen, wer uns zur Welt gebracht hat, und vor allem muss irgendjemand wissen, wo", krächzte Babs fassungslos und fuchtelte aufgeregt mit dem Dokument in der Luft herum. „Dieser Wisch ist doch Schwachsinn", meinte sie entschieden, als sie sich wieder gefangen hatte. „Sieh mal, John", hauchte sie dann fröstelnd, „in dem Umschlag steckt noch ein kleines Kuvert."

„Lass mal sehen", flüsterte John, der das Kuvert noch gar nicht gesehen hatte. Die Geheimnistuerei um den Geburtsort und die leiblichen Eltern war ihm ein Rätsel. Einer seiner Freunde war ebenfalls ein Adoptivkind. Doch der wusste genau, woher er stammte, wer seine richtigen Eltern waren und wo er zur Welt gekommen war. Bei dem gab es überhaupt nichts Geheimnisvolles.

Er nahm das Kuvert aus dem Umschlag, öffnete es und betrachtete den Inhalt. Es war ein sehr langer, ziemlich abgegriffener, handgeschriebener Brief, an dem er auf den ersten Blick nichts Ungewöhnliches feststellen konnte. Noch immer im Schein seiner Taschenlampe, am Boden sitzend, begann John laut zu lesen. Er hatte dabei jedoch äußerste Mühe, seiner Stimme einen ruhigen Klang zu geben, so angespannt waren seine Nerven.

Schottland – Mull, 17. Juni 2007

Sehr geehrter Mr. Spraud,

wie ich Ihnen bereits mitteilte, sind die Kinder, ein Mädchen und ein Junge, die am 13. Mai dieses Jahres auf der Insel Mull in der Nähe des Timor Castle aufgefunden wurden, wohlauf und erfreuen sich nach wie vor bester Gesundheit.

Da Sie mir Ihr Interesse an den Kindern bekundet haben, möchte ich Ihnen nun einige Einzelheiten offen mitteilen, die ich Ihnen bisher aus Geheimhaltungsgründen vorenthalten habe. Ich möchte Sie jedoch bitten, diesen Brief als äußerst vertraulich zu behandeln, da es sich um Informationen höchster Ebene handelt. Da Sie mir einst das Leben retteten, fühle ich mich verpflichtet, Ihnen die Wahrheit zu sagen. Sie

sollten unbedingt wissen, was im Falle einer Adoption auf Sie zukommen könnte. Nun zu den Fakten:
Die Kinder waren laut ärztlichen Angaben zur Zeit ihrer Auffindung, im Gegensatz zu der ersten Annahme, erst knapp drei Monate alt. Aufgrund ihrer unnatürlichen Größe kam es zu dieser ersten Fehleinschätzung, die jedoch in der Öffentlichkeit nie berichtigt wurde. Die Herkunft der Kinder ist völlig unbekannt, um nicht zu sagen, die Wissenschaft steht vor einem Rätsel. Es gibt bis heute keine Hinweise auf die leiblichen Eltern. Der Geburtsort sowie die Nationalität der beiden sind ebenfalls unbekannt. Nach ausgiebigen Untersuchungen von namhaften Ärzten steht jedoch fest, die DNA der beiden entspricht keinesfalls der unseren. Bei dem Jungen wurde zudem ein zusätzliches DNA-Teil festgestellt, das allem widerspricht, was bisher in der Molekulargenetik oder sonstigen Wissenschaften erforscht wurde. Ich bin kein Experte der Genetik und kann Ihnen daher auch nicht sagen, was dies bedeutet. Selbst die Ärzte waren sich diesbezüglich nicht einig, da es ihrer Meinung nach ein Ding der Unmöglichkeit darstellt. Sie sind sich aber dennoch ziemlich einig, dass es sich bei den Kindern um Zwillinge handelt, auch wenn dem Mädchen dieses DNA-Teil fehlt.
Es wurden noch weiter Test an den Kindern vorgenommen, wobei unzählige Ungereimtheiten zutage traten, die die Wissenschaftler vor weitere Rätsel stellten. Unter anderem haben diese Kinder eine Blutgruppe, die keiner uns bekannten Blutgruppen zuzuordnen ist. Auch das wurde der Öffentlichkeit verheimlicht.
Der genaue Geburtstermin der beiden konnte nicht festgestellt werden, da noch weitere Abweichungen gegenüber ‚gewöhnlichen' Babys festgestellt wurden, von denen ich aber keine Kenntnis habe. Auf Empfehlung der Ärzte wurde schlussendlich der 21. Februar als Geburtstermin in die Geburtsurkunde eingetragen.
Zusätzlich möchte ich Sie noch davon in Kenntnis setzten, dass die Kinder, als sie aufgefunden wurden, eigenartige Kleidung aus sehr sonderbar schimmerndem, völlig unbekanntem Material trugen. Dieses Material, halten Sie mich bitte nicht für verrückt, leuchtet eigenständig in einer gelblichen Farbe und kann auch sonst noch so einiges, was ich aber in diesem Brief nicht näher beschreiben möchte. Ich versichere Ihnen, hätte ich es nicht mit eigenen Augen gesehen, ich würde es nicht glauben. Die Kinder lagen zudem bei ihrer Auffindung in einer Tasche, die vorsichtig formuliert, äußerst ungewöhnlich war. Das Material die-

ser Tasche ist uns völlig unbekannt. Es gibt nichts Vergleichbares, ich will jedoch nicht näher darauf eingehen, da Sie mich dann womöglich für tatsächlich verrückt halten könnten. Ich kann Ihnen aber unter größter Verschwiegenheit Ihrerseits ein Stück dieses Materials zukommen lassen, wenn Sie es wünschen.

In besagter Tasche befand sich ferner ein zusammengefaltetes, sehr alt wirkendes Papier, auf dem in hieroglyphenähnlichen Zeichen eine Nachricht stand. Diese Schriftzeichen konnten jedoch nicht entziffert werden, da wir niemand ausfindig machen konnten, der sie entziffern konnte. Es wird von einigen Experten jedoch unter vorgehaltener Hand gemunkelt, diese Schriftzeichen könnten älter sein als alle uns bekannten Schriftzeichen, was ich allerdings sehr infrage stelle. Ich muss Ihnen jedoch leider mitteilen, dass besagtes Schriftstück, nach mehrmaligem Weiterreichen, plötzlich spurlos verschwunden ist.

Sollten Sie trotz dieser sonderbaren Begleitumstände und mysteriösen Begebenheiten noch immer Interesse an den Kindern haben, lassen Sie es mich bitte wissen, damit ich eine Adoption in die Wege leiten kann. Ich kann Ihnen jedoch nicht garantieren, dass eine Adoption möglich ist, da die Kinder vorerst wissenschaftlichen Studien unterzogen werden sollen, was ich aber zum Wohle der Kinder zu verhindern versuche. Wenn Sie mir Ihr aufrichtiges Interesse an den Kindern bekunden, schicke ich Ihnen die nötigen Formulare und Unterlagen zur Unterzeichnung.

Ich werde meinen Einfluss so weit wie möglich geltend machen, um Sie bei der Adoption zu unterstützen. Aus den Ihnen bekannten Gründen kann ich dies jedoch nicht öffentlich tun und bitte Sie daher, mich nur zu kontaktieren, wenn es unbedingt nötig ist. Bitte haben Sie auch etwas Geduld. Diese Kinder sind sehr außergewöhnlich und außergewöhnliche Dinge erfordern außergewöhnliche Taten, die in der hiesigen Bürokratie ihre Zeit erfordern.

*Mit freundlichen Grüßen Ihr
A. M. B.*

PS: Sollte die Adoption erfolgreich sein und besagtes Schriftstück auftauchen, werde ich es Ihnen zukommen lassen, damit Sie gegebenenfalls eigene Nachforschungen anstellen können. Ich verlasse mich dabei auf Ihre Verschwiegenheit.

Babs Mund war immer weiter nach unten geklappt, während John den Brief vorlas. Ihre Augen waren jetzt, nachdem John fertig gelesen hatte, weit aufgerissen und in ihrem Kopf begann sich alles zu drehen. Sie spürte einen seltsam stechenden Schmerz in der Magengegend und fühlte sich plötzlich nicht mehr wohl in ihrer eigenen Haut. Es beschlich sie das unheimliche Gefühl, dass sie von einem furchtbaren Geheimnis umgeben waren. Woher kamen sie wirklich und was hatte das alles zu bedeuten? „Wer zum Kuckuck ist A. M. B.?", keuchte sie schließlich mit erstickter Stimme.

John zuckte mit den Schultern, da er auch keine Ahnung hatte. „Was könnte mit eigenartig schimmernder Kleidung und ungewöhnlicher Tasche aus unbekanntem Material nur gemeint sein", dachte er atemlos. „Ich weiß auch nicht mehr als du, Babs", sagte er schließlich und seine Stimme klang merkwürdig hohl. „Aber ich werde es herausfinden! Wir müssen dieses Schriftstück suchen", meinte er dann. „Das ist sicher der Schlüssel zu dem Geheimnis. Vielleicht hat es Dad ja doch bekommen und es ist hier irgendwo."

„Wie willst du das finden?", stöhnte Babs. „Das kann doch überall stecken."

„Wenn es dieses verfluchte Schriftstück hier irgendwo gibt, werde ich es finden. Und wenn ich das ganze Zimmer auf den Kopf stellen muss. Ich werde so lange suchen, bis ich es gefunden habe", sagte John energisch und war selbst von seinem scharfen Ton überrascht. Dieser unheimliche Drang, den er sich nicht erklären konnte, war nun stärker als je zuvor. In seinem tiefsten Inneren sagte ihm zudem etwas, er würde dieses Schriftstück finden.

Babs sah ihn nervös an. Vaters Arbeitszimmer auf den Kopf zu stellen, glich einem Selbstmordkommando. Dennoch beteiligte sie sich an der Suche, wenn auch nur halbherzig und fragte sich, wieso John sich so seltsam verhielt.

Fieberhaft durchwühlte John die Ordner, doch er konnte nichts finden. Dafür fand er ein weiteres Dokument, auf dem stand, dass Adam Spraud das Haus auf Mull knapp ein Jahr nach ihrem Auffinden gekauft hatte.

„Dad hat uns belogen!", rief Babs, während sie die Kaufunterlagen und Verträge las. „Uns erzählt er doch immer, das Haus sei ein Erbstück seines Vaters. Wieso macht er das? Meinst du, Mum weiß über all das Bescheid?"

„Keine Ahnung", antwortete John fast tonlos. Sein Mund war vollkommen ausgetrocknet und das Reden fiel ihm schwer. „Dad dürfte uns sehr viele Unwahrheiten erzählt haben. Wieso er uns die Geschichte mit dem Ferienhäuschen aufgetischt hat, ist mir ein Rätsel. Für mich ergibt das keinen Sinn. Wir müssen dieses Papier finden", meinte er dann abermals. „Hast du irgendwo einen Hinweis auf dieses sonderbare Papier gesehen, Babs?"

„Nein, aber guck doch mal in dem blauen Ordner dort drüben nach. Den haben wir noch nicht durchsucht", erwiderte Babs und deutete dabei auf einen dicken, blauen Aktenordner.

„Stimmt", murmelte John, langte nach dem Ordner, doch plötzlich hielt er in der Bewegung inne. „Psst, sei leise, Babs", flüsterte er aufgeregt. „Ich glaub, ich hab vor der Tür etwas gehört." Er knipste seine Taschenlampe aus und erstarrte vor Schreck zu einer Salzsäule. Während er dasaß und Panik wie eine sich windende Schlange in ihm hochkroch, bildeten sich allmählich Schweißperlen auf seiner Stirn. Mit fiebrigem Blick spähte er durch die Dunkelheit zur Tür. Ihm war heiß und kalt und seine Kehle war wie zugeschnürt. Wenn sie jetzt hier entdeckt werden würden, am Fußboden in Vaters Arbeitszimmer, inmitten von all diesen Ordnern. Nein, daran wollte er lieber erst gar nicht denken.

Babs erging es ähnlich. Sie verging fast vor Angst. Sie horchte eine Weile angestrengt mit geschlossenen Augen, doch sie konnte nichts hören. „Bist du sicher, etwas gehört zu haben?", raunte sie nach einiger Zeit so leise, dass John sie kaum verstehen konnte.

„Ich weiß auch nicht genau. Ich hörte plötzlich ein knackendes, knarrendes Geräusch. Vielleicht habe ich es mir ja auch nur eingebildet", flüsterte John zurück. „Vermutlich höre ich jetzt schon Gespenster", murmelte er nach kurzem Überlegen mit gequältem Gesichtsausdruck.

Die beiden saßen noch eine ganze Weile eingehüllt in vollkommener Dunkelheit still da, doch nichts rührte sich. Das Einzige, das sie hören konnten, waren ihre pochenden Herzen. „Kaum zu glauben, was man sich alles einbilden kann", dachte John, obwohl er eigentlich sicher war, etwas gehört zu haben. Doch je länger sie abwarteten, desto unsicherer wurde er.

„Sollten wir nicht besser verschwinden?", raunte Babs in angsterfülltem Flüsterton.

„Bist du verrückt?", zischte John bestürzt. „Wir können jetzt doch nicht aufgeben. Ich muss dieses verdammte Papier finden."

Babs wurde das Herz schwer wie Stein. Verzweiflung kroch in ihr hoch. Wie könnte sie John davon abhalten, das Zimmer auf den Kopf zu stellen? Warum führte er sich bloß so überdreht auf? Das war doch sonst nicht seine Art. „Wenn uns Dad erwischt ...", hauchte sie in einem verzweifelten Versuch, John aufzuhalten.

„Da ist nichts, Babs. Ich hab mir das bloß eingebildet", sagte John und mühte sich, so zu klingen, als wäre er ganz locker.

„Aber ..."

„Glaub mir, Babs, da draußen ist niemand", sagte John, hörte sich dabei aber nicht überzeugt an. „Wir müssen weitermachen", fauchte er dann ungeduldig, knipste seine Taschenlampe wieder an und griff nach dem blauen Ordner. Er war wild entschlossen, weiterzusuchen. Gespannt schlug er den Deckel auf. Auch dieser Ordner war vollgestopft mit fein säuberlich sortierten Dokumenten.

Babs beobachtete ihn mit sorgenvoller Miene, während er bedächtig durch die Seiten blätterte. Was war nur los mit ihm? Sie fand keine Erklärung.

Plötzlich gab Johns Taschenlampe den Geist auf und sie saßen abermals im Dunklen. „So ein Mist. Die Batterie muss wohl leer sein", entfuhr es John lautstark. *„Jetzt mach schon"*, ging es ihm wie aus dem Nichts durch den Kopf und er war sich sicher, dass dies nicht von ihm kam. „Hast du eben was gesagt, Babs?", fragte er unsicher, obwohl er wusste, es war keine Stimme, sondern ein Gedanke gewesen. Doch wie konnte ein Gedanke, der nicht seiner war, durch seinen Kopf flirren? „Jetzt kommen zu diesem unerklärlichen Drang auch noch seltsame Gedanken hinzu", dachte er erschrocken. „Bin ich noch dicht?", fragte er sich dann.

„Nein, ich habe nichts gesagt", flüsterte Babs mit einem Blick, als machte sie sich Sorgen um seinen Verstand.

Da sie im Dunklen saßen, konnte John Babs Blick nicht sehen, was auch gut war, doch plötzlich ließ ihn der seltsamste Gedanke, den er je hatte, erschaudern. *„Folge deiner Intuition. Höhere Mächte von **anderswo** geleiten dich."* Es war wieder nicht sein Gedanke. Es war, als wäre ihm dieser Gedanken ins Hirn gepflanzt worden. Nun wurde er leicht hysterisch, versuchte aber, sich nichts anmerken zu lassen. „Höhere Mächte ... von **anderswo**, dass ich nicht lache", dachte er, um sich zu beruhigen, da ihm nun ganz schön unheimlich zumute war. „So ein Schwachsinn! Offensichtlich verliere ich wirklich schön langsam meinen Verstand. Höhere Mächte ... ich spinne doch! Wie komme ich bloß auf so einen Unfug?"

„John, sei leise. Du weckst ja das ganze Haus", raunte Babs erschrocken und riss John damit abrupt aus seinen verworrenen Gedanken.

Erst jetzt wurde ihm bewusst, dass er die Taschenlampe schüttelte und lautstark an ihr herum klopfte, ohne es zu merken. „Oh", sagte er bestürzt, als ihm klar wurde, was er tat. „Dreh Vaters Schreibtischlampe auf, Babs", befahl er ihr, nachdem er seine wirren Gedanken abgeschüttelt hatte. Das flaue Gefühl im Magen blieb jedoch zurück.

„Nein, John, das dürfen wir nicht", mahnte Babs mit rauer Stimme. „Man könnte das Licht im Flur sehen."

„Das ist mir egal", erwiderte John kühl. Nichts und niemand hätte ihn jetzt davon abhalten können, die Wahrheit herauszufinden. Nicht einmal sein Vater. Er musste diese Sache aufklären. Es war wieder dieser starke innere Drang, der ihn nun abermals auf unheimliche Weise vorantrieb. Der Gedanke an die höheren Mächte ließ ihn aus unerklärlichen Gründen auch nicht mehr los. „Zum Teufel mit der Vorsicht, Babs", drängte er barsch, da sich Babs nicht rührte, „dreh endlich das Licht auf!"

Babs wusste, jeder Widerspruch war zwecklos. Mit feuchten Händen knipste sie die Lampe an. Im Zimmer wurde es viel heller, als es noch zuvor im Schein der Taschenlampe war. Babs bereitete dieser Umstand großes Unbehagen, doch John machte sich wie ein Besessener sofort wieder daran, den blauen Ordner zu durchsuchen.

„Such weiter", fuhr es plötzlich auf sehr drängende Weise durch Johns Kopf und langsam wurde ihm die Sache richtig unheimlich. Mit zittrigen Fingern wühlte er sich durch den Ordner. Als er ihn fast zu Ende durchgesehen hatte, entdeckte er plötzlich etwas zwischen einem zusammengefalteten Papierbogen in einer Klarsichthülle. „Was zum Geier ist das?", entfuhr es ihm im gleichen Moment mit erwartungsvollem Blick. Wie elektrisiert starrte er in den Ordner und fuhr dann mit fahriger Hand über die Klarsichthülle. Er konnte sein Glück kaum fassen. Sollte dies wirklich das Schriftstück sein? „Ich glaub, ich hab gefunden, wonach wir suchen", raunte er überwältigt. Sein Puls hatte sich auf die doppelte Geschwindigkeit beschleunigt und sein Atem ging auch ganz schnell.

„Zeig her", hauchte Babs nicht minder aufgeregt.

John nahm ganz bedächtig die Klarsichthülle aus dem Ordner, aus der zwischen dem gefalteten Papierbogen ein gelbliches, brüchiges Papier herausragte. Es war dickes, steifes Papier, das sehr alt wirkte. Irgendwie erinnerte es ihn an den Papyrus der alten Ägypter, welchen er einmal bei einer Ausstellung gesehen hatte. Ganz vorsichtig zog er es aus der Klarsichthülle. Es hatte die Größe eines Buchblattes und war auf einer Seite mit eigenartigen Zeichen beschrieben.

„Das sieht unglaublich alt aus", raunte John beeindruckt und nahm das Papier unter der Schreibtischlampe etwas genauer in Augenschein.

„Hast du solche Schriftzeichen schon mal gesehen?", fragte Babs nicht geringer fasziniert. Sie hatten Ähnlichkeiten mit Hieroglyphen und sahen doch irgendwie ganz anders aus. Viel verspielter, lieblicher aber auch viel älter und geheimnisvoller. Was hatte das zu bedeuten? Wer schrieb denn heutzutage noch in so einer sonderbaren Schrift?

„Nein", flüsterte John tief beeindruckt, „solche Zeichen hab ich noch nie gesehen." Er starrte dabei unentwegt auf die Klarsichthülle, in die er das Schriftstück zurückgeschoben hatte, nachdem er den Papierbogen entfernt hatte. Er war überwältigt von der mystischen Ausstrahlung, die dieses Papier auf ihn hatte. Es war eine magische, ja fast hypnotische Wirkung und er konnte seinen Blick einfach nicht abwenden. Wie benommen starrte er darauf, bis die Zeichen vor seinen Augen zu tanzen begannen. „Was hat dieses Papier mit uns zu tun?", murmelte John irritiert und starrte weiter wie hypnotisiert auf das Schriftstück. Dabei schoss ihm wieder der Gedanke an höhere Mächte durch den Kopf und ließ seinen Puls noch schneller rasen. Er fragte sich, wie er diese Schriftzeichen entschlüsseln könnte. „Es muss doch eine Möglichkeit geben, um herauszufinden, was hier geschrieben steht", dachte er aufgewühlt. „Mir muss etwas einfallen, mir muss einfach etwas einfallen." Dann kam ihm endlich die vermeintlich rettende Idee. „Ich werde morgen dieses Papier mitnehmen und ..."

„Bist du verrückt?", unterbrach ihn Babs aufgebracht.

„Beruhige dich, Babs", sagte John beschwichtigend. „Sieh mal, ich muss das Papier mitnehmen. Ich muss wissen, was hier geschrieben steht."

„Musst du das?", fragte Babs spitz.

„Natürlich", sagte John schroff. „Willst du nicht herausfinden, was hier steht?"

„Doch, schon", gestand Babs zaghaft. „Aber ..."

„Eben", unterbrach John unnachgiebig. „Ich werde morgen damit in die Schulbibliothek gehen und in den Büchern für alte Schriften nachsehen. Vielleicht habe ich ja Glück und finde das richtige Bu..." Er brach mitten im Wort ab, da ihm plötzlich etwas sagte, er solle dieses Vorhaben lassen. Es war wieder eines dieser sonderbaren Gefühle, das ihm durch den Körper jagte. Eine Welle heißen, stechenden Zorns wogte durch seine Eingeweide und er wollte sich nun nicht länger von diesen sonderbaren Gefühlen und Gedanken leiten lassen. Sie machten ihn zornig und beängstigte ihn, da er sich nicht erklären konnte, wo sie herkamen. Er nahm sich vor, nicht mehr auf diesen Quatsch zu achten. „Ich werde in diesen Büchern nachsehen, basta", sagte er trotzig, als könne er damit die Sache ein für alle Mal aus der Welt schaffen.

Er wusste natürlich genau, wenn es so einfach wäre, dieses Schriftstück zu entschlüsseln, sein Vater dies schon längst getan hätte. „Aber", dachte er dann mit stockendem Atem, „vielleicht hat er ja! Vielleicht hat Dad das Ferienhäuschen auf Mull auch nur gekauft, um dort in aller Ruhe zu recherchieren."

Mit dem Recherchieren lag John völlig richtig, doch dieses Schriftstück, hatte sein Vater noch nie zu Gesicht bekommen.

Mittlerweile war es drei Uhr nachts. John legte die Ordner in die Schublade zurück. Er gab sich dabei die allergrößte Mühe, damit ja alles so aussah wie zuvor.

„Lass uns gehen", sagte er zu Babs, als er fertig war. „Hier gibt es für uns nichts mehr zu finden. Wir haben alles, was wir brauchen." Dabei hielt er triumphierend die Klarsichthülle mit dem gelblichen Papier hoch. Anschließend knipste er noch Vaters Schreibtischlampe aus, dann ging er schnurstracks zur Tür.

„Ja, gehen wir", meinte Babs erleichtert und stapfte rasch an John vorbei auf den Flur hinaus. Ohne Licht wirkte das Zimmer auf sie noch um einiges bedrückender, als es ohnehin schon war.

Als John die Tür schließen wollte, fiel sein Blick auf das Fenster. Plötzlich glaubte er, einen grünen Lichtblitz durch die zugezogenen Vorhänge zu sehen und jäh tauchte in seinem Kopf ein Bild von einem grün beleuchteten Gebäude auf. Es war ein mächtiges Gebäude und wirkte auf ihn wie ein Fantasieschloss. Betäubt blieb er stehen und starrte ins Leere. Das Bild in seinem Kopf wurde immer klarer und schärfer und nun konnte er das Gebäude ganz deutlich sehen. Es war ein riesiges Gebäude, aus dem seltsame Masten, Türmchen und Kuppeln ragten, die in einem grünlichen Dämmerlicht gespenstische Schatten warfen. In der Mitte des riesigen Gebäudes thronte auf einer gewaltigen goldenen Kuppel ein seltsames Monument, das zu schweben schien. Die Spitze des Monuments funkelte wie ein Diamant. Es war jedoch viel zu verschwommen, als dass John hätte erkennen können, was es darstellen sollte. Er strengte sich an, um es scharf zu sehen, obwohl es ihm einen hübschen Schrecken einjagte. Doch je mehr er sich anstrengte, desto mehr verschwamm es vor seinem geistigen Auge. Auch das große Gebäude wurde nun immer blasser und die schaurigen Schatten immer kürzer.

„Können wir endlich gehen?", murrte Babs ungeduldig vom Treppenabsatz und verscheuchte damit das Bild restlos aus Johns Kopf. Es zerbröselte förmlich vor seinen Augen. Er schüttelte sich benommen und steckte die Klarsichthülle mit dem gelblichen Papier unter seine Kleidung. Mit verhangenem Blick und brennenden Eingeweiden folgte er Babs, die zu seiner Erleichterung nichts bemerkt hatte.

Leise schlichen sie die Treppe rauf. Im Haus war alles still geblieben. Niemand hatte sie gesehen. Vor seinem Zimmer sagte er Babs mit einer gespielten Unbekümmertheit leise gute Nacht, ging in sein Zimmer, warf sich aufs Bett und starrte zur Decke.

Er lag auf dem Rücken und atmete schwer, so, als ob er sehr schnell gerannt wäre. Er legte das Gesicht in seine Hände und versuchte, sich zu entsinnen. Wie hatte das Gebäude ausgesehen? Er versuchte krampfhaft, das Bild des diffus beleuchteten Hauses in seinem Kopf festzuhalten, doch es war, als ob er etwas Flüssiges halten wollte. Die Einzelheiten zerrannen umso schneller, je angestrengter er versuchte, sie festzuhalten. Er grübelte abermals über höhere Mächte und die magische Anziehungskraft dieses Schriftstückes nach. Der grüne Blitz und das merkwürdige Bild geisterten dabei Unheil verkündend wie eine böse Vorahnung durch seinen Kopf, machten ihn fast wahnsinnig und raubten ihm den Schlaf.

Mr. Spraud
außer Rand und Band

Gezeichnet von einer nahezu schlaflosen Nacht schleppte sich John am nächsten Morgen mit trüben Augen zum Frühstück, das auch sogleich eine unerwartete und äußerst seltsame Wendung nahm. Als er die Küche betrat, war Mrs. Spraud außerordentlich gut gelaunt. Sie summte fröhlich die Melodie aus dem Küchenradio mit, als sie den Speck und die Eier zubereitete.

July saß wie immer übellaunig da und starrte auf ihren Teller. „Mum, ich hab's eilig. Gibt's bald Frühstück?", nörgelte sie ungehalten, während John sich neben Babs setzte.

Mr. Spraud raschelte mit der Morgenzeitung und warf ihr einen mahnenden Blick zu. Plötzlich wurde die Musik im Radio durch eine Ansage unterbrochen.

„Wir unterbrechen für eine kurze Sondermeldung", sagte der Radiosprecher schleppend. „In unserer Redaktion sind unzählige Berichte über seltsame Vorkommnisse in Deemount Gardens eingegangen. Die Anrufer berichteten uns aufgeregt über ein eigenartiges, grünes Blitzlichtgewitter in der vergangenen Nacht. Manche Anrufer berichteten uns sogar, es wäre bereits das zweite Mal geschehen. Sie behaupteten, es in der Nacht davor ebenfalls schon bemerkt zu haben."

Der Radiosprecher machte eine kurze Pause und fuhr dann mit abschätziger Stimme fort: „Ein besonderer Scherzbold berichtete uns auch von einer sonderbaren Kreatur, die er in der vorletzten Nacht durch sein Fenster gesehen haben will. Es soll sich dabei um einen großen Vogel mit Armen und Beinen handeln. Nun, liebe Hörerinnen und Hörer, dazu kann ich nur sagen: Ich weiß allerdings nicht, wer hier der größere Vogel ist."

Mr. Spraud, zu einem Eiszapfen erstarrt, legte seine Zeitung mit hervorquellenden Augen zur Seite und schnappte wie ein Erstickender nach Luft. „Hast du das gehört, Sam?", hauchte er entsetzt. „Hast du das eben gehört!", rief er nochmals laut und aufgeregt. „Grüne Blitzlichtgewitter ... eine sonderbare Kreatur, die aussieht wie ein Vogel ... bei uns ... in Deemount Gardens! Was zum ..." Er erstarb, da der Radiosprecher fortfuhr, starrte das Radio aber so feindselig an, als wäre es schuld an dieser Nachricht.

„Ich kann Sie beruhigen liebe Hörerinnen und Hörer", sagte der Radiosprecher nun mit vergnügter Stimme. „Wie uns unsere Experten versicherten, besteht kein Grund zur Beunruhigung. Bei den grünen Blitzen handelte es sich um ein äußerst seltenes Wetterphänomen. Dem Hörer, der uns von seiner Erscheinung vor seinem Fenster berichtete", sagte er dann mit mitleidiger Stimme, „kann ich nur dringend empfehlen, umgehend seinen Arzt aufzusuchen. Mehr zu diesem außergewöhnlichen Phänomen erfahren sie in Kürze. Wir haben dazu den Experten Dr. Dr. James Archibald Woodstone bei uns. Bleiben Sie dran – und nun wieder Musik."

„Wetterphänomen! Pah! Die wollen uns doch für blöd verkaufen", raunzte Mr. Spraud fuchsteufelswild. „Immer wenn etwas Unerklärliches passiert, ist es ein Wetterphänomen. Die sollten sich langsam mal was anderes einfallen lassen."

„Adam, du glaubst doch nicht etwa … Adam, sag mir sofort, dass du es nicht glaubst", wisperte Mrs. Spraud entsetzt.

„Sam, Liebes … ähm … hast du … also, ist dir letzte Nacht etwas aufgefallen? Ich mein … du weißt schon … etwas Ungewöhnliches eben", erkundigte sich Mr. Spraud mit bleicher Miene, wobei sein Blick gehetzt zum Küchenfenster raste, als ob er erwarten würde, dort eine passende Antwort zu finden.

„Du glaubst es also doch …", flüsterte Mrs. Spraud bange und beobachte bestürzt ihren Mann, der nun aus dem Fenster starrte, als stünde der Leibhaftige persönlich davor.

„Dad, was geht hier vor?", erkundigte sich John mit brennenden Eingeweiden und sah besorgt zu Babs, die ziemlich irritiert dreinschaute.

„Du, Bürschchen", tobte Mr. Spraud, riss seinen Kopf herum und sah John mit so drohendem Blick an, als hätte er eben beschlossen, dass John schuld an der Misere ist, „du hältst dich gefälligst da raus. Verstanden! Ich will kein Wort von dir hören."

„Ist ja gut", brummte John gegen sein aufsteigendes Unbehagen ankämpfend und fragte sich, warum sich sein Vater nun noch seltsamer aufführte als sonst, was immerhin eine recht beachtliche Leistung war.

„Wetterphänomen!", rief Mr. Spraud abermals und stierte nun wieder so angestrengt aus dem Fenster, als fürchtete er, jeden Augenblick tatsächlich eine seltsame Kreatur zu sichten. „Als ob diesen Quatsch jemand glauben würde", raunzte er dabei mit gedämpfter Stimme, als argwöhnte er, belauscht zu werden. „Da können sie bei mir aber lange warten. Das sag ich dir, Sam. Der kann meinetwegen den ganzen Tag von Wetterphänomenen schwatzen, mich kriegt er damit nicht! Bin ja nicht von gestern!"

„Adam, antworte mir endlich", raunte Mrs. Spraud mit angsterfüllter Stimme.

Mr. Spraud riss seinen Blick erneut vom Fenster los und ließ ihn zu Mrs. Spraud schweifen, die ihn ziemlich entsetzt ansah. Ihre fröhliche Miene von vorhin hatte sich längst in Luft aufgelöst. Sorgenfalten zogen sich nun über ihr Gesicht.

„Also, hast du nun etwas bemerkt, Sam? Ist dir irgendetwas Seltsames untergekommen?", fauchte Mr. Spraud wie ein gereizter Säbelzahntiger und ließ alle am Tisch zusammenfahren.

„Nein", sagte Mrs. Spraud steif, während ihr die Pfanne mit den Eiern aus der Hand glitt, verkehrt herum auf den Tisch knallte und dann zu Boden schlitterte.

John, Babs und July, alarmiert durch Mr. Sprauds Verhalten, blickten zwischen ihrer Mutter und ihrem Vater aufgeschreckt hin und her und starrten dann ungläubig auf die Eier, die nun an der Teekanne und am Tisch klebten.

John musste an den grünen Blitz, den er durch Vaters Fenster gesehen hatte, denken. Auch das eigenartige Bild von dem riesigen Gebäude geisterte nun wieder durch seinen Kopf. Eine bittere Kälte kroch ihm unter die Haut. „Was zum Teufel geht hier vor?", dachte er fröstelnd. Und was wussten Mum und Dad darüber? Wieso verhielten sie sich plötzlich so abartig? Konnten diese Vorkommnisse tatsächlich mit ihnen und dem Schriftstück etwas zu tun haben?

Mr. Spraud nahm einen großen Schluck Kaffee, knallte die Tasse zurück auf den Tisch, wobei er die Hälfte verschüttete, und sprang dann für seine Körperfülle überraschend schnell auf. „Meinst du, Liebes ... also ... ich meine ja nur ... könnte es etwas mit ... du weißt schon was, zu tun haben?", murmelte er seiner Frau zu, ging zum Fenster und starrte in den Vorgarten.

„Nein, meine ich nicht", sagte Mrs. Spraud spitz, schürzte ihre Lippen, schlürfte einen Schluck Tee und wischte mit fahrigen Händen die Eier vom Tisch, wobei die Hälfte zu Boden tropfte. „Aber du glaubst es. Nicht wahr, Adam?"

„Es könnte doch sein", blaffte Mr. Spraud gehetzt, während er weiter in den Vorgarten starrte. „Ich meine ... es wäre doch gut möglich ... also, es könnte doch wirklich etwas mit ... du weißt schon was, zu tun haben. Diese Vorkommnisse sind doch ... denkst du, Sam, die waren hier? Hier bei uns? Meinst du, sie wollten ..."

„Unmöglich", unterbrach Mrs. Spraud mit besorgtem Blick auf John und Babs.

„Unmöglich?", wiederholte Mr. Spraud gereizt. „Nichts ist unmöglich, Sam. Denk doch mal nach!"

„Wovon redet ihr da eigentlich?", mischte sich nun auch Babs ein und sah zwischen ihren Eltern hin und her, die sie aber nicht beachteten.

„Adam", begann Mrs. Spraud zaghaft, „ich denke, du denkst, dass ich denken könnte, dass du denkst ..."

„Was faselst du da für wirres Zeug, Sam?", unterbrach Mr. Spraud seine Frau rüde.

„Seid ihr irre geworden?", flutschte es John aus dem Mund, was er sofort bereute.

„Das klären wir später, Bürschchen", tobte Mr. Spraud mit hochrotem Kopf und pulsierender Stirnader. „Als ob man nicht schon genug am Hals hätte! Muss man sich von dem Lümmel auch noch sagen lassen, man sei irre geworden. Hast du das mitbekommen, Sam?"

„Beruhig dich, Adam", sagte Mrs. Spraud beschwichtigend. „Reg dich jetzt bloß nicht auf. John hat es sicher nicht so gemeint."

„Es ist mir egal, wie er es gemeint hat", raunzte Mr. Spraud wütend. „Ich muss was nachsehen, Sam. Ich komm gleich wieder, Liebes", sagte er plötzlich mit bebender Stimme, ließ seinen Blick nochmals hastig durch den Vorgarten schweifen, kam zurück zum Tisch, drückte seiner Frau einen flüchtigen Kuss auf die Stirn und verschwand eiligen Schrittes aus der Küche.

„Wo willst du hin?", rief Mrs. Spraud ihm überrascht nach.

„Bin gleich wieder da", kam es aus der Diele zurück und eine Tür knallte zu.

John, Babs und July saßen mit offenen Mündern da und beobachteten ihre äußerst nervöse Mutter, wie sie mit zittrigen Händen die Eier vom Boden wischte. „Was zum Geier geht hier vor?", dachte John beunruhigt. „Mum", begann er zögerlich, brach aber ab und wunderte sich gleichzeitig, dass July noch keinen Aufstand machte oder von ihrer üblichen Hysterie geplagt wurde. Sie war ungewöhnlich still, was John jedoch als durchaus angenehm empfand. Sie stierte zu seiner Freude nur glupschäugig in die Runde und sah drein, als könnte sie keine passenden Worte finden.

„Nicht jetzt, John", sagte Mrs. Spraud mit blassem Gesicht, warf den Wischlappen in die Spüle und hetzte hinter Mr. Spraud her.

„Die ... sind ... doch ... völlig ... durchgeknallt", stammelte July mit geweiteten Augen, da sie scheinbar nun doch passende Worte fand. „Mum, so warte doch!", rief sie hinter Mrs. Spraud her, doch die war bereits in der Diele verschwunden. „Hast du 'ne Ahnung, was hier vorgeht?", fragte sie dann John, der jedoch nur mit einem Ausdruck völliger Ahnungslosigkeit antwortete. Er mühte sich so unwissend wie möglich dreinzuschauen, damit July erst gar nicht auf die Idee kam, er könnte mehr wissen. Im Grunde hatte er ja tatsächlich keine Ahnung, was hier vor sich ging.

Als John und Babs ihr Frühstück beendet hatten, machten sie sich auf den Weg zur Schule. Mr. und Mrs. Sprauds aufgeregte Stimmen drangen unheilvoll durch Vaters Tür in die Diele, als sie an seinem Arbeitszimmer vorbeihuschten. John schluckte schwer und versuchte, irgendwelche verständlichen Wortfetzen aufzufangen, doch es gelang ihm nicht. „Hoffentlich entdeckt Dad nicht, dass sein Schreibtisch durchwühlt wurde", flüsterte er Babs zu und lief aus dem Haus, um aus seiner Reichweite zu kommen. Babs warf einen besorgten Blick zur Tür, dann stürmte sie John hinterher.

Vor der Schule verabredeten sie noch schnell, sich um drei Uhr in der Schulbibliothek zu treffen, dann rannten sie in das Gebäude.

**

Anderswo wurde gerade Achnum zur Schnecke gemacht.

„Na, Achnum", schnauzte die kalte Stimme wütend, „eine kleine Anregung gefällig, warum ich kein weiteres Versagen deinerseits dulden werde?"

„Nein ... ich bitte dich", sagte Achnum mit bleichem Gesicht. „Es war doch nicht unsere Schuld."

„Ach, denkst du das?", knurrte die kalte Stimme wütende. „Sie brachten es sogar in ihren sogenannten Radios und du nennst es nicht eure Schuld? Wenn ihr dort noch einmal so unbedacht durch die Gegend trampelt ..."

„Es ließ sich nicht verhindern, dass man uns sieht", unterbrach Achnum mit vibrierender Stimme. Angst stieg ihm ins Gesicht und seine Hände zitterten.

„Es ließ sich nicht verhindern?", rief die kalte Stimme verächtlich.

„Wie sonst hätten wir ..."

„Ihr hättet weiter entfernt in einem leer stehenden Gebäude auftauchen können, ihr Tölpel. Ihr hättet weiß Gott wo auftauchen können", fauchte die kalte Stimme grimmig. „Musstet ihr direkt vor ihrem Haus aus dem Boden wachsen? Und das zwei Nächte hintereinander, obwohl ihr in der zweiten Nacht gar nicht hättet auftauchen müssen! Ist doch nicht verwunderlich, dass euer Leuchten die Menschen auf den Plan rief. Dann nehmt ihr auch noch ..."

„Gorudo verlangte, mitzukommen", verteidigte sich Achnum rasch und hoffte, sein unverzeihlicher Fehler würde nicht auch noch ans Licht kommen.

„Bist du wirklich so blöd, Achnum?", zischte die kalte Stimme grimmig, die nun noch eisiger wurde. „Ihr könnt von Glück reden, dass dieser Trottel von Spraud nichts bemerkt hat. Und nun, Achnum, erklär mir mal, wieso der Junge nur ein Schriftstück gefunden hat?"

Achnums teigiges Gesicht nahm ein hässliches Grau an. „Ähm, keine Ahnung", sagte er so unbedarft wie möglich. „Vielleicht dachte der Junge, es gäbe nur ein Schriftstück."

„Ach, dachte er das?", sagte die kalte Stimme schroff. „Wenn er das dachte, Achnum, warum bist du dann nicht unverzüglich eingeschritten?"

„Er wird es schon noch finden", sagte Achnum mit tumbem Blick und hoffte, seinen Fehler unbemerkt ausbügeln zu können.

„Du weißt, was auf dem Spiel steht, Achnum, also sieh zu, dass der Junge das zweite Schriftstück findet."

„Werde mich sofort darum kümmern. Du kannst dich auf mich verlassen."

„Denk ja nicht, du bist unentbehrlich für mich, Achnum. Wenn du in Zukunft nicht tust, was ich sage, lass ich dich beseitigen! Du wirst ab nun jede Anweisung genauestens befolgen. Keine Eigenmächtigkeiten! Und nun geh und kümmere dich um den Jungen, aber tauch dort ja nicht mehr auf. Hast du mich verstanden? Halt dich fern von diesem Spraud und seinem Haus", befahl die kalte Stimme wütend, wobei Achnums Gesicht noch grauer wurde, da er nun keine Möglichkeit mehr hatte, seinen Fehler auszubügeln. „Leite den Jungen wie besprochen, Achnum", fuhr die kalte Stimme fort. „Sieh zu, dass alles nach Plan verläuft. Keine Fehler mehr, Achnum. Und nun geh endlich!"

Unheimliche Stimmen

Als Babs um drei Uhr die Bibliothek betrat, war John gerade damit beschäftigt, alle Bücher mit alten Schriften zusammenzusuchen. Dabei kroch ihm ein ganz sonderbar prickelndes Gefühl unter die Haut. „Nein, nicht schon wieder", dachte er entsetzt. Ich werde auf diesen Quatsch nicht mehr achten.

„Gut, dass du endlich kommst", brummte er Babs zu und versuchte, dieses eigenartige Gefühl abzuschütteln. „Wir benötigen bestimmt Stunden bei der Menge an Büchern, die es hier gibt. Ich fresse einen Besen, wenn wir nichts finden", meinte er noch scherzend, um sich nichts anmerken zu lassen. In seinem Innersten hatte er jedoch die starke Vermutung, dass es mittlerweile um seinen Verstand ziemlich schlecht bestellt war.

Sie wählten einen Tisch etwas weiter hinten in einer Ecke, um ungestört zu sein. John gab Babs einen Stapel Bücher und legte die Klarsichthülle mit dem gelblichen Papier in ihre Mitte, damit sie beide die eigenartigen Schriftzeichen gut erkennen konnten. John war so damit beschäftigt, die Zeichen in den Büchern mit jenen von ihrem Papier zu vergleichen, dass er überhaupt nicht bemerkte, wie sich jemand neben ihn stellte.

„Hey, Spraud, was machst du hier? Dachte, du wärst bei Mami", kläffte plötzlich eine unangenehme Stimme neben John.

John fuhr zusammen. Als er aufblickte, sah er Rufus Cusco, der zwei Klassen über ihm war. „Oh nein, nicht schon wieder der", dachte er angewidert.

Rufus Cusco war ein einfältiger, unangenehmer Bursche, der immer nur Streit suchte, außerdem hatte er es auf John abgesehen. John versuchte, ihm so gut wie möglich aus dem Weg zu gehen, was jedoch nicht einfach war. Der Typ war wie ein Schatten, ständig hinter ihm her und auf Zoff aus.

„Das siehst du doch, ich lese", antwortete John mürrisch.

„Spraud, eine Leseratte?", feixte Rufus mit einem fiesen Grinsen in seinem einfältigen Gesicht. „Dass ich nicht lache. Da wiehern ja selbst die Schweine! Kannst du tatsächlich richtig lesen, Spraud, oder hast du deine Schwester mitgebracht, damit sie dir vorliest?"

„Ach, lass mich doch in Ruhe, du Blödmann. Verzieh dich einfach wieder. Du störst", fauchte John aufgebracht.

„Hey, Mann, hab ich richtig gehört? Wie nanntest du mich eben?"

„Blödmann", sagte John gelassen und wandte sich wieder seinen Büchern zu.

Rufus Cusco plusterte sich wie ein gereizter Kampfhahn auf, stellte sich wie ein Ringer breitbeinig neben John und stemmte seine klobigen, schmutzigen Hände provozierend in die Hüften. Rufus war nicht größer als John, da John ja überdurchschnittlich groß war, aber er war viel stärker. Er hatte breite Schultern, dicke Oberarme und seine Hände waren mit Sicherheit so groß wie Klodeckel. Nur sein Gehirn war etwas zu klein geraten. Um es auf Erbsengröße zu bringen, müsste man es aufblasen. Er grinste John mit seinem dümmlichen Gesicht kampflustig und herausfordernd an.

„So, du nennst mich also einen Blödmann", knurrte er streitsüchtig und versetzte John einen so harten Schlag mit der flachen Hand gegen die Schulter, dass dieser fast von seinem Stuhl gekippt wäre.

Babs, die bis jetzt stumm dagesessen hatte, sprang wütend auf. „Verzieh dich, Affengesicht", fauchte sie Rufus mit grimmigem Gesichtsausdruck zu. „Wir sind hier beschäftigt. Mach die Mücke."

„Ach, Babs, lass dich doch von dieser Flasche nicht provozieren", stichelte John in Rufus' Richtung, da er es sich nicht verkneifen konnte.

„So so, ihr seid also beschäftigt", ätzte Rufus spottend und verzog sein hässliches Gesicht, wodurch er nun wirklich wie ein Affe aussah. „Muss ja überaus wichtig sein", meinte er mit höchst merkwürdigem Gesichtsausdruck. Er sah aus, als versuchte er angestrengt, aber ziemlich erfolglos, nachzudenken. „Was habt ihr denn da Interessantes in der Klarsichthülle?", erkundigte er sich dann scheinheilig und griff mit seinen klobigen Fingern blitzschnell danach.

John wollte die Klarsichthülle noch rasch in Sicherheit bringen, doch Rufus war zu seinem Leidwesen schneller.

„Ja was haben wir denn da Schönes", säuselte Rufus entzückt mit einem triumphierenden Lächeln auf seinem einfältigen Gesicht und betrachtete die Klarsichthülle mit dem gelblichen Papier.

„Hey, Mann, du hast wohl einen an der Waffel! Gib sofort her", schrie John außer sich vor Wut. „Was willst du eigentlich, du unterbelichteter Jammerlappen? Schieb das Papier rüber, aber ein bisschen flott!" John wusste, dass er jetzt gleich platzen würde, wenn dieser Armleuchter nicht auf der Stelle die Klarsichthülle zurückgeben würde und sich verzog.

Doch Cusco dachte natürlich nicht im Traum daran, sich aus dem Staub zu machen. Jetzt, wo er gerade warmlief und die Sache anfing, Spaß zu machen. Siegessicher, auf nahezu kindliche Weise, hielt er die Hülle hoch und grinste John abermals herausfordernd an. „Hol es dir doch, Spraud", höhnte er. Er hielt dabei die Klarsichthülle mit ausgestrecktem Arm hoch in die Luft und fuchtelte dann damit demonstrativ vor Johns Nase herum.

John hörte vor Zorn das Blut in seinen Ohren rauschen. Er sprang auf und wollte Rufus die Klarsichthülle aus der Hand reißen, doch dabei rutschte das Papier heraus. Den Bruchteil einer Sekunde sahen die beiden verdattert zu, wie es langsam nach unten schwebte, dann stürzten sie sich gleichzeitig darauf und krachten am Boden mit den Köpfen zusammen. Der Zusammenprall war viel härter und schmerzhafter, als John es bei dieser Matschbirne erwartet hätte. Sein Kopf pochte, als wäre eine Granate eingeschlagen, und ihm wurde schwummrig vor den Augen.

„*Schnapp es dir*", rief plötzlich eine Stimme in Johns Kopf.

John war wie betäubt. Er fragte sich, ob diese Stimme eine Reaktion auf den heftigen Zusammenstoß war, handelte aber instinktiv richtig und fasste blitzschnell nach dem Papier. Er bekam ein winziges Stück zu fassen und zog daran. „War da eben wirklich eine richtige Stimme in meinem Kopf", dachte er mit Gänsehaut im Nacken, „oder drehe ich nun endgültig durch?" Er hatte aber nicht genügend Zeit, darüber nachzudenken, denn im selben Moment bekam Rufus ebenfalls ein Stück zu fassen und zog von der anderen Seite daran.

„Gib schon her, du elende Missgeburt!", brüllte John außer sich vor Zorn, während er weiter versuchte, das Papier auf seine Seite zu ziehen. Doch dann passierte genau das, was John befürchtet hatte. Das brüchige Papier riss in der Mitte auseinander.

„*Schlag zu*", ertönte erneut die Stimme in seinem Kopf.

Woher kam diese Stimme? John wollte sich an den Kopf greifen, da er es nicht fassen konnte, doch schon rief die Stimme wieder: „*Na los, schlag endlich zu.*"

Mit einer Hand hielt John noch immer die abgerissene Hälfte fest, die andere Hand ballte sich plötzlich ganz von selbst zu einer Faust. Rufus und er lagen Angesicht zu Angesicht bäuchlings am Boden. Plötzlich schnellte Johns Hand – ohne seins Zutun – nach vor und schlug Rufus eins auf die Nase.

„Jetzt klopf ich dir deinen letzten Funken Verstand aus deiner hohlen Birne", hörte John sich dabei sagen, ohne dass er es sagen wollte. Doch es kam noch besser. Er rappelte sich plötzlich wie ferngesteuert hoch und warf sich mit voller Wucht auf Cusco. Er versuchte, zu begreifen, was hier vor sich ging, doch ein unerwarteter Aufwärtshaken von Rufus traf ihn jäh an der Schläfe. Seine Augäpfel drehten sich nach innen, alles begann in einem grauen Schleier zu versinken und dann breitete sich tiefe Schwärze wie ein herabfallendes Tuch über ihn.

„Hört auf", japste Babs entsetzt, „hört sofort auf! Seid ihr verrückt?", rief sie bestürzt, kniete neben John nieder, tätschelte seine Wangen und rüttelte ihn an den Schultern.

Benommen schlug John die Augen auf, sah in das hämisch grinsende Gesicht von Rufus und brauchte einige Augenblicke, um sich zu entsinnen, was eigentlich los war.

Durch den Krach, den sie veranstalteten, oder doch aus anderen Gründen, wurde plötzlich die Bibliothekarin auf sie aufmerksam. Schnellen Schrittes, ihre knorrigen Hüften schwingend, kam sie herbeigewuselt. „Grundgütiger, sind wir hier in einer Bibliothek, oder auf dem Jahrmarkt?", fauchte sie schon beim Näherkommen.

Wie es schien, hatte sie ausgesprochen schlechte Laune. John kannte sie nur allzu gut und wusste, so ein Benehmen, in ihrer Bibliothek, ging gar nicht.

„Unerhört! Was soll der Krach? Hört sofort auf, zu raufen!", donnerte sie außer sich vor Empörung und kam mit großen Schritten immer näher. Ihre Lippen waren jetzt nur noch dünne Striche und in ihren Augen loderten Flammen. Geiergesichtig, mit einem Blick aus Stahl, nagelte sie die beiden am Boden liegenden Jungs fest. Flammend rote Flecken traten auf ihre Wangen und sie bebte vor Zorn. John konnte sich gar nicht erinnern, dass ihre Lippen zu Strichen wurden, wenn sie wütend war. Er hatte sie schon einige Male außer sich gesehen, aber offenbar noch nie so wütend.

„Das gibt einen Verweis", dachte er beklommen und ließ äußerst widerwillig von Rufus ab. Langsam rappelte er sich hoch und mühte sich dabei, wie ein Unschuldslamm auszusehen. Auch Cusco stemmte sich schwerfällig in die Höhe. Beide hatten jeweils ein Stück von dem Papier in Händen.

„Cusco, du schon wieder", schimpfte die Bibliothekarin mit sich überschlagender Stimme, als sie ihn erkannte. „Immer nur Radau im Kopf, dieser Lümmel. Was ist bloß in dich gefahren? Sieh zu, dass du von hier verschwindest, und lass dich ja nicht mehr blicken. In meiner Bibliothek haben solche Radaubrüder nichts zu suchen. Wenn du nochmals hier auftauchst, werde ich dich unverzüglich melden. Hast du gehört, Cusco!" Sie rasselte dies, ohne Luft zu holen, runter, was John ziemlich beeindruckend fand. Mit giftigem Blick fummelte sie nun mit ihrem krummen Zeigefinger drohend vor Rufus Gesicht herum.

Rufus, mit einem Gesichtsausdruck, als hätte man seinen Geburtstag vorverlegt, drehte sich mit dem Papier in der Hand auf dem Absatz blitzschnell um, um sich damit aus dem Staub zu machen.

„*Halte ihn auf!*", dröhnte die Stimme in Johns Kopf und seine Hand schnappte so rasend schnell nach Rufus Arm, dass er nur noch staunen konnte.

„Gib das Papier her! Es gehört mir! Los, her damit!", fauchte John dabei mit einer Stimme, die er von sich gar nicht kannte, und wunderte sich gleichzeitig über die Worte, die ohne sein Zutun aus seinem Mund stolperten.

„Was zum Teufel geht hier vor?", dachte er abermals fröstelnd.

„Gehört das etwa dir, Spraud?", fuhr die Bibliothekarin argwöhnisch dazwischen und nahm Cusco rasch das Papier ab, noch bevor sich die beiden wieder in die Wolle kriegen konnten.

„Reg dich doch ab, Mann", schnauzte Rufus gelassen und vollkommen unbeeindruckt von den strengen Blicken der Bibliothekarin. „Es ist doch nur ein Fetzen Papier mit Kindergeschmiere. Deswegen brauchst du dir doch nicht ins Hemd zu machen, Spraud."

„Ach, halt deine dämliche Klappe, Cusco. Mit so viel Stroh in der Birne, wie du hast, kannst du doch nicht mal ein Mathebuch von einem Gesangbuch unterscheiden", hörte sich John angriffslustig sagen und überlegte, ob diese Worte tatsächlich von ihm kamen. Allmählich wurde es ihm richtig unheimlich. Irgendetwas stimmte hier ganz und gar nicht.

„Halt's Maul, Spraud, sonst stopf ich's dir", zischte Rufus streitsüchtig.

„Nichts da! Jetzt ist Schluss! Hast du verstanden, Cusco?", schnaubte die Bibliothekarin echauffiert, ging einen Schritt weiter auf Cusco zu und funkelte ihn wütend an. „Cusco, sieh zu, dass du weiterkommst, sonst mach ich dir Beine", drohte sie fauchend. Ihr hageres, spitzes Gesicht wurde dabei immer spitzer und ihre eingefallenen Wangen nahmen nun ein Rot an, das John an glühende Kohlestücke erinnerte. Unwillig gab sich Cusco geschlagen. Er sah dabei drein, als wäre Weihnachten abgesagt worden. Trotzig machte er sich vom Acker.

„Dieses Mal hast du Glück gehabt, Spraud. Aber ich krieg dich, verlass dich darauf", verkündete er feierlich und warf John einen feindseligen Blick zu, bevor er schlecht gelaunt davonschlurfte.

„Alles in Ordnung?", erkundigte sich die Bibliothekarin bei Babs, die mit blitzenden Augen Cusco hinterherblickte und den Eindruck machte, als wäre sie ziemlich durch den Wind.

„Ähm, ja, klar, alles in Ordnung, danke", antwortete Babs etwas von der Rolle. „Hätten Sie vielleicht einen Klebestreifen, damit ich das Papier wieder zusammenkleben kann?"

„Aber natürlich, Kindchen. Komm doch einfach mit mir mit, dann gebe ich dir gleich einen", zwitscherte die Bibliothekarin Babs vergnügt zu, da sie bereits wieder bestens gelaunt zu sein schien.

Während Babs das zerknüllte Papier glättete und behutsam zusammenklebte, dachte John über die Stimme in seinem Kopf nach und machte sich Sorgen über seinen Geisteszustand. Hatte er diese Stimme wirklich gehört? War diese Stimme tatsächlich da oder war er auf dem besten Weg, seinen Verstand zu verlieren?

„Das erste Zeichen des Wahnsinns war doch, mit dem eigenen Kopf zu reden. Doch selbst für einen Verrückten", dachte John zerknirscht, „ist eine Stimme im Kopf kein gutes Zeichen." Und dann waren da ja auch noch die Worte, die aus seinem Mund flutschten, ohne dass er es wollte. Und seine Faust, die sich plötzlich selbstständig gemacht hatte, war auch nicht gerade ein Zeichen für Normalität.

„Was stimmt mit mir nicht?", fragte er sich entsetzt. Er beschloss, Babs vorerst nichts zu sagen, doch die Ungewissheit, ob er nun tatsächlich verrückt wurde, pulsierte wie Gift durch seine Adern.

Nachdem Babs die Hälften zusammengeklebt hatte, machten sie sich wieder an die Arbeit. Stumm und gegen seine Zweifel ankämpfend wühlte sich John durch die restlichen Bücher.

Nach einer Weile hatten sie schon fast alle durchgesehen, aber immer noch nichts gefunden.

„Lass uns aufhören, John. Wir finden ja doch nichts", meinte Babs ziemlich genervt. „Dieses Geschmiere auf dem Papier da ist doch Quatsch. Da hat sich bloß jemand einen üblen Scherz mit Dad erlaubt, nichts weiter", stöhnte sie überzeugt und legte ihr Buch zur Seite. „Wir sollten diesen Schwachsinn vergessen. Glaub mir, John, da steckt nichts dahinter."

„*Hör auf sie ... sonst stirbst du*", hallte plötzlich eine Stimme durch Johns Kopf und er erstarrte vor Entsetzen. Er war nicht vorbereitet auf die Angst und Panik, die nun wie heiße Lava durch seinen Magen zu fließen schien. Wie versteinert blickte er auf die Bücher. Diese Stimme klang ganz anders als die zuvor und John dachte spontan: „Nicht noch eine Stimme. Bitte, lass mich nicht noch mehr Stimmen hören." Diese Stimme klang zudem drängend und sehr bestimmt, aber auch irgendwie fürsorglich und hallte in seinem Kopf wie eine Warnung wider. Als ihr Widerhall endlich verstummte, geriet in Johns Kopf alles ins Schwimmen, unterdessen sein Magen aus Angst zu verglühen drohte.

„Ich suche weiter", raunte er Babs zu, während diese grauenhafte Angst in seinem Magen langsam hochstieg und von seinem ganzen Körper Besitz ergriff. Woher kam diese Stimme? Meinte sie es tatsächlich ernst oder wollte sie ihn nur vom Suchen abhalten? Er kam zu dem Schluss, dass die Worte völliger Unsinn waren, denn wenn ihn jemand töten wollte, hätte er es längst getan. Also wollte die Stimme nur verhindern, dass er etwas fand. Langsam ordneten sich seine Gedanken und er beruhigte sich etwas, doch jäh war sie wieder da.

„*Sei kein Narr, hör auf mich*", flüsterte die Stimme nun leise in seinem Kopf. Wieder klang sie drängend und bestimmt, aber auch besorgt.

„Das bilde ich mir nur ein. Das bilde ich mir ganz bestimmt nur ein", dachte John zornig auf sich selbst, griff zum letzten Buch und suchte weiter, als könnte er der Stimme damit beweisen, wie unerschrocken und unbeirrt er war. Seine Hände zitterten wie Espenlaub, doch sein Entschluss stand fest. Ja, eigentlich war er nun noch entschlossener als zuvor. Irgendetwas lief hier völlig falsch und er wollte nun mehr denn je herausfinden, was es war. Noch immer zornig blätterte er eine Seite nach der anderen ungestüm um, doch auch im letzten Buch konnte er nichts finden.

„Siehst du nun endlich ein, dass es Quatsch ist?", sagte Babs scharfzüngig, als John das Buch zuklappte.

„Ist es nicht!", schnaubte John und versuchte, ruhig Blut zu bewahren. „Wir müssen uns etwas einfallen lassen, Babs", meinte er beharrlich und überlegte, was sie tun könnten. Konnte er es wagen und Babs von diesen Stimmen erzählen? „Wir müssen herausfinden, was dahintersteckt, Babs", sagte er bestimmt und beschloss, Babs nichts von den Stimmen zu sagen.

„Wie du meinst", sagte Babs achselzuckend. „Und was genau willst du tun? Wie willst du herausfinden, was auf dem Wisch steht, sofern da überhaupt etwas steht?" Doch plötzlich keimte eine Idee in ihr auf. Sie war derart überwältigt von ihrem Einfall, dass sie John mit weit aufgerissenen Augen anstarrte.

„Was?", fragte John schaudernd über ihren seltsamen Blick. Er hoffte aufrichtig, diese Stimme hätte nun nicht auch noch zu ihr gesprochen. Ihr breites Grinsen vertrieb jedoch seine Befürchtung sofort wieder.

„Du, John, hör mal, ich glaub, ich hab's!", johlte Babs begeistert, ohne seinen erschrockenen Blick zu bemerken. „Wir gehen morgen zu Professor Flirt. Er ist doch Altertumsforscher, Archäologe und was weiß ich, was er sonst noch ist. Außerdem kennt er sich mit alten Schriften recht gut aus. Wir fragen ihn einfach, ob er diese Schrift kennt. Ich vermute ja, es ist gar keine Schrift, aber mir glaubst du ja nicht."

„Tolle Idee, Mädchen. Wirklich toll", brummte John enttäuscht, da er dachte, Babs hätte tatsächlich eine gute Idee. „Und was sagen wir, wenn er uns fragen sollte, woher wir dieses Papier haben? Hast du das bei deinem Plan auch bedacht? Hast du dafür ebenfalls eine Idee?"

„Hm, wir könnten doch sagen", schlug Babs nach kurzem Überlegen strahlend vor, „wir hätten es vom Trödelmarkt."

„Du meinst, der kauft uns diese Geschichte ab?", fragte John ungläubig und blickte Babs düster an.

„Warum denn nicht? Ist doch nichts dabei. Wir haben den Fetzen Papier auf dem Trödel aufgestöbert und wollen jetzt wissen, was da geschrieben steht. Ist doch ganz einfach."

John überlegte. Konnten sie das riskieren? Würde der Professor sie auffliegen lassen, wenn er merkte, dass ihre Geschichte haarsträubender Unsinn war? „Na gut, wenn du meinst, versuchen können wir es ja", murmelte er nach einiger Zeit widerstrebend, da er keine bessere Idee hatte.

***

Anderswo flutete etwas später bläuliches Licht aus einer gläsernen Kuppel und wellte Adamus langen Schatten auf flirrende Stufen, als er raschen Schrittes über eine soeben aus dem Nichts erschienene Treppe hinabstieg und auf ein mächtiges Gebäude mit riesigen Masten zuging. Er straffte seine Schultern und steuerte auf ein gigantisches Tor zu, das sich unter einer großen, goldenen Kuppel, auf der eine Pyramide mit funkelnder Spitze schwebte, befand. Als er das Tor erreichte, öffnete er mit einem surrenden Blitz, der aus einer Kugel schoss, eine kleine Tür, die sich in dem großen Tor verbarg. Er schritt durch die Tür, lief einen düsteren Korridor entlang und verschwand kurz darauf in einem unscheinbaren kleinen Raum, in dem er bereits erwartet wurde. Mit einem Blick größter Sorge berichtete er von Achnums folgenschwerem Fehler.

„Dieser Tölpel hat nur ein Schriftstück hinterlegt?", fauchte die kalte Stimme ungläubig. „Ich habe ihm beide Schriftstücke gegeben und er wusste, wie wichtig beide sind. So blöd kann man doch nicht sein! Wie konnte das geschehen?"

„Vermutlich hat er eines verloren", sagte Adamu, tat betroffen und legte die Stirn in Sorgenfalten. „Du kannst von Glück reden, dass er nicht beide verloren hat."

„Ich soll von Glück reden?", zischte die kalte Stimme aufgebracht. „Mein ganzer Plan könnte durch diesen Tölpel ins Wanken geraten."

„Ich sagte dir von Anfang an, lass die Sache mit dem Jungen", grollte Adamu anklagend. „Es könnte alles anders laufen, würdest du auf den Jungen verzichten. Dann hätten wir Zeit für wichtige Dinge."

„Der Junge ist wichtig! Sehr wichtig. Er ist ein Teil von allem und ich will ihn tot sehen", brüllte die kalte Stimme außer sich vor Zorn.

„Das, habe ich bereits verstanden", sagte Adamu kühl. „Darum habe ich auch eingegriffen. Ohne mich würde der Junge das Schriftstück nicht mehr besitzen. Er wollte nicht auf Achnums übermittelte Gefühle achten. Achnum ist zu schwach. Oder er strengt sich nicht genug an. Ich musste mich einmischen, etwas nachhelfen, um die Dinge ins Lot zu bringen. Hab dem Jungen wohl einen hübschen Schrecken eingejagt, als ich seine Hände und Gedanken steuerte und zu ihm sprach."

„Ich werde diesem Tölpel den Hals umdrehen, wenn er sich in Zukunft nicht mehr Mühe gibt", grollte die kalte Stimme wütend. „In ein paar Tagen, wenn der Junge auf Mull ist, schnappt für ihn endlich die Falle zu und Achnums Unzulänglichkeiten haben ein Ende."

„Seine Schwester zweifelt an dem Schriftstück", sagte Adamu. „Der Junge ist jedoch wie besessen darauf, zu erfahren, was auf dem Papier steht. Sie wollen damit zu einem Professor gehen."

„Achnum soll den Jungen daran hindern", zischte die kalte Stimme. „Sofort!"

„Dazu reichen Achnums Kräfte nicht aus", sagte Adamu stoisch. „Ist ein harter Brocken, dieses Bürschchen. Hat seinen eigenen Kopf. Lässt sich von Achnum nicht so steuern, wie du dachtest. Ich habe dich vorgewarnt, dass Derartiges passieren könnte. Auch wenn dem Jungen das nötige Rüstzeug fehlt, seine Fähigkeiten nicht geweckt wurden, er nie unterrichtet und ausgebildet wurde, ist er dennoch der Sohn von ..."

„Das ist mit schmerzlich bewusst, Adamu", unterbrach die kalte Stimme schroff. „Wie sollte ich das je vergessen?"

„Dann muss ich dich ja nicht daran erinnern, was das bedeutet", sagte Adamu ungerührt.

„Du bohrst wohl gerne in Wunden anderer, Adamu?", zischte die kalte Stimme feindselig.

„Auch wenn du es nicht gerne hörst", sagte Adamu gelassen, „du solltest diese Dinge nicht ignorieren. Du weißt, welche Gabe in dem Jungen schlummert."

„Er wird nie die Gelegenheit haben, diese Gabe herauszufinden, denn dazu dauert sein Leben nicht mehr lange genug", tobte die kalte Stimme unbeherrscht.

„Vermutlich", sagte Adamu kühl. „Wegen des Professors mach dir keine Sorgen, der kann das Schriftstück ohnehin nicht entschlüsseln. Dennoch, es war ein Fehler, dem Jungen die Nachricht in Glyphen zukommen zu lassen. Wäre einfacher gewesen, wenn er deine Botschaft hätte lesen können."

„Ich musste sie ihm in Glyphen zukommen lassen. Ohne das Papier hätte er nichts geglaubt. Hätte dieser Tölpel das zweite Schriftstück nicht verloren", zischte die kalte Stimme grimmig, „wäre alles anders. Und nun geh und schick diesen Tölpel zu mir!"

„Du wirst ihn töten müssen", flüsterte Adamu. „Sobald Achnum begriffen hat ..."

„Zweifellos werde ich das am Ende tun, Adamu", unterbrach die kalte Stimme gereizt. „Aber zuvor muss er noch etwas für mich erledigen. Und er wird dabei sein Bestes geben, dafür werde ich sorgen."

„Du bist also immer noch wild entschlossen?", sagte Adamu nun mit noch leiserer Stimme, die sich kaum noch über das Knistern eines Feuers erhob.

    Die kalte Stimme schien erregt, doch als sie dann sprach, klang sie sehr besonnen. „Adamu, riechst du nicht den Gestank, der sich über unserem Reich ausgebreitet hat? Riechst du nicht die Ungerechtigkeit, die uns umgibt? Siehst du nicht die Verblendung, die seit Jahrtausenden wie ein eiserner Vorhang über uns liegt und alles lähmt? Es ist an der Zeit, diesen Dingen Einhalt zu gebieten. Ich vergesse nicht, Adamu – und ich verzeihe nicht. Ich habe lange auf diesen Moment gewartet. Nun ist er gekommen!"

Professor Flirts merkwürdige Geschichte

Am nächsten Tag machten sich John und Babs nach dem Unterricht sofort auf die Suche nach Professor Flirt. Sie mussten das ganze Schulgebäude durchsuchen, bevor sie ihn in einem düsteren, verstaubten Raum, der mit Artefakten und prähistorischem Zeug vollgestopft war, fanden. Professor Flirt war ein hagerer, großer Mann Mitte fünfzig. Auf seinem Kopf wucherte eine dichte, weiße Mähne. Er hatte eine lange dürre Nase, auf deren Spitze eine altertümliche Lesebrille hin und her rutschte. Seine müden grauen Augen wirkten stumpf und matt und sein ausgelaugtes Gesicht war mit tiefen Falten durchzogen, die zum Teil von einem fast weißen Bart verdeckt wurden. Der schmuddelige, abgetragene Anzug, den er ständig trug, war ihm eine Nummer zu groß, wodurch er immer unordentlich wirkte. Zudem sah er in dieser schlotternden Kleidung schwach und zerbrechlich aus, was er aber bei Weitem nicht war. Im Großen und Ganzen verkörperte er das perfekte Bild des zerstreuten Professors.

„Äh ... ähm ... Professor Flirt, Entschuldigung", stammelte John verlegen, als er den Raum betrat. Er nahm auch noch rasch seine Sonnenbrille ab, da er dachte, es wäre unhöflich, sie aufzubehalten. Der Professor schien ihn und Babs jedoch gar nicht zu bemerken. Er lehnte an einer Wand, nahe einem Fenster, vertieft in einen dicken, alten Wälzer, der so groß war, dass er ihn kaum halten konnte.

„Ähm, hätten Sie vielleicht einen Moment Zeit für uns, Professor?", fragte John zögernd.

Professor Flirt blickte überrascht hoch, wobei ihm fast die Brille von seiner dürren Nase gerutscht wäre, und sah dabei aus wie jemand, der nicht wusste, wo er war und was er tat.

„Tut mir leid, Kinder, ich bin im Moment sehr beschäftigt", brummte er flüchtig und ziemlich irritiert und rückte seine Brille zurecht. „Ihr könnt aber gerne ein anderes Mal wiederkommen", fügte er noch brummiger hinzu und vertiefte sich sofort wieder in seine Lektüre.

„Aber, Professor ... bitte", sagte Babs flehend und ihr Blick huschte zu John, als suchte sie bei ihm einen Fetzen Hoffnung. Ihre Wangen waren purpurrot. „Es dauert bestimmt nicht lang, Professor", stieß sie noch schnell hervor.

„Na, was gibt es denn so Dringendes, Kinder?", erkundigte sich der Professor schwerfällig, ohne von dem Buch aufzublicken.

„Ähm, na ja ... die Sache ist die ... also, wir haben da ein Papier mit sehr merkwürdigen Schriftzeichen, die aussehen wie Hieroglyphen. Könnten Sie sich das bitte einmal ansehen?", stotterte John unsicher und ging dabei zögerlich ein paar Schritte auf den Professor zu.

„Hieroglyphen?", murmelte der Professor ungläubig, wandte sich John zu und blickte dann mit zusammengezogenen Augenbrauen über den Rand seiner Lesebrille skeptisch zwischen ihm und Babs hin und her.

„Ähm, na ja ... zumindest sieht es ganz danach aus", erwiderte John hastig und reichte dem Professor die Klarsichthülle.

Der Professor nahm sie widerstrebend und sichtlich genervt entgegen, dann begutachtete er deren Inhalt eine Weile.

„Hm ... hm", sagte er dabei immer wieder und ging im Zimmer auf und ab. „Wo habt ihr das Papier her?", fragte er dann merklich interessiert.

John wurde blitzartig heiß. Er spürte, wie ihm die Angst in den Nacken kroch und Hitze ins Gesicht stieg. „Ich hab's ja geahnt", dachte er entsetzt. „Das kann nicht gut gehen." Noch während er fieberhaft überlegte, was er dem Professor antworten könnte, hörte er Babs ganz unbekümmert sagen: „Das haben wir letzte Woche auf dem Trödelmarkt gefunden." Babs Wangen wurden dabei noch röter, als sie ohnehin schon waren. Sie hoffte sehr, der Professor würde es nicht bemerken.

„Hm", sagte Professor Flirt wieder und kratzte sich am Kopf. „Auf dem Trödelmarkt also? Das ist aber seltsam. Wirklich sehr seltsam."

John zappelte mit stockendem Atem angespannt von einem Fuß auf den anderen und tauschte mit Babs nervöse Blicke aus. „Er glaubt uns nicht", schoss es ihm durch den Kopf. „Jetzt sind wir geliefert."

„Wirklich äußerst seltsam", wiederholte der Professor abermals und durchbohrte John und Babs mit einem forschenden Blick. Dann rückte er seine altertümliche Brille umständlich zurecht, die ihm erneut fast von seiner dürren Nasenspitze gerutscht wäre.

„Können Sie diese Zeichen entziffern, Professor Flirt?", erkundigte sich John mit pochendem Herzen, da er den bohrenden Blick des Professors nicht länger ertragen konnte.

„Diese Zeichen sind sehr, sehr alt", murmelte Professor Flirt jäh, räusperte sich lautstark und wandte seinen Blick verträumt aus dem Fenster. „Hinter diesen Zeichen, wenn ich sie denn richtig deute, verbirgt sich eine äußerst merkwürdige Geschichte. Ja, eine sehr merkwürdige Geschichte", wiederholte er und wandte seinen Kopf mit seltsam schimmernden Augen John und Babs zu. „Es handelt sich bei dieser Geschichte um die Überlieferung einer sehr alten Legende. Sie soll viele Jahrtausende alt sein", fuhr er bedächtig fort, sah die beiden stirnrunzelnd an und machte eine nachdenkliche Pause. „Ja, es ist tatsächlich eine äußerst merkwürdige Geschichte, über deren Wahrheitsgehalt ich keine Wetten abschließen würde", sagte er dann mit einem müden Lächeln auf seinem hageren Gesicht.

„Professor, bitte ... erzählen Sie uns diese Geschichte", bettelte John mit verdattertem Gesicht. Sein Magen, ohnehin schon flau, verkrampfte sich noch mehr. Ihm fiel sofort Vaters Brief von diesem A. M. B. ein, der dasselbe angedeutet hatte, und überlegte, was diese Schriftzeichen mit Babs und ihm zu tun haben könnten, wenn sie wirklich so alt waren, wie nun auch der Professor behauptete.

„Hm, hm", machte Professor Flirt wieder und wieder und fuhr sich dabei unentwegt nachdenklich und geistesabwesend durch den Bart. „Äußerst merkwürdig", sagte er abermals, „dachte nicht, so ein Papier jemals zu Gesicht zu bekommen. Ihr müsst wissen, solche Legenden sind meist uralte Ammenmärchen und gehören ins Reich der Fantasie, wobei man natürlich nie weiß, ob nicht doch ein Fünkchen Wahrheit dahintersteckt." Er wirkte nun etwas zerstreut, drehte das Papier in seinen Händen nach allen Seiten, was John ordentlich nervös machte, sagte: „Setzen wir uns doch", und steuerte zielstrebig auf einen Stuhl zu.

John warf Babs einen angespannten Blick zu, als er sich wie auf glühenden Kohlen einen Stuhl aus einer Ecke des Raumes holte. Eine eigenartige Unruhe überkam ihn dabei. Es war eine Mischung aus ungeduldiger Neugierde und hartnäckigem Unbehagen. Er karrte den Stuhl durch den Raum, stellte ihn gegenüber von Professors Flirt auf und setzte sich. Während er Babs beobachtete, wie sie mit ihrem Stuhl herumhantierte, überlegte er, was um alles in der Welt ihnen eine uralte Überlieferung einer Legende nützen sollte. Eine Legende war doch nichts weiter als ein Märchen und der Professor nannte es doch selbst gerade ein Ammenmärchen. „Wie soll uns denn ein Märchen bei der Entschlüsselung dieser Zeichen helfen?", dachte er dann fast ein wenig enttäuscht. An seinem flauen Gefühl im Magen änderte dies jedoch nichts.

„Nun ja", fuhr der Professor fort, als auch Babs endlich saß und begann langsam und sehr umständlich zu erklären. „Wie ich schon sagte, handelt es sich hierbei um eine uralte Überlieferung einer noch älteren Legende aus tiefster Vergangenheit. Damit meine ich eine Erzählung, die Jahrtausende alt ist und uns von Ereignissen berichtet, die noch viel älter sind. Ihr müsst verstehen, niemand weiß genau, was sich einst wirklich zugetragen hat. Ereignisse wurden damals über Generationen mündlich weitergegeben, bis sie eines Tages von einem Schreiber niedergeschrieben wurden. Wie ihr euch sicher denken könnt, hatte so eine Niederschrift schon einiges an Wahrheit eingebüßt, da jeder Erzähler seine eigenen Ausführungen weitergab. Solche Niederschriften wurden im Laufe der Zeit dann immer wieder neu niedergeschrieben, um sie für die Menschheit zu erhalten. Bei all diesen unzähligen Abschriften wurden mit Sicherheit aber auch Dinge einfach dazu gedichtet oder weggelassen, vieles wurde sicher auch verdreht oder dem Verständnis der jeweiligen Zeit angepasst. Mit Sicherheit wurde auch einiges falsch übersetzt. Was am Ende bleibt, ist eine verfälschte Niederschrift eines Ereignisses, von dem keiner weiß, ob es tatsächlich stattgefunden hat oder der Fantasie frühzeitiger Märchenerzähler entsprungen ist."

Der Professor machte eine Pause und schloss für einen kurzen Moment die Augen. Er sah dabei aus, als versuchte er, sich mühsam etwas in Erinnerung zu rufen. John und Babs saßen aufrecht auf ihren Stühlen und wussten nicht, was sie damit anfangen sollten. Sie wollten weder Geschichtsunterricht noch eine Märchenstunde. Johns innere Unruhe wurde immer größer, Unbehagen kroch ihm dumpf die Beine hoch und er wetzte nervös auf seinem Stuhl hin und her, unfähig, ruhig zu sitzen.

„Also", fuhr der Professor mit gedämpfter Stimme fort und klang, als würde er über ein großes Mysterium sprechen. „Es gab mal eine Stadt namens Eridu. Diese Stadt gab es tatsächlich und ihr könnt bei Interesse Eridu googeln. Ihr werdet staunen, was ihr alles findet, denn Eridu war eine der ältesten, vermutlich sogar die älteste sumerische Stadt. Sie befand sich in Süd-Mesopotamien, dem heutigen Süd-Irak und lag ganz in der Nähe von Ur. Nach dem sumerischen Mythos ist sie die Stätte, an der die Geschichte der Menschheit begann. Auch unsere Legende beginnt zu jener Zeit und ist in manchen Dingen der sumerischen Erzählung ähnlich. Laut dieser Legende nun soll Eridu alle, die es sahen, in Staunen versetzt haben. Eine sehr seltsam anmutende Stadt soll es gewesen sein. Alles im Überfluss soll es gegeben haben. Dinge, die zuvor keiner kannte, soll man dort bestaunt haben. Prächtige Gebäude und fremdartige Bauten soll es gegeben haben."

„Prächtige Gebäude?", fragte John hellhörig und musste sofort an das grün beleuchtete Gebäude in seinem Kopf denken. Sein Unbehagen wurde nun noch größer, verließ seine Beine und schlängelt sich langsam durch seinen Körper. Er fragte sich, was er und Babs und ihr Schriftstück mit diesem Eridu zu tun haben könnten. Es war doch gar nicht möglich, dass hier ein Zusammenhang bestand.

„Diese Legende oder das, was von ihr überliefert wird", fuhr der Professor fort, ohne auf Johns Frage einzugehen, „berichtet uns nun in schillernden Farben von Eridu und äußerst ungewöhnlichen Dingen, die sich vor sehr, sehr vielen Jahrtausenden dort zugetragen haben."

„Was für ungewöhnliche Dinge?", hakte John, der sich indessen außerordentlich nervös fühlte, sofort nach.

„Ja, nun ja ... diese Dinge stehen unmittelbar mit den Gründern von Eridu im Zusammenhang. Diese Gründerväter sollen laut Überlieferung, wie soll ich sagen, nun ja, sie sollen ebenfalls sehr außergewöhnlich gewesen sein", sagte Professor Flirt und räusperte sich abermals lautstark.

John hatte den Eindruck, als versuchte der Professor, etwas in Worte zu fassen, für das es keine Worte gab. Das machte ihn noch hibbeliger, als er schon war, tat aber sein Bestes, um es so gut wie möglich zu verbergen.

„Was war denn so außergewöhnlich an denen?", wollte nun Babs mit großen Augen wissen. Ihr dauerte das Gerede des Professors schon viel zu lang. Sie fragte sich, wann er endlich zum Punkt kommen würde, und konnte sich ebenfalls nicht erklären, was diese Geschichte mit ihrem Schriftstück zu tun haben könnte.

„Es ist Herkunft und ihr Erscheinen, was Rätsel aufgibt und sehr seltsam anmutet. Doch wie gesagt, wir sprechen hier über eine alte Überlieferung und nicht über fundierte Fakten", antwortete der Professor nachdenklich und senkte seine Stimme zu einem geheimnisvollen Flüstern. „Die ältesten bekannten Texte dieser Legende erzählen uns erstaunliche Dinge über diese Gründer. Sie berichten uns, sie seien in Feuer speienden, geflügelten Himmelswagen mit Donnergrollen am

Firmament erschienen. Gezogen wurden ihre Himmelswagen von wilden feurigen Rössern, die schnaubend das Himmelsdach durchbrachen und sich mit einer alles versengenden Hitze auf der Erde niederließen. Bis zu fünf Nippur-Ellen sollen sie gemessen haben, mit einer Haut wie Leinen. Gewänder aus unverwüstlichen, glänzenden Stoffen sollen sie getragen haben, als sie ihre Himmelswagen verließen. Eridu sollen sie im Handumdrehen und ohne jegliche Mühsal erschaffen haben und auch der Menschheit großes Wissen in vielerlei Kunde gebracht haben. Selbst die Sterne sollen ihnen nicht fremd gewesen sein. In den ältesten sumerischen Texten, die von dieser Legende berichten, damit meine ich Tontafeln in Keilschrift, werden sie als weiße Götter und Urkönige von Sumer bezeichnet, Anunnaki genannt, und als die, die vom Himmel zur Erde herabstiegen, verehrt."

„Diese Legende ist doch nichts weiter als ein überdrehtes Märchen", unterbrach John den Professor nach Luft ringend. In seinen Lungen schien plötzlich sehr wenig Luft zu sein, in seinem Kopf geriet alles ins Wanken und er wurde nun noch nervöser. „Nein, diese Geschichte kann unmöglich etwas mit unserem Schriftstück zu tun haben", dachte er aufgewühlt.

„Nun, ich würde nicht sagen, dass es sich nur um ein Märchen handelt", sagte Professor Flirt, der durch die Unterbrechung etwas missvergnügt wirkte. „Obwohl ich keineswegs denke, dass es sich um Götter handelte, finde ich diese Texte bemerkenswert, wenn man das Göttliche daraus entfernt, die damalige Unwissenheit bedenkt, die Wortwahl dem damaligen Vokabular zuschreibt und die Verfälschungen berücksichtigt."

Babs sah den Professor an, als ob er verrückt geworden wäre. Es schien ihr äußerst schwerzufallen, ihre Augen dabei nicht zu verdrehen. Nach ihrem Gesichtsausdruck zu schließen, hielt sie den Professor für noch verrückter als seine Geschichte. John hingegen wusste nicht, was er denken sollte. Die Worte des Professors schienen nur sehr langsam von seinen Ohren in sein Hirn zu dringen und er hatte Mühe, sie zu begreifen. Es konnte doch nicht sein, dass der Professor diesen Quatsch tatsächlich glaubte.

„Die Überlieferung berichtet uns weiter", fuhr der Professor schmunzelnd fort, als er in ihre verblüfften Gesichter sah, „dass es sich um sehr edle, großmütige Götter handelte, die fast ein Alter von tausend Jahren erreichten und sehr viel Gutes für die Menschheit brachten. Es wurde jedoch auch berichtet, dass sich nach vielen Jahrhunderten ihrer Anwesenheit immer öfter Götter mit dem gewöhnlichen Volk vereinigten. Die Mächtigsten dieser Götter waren mit dieser Entwicklung sehr unzufrieden. Sie betrachteten diese Nachkömmlinge als Halbgötter, da sie ja mit Menschen gezeugt wurden, worauf sich immer mehr Unzufriedenheit, Neid und Missgunst ausbreitete. Die Legende berichtet auch, diese Götter verfügten nicht nur über ein herausragendes Wissen, sondern waren auch im Besitz sehr heilsbringender, aber auch sehr zerstörerischer Gerätschaften. Diese zerstörerischen Gerätschaften wurden als Donnerkeile, Götterblitze, Feuerkrüge und Funkensteine bezeichnet. Es steht auch geschrieben, den Mächtigsten der Götter wurden die Revolten und Querelen eines Tages zu viel und die Zügellosigkeit der anderen Götter mit dem Volke ging ihnen zu weit. Sie bestiegen daraufhin unter großem Zorn ihre geflügelten Himmelswagen und ließen die aufrührerischen Götter erbittert zurück. Sie verließen Eridu unter lautem Getöse in einer mächtigen Wolke aus Feuer, Rauch und Hitze und löschten unter großem Groll Eridu und alles von ihnen Erschaffene mit ihren Feuerkrüge speienden Donnerkeilen aus. Sie entschwanden für immer am Firmament, das noch lange danach von ihren feurigen Rössern glutrot leuchtete. Klingt an den Haaren herbeigezogen, nicht wahr?"

„Das kann man so sagen", entfuhr es Babs spitz.

„Nun gut", sagte der Professor schmunzelnd. „Dann lasst uns diese Legende doch mal ohne den Göttlichen betrachten und eine von mehreren Interpretationsmöglichkeiten in die heutige Zeit übersetzen."

„Wie soll das gehen?", fragte John verwundert.

„Ganz einfach", sagte Professor Flirt, „indem wir jahrtausendealtes Vokabular, das auf Unwissenheit zurückzuführen ist, gegen heutiges tauschen. Dabei machen wir die Geschichte nicht glaubhafter, aber verständlicher. Übersetzen wir doch die mächtigsten Götter mit Generälen und Götter mit Mannschaftsmitglieder, Donnerkeile mit Raketen, Feuerkrüge mit Bomben, Funkensteine mit Gewehrkugeln, feurige Rösser mit Antriebsdüsen und geflügelte Himmelswagen mit Raumschiffen. Die Geschichte würde sich dann so anhören: Eines Tages erschienen am Himmel außerirdische Raumschiffe, die bei der Landung im Umkreis alles verbrannten. Die Generäle dieser Flotten ließen von ihren Mannschaften Häuser bauen und gründeten Eridu. Sie teilten ihr Wissen mit den Erdlingen, unterrichteten sie in vielen Dingen und brachten ihnen großen Wohlstand, bis den Generälen die hemmungslose Vermehrung einiger Mannschaftsmitglieder mit den Erdlingen gegen den Strich ging. Diesen Nachwuchs betrachteten die Generäle als nicht ebenbürtig, worauf es zum Aufstand wegen Diskriminierung kam, bei dem auch Waffen eingesetzt wurden. Bei diesen Waffen handelte es sich um Raketen, Bomben, Faustfeuerwaffen und dergleichen. Nachdem die Generäle genug von den kriegerischen Auseinandersetzungen hatten, bestiegen sie ihre Raumschiffe, verließen Eridu, ohne die Aufständischen aus ihren Mannschaftsreihen mitzunehmen, bombardierten Eridu und zerstörten alles von ihnen Erschaffene."

„Aber, Professor, das ist doch Unsinn", wehrte John ab.

„Du meinst, diese Interpretation sei Unsinn?", sagte der Professor schmunzelnd und John nickte verlegen mit dem Kopf. „Nun, da magst du durchaus recht haben", sagte der Professor zustimmend. „Unseres Wissens nach haben keine Außerirdischen die Erde besucht. Aber wer sagt uns, dass wir mit unserem Wissen richtig liegen? Können wir mit Gewissheit behaupten, es sei falsch oder unmöglich, nur weil es dem widerspricht, was wir zu wissen glauben? Hör dir die Geschichte zu Ende an, Junge. Die von den Göttern Zurückgelassenen sollen mehrere Hundertschaften gewesen sein. Nicht alle sollen die Zerstörung von Eridu überlebt haben. Zudem soll einige Zeit nach dem Verschwinden der Götter eine große Katastrophe über die Erde hereingebrochen sein. Diese Katastrophe wird in der Überlieferung als großes Wasser bezeichnet und hilft uns, die Legende zeitlich einzuordnen, da wir sie dadurch einige Zeit vor der großen Flut datieren können. Nun ja, und diejenigen der Zurückgelassenen, die auch diese Katastrophe überlebten, sollen sich unserer Legende nach ein eigenes Reich erschaffen haben. Sehr alten Texten zufolge sollen sie auch ein bedeutendes Vermächtnis der mächtigsten Götter vor der Vernichtung gerettet haben."

„Gab es die tatsächlich? Wollen Sie wirklich damit sagen, Außerirdische besuchten die Erde?", unterbrach John neuerlich mit Gänsehaut im Nacken. Die Worte sprudelten ihm so hastig aus dem Mund, als ob er sich beeilen wollte, bevor ihn der Mut zum Fragen verließ. Eine seltsame Beklemmung kroch ihm bei dem Gedanken an diese Gründer unter die Haut.

Babs sah John verwundert an. So, als fände sie seine Frage unmöglich, schüttelte ohne Hemmung ihren Kopf und rümpfte die Nase. Für sie war diese Geschichte nicht nur haarsträubender Unsinn, sondern konnte unmöglich etwas mit ihr und John zu tun haben. Wie auch? Was um alles in der Welt sollten sie mit diesen Gründern von Eridu zu tun haben, wenn die denn überhaupt jemals existiert hatten?

„Nun ja, Junge, ob es sie tatsächlich gab, ist eine gute Frage, die ich dir nicht beantworten kann. Auch vermag ich über ihre Herkunft nichts zu sagen. Wir könnten auch noch andere Interpretationsmöglichkeiten dieser Überlieferung in Erwägung ziehen, denn deren gibt es viele, doch dazu fehlt mir die Zeit. Ich wollte euch mit dieser Darstellung nur zeigen, wie vielseitig man so alte Texte auslegen kann und wie schwer es ist, die Wahrheit herauszufinden."

„Und was soll diese Legende mit unserem Papier zu tun haben?", warf Babs ziemlich ungeduldig ein, da sie sich nicht mehr zurückhalten konnte und ihr dieses überdrehte Schauermärchen allmählich zu viel wurde.

„Sehr viel", brummte der Professor zu ihrer Verwunderung und blickte auf die Uhr. „Doch zuvor sollten wir diese Überlieferung noch aus einem weiteren Blickwinkel betrachten, der uns zusätzliche Informationen gibt", fuhr der Professor fort und eine Spur Ungeduld lag in seiner Stimme. „Dazu müssen wir aber einen großen Sprung nach Brasilien machen. Dort lebte zur selben Zeit am Ufer des Amazonas, tief im Dickicht des Dschungels verborgen, ein Stamm, der sich Uagha nannte. Das Besondere oder Unglaubliche an diesem Stamm ist jedoch nicht seine Existenz, sondern dass dieser Stamm ein unterirdisches, sagenumwobenes Reich und einen der Eingänge zu diesem Reich bewacht haben soll. Gemeint ist damit natürlich das neu erschaffene Reich der zurückgebliebenen Götter von Eridu und ihren Nachkommen. Also jenen, die überlebten", sagte Professor Flirt und blickte wieder etwas gedankenverloren aus dem Fenster.

„Ähm, Entschuldigung, Professor, aber wie hilft uns diese Geschichte weiter?", fragte Babs mit gekünstelt freundlicher Stimme und dachte: „Der hat sie doch nicht mehr alle." Diese Geschichte wurde immer unglaubwürdiger und allmählich begann sie, am Verstand des Professors ernsthaft zu zweifeln. Sie wollte nun endlich einen vernünftigen Zusammenhang erkennen oder diese Geschichte für immer vergessen. Sie setzte zu ihrer gekünstelt freundlichen Stimme ein gekünstelt freundliches Lächeln auf, was ihr äußerst schwerfiel, und fragte: „Was zum Kuckuck haben diese Uagha, die den Eingang zu diesem Reich bewacht haben sollen, mit unserem Schriftstück zu tun, Professor?"

„Ja, nun ja, im Grunde ist es ganz einfach", fuhr der Professor umständlich fort, worauf Babs ein tiefer Seufzer entfuhr und sie mit hoffnungsleeren Augen zu John blickte. „Man fand im brasilianischen Dschungel Aufzeichnungen eines Stammes", erklärte Professor Flirt verträumt weiter, „der wiederum über den Stamm der Uagha berichtete. Und in diesen Aufzeichnungen des anderen Stammes fand man bildliche Darstellungen von Geschehnissen, die auf die Gründung von Eridu hinweisen und eine bedeutsame Verbindung zwischen den zurückgebliebenen Göttern und Halbgöttern von Eridu und den Uagha beschreiben. Diese Uagha müssen sehr ungewöhnlich gewesen sein, denn sie wurden nicht als brasilianische Ureinwohner dargestellt, sondern ebenfalls als weißhäutige Menschen. Sie wurden zudem als die Verbündeten von den einst mächtigsten Göttern von Eridu beschrieben und …"

„Ich verstehe den Zusammenhang mit unserem Schriftstück noch immer nicht, Professor", unterbrach Babs nun energisch und ziemlich unhöflich, da sie langsam die Geduld verlor. Sie mühte sich nach Kräften, keine Miene zu verziehen, was ihr allerdings nicht gelang.

„Ich weiß, diese Geschichte klingt etwas verworren", sagte der Professor mit müdem Lächeln, „aber das haben uralte Legenden nun mal so an sich. Sie klingen all schier unglaublich und verworren, wobei ich aber auch betonen möchte, dass hinter dem Verworrenen fast immer ein Fünkchen Wahrheit steckt. Dieses Fünkchen aufzuspüren, ist allerdings eine sehr schwierige Sache." Seine Stimme erstarb jäh, er wirkte erschöpft und dunkle Schatten spiegelten sich unter seinen Augen. Er wandte seinen Blick John zu, doch der hatte kaum zugehört. Er dachte darüber nach, was ihr Schriftstück mit alledem zu tun haben könnte und warum der Professor beim Erzählen so umständlich herumeierte.

„Professor, bitte, erklären Sie uns endlich den Zusammenhang", sagte er fast flehend und mit einem Brennen im Magen, als hätte er einen dieser lodernden Feuerkrüge verschluckt.

„Machen wir es kurz", sagte Professor Flirt und wirkte, als ob er die Sache nun sehr rasch hinter sich bringen wollte. „Es ist, wie ich schon sagte, ganz einfach, sofern wir der Überlieferung Glauben schenken. Diese Uagha waren also sowohl Verbündete der zurückgelassenen Götter von Eridu als auch von deren halb göttlichen Nachfahren und halfen ihnen, das Vermächtnis der mächtigsten Götter zu bewahren. Sie bewachten im brasilianischen Dschungel den Eingang zu deren neu erschaffenem Reich. Und eure Schriftzeichen auf eurem Papier hier sollen die einstigen Schriftzeichen der Bewohner dieses Reiches gewesen sein. Also von den zurückgebliebenen Göttern Eridus. Darum kann ich mir auch nicht vorstellen, wie dieses Papier", er hielt nun die Klarsichthülle mit funkelnden Augen John dicht unter die Nase, „auf einen Trödel auftauchen konnte."

„Wie bitte!", rief Babs und japste um Worte ringend nach Luft. Ihr Gesicht wurde weiß wie Kreide. „Das kann unmöglich sein", raunte sie heiser, aber ziemlich bestimmt und wedelte mit ihren Händen abwehrend herum.

John hörte sein Herz pochen und spürte seinen Atem in der Brust stocken. Er war wie vom Donner gerührt und dachte, einer dieser Donnerkeile hätte ihn getroffen. In seinem Kopf schwirrten die Gedanken wie Funken um ein mächtiges Feuer. Verzweifelt versuchte er, eine vernünftige Erklärung zu finden, fand jedoch keine, da sein Gehirn unter der Ungeheuerlichkeit, die es soeben gehört hatte, zu kapitulieren schien.

„Wie gesagt", meinte Professor Flirt etwas überrascht über ihre bestürzten Gesichter, „es ist nur eine alte Überlieferung. Keiner weiß, was an dieser Geschichte wirklich dran ist." Er verfiel in ein langes Schweigen und wirkte nun ebenfalls sehr nachdenklich. Er nahm seine Brille ab, rieb sich die Augen und starrte erneut aus dem Fenster.

„Können Sie diese Schriftzeichen lesen, Professor?", erkundigte sich John krächzend, als er sich wieder etwas gefangen hatte. Seine Stimme klang, als hätte er sie lange nicht mehr gebraucht, doch sein Gehirn schien nun wieder bereit, die Arbeit aufzunehmen. Damit wuchs jedoch auch das beißende Gefühl in seinen Eingeweiden und eine Heidenangst, wie er sie noch kaum verspürt hatte, lähmte seine Gliedmaßen wie Gift. Er fragte sich, wie dieses Schriftstück in einer Tasche landen konnte, in der Babs und er als Babys lagen. Er hatte plötzlich das Gefühl, er säße vor dem Fernseher und sähe eine Episode der Serie Akte X.

„Das Ganze kann doch nur ein Irrtum sein", dachte er mit zugeschnürtem Hals. Vor der Antwort des Professors wurde ihm nun ganz bange und er wünschte sich, nicht gefragt zu haben.

„Nein, mein Junge, da muss ich dich enttäuschen. Ich kann diese Schriftzeichen nicht lesen. Ich bin mir sogar sicher, niemand kann sie lesen. Es sei denn", meinte der Professor augenzwinkernd, „man ist Angehöriger dieses Reiches."

Mit starrer Miene blickte John zu Babs, die mit einem ausdrucksleeren, weißen Gesicht dasaß, als wäre sie aus Stein gemeißelt, dann starrte er entsetzt zu Professor Flirt, der gedankenverloren zurückstarrte.

Als sie wieder klare denken konnten, wollten John und Babs noch mehr erfahren und Professor Flirt berichtete ihnen mit sonderbar verklärtem Gesichtsausdruck noch weitere Ungeheuerlichkeiten zu dieser Überlieferung. Er erzählte ihnen auch eine atemberaubende Geschichte über eine sehr alte Tempelanlage namens Bakakor im brasilianischen Dschungel und Unglaubliches über das Reich der Götter von Eridu und deren Nachfahren. Er berichtete ihnen, was in den Texten der Uagha über die Götter von Eridu und ihr Reich geschrieben stand und erzählte, dass es hieße, sie hätten über besondere Fähigkeiten und große Mächte verfügt. Mächte, die so unvorstellbar groß und beängstigend waren, wie nur Götter sie haben konnten, und Fähigkeiten, die normale Fähigkeiten weit überstiegen. Er berichtete John und Babs auch von einem Ort, der Rhangri-Lo genannt wurde, sich der Überlieferung nach in Tibet befunden haben soll und angeblich durch einen sehr langen Tunnel mit Bakakor verbunden war. Er betonte aber ausdrücklich, dass er dies für unmöglich halte und dieser Teil der Legende nichts weiter als der Auswuchs einer überschäumenden Fantasie sei.

Je länger der Professor erzählte und je mehr sie über die Gründer von Eridu erfuhren, desto unheimlicher wurde John und Babs zumute. Babs' Miene schwankte zwischen Faszination und Ungläubigkeit und John sah aus, als hätte er Kiefersperre, während er der Erzählung des Professors lauschte. Als der scherzend meinte, diese Götter von Eridu müssten ihnen etwas ähnlich gesehen haben, da sie als sehr große, schlanke Menschen mit hellen Haaren und blasser, fast weißer Haut beschrieben wurden, presste es John den letzten Rest Luft aus den Lungen und pures Entsetzen huschte über sein Gesicht. Zu guter Letzt erzählte der Professor noch, dass im Laufe der letzten Jahrhunderte sehr viele Abenteurer, denen diese Legende zu Ohren kam, sich auf den Weg gemacht hatten, um diese verborgene Dschungelstadt im brasilianischen Urwald zu suchen, jedoch nur sehr wenige zurückgekehrt sein sollen und von den Zurückgekehrten keiner diese Dschungelstadt, den Tempel oder gar den Eingang zu einem Reich gefunden haben soll.

„Tja, und um diejenigen, die nicht zurückgekehrt sind", murmelte der Professor mit einem Ausdruck im Gesicht, als ob er lieber nicht daran denken wollte, „um die ranken sich seither noch mehr Gerüchte und Legenden. Man sagt, dieses Reich hätte sie einfach verschlungen. Aber das ist – meiner Meinung nach – wirkliches Geschwafel. Vermutlich sind sie an Schlangenbissen oder sonstigen Unfällen gestorben." Mit diesen Worten endete Professor Flirts merkwürdige Geschichte.

„Krass", raunte John, dem der Schreck ins Gesicht geschrieben stand. „Aber wie viel kann man von dieser Legende tatsächlich glauben?", erkundigte er sich mit mulmigem Gefühl, da er fürchtete, die Antwort könnte ihm nicht gefallen.

„Es hängt einzig und alleine von dir ab, wie viel du davon glauben möchtest", meinte der Professor belehrend. „Es ist die alte Überlieferung eines Ereignisses, von dem man nicht weiß, ob es der Wahrheit entspricht. Aber auch Überlieferungen haben meist einen wahren Kern. Merk dir das, Junge. So ... und jetzt muss ich mich beeilen. Ich habe noch eine Menge zu tun", fügte er ungeduldig hinzu.

John hatte den Eindruck, der Professor habe die Geschichte jäh beendet und würde nun bereuen, sie ihnen erzählt zu haben. Er sprang schnell auf, obwohl ihm noch so viele Fragen auf der Zunge brannten und er noch gerne mehr erfahren hätte. Er war sich sicher, Professor Flirt wusste mehr über diese Geschichte, als er erzählt hatte. Er wollte den Professor jedoch nicht noch länger aufhalten, da er erneut ungeduldig auf die Uhr blickte. Aber vor allem wollte John verhindern, dass sich Professor Flirt womöglich nochmals bei ihnen erkundigte, wo sie denn dieses seltsame Papier herhatten. „Vielen Dank, Professor Flirt", sagte John betont höflich, aber sehr rasch. Er griff hastig nach Babs' Arm, die ihn ganz verdutzt ansah, und zog sie schnell in Richtung Tür. „Und entschuldigen Sie bitte, dass wir Sie so lange aufgehalten haben", fügte er noch eilig hinzu, während er sich bereits mit seiner Schwester durch die Tür zwängte.

„Ja! Entschuldigung, Professor", rief auch Babs noch geschwind, während sie von John rausgezerrt wurde, „und nochmals vielen Dank, Professor Flirt!"

Schweigend verließen sie das Schulgebäude. Es war schon sehr spät und es hatte wieder zu regnen begonnen. Schwarze Wolken hingen drohend über ihnen am Himmel. Der letzte Schulbus war längst weg und daher mussten sie zu Fuß nach Hause laufen.

„Kannst du diese verrückte Geschichte glauben, John?", unterbrach Babs die Stille. „John, sag mir bitte, dass ich das alles bloß geträumt habe."

„Ich weiß nicht", meinte John kopfschüttelnd. „Sollte es ein Traum gewesen sein, dann war es der abgefahrenste, den ich je hatte, das kannst du mir glauben." Schweigend stapften sie gegen Regen und Wind ankämpfend weiter. John ließ in seinen Gedanken Professor Flirts merkwürdige Geschichte immer wieder ablaufen. Als sie endlich völlig durchnässt zu Hause ankamen, gingen sie sofort in sein Zimmer.

„Wie zum Teufel können wir jetzt in Erfahrung bringen, was auf diesem blöden Papier steht?", fauchte John niedergeschlagen und ließ sich zornig auf sein Sofa fallen. Er war richtig wütend, aber auch sehr enttäuscht. Er hatte so gehofft, der Professor könnte ihnen beim Entziffern dieser Schrift helfen. Aber anstatt einer entzifferten Schrift hatten sie eine bescheuerte Geschichte aufgetischt bekommen, mit der sie so rein gar nichts anfangen konnten.

„Du hast doch auch gehört, was Professor Flirt gesagt hat", stöhnte Babs entmutigt. „Kein Mensch kann diese Schriftzeichen lesen."

„So ein Unsinn! Das ist mit Abstand der größte Müll, den ich jemals gehört habe", schnaubte John erregt, sprang auf und ging wie ein gereiztes Tier auf und ab. „Überleg doch mal, Babs", rief er aufbrausend, „wie käme denn dieses Papier auf die Insel Mull in eine Tasche, in der zwei Babys liegen, wenn diese Schriftzeichen so unbekannt wären? Irgendjemand muss diesen Wisch doch geschrieben haben. Oder hast du auf Mull schon jemals wen getroffen, auf den die Beschreibung von Professor Flirt passen könnte? Hast du?"

„Natürlich nicht", hauchte Babs mit dramatischer Stimme und schluckte schwer, als ob ihr die Worte des Professors noch immer wie ein Klumpen im Hals stecken würden. „Aber denkst du, es könnte vielleicht ein kleiner Teil davon stimmen? Irgendwas?"

„Ich glaube kein Wort von diesem Quatsch. Diese Geschichte ist der reinste Humbug", sagte John mit geringschätziger Stimme. „Hast du schon jemals so einen Schwachsinn gehört? Denk doch mal nach, Babs! Was haben wir denn Glaubwürdiges? Nichts! Na siehst du! Wir haben sogenannte Götter, die angeblich eine Stadt namens Eridu gründet haben sollen und später mit ihren Nachfahren irgendein Reich erschufen, das es aber gar nicht gibt. Und wir haben diesen verworrenen Uagha-Blödsinn und das ganze andere Blabla. Dieser Schwachsinn hat doch nichts mit unserem Schriftstück zu tun!"

„Was aber, wenn doch etwas Wahres daran ist? Nur ein kleiner Teil davon stimmt", meinte Babs beharrlich.

„Das glaube ich nicht", sagte John mit leisem Spott in der Stimme. „Welcher Teil von diesem abgefahrenen Schrott soll denn da stimmen? Welchen Teil hättest du den gerne? Denkst du etwa, wir haben mit diesen Göttern oder ihren Nachfahren was zu tun? Mach dich doch nicht lächerlich, Babs. Nein, den ganzen Quatsch vom Professor kannst du getrost vergessen! Der hilft uns nicht weiter! Selbst wenn von dieser Geschichte etwas zutreffen sollte, hat es nichts mit uns zu tun. Diese Geschichte ist steinalt! Denkst du wirklich, wenn dieses Reich noch existieren würde, sofern es überhaupt je existiert hat, dass kein Mensch davon wüsste?"

„Nein, denke ich nicht", sagte Babs zugeknöpft, klang dabei aber nicht sicher.

„Eben. Da hast du's", sagte John trocken, doch trotz seines gelassenen Tonfalls hatte sein Gesicht einen Zug von Bitterkeit. „Die einzige Möglichkeit, um herauszufinden, was hier wirklich läuft, ist die Insel Mull. Dort können wir mit etwas Glück einen Hinweis auf unsere Herkunft finden. In einigen Tagen beginnen sowieso die Ferien, dann haben wir genügend Zeit, um der Sache nachzugehen. Ich werde Ben und Eddie bitten, uns bei den Nachforschungen zu helfen", brummte er wild entschlossen, nahm seine Sonnenbrille ab und schüttelte sich das Wasser aus den Haaren.

„Wie du meinst, ich gehe mich trockenlegen", sagte Babs, schnalzte theatralisch mit der Zunge und machte einen unerwarteten Abgang.

John schaute ihr mit steifer Miene hinterher, da in ihrem Blick etwas lag, das er gar nicht mochte, und dachte dann an die baldigen Ferien. Er konnte es kaum noch erwarten, endlich nach Mull zu kommen, um seine Freunde zu treffen. Ben und Eddie waren seine besten Freunde. Er hoffte sehr, mit ihnen das Geheimnis lüften zu können. Doch bevor es so weit war, sollte noch Großmutter Gertrud mit ihrer losen Zunge für weitere Rätsel sorgen.

Großmutter Gertruds fideles Geplapper

Endlich war es so weit. Der letzte Tag vor den Ferien war angebrochen. John musste nur noch den abendlichen Besuch von Großmutter Gertrud überstehen, was eine gewisse Herausforderung war, da sie regelmäßig für Ungemach sorgte. Sie war eine fünfundsiebzig Jahre alte, etwas schwerhörige, rundliche, kleine Frau, die genauso viel meckerte wie Mr. Spraud.

„Wahrscheinlich hat Dad die Nörgelei von ihr", dachte John grinsend. Was ihm aber am meisten zu schaffen machte, war, dass er sein Zimmer aufräumen musste. Darauf bestand Mrs. Spraud. Es war jedes Mal das Gleiche, wenn Großmutter zu Besuch kam. Da musste das ganze Haus glänzen und funkeln wie ein Diamant. „Granny muss doch nicht in mein Zimmer kommen, wenn es ihr nicht gefällt", überlegte John mürrisch, während er seine Klamotten missmutig in den Schrank stopfte.

Als Großmutter Gertrud eintraf, begann das übliche Durcheinander, das es immer gab, sobald sie die Türschwelle übertrat. Es ging bereits bei der Begrüßung los, die für John nahezu unerträglich war, da Großmutter Gertrud auf einem Begrüßungsküsschen bestand, dabei aber sabberte wie eine alte Bulldogge. Danach erfolgte ihre tadelnde Ansprache – mit feuchter Aussprache – über Johns Aussehen, das sie ständig bekrittelte, da sie seine Haare und seine Sonnenbrille für unmöglich hielt. Damit waren die Unannehmlichkeiten für John aber noch lange nicht zu Ende, denn Großmutter Gertruds Neugierde kannte keine Grenze. Sie fragte jedem Löchern in den Bauch, was John als besonders unangenehm empfand, da sein Vater mit gespitzten Ohren und gieriger Miene danebensaß und nicht minder neugierig war als Großmutter Gertrud. Obwohl John seine Großmutter sehr mochte, waren die Tage, an denen sie zu Besuch war, für ihn eine Qual. Diese Tage hatten zudem die unangenehme Eigenschaft, viel länger zu dauern als normale Tage. Das Abendessen verlief auch immer gleich. Es zog sich schmerzlich in die Länge und Großmutter Gertrud fand bei jedem Gang etwas zu meckern. Die Suppe war versalzen, das Fleisch war zu zäh und der

Nachtisch war viel zu süß. Hinzu kam, dass alle schlecht gelaunt waren. Mrs. Spraud war schlecht gelaunt, weil sie ihrer Schwiegermutter nichts recht machen konnte. Mr. Spraud war schlecht gelaunt, weil seine Mutter wie immer unzufrieden war. July war schlecht gelaunt, weil sie früher als üblich zu Hause sein musste, und Großmutter Gertrud, tja, bei der wusste man ohnehin nie, ob sie schlecht gelaunt war oder es nur an ihrer schrulligen Art lag, die John immer wieder auch zum Lachen brachte. Als sie endlich zum Abendessen schritten, hoffte John nur noch, der Abend würde schnell vorübergehen, nicht ahnend, dass er doch noch spannend werden würde.

„Habt ihr letzte Woche die Nachrichten verfolgt, Adam?", säuselte Großmutter Gertrud, während sie geräuschvoll ihre Suppe schlürfte.

„Ein Glas Wein, Mutter?", rief Mr. Spraud nervös und langte nach der Flasche.

John hielt die Luft an und warf Babs einen vielsagenden Blick zu.

„Ein Gläschen Wein lass ich nicht sein", trällerte Großmutter Gertrud und reicht Mr. Spraud ihr Glas. „Hast du nun den Bericht gehört, Adam?"

„Noch etwas Suppe, Granny?", fragte Mrs. Spraud und nun warfen sich John und Babs verwunderte Blicke zu.

„Etwas weniger Salz hätte sie gut vertragen", murrte Großmutter Gertrud, sah dabei jedoch mit lechzendem Blick auf die Suppenterrine. „Aber wenn du schon dabei bist, Sam, dann gib mir eben einen Schöpfer. Würdet ihr mir endlich mal antworten!", rief sie dann aufgebracht.

„Nicht jetzt, Mutter", zischte Mr. Spraud barsch.

„Jetzt wird einem noch vorgegeben, wann man hier reden darf", wetterte Großmutter Gertrud empört und macht sich über die Suppe her. „Wie geht es dir in der Schule, John?", fragte sie schließlich beim Hauptgang und schob sich ein großes Stück Braten in den Mund.

„Gut, danke", antwortete John rasch. Er wollte sich unter keinen Umständen Vaters Zorn zuziehen, was ihm allerdings gründlich misslang.

„Was hast du gesagt, John? Sprich doch etwas lauter. Du weißt doch, ich höre nicht mehr so gut", jammerte Großmutter Gertrud mit mitleiderregender Miene und schob sich noch eine Kartoffel in den bereits überfüllten Mund.

„Gut, danke" wiederholte John jetzt so laut, er konnte. Seine Stimme hallte dabei durch das gesamte Esszimmer.

„John! Wie oft soll ich dir noch sagen, du sollst nicht mit mir schreien. Ich bin schwerhörig, aber nicht taub", meckerte Großmutter Gertrud erbost. Dabei wäre ihr fast die Kartoffel, die sie sich gerade in den Mund gestopft hatte, wieder rausgefallen. Hurtig würgte sie den übermächtigen Bissen runter.

„Keine Mätzchen, Bürschchen. Nimm dich gefälligst zusammen", zischte Mr. Spraud John mürrisch zu.

„Wie steht's mit dir, Lilly? Hast du schon einen Freund, Kindchen?", fragte Großmutter Gertrud July neugierig, als ihr Mund wieder halbwegs leer war. Leider nicht ganz leer, denn vereinzelt schwirrten Bratenstückchen und Kartoffelteilchen über den Esstisch hinweg.

„Ich heiße July, nicht Lilly!", rief July aufgebracht und wischte sich mit angeekelter Miene eines dieser Teile aus dem Gesicht.

„Ach, Kindchen, mach doch keinen Aufstand wegen eines Namens. July, Lilly, wo ist denn da der Unterschied", säuselte Großmutter Gertrud und rülpste herzhaft.

John konnte sich nicht mehr halten. Er lachte so heftig, dass der Raum erzitterte.

„Du hast dir gerade eine Woche Taschengeldentzug eingehandelt, Bürschchen", fauchte Mr. Spraud giftig und knallte sein Glas auf den Tisch.

„Das ist unfair, Dad", protestierte John. „Ich kann doch nichts dafür …"

„Noch ein Stück Fleisch, Granny?", unterbrach Mrs. Spraud John lautstark, scheinbar, um einen drohenden Zwist abzuwenden.

„Gerne, Sam. Aber nicht zu viel. Du weißt, ich sollte nicht zu viel essen", nuschelte Großmutter Gertrud und spuckte dabei wie ein altes Lama, dem man die Zähne gezogen hatte. „Hast du nun einen Freund, Kindchen?", fragte sie July erneut und reichte Mrs. Spraud mit wässrigem Mund und hemmungslos gierigem Blick auf den Braten ihren Teller.

„Nein, keinen Freund", sagte July nervös mit glühenden Wangen, als sie Mr.␣prauds neugierigen Blick auffing.

„So hässlich bist du nun auch wieder nicht", grunzte Großmutter Gertrud und nun bekam Babs einen Lachanfall, der Mr. Spraud fast durch die Decke gehen ließ.

Babs bekam auch eine Woche Taschengeldentzug und der Rest des Ganges wurde bei erdrückender Stille eingenommen, die jedoch Großmutter Gertruds Schmatzgeräusche wie das Wiederkäuen einer Kuh erscheinen ließen. Als Mrs. Spraud den Nachtisch servierte, kam Großmutter Gertrud wieder auf das Thema in den Nachrichten zu sprechen.

„Adam, hast du nun die Geschichte mit dem Wetterphänomen verfolgt?", fragte sie hartnäckig, während sie begehrlich auf den Nachtisch starrte. „Ich wollte dich deswegen schon anrufen, hab mir dann aber gedacht, es ist vielleicht besser, wenn wir heute darüber reden."

Nun kam Mr. Spraud nicht mehr drum herum, etwas zu sagen, John konnte ihm allerdings ansehen, wie nervös er plötzlich wieder war.

„Alles Mumpitz, Mutter", wiegelte er mit übertrieben gleichgültiger Miene ab. „Da wollten sich bloß ein paar Leute wichtigmachen, wenn du mich fragst. Du kennst doch dieses Gesindel. Wollen sich immer nur hervortun."

John warf Babs bedeutungsschwere Blicke zu, die jedoch gebannt auf ihre Großmutter starrte.

„Also mir erschien es nicht so, Adam", säuselte Großmutter Gertrud und wischte sich mit dem Ärmel Sahne vom Mund.

John konnte einen erneuten Lachanfall nicht unterdrücken und tauchte rasch unter dem Tisch ab.

„Noch ein Stück Torte, Mutter?", hörte John unter dem Tisch seinen Vater rufen und hatte jäh den Verdacht, er wolle das Thema ein weiteres Mal abwürgen.

„Also wenn du mich fragst, Adam", hörte John seine Großmutter sagen, der nun völlig gebannt lauschte und komplett vergaß, dass er unter dem Tisch saß, „also ich meine, diese Sache könnte doch durchaus etwas mit …, du weißt schon was, zu tun haben."

„Kaffee, Mutter?", hörte John seinen Vater panisch rufen und war sich nun sicher, dass er Großmutter Gertrud abstellen wollte.

„Ein Tässchen könnte ich schon vertragen, Adam", hörte John noch immer unter dem Tisch hockend seine Großmutter lispeln. „Aber nicht zu stark! Du weißt, mein schwaches Herz", fügte sie raunzend hinzu, obwohl jeder wusste, dass sie das Herz eines Ochsen hatte. „Was treibst du eigentlich unter dem Tisch, Junge!", rief sie dann verwundert.

„Alles okay, Granny. Hab mir nur die Schnürsenkel gebunden", sagte John rasch und tauchte hurtig unter dem Tisch hervor.

„Nun sind es zwei Woche, Bürschchen. Du bekommst zwei Wochen kein Taschengeld", fauchte Mr. Spraud. „Und wenn du dich nicht zusammenreißt, werden schneller drei daraus, als dir lieb ist."

„Du denkst also nicht, es könnte etwas damit zu tun haben, Adam?", fragte Großmutter Gertrud überrascht, langte nach der Sahneflasche und sprühte Richtung Teller, den sie aber verfehlte.

John unterdrückte ein erneutes Lachen, sah der Sahne schmunzelnd nach, die zischend aus der Flasche schoss, über den Tisch flog und beobachtete dann, wie ein großer Patzen auf der Brille seines Vaters landete.

„Um Himmels willen, Granny!", rief Mrs. Spraud entsetzt.

„Lass nur, Sam", wehrte Mr. Spraud ab, langte nach der Serviette, bekam aber das Tischtuch zu fassen und reinigte damit die Brille.

„Was sitzt du auch so da, Adam", zischte Großmutter Gertrud vorwurfsvoll, wobei ihr Gebiss etwas ins Schleudern geriet. Als das Gebiss wieder an seinem angestammten Platz war, stopfte sie sich ein Stück Torte in den Mund. „Wo bleibt eigentlich mein Kaffee, Sam", tadelte sie mit vollem Mund. „Brauche was zum Nachspülen, verstehst du. Nicht, dass die Torte so trocken wäre, Sam, aber ein Schlückchen Kaffee könnte dennoch nicht schaden. Was sagten die im Radio noch mal über diese Blitze, Adam? Wie sollen die ausgesehen haben?"

„Sei still, Mutter!", rief Mr. Spraud völlig aus dem Häuschen, mit hochrotem Kopf und einer pochenden Vene an der Schläfe.

„Als ich das von den Blitzen hörte, Adam, musste ich sofort an euch denken. War es nicht damals genauso? Also mir kam es vor, als wäre es wie damals. Du weißt schon, damals, als du die Kin…"

„Mutter, sei endlich still!", bellte Mr. Spraud wie von Sinnen und nun konnte John auch eine Ader auf seiner Stirn pulsieren sehen.

„Sagten die nicht auch etwas von einer seltsamen Kreatur, Adam? Irgend so einem Ding, das einem Vogel ähnlich sehen soll", hakte Großmutter Gertrud ungerührt nach. „Denkst du, Adam, die waren hinter euch her? Meinst du, sie wollen nun zurück, was …"

„Genug, Mutter!", plärrte Mr. Spraud, sein Gesicht lief nun dunkelrot an und die Ader auf seiner Stirn pulsierte noch heftiger.

„Jetzt reg dich mal nicht so auf, Adam", sagte Großmutter Gertrud. „Ich verstehe ja, dass dich die Sache beunruhigt, aber mit Aufregung allein kannst du die Dinge nicht aus der Welt schaffen. Ich würde dir empfehlen, dich an die Behörden zu wenden."

„Behörden!", raunzte Mr. Spraud verächtlich. „Als ob die schon jemals etwas unternommen hätten, um einem zu helfen. Die halten uns höchstens für verrückt."

„Dann wende dich doch an die Regierung."

„Die ist doch genauso unfähig", schnaubte Mr. Spraud. „Die ist doch nur dazu da, um den Leuten das Geld aus der Tasche ziehen."

„Du musst aber was unternehmen, Adam", polterte Großmutter Gertrud. „Oder willst du etwa …"

„Papperlapapp, Mutter!", knurrte Mr. Spraud. „Niemand würde uns diese Geschichte abkaufen."

„Du könntest die Sache doch etwas realistischer darstellen, Adam."

„An der Sache gibt es nichts, was man realistisch darstellen könnte, Mutter."

„Aber es begann doch damals auch mit diesen Blitzen. Du weißt schon, Adam, als du dachtest, euer Haus würde beobachtet. Da war es doch genauso. Alles fing doch mit diesen Blitzen an, nachdem du die Kin…"

„Zimmer! Geht auf eure Zimmer. Sofort!", plärrte Mr. Spraud einem Herzanfall nahe, da ihm Johns, Babs' und Julys Anwesenheit offenbar eben wieder einfiel.

„Aber, Dad", murrte John, der nicht gehen wollte.

„RAUS!", schrie Mr. Spraud mit einer Gesichtsfarbe, die John an lila Chrysanthemen erinnerte.

„Hast du eigentlich jemals rausgefunden, was es mit den Absonderlichkeiten der beiden auf sich hat, Adam?"

„Ich hole den Kaffee", raunte Mrs. Spraud, erhob sich hastig und verschwand so rasch in der Küche, als müsste sie sich vor einer herannahenden Kugel in einen Schützengraben retten.

„Du wolltest doch Untersuchungen anstellen lassen, Adam. Ist dabei was rausgekommen?"

„Für mich Cognac, Sam", brüllte Mr. Spraud seiner Frau hinterher. „Bring gleich die ganze Flasche mit. Und ihr geht endlich. GEHT!"

„Hast du noch Verbindung mit diesem Aberforth, Adam?"

„Raus mit euch!", tobte Mr. Spraud wie ein rasender Stier, da sich John, Babs und July nur sehr langsam bewegten. „MACHT SCHON!"

„Ich könnte auch ein Schlückchen Cognac vertragen, Sam. Gib ihn am besten gleich in den Kaffee. So geht's in einem", hörten John und Babs ihre Großmutter rufen, als sie die Treppe hinaufschlichen.

***

„Möchte bloß wissen, was Granny von der Sache weiß", flüsterte John vor seiner Zimmertür Babs zu, als July in ihrem Zimmer verschwunden war.

„Das, würde ich auch gerne wissen", sagte Babs grimmig. „Meinst du, sie steckt da mit drin?"

„Gut möglich", mutmaßte John. „Zumindest muss sie wissen, dass das Ferienhäuschen auf Mull kein Erbstück ist."

„Stimmt", sagte Babs, die noch gar nicht daran gedacht hatte. „Warum hat Dad sie nur abgestellt. Wir hätten von ihr einiges mehr erfahren können."

„Vermutlich genau aus diesem Grund", sagte John sauer. „Er wollte nicht, dass Granny noch mehr ausposaunt. Aber wenigstens wissen wir nun, dass die ganze Sache irgendwie mit unserem Schriftstück zusammenhängt."

„Wer könnte unser Haus beobachtet haben und warum?", überlegte Babs. „Das ergibt doch keinen Sinn."

„So wie Granny es sagte, muss es wohl nach unserer Adoption gewesen sein."

„Und was meinte Granny mit, sie wollen etwas zurück? Und wen meinte sie mit *sie*?", fragte Babs mit gequälter Miene.

„Keine Ahnung."

„Hör mal, John", begann Babs, „ich weiß, es klingt bescheuert, aber überleg doch mal. Dad verhält sich, seit wir denken können, äußerst seltsam. Nun die Geschichte mit den Blitzen, die ihn völlig überschnappen lässt und laut Granny schon mal geschehen ist. Nämlich genau damals, als wir adoptiert wurden. Dieser A. M. B., der scheinbar Aberforth heißt, faselte in seinem Brief etwas von seltsamer Kleidung und außergewöhnlicher Tasche und davon, dass wir für Ärzte ein Rätsel sind. Granny hat es eben auch angedeutet. Nicht zu vergessen, unser Schriftstück und Professor Flirts Geschichte. Was ich damit sagen will, John, könnte es diese Gründer von Eridu vielleicht doch geben? Meinst du, die sind aus irgendwelchen Gründen hinter uns her?"

„Quatsch!", wehrte John ab, musste aber mit Unbehagen an die Bilder und Stimmen in seinem Kopf denken.

„Aber wer sonst sollte sich für uns interessieren, John?", hakte Babs beharrlich nach. „Wir sollten noch mal mit Granny reden. Ich wette, sie würde uns erzählen, was sie weiß."

„Wie willst du das anstellen? Dad lässt das sicher nicht zu."

„Aber wie könnten wir sonst herausfinden ..." Babs brach mitten im Satz ab, da Mr. Spraud wie ein schnaufendes Walross auf dem Treppenabsatz erschien.

„Eure Großmutter ... sie ist ... sie hat ... also, sie verwechselt da einiges ... das Alter, wisst ihr. Sie ist schon ziemlich durcheinander. Wird immer schrulliger. Bekommt einiges nicht mehr auf die Reihe ... faselt wirres Zeug. Ihr solltet das konfuse Geplapper gar nicht beachten. Vergesst, was sie gesagt hat. Ja, vergesset es einfach, hört ihr", schnaufte er um Fassung ringend, aber selbst ziemlich konfus. „Wenn ich heute Abend noch einen von euch im Flur erwische, bekommt er ein Jahr Hausarrest. Verstanden!", wehte seine Stimme dann laut und Furcht einflößend auf John und Babs zu, während er bereits die Treppe wieder runterpolterte.

John verschwand in seinem Zimmer, ging auf und ab und versuchte, sich einen Reim auf die ganze Sache zu machen. Schaudernd dachte er an Professor Flirts merkwürdige Geschichte, fragte sich, ob womöglich doch was dran war, und packte seinen Koffer. „Warum sollten die hinter Babs und mir her sein", dachte er, während er seine Klamotten aus dem Schrank holte. Als er diese in den Koffer geworfen hatte, kramte er die Klarsichthülle mit dem Papierbogen unter dem Bett hervor. Erneut lief ihm ein Schaudern über den Rücken, als er das Schriftstück betrachtete. Er steckte es zwischen seine Pullover und versah den Koffer mit einem kleinen Sicherheitsschloss. Zufrieden betrachtete er sein Werk und überlegte, zu Babs zu gehen, ließ es aber bleiben, da er in den Ferien keinen Hausarrest riskieren wollte. Er ließ sich auf sein Bett fallen, obwohl er gar nicht müde war.

„Morgen, gleich wenn wir auf Mull angekommen sind", dachte er von Vorfreude gepackt, „werde ich sofort zu Ben und Eddie gehen. Mal sehen, was die von der Sache halten."

***

Anderswo wehte die kalte Stimme laut und Furcht einflößend durch den Gewölberaum. Selbst die Feuer in den Nischen schienen zu erzittern, denn sie flackerten wild. Die kalte Stimme war aufgewühlt, ungeduldig und ein irrer Klang mischte sich in ihre Kälte.

„Wieso erfahre ich erst jetzt von diesem Professor?", schnauzte die kalte Stimme erregt. „Hatte ich nicht ausdrücklich angeordnet, derartige Dinge gleich zu erfahren? In Zukunft wünsche ich, unverzüglich über alles informiert zu werden. Außerdem müssen wir herausfinden, woher dieser Professor seine Informationen hat und uns der Sache annehmen."

„Vergiss den Professor", sagte Adamu abwehrend. „Der weiß nicht mehr, als jeder in den Schriften nachlesen kann – und da steht wahrlich ausreichend Unsinn drin. Der Professor ist unbedeutend. Sein Wissen ist nichtssagend."

„Nichtssagend sagst du", fauchte die kalte Stimme erzürnt.

„Ja, nichtssagend", wiederholte Adamu gelassen. „Er hat dem Jungen bloß einige Schauergeschichten erzählt, die keinerlei Bedeutung haben."

„Dennoch, Adamu", zischte die kalte Stimme unwirsch, „der Junge weiß nun einige Dinge, die er besser nicht wissen sollte."

„Damit kann er nichts anfangen", wehrte Adamu gleichmütig ab. „Denk nicht an den Professor, denk lieber daran, dass der Junge bald hier sein wird."

„Ja, der Gerechtigkeit wird endlich genüge getan, Adamu", sagte die kalte Stimme mit tiefer Genugtuung. „Und du, Achnum, du kümmere dich endlich darum, dass der Junge mein zweites Schriftstück bekommt. Er wird morgen auf Mull eintreffen und wir könnten bereits einen Schritt weiter sein, hättest du nicht derart kläglich versagt. Mein ganzer Zeitplan gerät durch deine Dummheit ins Wanken. Du kannst von Glück reden, dass deine Strafe dermaßen mild ausgefallen ist. Geh und sieh zu, dass die Dinge endlich voranschreiten. Meine Geduld mit dir hat Grenzen. Enge Grenzen! Keine weiteren Missgeschicke. Verstanden! Noch mal, kannst du keine Milde von mir erwarten."

„Du kannst dich auf mich verlassen", sagte Achnum mit heiserer Stimme. Sein bleiches, teigiges Gesicht nahm dabei jedoch ein hässliches, fleckiges Rot an.

Die blauen Augen der kalten Stimme, nicht weniger kalt als die Stimme, waren nun starr auf Achnum gerichtet und das dazugehörige Gesicht, dem die Abneigung in jede Pore geschrieben stand, neigte sich näher an Achnum heran. Die Stille, die nun herrschte, war drückend und angespannt.

„Nun, Achnum, dann hast du ja nichts zu befürchten", beendete die kalte Stimme die Stille. „Adamu wird dich im Auge behalten", flüsterte sie warnend. „Sollte mir zu Ohren kommen, dass du abermals versagst, weißt du, was dich erwartet. Ich versichere dir, der Tod wird dir dann als Erlösung erscheinen."

Achnums einfältiges Gesicht nahm einen noch dümmlicheren Ausdruck an. Seine Augen starrten so wild rollend in die irre funkelnden Augen der kalten Stimme, als hätte ihn soeben ein heftiger Schlag auf dem Kopf getroffen. Dann starrte er Hilfe suchend zu Adamu, der sich nicht regte. Es trat jedoch ein merkwürdiger Ausdruck, fast so etwas wie Mitleid, für den Bruchteil einer Sekunde in seine Augen, die sich aber sofort wieder versteinerten.

„Hast du das Schriftstück, das ich erneut anfertigte, noch?", fragte die kalte Stimme zischend und Achnum nickte rasch mit dem Kopf. „Gut, dann geh jetzt, Achnum, und geh alleine. Du musst dem Jungen, wenn er auf Mull eintrifft, das Schriftstück unverzüglich zukommen lassen, damit wir den letzten Schritt vollziehen können. Und, Achnum, kein Aufsehen. Keiner darf dich sehen. Auch nicht der Junge!"

Unheimliche Kräfte

Am nächsten Morgen verstaute Mr. Spraud bereits das Gepäck im Wagen, während die anderen noch beim Frühstück saßen. Durch das offene Küchenfenster konnten sie hören, wie er lautstark vor sich hin fluchte, da die vielen Gepäckstücke nicht in den Kofferraum passten.

„Möchte wissen, wofür wir all das Zeug benötigen. Wir verreisen doch nicht für immer", meckerte er schlecht gelaunt.

Nach dem Frühstück vergewisserte sich John, ob mit seinem Koffer alles in Ordnung war. Beruhigt stellte er fest, dass sein Gepäckstück unversehrt und gut verstaut im Kofferraum des Autos lag.

„Seid ihr endlich so weit?", hörte er während seiner Kofferinspektion seinen Vater mürrisch rufen, der bereits abreisebereit im Wagen saß und ungeduldig mit den Fingern gegen das Lenkrad trommelte.

„Wir kommen schon, Liebling. July holt noch rasch ein paar Sachen aus ihrem Zimmer", rief Mrs. Spraud ihrem Mann liebevoll zu.

„Sie soll sich gefälligst beeilen, wir verpassen sonst noch die Fähre", murrte Mr. Spraud giftig aus dem Wagenfenster über den ganzen Vorgarten seiner Frau zu. Als July endlich kam, ließ Mr. Spraud mit mürrischem Gesicht den Wagen an.

„Hat jemand etwas vergessen?", erkundigte sich Mrs. Spraud rasch, denn im Vorjahr mussten sie wegen July nochmals umkehren. Sie hatte ihr Handy zu Hause liegengelassen, ohne das sie nicht verreisen wollte, obwohl es in ihrem Ferienhäuschen nur sehr schlechten, bisweilen auch gar keinen Empfang gab. Von WLAN erst gar nicht zu reden. Da war Mr. Spraud strikt dagegen. „In den Ferien braucht man kein Internet", war immer seine Antwort auf Julys Betteln hin.

„Vergessen! Bei diesen vielen Gepäckstücken? Pah – das ist ja überhaupt nicht möglich", murmelte Mr. Spraud gereizt, schob den Rückwärtsgang rein, und fuhr den Wagen aus der Auffahrt.

Ihre Fahrt dauerte ungefähr vier Stunden. John hatte sich auf seinem Handy ein Spiel runtergeladen, Babs las ein Buch über brasilianische Ureinwohner und July war wie immer unzufrieden und nörgelte vor sich hin. Sie fuhren auf der A 96 nach Inverness und weiter am Loch

Ness vorbei, dem wohl berühmtesten See in Schottland, da angeblich ein Ungeheuer in ihm wohnt. John blickte wie jedes Jahr im Vorbeifahren aus dem Wagenfenster, um das Ungeheuer zu sehen, aber auch in diesem Jahr, zeigte es sich nicht. Von Loch Ness ging es weiter nach Fort William und von dort nach Oban. In Oban angekommen, mussten sie mit der Autofähre weiter auf die Insel Mull. Sie verpassten die Fähre um ein Haar und mussten zwei Stunden auf die nächste warten. Mr. Spraud war wütend und gab July die Schuld. Endlich waren die zwei Stunden um und die nächste Fähre kam. Die Überfahrt dauerte eine halbe Stunde. John schlenderte nervös auf dem Deck umher. Ohne weitere Zwischenfälle legte die Fähre pünktlich in Craignure auf Mull an. Sie stiegen in ihr Auto und fuhren zu ihrem Ferienhäuschen. Alle waren froh, als sie endlich dort ankamen. John schnappte sogleich seinen Koffer, karrte ihn in sein Zimmer und verstaute ihn, ohne ihn auszupacken, im Schrank.

„Hey, Babs, ich gehe zu Ben und Eddie! Kommst du mit?", rief er Babs über den Flur zu, die gerade ihren Koffer in ihr Zimmer schleppte.

„Wir müssen erst unsere Koffer auspacken", sagte Babs, die Johns Eile nicht verstehen konnte.

„Ach was, das können wir später auch noch. Die laufen garantiert nicht weg", brummte John gleichgültig. „Kommst du jetzt?"

„Klar", sagte Babs und pfefferte ihren Koffer ebenfalls in den Schrank.

Da das Ferienhäuschen der Sprauds mitten in der Einöde lag, mussten sie über einen Feldweg zum nächsten Dorf laufen, wo Ben und Eddie wohnten.

Ben wartete bereits ungeduldig am Rande des Feldweges, der zu dem Dorf führte. Er saß seit über einer Stunde da, konnte kaum noch erwarten, dass die beiden auftauchten, und blickte sehnsüchtig in die Richtung, aus der John und Babs kommen mussten.

„Hi, Ben!", rief John schon von Weitem, als er ihn entdeckte.

„Hi, Ben, altes Haus", johlte auch Babs strahlend.

Ben war ebenfalls fünfzehn Jahre alt. Er hatte rotes kurzes Haar mit einem langen blonden Büschel an der Stirn, das ihm meist in die Augen hing. Sein rundes Gesicht war voller Sommersprossen. Er war einen Kopf kleiner als John und nicht ganz so schlank. Mit seinen kleinen, runden und fröhlichen Augen und seinem breiten Mund wirkte er, als ob er immer lächeln würde.

„Mann, wo seid ihr bloß gewesen?", maulte Ben gleich zur Begrüßung unwirsch los. „Ich warte schon eine Ewigkeit auf euch. Hatte schon Angst, ihr kommt überhaupt nicht mehr!"

„July, diese Ziege", erklärte John grummelnd, „trödelte wie immer bei der Abfahrt. Dad war mächtig sauer auf sie."

„Egal, nun seid ihr ja da", sagte Ben sichtlich gut gelaunt und blies sich sein blondes Haarbüschel aus den Augen. „Eddie wartet mit Tee und Keksen in seinem Baumhaus auf euch." Ben war überglücklich, dass John und Babs nun da waren. Endlich würde sich wieder was tun.

Als sie am Baumhaus ankamen, schlichen sie die Leiter hoch und stürzten durch die selbst gezimmerte Tür. John packte den dösenden Eddie von hinten am Kragen und klopfte ihm freundschaftlich auf die Schulter.

„Hey, Mann, bist du verrückt geworden", knurrte Eddie erschrocken und hätte John fast eine gelangt.

Ben musste beim Anblick von Eddies entsetztem Gesicht grinsen. Endlich war in diesem verlassenen Kaff wieder was los.

Eddie war ein bisschen älter als John, Babs und Ben, da er im nächsten Monat schon seinen sechzehnten Geburtstag hatte. Er war ein großer, kräftiger Bursche, da er seinem Vater oft bei der Feldarbeit helfen musste. Eddies Vater hatte den größten landwirtschaftlichen Betrieb der Insel. Er war etwas kleiner als John, aber doppelt so breit, was bei Johns schmaler Statur aber keine Kunst war. Er hatte braunes, stark gewelltes Haar, das meist zerzaust und unfrisiert war. Seine dunklen Augen und seine sonnengebräunte Haut verliehen ihm ein klein wenig ein südländisches Aussehen. Eddie war ein einfach gestrickter, lustiger, gutmütiger Kerl, von dem man alles haben konnte, solang man ihn nicht reizte.

„Toll, dass ihr endlich da seid", sagte Eddie begeistert. „Ohne euch beiden tut sich hier auf der Insel überhaupt nichts. Habe ich nicht recht, Ben?"

Ben nickte voller Zustimmung kräftig mit seinem Kopf, wobei er zusätzlich mit seinen kleinen fröhlichen Augen wild hin und her rollte.

„Ja, wirklich stinklangweilig hier ohne euch", bestätigte er.

„Na, das wird sich ja bald ändern", raunte John geheimnisvoll.

Sie setzten sich in einen Kreis um eine große alte Holzkiste, die sie als Tisch verwendeten. Eddie schenkte Tee in Plastikbecher ein.

„Was willst du damit andeuten, Mann?", erkundigte sich Ben voller Neugierde.

John und Babs begannen, eilig zu erzählen, während sie ihren Tee tranken und die Kekse von Eddies Mutter aßen. Sie erzählten die Geschichte, wie sie in Vaters Arbeitszimmer geschlichen waren, von ihrer Adoption und davon, dass niemand über ihre Herkunft Bescheid wusste. Von dem merkwürdigen Brief dieses A. M. B. und dem gelblichen Papier mit den sonderbaren Schriftzeichen. Nur von diesem Drang, seinen sonderbaren Gefühlen und dieser Stimme in seinen Kopf sagte John keinen Ton. Er war sich sicher, Eddie würde ihn für bekloppt halten.

„Das ist die verrückteste Geschichte, die ich je gehört habe", grunzte Ben schmatzend, als John mit seiner Erzählung fertig war.

„Volle Punktzahl!", sagte Eddie höhnisch grinsend. „Wirklich abgefahren, Alter. Wie lange brauchtest du, um dir diese Geschichte auszudenken?"

„Sei nicht kindisch, Eddie", sagte Babs unwirsch. „Die Geschichte ist nicht erfunden." John benötigte dennoch einige Zeit, um Ben und Eddie zu überzeugen.

„Das ist ja ein echt dicker Hund", meinte Eddie baff, als er endlich begriff. Es war sein Lieblingsspruch, den er immer verwendete, wenn er nicht wusste, was er sagen sollte.

„Na, wenn ihr das schon toll findet, dann wartet ab! Der zweite Teil dieser Geschichte ist noch viel abgefahrener. Da werdet ihr erst richtig Augen machen", versicherte ihnen John und erzählte mit Babs sogleich weiter. Sie erzählten von den Blitzen, von Granny und von Professor Flirts merkwürdiger Geschichte. Von den Gründern von Eridu, ihren Nachfahren und deren verborgenem Reich. Von den Uagha aus Brasilien und den Hieroglyphen auf ihrem Papier, die eine ungekannte Schrift dieser Götter und ihrer Nachfahren sein sollte.

„Was auch immer du für Zeug nimmst", sagte Eddie scherzend, „es muss großartig sein! Das kannst du unmöglich erst meinen, oder?"

„Mann, Eddie, die wollen uns bloß auf den Arm nehmen", sagte Ben über beide Ohren grinsend, als er sich Tee nachfüllte. „Lass dich nicht aufs Kreuz legen!"

„Glaubt ihr wirklich, so eine Geschichte kann man sich ausdenken?", sagte Babs fuchsig, da es sie ärgerte, dass ihnen die beiden nicht glaubten.

„Ähm, denke schon", gab Eddie kühl zurück und Babs schnaubte zornig.

„Hört mal, ich habe einen Plan", raunte John und blickte mit geheimnisvoller Miene in die Runde. „Morgen früh gehen wir als Erstes ins Zeitungsarchiv und sehen nach, ob wir einen Artikel über uns finden. Am Nachmittag werden wir uns dann gründlich am Timor Castle umsehen. Ich weiß, es ist lange her, aber irgendetwas sagt mir, der Schlüssel zu unserem Rätsel liegt dort. Anschließend beraten wir, was wir weiter in der Sache unternehmen."

Da alle mit Johns Plan einverstanden waren und es schon sehr spät war, verabschiedeten sich John und Babs und liefen über den Feldweg zurück nach Hause. Sie kamen gerade noch rechtzeitig, um vor dem Abendessen ihre Koffer auszupacken.

***

Am nächsten Morgen trafen sich John, Babs, Eddie und Ben wie verabredet an der Bushaltestelle. Sie mussten nach Tombermory fahren, da sich dort das Zeitungsarchiv befand. Während der Busfahrt verloren sie kein Wort über Professor Flirts merkwürdige Geschichte, da sie nicht wollten, dass ein Fremder etwas aufschnappte. In Tombermory angekommen, gingen sie schnurstracks ins Archiv. Sie mussten alles händisch durchsehen, da noch nichts im Computer gespeichert war. Sie wühlten sich durch einen Haufen alter, verstaubter Zeitungen. Ben entdeckte als Erster etwas. Es war ein kleiner Artikel, in dem über das Auffinden der Babys geschrieben wurde. Ein Teil dieser Story widmete sich auch der mysteriösen Tasche, in der sie damals lagen, und zusätzlich gab es auch noch ein Foto von dieser Tasche.

„Ich hab was gefunden! Seht doch mal! Mann, das ist ja echt ein Ding!", rief Ben aufgeregt und schob den Zeitungsartikel in die Mitte des Tisches. Beharrlich deutete er mit dem Finger auf besagte Stelle. „Seht doch nur!", rief er unentwegt dabei.

„Ihr habt tatsächlich die Wahrheit gesagt", entfuhr es Eddie baff und Babs versetzte ihm einen bösen Blick. „Du hättest diese Geschichte auch nicht geglaubt, Babs", verteidigte sich Eddie beleidigt.

„Halt endlich die Klappe und lies!", brummte Ben erregt, der die Geschichte genauso angezweifelt hatte, aber nun ganz aus dem Häuschen war.

Staunend betrachteten sie den Zeitungsartikel mit dem Foto und lasen den dazugehörigen Text. John wunderte sich sehr, über diese Tasche etwas zu finden, da dieser A. M. B in seinem Brief an Vater ja geschrieben hatte, die Öffentlichkeit wisse nichts darüber. Ihm wurde aber beim Lesen augenblicklich klar, warum er die Tasche als merkwürdig bezeichnet hatte. In dem Artikel wurde sie als hauchdünne Folie, die silbrig glänzte, beschrieben. In dem Artikel stand auch, die Tasche hätte die Größe einer Sporttasche, man könnte sie aber so klein zusammenlegen, dass sie in einer Streichholzschachtel bequem Platz finden würde. Zusätzlich sollte dieses Material auch noch reiß- und knitterfest sein und sich immer wieder selbst entfaltet.

„Habt ihr schon mal so ein Material gesehen?", entfuhr es Eddie verblüfft, nachdem er das Foto mit der Tasche betrachtet hatte.

Das war wirklich ein Ding! So ein merkwürdiges Material hatte noch keiner von ihnen je zuvor gesehen. Eifrig suchten sie weiter. Als Nächster stieß John in einer anderen Zeitung auf einen Artikel mit noch einem Foto, auf dem sie abgebildet waren, als man sie fand. Auf dem Bild konnte man zwei Babys in Overalls sehen. Diese Overalls hatten einen ganz zart gelblichen Schimmer und sie sahen aus, als würden sie von innen leuchten. Sie waren, wie es schien, aus einem festen, weichen Stoff, hatten Brust-, Hosen- und Beintaschen, lange Ärmel, die an den Oberarmen ebenfalls kleine Taschen hatten, und sahen fast wie Arbeitsanzüge von Schlossern oder Automechanikern aus. Die Farbe des Stoffes konnte man nicht erkennen, da der ganze Stoff in diesem zarten gelblichen Licht schimmerte und leuchtete.

„Das ist also die eigenartige Kleidung, die in Vaters Brief erwähnt wurde", murmelte John, als er das Bild betrachtete. „Wirklich sonderbar", dachte er verwundert.

„Mann, das wird ja immer abgefahrener", grunzte Eddie begeistert und riss ihm die Zeitung aus der Hand. „Woher das Zeug wohl stammen mag?", sagte er euphorisch. „Sieht irgendwie utopisch aus. Findet ihr nicht?"

„Mich würde vielmehr interessieren", sagte Babs, die bisher ungewöhnlich still gewesen war, mit nachdenklicher Miene, „wo sich diese eigenartigen Sachen jetzt befinden. Ich meine, irgendwo muss dieses Zeug doch sein. Irgendwer muss es doch haben."

„Vermutlich werden wir das nie erfahren", meinte John niedergeschlagen. „Es gibt niemand, den wir fragen könnten", brummte er dann missmutig, da er den leuchtenden Overall und diese Folie selbst gerne gesehen hätte.

„Womöglich stimmt die überdrehte Geschichte von eurem verrückten Professor ja doch", keuchte Ben beeindruckt, da er sich die Herkunft dieser seltsamen Sachen nicht anders erklären konnte.

„Möglich wär's", murmelte Eddie mit leuchtenden Augen. „An der Geschichte muss ja irgendetwas dran sein, sonst hätte er sie ja nicht erzählt!" Eddie witterte bereits ein tolles Abenteuer, das bei den Nachforschungen auf sie zukommen könnte.

Doch nicht einmal in seinen kühnsten Träumen hätte er sich ausmalen können, was wirklich auf sie zukam. Niemand hätte das gekonnt, denn derartige Dinge, hatten sich noch nirgendwo auf der Welt ereignet. Sie durchwühlten noch einen weiteren Stapel alter Zeitungen, konnten jedoch nichts Interessantes finden. Die zwei Artikel, die sie gefunden hatten, steckten sie unter Babs lautstarkem Protest heimlich ein. Auf schnellstem Weg verließen sie das Archiv, noch bevor jemand etwas bemerken konnte. Mit einem mulmigen Gefühl im Bauch und wütenden Blicken von Babs hasteten sie zur Bushaltestelle. Noch nie zuvor hatte einer von ihnen etwas geklaut. Und wenn es nach Babs gegangen wäre, wäre es auch dabei geblieben. Ungeduldig warteten sie auf den Bus. Als er endlich kam, stiegen sie erleichtert ein. Das Rätsel über ihre tatsächliche Herkunft, war nun jedoch noch undurchsichtiger geworden.

***

Nach dem Mittagessen trafen sie sich wieder im Baumhaus und machten sich auf den Weg zum Timor Castle. Ihr Fußmarsch dauerte eineinhalb Stunden. Das halb verfallene Schloss war auf einen mächtigen Felsen erbaut und stand hoch über dem Meer auf einer gewaltigen Klippe. Es befand sich seit mehreren Jahrhunderten im Besitz der McDeans. Ihre Vorfahren bewohnten es bis zum Ende des 18. Jahrhunderts. Es besaß, wie es sich für ein richtiges Schloss gehörte, auch ein Verlies. Das war aber kein gewöhnliches Verlies. Seine Eigenart bestand darin, dass es die Form einer liegenden Flasche hatte. Das Heimtückische an dem Verlies war, dass der Boden stets überflutet war. Der einzig trockene Platz war ein kleiner, in den Felsen gehauener Vorsprung, auf dem früher die Gefangenen sitzen, aber nicht liegen konnten. Keiner wusste, wie viele Gefangene in dem Verlies je zu Tode gekommen waren und ob ihre Gebeine noch immer im Schlamm und Matsch begraben lagen. John wollte sich das Verlies schon vor Jahren ansehen, konnte aber damals die dicke Holztür nicht bezwingen.

Dieses Mal hatte er vorgesorgt. Er nahm sich ein großes Brecheisen aus Vaters Werkzeugschrank. Babs war dagegen, dass er mit einem Brecheisen beladen ausrückte. Nach ihrem Gesichtsausdruck zu schließen, hatte sie sogar eine ganze Menge dagegen, doch John achtete nicht auf sie.

Als sie das Schloss erreichten, das mittlerweile mehr einer Ruine glich, schlenderten sie einige Zeit umher, um ganz sicher zu sein, dass sie alleine waren. John wollte sich das Verlies als Erstes vornehmen. Da sich diese verfluchte Tür aber an der Außenmauer des Schlosses befand, mussten sie teuflisch aufpassen. Nachdem sie niemanden entdecken konnten, machte sich John eilig an der dicken Holztür zu schaffen. Er steckte das Brecheisen zwischen Türrahmen und Tür, doch noch bevor die Tür nachgeben konnte, hörte er eine aufgebrachte Stimme wütend rufen. Rasch ließ er das Brecheisen unter seine Jacke verschwinden und blickte sich um.

„Hey, ihr habt sie wohl nicht mehr alle! Was zum Teufel tut ihr da?", rief die Stimme, die, wie John feststellen musste, zu Dillien McDean gehörte. Er war der Sohn des Schlossbesitzers. „Haut ab! Verschwindet von hier, sonst mache ich euch Beine!", rief er ihnen schon von Weitem drohend zu, während er immer rascher näher kam. „Spraud, ich hab dir doch schon mal gesagt, wenn ich dich hier nochmals sehe, setzt es Prügel!", röhrte er John zähnebleckend zu, nachdem er ihn erreicht hatte. Dillien McDean war siebzehn Jahre alt, ein arroganter Kotzbrocken, der sich sehr wichtig fühlte, da sein Vater der Besitzer des Schlosses und der umliegenden Ländereien war.

„Halt doch deine dämliche Klappe, McDean", fauchte Eddie kampflustig, da er schon sauer wurde, wenn er Dillien nur sah. „Wir sind vier, du bist alleine, an deiner Stelle, hätte ich die Hosen gestrichen voll, du Angeber!"

„Du bist aber nicht an meiner Stelle, du armseliges Großmaul", schnauzte McDean überheblich. „Und jetzt verschwindet gefälligst von hier, ihr Penner!"

Auch John hasste Dillien. Wo der auch immer auftauchte, gab es Ärger. Er lief immer mit abgetragenen schmutzigen Klamotten umher, obwohl er sich weiß Gott etwas Besseres hätte leisten können. Aber nicht nur seine Klamotten waren schmuddelig, auch er wirkte, als hätte man ihn soeben aus einer stinkenden, überfüllten Mülltonne gezogen. Sein braunes, stumpfes, viel zu langes Haar hing ihm immer in fettigen Strähnen vom Kopf. Er war ziemlich dick und sein großer Kopf sah aus, als ob er direkt aus den Schultern gewachsen wäre. Sein breiter Kiefer und seine vorstehenden Zähne gaben seinem hässlichen Gesicht den Rest und zudem ein nahezu unnatürliches Aussehen. Aber das Hässlichsten an ihm war seine große, krumme Hakennase, die ihm wie ein abgeknickter Rüssel schief aus dem Gesicht ragte.

„Lasst uns abhauen", flüsterte Babs, die nicht wollte, dass sich die Jungs mit McDean prügelten.

„Kommt nicht infrage", knurrte Eddie provozierend. „Der bekommt jetzt eins auf den Sauger."

„Eddie, sei vernünftig", flüsterte John mahnend und zog ihn zur Seite, damit McDean ihn nicht hören konnte. „Ich würde diesem Stinktier auch gerne eine verpassen, aber glaube mir, für unser Vorhaben ist es besser, wenn wir damit warten, bis alles erledigt ist. Sollten wir McDean jetzt verprügeln, haben wir ihn und seine ganze Sippe am Hals. Genau das aber können wir jetzt am wenigsten gebrauchen." Nur zu gerne hätte auch er McDean eins auf seinen hässlichen Mammutrüssel gegeben, doch der Zeitpunkt war wirklich äußerst ungünstig dafür.

Dillien schien ziemlich enttäusch, da es zu keiner Schlägerei gekommen war, und rief ihnen wütend hinterher, doch John, Babs, Eddie und Ben achteten nicht auf ihn. Sie marschierten ein schönes Stück, bis sie sich nicht mehr auf Grund und Boden der McDeans befanden, setzten sich auf eine Wiese nahe einem Abhang und warteten. John war mächtig sauer, da er das Verlies, das Schloss und dessen Umgebung genau inspizieren wollte. Er hoffte so sehr, irgendwelche Anhaltspunkte zu finden. Sein Gefühl sagte ihm noch immer, er würde Antworten finden. Unweigerlich musste er an die Gefühle denken, die nicht von ihm stammten. Ein kalter Schauer jagte über seinen Rücken und seine Nackenhaare stellten sich auf, als er daran dachte, wie seltsam das alles war. Sollte er den anderen davon berichten? Würden sie ihm glauben?

„Nein, besser nicht", dachte er noch immer schaudernd. „Die denken bloß, ich bin verrückt, was ja vielleicht auch stimmt."

„Wie lange willst du hier warten, John?", murrte Eddie entnervt, während er missmutig Steine über die Böschung warf.

„Keine Ahnung, solange es eben notwendig ist", antwortete John gereizt und marschierte grübelnd auf der Wiese umher.

Ein Stückchen oberhalb der Böschung befand sich eine dichte Buschgruppe. John glaubte plötzlich, dort etwas funkeln zu sehen. Es sah so aus, als würde sich das Sonnenlicht in etwas spiegeln, nur dass dieses Funkeln nicht von der Sonne kam, sondern ein eigenartiges grünes Blitzen war.

„Was ist denn das", fragte er sich wie vom Donner gerührt und stapfte los. Als er die Büsche erreichte, schlich er sich auf die andere Seite und sah sich vorsichtig um. Plötzlich, ganz plötzlich, wie aus dem Nichts, tauchte vor ihm ein Mann auf. Es war, als wäre er direkt aus dem Boden gewachsen. Er war sehr groß, hatte braunes, glattes, schulterlanges Haar, graublaue Augen und eine sehr blasse Haut. Er war mit einem Overall bekleidet, der aussah, als würde er von innen leuchten. Es war ein ganz feiner gelblicher Lichtschimmer, den der Stoff ausstrahlte.

John wäre vor Schreck fast umgefallen. Er wollte weg, doch das Problem war, dass seine Beine keine Anstalten machten, sich zu bewegen. Am ganzen Körper zitternd stand er da und versuchte, seine Glieder zu beherrschen. Er rang nach Atem. Er wollte schreien, doch auch seine Stimme schien verloren gegangen zu sein. Seinen Mund, weit aufgerissen zu einem lautlosen Schrei, schien nun auch noch sein Herz die Brust zu verlassen, um in seinem Hals zu pochen.

Der Fremde blickte ihn mit durchdringenden Augen an. In diesen Augen brannte ein Feuer, das John so noch nie gesehen hatte. Ein Lächeln kräuselte die Mundwinkel des Mannes. Er nahm Johns Hand und berührte sie sacht. John stand wie angewurzelt da, kaum fähig zu atmen. Während er dastand und Panik in ihm hochkroch, wollte er seine Hand zurückziehen, doch auch sie gehorchten ihm nicht mehr. Es war ihm unmöglich, sich zu bewegen. Seine Gliedmaßen reagierten auf keinen seiner Befehle, fast so, als würden sie nicht zu ihm gehören. Sein Atem rasselte. Es war das einzige Geräusch, das die vollkommene Ruhe störte. Starr blickte er dem Fremden in die Augen. Der tat es ihm gleich. John hatte den Eindruck, als würde er dabei für einen kurzen Moment erschaudern, dann griff er ihm rasch mit seiner anderen Hand an die Stirn. John stand noch immer wie angewurzelt da, doch plötzlich, wie durch ein Wunder, verschwand diese innerliche Starre. Allmählich entspannte sich sein ganzer Körper, Leben kehrte in ihn zurück und seine Glieder reagierten wieder auf seine Befehle. Der Fremde ließ Johns Hand los und nahm auch den Finger von seiner Stirn. Dann, John glaubte zu träumen, beschwor er einen Briefumschlag aus dem Nichts hervor und wies John mit einer Handbewegung an, den Umschlag zu nehmen. Unsicher, mit fahriger Hand, griff John danach. Ein kaltes und zufriedenes Lächeln umspielte das Gesicht des Fremden und er nickte bekräftigend mit dem Kopf. Zögernd nahm John den Briefumschlag an sich und versuchte dabei vergeblich, eine freundliche Miene aufzusetzen. Das kalte Lächeln, das noch immer auf dem Gesicht des Fremden hing, machte John jedoch so nervös, dass sein Gesicht einfach keine freundliche Miene aufsetzen wollte. Der Mann berührte nun nochmals seine Stirn, dieses Mal mit dem Daumen. Er drückte John den Daumen knapp oberhalb der Augen fest an die Stirn und fixierte dabei mit seinem Blick genau diese Stelle, dann sah er John hypnotisch in die Augen. Der schauderte, als sich ihre Blicke trafen, und dem Fremden schien es aus unerklärlichen Gründen nicht besser zu ergehen. Etwas an seinen Augen verhinderte aber, dass John seinen Blick abwenden konnte. Dann spürte er jäh eine Welle der Wärme durch seinen Körper strömen. Diese Welle breitete sich immer weiter aus und er hatte plötzlich das Gefühl unsagbarer Stärke. Sein Körper fühlte sich nun geschmeidig, kraftvoll und unbesiegbar an. In seinem Kopf tauchte ein Bild auf, das ihn an seine Träume erinnerte. Es sah eine Stadt mit seltsamen Kuppelhäusern, aus denen gewaltige Masten und Türmchen ragten. Alles war in ein ungewöhnlich grünes Licht getaucht und unheimliche Schatten huschten über die Kuppelhäuser. Es war gespenstisch und doch durchströmte ihn ein eigenartiges Glücksgefühl dabei. Das empfand John als noch gespenstischer. Er verspürte nun auch einen unseligen Drang, in diese Stadt zu gehen. Es war ihm, als würde ein lang ersehnter Wunsch zum Leben erwachen. Die Sekunden wurden zu Minuten. Johns Herz pochte ihm gegen die Rippen. Er hatte jegliches Zeitgefühl verloren und keine Ahnung, wie lang sie schon so standen. Allmählich löste sich das Bild in seinem Kopf auf und der Fremde nahm seinen Daumen von Johns Stirn.

„Sind Sie die Stimme in meinem Kopf?", stieß John hervor und wich von dem Fremden einen Schritt zurück.

Der Mann sah ihn überrascht an, dann lächelte er ein unergründliches Lächeln. Seine Augen blitzen ebenso unergründlich, als er etwas kleines Rundes, ähnlich einem Tennisball, aber silbrig glänzend, aus seinem Overall nahm. Gleich darauf verschwand er in einem grünen Blitz genauso plötzlich, wie er gekommen war. Es hatte den Anschein, als hätte er sich vor Johns Nase einfach in Luft aufgelöst.

Verdattert rieb sich John die Augen, denn er konnte einfach nicht glauben, was eben passiert war. Hätte er nicht den Briefumschlag in Händen gehalten, wäre er sicher gewesen, sich das alles nur eingebildet zu haben. Es war ihm nun auch, als würde er aus einem Traum erwachen, an den er sich nur noch dunkel erinnern konnte.

Hastig stopfte er den Umschlag in seine Jackentasche und lief aufgeregt zu Babs, Ben und Eddie zurück. Er wollte ihnen so schnell wie möglich von der sonderbaren Begegnung berichten. Als er bei den dreien ankam, offenbarte sich ihm jedoch eine sehr abstrakte Szenerie. Babs saß zitternd in der Wiese. Ben und Eddie saßen bewegungslos wie zwei seltsam verkrümmte Skulpturen mit weit aufgerissenen Augen stumm da. Ja, nicht einmal mit den Wimpern zuckten sie. John fuhr bei diesem Anblick der Schreck durch alle Glieder.

„Zum Teufel", dachte er, „das kann doch alles nicht wahr sein." Entsetzt keuchte er auf: „Babs, hey, Babs, was geht hier vor?"

Babs blickte in einer Mischung aus Aufgeregtheit und Ungläubigkeit zu John. Ihr Gesicht war schneeweiß. „Also so etwas habe ich noch nie erlebt, das sag ich dir, John!", stieß sie mit dramatischer Geste hervor. „Es war richtig unheimlich. Ich sah dich bei den Büschen, wollte zu dir laufen, doch plötzlich konnte ich mich nicht mehr bewegen. Das musst du dir mal vorstellen. Meine Beine waren wie gelähmt. Es war, als würde mich eine unsichtbare Kraft festhalten. Kannst du dir das vorstellen, John?" Sie wischte sich eine verirrte Träne aus dem Gesicht und erzählte hastig weiter. „Ich saß also wie versteinert da und wusste nicht, was vor sich ging. Das war ziemlich gruselig, das kannst du mir glauben. Dann konnte ich plötzlich auch nicht mehr sprechen! Ich glotze nur noch wie bekloppt in der Gegend herum. Das hättest du erleben müssen, John. So etwas kann man nicht beschreiben. Na, jedenfalls nach einiger Zeit spürte ich, wie diese unsichtbare Umklammerung mich wieder losließ. Es war, als würde mein Körper langsam auftauen. Ich würde es nicht glauben, John, wenn ich es nicht erlebt hätte."

Ben und Eddie schien es ebenso ergangen zu sein, nur mit dem kleinen, nicht unwesentlichen Unterschied, dass sie offenbar noch immer bewegungsunfähig waren. Sie saßen einfach da und rührten sich nicht. Ihre Augen waren weit aufgerissen, ihre Gesichter waren merkwürdig verzerrt und ihre Körper seltsam verkrümmt. Ihr Anblick war bizarr und Furcht einflößend. John ging auf Ben und Eddie zu, fuchtelte mit seiner Hand vor ihren Augen umher und befahl ihnen, sich wieder zu bewegen, doch die beiden reagierten nicht. „Hey, Ben, Eddie, kommt doch zu euch! Bitte! So bewegt euch doch endlich wieder!", rief er panisch, da er nicht wusste, was er tun konnte, um den beiden auf die Beine zu helfen.

Aber es passierte nichts. Einfach gar nichts. Die beiden rührten sich nicht von der Stelle. Nicht der leiseste Hauch einer Bewegung war zu sehen. Entsetzen machte sich in John breit und sein Magen begann, sich zu verknoten. Er beugte sich langsam runter zu Eddie. Eddies Gesicht war so eigenartig verzerrt, dass ihm der Atem stockte. Ganz sachte berührte er ihn an der Schulter. Er wollte ihn irgendwie wachrütteln. Dabei passierte das nächste unglaubliche Ereignis. Johns Arm wurde, als er Eddie berührte, plötzlich ganz warm. Ein Hitzestrahl jagte durch seine Hand und gleich darauf fuhr ein grüner Blitz aus seinem Zeigefinger. John hätte es fast umgehauen. Der Blitz zischte in Eddies Körper, Eddies Augen weiteten sich und er begann, sich auf seltsame Weise zu bewegen. John war fassungslos und betrachtete seine Hand. Er drehte sie geschockt nach allen Seiten, gerade so, als ob er sie zum ersten Mal sehen würde.

„Alles in Ordnung mit dir?", fragte er Eddie etwas unsicher, der sich noch immer seltsam schüttelte und ihn mit großen Augen ansah.

„Jaaaaa", antwortete Eddie etwas zögerlich, hatte sich aber im nächsten Moment schon wieder gefangen. „Verdammt noch mal, John", polterte er unwirsch, „könntest du mir gefälligst erklären, was hier abgeht? Ich konnte alles sehen und hören, war aber nicht in der Lage, zu sprechen oder mich zu bewegen. Das war ein scheiß Gefühl, das kannst du mir glauben, Mann!"

John war erleichtert. Eddie schien ganz der Alte zu sein. Ben aber saß immer noch da, als wäre er eingefroren. Seine runden Augen weit aufgerissen, sein Mund leicht geöffnet, so als wollte er etwas sagen.

Eddie tippte ihn an die Schulter, doch Ben reagierte nicht. „Komm schon. Steh auf, Mann", knurrte Eddie hilflos und stieß Ben etwas härter gegen die Schulter. Ben kippte nach hinten und rollte auf den Rücken. Seine Beine standen abgewinkelt in die Höhe. Er lag nun wie ein riesiger Käfer auf dem Rücken. Babs sog entsetzt Luft zwischen ihren Zähnen ein, die ihr gleich darauf als *Pffffhhh* wieder entwich.

Johns Blick wanderte von Eddies verdutztem Gesicht zu Babs bleichem, die sich nun mühte, Ben wieder auf die Beine zu hieven. Doch es gelang ihr nicht. Einige Atemzüge standen sie völlig unbeholfen da, blickten sich an, starrten ungläubig auf Ben und wussten nicht, was sie tun sollten.

„John, mach doch mit Ben dasselbe, was du eben mit mir getan hast", brach es aus Eddie hervor. „Vielleicht klappt es bei ihm ja genauso gut."

„Was soll ich?", erkundigte sich John mit dumpfer Stimme.

„Los, Mann! Gehe hin und berühr Ben", raunte Eddie erwartungsvoll.

„Wozu?"

„Tu es, Mann! Geh hin und berühr ihn. Mach schon", drängte Eddie ungeduldig.

Babs, die nicht wusste, wovon Eddie sprach, da sie zuvor nicht gesehen hatte, wie der Blitz aus Johns Finger gekommen waren, beobachtete die beiden kopfschüttelnd. Sie dachte, Eddie sei nun vollkommen übergeschnappt.

John beugte sich über Ben und berührte ihn an der Schulter. Wieder wurde sein Arm ganz warm und ein Hitzestrahl jagte durch seine Hand. Und wieder fuhr danach ein grüner Blitz aus seinem Finger. Abermals starrte John fassungslos auf seinen Finger und drehte dabei seine Hand in alle Richtungen. Ben schüttelte sich und rappelte sich ganz langsam hoch. Er sah dabei aus wie ein verirrtes Kind, das nicht wusste, wo es war.

Babs glaubte zu träumen. Hatte sie richtig gesehen? War da eben wirklich ein Blitz aus Johns Finger gekommen? „Was war ... das denn?", rief sie mit schriller Stimme und blickte dabei so unschlüssig drein, als würde sie überlegen, ob sie ihren Augen trauen konnte.

„Ich habe keine Ahnung, Babs", erwiderte John abwehrend. Er wusste jedoch, hier ging etwas äußerst Mysteriöses vor sich.

„Hey, Mann, begreifst du das denn nicht?", grunzte Eddie begeistert. „Du besitzt unheimliche Kräfte! Als du uns berührtest, blitzte es aus deinem Finger und wir konnten uns wieder bewegen. Wir waren wie eingefroren und du hast uns wieder aufgetaut."

„Du spinnst ja!", rief Babs. „John besitzt doch keine unheimlichen Kräfte!"

„Und was war es deiner Meinung nach, häh?", erkundigte sich Eddie ziemlich erhitzt. „Ein gewöhnlicher Finger blitzt nun mal nicht. Das solltest du aber wissen, Babs."

„Was auch immer es war", giftete Babs, „es waren ganz sicher keine unheimlichen Kräfte. Das sag ich dir. John, erklären mit sofort, was hier läuft?", rief sie dann aufbrausend. Das konnte John natürlich nicht. Er hatte jedoch eine Ahnung – und diese Ahnung ließ ihm das Blut in den Adern gefrieren. Plötzlich fiel ihm der Briefumschlag wieder ein und auch, dass Babs, Eddie und Ben von dem Fremden ja noch gar nichts wussten. Ausführlich erzählte er ihnen von der merkwürdigen Begegnung und dem Umschlag, den er bekommen hatte.

Babs lächelt, während John erzählte. Es war ein völlig verzerrtes, angespanntes, unnatürliches Lächeln, als würden ihre Gesichtszüge immer mehr entgleiten, je länger John berichtete. Eddie lauschte gespannt, Ben sah verloren drein.

„Aber natürlich!", rief Eddie, als John mit seiner Erzählung fertig war, was John gar nicht behagte, da er ahnte, auf was Eddie hinauswollte und ihm das aber nicht gefiel.

„Was meinst du mit *natürlich*?", erkundigte sich Babs verständnislos.

Ben stand immer noch da, als hätte er absolut keinen Plan und verstünde nur Bahnhof. Er wirkte auch viel zu mitgenommen, um klar denken zu können.

„Versteht ihr das denn nicht?", fragte Eddie verwundert. „Überlegt doch mal! Wir sahen John bei den Büschen, wollten nachsehen, was los ist, doch plötzlich konnten wir uns nicht von der Stelle rühren. Und ich sage euch, wir durften uns nicht von der Stelle rühren. Das war von dem Fremden so geplant, damit wir ihn nicht sehen. Dann gab er John diese seltsamen Kräfte und seither blitzten seine Finger. Ist doch wirklich ganz einfach. Versteh überhaupt nicht, was ihr daran nicht kapiert."

Ben stieß einen langen Pfiff aus. Langsam erholte er sich und nun dämmerte es auch ihm und die Zusammenhänge wurden nun auch für ihn immer klarer. „Ja, aber natürlich", stieß nun auch er aufgeregt hervor. „So könnte es tatsächlich gewesen sein!"

„Oh, Mr. Superschlau hat's nun auch kapiert", stichelte Eddie gehässig, da es normalerweise Ben war, der die Sachen analysierte und erklärte.

„Diesen Quatsch glaubt ihr ja selbst nicht", sagte Babs spöttisch. „John, denkst du, dieser Fremde könnte unser richtiger Vater gewesen sein?"

„Nein! Ganz sicher nicht", antwortete John bestimmt.

„Und woher willst du das wissen?"

„Ich weiß es eben, basta!", knurrte John kurz angebunden und hörte sich dabei fast wie Mr. Spraud an. „Last uns von hier verschwinden und ins Baumhaus zurücklaufen", meinte er dann drängelnd. „Ich will wissen, was sich in dem Briefumschlag befindet."

„Dann mach ihn doch auf", sagte Babs verständnislos.

„Doch nicht hier", zischte John abwehrend und lief los.

Als sie endlich keuchend und schwitzend am Baumhaus ankamen, waren sie völlig erschöpft. Müde kletterten sie die Leiter hoch und setzen sich um die alte Holzkiste. Behutsam zog John den Briefumschlag aus seiner Jackentasche hervor. Es war ein ganz normales Kuvert, das man überall bekommen konnte.

„Jetzt mach ihn endlich auf", zischte Babs voller Ungeduld. Jeder Nerv in ihrem Körper vibrierte unangenehm und ihr Herz klopfte wie wild. Würden sie gleich mehr über ihre Herkunft erfahren? War in diesem Briefumschlag eine vernünftige Erklärung für alles?

Vorsichtig öffnete John den Umschlag. Alle starrten gebannt auf seine Hände, um zu sehen, was er herauszog. In dem bereits etwas zerknitterten Kuvert steckte ein zusammengefaltetes, gelbliches Papier. Es wirkte wie eine Glückwunschkarte und sah genauso aus wie das Papier, das sie in Vaters Arbeitszimmer gefunden hatten. John hielt den Atem an, faltete das Papier mit fahrigen Händen auseinander und fand nochmals einen gefalteten Papierbogen. Dessen Vorderseite war mit den gleichen eigenartigen Hieroglyphen beschrieben, mit denen schon das erste Schriftstück beschrieben war. Babs, Eddie und Ben blickten sich ratlos und ziemlich enttäuscht an. Was sollten sie nur mit noch so einem Fetzen Papier anfangen, wenn sie ihn doch nicht lesen konnten? John, der das Papier bereits etwas genauer betrachtet hatte, wusste es sofort. Er wusste gleich, was es für sie bedeutete. Er war eine Übersetzungshilfe. Auf dem Papier standen diese Hieroglyphen und unter jeder Glyphe war ganz klein der jeweilige Buchstabe ihres Alphabetes verzeichnet.

„Damit können wir unser Schriftstück entschlüsseln", raunte er freudetrunken, als er merkte, dass die anderen es noch immer nicht begriffen hatten.

„Echt? Zeig her!", riefen sie und griffen gleichzeitig nach dem Papier.

„Glaubt ihr, der Mann war einer dieser Typen, von denen euer Professor gesprochen hat? Also ich meine, einer dieser Nachfahren von Eridu", fragte Eddie aufgewühlt und sein Gesicht wurde dabei ganz rot vor Aufregung.

„Weiß nicht", murmelte John unsicher. „Er hatte braunes Haar, was nicht zu Professor Flirts Beschreibung passt, und sah auch sonst irgendwie anders aus. Außerdem kann ich mir noch immer nicht vorstellen, dass es diese Nachfahren tatsächlich heute noch geben soll. Überlegt doch mal. Glaubt ihr wirklich, dass niemand davon wüsste? Und selbst wenn es sie geben sollte, was soll das Ganze mit uns zu tun haben? Aber wisst ihr, wirklich verblüffend an ihm war seine Kleidung. Die sah genauso aus wie die auf dem Foto im Zeitungsarchiv. Es war der gleiche zart gelblich schimmernde Overall, den Babs und ich anhatten, als wir damals gefunden wurden. Da bin ich mir ganz sicher. Und das Zeug sah wirklich aus, als würde es leuchten."

„Was quatscht ihr so viel rum?", brummte Ben ungeduldig. „Last uns mit der Übersetzung beginnen, dann bekommen wir auch eine Antwort."

„Ben hat recht",, meinte Babs, ohne auch nur einen Anflug von Unbehagen zu zeigen, obwohl ihr ganz schummrig zumute war. „Du hast dieses Schriftstück doch dabei, John, oder?"

John machte ein langes, betrübtes Gesicht. Er hatte es natürlich nicht dabei, da er Angst hatte, er könnte es beim Umherstreifen im Schloss verlieren. Nun bereute er seinen Entschluss, doch das nützte ihm auch nichts mehr. „Nein", sagte er verdrossen „ich habe es nicht dabei."

„So ein Mist, so ein verfluchter! Wie konntest du das Papier nur zu Hause lassen?", murrte Eddie vorwurfsvoll.

„Ich wusste doch nicht, dass wir es benötigen", verteidigte sich John mit beleidigtem Gesichtsausdruck. Das Letzte, was er nun brauchte, waren Eddies Vorwürfe, denn die machte er sich schon selbst. Seine Laune war augenblicklich in den Keller gerasselt.

„Dann holen wir es eben", drängte Ben zappelig, da er darauf brannte, die Übersetzung zu lesen. „Worauf wartet ihr? Lasst uns gehen!"

„Schätze, das wird nicht klappen", sagte John mit einem kurzen Blick auf seine Armbanduhr. „Hab ihr nicht bemerkt, wie spät es schon ist? Es gibt bald Abendessen. Wir müssen uns wohl oder übel bis morgen gedulden."

„Bist du total verrückt geworden, Mann? Wir können doch unmöglich bis morgen warten", schnaubte Eddie entsetzt. „Ich glaub, ich dreh am Rad! Was ist, wenn ihr euch nach dem Abendessen einfach wieder aus dem Haus schleicht?", schlug er John mit hoffnungsvoller Miene vor.

„Nein, John, nein", schelte Babs mit scharfer Stimme und mahnendem Blick. „Das dürfen wir nicht tun! Wenn Vater es bemerkt, bekommen wir bis zum Ende der Ferien Hausarrest. Dann ist es mit unseren Nachforschungen vorbei", fügte sie mit theatralischer Stimme hinzu und strafte Eddie mit einem bösen Blick, der es in sich hatte.

Mr. Spraud war diesbezüglich sehr eigenartig. Sie durften nach dem Abendessen nicht mehr weg. Keiner wusste, warum, und er ließ auch nicht mit sich handeln. Es war eines der vielen ungeschriebenen Gesetze im Hause Spraud. Natürlich war auch diese Regel seiner Sorge geschuldet, jemand könnte seinen Kindern etwas anhaben. Das hatte er ihnen aber nie erklärt und darum wussten sie auch nicht, warum sie unter keinen Umständen nach dem Abendessen wegdurften. Es gab schon viel Streit und Zoff deswegen, besonders July machte diese Regel schwer zu schaffen.

„Tut mir leid", murmelte John, „aber Babs hat recht. Wir verschieben es besser auf morgen."

„Warum hörst du bloß immer auf sie, John?", rief Eddie barsch.

„Weil sie recht hat, Mann! Du kennst doch ihren Vater. Der führt sich auf, als wäre er ein tollwütiger Kettenhund", belehrte ihn Ben und handelte sich dafür von Babs gekränkte Blicke ein.

„Wenn es denn unbedingt sein muss", murrte Eddie enttäuscht und machte dabei ein langes Gesicht. „Dann treffen wir uns eben gleich morgen früh um neun Uhr hier im Baumhaus." Wütend dachte er: „Mädchen!", und trat mit seinem Fuß gegen die alte Holzkiste, um seiner Enttäuschung Luft zu machen. „Wieso müssen die immer so vernünftig sein?"

Enlil und Tiamat

In dieser Nacht machte John kaum ein Auge zu. Immer wieder musste er an die Begegnung mit dem fremden Mann denken. Wer war dieser Mann? Wieso gab er ihm diese Übersetzungshilfe? Woher wusste der Fremde, dass er sie dringend benötigte? Gab es diese Nachfahren von Eridu tatsächlich? Auch heute noch? War der Fremde einer dieser Nachfahren? Hatten diese Menschen wirklich so viel Macht, Wissen und unheimliche Kräfte, wie Professor Flirt sagte? Hatte er selbst auch diese Kräfte? Er dachte an seine Hand. Schlummerte diese Kraft vielleicht schon immer in ihm und musste nur aktiviert werden? Konnte er noch andere Dinge, von denen er keine Ahnung hatte? Sollten er und Babs wirklich zu denen gehören? Was war das für eine eigenartige Stadt, die er gesehen hatte? War es womöglich eine Stadt aus diesem Reich? John ging so viel durch den Kopf, dass er keinen Schlaf fand. Erst gegen Morgen überwältigte ihn die Müdigkeit und er schlief ein. Es war jedoch ein sehr unruhiger Schlaf. Er träumte von einem langen Tunnel, den er immer weiter ins Erdinnere folgte, ohne irgendwo anzukommen.

Als er erwachte, war er schweißgebadet und total erledigt. Ganz verschlafen schleppte er sich zum Frühstück. Er kaute gerade gedankenverloren an seinem Toast, als er seine Mutter wie durch einen Schleier sagen hörte: „Heute machen wir einen Ausflug nach Oban, um einige Besorgungen zu machen, und werden dann dort auch gleich den Lunch zu uns nehmen."

John verschluckte sich, war blitzartig hellwach und sein Magen stülpe sich um, als wolle er den Toast zurückschicken. Auch Babs rang nach Luft. Ihre Augen wanderten von John über den Tisch zu Mutter.

„Ähm, Mum, das geht nicht. Wir haben heute schon was vor. Könnt ihr nicht ohne uns fahren? Bitte, Mum", schnurrte sie flehend, in einer Tonlage, von der sie offensichtlich glaubte, sie klinge einschmeichelnd und unbekümmert.

„Bitte, Mum", sagte auch John rasch, da ihm Babs Stimme viel zu ölig klang, um sich echt anzuhören.

„Was habt ihr denn so Unaufschiebbares vor?", erkundigte sich Mr. Spraud stirnrunzelnd und blickte neugierig über den Rand seiner Morgenzeitung.

„Ähm, weißt du, Dad, na ja ... die Sache ist so", begann John stockend, „wir haben Eddie und Ben ... also, wir haben den beiden versprochen, ihnen heute bei der Renovierung des Baumhauses zu helfen", log er mit pochendem Herzen und betete, mit der Nummer durchzukommen. „Es hat wirklich dringend etwas neue Farbe nötig", setzte er rasch nach und hoffte, sein Vater würde sich damit breitschlagen lassen. „Ja, na ja, auch sonst gehört noch so einiges repariert", fügte er noch hinzu und sah gebannt zu seinem Vater.

„Genau!", entschlüpfte es Babs baff über Johns geniale Ausrede, merkte aber sofort, wie blöd ihr Kommentar war, und sprach rasch weiter. „Wir können sie nicht im Stich lassen, Dad. Wir haben es versprochen." Für ihren bescheuerten Gesichtsausdruck, den sie dabei aufsetzte, handelte sie sich unter dem Tisch von John einen gewaltigen Tritt ein.

„Na, wenn das so ist, dann müsst ihr natürlich helfen", hörte John seinen Vater sagen und saß ganz verdattert da. Noch während er sich überlegte, ob er das eben nur geträumt hatte, hörte er Babs schon begeistert: „Danke, Dad, danke!", johlen und ein riesiger Stein fiel ihm vom Herzen.

„Schon gut, schon gut", murmelte Mr. Spraud, machte aber ein Gesicht, als wäre er über seine Worte selbst erstaunt.

„Adam, Liebling", sagte Mrs. Spraud und John und Babs stockte erneut der Atem, „meinst du nicht, sie sollten besser mit uns kommen? Ich meine ... du weißt schon."

„Mum!", schrie John nicht mehr Herr seiner Stimme. „Wir *müssen* Ben und Eddie helfen! Wir haben es versprochen!"

Mr. Spraud hob seine buschigen Augenbrauen, rückte auf seinem Stuhl unruhig umher und sah nachdenklich zu seiner Frau. „Lass sie gehen, Sam", sagte er zu Johns abermaliger Überraschung. Er wirkte wie ausgewechselt und John fragte sich, ob hier wirklich ihr Dad zu ihnen sprach.

Nach dem Frühstück kramte John eilig die Papierstücke aus ihrem Versteck hervor, steckte beide unter seinen Pullover und stürmte die Treppe runter, wo Babs bereits ungeduldig auf ihn wartete. Gerade als sie zur Tür rauslaufen wollten, blieb er abrupt stehen.

„Was ist denn nun wieder?", erkundigte sich Babs entnervt.

„Ich habe meine Sonnenbrille im Bad vergessen", murmelte John fassungslos über sich selbst, drehte sich einfach um und lief zurück.

„Na toll", dachte Babs sauer, „wegen dieser bescheuerten Sonnenbrille, die bei dem Wetter sowieso keiner braucht, kommen wir jetzt auch noch zu spät."

Als John endlich mit seiner geliebten Sonnenbrille zurück war, liefen sie über das Feld und erreichten fünfzehn Minuten nach neun das Baumhaus, wo Eddie und Ben bereits nervös auf der Plattform nach ihnen Ausschau hielten.

„Wo steckt ihr denn nur?", erkundigten sich die beiden empört über das Zuspätkommen. „Ihr habt doch nicht etwa ohne uns angefangen?"

„Nein, natürlich nicht", versicherte John und kletterte rasch die Leiter hoch. Babs folgte ihm auf dem Absatz. Ihre Ungeduld, gemischt mit einer Portion Unbehagen, wurde immer größer. Würden sie jetzt wirklich alles erfahren?

Auf der Holzkiste lagen bereits Papier und Stift bereit. John legte die beiden Papierbögen nebeneinander. Aufgeregt begann er mit der Übersetzung. Babs war sehr still, da ihr immer mulmiger zumute wurde, während sie ungeduldig wartete. John erging es ähnlich. Er spürte, dass sein Leben nach dieser Übersetzung nicht mehr dasselbe sein würde. Wie sehr er damit recht hatte und wie sehr sich sein Leben verändern würde, konnte er zu diesem Zeitpunkt, jedoch nicht erahnen. Schön langsam bildete sich das erst Wort. Im Baumhaus war es so still, dass es direkt unheimlich war. Man konnte sogar das Kratzen von Johns Stift auf dem Papier hören. Als er mit dem ersten Satz fertig war, war er kreidebleich im Gesicht. Er nahm den Zettel und versuchte, seine Stimme ruhig klingen zu lassen.

„Dies sind die Kinder des Herrschers Anu – Enlil und Tiamat", las er krächzend, da seine Stimme alles andere als ruhig war.

„Was seid ihr?", rief Eddie verdutzt.

John legte den Zettel mit der Übersetzung fröstelnd auf die Kiste zurück. Sein Gesicht war nun noch bleicher. „Das ist bestimmt noch immer der Albtraum von heute Nacht. Ich werde sicher gleich wach", dachte er mit einer Gänsehaut im Nacken. Er fühlte sich hundeelend. Hätte er in diesem Moment auf einem Stuhl gesessen, wäre er glatt damit umgekippt. Die Kinder eines Herrschers? Das konnte doch bloß ein Scherz oder dergleichen sein.

Babs starrte auf die Übersetzung, als ob es sich um einen Geist handeln würde, holte tief Luft und verschränkte trotzig ihre Arme. „Zum Teufel!", rief sie. „Ich will nicht Tiamat sein! Mein Name ist Barbara, basta! Was soll Tiamat überhaupt bedeuten? Das ist doch kein Name! Und wenn doch, dann ist er völlig bescheuert! Und Kind eines Herrschers will ich auch nicht sein!" Ihr Gesicht glühte vor Aufregung. Zornig hielt sie den Zettel hoch und wedelte damit herum. „Das ... das", sie wedelte nun noch wilder damit herum, „ist doch völliger Schwachsinn! Wer soll denn solche Märchen glauben? Da hält uns doch jemand für komplett bescheuert!"

John legte beschwichtigend die Hand auf Babs' Schulter. Er wusste genau, wenn Babs sich in Rage redete, dann konnte ihre Ansprache auch schon mal etwas länger dauern. Doch noch bevor er etwas sagen konnte, zuckte ein grüner Blitz aus seinem Finger, durchströmte Babs Körper und ihr Gesicht entspannte sich auf unheimliche Weise.

„Habt ihr das gesehen?", entfuhr es John. „Es passierte schon wieder! Und wisst ihr was, es passiert immer dann, wenn ich intensiv an etwas denke, das ich gerne hätte. Eben dachte ich: Beruhig dich, Babs. Und es hat geklappt."

„Das ist Schwachsinn, John", sagte Babs sachlich mit einer Miene, als hätte John ihr eben erklärt, dass Pferde fliegen konnten.

„Meine Fresse", hauchte Ben fast ehrfurchtsvoll, ohne auf Babs zu achten. „Der Fremde muss dir gestern tatsächliche diese unheimliche Kraft gegeben haben. Mann, das ist ja so was von krass!"

„Aber genau das habe ich euch doch schon gestern gesagt", brummte Eddie bockig. „Da wollte mir ja keiner von euch glauben", murrte er beleidigt weiter und sah dabei mit vorwurfsvoller Miene in die Runde.

„Reg dich wieder ab, Mann", zischte Ben und wischte sich hektisch mit der Hand sein blondes Haarbüschel aus den Augen. „Jetzt glauben wir dir ja!"

„Diese Nachfahren von Eridu, von denen euer Professor erzählt hat", raunte Eddie begeistert, „gibt es also wirklich. Wenn vielleicht auch nicht alles stimmt, was der Professor gesagt hat, so ist zumindest etwas dran. Und aus irgendeinem unerfindlichen Grund scheint ihr die Kinder eines Herrschers zu sein."

„Red doch keinen Stuss, Eddie", fauchte Babs energisch.

„Es steht doch da", hielt Eddie dagegen und deutet auf den Zettel.

John überlegte, ob sie wirklich die Kinder dieses Herrschers sein könnten. Wenn das stimmen sollte, warum waren sie dann hier? Aus welchem Grund wurden sie als Babys beim Timor Castle abgelegt? Das ergab doch keinen Sinn.

„Lasst uns rasch den zweiten Teil übersetzten", sagte er entschieden und machte sich sogleich an die Arbeit. Als er fertig war, las er erneut laut vor: „Träger der Vergangenheit – Bewahrer der Zukunft."

Babs verdrehte die Augen, stieß einen Seufzer aus und deutete auf den Zettel. „Ich sagte doch, es ist Quatsch. Braucht ihr noch mehr Beweise, um mir zu glauben?", wetterte sie ungestüm und setzte ihre *ich hab's doch gleich gewusst*-Miene auf.

John, der in eine Art Trance versunken war, starrte auf den Zettel und las nochmals seine Übersetzung.

Dies sind die Kinder des Herrschers Anu. Enlil und Tiamat.
Träger der Vergangenheit – Bewahrer der Zukunft.

„Versteht ihr, was damit gemeint ist?", brummte er nachdenklich. „Sagt doch was!", rief er aufgekratzt, nahm die Übersetzungshilfe und wedelte damit nun auch in der Luft herum. Weder Babs noch Ben und schon gar nicht Eddie konnten sich einen Reim auf diese Zeilen machen. Mit dem Ausdruck jämmerlicher Ahnungslosigkeit auf ihren Gesichtern sahen sie zu John, der noch immer mit der Übersetzungshilfe wedelte.

„Seht doch nur", sagte Babs aufgeregt, als John damit vor ihrer Nase herumfuchtelte und das gefaltete Papier dabei auseinanderklappte. „Auf der Innenseite stehen auch Hieroglyphen."

Erschrocken, verwundert, aber auch erwartungsvoll starrte John das Schriftstück an. Es befanden sich tatsächlich Hieroglyphen auf der Innenseite, die er bis jetzt nicht gesehen hatte, und er fragte sich verärgert, wieso er die ganze Zeit über kein einziges Mal auf die Idee gekommen war, das Papier auseinanderzufalten. „Wie blöd bin ich eigentlich?", fragte er sich wütend und starrte auf die Zeichen, von denen einige mit einem Fleck bedeckt waren.

„Übersetz es, John", sagte Eddie aufgewühlt. „Los, mach schon."

John nahm erneut ein Blatt Papier und einen Stift zur Hand. Es waren nicht viele Glyphen und John konnte sich nicht vorstellen, danach wesentlich schlauer zu sein. Der Fleck ärgerte ihn am meisten, denn er verhinderte die komplette Übersetzung.

Als er fertig war, stand vor ihm auf dem Papier: *GEH IN DAS* und ATLATIS.

Wohin er gehen sollte, stand unter dem Fleck, der verdächtig nach Brei aussah. „Wo soll ich hingehen?", fragte er kopfschüttelnd. „Und was könnte das Wort Atlatis bedeuten? Habt ihr schon jemals was davon gehört?"

„Das ist doch völliger Schwachsinn", sagte Babs erneut rechthaberisch.

„Vielleicht soll es ja eine geheime Botschaft sein", meinte Eddie achselzuckend.

„Was bringt denn eine Botschaft, wenn man sie nicht versteht", sagte Ben und betrachtete das Papier.

„Na ja, vielleicht wäre die Botschaft ja verständlich, wenn man sie ganz lesen könnte", sagte John etwas ratlos und hörte jäh wieder eine Stimme in seinem Kopf.

„Enlil, hör auf meine Stimme ... hör auf meinen Rat ... geh ins Verlies ... die Wahrheit wird dir offenbart." Es war eine neue, völlig andere Stimme und wenn er sich nicht sehr irrte, klang sie äußerst ungeduldig, aber auch irgendwie unsicher. Wie gebannt starrte er zu Babs, Eddie und Ben, die hitzig über die Botschaft zankten und diese Stimme ganz sicher nicht gehört hatten.

„Ich muss ins Verlies", sagte John völlig unvermittelt und unterbrach ihr Gezänke. „Ich werde heute Nacht hingehen und mich umsehen!" Sein Entschluss stand fest. Er musste einfach ins Verlies, um herauszufinden, was ihm dort offenbart werden würde. Jäh überkam ihn wieder dieser seltsame Drang und ein starkes Gefühl sagte ihm, er würde im Verlies Antworten finden, was seinen Entschluss nur noch mehr bestärkte.

„Was ist, kommt einer von euch mit?", erkundigte er sich und blickte erwartungsvoll in die Runde.

Eddie war natürlich sofort Feuer und Flamme. Sein Gesicht glühte wie ein entfachtes Lagerfeuer. Selbst seine Ohren glühten wie Kohlestücke. Die Sache lief endlich nach seinem Geschmack. Ben war etwas zögerlicher. Er war nicht so ein Abenteurer wie Eddie. Doch auch bei ihm siegten schlussendlich die Neugierde und das Verlangen, endlich mehr herauszufinden. Babs hatte wie üblich Bedenken. Sehr große Bedenken.

„Heute Nacht? Pah! Spinnst du nun komplett, John?", schnauzte sie mit giftiger Stimme. „Du hast sie doch nicht mehr alle! Wie willst du das denn unseren Eltern erklären?"

„Überhaupt nicht, Babs. Es geht nicht anders. Ich habe keine andere Wahl! Versteh das doch", entgegnete John bestimmt. „Ich werde warten, bis sie schlafen und mich dann zur Hintertüre rausschleichen. Mir bleibt genügend Zeit, um vor dem Frühstück wieder zurück zu sein. Und mit etwas Glück merken sie überhaupt nicht, dass ich weg war. Ich werde mich in aller Ruhe umsehen, bis ich gefunden habe, wonach ich suche."

„Ach, wonach suchst du denn?", fragte Babs gespannt, die Stirn in Falten gelegt. Auch Eddie und Ben machten nun fragende Gesichter.

John überlegte kurz, musste sich dann aber eingestehen, keine Ahnung zu haben, wonach er suchte. Er wusste jedoch, es würde sich nun alles klären. Er konnte es sogar fühlen.

Wozu sonst sollte ihn diese Stimme ins Verlies drängen? Wozu sonst sollte sie ihm sagen, alles würde ihm offenbart?

***

Anderswo erstattete Adamu in dem gewölbeartigen Raum Bericht, jedoch nicht ohne Heiterkeit und Frohsinn. Er vermied es aber tunlichst, sich von seiner guten Laune etwas anmerken zu lassen. Seine Miene war versteinert, seine Augen ausdrucksleer.

„Achnum sagt, er ist unterwegs", erklärte Adamu der kalten Stimme und ließ sich auf einen Steinsockel neben einer mächtigen Statue nieder. „Der Junge ist auf dem Weg ins Verlies. Alles läuft nach Plan."

„Gut", knurrte die kalte Stimme zufrieden und warf etwas ins Feuer, das einer abgehackten Hand verblüffend ähnlich sah. „Irgendwelche Vorkommnisse?"

„Unwesentliches", sagte Adamu arglos und starrte auf das Ding im Feuer.

„Was?", blaffte die kalte Stimme. „Was ist vorgefallen?"

„Achnum hat deine Übersetzungshilfe nicht hinterlegt, sondern dem Jungen selbst ausgehändigt", berichtete Adamu. „War wohl etwas übermotiviert, unser lieber Achnum. Hast ihm wohl mächtig Feuer unterm Hintern gemacht. War aber keine große Sache. Außer dem Jungen hat ihn niemand gesehen. Der Junge hat wohl einen ordentlichen Schreck bekommen, ihn aber längst wieder überwunden."

„Sonst noch was?"

„Achnum musste nachhelfen, damit der Junge deine Botschaft verstand", sagte Adamu gleichmütig.

„Nachhelfen?", fragte die kalte Stimme überrascht. „Was soll das heißen? Meine Botschaft war eindeutig."

„Gewiss", sagte Adamu. „Der Junge hätte sie auch verstanden, wäre sie lesbar gewesen."

„Was willst du mir damit sagen, Adamu", zischte die kalte Stimme ungeduldig.

„Achnum hat ein paar Essensreste darauf hinterlassen. Der Junge konnte nicht alles lesen. Achnum hat seinen Fehler aber ausgebügelt. Der Junge weiß, was er zu tun hat."

„Essensreste? Auf meiner Botschaft! Das wird mir dieser Tölpel büßen", fauchte die kalte Stimme zornig. „Sonst noch was?"

Adamus blaue Augen funkelten ausdrucksleer und sein ebenmäßiges Gesicht war versteinert. Er erhob sich, richtete seinen hochgewachsenen, muskulösen Körper in voller Größe auf und packte so viel Gleichgültigkeit in seinen Ton, wie es seine sonore Stimme zuließ.

„Es gab eine Verwechslung", sagte er leidenschaftslos. „Es passierte, wie sich herausstellte, bereits in der ersten Nacht. Hat der Sache aber nicht geschadet. Mach dir keine Gedanken, alles läuft nach Plan."

„Was ist geschehen, Adamu?", tobte die kalte Stimme.

„Die Schriftstücke wurden vertauscht", sagte Adamu mit ausdrucksloser Stimme. Dabei entkam ihm aber nun doch ein kaum merkliches Lächeln. Es huschte wie ein kurz aufflackerndes Licht über sein wohlgeformtes Gesicht.

„Dein bezauberndes Lächeln in deinem überaus charmanten Gesicht sagt mir, dass du die Sache wohl nicht ernst genug nimmst", zischte die kalte Stimme wütend und starrte Adamu feindselig an. Der außerordentlich gehässige Unterton, der unüberhörbar in der kalten Stimme mitschwang, ließ Adamu breit grinsen und brachte seine makellosen Zähne zum Vorschein.

„Könnte es sein, Adamu", fragte die kalte Stimme gereizt, „dass du den Moment gerade genießt, um mir zu verdeutlichen, wie richtig du mit deinen Bedenken lagst?"

„Ich kenne deine Vorstellung von Genuss nicht", sagte Adamu gelassen. Sein Gesicht war nun wieder ausdrucksleer und seine Stimme kühl. „Meine Vorstellung von Genuss ist jedenfalls eine andere."

„Ich muss dich hoffentlich nicht erinnern, wie wichtig die Sache ist", fauchte die kalte Stimme, ging auf Adamu zu und blieb knapp vor ihm stehen. „Und nun sag mir, was ist in der ersten Nacht geschehen?"

„Ich sagte es bereits", erwiderte Adamu ruhig. „Die Schriftstücke wurden vertauscht."

„Was soll das heißen ... vertauscht?", schnauzte die kalte Stimme mit einem dämonischen Glimmern in den Augen.

„Achnum hinterlegte in der ersten Nacht das Originalschriftstück. Der Junge weiß nun, wer er ist", sagte Adamu mit stählernem Blick.

„Das ist unmöglich!", rief die kalte Stimme erregt. „Es gibt nur ein Original und das befindet sich seit damals in meiner Verwahrung!"

„Wie es aussieht, hast du Achnum das Original gegeben", sagte Adamu trocken und mit unbewegter Miene.

„Blödsinn, Adamu!", grollte die kalte Stimme. „Ich sagte dir doch, das Original befindet sich in meiner Verwahrung. Ich habe Achnum eigenhändig das von mir vorbereitete Schriftstück mit dem abgeänderten Text gegeben. Meinst du, wir haben eine undichte Stelle? Jemanden, der den wahren Text kennt und ihn Achnum untergejubelt hat, damit der Junge vorgewarnt ist?"

„Kann ich mir nicht vorstellen", sagte Adamu und packte dabei so viel Überzeugung in seine Stimme, wie es ihm möglich war. „Schätze, du hast die Schriftstücke einfach vertauscht, ohne es zu bemerken. Auch dir kann mal ein Fehler unterlaufen. Mach dir deswegen keine Gedanken. Der Junge ist auf dem Weg, das ist alles, was zählt."

„Ich soll mir keine Gedanken machen?", wütete die kalte Stimme. „Jetzt, da der Junge weiß, wer er ist, muss ich mir sehr wohl Gedanken machen! Es beeinflusst die Sache mehr, als mir lieb ist, Adamu. Ich muss einen Teil meines Plans abändern. Die Botschaft in meinem großzügigen Geschenk, das der Junge demnächst finden wird, muss ebenfalls verändert werden. Der Junge ist nicht dumm! Denkst du, Achnum steckt dahinter? Denkst du, er ist schlau genug, um ..."

„Niemals", sagte Adamu aus tiefster Überzeugung.

„Dann muss jemand anders dahinterstecken. Jemand, der Achnum kennt und für seine Zwecke manipuliert. Ich sollte Achnum sofort töten, bevor Derartiges noch mal geschieht", zischte die kalte Stimme unbarmherzig.

„Du hast die Schriftstücke vertauscht, das ist alles", sagte Adamu schroff und fuhr wütend fort: „Hättest du mich die Sache erledigen lassen, wäre es nicht passiert. Mir wäre es aufgefallen. Achnum ist nicht der Klügste, gewiss, aber er konnte es nicht wissen. Und weil wir gerade bei Achnums Intelligenz sind, war das nicht der Grund, warum du ihn für diese Aufgabe wolltest? Wolltest du nicht jemanden, der nicht klug genug ist, um die Sache zu durchschauen? Du könntest Achnum töten, sicherlich, davon würde dein Fehler aber auch nicht besser. Und erzähl mir jetzt nicht, ich würde eine Grenze überschreiten, denn in deinem tiefsten Innersten weißt du, dass dein feindseliges, herrisches Verhalten mir gegenüber mehr als unangebracht ist. Ich habe es geduldet, darüber hinweggesehen, doch wenn du die Vergangenheit nicht ruhen lassen kannst, ist es vielleicht besser, wenn wir getrennte Wege gehen."

„Ich frage mich gerade, wie es kommt, dass du dich derart erhaben fühlst", sagte die kalte Stimme bissig. „An den paar Jährchen Vorsprung kann es ja wohl nicht liegen."

„Dein Selbstmitleid und deine Verblendung werden dich eines Tages zerstören", sagte Adamu harsch, drehte sich um und ging.

***

Etwas später, weit entfernt von dem gewölbeartigen Raum, aber ebenfalls *anderswo*, versammelten sich Männer in purpurnen, fürstlichen Umhängen in einem prunkvollen Saal. Ihre Antlitze waren nicht zu erkennen. Sie lagen allesamt in den dunklen Schatten ihrer Kapuzen, die tief in ihre Gesichter gezogen waren. Wie von Geisterhand gehaltene Kronleuchter schwebten knapp unter der Decke und beleuchteten den Saal, der mit unzähligen Kostbarkeiten geschmückt war. Die Kugeln der Kronleuchter leuchteten in einem satten, kühlen Blau. Die Wände des Saals waren mit schaurigen Reliefs und ungewöhnlichen Ornamenten aus weiß poliertem Stein reich verziert. Sie glitzerten und strahlten im blauen Licht der Kronleuchter wie polierte Eisflächen. Viele Abbildungen zeigten außergewöhnlich gekleidete Menschen, die sonderbare Wesen misshandelten oder töteten.

Einige Abbildungen zeigten Menschen, die sich wie Götter über eine Schar von anderen Menschen erhoben und sie zu niedrigen Arbeiten zwangen. An der Stirnseite des Saals befand sich nur ein Relief, dies war jedoch übermächtig. Es zeigte die Abbildung eines Mischwesens. Dieses Wesen hatte den Körper eines Stiers und den Kopf eines Mannes, der einen eigenartigen Bart hatte und eine Art Turban auf dem

Haupte trug. Bei näherem Hinsehen erkannte man jedoch, dass es eine fremdartige Krone darstellen sollte. Über dem Stierrumpf spannten sich mächtige Flügel, die knapp über den Vorderbeinen begannen und sich weit über den Rumpf erstreckten. Das Gesicht des Mannes hatte stechende Augen, die saphirblau strahlten. Sein Mund wirkte, als würde er lächeln. Immer mehr Männer in purpurnen, fürstlichen Umhängen drängten in den Saal. Aufgeregt flüsternd setzten sie sich an einen sehr langen Tisch, der sich mitten im Saal befand. Ihr Flüstern verstummte abrupt, als der Vorsitzende erschien und sich am Kopf des Tisches unter dem Relief des Mischwesens niederließ. Sein Antlitz lag noch tiefer im Schatten seiner Kapuze verborgen als das der anderen. Niemand konnte auch nur einen Flecken seines Gesichtes erkennen, dennoch strahlte er eine Macht aus, die die Männer erschaudern ließ.

„Ich habe euch versammelt, um euch mitzuteilen, dass sich die Pläne geändert haben", sagte der Vorsitzende mit ruhiger, tiefer und sehr besonnener Stimme. „Alle bisherigen Anordnungen sind daher hinfällig. Ihr werdet nichts unternehmen, bis ihr neue Instruktionen bekommt. Da es sein könnte, dass aufgrund der kommenden Ereignisse eine kurzfristige Versammlung nicht möglich ist, werdet ihr diese Instruktionen auf dem üblichen Weg erhalten. Ich erwarte von euch, dass ihr diese Anweisungen Punkt für Punkt präzise befolgt."

„Natürlich", antwortete eine raue Stimme hastig vom anderen Ende des Tisches und Beifallsklopfen hallte durch den Raum.

„Schön", sagte der Vorsitzende. „Wie weit seid ihr in unserer Sache vorangeschritten?"

Einigen wurde heiß um den Kragen, andere verfielen in beharrliches Schweigen, doch eine voreilige Stimme erhob zum Missfallen der anderen das Wort. „Es war uns unmöglich, etwas zu unternehmen", entrüstete sich die Stimme. „Es schien, als würden wir sabotiert."

„Tatsächlich", sagte der Vorsitzenden und klang dabei amüsiert. „Es war euch also nicht möglich." Er brach ab und machte eine kurze Pause, in der es keiner wagte, sich zu rühren.

„Wie es aussieht, seid ihr der Sache nicht gewachsen", fuhr er zynisch fort.

„Nein, so ist es nicht", rief die raue Stimme. „Er sagt die Wahrheit. Wir wurden ständig ..."

„Genug", sagte der Vorsitzende und klang nun leicht gereizt. „Beweist endlich, dass ihr zu Recht in dieses Bündnis aufgenommen wurdet.

Ihr seid hier, um die Dinge voranzutreiben, aber nicht, um mit eurer Unfähigkeit zu glänzen. Ich erwarte von euch weit mehr als von den gewöhnlichen Anhängern, doch ihr seid nichts weiter als ein Haufen unfähiger Gehilfen. Ihr wollt zu den dunklen Mächten gehören, also handelt auch danach. Auch wenn ihr nur zum äußeren Zirkel gehört, habt ihr dennoch eine Verpflichtung übernommen. Wir, die dunklen Mächte, erwarten von euch, dass ihr diesem Namen alle Ehre macht. Viele in unserem Reich zittern vor uns. Bedenkt immer, ihr wärt nichts ohne mich, denn ich war es, der euch in dieses Bündnis aufnahm. Ich war es auch, der euch Macht gab, damit ihr eure Treue und Ergebenheit beweisen könnt. Doch so, wie ich euch aufnahm und Macht gab, kann ich sie euch auch wieder nehmen. Jedem Einzelnen von euch."

Leises Getuschel erhob sich im Saal. Nebeneinandersitzende steckten ihre Köpfe, gut verborgen unter ihren Kapuzen, zusammen und flüsterten aufgeregt. Manchen stand die Angst im Gesicht, manchen die blanke Wut, was jedoch niemand sehen konnte. Beim Rest herrschte angespannte Stimmung.

„Nun, da ihr schändlicherweise nicht wisst, was in unserem Reich vorgeht, werde ich es euch sagen", fuhr der Vorsitzende fort.

Das Gemurmel erstarb augenblicklich.

Dann fuhr er fort: „Der Junge ist auf dem Weg hierher. Ich verlange von euch, nichts zu unternehmen, bis er hier ist. Haltet euch bedeckt, bis ihr von mir Anweisungen bekommt. Nichts darf schiefgehen. Ich will den Jungen. Ich hoffe, ihr habt das verstanden."

„Sollen wir in der Zwischenzeit von Adamu weiterhin Befehle entgegennehmen?", fragte eine dritte Stimme eingeschüchtert.

„Allerdings", sagte der Vorsitzende knapp.

„Ich dachte, Adamu steht auf der anderen Seite", sagte eine vierte Stimme zaghaft.

„Überlass das Denken mir", sagte der Vorsitzende. „Es reicht, wenn ihr tut, was ich euch auftrage."

„Und ich dachte", flüsterte eine fünfte Stimme kaum hörbar, „wir nehmen Adamus Befehle nur entgegen, um die andere Seite zu bespitzeln und einen Schritt voraus zu sein."

„Wenn das so ist", sagte der Vorsitzende leicht gereizt, „dann seid ihr noch dümmer, als ich dachte."

„Wollt Ihr damit sagen, Adamu ist vertrauenswürdig?", erkundigte sich eine sechste Stimme verwundert.

„Darüber besteht kein Zweifel", sagte der Vorsitzende.

„Er ist einer von uns?", hakte die sechste Stimme überrascht nach.

„Adamu bekommt jegliche Unterstützung von uns, die er benötigt. Mehr braucht ihr nicht zu wissen", fegte die Stimme des Vorsitzenden über den Tisch. „Ihr werdet Adamu zur Seite stehen, wann immer es notwendig ist."

„Aber", warf die sechste Stimme unnachgiebig ein, „Adamu kämpft doch ganz offensichtlich an der Seite von …"

„Habe ich mich so undeutlich ausgedrückt?", fuhr der Vorsitzende erbost dazwischen. „Tut endlich, was ich euch sage!"

„Natürlich", antwortete die raue Stimme vom anderen Ende des Tisches. „Ihr könnt euch auf uns verlassen."

Erneut senkten sich Fingerknöchel auf den Tisch und wieder ertönte Beifallsklopfen, das immer mehr anschwoll, bis eine Handbewegung des Vorsitzenden Einhalt gebot. Auf einem Finger seiner Hand prangte ein gewaltiger Siegelring. Es befanden sich jedoch weder Initialen noch ein Wappen auf der großen Siegelfläche, sondern es war die kunstvolle Gravierung eines Planeten im Sternbild der Plejaden zu sehen.

„Wenn der Jungen hier ist", sagte der Vorsitzende, nachdem das Klopfen abgeebbt war, und ließ dabei die Hand mit dem Ring unter den Umhang gleiten, „beginnt unsere wahre Aufgabe. Doch nur diejenigen unter euch, die sich als würdig erweisen, werden daran teilhaben. Das Wichtigste, was ihr nun braucht, ist Geduld. Nur mit Geduld werden wir unserem Ziel näher kommen."

„Was ist mit dem Mädchen?", erhob eine siebente Stimme das Wort.

„Das Mädchen ist ohne Belang", sagte der Vorsitzenden kühl. „Ich brauche den Jungen."

„Sie könnte gemeinsam mit dem Jungen hier auftauchen", gab eine achte Stimme zu bedenken.

„Ich denke schon, dass wir das Mädchen noch brauchen", widersprach eine neunte Stimme energisch.

„Sie wird Probleme bereiten", warf eine zehnte Stimme warnend ein.

„Da muss ich zustimmen", sagte eine elfte Stimme.

„Sollte sie hier auftauchen, werden sich andere ihrer annehmen", sagte der Vorsitzende kühl. „Sie ist nicht eure Aufgabe."

„Wollt Ihr sie töten, wenn sie hier auftaucht?", raunte der Neunte.

„Das wäre Selbstmord", flüsterte eine zwölfte Stimme. „Ihr könnt Anus Tochter nicht töten."

„Doch", sagte der Vorsitzende kalt und gnadenlos. „Aber nur, wenn es nötig ist."

„Wenn es rauskommt", sagte eine dreizehnte Stimme schaudernd, „haben wir den ganzen Palast und alle Reinblüter am Hals. Ganz zu schweigen von …"

„Das", unterbrach der Vorsitzende scharf, „wird nicht geschehen. Darum werden sich auch andere mit dem Mädchen beschäftigen, wenn es sein muss."

„Wollt Ihr damit sagen, Adamu wird sie töten?"

„Es reicht", fegte die Stimme des Vorsitzenden über den Tisch. „Kümmert euch nicht um Dinge, die nicht zu euren Aufgaben gehören."

„Ihr irrt euch, was das Mädchen angeht", protestierte die neunte Stimme nun noch energischer und nervöses und Gemurmel von gut dreißig Männern rund um den Tisch wurde hörbar. „Ihr kennt meine Bedenken", fuhr die neunte Stimme unbeeindruckt fort und das Gemurmel erstarb. „Wir dürfen dem Mädchen nichts anhaben. Wir werden es noch brauchen. Tod ist es nutzlos für uns."

„Nun", sagte der Vorsitzenden betont ruhig und klang fast ein wenig gelangweilt, „du hast natürlich das Recht zu sprechen, du hast natürlich auch das Recht auf deine eigene Meinung, doch deine Meinung ist weder hier noch jetzt gefragt. Wachen! Bringt ihn weg!"

Ein ersticktes Raunen ging durch den Saal.

„Ihr macht einen Fehler!", rief die neunte Stimme, was jedoch gänzlich von lauten, rhythmischen Schritten überdeckt wurde.

Vier Männer in schwarzen Umhängen und großen Kapuzen über ihren Köpfen kamen stechenden Schrittes näher und gingen auf die Mitte des Tisches zu. Kleine weiße Kugelblitze zischten mit unheimlichem Surren auf die neunte Stimme zu und drangen in ihren Körper ein, als wäre er weicher als Butter.

Der Leib der neunten Stimme begann zu zucken, sackte in sich zusammen, erstarrte in grotesker Haltung und glitt wie ein verkrümmter Baumstamm vom Stuhl.

„Führt ihn ab!", befahl der Vorsitzende ungerührt. „Ich dulde keine Verräter oder Spitzel in meinen Reihen. Wenn er aus seiner Starre erwacht, horcht ihn aus. Bringt ihn zum Reden. Danach tötet ihn. Er ist schon viel zu lang, viel zu besorgt um das Mädchen. Das stinkt. Sollte sich beim Verhör herausstellen, dass er weder ein Verräter noch ein Spitzel ist, sondern nur ein törichter Zeitgenosse, tötet ihn trotzdem als abschreckende Wirkung für all diejenigen, die glauben, mit mir sei zu spaßen."

Ein leises Schaudern ging um den Tisch, während die vier Männer in den schwarzen Umhängen die neunte Stimme aus dem Saal trugen.

„Möchte noch jemand etwas sagen?", fragte der Vorsitzende, nachdem die neunte Stimme aus dem Saal geschafft war, worauf sich eine unnatürliche Stille im Saal ausbreitete.

„Gut", sagte der Vorsitzende nach kurzem Schweigen, „dann geht. Haltet euch im Hintergrund, aber seid wachsam. Wartet auf meine Anweisungen. Und vergesst nicht, ich werde keine weiteren Ausreden von euch dulden."

Der glühende Steinblock

Nachdem im Hause alles still geworden war, schlich sich John leise zur Hintertüre raus. Babs wollte unter keinen Umständen mitkommen. Sie hielt es für viel vernünftiger, zu Hause zu bleiben. John hätte sich deswegen fast mit ihr gestritten, sah dann allerdings doch ein, dass es besser war, wenn sie zu Hause blieb. Sollten ihre Eltern dahinterkommen, dass er weg war, oder irgendetwas schiefgehen und er bis zum Morgen nicht zurück sein, könnte Babs wenigstens versuchen, ihn bei ihren Eltern mit irgendeiner Geschichte rauszuhauen.

Er traf sich wie verabredet mit Ben und Eddie im Baumhaus. Mit drei Taschenlampen und einem Brecheisen beladen machten sie sich abermals auf den Weg zum Timor Castle. Es war eine klare, schöne Nacht und das Mondlicht zeigte ihnen den Weg. John drängte Ben und Eddie zur Eile, da es bereits nach zwei war und er fürchtete, sie könnten nicht rechtzeitig zurück sein oder nicht genügend Zeit zum Umsehen haben.

Als sie das Schloss endlich erreichten, bemerkten sie plötzlich im Mondschein einen umherschleichenden Schatten. Dieser Schatten tauchte jäh an der Schlossmauer auf und drückte sich wie ein Gespenst an ihr entlang. John, Eddie und Ben blieben wie angewurzelt stehen. Mit angehaltenem Atem beobachteten sie ihn. Allmählich löste sich der Schatten von der Schlossmauer und wurde zu einer Gestalt. Einer Gestalt, die nun direkt auf sie zusteuerte. Einige Augenblicke später erkannten sie, wer diese Gestalt war. Es war Dillien McDean, der hier bei einem seiner üblichen nächtlichen Streifzüge umherschlich.

„Was zur Hölle macht diese Ratte um diese Zeit am Schloss? Ist man vor dieser Arschgeige denn nie sicher?", flüsterte Ben verblüfft.

Rasch kauerten sie sich flach auf den Boden. Bedauerlicherweise gab es weit und breit keinen Busch, hinter dem sie sich verstecken konnten. Doch es war bereits zu spät. Dillien McDean hatte sie längst bemerkt.

„Hey, ihr drei, glaubt ja nicht, dass ich euch nicht gesehen habe!", rief McDean bereits von Weitem mit einer Stimme, die so schmalzig war wie sein Haar.

John, Eddie und Ben konnten nun sehen, wie Dillien ganz lässig mit seinen Händen in den Hosentaschen direkt auf sie zusteuerte. „So ein verfluchter Mist. Was machen wir jetzt bloß?", murmelte Eddie leise und richtete sich auf.

„Überlasst den Mistkerl mir", flüsterte John siegessicher. „Von dem lass ich mich nicht noch mal aufhalten." Mit vorgestreckter Hand und entschlossener Miene stapfte John auf Dillien zu. Er wollte diese unheimliche Kraft in seiner Hand an McDean gleich mal so richtig ausprobieren.

„Was zum Henker hat John bloß vor?", raunte Ben mit düsterer Vorahnung.

„Bestimmt nichts Gutes", grinste Eddie.

Neugierig beobachteten Ben und Eddie, wie sich John mit ausgestrecktem Arm und geballter Faust Dillien immer weiter näherte.

„Hey, Spraud, armer Junge, hast wohl einen steifen Arm. Komm her, du Schwächling, damit ich dir eins überziehen kann", hörten Ben und Eddie die hasserfüllte Stimme von Dillien rufen.

„Mann, wenn das nur gut geht", flüsterte Ben Eddie nervös zu.

„Pass auf, gleich siehst du die Vorstellung des Jahrhunderts", sagte Eddie erwartungsvoll mit leuchtenden Augen. „McDean wird gleich sein blaues Wunder erleben, das sag ich dir. Das wir ihm sein dämliches Grinsen für immer aus dem Gesicht wischen."

John ging, ohne ein Wort zu sagen, immer weiter auf Dillien zu, bis er ihm fast gegenüberstand. Nur ein paar Schritte trennten die beiden voneinander. Sein Gesicht fing vor Zorn zu brennen an. Seine Augen funkelten wütend.

„Na, Spraud, du erbärmlicher Jammerlappen, hast wohl die Hosen gestrichen voll", knurrte Dillien McDean mit hohler Stimme, aber mit einem höchst merkwürdigen Gesichtsausdruck. Er sprach sich offensichtlich gerade selbst eisernen Mut zu.

„Wir werden ja gleich sehen, wer hier die Hosen voll hat", dröhnte Johns Stimme durch die Nacht. Ben und Eddie warfen sich erwartungsvolle Blicke zu.

Noch bevor Dillien irgendetwas erwidern konnte, ging John noch einen Schritt näher an ihn heran und holte blitzschnell mit der Rechten zum Schlag aus. Seine Hand wurde heiß, ein gewaltiger Blitz ging aus ihr hervor und tauchte das Schloss in ein gespenstisches Grün. Ein gellender Schrei entwich Dilliens Mund, dann ging er wie ein Brett zu Boden, schlug mit dem Kopf hart auf, kam wie ein gekrümmter Stock in der Wiese zum Liegen und bewegte sich nicht mehr. Sein Gesicht war zu einer hässlichen Fratze verzerrt, seine Augen waren weit aufgerissen, sein Unterkiefer war nach unten geklappt und seine krumme Nase blutete leicht.

„Es hat funktioniert! Es hat wirklich funktioniert", jauchzte John schwer begeistert. „Jetzt hat dieser Angeber endlich bekommen, was ihm zusteht", verkündete er vergnügt mit selbstzufriedener Miene und spürte dabei ein mächtiges Stechen im Körper – halb Freude, halb Furcht. Was würde Dillien erzählen, wenn er wieder zu sich kam?

Ben und Eddie standen wie angewurzelt da.

„Na, hab ich dir zu viel versprochen, Ben?", grunzte Eddie begeistert. „Das war doch wahrlich eine tolle Vorstellung. Total abgefahren!"

„Was hast du mit der stinkigen Ratte gemacht?", fragte Ben neugierig.

„Ich habe ihn für einige Zeit unschädlich gemacht", antwortete John triumphierend. „Der stört uns sicher nicht mehr."

Wenn John sich da nur nicht irrte.

„Krass", murmelte Eddie beinahe sprachlos vor Begeisterung. „Jetzt kann dich kein McDean dieser Welt mehr aufhalten. Sollten wir dem Fremden je wieder begegnen, werde ich ihn fragen, ob er mir diese unheimliche Kraft auch verleihen kann." Das war genau nach Eddies Geschmack. Das wollte er auch können.

„Na klar, ausgerechnet auf dich wird dieser Fremde warten. Du spinnst ja wirklich", schnaubte Ben verächtlich.

„Ach, halt die Klappe, Mann. Bist ja nur neidisch", fauchte Eddie zurück.

„Wenn hier jemand neidisch ist, dann du", brummte Ben und verdrehte abschätzig die Augen.

„Hört auf, zu streiten!", rief John ungeduldig. Gewöhnlich machte es ihm ja Spaß, wenn sich die beiden in der Wolle hatten, denn da ging dann meist auch so richtig die Post ab, doch im Moment hatte er wirklich Wichtigeres im Kopf.

„Was machen wir mit dieser Ratte?", erkundigte sich Ben und deutete dabei auf Dillien McDean.

„Der wird schon wieder", sagte John gleichgültig und stapfte los. „Kommt endlich!"

Als sie beim Schloss anlangten, machte sich John sofort an der Verliestür zu schaffen. Er steckte das Brecheisen zwischen Türrahmen und Tür. Dieses Mal musste es einfach klappen. Nach mehreren Versuchen gab die Tür endlich nach. Mit lautem Knacken, das ihm zusammenzucken ließ, flog die Tür auf. Leider hatte er dabei auch den Türrahmen sehr beschädigt, was ihm ziemliche Sorgen bereitete. Ihm wäre es lieber gewesen, wenn der Schaden nicht so auffällig gewesen wäre. Aber daran ließ sich nun nichts mehr ändern.

Nacheinander huschten sie durch die Tür und gelangten in einen kleinen Vorraum, der im einfallenden Mondlicht schaurig wirkte und nochmals eine Tür hatte. Nach kurzem Zögern drückte John die Tür auf. Sie quietschte und knarrte und ließ ihm einen kalten Schauer über den Rücken laufen. Neugierig blickte er durch den offenen Spalt, konnten aber kaum etwas sehen. Unter weiterem Knarren stieß er die Tür ganz auf. Ein kalter Lufthauch strömte ihm entgegen. Fröstelnd stellte er den Kragen seiner Jacke auf und knipste seine Taschenlampe an. Vor ihm lag ein langer, abschüssiger Gang, der sich in der Dunkelheit verlor. Kein Laut war zu hören. Nur das Schnaufen von Ben und Eddie, die dicht hinter ihm standen, störte die Stille.

„Lasst uns gehen", meinte John knapp, ging durch die Tür und beleuchtete mit seiner Taschenlampe die Wände und den Boden. In seinem Bauch kribbelte und krabbelte es, als hätte er einen riesigen Ameisenhaufen verschluckt. Der kalte Luftstrom, der ihm ständig ins Gesicht blies, roch feucht und muffig. Trotz seiner Lampe konnte er kaum einen Meter weit sehen. „Mann, hier ist es aber wirklich dunkel", stöhnte er nörgelnd.

„Wie wär's, wenn du deine Sonnenbrille abnehmen würdest?", höhnte ihm Eddie von hinten ins Ohr. „Es ist mitten in der Nacht, Mann. Nimm doch endlich dieses blöde Ding ab!"

„Kommt nicht infrage", sagte John stur. „Die bleibt auf!"

„Du hast wirklich 'ne Macke, Alter", ächzte Eddie grinsend.

Vorsichtig tastend quälte sich John durch den dunklen Gang. Dicht hinter ihm folgte Eddie, dann kam Ben. Unentwegt stolperte er über Steine und Wurzeln. Der Weg führte immer steiler abwärts und es wurde ständig kälter.

„Dieser Gang muss direkt in den rohen Felsen gehauen sein", dachte John, als es noch unwegsamer wurde. Es war ihm auch, als wollte dieser Gang niemals enden. Immer weiter führte er ihm in die Tiefe. Plötzlich stolperte er und fiel über sehr steile, schmale Stufen, die er völlig übersehen hatte, nach unten. Mit lautem Gebrüll kollerte er kopfüber eine Treppe hinunter. „Hätte ich nur meine Sonnenbrille abgenommen, ich

Idiot", dachte er verärgerte, während er immer rasanter nach unten fiel. Die Stufen endeten genauso abrupt, wie sie begonnen hatten. John schoss über die letzte Stufe hinaus, über eine kleine Plattform hinweg und stürzte in einen tiefen Abgrund. Er landete, so wie er gefallen war, kopfüber in einer nassen, matschigen, schleimigen Masse.

„Alles in Ordnung?", riefen Ben und Eddie, die sich bei Johns lautem Gebrüll fast zu Tode erschreckt hatten.

John rappelte sich auf und kontrollierte, ob seine Knochen noch alle heil waren. Mit seinen Knochen schien alles in Ordnung zu sein, doch zu seiner Bestürzung musste er feststellen, dass er eben seine Sonnenbrille verloren hatte. „Nein! Nichts ist in Ordnung. Meine Sonnenbrille ist weg!", brüllte er mit wütender Stimme nach oben.

„Der Typ hat vielleicht Nerven", sagte Eddie kopfschüttelnd zu Ben. „Macht einen Aufstand wegen seiner doofen Sonnenbrille, obwohl er sich den Hals hätte brechen können. Bist du nicht mehr ganz dicht, Mann!", rief er John fassungslos zu. „Wir wollten wissen, ob mit dir alles in Ordnung ist."

„Ja, mit mir ist alles in Ordnung", knurrte John mürrisch. Er konnte den Verlust seiner Sonnenbrille noch immer nicht fassen. „Ich bin bloß in einer Schlammlacke gelandet. Mir geht's gut." Tastend suchte er nach seiner Taschenlampe, die er beim Sturz ebenfalls verloren hatte, konnte sie jedoch nirgends finden. Fluchend stand er in vollkommener Dunkelheit.

„Bist du sicher, dass dir nichts fehlt?", rief Ben besorgt.

„Ja, bin ich", antwortete John barsch. „Mir fehlen bloß meine Sonnenbrille und meine Taschenlampe", zeterte er abermals schlecht gelaunt. „Ihr könnt kommen, seid aber vorsichtig!" John ahnte dabei natürlich nicht, dass die Treppe nicht bis ganz nach unten führte, sondern bei einer kleinen Plattform endete. Er dachte, er wäre die Treppe bis nach ganz unten gestürzt.

Vorsichtig stiegen Ben und Eddie die nie endend wollenden Stufen immer weiter in die Tiefe. Als sie an der Plattform anlangten, stellten sie mit Beklemmung fest, dass die Treppe dort zu Ende war. Sie leuchteten mit ihren Taschenlampen in die Tiefe und sahen ungefähr vier Meter unter sich John, dem der Schlamm vom Kopf tropfte.

Erst jetzt bemerkte John, dass er in der Falle saß und bekam es mit der Angst zu tun. Er wollte unter keinen Umständen Hilfe holen. Sie müssten dann lang und breit erklären, was sie hier taten, und das würde zwangsläufig, zu einem Haufen weiterer sehr dummer Fragen führen. „Kann mir mal einer von euch seine Taschenlampe runterwerfen", fauchte er mürrisch. „Ich möchte mich hier unten ein bisschen umsehen."

„Wozu soll das gut sein?", erkundigte sich Eddie verwundert.

„Mann, wirf mir einfach die Lampe runter und frag nicht so viel" knurrte John übellaunig.

Ben und Eddie legten sich auf der Plattform auf den Bauch. Ben leuchtete zu John in die Tiefe und Eddie warf seine Lampe ohne Vorwarnung einfach hinunter. John machte einen mächtigen Satz vorwärts, als er den Lichtkegel nach unten kommen sah. Er versuchte, die Lampe noch irgendwie zu erreichen, verlor jedoch das Gleichgewicht, da er mit beiden Füßen fest im Schlamm steckte. Er landete auf dem Bauch, konnte jedoch die Lampe gerade noch erwischen, bevor er der Länge nach hinfiel. Die Hand, mit der er die Lampe gefangen hatte, grub sich tief in den weichen Schlamm. Mit einiger Mühe hob er sie wieder heraus, doch die Lampe leuchtete nicht mehr. Verzweifelt rüttelte er an ihr herum, doch sie blieb dunkel.

„Verdammt!", murrte er wütend. „Wieso hast du nicht gesagt, dass du wirfst, du Vollidiot!"

Ben und Eddie guckten zu John hinunter und starrten ihn ratlos an. „Vielleicht ist die Batterie feucht geworden. Kann sein, dass die Lampe wieder funktioniert, wenn sie trocken ist", meinte Eddie dümmlich.

„So lange kann ich doch nicht warten", rief John gereizt. „Wie soll ich jetzt in dieser Dunkelheit was zum Raufklettern finden?"

„Ich gehe zurück und hole Hilfe", meinte Ben bestimmt.

„Nein, tu das ja nicht", drohte John aufgebracht. „Es gibt sicher eine Möglichkeit, hier wieder rauszukommen."

„Mann, kapier es doch, du befindest dich in einem Verlies", keifte Eddie nüchtern in die Tiefe. „Wenn es so leicht wäre, von da unten abzuhauen, hätte es früher doch keine Gefangenen gegeben."

„Ja, das weiß ich auch, aber lasst es mich wenigstens versuchen."

Ben leuchtete mit seiner Taschenlampe, so gut er konnte, nach unten und John suchte etwas, das ihm beim Raufklettern helfen konnte. Als er schon fast aufgeben wollte, entdeckte er in der Felswand einen riesigen Stein, der aussah, als würde er nicht hierhergehören. Der Steinblock war ungefähr einen Meter breit und etwas über eineinhalb Meter hoch. In der Dunkelheit konnte er nicht viel erkennen, doch der Stein wirkte, als wäre er nachträglich in ein riesiges Loch gesteckt worden. Rund um den Stein befanden sich feine Ritzen im Fels, die aussahen, als wären sie mit einem scharfen Gegenstand ausgekratzt worden. John glaubte auch, durch einen dieser feinen Ritzen einen zarten Lichtschimmer zu erkennen. „Ich hab was entdeckt!", schrie er aufgeregt und berichtete Ben und Eddie rasch von dem riesigen Steinblock.

Die waren jedoch der Meinung, John bilde sich das nur ein. „Es ist vollkommen unmöglich, einen Lichtschimmer zu sehen", sagte Ben. „Wir befinden uns tief unter der Erde. Draußen ist es Nacht. Wo um alles in der Welt soll da ein Lichtschimmer herkommen, häh?"

„Wenn ich dir sage, ich sehe einen Lichtschimmer, so kannst du mir glauben", zischte John grantig nach oben. „Mach mal deine Lampe aus, Ben, vielleicht kann ich es dann besser erkennen."

Ben hasste die Dunkelheit. Widerwillig knipste er seine Lampe aus, wodurch es so dunkel wurde, dass er nicht mal mehr seine Hände vor Augen sehen konnte.

„Ja, jetzt sehe ich es genau!", rief John euphorisch. „Es ist tatsächlich ein ganz feiner Lichtschein, wo auch immer er herkommen mag. Ben, versuch, den Steinblock anzuleuchten. Ich möchte ihn mir etwas genauer ansehen."

Also leuchtete Ben stumm, nur um des Friedens willen, mit seiner Lampe direkt dorthin, wo er dachte, dass sich der Steinblock befinden könnte. Er konnte sich nicht vorstellen, dass sich hinter diesem Block, sofern es ihn überhaupt gab, noch etwas anderes außer noch mehr Stein und Fels befinden sollte. Er konnte von der Plattform aus nichts sehen. Ja, er konnte nicht mal den Steinblock sehen.

„Ein Stück weiter nach rechts, Ben", dirigierte John.

Ben begann, mit der Taschenlampe hin und her zu schwenken, da ihm das Ganze reichlich unnötig vorkam.

„Stopp!", rief John plötzlich. „Leuchte weiter genau auf diese Stelle."

Ben tat es, ohne einen Kommentar abzugeben.

Der Schein der Taschenlampe war nicht sehr stark, doch John konnte nun genau erkennen, dass an dieser Stelle etwas in den Steinblock geritzt war. „Hier steht etwas auf dem Stein", rief er triumphierend.

„Sicher das Geschmiere von einem Gefangenen, der sich zu Tode langweilte", meinte Eddie trocken.

„Nein! Das hier sieht ganz anders aus", rief John wütend. Verärgert inspizierte er den Stein.

Plötzlich erkannte er, was es war. Er tastete mit seinen Fingern darüber, um sicherzugehen. Ja, jetzt konnte er die eingravierten Zeichen sogar fühlen. Sie waren eindeutig da. Es war also keine Einbildung. Sein Puls begann zu rasen.

„Die Zeichen sehen genauso aus wie die Hieroglyphen auf unserem Schriftstück", raunte er aufgekratzt und blickte zu Ben und Eddie nach oben, obwohl er sie in der Dunkelheit gar nicht sehen konnte. Das Einzige, das er sehen konnte, war der Lichtkegel von Bens Taschenlampe.

„Bist du sicher?", fragten Ben und Eddie ungläubig.

„Ja, vollkommen sicher. Ich sehe sie doch direkt vor mir und kann sie auch fühlen. Ich möchte bloß wissen, wie die hierherkommen?"

„John, komm schon, Mann, das ist sicher nur das Geschmiere von einem Gefangenen", meinte Eddie rechthaberisch. „Wie sollen hier diese Hieroglyphen herkommen? Wir sind auf Mull, nicht in Brasilien."

„Nein, das ist kein Geschmiere", protestierte John energisch. Plötzlich fielen ihm Professor Flirts Worte ein. „… es gab angeblich in mehreren Teilen der Erde Eingänge zu diesem Reich …" John stockte bei dieser Erinnerung der Atem. Konnte der Professor damit wirklich recht haben? War dieser Steinblock einer der Eingänge, der die Zeit überdauert hatte? Befand sich dahinter womöglich noch immer ein Tunnel, der in dieses Reich führte? Dann konnte sich dieses Reich aber unmöglich in Brasilien befinden.

„Es ist bestimmt kein Zufall, dass ich diesen Steinblock gefunden habe", dachte er aufgeregt und musste unweigerlich wieder an die unheimliche Stimme in seinem Kopf denken. Sie sagte doch, ihm würde hier die Wahrheit offenbart. Aber welche Wahrheit sollte ihm in diesem Kerker offenbart werden? Oder wurde er hierher gelockt, um … ja, um was eigentlich?

„Hey, was hast du jetzt vor?", rief Ben ungeduldig.

„Ich versuche, den Stein beiseitezuschieben", rief John. Er wusste sehr wohl, dass der Steinblock viel zu groß und schwer war, um ihn zu bewegen. Doch er hoffte, er würde durch irgendein Wunder verschwinden. Wenn wirklich alles vorherbestimmt oder gewollt war, dann gab es für diesen Steinblock sicher auch eine Lösung. Er stemmte sich mit aller Kraft dagegen, doch der Stein rührte sich nicht von der Stelle. Er probierte es wieder und wieder, doch nichts tat sich. Da kam ihm ein Gedanke – Geheimtüren hatten doch immer auch Geheimschlösser. Also tastete er den gesamten Steinblock nochmals ab.

„Blöd, dass es so dunkel ist", dachte er wütend, während seine Finger über die Oberfläche des Steins glitten. Plötzlich spürte er eine Vertiefung, die gerade groß genug war, dass ein Finger reinpasste. Er überlegte kurz, ob es klug war, seinen Finger da reinzustecken. Was sollte er tun, wenn er ihn nicht mehr herausbrachte? Johns Herz raste. Er fasste allen Mut zusammen und steckte seinen Finger in das kleine, tiefe Loch. Er spürte etwas Kaltes, Weiches und zog seine Hand sofort wieder zurück.

„Igitt, was steckt da bloß Ekeliges drin?", rief er angewidert.

Ben und Eddie beobachteten ihn nervös von der Plattform aus.

„Was ist?", fragte Ben mit erstickter Stimme.

„In dem Loch steckt irgendein ekeliges Zeug", rief John, der den Schreck schon wieder überwunden hatte.

„Von welchem verdammten Loch sprichst du eigentlich?", erkundigte sich Eddie verdattert.

John fiel ein, Eddie und Ben über das Loch ja noch gar nicht berichtet zu haben. Schnell erzählte er ihnen von dem Loch und seiner Vermutung mit dem Öffnungsmechanismus.

„Was willst du jetzt tun?", fragte Eddie gespannt. Am liebsten wäre er zu John hinuntergesprungen, um den Steinblock selbst in Augenschein zu nehmen. Das Warten auf der Plattform war für ihn die reinste Qual.

„Ich werde es noch mal versuchen", rief John nach oben. „Vermutlich ist es nur kalter, weicher Schlamm."

Mit zittriger Hand tastete er abermals den Steinblock nach dem Loch ab. Als er es endlich wiedergefunden hatte, steckte er seinen Zeigefinger, so weit er konnte, in die schleimige Masse. Das Zeug fühlte sich entsetzlich widerlich an. Als er seinen Finger fast zur Gänze in dem Loch hatte, spürte er einen harten Widerstand. Er drückte fest dagegen und hatte nur noch einen Gedanken im Kopf. Es war nicht sein Gedanke. Da war er sich ganz sicher. Doch er konnte nur noch: „Öffne dich und gewähre mir Einlass", denken. Plötzlich wurde sein Arm ganz warm und ein gewaltiger Hitzestrahl jagte durch seine Hand. John dachte, sie würde auf der Stelle verglühen. Es war, als hätte er die Hand ins Feuer gelegt. Er wollte sie zurückziehen, doch irgendetwas hinderte ihn daran. Etwas, das stärker war als er, ließ seinen Finger in dem Loch verharren. Jäh und gewaltig jagte ein gleißend hellgrüner Blitz mit Gänsehaut erregendem Surren in den Steinblock hinein. John war überzeugt, dass der Blitz aus seiner Hand kam, obwohl er das nicht eindeutig gesehen hatte. Der Steinblock begann, aus seinem Inneren heraus zu glühen.

Zuerst ganz schwach, dann immer stärker. Es war ein intensives grünes Leuchten, das sich nun über den ganzen Stein ausbreitete und ihn hell erstrahlen ließ. Das Verlies wurde jäh in flammendes Grün getaucht. Es war gespenstisch. John erschrak, rang nach Atem und zog seine heiße Hand, die er nun endlich wieder bewegen konnte, zurück. Schnell und flach atmend wich er rücklings von dem Steinblock weg und starrte gebannt auf ihn. Sein Herz pochte so schnell, dass es wehtat. Eine unerträgliche Gluthitze legte sich über ihn, als wolle sie seine Haut versengen. Er wich noch weiter zurück und sein Blick schoss panisch durch das Verlies. Die Sekunden zogen sich in die Länge, bis diese alles durchdringende Hitze endlich etwas nachließ.

Ben und Eddie starrten wir gebannt auf den Steinblock, der noch immer in flammend grünes Licht getaucht war und nun zu zischen begann, als würde ein Kochtopf explodieren.

„Da wird ja der Hund in der Pfanne verrückt", murmelte Eddie fassungslos und sah völlig baff zu Ben, der jedoch nur seltsame Grunzlaute von sich gab, die aber im Zischen des Steinblocks untergingen.

Dann erstarb das Zischen, das Glühen erlosch, es wurde langsam immer dunkler, bis nur noch Bens Taschenlampe das Verlies erhellte, die er wie durch ein Wunder noch immer in seiner zitternden Hand hielt. Einige Augenblicke geschah gar nichts, dann begann sich der riesige Steinblock langsam zu bewegen und ein grauenerregendes Knirschen erfüllte das Verlies.

„Sieh dir das an", raute Eddie Ben ungläubig zu.

Ben versuchte, etwas zu sagen, doch es war nur eine Flut unverständlicher Grunzlaute, die aus seinem Mund hervorquoll. Aus dumpfen, tief liegenden Augen starrte er nach unten. Sein Gesicht war weiß wie Marmor und ebenso kalt.

John beobachtete, wie sich der Stein sachte, kaum merklich, Millimeter für Millimeter in den Felsen hineinschob. Sein Puls raste noch immer vor Aufregung. „Was wird sich wohl hinter dem Steinblock befinden?", dachte er in einer Mischung aus Grauen und grenzenloser Neugier.

Die feinen Ritze wurden nun noch deutlicher sichtbar. Als sich der Steinblock ungefähr einen halben Meter tief in den Felsen hineingeschoben hatte, blieb er ruckartig stehen. John beobachtete ihn gebannt. Plötzlich begann er, sich wieder zu bewegen. Es schien jetzt, als würde er sich zur Seite schieben. Und tatsächlich, die Ritzen wurden nun immer breiter. Allmählich erschien durch den sich auftuenden Spalt auf der anderen Seite ein schmaler Tunnel, in dem ein sehr schwaches, grünliches Licht leuchtete.

„Hey, Ben, Eddie, könnt ihr das sehen?", rief er begeistert zu den beiden nach oben. „Seid ihr jetzt bereit, mir zu glauben?"

Ben starrte noch immer mit aufgerissenen Augen fassungslos nach unten. Er machte seinen Mund auf, doch dieses Mal kam kein Ton heraus.

Eddie, der vor Aufregung kaum noch stillliegen konnte, wollte den Tunnel aus der Nähe inspizieren. Er liebte Abenteuer. Je abgefahrener, desto besser. Und dieses Abenteuer war nun wirklich abgefahren. „Mann, ist ja echt krass, ich komme zu dir runter, John!", rief er voller Begeisterung und war schon zum Sprung bereit.

Ben konnte ihn gerade noch am Arm festhalten und zurückziehen. „Bist du verrückt geworden? Wie willst du da jemals wieder raufkommen, du Spinner", raunte er Eddie bestürzt zu und wirkte selbst überrascht, seine Sprache wiedergefunden zu haben. Er hielt Eddie weiter am Arm fest und warf ihm einen vorwurfsvollen Blick zu. Ben kannte Eddie gut genug, um zu wissen, dass er kein Risiko scheute, auch wenn es noch so bescheuert war.

„Lass los", brummte Eddie missmutig, entriss wütend seinen Arm aus Bens Umklammerung und lugte sehnsüchtig zu John in die Tiefe.

John beobachtete währenddessen, wie sich der Steinblock – nun nur noch unter sehr leisem Knirschen – immer weiter zur Seite schob, bis er schließlich mit einem unüberhörbaren Klick stehen blieb. Das leise Knirschen wich einer gruseligen Stille, die sich nun über das Verlies herabsenkte. Der Durchgang war jetzt ganz offen und bot eine gute Sicht auf einen dahinterliegenden Tunnel. Es war ein schmaler, enger Tunnel, der tief in die Erde hineinzuführen schien. Gerade als sich John überlegte, ob er es wagen sollte, hörte er wütendes Gebrüll von ganz oben über den langen Gang und die steile Treppe herunterhallen.

„Ach du meine Fresse, was ist das für ein Gebrüll?", fragte Ben, dem augenblicklich der Schreck in die Knochen fuhr.

„So ein Mist, das ist sicher McDean", rief John mit gedämpfter Stimme. „Die Wirkung hat bestimmt nachgelassen."

„Der darf uns hier nicht sehen", entfuhr es Eddie grimmig.

„Wie willst du verhindern, dass uns diese Arschgeige entdeckt?", krächzte Ben gequält.

„Los, kommt schnell runter. Springt. Wir verstecken uns im Tunnel", raunte John mit leiser Stimme nach oben. Sie durften von dieser Dumpfbacke keines Falles gesehen werden. Schlimm genug, dass er den Tunnel entdecken würde, aber sie durfte er hier nicht auch noch finden. „Na los, springt schon", raunte John, da sich die beiden nicht von der Stelle rührten.

„Und wie kommen wir jemals wieder rauf, du Armleuchter? Hast du daran auch gedacht?", schnaubte Ben unwirsch. „Ich will wirklich nicht, dass sie in ein paar Jahren nur noch unsere verschrumpelten Skelette finden. Kann mir einen schöneren Tod vorstellen. Das sag ich dir."

„Dieser Tunnel hat sicher noch einen anderen Zugang", antwortete John ohne Überzeugung. Selbst wenn nicht, sie hatten sowieso keine andere Wahl, wenn sie Dillien nicht in die Hände laufen wollten. „Los, kommt endlich runter, bevor es zu spät ist. Worauf wartet ihr eigentlich?", drängte John ungeduldig. Das Gebrüll wurde immer lauter und deutlicher. „Jetzt kommt endlich", fauchte John wütend. Es blieb ihnen kaum noch Zeit. Dillien müsste die Plattform bald erreicht haben.

„Hoffentlich befindet sich dieser Ausgang nicht in Brasilien", murmelte Eddie fast belustigt und sprang zu Bens Entsetzten in die Tiefe. Endlich konnte er etwas unternehmen. Sekunden später landete er kopfüber auf weichem, schlammigem Untergrund. „Äh ... igitt, ist das widerlich", stöhnte er angeekelt, doch in Wirklichkeit er war froh, endlich unten zu sein. Ja, er war Dillien sogar dankbar, dass er ausgerechnet jetzt auftauche.

Ben, dem die Angst dumpf in die Beine kroch, war entsetzt. Er litt unter Höhenangst und konnte sich nicht entschließen, zu springen. Nur herunterzusehen, war für ihn schon eine gewaltige Herausforderung. Er hörte, wie Dillien immer näher kam, und wusste, die Zeit wurde immer knapper. Schließlich fasste er all seinen Mut zusammen und sprang mit angehaltenem Atem und geschlossenen Augen in die Tiefe. Sein Herz fühlte sich dabei an, als wolle es auf die doppelte Größe anschwellen. Er hatte etwas mehr Glück als John und Eddie, denn er landete auf allen vieren.

„Los, schnell. Verstecken wir uns im Tunnel", raunte John den beiden zu.

Das zartgrün leuchtende Licht strahlte gerade so sehr, um genügend sehen zu können. Als sie auf der anderen Seite anlangten, begann sich der Stein, wie von Geisterhand geführt, wieder zu bewegen.

„Er schließt sich! Der Stein schließt sich wieder", flüsterte John verblüfft. „Könnt ihr das auch sehen? Dieser verdammte Stein schließt sich einfach wieder!"

Rasch schob sich der Steinblock vor das Loch und dann in den Felsen zurück. John hatte den Eindruck, als würde sich der Stein jetzt sehr viel schneller bewegen als zuvor. Es war gerade noch rechtzeitig, denn als sich der Durchgang zur Gänze geschlossen hatte, hörten sie, wie Dillien McDean auf der anderen Seite laut fluchend die Plattform erreichte.

„Wo bist du, Spraud? Ich weiß, dass du mit diesen beiden Versagern hier bist", rief Dillien wutentbrannt. „Zeigt euch, wenn ihr nicht zu feige dazu seid!"

John, Eddie und Ben konnten Dillien durch die feinen Ritzen im Stein ganz deutlich hören und warfen sich grinsende Blicke zu.

„Pssst", ermahnte sie John und lauschte mit einer ordentlichen Portion Schadenfreude weiter.

„Wo habt ihr euch versteckt, ihr erbärmlichen Wichte? Wenn ihr euch nicht zeigt, lass ich euch hier unten verrecken! Hast du verstanden, Spraud?", hörten John, Eddie und Ben Dillien drohen.

„Dazu muss sich diese Arschgeige nicht mal anstrengen", japste Ben völlig aufgelöst. „Wir verrecken hier auch ohne ihn."

Psst!", zischte John.

„Zeigt euch, ihr Jammerlappen", fauchte Dillien feindselig, dann wurde es ganz still.

„Ist er weg?", raunte Ben mit schlotternden Knien.

„Bestimmt nicht", sagte Eddie überzeugt.

„Seid doch still", mahnte John und lauschte noch angestrengter.

„Ich kriege dich, Spraud, du Schweinehund!", dröhnte jäh Dilliens wütende Stimme wieder durch die feinen Ritzen. „Glaub ja nicht, dass du hier ohne mich jemals wieder rauskommst. Ich lasse dich und diese beiden Versager hier so lange schmoren, bis ihr euch vor Angst in die Hosen macht."

„Der meint das ernst, das sag ich euch", japste Ben entsetzt.

„Ich vernagle oben die Tür, wenn ihr euch nicht sofort zeigt, und öffne sie erst wieder, wenn ich dich um Verzeihung winseln höre, Spraud. Hast du verstanden?"

Dilliens laute, gehässige Stimme erzeugte ein gruseliges Echo, dass John, Eddie und Ben ganz deutlich hören konnten und ihnen die Nackenhaare aufstellte.

„Das meint er nicht so", flüsterte John, als er in Bens ängstliches Gesicht sah.

„Da würde ich nicht drauf wetten", sagte Eddie und Bens Gesicht verzerrte sich noch mehr. Sie lauschte noch einige Zeit, doch von Dillien war nichts mehr zu hören.

„Und was jetzt?", erkundigte sich Ben schrill, nachdem klar war, dass Dillien längst verschwunden war. „Wie bekommen wir den Steinblock wieder auf, hä? Hat vielleicht einer von euch Klugscheißern auch dazu eine brauchbare Idee?"

„Keine Ahnung", brummte John und tastete mit seinen Händen den Steinblock ab. „Irgendwie muss das verfluchte Ding doch auch von dieser Seite zu öffnen sein."

„Und wenn du dich irrst?", zeterte Ben unwirsch. „Was dann? Und wie bekommen wir die Tür auf, wenn diese Arschgeige sie tatsächlich zugenagelt hat?"

„Jetzt mach dir mal nicht ins Hemd, Ben", murmelte John, während seine Hände über den Steinblock glitten.

„Mach dir mal nicht ins Hemd", äffte Ben John wütend nach. „Ist das alles, was dir dazu einfällt?"

„Mr. Intelligent hat wohl Fracksausen", spottete Eddie gehässig.

„Schnauze, Mann!", knurrte Ben zermürbt.

„Hört auf, hier rumzueiern, helft mir lieber", zischte John den beiden entnervt zu und tastete den Steinblock weiter ab. Sie sollten längst zu Hause in ihren Betten liegen und jetzt auch noch das. „Babs wird vor Sorge sicher verrückt", dachte John niedergeschlagen, während er den Steinblock weiter abtastete.

***

Babs wurde tatsächlich vor Sorge fast verrückt. Sie hatte kaum geschlafen, kauerte nun auf Johns Sofa und wartete voller Ungeduld auf seine Rückkehr. Es begann bereits zu dämmern und sie hatte Angst, den dreien könnte etwas passiert sein, ärgerte sich aber auch, nicht mitgegangen zu sein. Wieso waren sie noch immer nicht zurück? Sie müssten doch längst wieder da sein. Babs spürte, dass etwas nicht stimmte, und ärgerte sich nun noch mehr, zu Hause herumzusitzen. Die Zeit verstrich ihr unendlich langsam, während sie immer nervöser wurde, doch dann brach jäh der Morgen an. „Was soll ich Mum und Dad bloß für ein Märchen reindrücken?", dachte sie voller Unbehagen. Die Katastrophe, die sie vorausgesehen hatte, war nun eine fixe Sache. Sie zerwühlte Johns Bett, damit es so aussah, als hätte er darin geschlafen, und machte sich auf den Weg in die Küche, um das Unausweichliche hinter sich zu bringen. Danach wollte sie zum Timor Castle gehen, um die drei zu suchen.

„Guten Morgen, Babs", sagte Mrs. Spraud fröhlich, als Babs die Küche betrat.

„Morgen, Mum, Morgen, Dad", sagte Babs, seufzte, holte tief Luft und setzte sich an den Frühstückstisch. Appetit hatte sie keinen. Sie überlegte fieberhaft, welche Geschichte sie erfinden sollte, damit ihr Vater nicht wie eine Rakete an die Decke ging?

„Babs, weißt du, wo John ist?", erkundigte sich July, als sie mit blasierter Miene die Küche betrat. „Ich möchte mir von ihm eine DVD borgen", flötete sie mit hinterhältigem Grinsen weiter, da sie John nicht sehen konnte. Dieser Umstand musste ihrer Meinung nach umgehend besprochen werden, da es ebenso Gesetz war, pünktlich zum Frühstück zu erscheinen.

„So eine falsche Schlange", dachte Babs sauer. „Dad geht sicher gleich hoch wie ein Vulkan. Hoffentlich wird dieses blöde Stück von seiner Lava gleich mit verschluckt", überlegte sie rachsüchtig.

„Die DVD", sagte Babs und sah July grimmig an, „kannst du dir abschminken. John ist schon weg." Es war nicht gerade das Klügste, was sie sagen konnte, aber im Grunde war es völlig egal, denn July würde sowieso so lange nachhaken, bis sie ihr Ziel erreicht hatte.

„Was soll das heißen ... schon weg?", erkundigte sich Mr. Spraud und legte die Morgenzeitung beiseite. Mit bohrendem Blick starrte er Babs über den Küchentisch hinweg an. Seine Augen verengten sich bedrohlich, während Babs rasch versuchte, eine arglose Miene aufzusetzen. „Bekomme ich noch heute eine Antwort, oder was?", fauchte Mr. Spraud gereizt, da Babs nichts sagte. Sein Kopf begann sich dabei gefährlich zu röten.

July strahlte. Babs konnte ihr ansehen, wie zufrieden sie mit der Situation war. Für July war gerade Weihnachten, so viel war Babs klar. Nichts machte ihr mehr Freude, als John und Babs in Schwierigkeiten zu bringen.

„Na ja", sagte Babs, versuchte aber, dem Blick ihres Vaters auszuweichen und ihre Stimme so natürlich wie möglich klingen zu lassen,

„John ist um sieben oder so zu Eddie gegangen. Er sagte, ihr sollt euch keine Sorgen machen und er sei mittags wieder zurück."

„So!", schnaubte Mr. Spraud. „Sagte er das?"

„Ja, Dad", antwortete Babs und tat unbekümmert. „John meinte, ich soll euch sagen, er müsse mit Eddie dringend was erledigen."

„Ach so! Und was, wenn ich fragen darf, müssen die Herren so Dringendes erledigen?", tobte Mr. Spraud mit gefährlicher Schnappatmung. Sein Unterkiefer vibrierte Unheil verkündend und er machte ein Gesicht, als hätte er einen üblen Geruch in der Nase.

„Ähm, ich weiß nicht", sagte Babs und bemühte sich mit aller Kraft, unwissend und unschuldig dreinzuschauen. „John sagte nur, er müsste dringend weg und er würde es euch erklären, wenn er zurück ist." Sie hoffte, John würde eine gute Ausrede einfallen, denn im Moment war sie außerstande, selbst etwas Vernünftiges zu erfinden.

Mr. Sprauds Miene verfinsterte sich noch mehr und seine Augen traten hinter der dicken Brille leicht hervor. Dass er Babs nicht glaubte, stand ihm im Gesicht geschrieben. Seine Nasenflügel bebten.

„Hast du das gehört, Sam! Dieses Bürschchen spaziert einfach davon. Na, der kann was erleben! Den knöpf ich mir vor", donnerte Mr. Spraud wütend und sein Hals blähte sich dabei auf wie der eines Frosches. Sein Gesicht hatte die Farbe einer reifen Pflaume.

Babs dachte, sein Kopf würde jeden Moment platzen wie ein Luftballon. Diese Vorstellung zauberte ein schwaches Lächeln auf ihr Gesicht.

„Dieses Bürschchen hat nicht um Erlaubnis gefragt", gewitterte Mr. Spraud und schnappte nach Luft. „Und warum grinst du so unverschämt, Barbara? Hast du das gesehen, Sam? Macht hier jetzt jeder, was er will, oder wie?"

July schmunzelte auf ihrem Stuhl dämlich vor sich hin und konnte, wie es schien, ihr Glück kaum fassen. Ihre Augen strahlten wie zwei Scheinwerfer in dunkler Nacht. Mrs. Spraud hatte ihren fröhlichen Gesichtsausdruck mit den Eiern auf dem Tisch abgelegt, doch sie wirkte besorgt, nicht verärgert.

Babs schluckte angespannt, da alle auf sie starrten. Das schwache Lächeln war ihr längst aus dem Gesicht gewichen.

„Adam, Liebling, meinst du …", begann Mrs. Spraud vorsichtig.

„Nein, meine ich nicht", schnitt Mr. Spraud ihr das Wort ab, doch er hörte sich dabei nicht wirklich überzeugt an.

„Sollten wir vielleicht … also, ich meine ja nur … etwas unternehmen? Hilfe anfordern?", stotterte Mrs. Spraud und sah leiderfüllt zu ihrem Mann.

„Was sollen wir denen denn erzählen?", rief Mr. Spraud fast panisch seiner Frau zu, die gerade in ihrem Leid zu ertrinken schien. „Meinst du, jemand würde uns glauben? Die denken doch, wir sind verrückt! Nein, wir warten besser noch. Was, wenn John wieder auftaucht. Wir würden völlig unnötig zum Sturm blasen. Ist dir das klar, Sam? Das können wir uns nicht leisten!" Mit finsterer Miene nahm er die Morgenzeitung wieder zur Hand. Sein Gesicht war verzerrt, als käme es eben aus einem Schraubstock. Mit hervorquellenden Augen schaute er über die Zeitung zu Mrs. Spraud. „Sam, wir warten", polterte er der völlig verstört wirkenden Mrs. Spraud zu und versank hinter der Zeitung.

„Aber, Adam", flüsterte Mrs. Spraud, „wenn nun ..."

„Sam, ich sagte, wir warten", brüllte Mr. Spraud hinter der Zeitung hervor.

„Dad!", rief Babs, die nun ein ganz seltsames Gefühl beschlich. „John ist doch nur bei Eddie. Warum regt ihr euch so auf?"

„Das würde ich auch gerne wissen", rief July hysterisch. „Mum, Dad, was geht hier vor? Warum verhaltet ihr euch so seltsam?"

„July, halt dich da raus! Das Gleiche gilt auch für dich, Barbara", fauchte Mr. Spraud durch die Zeitung hindurch. Sein Gesicht war nicht zu sehen, doch seine Stimme war so zwingend, so endgültig, dass July zum ersten Mal in ihrem Leben nichts zu sagen wagte. Ziemlich verwirrt und eingeschüchtert schlich sie aus der Küche, ohne ihr Frühstück anzurühren.

„Geschieht dir recht, du blöde Kuh", dachte Babs, schlang hastig einen Toast runter, um nicht noch mehr Aufsehen zu erregen, grübelte darüber nach, was ihre Eltern verheimlichen könnten, und machte sich dann durch die Hintertür unauffällig aus dem Staub. Sie hastete zum Baumhaus, doch es war leer.

Besorgt machte sie sich auf den Weg zum Timor Castle. Aber auch dort konnte sie die drei nicht finden. Dafür entdeckte sie die aufgebrochene Tür. Nichts Gutes ahnend, steckte sie ihren Kopf durch den offenen Türspalt.

„John, hey, John ... Ben .... Eddie, könnt ihr mich hören?", rief sie aus Leibeskräften. Keine Antwort. Sie rief nochmals und als sie wieder keine Antwort bekam, machte sie kehrt.

Wie konnte sie John, Eddie und Ben nur finden? Wo um alles in der Welt konnten sie nur stecken und was wussten Mum und Dad, was sie nicht wussten?

Eine teuflische Bootsfahrt

John, Eddie und Ben saßen seit einer gefühlten Ewigkeit vor dem Steinblock und starrten ihn ziemlich unentschlossen an. Sie hatten ihn immer wieder abgetastet, dabei aber nichts gefunden, was auf einen Öffnungsmechanismus schließen ließ. Johns Sorgenliste war nun um ein weiteres Kümmernis gewachsen. Wie sollten sie hier wieder rauskommen?

„Lasst uns ein Stück gehen, um herauszufinden, wo das grünliche Licht herkommt", schlug er vor, da es keinen Sinn macht, noch länger untätig herumzusitzen. Irgendwo musste das Licht ja herkommen und irgendwo musste es auch einen Ausgang geben. Eddie war sofort einverstanden, da er den Tunnel unbedingt erforschen wollte, Ben gefiel diese Idee ganz und gar nicht. Er wirkte mitgenommen, was seinen tatsächlichen Zustand aber nur allgemein umschrieb.

„Du willst in den Tunnel? Hast du sie nicht mehr alle?", fragte er bestürzt. Er war bereits von der bloßen Vorstellung entsetzt. Schaudernd sah er in den Tunnel. Von den Wänden tropfte unaufhörlich Wasser, ein kalter Lufthauch blies ihm ins Gesicht und von der Tunneldecke hingen Fäden, die wie riesige Spinnweben aussah. „Also ich geh da sicher nicht rein. Darauf kannst du wetten", murrte er entschlossen, um seine Angst zu verbergen. Seine Beine schlotterten und sein Herz fühlte sich so schwer an, wie der Steinblock aussah. Er wollte weg. Raus aus dem Loch, aber nicht durch den Tunnel. Sein Magen rebellierte, als hätte ihm jemand einen Kübel Eis hineingeschüttet.

„Es muss einen anderen Zugang zu dem Tunnel geben. Wir werden ihn bestimmt finden", meinte John aufmunternd und mit gespielter Lässigkeit, denn ganz wohl war ihm auch nicht dabei. Der Tunnel war still wie ein Grab. John hoffte, es würde nicht ihr Grab werden.

„Los, komm, Ben", sagte Eddie schmunzelnd, stand auf und folgte John, der schon ein paar Schritte in den Tunnel hineingegangen war.

Da Ben nicht alleine zurückbleiben wollte, gab er sich widerwillig geschlagen. Ihm schauderte bei dem Gedanken, was sie alles treffen könnten. Unmenschliche, Furcht einflößende Geschöpfe, überdimensionale Viecher und große, grauenhafte Kreaturen geisterten durch seinen Kopf.

Sie gingen eine ganze Weile den Tunnel lang, der ständig nach unten führte. Nach einiger Zeit machte der Tunnel einen scharfen Knick, führte noch steiler nach unten und wand sich jäh wie eine mächtige Schlange in die Tiefe. Langsam schlichen sie von einer Biegung zur nächsten. Ihre Körper warfen lange schwarze Schatten durch das seltsame grünliche Dämmerlicht, das den Tunnel erfüllte.

John lief eine Gänsehaut über den Rücken. Er wünschte, der Tunnel wäre endlich zu Ende, doch ihm graute davor, was er dann vorfinden würde. Langsam wie eine Katze schlich er zur nächsten Biegung. Ben und Eddie folgten dicht. Die Luft wurde allmählich immer besser und wärmer, was in John die Hoffnung auf einen Ausgang weckte. Jedoch wurde auch das grünliche Licht immer heller und intensiver, was ihn ziemlich beunruhigte. Angespannt spähte er um jede Biegung, doch das Einzige, was er sehen konnte, war nach einigen Metern eine neuerliche Biegung.

Mit jedem Schritt wurde der Tunnel steiler und bohrte sich immer weiter in die Tiefe. Neugierde machte sich nun in John breit und verdrängte schließlich sein Unbehagen. Seine Schritte wurden immer schneller. Er fühlte sich wie in seinem Traum, in dem er einem endlosen Weg immer weiter ins Erdinnere folgte und nirgends anlangte. Als er die nächste Biegung erreichte, lugte er wieder vorsichtig um die Kurve, doch dieses Mal sah er etwas völlig anderes. „Krass!", entfuhr es ihm überwältigt und ein träumerischer Ausdruck trat auf sein Gesicht.

Ben und Eddie sahen ihn fragend an. Neugierig schauten auch sie um die Biegung. „Alter Schwede", raunte Eddie.

„Wie kann man nur so viel Pech haben", ächzte Ben.

„So was hab ich noch nie gesehen", hauchte John beeindruckt.

„Nie wieder, das sag ich euch. Nie wieder", keuchte Ben, ließ aber offen, was er damit meinte.

Die drei standen wie versteinert an die Tunnelwand gedrückt und blickten mit weit aufgerissenen Augen um die Biegung. Vor ihnen tat sich eine gigantisch große und sehr hohe Höhle auf, in der sich ein sehr großer See befand. Am Rande des Sees wuchsen kleine Bäume und Pflanzen. Ein angenehm warmer Lufthauch wehte ihnen ins Gesicht. Alles sah völlig unwirklich aus. Die Blätter der Bäume und Pflanzen schimmerten in einem zarten Blau. Das grünliche Licht strahlte heller als der Vollmond in einer klaren Nacht und die Wasseroberfläche des Sees glitzert wie der Sternenhimmel bei Neumond.

John hatte bei diesem Anblick ein ganz sonderbares Gefühl. Der See lag völlig ruhig und verlassen da. Es sah aus wie in einem Märchen. Das Gewässer hatte auf seiner Seite ein sehr breites Ufer. Rechts und links an den Seiten gab es nur Wände aus glatt poliertem Stein, die ins Unendliche ragten. Sie strahlten und schimmerten und sahen beinahe wie riesige Kristallspiegel aus.

„Lasst uns zurückgehen, das ist eine Sackgasse. Kapiert ihr das nicht?", drängte Ben mit zittriger Stimme. „Hier kommen wir nicht weiter." Seine Fantasie ging gerade wieder mit ihm durch. Er hatte furchtbare Angst, er könnte plötzlich vor einem Haufen wild gewordener was auch immer stehen, die ihm nach dem Leben trachten.

„Wir werden bestimmt einen Weg nach draußen finden", sagte John, ohne sicher zu sein. Neugierig betrachtete er die Wände. Solch polierten Stein hatte er noch nie gesehen. Dies konnte unmöglich eine natürliche Höhle sein. Als er die Wände näher betrachtete, bemerkte er an manchen Stellen Hieroglyphen.

„Habt ihr die Schriftzeichen gesehen?", fragte er mit vor Aufregung leicht rosa angehauchten Wangen.

„Schriftzeichen? Nein. Wo?", erkundigte sich Eddie prompt.

„Na da, an den Wänden", sagte John. „Sie sehen genauso aus wie die auf unserem Schriftstück."

„Ach du heiliges Kanonenrohr", entfuhr es Ben. „Mensch, John, lass uns von hier verschwinden." Nun hatte er endgültig genug gesehen. Seine schlimmsten Befürchtungen bewahrheiteten sich soeben und seine Fantasie ging nun noch wilder mit ihm durch.

„Wo willst du denn hin?", erkundigte sich John genervt. „Von dieser Seite lässt sich der Steinblock nicht mehr öffnen, das hast du ja selbst gesehen. Wüsste nicht, wie wir das Ding aufbekommen könnten."

„Ja ... aber ... diese sonderbaren Schriftzeichen", krächzte Ben nervös.

„Die tun dir doch nichts", brummte Eddie spöttisch. „Oder denkst du ernsthaft, sie könnten über dich herfallen?"

„Und was bitte schön tun wir, wenn diese Menschen, wer immer sie auch sein mögen, hierherkommen?", schnaubte Ben aufgebracht. „Vielleicht sind sie ja überhaupt nicht so, wie der Professor behauptet hat! Vielleicht sind es ja Kannibalen, die nur auf ihre nächste Mahlzeit warten. Habt ihr beiden Dussel auch schon mal daran gedacht?"

John ließ sich von Ben nicht aus der Ruhe bringen. Die Atmosphäre hier war etwas Besonderes, etwas Einzigartiges. Diese Stille, die fast in den Ohren wehtat. Die blaue Farbe der Bäume und Sträucher, die so unecht wirkten. Das grünliche Licht, von dem man nicht sah, woher es kam. Der See, der wirkte, als würde man in den Himmel blicken. Die beeindruckenden Wände, die so hoch aufragten, dass man nicht erkennen konnte, wo sie endeten. All das wirkte auf ihn, als bewegte er sich in etwas Unwirklichem. Er schlenderte umher, blickte sich neugierig um und fragte sich, wann er aus diesem Traum erwachen würde. Auf einmal sah er durch hohes Schilfgras, das am Seeufer wuchs, die Umrisse eines kleinen Bootes. Zuerst dachte er, er würde sich täuschen, doch es war tatsächlich ein Boot. Es sah aus wie ein Kanu, hatte jedoch an der Vorder- und Rückseite einen lang in die Höhe gezogenen Spitz, auf dem sich je eine Kugel befand. Irgendwie glich es einer kleinen ägyptischen Barke, nur die Kugeln passten nicht ins Bild.

„Mann, ein Boot! Hier liegt tatsächlich ein Boot", rief John freudig erregt und lief ein paar Schritte näher heran.

„Wo?", fragten Ben und Eddie wie aus einem Munde, wobei man bei Eddie die Neugierde deutlich hören konnte, bei Ben jedoch schwang eine ordentliche Portion Unbehagen in der Stimme mit.

„Na dort, hinter dem merkwürdig blauen Schilfgras", sagte John und deutete in die Richtung, in der sich das Boot befand.

Neugierig liefen die drei etwas näher und betrachteten den eigenartigen Kahn. Die an beiden Enden hochgezogenen Spitzen ragten fast drei Meter in die Höhe. Die Kugeln an deren Enden waren etwas größer als Fußbälle und schimmerten silbrig. Es lag ganz ruhig am Wasser und war komplett leer. Eddie, der neben John stand, betrachtete ebenfalls neugierig das sonderbare Gefährt.

„Der Kahn hat keinen Motor und Paddel gibt es auch keine", sagte John enttäuscht. „Wie könnten wir mit dem Ding von hier wegkommen?"

„Wir müssen eben mit den Händen paddeln", meinte Eddie und zuckte gleichgültig mit den Schultern. „Ist doch egal. Wird schon klappen."

John nickte, obwohl er diese Idee nicht berauschend fand, stieg dann aber höchst erwartungsvoll in das Boot, um es genauer in Augenschein zu nehmen. Doch seine muntere Stimmung hielt nicht lange an, denn als er einstieg, begannen sich die Kugeln an den hochgezogenen Spitzen zu drehen. Er konnte sie nun auch leise summen hören. Ihr silberner Schimmer wurde immer heller, die Kugeln begannen, wie weiße Scheinwerfer zu strahlen, und drehten sich immer schneller im Kreis. Das Summen wurde noch lauter und das Boot begann zu vibrieren.

„Was ist nun wieder los?", raunzte Ben, als er das Boot summen hörte. „Ist doch der reinste Horrorladen hier! Wieso summt dieses verfluchte Ding so?"

„Keine Ahnung, steigt ein", rief John Ben und Eddie eilig zu. Er hatte den unliebsamen Verdacht, der Kahn könnte gleich losfahren und die beiden würden das Boot womöglich nicht mehr erreichen.

„Geht's dir noch gut, Mann? Ich steige sicher nicht in diesen verfluchten Kahn!", schrie Ben aufgebracht. „Ich glaub, ich spinn! Dir hat's wohl den Klöppel aus der Glocke gehauen."

„Willst du nun von hier weg, Ben, oder was?", knurrte John mürrisch.

„Ja, schon. Aber nicht mit dem Teufelsding da", maulte Ben unwirsch.

„Jetzt schimmelt mir aber schön langsam die Geduld mit dir weg", keifte Eddie provozierend und warf Ben einen giftigen Blick zu. „Zuerst jammerst du, du möchtest hier weg und nun willst du nicht in das Boot steigen. Wie zur Hölle willst du sonst abhauen?"

„Habt ihr ein Problem mit euren Ohren oder liegt euer Problem zwischen den Ohren?", schnauzte Ben feindselig. „Ich steig sicher nicht in dieses abartige Ding."

„Komm schon, Ben", versuchte John einzulenken, während Eddie zu ihm in den Kahn kletterte. „Etwas anderes als dieses Boot haben wir nicht." Das Summen des Kahns wurde immer lauter und hörte sich an, als ob der Kahn zornig würde.

„Komm jetzt endlich!", rief John abermals, da sich Ben nicht rührte.

„Ihr habt ja nicht mehr alle Nadeln an der Tanne", zeterte Ben giftig und kletterte mit trotziger Miene in den Kahn.

Kaum dass Ben sich mit den Beinen im Boot befand, fuhr es auch schon wie von Geisterhand gelenkt los. Ben setzte sich eilig, um nicht ins Wasser zu fallen, und sah ungläubig zur Einstiegsstelle, die sich immer weiter entfernte. Einen kurzen, quälenden Augenblick überlegte er, ob er wieder aussteigen sollte, blieb aber wie gelähmt sitzen und starrte erschrocken in das sehr kalt wirkende Wasser.

Keiner von ihnen konnte glauben, was da passierte. Sie saßen hintereinander in dem kleinen Holzkahn, klammerten sich am Bootsrand fest und warfen sich entsetzte Blicke zu.

Das Boot fuhr mit ihnen ziemlich rasch geradewegs auf die andere Seite des Sees zu. Die Kugeln strahlten noch immer weiß, drehten sich ganz schnell und summten leise.

Ben bereute zutiefst, auf die anderen gehört zu haben, und verfluchte sich, nicht doch wieder ausgestiegen zu sein. Er fühlte, wie ihm das Blut aus dem Gesicht wich und sich seine Eingeweide zusammenzogen.

John versuchte, ruhig Blut zu bewahren, und betrachtete die glitzernde Wasseroberfläche. Der See wirkte tief und unheimlich. Das Boot fuhr sehr schnell. Viel zu schnell für seinen Geschmack. Es fühlte sich an, als würde es über den See schweben. An den Wellen erkannte er jedoch, dass es sich im Wasser bewegte.

„Wo bringt uns dieses verhexte Ding bloß hin?", maulte Ben, da er seinen Unmut nicht länger verbergen konnte, doch weder John noch Eddie beachteten ihn.

John warf einen prüfenden Blick über den See. Das andere Ufer kam rasant näher. „Vielleicht finden wir ja dort einen Ausgang", dachte er hoffnungsvoll. Nur Sekunden später wurde das Boot noch schneller. Die Kugeln drehten sich wilder als zuvor und hin und wieder flogen nun gelbe Funken von ihnen weg. Es war ein unheimlicher Anblick. Diese Funken zischten wie Blitze durch die riesige Höhle und verliehen der ganzen Umgebung jedes Mal für den Bruchteil einer Sekunde ein gespenstisches Aussehen. John blickte erneut zum anderen Ufer, das er nun schon recht gut erkennen konnte. Es gab nur glatte, glänzende Wände, die ins Unendliche ragten. Wie es aussah, würden sie dort auch keinen Ausgang finden. Das Boot wurde nun noch schneller. Der Bug des Kahns hob sich leicht aus dem Wasser und Gischt spritzte über den Bootsrand.

„Wir müssen dieses verfluchte Ding stoppen, sonst krachen wir gegen die Felswand", schrie Eddie und sprach aus, was John sich gerade dachte. „Das wird eine verdammt harte Angelegenheit, das sag ich euch."

„Wie willst du diese Höllenmaschine denn stoppen? Die macht doch, was sie will", wetterte Ben und stand auf. Das Boot begann augenblicklich, bedrohlich zu schwanken. Eddie konnte gerade noch nach hinten langen, um Ben am Sprung zu hindern.

„Bist du verrückt?", brüllte er ihm zu und hielt ihn fest, da Ben sein Gleichgewicht kaum noch halten konnte.

„Wir müssen raus aus diesem rasenden Teufelsding, kapiert das endlich!", schrie Ben zornig.

Mit letzter Kraft drückte Eddie Ben auf seinen Sitz zurück.

„Las mich los! Ich will nicht sterben", schrie Ben und versuchte, sich aus Eddies Griff zu entwinden. „Du kannst dich ja meinetwegen zu Matschpudding verarbeiten lassen, aber lass mich gefälligst da raus!"

„Wir knallen nicht gegen die Wand, Ben. Der Kahn wird sicher rechtzeitig stoppen", sagte John gegen seine Zweifel ankämpfend, um Ben zu beruhigen, obwohl er selbst nicht daran glaubte.

Sie befanden sich nun ein gutes Stück über der Mitte des Sees und der Kahn wurde noch schneller. Auch Eddies Gesicht hatte unterdessen einen für ihn sehr unüblichen Ausdruck angenommen.

„Was, wenn Ben recht hat und der Kahn nicht stoppt", gab Eddie zu bedenken, da ihm die Sache immer unheimlicher wurde.

„Na gut, einverstanden. Lasst uns abspringen", gab John nach, da er dieselbe Befürchtung hatte. „Aber erst, wenn wir näher am Ufer sind. Macht euch schon mal bereit."

Als das Boot nur noch ein kleines Stück vom Ufer entfernt war und John gerade das Kommando zum Springen geben wollte, teilte sich die Felswand und gab einen Durchgang frei. Das Boot erhob sich in einem Höllentempo und flog auf die schmale Öffnung in der Wand zu. Nun hatten sie keine Möglichkeit mehr, abzuspringen. Die Kugeln an den hochgezogenen Spitzen drehten sich noch wilder, die gelben Funken sprühten in alle Richtungen, wurden immer größer und wechselten jäh die Farbe. Es waren nun gewaltige rote Blitze, die aus den Kugeln schossen. Sie prallten gegen die Wand und teilten sich in Hunderte von kleineren Blitzen. Alles wurden in ein leuchtend rotes Licht getaucht. Die Wasseroberfläche des Sees färbte sich auch rot und sah plötzlich wie eine riesige Blutlache aus.

John, Eddie und Ben hatten kaum Zeit, sich bestürzte Blicke zuzuwerfen. An das Abspringen brauchten sie nun gar nicht mehr zu denken. Das Boot vibrierte so stark, dass sie fürchteten, es würde in der Luft zerbersten. Die Öffnung in der Wand wirkte verdammt schmal. Reflexartig nahm John die Hände vom Bootsrand, da er um seine Finger fürchtete. Der Kahn flog mit schwindelerregendem Tempo durch die schmale Öffnung direkt in den Felsen hinein und zischte in eine enge Röhre, die kaum breiter und höher war als das Boot selbst. Die roten Blitze der Kugeln ließ die Röhre strahlen wie ein überhitztes, glühendes Ofenrohr. Das Summen der Kugeln wurde zu einem unerträglichen Dröhnen. Die Blitze sausten John wie Feuerwerkskörper um die

Ohren. Es war schauderhaft. Gerade als er dachte, die Röhre würde nie enden, weitete sie sich und einige Augenblicke später stürzte sie senkrecht wie die Schienen einer Achterbahn nach unten. Der Kahn sackte wie ein Stein in die Tiefe und John dachte, nun sei alles aus. Er spürte, wie sich sein Magen Richtung Hals bewegte und er sich vom Sitz löste. Hinter sich hörte er Eddie und Ben schreien. In der Luft schwebend versuchte er, irgendwo Halt zu finden, doch der Kahn sackte viel schneller in die Tiefe als er. Entsetzt blickte er über den Bootsrand, sah aber nur gähnende Schwärze unter sich. Auf einmal klatschte das Boot mit einem mächtigen Rumps wieder auf Wasser und John knallte in das Boot zurück. Das Wasser spritzte in alle Richtungen, prallte rechts und links an den Wänden ab und kam als Fontäne ins Boot zurück. John, Eddie und Ben bekamen eine gewaltige Dusche ab. Das Wasser lief ihnen über den Kopf und den ganzen Körper und verteilte sich dann am Boden des Bootes.

Als John wieder etwas sehen konnten, beruhigten sich die Kugeln etwas. Die roten Blitze waren erloschen und die Kugeln strahlten nun wieder weiß. Das Vibrieren ließ auch etwas nach, doch durch den Aufprall auf der Wasseroberfläche schaukelte das Boot so stark, dass John dachte, sie würden allesamt hinausfallen. Endlich beruhigte sich der Kahn und das Schaukeln wurde schwächer. John blickte rasch über die Schulter nach hinten, um zu überprüfen, ob Ben und Eddie noch da waren. Er sah in das aschfahle, von Wasser triefende Gesicht von Eddie, der sich am Bootsrand festkrallte und nach Luft schnappte. Ben war grün angelaufen und sah aus, als hätte sich vor ihm gerade die Hölle aufgetan. „Habt ihr das mitgekriegt?", raunte John fassungslos.

„Rattenscharfe Dusche, Mann", sagte Eddie nüchtern. „Etwas wärmer hätte sie sein können, aber wenigstens sind wir wieder sauber."

Ben glotzte Eddie mit weit aufgerissenen Augen an, als hielte er ihn für total verrückt. Sein Gesicht war nun leichenblass. Sein blondes Haarbüschel hing ihm nass und tropfend ins Gesicht. Sein Mund ging wie bei einem Fisch auf und zu, doch es kam kein Ton dabei heraus. Sie fuhren bereits eine ganze Weile durch eine kanalartige Tunnelröhre, die sehr schmal und auch sehr hoch war, als Ben seine Stimme wiederfand.

„Ich will jetzt endlich raus aus diesem Teufelsboot. Das Ding bringt uns geradewegs in die Verdammnis", zeterte er ruppig und sah die Tunnelwände hoch, die wieder aus glatt poliertem, glänzendem Stein beschaffen waren.

Die Decke befand sich in gut fünfzehn Metern Höhe über ihnen. Ben konnte es deshalb gut sehen, weil die Kugeln alles prima ausleuchteten, obwohl sie nur noch in mattem Weiß strahlten.

„Red doch nicht so einen Stuss", sagte Eddie mit gequältem Gesichtsausdruck, ihm ging Bens Raunzerei ordentlich auf den Wecker.

„Du kannst nicht raus, Ben", sagte John kopfschüttelnd. „Diese Tunnelröhre ist gerade Mal so breit wie das Boot. Willst du hinter uns her schwimmen oder etwa die glatten Wände hochklettern? Sei doch vernünftig."

Stumm blickte Ben abermals die Tunnelwände hoch, kaute nervös auf seiner Unterlippe und fühlte sich furchtbar elend. „Warum bin ich Dussel nicht einfach zu Hause geblieben?", dachte er verzweifelt. Dieser Gedanke sollte ihm im Laufe der nächsten Zeit noch des Öfteren durch den Kopf gehen.

John warf einen Blick auf seine Armbanduhr und gefror zu einem Eiszapfen. „Schon Nachmittag", dachte er entsetzt. „Wie ist das nur möglich? Wir brauchten doch nicht länger als eine Stunde hierher." In seinem Kopf begannen die Gedanken, wirr zu kreisen und machten ihn fast schwindlig. Wieso ging seine Uhr so viel schneller als sein Zeitgefühl? Wenn seine Uhr stimmte, war zu Hause der Teufel los. Babs hatte bereits die ärgsten Schwierigkeiten mit Vater und durchlitt bestimmt die schlimmsten Qualen. Wo brachte sie das Boot hin? Von wem oder was wurde es gesteuert? Wie lange würde diese schauderbare Fahrt noch andauern? Konnten sie mit dem Boot auch wieder umkehren? Würden sie je einen Ausgang finden oder waren sie für immer verloren? Johns Kopf pochte wie verrückt, doch seine Gedanken drehten sich immer weiter.

***

Babs steckte mitten in einem Albtraum und durchlitt tatsächlich ihre schlimmsten Qualen. Sie machte sich große Sorgen um die drei und konnte sich nicht erklären, wieso sie noch nicht zurück waren. Ihre Eltern, aber auch Eddies und Bens Eltern hatten, als sie von ihrer Erkundungstour vom Timor Castle zurückkehrte, verrücktgespielt und sie mehrfach in die Mangel genommen. Sie glaubten ihr nicht, dass sie nicht wusste, wo sich die drei befanden. Sie quetschten sie aus wie eine Zitrone, wollten wissen, wo die drei steckten, doch Babs blieb auch unter Mr. Sprauds Androhung auf lebenslangen Hausarrest standhaft und verriet kein Sterbenswörtchen. Ab Mittag ging es dann richtig los. Die halbe Insel war aufgescheucht und suchte nach den dreien, da sie wie vom Erdboden verschluckt waren. Es ging hoch her. Alles, was Beine hatte, war gekommen, um bei der Suche zu helfen. Es gab ein Großaufgebot an Polizei und Rettungskräften. Viele Freiwillige beteiligten sich an der Suche und durchkämmten die Gegend. Ein Helikopter war ebenfalls im Einsatz, zog seine Kreise über die Insel und flog die Küste auf und ab.

Mr. und Mrs. Spraud verhielten sich seltsamer als je zuvor. Zuerst versuchten sie, Bens und Eddies Eltern von einer groß angelegten Suche abzuhalten, dabei kam es sogar zu einem Streit zwischen Mr. Spraud und Bens Vater. Als die Einsatzkräfte eintrafen, verschwanden Mr. und Mrs. Spraud für einige Zeit, und als sie wieder zurück waren, wirkten sie durcheinander. Selbst der Polizei gegenüber verhielt sich Mr. Spraud höchst seltsam, als er über John befragt wurde, was Babs äußerst merkwürdig vorkam. Sie hatte den Eindruck, ihr Vater wollte krampfhaft etwas vertuschen.

Als Mr. Spraud die Polizisten abgewimmelt hatte, schloss er sich in einem Zimmer ein und klemmte sich hinter das Telefon. Babs versuchte, zu lauschen, konnte aber nichts verstehen. Als sie das Zimmer betrat, brüllte er: „Raus hier", dann schrie er wieder in den Hörer.

Mrs. Spraud lief die meiste Zeit wie ein aufgescheuchtes Huhn herum, jammerte unaufhörlich und hatte einen Weinkrampf nach dem anderen. Es war ein abscheulicher Albtraum und Babs mittendrin. Sie verging vor Sorge um John, Eddie und Ben und wünschte nur noch, die drei würden endlich auftauchen und dieser Albtraum würde ein Ende haben.

Ein merkwürdiges Päckchen

Die kanalartige Tunnelröhre, durch die John, Eddie und Ben noch immer fuhren, begann sich nun in engen Biegungen zu winden. Bei jeder Biegung wurden sie hin und her geschleudert, da das Boot viel zu schnell fuhr. Sie schrammten an den Tunnelwänden entlang, konnten sich nicht mehr am Bootsrand festhalten und hatten Mühe, aufrecht zu sitzen. Es war eine Achterbahnfahrt in berauschendem Tempo. Plötzlich tauchte nach einer weiteren Biegung in einiger Entfernung ein antiker Torbogen auf, an dem der kanalartige Tunnel abrupt endete. Der Torbogen war sehr hoch, etwas schmaler als der Kanal und in grünen Nebel gehüllt. Dieser hing wie ein bleierner Vorhang im Torbogen und verhinderte die Durchsicht. Leuchtende grüne Nebelschwaden zogen sich in den Kanal und warfen gespenstische Schatten.

Als sie dort anlangten, blieb das Boot stehen. Die Lichter der Kugeln erloschen, das Summen hörte auf und eine gruselige Stille senkte sich auf sie herab. An beiden Seiten des Bootes befanden sich Ausstiegsstellen mit schmalen Wegen, die direkt zu dem Torbogen führten, durch dessen grüne Nebelschleier nun unheimliche gelbe Lichtfetzen strahlten. John stieg als Erster aus, Ben und Eddie folgten. Als sie aus dem Boot waren, gingen die Lichter der Kugeln wieder an und der Kahn fuhr mit einem Ruck los. Verdutzt beobachteten sie, wie er immer weiter in den Tunnel hineinfuhr. Die leuchtenden Kugeln wurden kleiner und kleiner, bis sie hinter der ersten Biegung verschwanden und nur noch ihr Lichtschimmer zu sehen war.

„Verdammt, was soll das!", rief Eddie grimmig. „Dieser verfluchte Kahn haut ganz einfach ab!"

Ungläubig blickten sie in den Tunnel. Das Boot war weg, der Lichtschimmer der Kugeln wurde immer schwächer und nach einigen Augenblicken herrschte beklemmende Düsternis. Nur die grün leuchtenden, umherziehenden Nebelschwaden und die gelben Lichtfetzen, die durch den Torbogen drangen, gaben ihnen etwas Licht.

„Damit ihr es gleich wisst, ich gehe nicht durch das Tor", maulte Ben, dem noch immer der Schreck im Gesicht stand. „Weiß der Teufel, was sich dahinter befindet", murrte er weiter. „Ich bin doch nicht blöd und laufe einer Horde Wilden in die Hände. Ihr könnt meinetwegen alleine gehen, wenn ihr Lust dazu habt. Ich bleib hier!" Um das Ganze noch zu bekräftigen, setzte er sich demonstrativ auf den Steg und verschränkte trotzig die Arme.

Obwohl John auch nicht ganz geheuer zumute war, ging er geradewegs auf den Torbogen zu. Die dichte Nebelwand verhinderte auch in der Nähe die Durchsicht und John fragte sich, was wohl dahinter war. Wenn es überhaupt ein Dahinter gab. Als er vor dem Torbogen stand, wirbelte noch mehr dichter, grüner Nebel um ihn auf. Es war kalter, feuchter Dunst, der sein Blut in den Adern gefrieren ließ, doch er nahm all seinen Mut zusammen, steckte seinen Kopf in den Nebelschleier und versuchte, hindurchzuspähen. Er sah jedoch nichts als grünen Nebel und ein paar gelbe Lichtstrahlen. Eine schaurige Kälte legte sich auf sein Gesicht und drückte auf seine Augäpfel. Sein Herz pochte gegen seine Rippen, seine Nackenhaare sträubten sich und sein Mut schmolz dahin wie Butter in der Sonne. Er gab sich einen Ruck und ging einen Schritt weiter in den Nebel hinein. Plötzlich dachte er abermals, nicht richtig zu sehen. War das nun Einbildung oder tat sich vor seinen Augen wirklich eine riesengroße Wiese auf?

Zögerlich ging er noch einen Schritt weiter. Die Nebelfetzen lichteten sich immer mehr und nun konnte er klar und deutlich sehen. Hinter diesem Torbogen befand sich tatsächlich eine riesengroße Wiese. Aber es war keine gewöhnliche Wiese. Fast kniehohes Gras schimmerte in zartem Blau und seltsam anmutende Blumen – mit Stängeln so dick wie dünne Baumstämme – ragten mannshoch zwischen dem hohen Gras empor und blühten in den absonderlichsten Farbmischungen. Ein eigenartiger Duft wehte ihm entgegen. Es roch fast wie das billige Parfum, das Babs letztes Jahr von Großmutter zu Weihnachten bekommen hatte. Dieser Duft machte ihn müde und etwas wirr und ließ sein Denken erlahmen, was nicht zu seiner Beruhigung beitrug. Die Höhle selbst, sofern er sich überhaupt in einer Höhle befand, musste unvorstellbar hoch und enorm groß sein, da er deren Decke nicht sehen konnte. Auch konnte er ringsum keine Wände erkennen. Da war einfach nur Wiese. So weit das Auge reichte. Warmes, gelbes Licht flutete über die Wiese, als würde die Sonne scheinen. Es gab aber keine Sonne. Wo das Licht herkam, konnte John nicht erkennen. Aufgeregt huschte er durch den grünen Nebelschleier zurück und tauchte in unangenehme Dunkelheit. Als sich seine Augen wieder an die Düsternis gewöhnt hatten, sah er Eddie, der noch immer neben Ben auf dem Steg stand und wild gestikulierend mit ihm diskutierte. Eilig winkte er ihnen zu. „Hey, Ben, Eddie, kommt her!", rief John aufgekratzt. „Das müsst ihr euch ansehen. So was habt ihr noch nie gesehen. Geht mal durch das Tor."

Eddie kam sofort neugierig näher und ging, ohne zu zögern, durch den Nebelschleier hindurch. Die Wiese, die sich vor ihm ausbreitete, wirkte auch auf ihn wie eine Märchenlandschaft. Blaue Gräser mit noch nie gesehen Blumen, der gelbe Lichtschein, es war absonderlich. Staunend betrachtete er diese seltsame Landschaft.

Ben hockte noch immer mit verschränkten Armen und trotzigem Blick auf dem Steg und rührte sich nicht von der Stelle.

„Ben, komm her. Hinter dem Torbogen gibt es keine Wilden", sagte John und bemühte sich, ein Lachen zu unterdrücken. Widerwillig rappelte sich Ben auf, murmelte etwas Unwirsches und ging auf den Torbogen zu. Er sah käseweiß und ziemlich mitgenommen aus. „Komm schon, Mann", sagte John und tauchte halb in den Nebel.

Ben spürte eine bleierne Schwere in seinen Gliedern. Seine Gesichtszüge fühlten sich merkwürdig schlaff an. John steckte zur Hälfte im Nebel und von Eddie war gar nichts sehen. Das war für Ben nicht unbedingt vertrauenerweckend. Fahlgesichtig schaute er auf den Nebelschleier und versuchte, seine Glieder zu beherrschen. Er holte tief Luft, hielt den Atem an und marschierte an John vorbei geradewegs durch den dichten Schleier hindurch. Sein Herz rutschte ihm dabei fast in die Hose. „Na toll", murrte er gequält, als er die Nebelwand durchschritten hatte. Seine Augen überflogen die Wiese und hielten Ausschau nach Gefahr. Die Wiese selbst interessierte ihn überhaupt nicht, obwohl sie ihn faszinierte. Aber er wollte keine Wiese. Er wollte nach Hause. Von Abenteuern hatte er im Moment die Nase gestrichen voll. Eine blaue Wiese ohne Ausgang war das Letzte, was er sehen wollte. Ihm reichte es für heute. Er hatte einfach genug und hielt damit auch nicht hinter den Berg. „Und wie kommen wir hier wieder raus?", erkundigte er sich mürrisch und blickte missgelaunt zwischen John und der Wiese hin und her.

„Was fragst du mich?", sagte John achselzuckend.

„Wen soll ich sonst fragen?", schnauzte Ben mit saurer Miene.

„Ich weiß es doch auch nicht, Mann", brummte John. „Das Boot ist weg, wir müssen irgendwo einen Ausgang suchen." Während er sprach, beschlich ihn jedoch das merkwürdige Gefühl, dass alles, wirklich alles, was bisher passierte, vorherbestimmt war. Es war bestimmt kein Zufall, dass das Boot sie hierhergebracht hatte. Irgendjemand wollte sie anscheinend genau hier haben. Doch wer war dieser Jemand? Und wozu sollte das gut sein? Von dieser Vermutung sagte er Ben allerdings keinen Ton.

Langsamen gingen die drei Freunde ein Stück die Wiese entlang. Kein Geräusch war zu hören. Nur ihre Schritte störten die Stille. Ein angenehm warmer Lufthauch wehte ihnen ins Gesicht. Es war hier noch um einiges wärmer als am Seeufer und die Luft war herrlich frisch, duftete aber noch immer wie Großmutters billiges Parfüm. Nach einiger Zeit wurde die Landschaft etwas hügeliger.

„Es ist wie oben", dachte John. Er konnte nirgends Wände oder eine Decke sehen. „Ob wir uns tatsächlich unter der Erde befinden?", überlegte er zweifelnd, blickte wieder hoch, konnte aber keinen Himmel sehen.

Gemächlich gingen sie auf einen Hügel zu, der nicht allzu weit entfernt und auch nicht allzu hoch war.

„Von da oben haben wir sicher einen guten Ausblick", meinte John erwartungsvoll und seine Schritte wurden schneller.

Als sie oben ankamen, blickte John sich neugierig um. Er ließ seinen Blick in die Ferne schweifen. Auch jetzt sah er nur Wiese, so weit sein Auge reichte. Als er jedoch seinen Blick zur Seite wandte, sah er etwas, das sein Herz fast zum Stillstand brachte. In einiger Entfernung stand ein Baum. Er war der einzige, der weit und breit zu sehen war. Ein niedriger Baum mit einer mächtigen Krone. Seine gezackten, zerfransten Blätter schimmerten in vielen unterschiedlichen Blautönen. In der Baummitte befand sich etwas, was golden blitzte und silbrig durch die blauen Blätter funkelte.

Auf einmal wurden die Blitze immer größer, zischten wie Feuerwerkskörper durch die dichten Blätter der Baumkrone und verloren sich in der unendlichen Schwärze über ihnen. Einige Blitze sprühten auf die Wiese herab und erloschen rauchend und dampfend im hohen Gras. John stockte der Atem. Stumm deutete er auf den Baum und ging mit steifer Miene und wachsamen Auge darauf zu. Ben und Eddie schlichen hinterher. Beim Näherkommen sahen sie ein Päckchen, das an den Baum befestigt war. Es hing an einer Schnur, funkelte silbrig, drehte sich leicht in dem warmen Windhauch und versprühte unaufhörlich diese goldenen Blitze.

„Was ist denn das für ein sonderbares Ding? Es ist doch nicht Weihnachten. Oder hab ich was verpasst?", rief Eddie schrill, der nun so aufgedreht war, dass sich seine Stimme ganz merkwürdig anhörte. Auch er fühlte, dass hier etwas nicht stimmte.

Das Päckchen hatte die Größe einer Schuhschachtel und war mit einer silbernen Folie umhüllt, von der diese goldenen Blitze kamen. Auf der Folie stand in großen, roten Buchstaben *FÜR JOHN*.

„Das ist ja für mich!", rief John begierig, als er die Schrift entdeckte. Doch dann riet ihm seine Vernunft zur Vorsicht. Wie kam dieses Päckchen hierher? Wer um alles in der Welt wusste, dass er hierherkommen würde und wozu hatte es dieser Jemand am Baum angebracht? Wieder war sich John sicher, dass dies kein Zufall war. Irgendjemand spielte mit ihm ein übles Spiel. Und das war sicher keine Einbildung.

„Los, nimm es ab. Sieh nach, was darin ist", flüsterte Eddie aufgekratzt.

„Nein, wartet ihr Schwachköpfe. Vielleicht ist es eine Falle", keuchte Ben argwöhnisch. „Es könnte doch weiß der Teufel was passieren, wenn man es berührt."

Johns Augen verengten sich und fixierten das Päckchen. Könnte Ben recht haben? War es eine Falle? Er zögerte. Was sollte er tun?

„Los, nimm es ab! Hör nicht auf diesen Dussel, John", schnaubte Eddie verächtlich. „Ben ist bloß wieder mal überängstlich", meinte er herablassend, obwohl ihm das Päckchen selbst nicht geheuer war. Es wäre natürlich nicht Eddie gewesen, hätte er es zugegeben.

Unentschlossen ging John einige Schritte auf den Baum zu. Ben lief einige Meter weit weg und legte sich auf den Bauch. Schützend hielt er die Hände über seinen Kopf und blieb regungslos liegen. Eddie schüttelte sich vor Lachen. Aber es war kein echtes Lachen. Sein Unbehagen war ihm deutlich anzusehen. John beobachtete Ben mit besorgter Miene. Vielleicht hatte er ja recht. Was würde passieren, wenn er das Päckchen berührte? Mit steifen Beinen ging er noch näher ran. Sein Atem ging schwer und die herabzischenden Blitze sausten um ihn herum. Zögerlich berührte er das Päckchen. Die Folie hörte auf zu blitzen und John zog instinktiv die Hand zurück. Gebannt starrte er auf das Ding, doch nichts geschah. Er holte tief Luft, fasste abermals danach und begann rasch, den Knoten der Schnur zu lösen.

Eddie beobachtete ihn unruhig aus ein paar Schritten Entfernung. Ben lag einige Meter entfernt und lugte neugierig durch seine Finger.

Endlich hatte John das Päckchen abgenommen. Das Ding nicht aus den Augen lassend, kam er damit zu Eddie zurück und sie setzten sich auf die Wiese. Neugierig, aber doch misstrauisch betrachteten sie das seltsame Päckchen.

„Ben, du Angsthase, kannst aus deiner Deckung kommen. Es ist nichts passiert", sagte Eddie mit boshaftem Grinsen, obwohl ihm die Anspannung noch im Gesicht stand.

Ben hatte noch immer Angst, dieses Ding könnte ihnen beim Öffnen um die Ohren fliegen. Schlussendlich siegte seine Neugierde, aber auch die Befürchtung, Eddie könnte sich über ihn noch mehr das Maul zerreißen. Rasch lief er zu den beiden und setzte sich mit einem kleinen Sicherheitsabstand ebenfalls auf die Wiese. Misstrauisch beäugte er das Päckchen und beobachtete John, der es auf alle Seiten drehte.

„Jetzt mach doch endlich auf, Mann. Das hält ja keiner aus. Auf was wartest du eigentlich?", drängte Eddie zappelig.

Mit angehaltenem Atem wickelte John das Päckchen aus der Folie.

„Ist nicht dasselbe Material wie die Tasche, in der ihr damals gefunden wurdet?", sagte Ben beiläufig, als er John beim Auswickeln zusah.

„Ja, wirklich. Du hast recht, Ben", sagte John überrascht, da es ihm in der Aufregung entgangen war. Endlich konnte er dieses Material näher betrachten.

„Das ist ja ein Ding", grunzte Eddie verblüfft und nahm John die Folie ab. Er zog und zerrte ganz heftig daran, doch die Folie riss nicht entzwei. Er knüllte sie, so fest er konnte, zusammen, doch als er sie losließ, entfaltete sie sich und wurde wieder vollkommen glatt. Eddie glaubte, seinen Augen nicht zu trauen, und probierte es gleich noch einmal.

„Hey, Leute, seht doch mal her", raunte er überwältigt.

John und Ben sahen Eddie erstaunt zu, wie er mit der Folie herumspielte und sie immer wieder zusammenknüllte.

„Die nehme ich Babs mit. Das muss ich ihr zeigen", sagte John fasziniert, riss Eddie die Folie aus der Hand und steckte sie in die Hosentasche.

„Sag mal, auf wartest du eigentlich? Mach endlich dieses verdammte Ding auf", meckerte Eddie ungeduldig, da er die Anspannung nicht länger ertragen konnte.

John schob den Deckel des Päckchens etwas zur Seite, lugte gespannt hinein und hoffte, es würde ihm nichts Ekeliges ins Gesicht springen. In dem Paket befand sich noch mehr von dieser Folie. John nahm den Deckel ganz ab und starrte verwundert in die Schachtel. Was sollte er mit all der Folie anfangen? Als er in das Päckchen griff, spürte er etwas Hartes. „Da steckt noch etwas anderes drin", raunte er und Gänsehaut kroch ihm die Arme empor. Behutsam holte John den kleinen, harten Gegenstand aus der Schachtel, der ebenfalls in Folie eingewickelt war. Umständlich wickelte er unter den begierigen Blicken von Eddie und Ben den Inhalt aus. Dabei kam eine kleine Kugel zum Vorschein. Sie war etwas größer als ein Tischtennisball und ebenfalls silbern. Als John sie ganz ausgepackt hatte, begann sie, in seinen Händen grün zu leuchten. Er erschrak dermaßen, dass er die Kugel fallen ließ. Dabei erlosch das Licht der Kugel augenblicklich.

Eddie hob sie auf und betrachtete sie mit skeptischen Blicken. „Jetzt leuchtet dieses komische Ding nicht mehr", sagte er enttäuscht und gab sie John zurück.

Kaum hatte John sie in seinen Händen, leuchtete sie erneut grün. „Was ist denn das für eine eigenartige Kugel?", entfuhr es John schrill. „Wieso leuchtet sie nur bei mir? Probier du mal, Ben."

Ben erstarrte. „Nicht ich", dachte er entsetzt, öffnete den Mund, um zu widersprechen, überlegte es sich anders, biss die Zähne zusammen und nahm mit viel Überwindung die Kugel in die Hand, doch auch bei ihm leuchtete sie nicht.

„Seht doch nur, auf dem Boden des Päckchens liegt ein Kuvert", murmelte Eddie, der neugierig in der Schachtel herumwühlte, da sich noch mehr Folie darin befand. Gespannt nahm Eddie den Umschlag heraus. Wieder stand *FÜR JOHN* darauf.

Mit flauem Gefühl betrachtete John das Kuvert und überlegte abermals, wer wohl wusste, dass er hier vorbeikommen würde. Mit zittrigen Händen nahm er Eddie das Kuvert ab und öffnete es. Es kam dasselbe dicke gelbliche Papier zum Vorschein, das sie schon so gut kannten. Dieses Mal jedoch war es nicht mit Schriftzeichen beschrieben. Mit wachsendem Unbehagen und dem Ausdruck immer größer werdenden Staunens las er Ben und Eddie laut vor.

Enlil, Sohn des allmächtigen Herrschers Anu,
ich verleihe Euch diese Kugel, die mit der unendlichen Kraft des Vril

ausgestattet ist. Vril ist eine Kraft, die Euch unermessliche Stärke verleiht. Ihr müsst diese Kugel in Händen halten und Euren Geist für Vril öffnen. Vril ist unbeschreiblich mächtig. Mächtiger, als Ihr es Euch vorzustellen vermögt. Konzentriert Euch! Vereint Eure Gedanken mit Vril. Bestimmt, was Vril für Euch tun soll. Was immer es sein mag, Vril lässt es geschehen. Zu erklären, was Vril tatsächlich ist, wäre sinnlos. Ihr würdet es nicht verstehen.
Geht sorgsam mit der Kugel um. Enttäuscht mich nicht. Und nun, Enlil, Sohn des allmächtigen Herrschers Anu, gebt Euer Bestes und lasst keine Schande über Euch und die Euren kommen. Atlatis.

„Meine Fresse, wie verpeilt ist das denn? Sohn des allmächtigen Herrschers Anu. So ein Quatsch! Muss ich dich nun mit *Eure Hoheit* anreden?", grunzte Eddie belustigt und es kostete ihn Mühe, sein Lachen zu verbergen.

John war nicht zum Lachen zumute. Er sah Eddie entgeistert an. „Red keinen Müll", fauchte er genervt.

Alle starrten auf die kleine silberne Kugel. John überlegte abermals, was das Wort Atlatis bedeuten könnte. In seinem Kopf schwirrten die Gedanken.

„Probiere das Ding doch einfach mal aus", meinte Eddie trocken.

„Und wie soll ich das tun?", erkundigte sich John gedankenverloren.

„Bestell uns ein paar Brötchen und Limonade", sagte Eddie mit spöttischem Blick auf die Kugel. „Ich verhungere nämlich gleich."

„Hast du einen Knall? Wie soll das dann gehen?", platzte es aus Ben heraus.

„Wieso?", gluckste Eddie amüsiert. „Wenn dieses Zeug wirklich kann, was der Brief verspricht, dann ist es für die Kugel ein Klacks." Er lachte laut auf und seine Augen funkelten schelmisch. „Und wie ich bereits sagte, ich verhungere gleich."

John sah Eddie an, als hätte er nun endgültig den Verstand verloren. „Sag mal, hast du ein Rad ab? Was noch Blöderes ist dir wohl nicht eingefallen?", blaffte er Eddie unwirsch an, der sich vor Lachen bog.

„Komm schon, Enlil, Sohn des allmächtigen Anu", stichelte Eddie. „Versuch es doch einfach. Gönn mir doch den Spaß und zeig mir, was die unendliche Kraft des Vril zustande bringt. In dem Brief steht doch, du kannst haben, was immer du willst. Außerdem könnten wir alle ein paar Brötchen vertragen."

„John, hör doch nicht auf diesen Idioten. Der hat ja nicht mehr alle Gurken im Glas", feixte Ben, verdrehte die Augen und tippte sich mit dem Finger an die Stirn. „So eine hirnverbrannte Idee. Dieser Hornochse ist ja tatsächlich nicht mehr ganz dicht", murmelte er grinsend.

„Na los, John", drängte Eddie, „lass uns sehen, was deine Wunderkugel kann. Und du", sagte er zu Ben, „du nenn mich nicht Idiot. Bist ja nur sauer, weil es nicht deine Idee war."

John nahm die Kugel in die Hand, die daraufhin sofort zu leuchten begann. Unsicher betrachtete er das unheimliche Ding. Warum tat Eddie das? Wollte er sich nur über ihn lustig machen? Obwohl er sich wie ein Vollidiot vorkam, beschloss er, es dennoch zu versuchen, und hoffte, es würde klappen, damit Eddie sein blödes Lachen im Hals stecken blieb. Mit beiden Händen umklammerte er etwas unsicher die kleine Kugel und bemühte sich, so wie es in dem Brief stand, zu konzentrieren. Er dachte nur an Brötchen und Limonade, was ihm allerdings trotz seines Hungers recht schwerfiel, da Eddie einen blöden Spruch nach dem anderen klopfte. Er kam sich dadurch noch blöder vor, aber es reizte auch ihn, dieses Ding auszuprobieren. „Ich ... ich ... möchte ... ein paar Brötchen ... und ... Limonade", stammelte John mit rauer Stimme und fühlte sich ziemlich bescheuert dabei. Sein Kopf wurde knallrot und er machte sich auf die Welle des Spottes gefasst, die Eddie gleich über ihn schütten würde.

Doch kaum ausgesprochen, fuhr ein gewaltiger grüner Blitz aus der Kugel. John warf die Kugel von sich, als ob sie höchst giftig wäre. Wie vom Donner gerührt, starrte er mit dem Ausdruck größten Unbehagens auf die nun in der Wiese liegende Kugel.

Plötzlich erschien wie aus dem Nichts direkt vor ihrer aller Augen eine sehr große, seltsam anmutende Steinschale mit eigenartigen Ornamenten darauf. In der Steinschale befanden sich Brötchen und eine große Flasche Limonade. Johns Blick schoss zwischen der Kugel und der Schale hin und her, dann sah er triumphierend zu Eddie, dem das Gesicht eingeschlafen war. Mit seinem herabhängenden Unterkiefer und seinen weit aufgerissenen Augen sah er nun geradezu dümmlich aus.

„Voll abgefahren", raunte John überwältigt, nachdem die Worte endlich bereit waren, aus seinem Mund hervorzubrechen, und blickte weiter verdutzt auf die Steinschale. Er hatte wirklich mit allem gerechnet, aber damit nicht. Wo kam dieses Zeug bloß her? Wie konnte das möglich sein?

Ben saß stocksteif da. Er sah derart irritiert aus, als hätte er weiße Mäuse im Schlafanzug gesehen. Er glotzte auf die Schale. „Ich glaub, ich spinn", stieß er mit noch höherer Stimme als sonst hervor.

„Mann, diese Kugel ist die coolste Sache der Welt", murmelte Eddie baff, dem der pure Unglaube ins Gesicht geschrieben stand. Nicht fähig, noch etwas zu sagen, griff er nach einem Brötchen, da er dachte, es handle sich um eine Fata Morgana. Doch die Brötchen waren wirklich da. Gierig stopfte er sich eines in den Mund, um deren Echtheit zu überprüfen. Sie waren echt. Und sie schmeckten vorzüglich. Eddie hätte nie erwartet, dass John es tatsächlich versuchen würde – und schon gar nicht, dass es klappen könnte. Er wollte sich nur einen Spaß gönnen, doch nun war er fassungslos und überwältigt zugleich.

Ben war komplett aus dem Häuschen. Seine Fassungslosigkeit war heller Begeisterung gewichen. Hektisch blies er sich sein Haarbüschel aus den Augen. „Mit dieser Kugel kannst du alles haben. Ist dir das eigentlich klar, John?", hauchte er ehrfurchtsvoll und stopfte sich rasch ein Brötchen in den Mund, damit ihm Eddie nicht alles wegfuttern konnte. „Wer schenkt dir bloß so etwas? Und wozu?"

„Keine Ahnung", murmelte John grübelnd und dachte: „Das würde ich auch gerne wissen."

„Wir sollten langsam von hier verschwinden", stellte Eddie nüchtern fest, als sie fast alles aufgegessen hatten.

„Wir werden hier nie einen Ausgang finden?", jammerte Ben jetzt wieder mit vollem Mund.

„Irgendwo muss dieser verfluchte Ort einen Ausgang haben", sagte Eddie überzeugt und nahm einen Schluck Limonade.

„Und wenn nicht? Was dann?", zeterte Ben unwirsch. „Ich will nicht für immer hierbleiben, kapiert. Ich wünschte wirklich, ich wäre zu Hause geblieben." Er blickte dabei mürrisch in die Runde und zog seinen Schmollwinkelmund auf.

„Das ist es, Ben!", rief John begeistert. „Du hast eben unser Problem gelöst!"

Ben und Eddie starrten ihn verständnislos an. „Bist du übergeschnappt?", fragte Ben und stopfte sich den letzten Rest seines Brötchens in den Mund.

„Vielleicht liegt es ja an den Brötchen", sagte Eddie trocken und sah belustigt zu, wie Ben der letzte Bissen im Hals stecken blieb.

John blickte Eddie und Ben tückisch grinsend an.

„Grins nicht so dämlich", entfuhr es Eddie. „Es könnte doch gut sein, dass mit den Brötchen was nicht stimmt."

Ben blickte entsetzt zu Eddie, doch plötzlich dämmerte ihm, was John vorhaben könnte. „Du willst doch nicht etwa …?", stammelte er leise und sah John bestürzt an.

„Und ob ich will", antwortete John. „Genau so kommen wir von hier weg!" Er strahlte dabei über das ganze Gesicht und schnitt eine vergnügte Grimasse.

„Wie soll denn das gehen?", fragte Ben kopfschüttelnd. „Das ist doch völlig unmöglich."

„Seid ihr beide verrückt oder könnt ihr plötzlich hellsehen?", knurrte Eddie gnatzig.

„Denk doch mal nach, Eddie", sagte John, „ich habe doch die Ku…"

„Na und?", unterbrach ihn Eddie barsch. „Mit der findest du auch keinen Ausga…"

„Mit der kann ich mir alles wünschen", fiel ihm John ins Wort. „Ich wünsche mir einfach, dass wir wieder zu Hause sind. Verstehst du endlich?"

Eddie starrte John völlig entgeistert an, doch dann konnte man sehen, wie bei ihm die Lichter angingen. „Und du denkst ernsthaft, das könnte klappen?", fragte er ungläubig.

„So toll, wie du denkst, John", maulte Ben mit langem Gesicht, „ist es nicht."

„Wieso?", fragte John verständnislos.

„Selbst wenn es klappt, was ich bezweifle, was wird dann bei der Nummer aus uns?", blaffte Ben ziemlich hysterisch.

„Was meinst du damit, Ben?"

„Sieh mal, John – DU kannst dir wünschen, was immer du willst, wir aber nicht! Wie kommen wir deiner Meinung nach von hier weg, hä?"

„Ich sagte doch, ich wünsche mir, dass wir alle drei wieder zu Hause sind. Ist doch ganz einfach", meinte John verständnislos.

„Und wenn es nicht klappt?", rief Ben außer sich. „Wenn du verschwindest und wir bleiben hier hocken, was dann? Sollen wir vielleicht warten, bis wir alt und grau und schrumpelig sind? Meint ihr nicht, wir sollten nur mal so zur Sicherheit einen anderen Rückweg suchen?"

John wollte von Bens Bedenken nicht wissen. Er war sich sicher, es mit der Vril-Kugel zu schaffen. Wozu sonst sollte er das Ding bekommen haben? „Hört mal", meinte er bestimmt, „wir setzen uns nebeneinander. Ich werde in der Mitte sitzen und ihr klammert euch an meinen Armen fest. Ich werde die Kugel in meinen Händen halten und uns nach Hause wünschen. Klingt doch gar nicht so übel. Was haltet ihr davon?"

„Nichts", brummte Ben unwirsch.

„Ach, komm schon, Ben. Lass es uns versuchen", sagte John ungeduldig. „Ich dachte, du willst nach Hause."

„Will ich auch. Aber nicht mit dem Ding da!"

Nach kurzer Diskussion gab Ben nach, da sein Drang, wegzukommen, größer war als seine Bedenken. „Einverstanden", murmelte er leise. Doch dann blickte er John und Eddie erschrocken an. „Dein Plan hat einen Haken, John. Einen gewaltigen Haken! So funktioniert das nicht."

„Was ist denn nun wieder?", fragte John aufgebracht.

„Er hat einfach Schiss, das ist alles", spöttelte Eddie.

„Du darfst uns nicht zurück nach Hause wünschen", sagte Ben und strafte Eddie mit Missachtung. „Jeder von uns wohnt doch an einem anderen Ort. Wer weiß, was dann passiert. Die Kugel zerstückelt uns vielleicht."

„Ja, du hast recht, so funktioniert das nicht", musste John zugeben. „Wir brauchen einen Platz, an dem wir alle drei unbemerkt auftauchen können."

„Wie wär's mit dem Baumhaus?", meinte Ben leise, obwohl er immer noch hoffte, John würde dieses Vorhaben verwerfen.

„Das ist eine hervorragende Idee, Ben", sagte Eddie begeistert. „Bist ein schlaues Bürschchen, da gibt's nichts zu meckern. Also los, John, lass es uns versuchen. Ich möchte es schnell hinter mir haben. Wer weiß, was sonst noch alles dazwischenkommt."

„Gut", sagte John hastig und bemühte sich, so zu klingen, als wäre er voller Zuversicht. Irgendwie hatte auch er plötzlich ein mulmiges Gefühl bei der Sache. „Wer weiß, was wirklich passiert?", dachte er unsicher.

Erst jetzt überlegte er sich, wie sein Plan funktionieren könnte. Wie sollte sie diese Kugel nach Hause bringen? Wie um alles in der Welt sollte das klappen? Das war doch völlig unmöglich. Er sagte jedoch nichts von seinem aufkommenden Zweifel und setzte sich nun in die Mitte – links von ihm saß Eddie, rechts Ben. Sie hakten sich fest in seine Arme ein und hielten sich noch zusätzlich mit ihrer anderen Hand an ihm fest. John nahm die Vril-Kugel in seine Hände und dachte abermals, dass ihr Vorhaben glatt unmöglich sei.

„Seid ihr bereit?", fragte er mit immer stärker werdendem Unbehagen und jäh dachte er, dass seine Idee nicht nur glatt unmöglich, sondern auch völlig bescheuert war.

„Ja", antworteten Eddie sofort.

Von Ben kam ein zaghafteres und gedehntes: „Jaahh." Es hörte sich verdammt nach einem erstickten Röcheln an.

John umschloss die Kugel noch fester. Seine Hände waren feucht und klamm. „Seid ihr bereit?", erkundigte er sich nochmals.

„Mach endlich. Oder willst du, dass wir hier anwachsen?", fauchte Eddie angespannt.

Ben nickte nur stumm mit dem Kopf, der sich plötzlich so schwer wie eine riesige Melone anfühlte. Angst drückte ihm auf die Augenlider. Mit fahlem Gesicht sah er auf Johns Hände, durch dessen Finger die Kugel grün strahlte.

„Festhalten, ich fange jetzt an", raunte John mit bebender Stimme und wünschte, er wäre nicht auf diese völlig irre Idee gekommen. Er schloss die Augen. Sein Herz flatterte und seine Hände zitterten. Ben und Eddie klammerten sich so fest an seine Arme, dass es ihm wehtat. „Na hoffentlich geht das gut", dachte er und konzentrierte sich auf das Baumhaus. „Bring uns in Eddies Baumhaus", sagte er mit vor Aufregung kieksender Stimme und fragte sich, was nun geschehen würde?

Kaum ausgesprochen, entwich der Kugel wieder ein mächtiger, grüner Blitz und im gleichen Augenblick spürte John einen gewaltigen Sog. Es fühlte sich an, als würde ihn jemand mit Hochdruck durch einen engen Schlauch ziehen. Um ihn herum herrschte komplette Dunkelheit. In seinen Ohren rauschte, dröhnte und donnerte es, als würde er mitten in einer Gewitterwolke sitzen. Er dachte, nie wieder normal hören zu können, so laut war es. Der gewaltige Sog zog ihn immer weiter, drückte auf seine Eingeweide und grub sich wie eine mächtige Faust in seinen Magen. Er war komplett orientierungslos und wusste nicht mehr, wo oben und unten war. Eddie und Ben zerrten an seinen Armen, baumelten wild gegen seinen Körper und ihm wurde langsam schlecht. Es kam ihm wie eine Ewigkeit vor, obwohl es nur Sekunden waren.

Plötzlich aber ließ der Sog nach, das Dröhnen wurde leiser und er prallte mit voller Wucht mit seinem Hinterteil auf etwas Hartes. In seinen Ohren summte es, als stecke sein Kopf mitten in einem mächtigen Bienenstock. Erschrocken öffnete er die Augen und blickte sich um. Tiefe Erleichterung machte sich in jeder Faser seines Körpers breit.

„Es hat geklappt! Wir sind im Baumhaus!", rief er begeistert und Triumph klang in seiner Stimme mit. „Wir haben es wirklich geschafft", dachte er erstaunt und fragte sich, ob er das eben geträumt hatte, denn eigentlich hatten sie gerade etwas völlig Unmögliches getan. Sie saßen in derselben Haltung am Boden des Baumhauses, wie sie noch einige Sekunden zuvor unter dem Baum auf der blauen Wiese gesessen hatten. Eddie und Ben klammerten sich noch immer so stark an seine Arme, dass sie ihm bereits gehörig schmerzten. „Ihr könnt mich wieder loslassen", sagte John erleichtert.

Eddie und Ben befreiten ihn aus ihrer Umklammerung und John schüttelte dankbar seine tauben Arme. Ben blickte sich mit einem Ausdruck von ungetrübter Glückseligkeit um. Das erste Mal seit Stunden hatte er ein glücksstrahlendes Lächeln im Gesicht. „Bin ich froh, wieder hier zu sein", stöhnte er überglücklich. Doch sein überschäumendes Glücksgefühl sollte nur von sehr kurzer Dauer sein. Es versandete weit rascher, als ihm lieb war.

***

Anderswo traf sich Adamu mit der kalten Stimme. Sie war erregt, kälter als je zuvor und doch klang sie fast berauscht. Die blauen Augen der kalten Stimme, für gewöhnlich nicht minder kalt wie die Stimme, hatten nun einen besessenen, ja fast fanatischen Glanz.

„Was ist vorgefallen?", erkundigte sich Adamu überrascht und mit besorgtem Gesichtsausdruck. „Der Junge hat eben dein Geschenk erhalten. Wieso hast du ihn damit nicht, wie geplant, hergeholt?"

„Ich habe mich anders entschieden, Adamu", sagte die kalte Stimme und ihr Klang wurde noch fanatischer. „Ich habe beschlossen, Tiamat ebenfalls hierherzuholen", fuhr die kalte Stimme euphorisch fort. „Ich möchte auch sie hier haben. Unglücklicherweise war Tiamat nicht bei dem Jungen, als er mein Geschenk erhielt."

„Du willst auch sie holen?", entfuhr es Adamu entsetzt, hatte seine Stimme aber gleich wieder unter Kontrolle. „Du begehst einen Fehler", sagte er dann warnend.

„Sag mir nicht, was ich zu tun habe, Adamu", zischte die kalte Stimme erregt.

„Woher dieser unerwartete Sinneswandel?", fragte Adamu und tat, als wäre es nur eine beiläufige Frage, die ihn nicht sonderlich interessierte. Sein Gesichtsausdruck war gleichgültig und seine Stimme klang fast träge. „Denkst du plötzlich, sie könnte dir noch hilfreich sein?"

„Hilfreich? Diese Göre? Niemals! Nein, Adamu, ich will Tiamat hier haben, um sie zu töten", raunte die kalte Stimme und ihr Klang wurde hohl und fast unmenschlich.

„Ach", sagte Adamu und tat gelassen. „Und warum willst du das tun?"

„Ich will Anu damit noch größeres Leid zufügen. Seinen Schmerz unermesslich machen", sagte die kalte Stimme und klang nun fast ekstatisch. „Ich will ihn gebrochen sehen. Ich will ihm so viel Schmerz zufügen, wie er mir zugefügt hat. In der Stunde seines Todes, wenn ich ihm die Leiche des Jungen vor die Füße werfe, werde ich ihm mit Vergnügen von Tiamats Tod erzählen, während er mich um Gnade anbettelt. Ich werde ihm mit Wonne von ihren Qualen berichten, ihm auch ihre Leiche präsentieren, während er um sein Leben winselt und Enlils Leiche seine Füße bedeckt. Sein Schmerz wird größer sein als alles, was er jemals empfunden hat, er muss diesen Schmerz in jeder Faser seines Körpers spüren."

„Muss Anu das?", fragte Adamu und legte die Stirn in Falten.

„Ja", blaffte die kalte Stimme erzürnt und Hass triefte aus ihr. „Ich will Anu vor Gram, Kummer und Schmerz schreien hören, während ich ihn vierteile und für seine Vergehen an mir in die Hölle schicke."

„Du solltest dich nicht derart von deinem Hass leiten lassen. Deine blindwütige Rache könnte dein Scheitern bedeuten", sagte Adamu, obwohl er wusste, dass er damit die kalte Stimme in Rage bringen würde. „Anu musste so handeln. Er hatte keine Wahl."

„Doch, die hatte er", zischte die kalte Stimme hasserfüllt.

„Nein, hatte er nicht", widersprach Adamu emotionslos. „Als Herrscher dieses Reiches musste er das Wohl des Reiches im Auge behalten. Er konnte und durfte sich dabei keine persönlichen Gefühle erlauben."

„Ich überlege mir gerade", sagte die kalte Stimme feindselig, „auf wessen Seite du eigentlich stehst. Ich frage mich ernsthaft, ob du es tatsächlich gut mit mir meinst."

„Und ich frage mich", sagte Adamu kaltschnäuzig, „ob ich hier stehen würde, wenn du nicht davon überzeugt wärst."

„Genug, Adamu", zischte die kalte Stimme, „lassen wir die alten Geschichten ruhen."

„Was hast du nun vor?", fragte Adamu kühl.

„Ich werde sie in Kürze mit der Vril-Kugel hierherholen. Achnum hat bereits neue Instruktionen."

„Und dann?", fragte Adamu mit unbewegter Miene. „Wie geht deine Rache weiter?"

„Es handelt sich nicht um Rache, Adamu, sondern um Gerechtigkeit. Gerechtigkeit für mich und meinesgleichen", sagte die kalte Stimme und Genugtuung lag in ihrem Klang. „Es ist doch auch dein Wunsch, für Gerechtigkeit zu sorgen. Darum bist du doch hier. Oder irre ich mich etwa, Adamu?"

„Du weißt, warum ich hier bin", sagte Adamu kühl. „Was hast du mit den beiden vor?"

„Ich werde ihnen ein unvergessliches Erlebnis bescheren. Schade nur, dass sie danach nicht mehr lange genug leben, um es ausreichend zu würdigen", sagte die kalte Stimme hämisch. „Wenn Achnum mit den beiden eintrifft, wird er sie trennen. An ihr liegt mir nichts. Ich brauche nur ihre Leiche. Achnum wird sie beseitigen. Den Jungen jedoch wird er unverzüglich zu mir bringen. Ich kann es kaum noch erwarten, auf ihn zu treffen."

„Wozu bringt Achnum den Jungen zu dir?", fragte Adamu überrascht. „Ich dachte, du willst ihn nur tot sehen."

„Ich werde ihm, bevor er stirbt, eine spannende Geschichte erzählen, damit er danach, während er stirbt, etwas zum Nachdenken hat", sagte die kalte Stimme mit höhnischem Gelächter. „Es wird ein sehr langsamer Tod für ihn und wenn er sich mit dem Unausweichlichem erst einmal abgefunden hat, wollen wir doch nicht, dass er sich langweilt, bis ihn der Tod erlöst. Danach, Adamu, trennen mich nur noch ein paar Schritte von der Herrschaft über unser Reich."

Eine verhängnisvolle Idee

Ben saß am Boden des Baumhauses und sein überschwängliches Glücksgefühl war blankem Entsetzen gewichen. Der Tag neigte sich bereits dem Ende entgegen und vor dem Baumhaus war der Teufel los. Aufgeregtes Stimmengewirr drang durch die feinen Ritzen der Holzbretter und breitete sich wie ein tödlicher Virus über den Köpfen von John, Eddie und Ben aus. Eine Sirene heulte auf. Autotüren wurden zugeknallt. Hubschrauberlärm legte sich wie Blei über das Baumhaus. John, Eddie und Ben waren starr vor Schreck. Panik kroch durch ihre Körper. Schwindlig vor Angst lugte John aus dem Fenster und prallte erschrocken zurück. Was es sah, übertraf seine schlimmsten Befürchtungen. Polizeiwagen standen verstreut in Eddies Garten. Ein Krankenwagen parkte in der Auffahrt vor dem Haus. Feuerwehrleute brachten Suchscheinwerfer. Ein Hubschrauber kreiste über das angrenzende Feld. Polizisten streiften mit Hunden umher. Mr. und Mrs. Spraud standen nahe dem Baumhaus und unterhielten sich aufgeregt mit Eddies Vater. Leute, die John nicht kannte, standen bei Bens Vater und redeten aufgeregt durcheinander. Einige Cops bildeten mehrere Suchmannschaften. Es war ein Albtraum.

„Die suchen nach uns", raunte John mit gedämpfter Stimme. „Seht mal raus, was da los ist. Wir sind erledigt." Sein Magen verknotete sich. Übelkeit stieg ihm den Hals hoch. Wie gelähmt blickte er auf seine Uhr. „Mann, es ist fast sieben Uhr abends", ächzte er dabei erschrocken. „Das kann doch unmöglich sein", dachte er fassungslos. „Nach dem Steinblock waren wir doch nicht länger als zwei, maximal drei Stunden unterwegs. Es müsste noch immer Vormittag sein. Wie ist das nur möglich?"

Auch Ben und Eddie blickten nun zaghaft aus dem Fenster. Sie traf ebenfalls der Schlag, als sie den Aufruhr sahen. Alles, was Beine hatte, schien sich in Eddies Garten versammelt zu haben.

„Alter Schwede, das bedeutet mächtigen Ärger", seufzte Eddie. „Was sollen wir denen bloß für eine Geschichte auftischen, damit sie uns am Leben lassen?"

John saß kreidebleich am Boden des Baumhauses. „Wir müssen eine faustdicke, wasserdichte Lüge erfinden", stöhnte er gequält. „Sonst sind wir tot."

„Mindestens", gab Eddie zurück, dem vor seinem Vater graute. Sein Grauen bekam sogleich eine Bestätigung in Form einer Stimme. Es war die von Eddies Vaters, die nun ziemlich wütend durch die Wände des Baumhauses kroch und Eddie Unheil verkündend in die Ohren drang.

„Wenn ich diesen Lümmel zu fassen kriege, kann er sich warm anziehen. Und wenn ich mit ihm fertig bin, könnt ihr ihn in einer Streichholzschachtel ins Krankenhaus befördern. Was denkt der Bengel sich eigentlich? Haut einfach ab, dieser Nichtsnutz. Wollte sich wohl vor der Arbeit drücken, der Halunke. Na, der kann was erleben. Der soll nur mal kommen, dieser Flegel. Dem zieh ich das Fell über die Ohren. Diesen Tag wird er nicht so schnell vergessen. Das garantier ich euch!"

John, Eddie und Ben sahen sich mit aschfahlen Gesichtern an. Eddie war völlig in sich zusammengesunken und sah so elend aus, wie John sich fühlte. Schweigend saßen sie da und stierten Löcher in die Luft, bis Ben einen erneuten Blick aus dem Fenster wagte und dabei Babs entdeckte.

„Babs ist da unten mit dabei!", rief er erfreut.

„Pssst – nicht so laut, Mann", ermahnte ihn Eddie inständig.

„Aber vielleicht können wir sie ins Baumhaus locken, damit sie uns erzählen kann, was da unten abgeht."

„Das siehst du doch", knurrte Eddie matt. „Reicht dir das nicht?"

„Sie könnte uns vielleicht helfen", meinte Ben beharrlich.

„Uns hilft nicht mal mehr ein Wunder", sagte Eddie überzeugt.

„Und ich sag euch, wir sollten sie raufholen", zeterte Ben aufgelöst. „Wir brauchen jemand Verbündeten, der uns hilft, sonst kommen wir nie aus diesem Schlamassel raus."

„Wie willst du das denn anstellen?", fragte John entnervt. „Willst du den Kopf zur Tür rausstecken und rufen: Hey, Babs, wir sind hier oben? Willst du das wirklich, Mann?" John sah bereits die ärgsten Schwierigkeiten auf sich zukommen. „Es wird sicher kein Honiglecken, das alles zu erklären", dachte er beklommen. „Vater macht bestimmt Kleinholz aus mir." Seine Augen schweiften betrübt zwischen Eddie und Ben hin und her, als sein Blick eine alte Keksdose auf einem Regal neben dem Fenster streifte. „Hey, Eddie, sind da noch Kekse in der Dose?"

„Weiß nicht, die steht seit ewigen Zeiten hier", murmelte Eddie achselzuckend. „Sind sicher längst verdorben. Sag bloß, du willst hier sitzen und futtern, während da unten der Teufel los ist?"

„Nein, ich will sie doch nicht essen", sagte John, stand auf und ging nachsehen.

„Was willst du dann damit?"

„Wart's ab", sagte John mit einem schiefen Lächeln, da die Dose zu seiner Freude halb voll war. Er setzte sich zum Fenster und öffnete es einen kleinen Spalt. Aufgeregte Stimmen drangen nun noch lauter ins Baumhaus und krochen ihm wie Würmer unter die Haut. Ben und Eddie beobachteten ungläubig, wie John mit einem Keks in der Hand aus dem Fenster starrte. Zu ihrer Überraschung holte er dann auch noch aus und schoss diesen vergammelten alten Keks hinaus.

„Sag mal, hast du noch alle auf der Reihe? Hast du dir mal überlegt, was wir tun, wenn dich jemand sieht?", fauchte Eddie gereizt.

John gab ihm jedoch keine Antwort, sondern nahm erneut einen Keks, holte aus und schoss ihn wieder durch den kleinen Spalt im Fenster.

Babs stand mit ihrer Mutter und July ganz in der Nähe des Baumhauses bei einer Gruppe von Leuten, die sich angeregt über das Verschwinden der drei unterhielten, als ihr etwas auf den Kopf knallte. Verblüfft blickte sie sich um. Bing, schon wieder. Als sie zu Boden sah, entdeckte sie mehrere vergammelte Kekse. Sie blickte zu ihrer Mutter, doch die war in ihrem Leid bereits ertrunken und hatte nichts bemerkt. July versuchte, sie zu trösten, und zeigte auch keinerlei Reaktion. Ganz verstohlen blickte sich Babs nach allen Richtungen um. Plötzlich sah sie, wie ein Keks aus dem Fenster des Baumhauses flog und direkt auf ihren Kopf zusteuerte. „Komisch", dachte sie, da sie genau wusste, dass sich niemand im Baumhaus aufhielt. Während ihrer Suche nach John, Eddie und Ben hatte sie dort schon mehrmals nachgesehen. Jedes Mal in der Hoffnung, die drei würden endlich zurück sein. Das letzte Mal, als sie nachgesehen hatte, war gerade mal fünfzehn Minuten her.

„Wenn die wirklich da oben sind", dachte Babs, „dann können sie was erleben." Rasch machte sie sich so unauffällig wie möglich aus dem Staub, huschte zum Baumhaus, kletterte die Leiter hoch und stieß sie die Tür auf.

„Ha!", rief sie, als sie John, Eddie und Ben am Boden um die alte Kiste sitzen sah. „Da seid ihr ja endlich! Wisst ihr eigentlich, was ich mir für Sorgen um euch gemacht habe?"

„Pssst", zischte John, „Nicht so laut."

„Ich bin fast vergangen vor Sorge", schalt sie Babs mit strengem Blick weiter und schloss die Tür hinter sich.

„Könntest du vielleicht noch etwas lauter brüllen?", blaffte Eddie erregt.

„Gerne", sagte Babs kühl.

„Worüber regst du dich eigentlich auf?", erkundigte sich Ben unwirsch.

„Worüber? Das fragt ihr noch!", rief Babs entrüstet.

„Pssst", zischten John, Eddie und Ben.

„Wie kommt ihr eigentlich hierher?", rief Babs in der Tonlage aufheulender Motoren und setzte sich zu ihnen auf den Boden. „Ihr wart doch eben noch nicht da!"

„Könntest du bitte etwas leiser sein, Babs", sagte John und grinste sie freudig an. Er war überglücklich, dass sein Plan funktioniert hatte und er Babs endlich wiedersah.

Babs, die in den letzten Stunden vor Sorge fast umgekommen war, ärgerte sich maßlos, dass John, Eddie und Ben so taten, als wäre nichts geschehen. Zudem platzte sie vor Neugierde und wollte endlich wissen, was sie erlebt hatten. „Jetzt sagt endlich, wo ihr die ganze Zeit über gesteckt habt", bombardierte sie die drei. „Wieso kommt ihr erst jetzt zurück? Wie seid ihr unbemerkt hierhergekommen? Wo wart ihr? Habt ihr etwas Interessantes entdeckt?" Babs hatte tausend Fragen, die alle fast gleichzeitig aus ihrem Mund sprudelten.

John, Eddie und Ben begannen zu erzählen. Sie überschlugen sich dabei. Jeder wollte Babs die tolle Geschichte über ihre sonderbaren Entdeckungen und Erlebnisse berichten. Sie redeten alle gleichzeitig. Babs schwirrte bereits der Kopf. Als John bei dem glühenden Stein im Verlies angelangte und ihr erzählte, wie der sich langsam öffnete, dachte sie, er wolle sie auf den Arm nehmen. Als sie hörte, wie John das Boot entdeckte, saß sie mit weit offenem Mund da und lauschte der Erzählung von der Höllenfahrt über den See. Als sie dann aber auch noch hörte, wie die drei auf einer blauen Wiese das Päckchen mit dem Brief und der Vril-Kugel gefunden hatten, ärgerte sie sich maßlos, zu Hause geblieben zu sein. Nur zu gerne wäre sie dabei gewesen und hätte alles mit eigenen Augen gesehen.

John zeigte ihr den Brief und die Vril-Kugel. Babs betrachtete staunend die kleine Kugel und las den Brief. Sie rätselten abermals, wieso derjenige, der das Päckchen an dem Baum angebracht hatte, wusste, dass John dort vorbeikommen würde. Dann zeigte ihr John die Folie und erzählte ihr, wie sie mit der Vril-Kugel ins Baumhaus zurückgereist waren.

„Darum konnte ich euch nicht sehen", hauchte Babs überwältigt. „Ihr könnt aber von Glück reden", tadelt sie mit spitzer Stimme, „dass ihr hier gelandet seid. Das hätte auch schlimm ins Auge gehen können."

„Ach, du bist ja nur mürrisch, weil du nicht dabei warst", konterte Eddie und Babs Wangen färbten sich rosa.

Nun, da sie Babs alles berichtet hatten, war sie mit dem Erzählen an der Reihe. Sie berichtete von July und wie Mum und Dad sich beim Frühstück seltsam verhalten hatten. Wie sie sich auf die Suche nach ihnen machte und als sie wieder zurück war, Ben und Eddies Eltern auftauchten.

„Sie hatten unzählige Fragen und haben mich regelrecht verhört", stöhnte Babs mit verdrehten Augen. „Aber das Schlimmste war", sagte sie gequält, „als auch noch Dillien McDean bei uns auftauchte." Sie erzählte ihnen rasch, dass Dillien ein unglaubliches Theater gemacht, von einer nächtlichen Begegnung mit John gefaselt und sich über ein aufgebrochenes Schloss an der Kerkertür beschwert hatte.

„Ach du liebe Güte! Dillien war bei Vater?", stöhnte John.

„Ja, er erzählte Dad, du hättest ihm einen Schlag verpasst, worauf er einige Zeit bewegungsunfähig war. Er machte ein unglaubliches Spektakel daraus und bauschte die Geschichte zu einem Horrorstreifen auf."

„Glaubte ihm Dad?"

„Ich weiß nicht, ich denke nicht. Dilliens Geschichte klang an den Haaren herbeigezogen und reichlich überdreht. Vor allem das mit dem Schlag, der ihn bewegungsunfähig machte, hat Dad nicht ernst genommen. Wobei ich sagen muss, Dads Verhalten war reichlich ungewöhnlich. Die verheimlichen etwas vor uns, das sag ich dir, John. Die wissen weit mehr über die Sache, als wir dachten", sagte Babs und klang dabei ein wenig steif. „Jedenfalls beschloss Dad, zum Timor Castle zu fahren, um sich umzusehen, und ich begleitete ihn. Er sah die aufgebrochene Kerkertür und dachte, Dillien würde die Wahrheit sagen. Ich erklärte ihm, dass diese Tür schon seit Jahren aufgebrochen wäre, und sagte ihm, Dillien hätte sicher etwas nachgeholfen, um den Schaden größer zu machen, damit er euch anschwärzen und seine Geschichte glaubhafter machen konnte. Dad schien nicht überzeugt, beließ es aber dabei."

„Danke, Babs", sagten John, Eddie und Ben erleichtert, da sie wussten, wie schwer Babs lügen konnte.

„Schon gut, schon gut", sagte sie mächtig stolz auf sich selbst und wirkte sehr zufrieden. „Was tut man nicht alles, um drei so verrückten Kerlen, wie ihr es seid, den Hals zu retten. Tja, aber dann ging es erst richtig los", berichtete sie stöhnend weiter. „Als ich mit Dad zurück war, tauchten Eddies und Bens Eltern abermals auf." Sie warf den beiden einen gequälten Blick zu und erzählte, wie sie nochmals in die Mangel genommen wurde und was sich weiter zugetragen hatte. „Und was sich nun da unten tut, davon könnt ihr euch ja selbst überzeugen."

„Wir müssen uns absprechen und alle dasselbe erzählen", meinte Eddie hilflos.

„Na klar, ist 'ne echt tolle Idee. Vielleicht haben wir ja Glück und sie schlachten uns nicht gleich ab, wenn wir alle dasselbe erzählen", murmelte John bissig.

„Ich finde das überhaupt nicht lustig", brummte Ben mürrisch. „Die machen Zahnstocher aus uns. Das sag ich euch! Und das ist das Mindeste, was wir erwarten können." Der Gedanke an seinen Vater und was ihm gleich blühen würde, zerknirschte ihn völlig.

John starrte die Vril-Kugel an, die auf der Holzkiste lag, erstarrte, überlegte kurz und plötzlich huschte ein unglaublich fettes Grinsen über sein Gesicht. „Wir lassen es Nacht werden", sagte er fast berauscht. „Die vergangene Nacht natürlich."

„Machst du Witze, Mann? Wie willst du das anstellen? Wie Paulchen Panther an der Uhr drehen und hoffen, dass es keiner merkt?", sagte Eddie spöttisch und glotze auf seine Armbanduhr, als wollte er sie hypnotisieren.

„Ganz einfach", antwortete John, „wir wünschen uns von der Vril-Kugel, dass es drei Uhr nachts ist."

„Das nenn ich krass", raunte Eddie. „Die Idee ist genial, einfach genial. Alter Schwede, ist das abgefahren!"

„Wir spulen den heutigen Tag zurück und lassen ihn neu beginnen", sagte John mit leuchtenden Augen.

„Wie willst du einen Tag zurückspulen?", fragte Babs entgeistert.

„Die Vril-Kugel macht das schon", sagte John etwas überdreht. „Sie hat uns ja auch hierhergebracht. Weiß der Kuckuck wie. Weshalb sollte sie nicht auch einen Tag zurückdrehen können? Diese Kugel kann vermutlich weit mehr, als wir uns alle vorstellen können. Überlegt doch mal. Niemand außer uns würde es je erfahren. Den heutigen Tag würde es so, wie er jetzt ist, nicht mehr geben. Er würde nochmals völlig neu beginnen, nur mit dem Unterschied, dass wir alle zu Hause in unseren Betten liegen und keine Scherereien hätten."

Babs sah ihn an, als mache sie sich ernsthafte Sorgen um seinen Verstand.

„Klingt echt stark, Mann", raunte Eddie. „Wird vermutlich nicht klappen, klingt aber stark."

„Ihr glaubt tatsächlich, wir können mit dieser Kugel die Zeit um fast einen ganzen Tag zurückdrehen?", fragte Babs bissig. „Ihr spinnt doch! Ist euch eigentlich klar, was für blödes Zeug ihr da labert?"

„Versuchen wir es einfach", drängte Ben nervös. Er wusste, sein Vater würde ihm gleich den Hals umdrehen – und das war bestimmt noch das Harmloseste, was er erwarten konnte. Wenn es eine Möglichkeit gab, aus der Nummer unbeschadet rauszukommen, war ihm jedes Mittel recht.

Babs überlegte. Einen Tag zurückdrehen, was für eine sonderbare Vorstellung. Sie würde nochmals aufstehen und zum Frühstück gehen, doch dieses Mal würde John an ihrer Seite sitzen. Wer konnte schon einen Tag zweimal erleben? Allmählich gefiel ihr dieser Gedanke doch, obwohl sie es für unmöglich hielt.

„Wir machen es wie vorhin", sagte John in einer Stimmung zwischen Euphorie und Unbehagen, wobei sich das Unbehagen immer hartnäckiger in seine Eingeweide fraß. Aber das Ganze war ihre einzige Chance, davonzukommen. Doch was, wenn es nicht klappen würde? „Wir setzten uns am besten in einen Kreis", überlegte er laut und versuchte, dieses penetrante Unbehagen zu ignorieren. „Wir müssen Babs mit zurücknehmen, denn sonst könnte sie sich an nichts mehr erinnern", erklärte er mit einer Selbstverständlichkeit, als wären Zeitreisen etwas ganz Normales. „Wenn wir uns in der Zeit zurückgewünscht haben, wird es das hier und jetzt nicht mehr geben."

„Hoffentlich gibt es uns dann noch", stöhnte Ben mit verdrehten Augen.

„Red doch nicht schon wieder alles schlecht", giftete Eddie patzig.

„Tu ich nicht. Aber du hast doch selbst gesagt, es wird vermutlich nicht klappen", konterte Ben grantig.

„Hab's mir anders überlegt", sagte Eddie hitzig. „Lasst es uns versuchen."

Während sich Babs, Eddie und Ben in einen Kreis um John setzten, kamen John jähe Bedenken. Plötzlich kam ihm dieses Unternehmen noch lächerlicher vor als das zuvor. Babs und Eddie hakten sich gerade in seinen Armen ein, als er draußen eine laute Stimme hörte, die sich bedrohlich näherte.

„Da kommt jemand. Ben, hak dich rasch ein, es geht gleich los", flüsterte er aufgeregt, vergaß seine Bedenken, umklammerte die Vril-Kugel mit beiden Händen und schloss die Augen, um sich besser konzentrieren zu können. Plötzlich hörten sie Schritte auf der Leiter. Babs schluckte nervös. Ein Schaudern lief ihr über den Rücken und es kribbelte, als säße sie in einem Termitenhügel. Ben setzte sich kerzengerade auf, blies sich hektisch sein blondes Haarbüschel aus den Augen und hielt dann aufgeregt die Luft an. Eddie wippte unruhig hin und her und lauschte den Schritten.

„Jetzt sitzt doch endlich mal still", zischte John resolut, während er hörte, wie jemand die Leiter weiter hochstieg. Erneut versuchte er, sich zu konzentrieren, schloss abermals die Augen und umklammerte die Kugel noch fester. „Mach, dass es drei Uhr nachts ist und wir alle hier im Baumhaus sitzen", sagte er eilig mit fester Stimme.

Dann passierten mehrere Dinge gleichzeitig. Die Tür zum Baumhaus wurde aufgestoßen, ein Haarschopf tauchte auf, eine Stimme rief: „Hab ich euch", eine Hand langte nach Johns Bein, die er gerade noch abschütteln konnte, ein gewaltiger grüner Blitz fuhr aus der Vril-Kugel und John wurde von einem ungeheuerlichen Sog erfasst.

Babs erschrak fast zu Tode, als sie den Haarschopf sah und gleichzeitig der mächtige Blitz aus der Kugel fuhr. Dann spürte auch sie diesen gewaltigen Sog. Mit aller Kraft hakte sie sich bei John und Ben ein und sah, wie der Haarschopf vor ihren Augen zu verschwimmen begann. Erneut hatten alle das Gefühl, mit Hochdruck durch einen engen Schlauch gezogen zu werden. Um sie herum dröhnte es wieder wie bei einem starken Hagelgewitter. Allmählich wurde der Sog etwas schwächer. Auch das Dröhnen ließ nach und dann knallten sie schmerzhaft auf ihre Hinterteile. John öffnete die Augen. Sie saßen genau wie zuvor im Kreis am Boden des Baumhauses. Dunkelheit senkte sich wie ein bedrohlicher Schatten über sie und es war ganz still.

„Ich glaube, es hat funktioniert", sagte er mit einem ziemlich unguten Gefühl in der Magengegend. Er blickte auf seine Uhr. Es war Punkt drei. „Kaum zu glauben", dachte er und sprang hastig auf. Vorsichtig lugte er aus dem Fenster. Draußen war alles ruhig. Nur der Mond beleuchtete Eddies Garten. „Ja, es hat tatsächlich geklappt", sagte John nochmals. Dieses Mal allerdings ziemlich erleichtert und jegliche Anspannung fiel von ihm ab.

„Habt ihr den Haarschopf auch gesehen?", fragte Babs mit gekünstelt munterer Stimme.

„Und ob", stöhnte Ben und es machte den Eindruck, als würde er schielen.

„Was soll's", sagte John gut gelaunt, „wer immer es war, er kann sich nun nicht mehr erinnern."

„Das ist wirklich ein dicker Hund", meinte Eddie schwer beeindruckt, wirkte aber leicht angeschlagen. „John, du bist ein echtes Genie!"

„Freu dich nicht zu früh", sagte Ben trocken. „Wer sagt uns, dass es die richtige Nacht ist, in der wir uns befinden."

John schluckte schwer und die Anspannung war ihm nun wieder ins Gesicht geschrieben.

„Was um alles in der Welt meinst du damit?", erkundigte sich Eddie mit einem leichten Anflug von Panik in der Stimme, was gar nicht zu ihm passte.

„Na ja, es könnte doch auch genauso gut die morgige oder die gestrige Nacht sein", bemerkte Ben scharfsinnig.

Alle starrten entgeistert auf Ben. Daran hatten sie nicht gedacht. Keiner von ihnen hatte das in Erwägung gezogen.

„Das meinst du nicht wirklich", sagte Babs mit ihrer *das konnte ja nicht gut gehen*-Stimme.

„Doch! Wir haben einen gewaltigen Fehler begangen", sagte Ben nachdenklich.

„Und der wäre?", fragte Babs nun mit ihrem *ich hab's ja gleich gesagt*-Blick.

„Wir hätten das Datum dazu sagen müssen, um sicherzugehen, dass wir in der richtigen Nacht landen", antwortete Ben mit weiser Miene.

„Und wieso sagst du das erst jetzt, du Hirni?", zischte Eddie und sah Ben wütend an.

„Na, ganz einfach darum, weil es mir auch eben erst eingefallen ist", zischte Ben mürrisch zurück. „Hättest ja selbst auf die Idee kommen können, du Hornochse."

„Und was machen wir jetzt?", erkundigte sich Babs mit steifer Miene. „Wie können wir feststellen, ob es die richtige Nacht ist?"

„Im Moment überhaupt nicht, fürchte ich", antwortete John mit blassem Gesicht. „Eine Nacht ist wie die andere. Es gibt nichts, an dem wir erkennen könnten, in welcher Nacht wir uns befinden. Ben hat recht, wir hätten früher ..."

„Handy! Hat einer von euch sein Handy dabei?", stieß Ben keuchend hervor. „Da könnten wir nachsehen. Und wenn es die falsche Nacht ist, befördern wir uns eben in die richtige."

John und Babs schüttelten ihre Köpfe. „Dad hat uns die Handys am ersten Abend abgeknöpft, weil wir die Koffer, ohne auszupacken, in den Schrank geworfen haben", sagte John niedergeschlagen und sah hoffnungsvoll zu Eddie.

„In meinem Zimmer."

„Hol's", befahl Ben. „Wir müssen es jetzt herausfinden, solange wir noch alle zusammen sind. Wenn John mit der Kugel weg ist, ist es zu spät!"

Als Eddie zurückkehrte, machte er ein so betrübtes Gesicht, dass Bens Knie weich wurden.

„Und?", raunte Babs nichts Gutes ahnend.

„Kein Akku."

„Und warum hast du es nicht an den Strom gesteckt, du Rindvieh?", entrüstete sich Ben. „So blöd kann man doch nicht sein!"

„Konnte das Kabel nicht finden und wollte nicht das ganze Haus wecken", verteidigte sich Eddie grimmig.

„Das gibt's doch nicht, Mann", schnauzte Ben aufgebracht. „Bist du wirklich so blöd oder stellst du dich nur so dumm an?"

„Schluss damit", fuhr John gereizt dazwischen, da er ein ziemlich schlechtes Gewissen hatte. „Ich bin mir sicher, wir befinden uns in der richtigen Nacht. Die Vril-Kugel weiß schon, was sie tut", fügte er gegen seine Überzeugung hinzu.

„Und woher nimmst du diese Sicherheit?", erkundigte sich Babs kratzbürstig.

„Ich weiß es eben", sagte John abwehrend.

„Und wenn nicht?", quengelte Ben, der bereits das Schlimmste befürchtete.

„Dann stecken wir in großen Schwierigkeiten", entgegnete Eddie kühl. „Sollten wir uns in der Vergangenheit befinden, ist es nicht schlimm. Wenn wir jedoch in der Zukunft gelandet sind und unsere Eltern uns schon seit Tagen suchen, ja dann ... gute Nacht!"

„Auch in der Vergangenheit stecken wir in einem riesigen Schlamassel, du Weichbirne", meinte Ben mit sorgenvoller Miene.
„Wieso das denn?", erkundigte sich Eddie verwundert.
„Weil es uns dann zweimal gibt und wir uns vor uns selbst verstecken müssten, um nicht aufzufliegen!"
„Das versteh ich nicht", brummte Eddie verwirrt. „Wie soll es uns denn zweimal geben?"
„Wenn du in dein Zimmer gehst und da liegt schon einer in deinem Bett, der dir verdammt ähnlich sieht, du Hohlkopf", fauchte Ben aufgelöst, „dann weißt du, dass du dich in der Vergangenheit befindest."
„Ich war doch gerade in meinem Zimmer. Da liegt keiner", sagte Eddie verdattert.
„Heilige Scheiße", stieß Ben hervor, „dann können wir nur in der Zukunft gelandet sein!"
„Hör auf damit, Ben!", rief John strikt. „Es wird bestimmt die richtige Nacht sein", beharrte er stur, ohne aber selbst daran zu glauben. „Wir gehen jetzt nach Hause, treffen uns morgen um zehn Uhr wieder hier im Baumhaus und werden darüber lachen. Ihr werdet schon sehen."

***

Zu Hause angelangt, schlichen John und Babs leise zur Hintertür rein und huschten in Johns Zimmer. Keiner hatte sie bemerkt. Alles war ruhig geblieben. Eine bittere Kälte legte sich über John und drang ihm unter die Haut. Er wollte sich erst gar nicht ausmalen, was passieren würde, sollten sie sich in der falschen Nacht befinden. Bereits bei der blassen Vorstellung stieg ihm die Übelkeit den Hals hoch. Der einzige Trost war, dass sie es vermutlich mit der Kugel wieder geradebiegen konnten. Doch ganz so sicher war er sich darüber nicht.
„Das war vielleicht ein Tag", seufzte er Babs zu und ließ sich erschöpft auf sein Bett fallen. Er war hundemüde und wollte seine trüben Gedanken verscheuchen.
Babs wollte noch einmal alles haargenau erfahren und fragte ihm Löcher in den Bauch. Komplett erledigt beantwortete John alle ihrer Fragen, dankbar, nicht an seine Dummheit denken zu müssen. Er erzählte ihr auch betrübt vom Verlust seiner geliebten Sonnenbrille, was Babs sehr leidtat, denn sie wusste, wie sehr er an diesem Teil hing. Als John schließlich bei dem Baum mit dem Päckchen anlangte, fielen ihm die

Augen zu und er schlief erschöpft ein. Babs schlich leise zur Tür hinaus und huschte in ihr Zimmer. Auch ihr machte die Vorstellung, sich in der falschen Nacht zu befinden, schwer zu schaffen. Fluchend legte sie sich ins Bett, fand aber keinen Schlaf.

Am Morgen musste Babs John wecken. Verschlafen rieb er sich die Augen. Als ihm einfiel, was sich letzte Nacht ereignet hatte, war er hellwach. Sein ganzer Körper stand unter Strom und auch die Übelkeit war schlagartig zurück. Er spürte die Katastrophe, die unausweichlich auf sie zusteuerte. Langsam schlich er mit Babs die Treppe runter. Vor der Küchentür lauschten sie, ob dicke Luft herrsche. Sie hörten ihre Mutter, wie sie das Frühstück zubereitete. Mr. Spraud raschelte mit der Morgenzeitung. Alles schien normal. Es herrschte keinerlei erkennbare Aufregung bei ihren Eltern. War das die Ruhe vor dem Sturm? Mit klopfendem Herzen betraten sie die Küche.

„Morgen", murmelte John. Er verging fast vor Angst. Er rechnete jeden Augenblick mit einer Explosion seines Vaters, doch der blickte nicht einmal von seiner Zeitung hoch, als er ihm einen guten Morgen wünschte. Vorsichtig kniff John sich in den Arm. Es schmerzte leicht. Dann schaute er zu Babs, die auch einen ziemlich erleichterten Eindruck machte. „Also doch kein Traum", dachte er zufrieden. Diese Kugel hatte sie tatsächlich in die richtige Nacht befördert. Verwundert, aber zutiefst befreit von allen Befürchtungen, zwinkerte er Babs zu und setzte sich gut gelaunt an den Frühstückstisch. Er hatte plötzlich einen Riesenhunger und hätte am liebsten einen ganzen Bären verspeist. Gierig lud er sich Unmengen von Toast, Würstchen, Speck und Eier auf seinen Teller auf und mampfte los.

Für Babs war es ein ganz eigenartiges Gefühl, den Morgen ein zweites Mal zu erleben. July betrat genauso wie am Tag zuvor die Küche. Sie hatte dieselben Klamotten an und setzte sich wie am Tag zuvor mit blasierter Miene an den Frühstückstisch, nur dieses Mal, ohne sich nach der DVD zu erkundigen. Auch ihre Mum bereitete auf gleiche Weise und demselben Lächeln das Frühstück zu. Selbst Mr. Sprauds Morgenzeitung sah aus wie am Tag zuvor. Es war wirklich fast alles genauso, wie sie es schon einmal erlebt hatte, nur mit dem großen Unterschied, dass John dieses Mal dabei war.

John dachte über die Vril-Kugel nach, während er sich eine weitere Ladung Würstchen auftat. Der Gedanke, woher sie stammen könnte, beunruhigte ihn. Stimmte Professor Flirts merkwürdige Geschichte etwa doch? Konnte das wirklich sein? Konnte es wirklich stimmen, dass er und Babs die Kinder dieses Herrschers waren? Wussten die Sprauds davon und verhielten sich darum manchmal so seltsam? Dann dachte er darüber nach, was diese Kugel alles zustande brachte und kam mit Schaudern zu dem Schluss, dieses Ding konnte unmöglich von dieser Welt stammen. Dieser Gedanke erschien ihm dann aber doch lächerlich. Je länger er darüber nachdachte, desto unheimlicher wurde es ihm. „Wer weiß, was dieses Ding noch alles kann", überlegte er schmatzend und nahm sich noch einen Toast.

Turm des Schreckens

Wie verabredet, trafen sich John, Babs, Eddie und Ben um zehn Uhr in Eddies Baumhaus. Sie waren erleichtert und froh, alles so glimpflich überstanden zu haben.

„Was willst du heute unternehmen, John?", fragte Eddie neugierig mit erwartungsvoll funkelnden Augen.

„Ich möchte noch mal runter."

„Bist du verrückt? Hast du noch immer nicht genug? Also ich gehe da sicher nicht mehr runter", maulte Ben trotzig in die Runde. „Nichts auf der Welt könnte mich dazu bringen, nochmals in das Verlies zu gehen. Was willst du überhaupt dort?"

„Aber warum denn nicht?", fragte Babs verständnislos. Sie konnte es kaum erwarten, alles mit eigenen Augen zu sehen.

„Wir gehen nicht ins Verlies, Ben", sagte John verschmitzt.

„Was meinst du damit?", fragte Ben gequält. Der Schreck vom Vortag saß ihm noch immer tief in den Knochen.

„Wir werden uns mit der Vril-Kugel direkt unter den Baum wünschen und uns dort mal ein bisschen umsehen", entschied John mit leuchtenden Augen.

„Ich will aber mit dem Boot fahren", protestierte Babs energisch.

„Wer sagt uns, dass das Boot noch da ist", brummte John abwehrend.

„John hat recht, Babs", sagte Eddie, da er unbedingt mit der Vril-Kugel reisen wollte. Wem sonst war es möglich, so etwas Abgefahrenes zu erleben. Das wollte er auskosten, solange es ging.

„Wollt ihr allen Ernstes wieder dorthin? Wollt ihr das wirklich?", fragte Ben ungläubig und mit einer gewissen Vorahnung, die Unbehagen in ihm auslöste.

„Sicher wollen wir das", sagte Babs gereizt und auf frostige Art. „Jetzt, wo ihr das alles entdeckt habt, müssen wir die Gegend doch erforschen!"

„So, so ... müssen wir das?", murmelte Ben kaum hörbar.

„Du kannst doch auch hierbleiben, Ben", schlug Babs einlenkend vor.

„Bist du übergeschnappt, Mädchen!", rief Ben barsch. Er hatte sich blitzschnell umentschieden, obwohl er wusste, diese Entscheidung schon sehr bald, sehr zu bereuen. Er fühlte es in jeder Faser seines Körpers und sollte damit natürlich recht behalten. Denn das, was nun auf sie zukam, hätte sich keiner von ihnen je vorstellen können.

„Gut, dann sind wir uns ja einig", resümierte John, „Ben kommt mit und wir wünschen uns direkt unter den Baum." Noch während er sprach, kramte er die Vril-Kugel aus der Hosentasche hervor, die daraufhin sofort grün zu leuchten begann. „Wir machen es wie gestern", fuhr er bestimmend fort und setzte sich auf den Boden.

Babs, Eddie und Ben setzten sich ebenfalls, bildeten wieder einen Kreis und hakten sie sich in den Armen des jeweils anderen ein. Jedem war die Anspannung ins Gesicht geschrieben. Jeder hatte seine ganz eigenen Vorstellungen von dem, was sie gleich erleben würden.

„Achtung, gleich geht's los. Seid ihr so weit?", fragte John freudig erregt. Babs, Eddie und Ben nickten stumm mit ihren Köpfen. „Bring uns zu dem Baum auf der großen blauen Wiese", sagte John ohne weiteres Zögern zu der Vril-Kugel.

Abermals schoss ein gewaltiger grüner Blitz aus der Kugel und John wurde augenblicklich von dem starken Sog erfasst. Der Sog zog und zerrte an ihm, als ob er ihn in mehrere Teile zerlegen wollte. Um ihn herum dröhnte es furchtbar. Es war viel lauter als am Tag zuvor. Johns Ohren schmerzten bereits von dem vielen Lärm. Unaufhörlich wurde er von dem Sog durch den engen Schlauch gezogen. Es fühlte sich an, als würden ihm die Eingeweide aus dem Leib gedrückt. Er bekam kaum noch vernünftig Luft, doch der Sog zog und zerrte ihn immer weiter.

„Was dauert es denn heute so lang? Wieso landen wir denn nicht?", dachte er unruhig, während ihn der Sog weiter und weiter zog. Sein Körper fühlte sich mittlerweile an, als wäre er in eine Presse geraten und das Denken fiel ihm immer schwerer. „Irgendetwas stimmt hier nicht", überlegte er bange. „Das fühlte sich gestern ganz anders an."

Endlich ließ das Dröhnen etwas nach. Auch der Sog wurde allmählich schwächer. Gleich darauf landete er mit dem bereits bekannten harten Plumps auf seinem Hinterteil. „Wurde aber auch Zeit", ging ihm erleichtert durch den Kopf. Er holte tief Luft und öffnete die Augen.

„Oh, nein! Wo zum Teufel sind wir?", entfuhr es ihm erschrocken.

„Ich hab's gewusst, Mann! Ich hab's gleich gewusst", raunzte Ben, noch bevor er seine Augen öffnete. Johns erschrockenes: „Oh nein!", reichte ihm völlig, um das Schlimmste zu befürchten. „Wir hätten zu Hause bleiben sollen. Ich hab's euch gesagt, aber auf mich hört ja keiner!" Nachdem er mit dem Gemaule fertig war, riss er die Augen auf und blickte sich mit finsterer Miene um.

Sie befanden sich in einem kleinen runden Raum. Der Raum war wüst und dreckig. Farbe blätterte von den Wänden, der Fußboden war fleckig und zwei der vier alten Fenster waren zu Spinnennetzen geborsten. Die intakten Fenster waren verdreckt und fahles Dämmerlicht drang hindurch. Das Licht war fast weiß, hatte aber dennoch einen ganz zarten grünen Schimmer, was die Sache noch gruseliger machte.

„Verdammt, wo sind wir?", fragte auch Eddie nicht minder bestürzt. „Was geht hier vor?"

„Keine Ahnung. Dachte mir schon, hier stimmt was nicht", sagte John mit flauem Gefühl im Magen, stand auf, ging zu einem der schmutzigen Fenster und blickte hinaus.

„Ach du liebe Zeit", keuchte er und torkelte erschrocken vom Fenster zurück. Sein Gesicht war weiß wie ein Laken und in seinen Augen stand das pure Entsetzen.

Mit alarmierten Mienen sprangen Babs, Eddie und Ben auf und liefen hastig zu den anderen Fenstern. Mit bangen Gesichtern blickten sie durch die schmutzigen Scheiben nach draußen. Der Anblick, der sich ihnen bot, verschlug ihnen die Sprache. Nur Ben gab ein ersticktes Gurgelgeräusch von sich. Sonst herrschte vollkommene Still.

Sie befanden sich in einem sehr hohen Turm. Weit unter ihnen war ein großer, parkähnlicher Platz, auf dem vereinzelt kleine Bäume und ein paar Sträucher standen. Die Bäume hatten bläuliche zerfranste Blätter, die Sträucher schimmerten türkis und der ganze Platz war grün beleuchtet. Auf dem Platz tummelten sich Kinder in gelb schimmernden Overalls. Diese Kinder jagten etwas hinterher, das wie kleine rotierende Teller aussah und rote und gelbe Lichtpunkte versprühte. Sie hatten alle Stäbe in ihren Händen, an denen leuchtende Vril-Kugeln steckten. Sie versuchten damit, diese Gegenstände aus der Luft zu fangen. Es waren auch Erwachsene anwesend, die sie lautstark anfeuerten und immer mehr von diesen rotierenden Dingern in die Luft warfen, die selbstständig weiterflogen, Pirouetten drehten, über den Köpfen der Kinder lauerten, im richtigen Moment im Nichts verschwanden, um woanders wieder aufzutauchen. Es herrschte ein ausgesprochener Tumult auf dem Platz. Auch die Erwachsenen hatten gelb schimmernde Overalls an. Sie waren alle sehr groß gewachsen, hatten fast alle blondes, schulterlanges Haar und eine sehr blasse, fast weiße Hautfarbe. Manche Männer hatten zudem lange, gekräuselte Kinnbärte, die ihnen zum Teil bis zur Brust reichten und in einem geradlinigen Schnitt endeten.

John, Babs, Eddie und Ben beobachteten mit aufgerissenen Mündern das Geschehen. Es war so faszinierend, dass sie für einen Moment fast vergaßen, wo sie sich eigentlich befanden und in welchen unglaublichen Schwierigkeiten sie steckten.

„Und was jetzt?", erkundigte sich Babs, da sie als Erste wieder Worte fand.

„Na, das ist ja wohl klar! Da gibt es absolut nichts zu diskutieren", sagte Ben ernst. „Wir reisen sofort zurück nach Haus! Oder hat vielleicht einer von euch Spinnern vor, denen da unten einen Besuch abzustatten?"

John schüttelte den Kopf, konnte seinen Blick von dem Platz aber nicht abwenden. Dieser hatte eine geradezu anziehende Wirkung auf ihn, der er sich kaum entziehen konnte.

„Nein, natürlich nicht", sagte er zu Bens Erleichterung, als er sich endlich von dem Anblick losreißen konnte. „Ich wüsste aber nur allzu gerne, wieso wir ausgerechnet hier gelandet sind. Das ist doch seltsam. Meint ihr nicht auch?"

„Ist doch so was von egal, Mann", zischte Ben ungeduldig. „Lasst uns von hier abhauen und die Sache hat sich!"

John überlegte. Er wäre zu gerne hinuntergegangen und hätte sich ein bisschen umgesehen, aber es erschien ihm bei den vielen Leuten viel zu riskant. „Es ist wirklich das Beste, wenn wir ins Baumhaus zurückkehren", meinte er schließlich wehmütig. „Danach können wir immer noch beschließen, was wir weiter unternehmen."

„Ganz meine Meinung! Sehr vernünftig", sagte Ben hastig, damit ihm Eddie die Tour nicht vermasseln konnte.

Rasch setzten sie sich wieder in einen Kreis und machten sich für die Rückreise bereit. John nahm die Vril-Kugel fest zwischen beide Hände, konzentrierte sich und sagte: „Bring uns in Eddies Baumhaus."

Nichts geschah. Er probierte es gleich noch einmal. Wieder geschah nichts. Diese verdammte Kugel leuchtete nicht mal, sondern behielt stur ihre silberne Farbe.

„Was ist los? Wieso funktioniert dieses blöde Ding nicht mehr?", röchelte Ben mit rauer Stimme.

„Vielleicht ist die Batterie alle", grunzte Eddie mit bösartigem Grinsen.

„Batterie ... alle ... pah ... du spinnst ja. Dieses Ding hat doch keine Batterie, du Hornochse", keuchte Ben wutentbrannt. Er hatte schon Bammel genug, da brauchte er nicht noch jemanden, der sich über ihn lustig machte.

Babs beschlich ein mulmiges Gefühl. „Was soll das denn, John?", raunte sie mit verkrampfter Miene. „Wir können doch nicht hierbleiben."

John überkam die seltsame Ahnung, dass wieder einmal alles vorherbestimmt war. Die Landung im Turm, die Vril-Kugel, die plötzlich nicht mehr funktionierte. Das war gewollt. Da war er sich sicher. Sie sollten hier landen. Doch wozu? Nachdem er nochmals erfolglos die Vril-Kugel ausprobiert hatte, ging er wieder zum Fenster und überlegte. Könnte es sein, dass ihn jemand an einen bestimmten Ort locken wollte? Dieser Gedanke beflügelte seine Neugierde, aber auch sein mulmiges Gefühl.

„Wir müssen runter", murmelte er entschlossen und durchbrach damit die Stille in dem kleinen Raum, in dem nun die Atmosphäre einer besonders bedrückenden Beerdigung herrschte.

„Ohne mich! Das könnt ihr vergessen", rief Ben sofort. „Ich gehe da sicher nicht runter. Ich bin doch nicht lebensmüde. Wer weiß, was die mit uns anstellen. Die schlachten uns vielleicht ab wie ein Stück Vieh – oder foltern uns. Außerdem hat dieser verdammte Raum keine Tür. Wollt ihr aus dem Fenster springen?"

Babs Augen huschten durch den Raum. Ben hatte recht. Es gab vier Fenster, aber keine Tür. Das war ihr bisher gar nicht aufgefallen.

„Keine Sorge, Babs, Eddie sitzt darauf", sagte John schmunzelnd, da er ihren bestürzten Blick sah.

„Was?"

„Die Tür", sagte John. „Eddie sitzt mit seinem breiten Hintern darauf."

„Oh", sagte Babs, sah milde überrascht drein und beobachtete Eddie, wie er wie von einer Tarantel gestochen hochfuhr.

„Und wie bekommen wir das seltsame Ding auf?", fragte Eddie mit gefalteter Stirn, nachdem er dieses falltürähnliche Etwas untersucht hatte, aber weder einen Ring noch einen Haken finden konnte.

„Vielleicht kann ja die Vril-Kugel die Tür öffnen", sagte John, da ihm der Gedanke, alles sei vorherbestimmt, nicht mehr losließ. Er nahm die Kugel und war sich sicher, es würde klappen.

„Och, das kannst du dir schenken. Dieses olle Ding funktioniert doch sowieso nicht mehr", brummte Eddie überzeugt.

„Jetzt lass es John doch wenigstens versuchen! Oder willst du etwa für immer hierbleiben?", schnaubte Babs wütend.

„Ist ja gut, Kleines. Ist ja gut", knurrte Eddie unwirsch.

John hielt die Vril-Kugel fest in der Hand, versuchte, sich zu konzentrieren, was aber nicht klappe, da die Kugel hartnäckig ihre silberne Farbe behielt. Dieser Umstand machte ihn ziemlich nervös und er fragte sich, was nun wieder los sei. Er drehte den anderen den Rücken zu, fixierte die Kugel und versuchte erneut, sich zu konzentrieren. Plötzlich begann die Kugel nicht grün zu leuchten, sondern strahlte in einem matten Weiß. Das Weiß wurde immer durchsichtiger und jäh starrte John sein Spiegelbild aus der Kugel entgegen und ein irres Lachen erfüllte den kleinen Raum. Es war ein kaltes, gruseliges Lachen und ließ ihn zu Eis erstarren.

Babs, Eddie und Ben saßen stocksteif da und rührten sich nicht. Keiner von ihnen verzog eine Miene, da sie nicht zugeben wollten, etwas zu hören, das unmöglich sein konnte. Ben gab erstickende Gurgellaute von sich, die jedoch in dem gruseligen Lachen versandete. Er sah dabei aus, als würde er jeden Moment in Ohnmacht fallen. Auch Babs und Eddie sahen drein, als hätte sie das Grauen gepackt, versuchten aber, es zu verbergen. Keiner von ihnen konnte begreifen, was hier vor sich ging. Das Lachen wurde immer frostiger und lauter und wollte nicht verstummen.

John starrte wie benommen auf sein Spiegelbild in der Vril-Kugel. Es war eindeutig sein Gesicht, nur wirkte es um Jahre älter. Das blutleere Gesicht verzog sich zu einer hämisch grinsenden Fratze und funkelte ihn mit kalten Augen an. John musste sich die Hand vor den Mund pressen, um nicht zu schreien. Er wagte kaum, Luft zu holen. Er biss die Zähne zusammen, starrte auf sein Gesicht in der Kugel und dachte: „Was willst du, hau doch ab." Worauf ihn sein Spiegelbild noch gehässiger angrinste.

„Du befindest dich in meiner Hand", hörte John plötzlich eine Stimme in seinem Kopf sagen. Es war jedoch keine der Stimmen, die er bereist kannte, sondern eine hohle Stimme bar jeder menschlichen Güte. Kalt, laut und unmenschlich hallte sie in seinem Kopf wider. *„Deine Stunden sind gezählt"*, ertönte die Stimme erneut mit irrem Widerhall in Johns Kopf. *„Du kannst deinem Tod nicht mehr entfliehen"*, dröhnte sie

so kalt weiter, dass John dachte, sein Kopf würde zu Eis. Das Gesicht in der Kugel, sein Gesicht, grinste dabei höhnisch und begann allmählich zu verblassen. So jäh, wie es aufgetaucht war, verschwand es nun auch wieder. Das Lachen, das den Turm so grauenhaft erfüllte, ebbte ebenfalls ab und plötzlich war es unheimlich still. Stiller als in einem Grab. John hatte jetzt nur noch einen Gedanken im Kopf – nämlich weg hier. Benommen starrte er auf die Kugel, die nun wieder in einem völlig unschuldigen Grün leuchtete.

„Los, setzt euch zu mir und hakt euch ein", sagte John und setzte sich rasch auf den Boden. Babs, Eddie und Ben sahen ihn verdutzt an, setzten sich aber hurtig zu ihm. „Bring uns ins Baumhaus", sagte John atemlos, doch nichts geschah. Die Kugel strahlte weiterhin in einem unschuldigen Grün. „Öffne die Tür", befahl John der Kugel, ohne nachzudenken. Ein Blitz fuhr aus der Kugel und gleich darauf flog die Tür auf.

Babs blieb vor Schreck fast das Herz stehen und Eddie rieb sich seinen schmerzenden Rücken, da ihm die Tür mit voller Wucht draufgeknallt war. „Das ist doch wirklich zum aus der Haut fahren", keifte Eddie wütend und versuchte damit, sein aufkeimendes Unbehagen zu überspielen. „Zurück nach Hause bringt uns diese blöde Kugel nicht, aber die Tür knallt sie mir direkt in den Rücken! Dieses blöde Ding, dieses blöde!"

„Was sitzt du auch so bekloppt davor, du Rindvieh", japste Ben schrill lachend, um seine heranschleichende Hysterie zu unterdrücken.

Keiner von ihnen erwähnte mit einem Sterbenswörtchen dieses schauderhafte Lachen, das noch kurz zuvor durch den Turm gehallt war. Sie taten, als hätten sie nichts gehört. Ben graute so sehr, dass er nicht mal daran denken wollte.

John war nun klar, hier passierte gar nichts zufällig. Ihm war nun auch bewusst, irgendjemand wollte ihn irgendwohin locken. Er vermutete schwer, dieser Jemand führte nichts Gutes im Schilde. Doch warum? Warum wollte ihm jemand an den Kragen? Was hatte er getan, was diesem Unbekannten so gar nicht in den Kram passte? Vorsichtig lugte er durch das Loch im Boden. Eine schmale, ziemlich morsche Wendeltreppe führte steil nach unten.

Er ging nochmals zum Fenster und blickte hinaus. Der Platz war nun vollkommen leer. „Eigenartig, wieso sind jetzt alle weg? Wer auch immer dieser Jemand ist, der hier mit mir spielt", dachte er zerknirscht,

„muss über gewaltige Mächte verfügen. Anders kann das alles gar nicht möglich sein."

Ben kaute panisch an seinen Fingernägeln, fummelte nervös an seinem Haarbüschel rum und glotzte auf das Loch im Boden. „Ich geh da nicht runter. Das könnt ihr euch abschminken. Ich geh da sicher nicht runter", betete er dabei unaufhörlich vor sich hin und wippte mit dem Oberkörper hin und her.

„Wir müssen runter", zischte John ihm drängend zu. „Es ist die einzige Möglichkeit, von hier wegzukommen, Ben." John ging nochmals zu dem Loch im Boden, starrt hinunter und betrachtete die endlos lange Wendeltreppe. Ein feiner blauer Lichtschimmer beleuchtete die Treppe, der nach unten immer heller wurde, von dem John aber nicht erkennen konnte, wo er herkam. Vorsichtig setzte er seinen Fuß auf die erste, ziemlich verrottet wirkende Stufe.

„Pass bloß auf!", rief Babs besorgt, da die Treppe dabei so bedrohlich knackste und knarrte, als würde sie jeden Moment zusammenkrachen.

„Wir können dieses Ding auf keinen Fall gemeinsam benutzen", sagte John und zog sein Bein zurück. „Die hält uns nie im Leben alle auf einmal aus."

Nachdem sie unter großem Gezänke die Reihenfolge des Abstieges geklärt hatten, Ben wollte weder als Erster noch als Letzter gehen, stieg John vorsichtig eine Stufe nach der anderen die Wendeltreppe hinab, die sich wie ein Korkenzieher in die Tiefe schraubte. Die Beleuchtung war äußerst spärlich. Nur dieser feine blaue Lichtschimmer erhellte die Treppe etwas und ließ seinen Schatten gespenstisch über die alten Holzbretter huschen. Die Quelle des Lichts konnte John noch immer nicht ausmachen. Als er bereits ein gutes Stück zurückgelegt hatte, gab es einen lauten Knacks, das Holz unter seinem Fuß splitterte und er brach ein. Sein linker Fuß steckte bis zum Knöchel zwischen den geborstenen Holzbrettern fest. Er wollte ihn herausziehen, doch es gelang ihm nicht. Sein Fuß steckte viel zu tief im Holz und war zudem in den zersplitterten Brettern völlig verkeilt. „So ein Mist", fluchte er verärgert und zerrte mit beiden Händen am Bein. Die Treppe knarrte daraufhin noch bedrohlicher und begann, beunruhigend zu schwanken. Mit zusammengebissenen Zähnen und einem gewaltigen Ruck versuchte er es noch einmal – und dieses Mal gelang es ihm. „Autsch! Verflucht", stöhnte er und betrachtete mit schmerzverzerrtem Gesicht seinen Fuß. Sein Knöchel war böse angeschwollen und blutete leicht.

Babs, Ben und Eddie standen an der Falltür und starrten gebannt nach unten. Sie beobachteten ihn mit besorgten Gesichtern.

„Kannst du mit dem Fuß laufen, John?", rief Babs die Treppe runter und machte eine Miene, als hätte man sie gezwungen, einen verfaulten Apfel zu essen.

„Muss ich wohl, wenn ich nicht hierbleiben möchte", antwortete John mit gequältem Gesichtsausdruck. Langsam und unter starken Schmerzen hangelte er sich von Stufe zu Stufe nach unten. Es kam ihm wie eine Ewigkeit vor, doch dann hatte er endlich das Ende der Wendeltreppe erreicht.

„Ich bin jetzt unten", rief er, so laut er konnte. „Du kannst kommen, Babs, aber sei bloß vorsichtig!"

Schwerfüßig und mit angestrengter Miene machte sich Babs auf den Weg nach unten. Mit einem mächtigen Schritt stieg sie schwungvoll über die kaputte Stufe hinweg, hätte dabei beinahe das Gleichgewicht verloren und wäre fast kopfüber nach unten gefallen. Sie biss sich auf die Unterlippe und marschierte tapfer weiter. Es erschien auch ihr endlos, bis sie unten ankam. Erleichtert atmete sie auf und betrachtete Johns Knöchel. „Das sieht aber böse aus", meinte sie mitfühlend.

„Ist nicht so schlimm", log John abwehrend.

Als Nächster kam Ben, schließlich war auch Eddie unten angelangt. Sie standen in einem runden, düsteren Raum. Eine große Fackel hing an einer Mauer, von der das spärliche Licht kam. Doch jäh flammte die Fackel mit einer riesigen Flamme auf. Diese loderte nun in einem satten Blau und wirkte gruselerregend. John, Babs, Eddie und Ben drückten sich an der Fackel vorbei, hatten Panik, von der Flamme verschlungen zu werden, und stahlen sich Richtung Tür davon. Es war eine mächtige Tür mit einem riesigen Schloss. John ging auf sie zu, um sie zu öffnen, doch sie ließ sich nicht öffnen. Mit aufkeimendem Unbehagen rüttelte er an der großen Türschnalle, doch die Tür blieb versperrt. Ein Schlüssel steckte im Schloss. John versuchte, ihn herumzudrehen, aber er ließ sich nicht bewegen. Unschlüssig blickte er zu den anderen. Plötzlich knackte das Schloss und der große Schlüssel begann sich selbst laut quietschend zu drehen. John stockte der Atem und seine Beine wurden schwer. Stand da etwa jemand auf der anderen Seite vor der Tür? Wenn ja, wie konnte er den Schlüssel von außen drehen?

Ben rückte näher an Babs heran und sah mit bangem Gesicht und fiebrigem Blick auf den Schlüssel. Eddie stellte sich dicht hinter John und ballte die Fäuste. Alle starrten wie betäubt auf die Tür und hielten den Atem an. Der Schlüssel drehte sich quietschend immer weiter und jäh glitt die Tür mit durchdringendem Knarren einen winzigen Spalt auf. Danach herrschte unerträgliche Stille. Die Fackel loderte im Luftstrom der offenen Tür und ein blauer Funkenregen ergoss sich über sie. Die angespannte Stimmung verwandelte sich mehr und mehr in helle Panik. John wich einen Schritt zurück und prallte mit dem Rücken gegen Eddie. Der stieß einen spitzen Schrei aus, worauf Ben blind vor Angst zur Treppe flüchten wollte, dabei aber Babs anrempelte, die dadurch wiederum auf Eddie fiel, der sein Gleichgewicht verlor und John gegen die Tür katapultierte, die mit lautem Krach zuknallte. Alle erschraken zu Tode und starrten lahm vor Schreck auf die Tür, doch sie blieb zu.

John nahm den kläglichen Rest seines Mutes zusammen, legte seine Hand noch einmal auf die schimmernd kühle Türschnalle, drückte dagegen und zog die Tür einen Spalt auf. Mit pochendem Herzen steckte er seinen Kopf durch den Spalt und lugte hinaus. Es war weit und breit keine Menschenseele zu sehen. Direkt vor ihm befand sich nun der Platz, auf dem zuvor die Kinder gespielt hatten. „Verflucht, was geht hier vor?", jagte es ihm durch den Kopf.

„Müssen wir da wirklich raus?", murmelte Ben.

„Ja", antwortete Eddie knapp.

„Ich will da aber nicht raus", brummte Ben störrisch.

„Willst du den Rest deines Lebens, das dann nur noch sehr kurz sein wird, in diesem Turm verbringen?", zischte John und schlich zur Tür raus.

„Mein Leben da draußen dauert keine Sekunde länger als hier drinnen, das sag ich dir", maulte Ben und verzog sein Gesicht, das einem zerknitterten Stück Stoff glich. Unwirsch huschte er mit eingezogenem Kopf hinter John her.

Der Platz war noch immer in grünes Licht getaucht, es war aber ziemlich düsterer, da das weiße Licht von vorhin fehlte. Alles wirkte dunkel und bedrückend. Die Bäume warfen lange Schatten auf den Boden und die Sträucher wirkten wie bedrohliche Monster. Leise schlichen sie die Turmmauer lang und gingen hinter einem großen Busch in Deckung. Sie verharrten einige Zeit im Schatten des Busches und warteten.

„Wo sind bloß die vielen Leute hin?", dachte John abermals. Ein Frösteln, als stünde er in einem Eisregen, kroch ihm über den Rücken.

Irgendwer musste doch die Tür geöffnet haben. Wo konnte dieser Jemand stecken und was wollte er von ihm?

Da sie nicht wussten, wohin sie sollten, schlichen sie zügig über den großen Platz und gingen auf der gegenüberliegenden Seite sofort wieder hinter einem Busch in Deckung und sahen sich um. Auf dieser Seite des Platzes führten sehr breite und extrem hohe Tunnelröhren in verschiedene Richtungen. Diese Röhren waren so hoch, dass man deren Decke nicht erkennen konnten. John fragte sich, ob es tatsächlich Tunnelröhren waren und wenn ja, wie tief sie eigentlich unter der Erde sein mussten, damit diese Röhren so unendlich hoch sein konnten. Mit beklemmendem Gefühl starrte er nach oben in die unendliche Schwärze und überlegte, wo zum Teufel sie sein könnten, wenn sie sich nicht unter der Erde befanden.

Sie kauerten hinter einem türkisfarbenen Busch eng beisammen und diskutierten hitzig, wie sie hier wegkommen könnten, als sie von einem weit entfernten leisen Summen unterbrochen wurden. Starr vor Schreck drückten sie sich noch weiter in den Busch rein und blickten sich hektisch um. Das Summen wurde mit jeder Sekunde lauter. Es hörte sich an, als wäre ein aufgebrachter Hornissenschwarm hinter ihnen her. Auf einmal tauchte etwas den Platz in flammendes Licht. Es kam aus einer dieser Tunnelröhren. Sie warteten, am ganzen Leib zitternd, und wagten nicht, sich zu bewegen. John blickte mit zusammengekniffen Augen wie hypnotisiert nach oben, wehmütig an seine heiß geliebte Sonnenbrille denkend. Kurz darauf schälte sich etwas Sonderbares aus dem lodernden Licht. Es war riesig und schwebte in der Luft.

„Seht euch das an", flüsterte Eddie mit weit aufgerissenen Augen. „Ich glaub, ich spinn."

John rieb sich die Augen, starrte ungläubig nach oben und fixierte das Ding, das sich immer mehr aus dem lodernden Licht schälte, wie eine riesige Frisbeescheibe in der Luft schwebte und langsam vorwärts flog. Rote und gelbe Funken zischten davon weg, die wie blitzende Kugeln aussahen und bedrohlich über den Platz schwirrten.

„Was zum Henker ... dieses Ungeheuer steuert ja direkt auf uns zu", gurgelte Ben mit ungläubigem Blick nach oben. Er schien grün angelaufen, doch genau konnte man es bei dieser Beleuchtung nicht ausmachen.

Babs beobachtete das noch immer näher kommende Ding und schluckte schwer. Jetzt, da es bereits ziemlich nah war, sah es aus wie zwei zusammengeklebte Suppenteller mit einer Glasschüssel oben drauf. Das Ding war riesengroß. Es hatte bestimmt einen Durchmesser von zehn Metern. Der untere Suppenteller drehte sich in die entgegengesetzte Richtung des oberen. Aus dem kaum sichtbaren Zwischenraum schossen die winzigen roten und gelben Kugelblitze hervor. Die Glaskuppel war gewaltig. Aus ihr strahlte ein bläulicher Lichtschein nach unten.

„Könnte mich mal wer kneifen. Das Ding sieht doch wie ein Ufo aus! Oder spinn ich komplett?", rief Eddie mit gedämpfter Stimme. Sein Mund klappte vor Staunen immer weiter nach unten und seine Augen quollen leicht hervor.

„Du siehst völlig richtig, Eddie", belehrte ihn Babs kühl und starrte weiter kritisch auf das Ding. „So was kann man sich nicht einbilden", fügte sie mit tiefer Überzeugung in der Stimme hinzu.

Das Ding bewegte sich immer weiter auf sie zu. Als es sich dicht über ihren Köpfen befand, hielt es inne. Es schwebte lautlos in einer Höhe von ungefähr vier Metern über ihnen und warf einen mächtigen Schatten auf sie, der sie zu erdrücken schien. Nach ein paar Augenblicken, die ihnen wie eine Ewigkeit vorkamen, begann das Ding wieder zu summen. Gleich darauf raste ein gleißend heller Lichtstrahl über den Platz und ein scharfes Sirren erfüllte die Luft. Es war wie das Sirren des rasenden Todes, der mit seinem Lichtstrahl alles bedrohte. Jäh drehte sich das Ding einmal um die eigene Achse und sauste in einem steilen Winkel und einem Höllentempo nach oben davon. Dabei konnten John, Babs, Eddie und Ben ganz deutlich erkennen, wie unvorstellbar hoch diese Höhle sein musste. Es schien, als würde es keine Decke geben.

„Wow, krass", raunte Eddie baff, als das Ding verschwunden war. „Das war sicher ein echtes Ufo! Habt ihr bemerkt, wie es uns beobachtet hat?"

John nickte stumm mit dem Kopf, in dem alles durcheinanderwirbelte, als hätte ihn jemand kräftig geschüttelt. Er zog die Augenbrauen so weit hoch, dass sie unter seinen Haaren zu verschwinden drohten. „Hier kann es doch unmöglich Ufos geben", dachte er mit verschwommenen Blick nach oben. „Aber wenn es keines war, was zu Hölle war das dann?" Dann raunte er tonlos, den Blick immer noch nach oben gerichtet: „Etwas Unbegreifliches geht hier vor. Wir sollten machen, dass wir hier wegkommen."

„Willst du damit andeuten, in dem Ding ... saß jemand?", röchelte

Ben und seine Fantasie ging sofort wieder mit ihm durch. Er sah sich bereits in einer schaurigen Folterkammer von grün leuchtenden Wesen umzingelt. Panik überrollte ihn bei dieser Vorstellung wie eine eiskalte Welle.

„Es ist sicher nicht von alleine hier herumgeflogen?", schnaubte Eddie spöttisch, jedoch mit einem höchst unbehaglichen Ausdruck im Gesicht.

„Ich glaube nicht, dass wir gesehen wurden", sagte Babs überzeugt, es hörte sich aber mehr nach Hoffnung als nach Überzeugung an.

„Wir müssen hier weg", drängte John erneut ungeduldig.

„Und wohin?", erkundigte sich Babs entnervt. Ihre Stimme klang nun ziemlich schrill und in ihrem Gesicht spiegelte sich das Entsetzen. Auch wenn sie nicht darüber sprach, so steckten ihr die letzten unerklärlichen Ereignisse schwer in den Knochen. Das hämische Gelächter im Turm, die sich selbst öffnende Tür, das Ding über ihren Köpfen …

„Einfach weg von hier!", schrie John in die Stille hinein, die sich nun wie ein samtenes Tuch über sie legte. „Wir müssen uns verborgen halten, bis die Vril-Kugel wieder funktioniert", flunkerte er wider besseres Wissen und warf Babs einen beschwörenden Blick zu. Er wollte das Gesicht in der Kugel und die kalte Stimme in seinem Kopf nicht erwähnen, sie aber zum raschen Verschwinden anhalten. Babs schien verblüfft, nickte aber.

„Und wenn die blöde Kugel nie wieder funktioniert? Was dann?", entfuhr es Eddie.

„Sei still, Eddie", fauchte John, der sich sicher war, die Kugel würde sie nicht mehr nach Hause bringen, aber das musste ja nicht ausgerechnet jetzt diskutiert werden. Zielstrebig humpelte John auf eine nahe Tunnelröhre zu. Diese Tunnelröhre war extrem breit. Links und rechts an den Rändern wuchsen kleine Bäume. Es sah aus wie in einer Allee. Die Decke konnte John trotz des weißen Lichtschimmers, der die Röhre beleuchtete, nicht erkennen. Auch woher der Lichtschimmer kam, konnte John nicht sehen. Es war kein sehr helles Licht, aber hell genug, um gut zu sehen. „Na kommt schon!", rief er ungeduldig, da Babs, Eddie und Ben noch immer wie angewurzelt bei dem Busch standen. Dann humpelte er, ohne zu warten, weiter. Sein Fuß tat jetzt nicht mehr ganz so weh, richtig laufen konnte er dennoch nicht.

Babs, Eddie und Ben erwachten aus ihrer Starre und stürmten John hinterher. Sie schlichen ein gutes Stück, aufmerksam in alle Richtungen blickend, diese breite Tunnelröhre entlang. Immer von Baum zu Baum, um eine Deckung zu haben.

„Wo willst du eigentlich hin, John?", erkundigte sich Babs nach einer Weile und hielt John an der Schulter fest. „Du denkst doch nicht ernsthaft, wir würden hier einen Weg nach Hause finden."

„Irgendwo müssen wir ja hin", fauchte John und humpelte weiter.

Sie gingen noch ein gutes Stück die Tunnelröhre lang. Immer von Baum zu Baum. Nach einer scharfen Rechtskurve endeten plötzlich die Bäume und der Tunnel weitete sich noch mehr. Anstatt der Bäume standen nun in einiger Entfernung vereinzelt Häuser, die in der Ferne immer mehr wurden. Diese Häuser waren alle halbkugelförmig und sehr hoch. Sie sahen aus wie überdimensionale Iglus, waren jedoch aus Stein. Bei einigen ragten Türmchen und Masten aus großen Kuppeln hervor. Alle Iglus waren in ein diffuses, grünliches Dämmerlicht getaucht.

„Meine Fresse, eine Stadt. Hoffentlich ist niemand zu Hause", flüsterte Eddie aufgeregt und wirkte etwas durch den Wind.

„Wie soll in einer Stadt niemand zu Hause sein", sagte Ben barsch. „Lasst uns abhauen", drängte er dann.

John hörte nicht auf Ben, sondern humpelte bis zum letzten Baum, kauerte sich auf den Boden und beobachtete die Stadt. Sie wirkte absolut menschenleer. Nirgends konnte er auch nur ein einziges lebendiges Wesen entdecken. Fasziniert sah er sich alles an, bewusst, dass es genauso aussah wie auf dem Bild, das ihm der Mann beim Timor Castle in den Kopf gepflanzt hatte.

Babs, Eddie und auch Ben folgten John und kauerten sich zu ihm unter den Baum. Mit gemischten Gefühlen beobachteten auch sie die Stadt. Plötzlich hörten sie wieder dieses Summen. Gehetzt blickten sie nach oben, konnten aber nichts sehen. Dann, einige Sekunden später, strömte jäh und grell Licht von oben auf sie herab und kleine rote und gelbe Kugelblitze zischten gespenstisch umher.

„Seht doch, das Ufo, es kommt zurück!", rief Eddie aufgeregt.

Rasch drückten sie sich flach auf den Boden, um möglichst nicht gesehen zu werden. Dieses Ding steuerte jedoch geradewegs auf sie zu. John spürte das jähe Kribbeln einer bösen Vorahnung.

„Die haben uns entdeckt. Wir sind erledigt. Das war's dann wohl mit uns. Jetzt ist es aus und vorbei", flüsterte Ben mit fahlem Gesicht. Er sah plötzlich alles nur noch verschwommen wie durch einen Hitzeschleier hindurch. Sein Nervenkostüm spielte nicht mehr mit. Babs versuchte, nicht auf Ben zu hören, und beobachtete das Ding mit ungläubiger Miene. Sie fühlte sich wie gelähmt und Bens Kommentare waren nicht gerade die beruhigendsten, die sie jemals gehört hatte.

Das riesige Ding schwebte regungslos in einigen Metern Entfernung knapp über dem Boden. Auf einmal verdunkelte sich das bläuliche Licht in der Kuppel etwas. Auch die Kugelblitze und das Summen erstarben. Starr vor Schreck lagen John, Babs, Eddie und Ben da und warteten. Die Ungewissheit, was gleich passieren würde, drücke auf sie und legte sich wie eine schwere Grabplatte über sie. Dann hörten sie ein merkwürdiges Zischen. Ganz leise. Als würde Luft entweichen. Danach wurde es unerträglich still. In der Glaskuppel öffnete sich eine zuvor unsichtbare, große Luke und eine Treppe erschien flirrend aus dem Nichts.

„Jetzt sind wir im Arsch!", flüsterte Ben panisch und starrte mit ausdrucksleerem Gesicht auf die Treppe. „Wir werden nie wieder nach Hause kommen. Das sag ich euch!"

Babs Körper versteifte sich, als hätte sie Wäschestärke verschluckt. Ängstlich griff sie nach Johns Arm, der neben ihr lag und ebenfalls versuchte, nicht auf Bens Gebrabbel zu hören.

In der offenen Luke erschien ein sehr großer, schlanker Mann mit braunem glattem Haar und gelb schimmerndem Overall. Sein Gesicht war voller Häme und seine Augen glitzerten tückisch. Stumm wie ein Schatten glitt er durch die türähnliche Luke und kam langsam die flirrende Treppe herunter.

„Das ist der Mann, den ich beim Timor Castle hinter dem Busch getroffen habe", raunte John verblüfft. „Von dem haben wir die Übersetzungshilfe!"

„Du hättest ihn fragen müssen, woher er die Übersetzungshilfe hat", flüsterte Babs vorwurfsvoll, als hätten sie keine anderen Sorgen.

Dann, völlig unerwartet, drang eine Stimme, die aus Johns Hosentasche zu kommen schien, an ihre Ohren. John spürte, wie ihm das Blut aus dem Gesicht strömte, und langte argwöhnisch in seinen Hosensack. Dort befand sich nur die Vril-Kugel.

„John Spraud, kommen Sie her", schallte es aus der Kugel.

John schluckte schwer und hätte die Vril-Kugel fast fallen lassen, als sein Name aus ihr tönte. Die Stimme hörte sich leicht verzerrt an, kam John aber irgendwie bekannt vor. Hektisch sog er die Luft durch seinen leicht geöffneten Mund, rührte sich aber nicht von der Stelle. Auch Eddie und Ben hatten bemerkt, dass die Stimme aus Johns Vril-Kugel kam. Sie hatten aber kaum genügend Zeit, sich verwunderte Blicke zuzuwerfen, denn die Stimme ertönte abermals. Nun jedoch etwas drängender.

„John Spraud, kommen Sie her!", schallte es wieder aus Johns Kugel.

Plötzlich wusste John, woher er die Stimme kannte. Es war die Stimme, die ihm gesagt hatte, er solle ins Verlies gehen, die Wahrheit würde ihm offenbart. Der Mann, der ihm die Übersetzungshilfe gab, hatte ihn also auch ins Verlies gedrängt. Doch wozu? Was wollte dieser Mann und warum hörte sich seine Stimme in der Bibliothek und im Turm völlig anders an?

„Woher weiß der, dass du hier bist?", flüsterte Eddie verblüfft und riss John aus seinen Gedanken.

„Erklär ich dir später", antwortete John knapp. Er war sich nun sicher – dieser Mann hatte sie mit der Vril-Kugel in den Turm gebracht. Ihm hatten sie es also zu verdanken, dass sie hier waren.

„Dieser Typ ist doch kein normaler Mensch", keuchte Ben nach Luft schnappend. „Wer ist das bloß?"

„Einer dieser Nachfahren", sagte Eddie mit weiser Miene. „Ist doch logisch."

„Red keinen Stuss", fauchte Babs. „Das ist lächerlich."

„Könnt ihr endlich eure Klappe halten", zischte John, erhob sich und blickte misstrauisch zu dem Mann, der noch immer am Fuße der Treppe dieser fliegenden Schüssel stand.

„Sind Sie John Spraud?", dröhnte es abermals aus Johns Kugel.

John nickt und dachte: „Warum fragt der so blöd. Der kennt mich doch."

Der Mann steuerte direkt auf John zu. Sein gelb schimmernder Overall erhellte sein Gesicht, auf dem ein kaltes und zufriedenes Lächeln stand. John fiel auf, dass sein Lächeln sich nicht auf seine Augen erstreckte, deren Blick kühl und scharf blieb. Johns Knie wurden weich wie Pudding. Was hatte der Mann vor? Seine Stimme klang zumindest aus der Kugel weder besonders freundlich noch einladend. Abermals fielen John Professor Flirts Worte ein. „... um diejenigen, die nicht zurückgekehrt sind, ranken sich seither noch mehr Gerüchte und Legenden. Man sagt, dieses Reich hätte sie einfach verschlungen ..." John wurde ganz mulmig bei diesem Gedanken. Unsicher warf er einen Blick zu Babs, Eddie und Ben, die dicht hinter ihm standen. Sie wirkten verängstigt, was John als nicht sonderlich aufbauend empfand.

„Lasst uns abhauen", flüsterte Eddie, der Abenteuer liebte, aber das hier war selbst für ihn eine Nummer zu groß.

„Das hat keinen Sinn", zischte John ihm über die Schulter zu. „Mit meinem verletzten Fuß würde ich nicht weit kommen."

Der Mann stand nun direkt vor John. Keine zwei Schritte trennte sie, was John nervös machte.

„Ich bin hier, um Sie zu holen, John Spraud. Denken Sie nicht mal daran, abzuhauen. Sie können mir nicht entkommen. Diese Stadt ist seit Langem unbewohnt. Die Menschen, die Sie sahen, waren eine Vril-Illusion. Keiner wird Ihnen helfen. Also machen Sie die Sache nicht unnötig kompliziert", sagte der Mann und betrachtete John auf ganz seltsame Art. Er starrte ihn an und ein erstaunter, beinahe ungläubiger Ausdruck trat in seine Augen.

John hatte diesen Blick schon einmal gesehen. Damals, hinter dem Busch, da hatte dieser Mann für einen kurzen Augenblick einen ebenso erstaunten, ungläubigen, ja fast erschrockenen Ausdruck in den Augen gehabt.

„Los, kommen Sie mit", sagte der Fremde nun in rüdem Ton, da John sich nicht von der Stelle rührte. Seine Augen funkelten John erneut tückisch an. „Ihre Schwester auch", sagte er dann so plötzlich, als ob es ihm eben erst eingefallen wäre. Seine Stimme kam nun nicht mehr aus Johns Vril-Kugel, sondern direkt von ihm, wurde dadurch aber keinen Deut freundlicher. „Sie beide werden bereits erwartet. Kommen Sie jetzt. Beeilen Sie sich", fügte er noch ziemlich frostig hinzu.

„Erwartet? Babs und ich? Von wem?", platzte es aus John heraus.

„Das werden Sie erfahren, wenn es so weit ist", sagte der Mann mit bösartig schimmernden Augen und geringschätziger Stimme. „Kommen Sie schon, Spraud", sprach er abermals und nun klang es nach einem Befehl. Der Mann starrte verschlagen in Johns Augen, die dabei noch heimtückischer glühten als zuvor. John schluckte nervös.

Plötzlich trat Babs einen Schritt vor und stellte sich mit erhobenem Haupt und verschränkten Armen neben John. Ihre Miene war unergründlich, hatte aber einen sturen Zug. „Kommt überhaupt nicht infrage. Das können Sie vergessen", sagte sie in bemüht lässigem Ton, während es sie am ganzen Leib schüttelte. „Wenn Sie John und mich mitnehmen wollen, müssen Sie uns alle mitnehmen!"

„Bist du verrückt!", entfuhr es Ben kaum hörbar.

„Möchtest du lieber mit Eddie hier verrotten", zischte Babs Ben mit spitzer Stimme zu. „Wir müssen zusammenbleiben, kapiert."

John blickte überrascht zu Babs. So viel Mut hätte er ihr nicht zugetraut, doch irgendwie fühlte er sich jetzt besser.

Ben und Eddie standen stumm einen Schritt hinter John und Babs und beobachteten den Mann misstrauisch. Er schien nachzudenken, was bei ihm wie Schwerstarbeit aussah. Eddie war aufgeregt und nervös, Ben fühlte sich hundeelend. Mit Eddie zurückzubleiben, war für Ben keine Option. Mitkommen aber auch nicht.

Endlich schien sich der Mann entschieden zu haben. Er wies sie mit einer Handbewegung an, ihm zu diesem Ufo ähnlichen Etwas zu folgen. Um seinen Mund spielte ein gehässiges Grinsen.

„Was? Wir sollen in dieses Ding da … einsteigen?", rief Ben entsetzt.

Der Mann nickte. In seinem Blick lag etwas, das John gar nicht mochte. Seine Augen funkelten Ben hinterhältig an.

„Dieses Ding, wie du es nennst", sagte der Mann mit einem Anflug von Hochmut in der Stimme, „ist ein Aircutter. Er ist ähnlich euren Transportmitteln, nur viel besser, verpestet nicht die Luft und kann zudem sehr schnell fliegen. Wir benutzen diese Aircutter in unserem gesamten Reich, aber auch für Flüge in eure seltsame Welt."

Verblüfft blickte John zwischen dem Mann und dem Aircutter hin und her. „Wollen Sie damit sagen, jedes Mal, wenn bei uns ein Ufo gesichtet wird, ist es einer ihrer Aircutter?", fragte er ungläubig.

„Meistens ja. Dank eurer Dummheit jedoch kein Problem für uns", antwortete der Mann, der bei näherem Hinsehen äußerst angespannt wirkte. Er wies sie abermals mit einer Handbewegung an, einzusteigen, und blickte John Unheil verkündend an. „Machen Sie schon, steigen Sie endlich ein. Wird's bald!", sagte er mit barscher, ungeduldiger Stimme, die auch etwas Drohendes hatte. Aus seinen Augen funkelte unverhohlene Kaltblütigkeit. Ungeduldig deutete er mit dem Kopf zum Aircutter.

John, Babs, Eddie und Ben starrten sich mit bleichen Gesichtern an. John nahm Babs an der Hand und ging langsam humpelnd auf den Aircutter zu. Ben und Eddie folgten dicht dahinter. Ben war so von Entsetzen erfüllt, dass er glatt zu widersprechen vergaß. Nacheinander stiegen sie die flirrende Treppe hoch, die wie wabbelndes Wasser aussah, aber doch fest war, und betraten diese fliegende Schüssel.

In der großen runden Kuppel sah es fast so wie in einem Hubschrauber aus, nur dass eben alles rund, um einiges monströser und manches seltsam anmutend war. Es gab zwei sehr große bequeme Cockpitsessel, die überdimensionalen Massagefauteuils glichen und an ihren wuchtigen Armlehnen mit einer Menge Tasten ausgestattet waren. Zudem gab es ein mächtiges Steuerpult mit einer Vielzahl von Hebeln, Knöpfen und Schalter, die alle mit Hieroglyphen gekennzeichnet waren. Rasiermesserdünne Touchscreens, rauschende Lautsprecher, Monitore mit abgebildeten Höhlensystemen und weitere bizarr wirkende Instrumente und Gerätschaften, die keiner von ihnen deuten konnte, zierten ebenfalls das Steuerpult. Hinter den großen Cockpitsesseln befand sich eine halbmondförmige Bank, einer Lounge ähnlich, auf der bequem zehn Leute sitzen konnten. Die vier setzten sich auf diese Bank und betrachteten staunend das sonderbare Gefährt. Die Kuppel war mit bläulichem Licht erfüllt, das nun wieder intensiver strahlte, aber nicht in den Augen blendete. Man hatte einen fantastischen Ausblick nach draußen, auch wenn in ihrem Fall gerade nichts Spannendes zu sehen war.

„Warum bist du bloß eingestiegen?", fauchte Ben vorwurfsvoll, da er zu seiner Erleichterung seine Sprache wiedergefunden hatte. „Wer weiß, wo uns dieser Irre hinbringt."

„Ich hatte doch keine Wahl", verteidigte sich John beleidigt.

„Wer um alles in der Welt könnte euch hier erwarten?", murmelte Eddie.

„Natürlich der Herrscher dieses Reiches, unser Vater", sagte Babs mit weisem Blick und vor Aufregung rosa angehauchten Wangen. Ihre Augen bekamen dabei ein seltsames Funkeln und ihr Gesichtsausdruck verklärte sich auf eigenartige Weise.

„Ich dachte, du glaubst nicht an den Quatsch?", sagte Eddie überrascht, wirkte aber begeistert.

„Der Typ hat mit uns etwas ganz anderes vor", sagte John überzeugt. Er konnte sich nicht vorstellen, wer sie erwarten sollte, doch dieser Herrscher, ihr Vater, war es gewiss nicht.

„Und woher willst du das nun wieder wissen?", pflaumte ihn Babs an, doch John kam nicht mehr dazu, ihr eine Antwort zu geben. Der Fremde setzte sich in den rechten Cockpitsessel, tippte auf ein rotes, kugelförmiges Ding am Steuerpult, worauf die Treppe wie von Geisterhand verschwand und sich die lukenähnliche Tür, die sich völlig unsichtbar in der gläsernen Kuppel verbarg, wie ein herabfallendes Beil lautlos schloss.

„Jetzt gibt es kein Entkommen mehr", dachte John und tauschte nervöse Blicke mit den anderen aus.

Der Mann drehte sich jäh mitsamt dem Sessel um, starrte John betont auffällig in die Augen, beugte sich mit seinem Gesicht ekelhaft nahe an John heran und öffnete langsam den Mund. „Sie haben einen verletzten Fuß", sagte er. „Zeigen Sie her."

„Ist nicht schlimm", log John abwehrend und wunderte sich, woher er das wusste.

„Geben Sie mir Ihren Fuß. Ich will Ihnen helfen", sagte der Mann mit kalter, nicht sehr vertrauenerweckender Stimme.

John streckte sein Bein vor, obwohl er es gar nicht wollte. Es kam ihm vor, als würde sein Bein selbstständig handeln. Der Mann griff danach und legte Johns Fuß auf seinen Oberschenkel. John wurde ganz schummrig zumute.

„Hast du sie nicht mehr alle, Mann?", keuchte Ben zu allem Überfluss. „Du kannst ihm doch nicht deinen Fuß geben. Du weißt doch überhaupt nicht, was der Kerl damit vorhat. Er hackt ihn dir vielleicht ab!"

Der Mann betrachtete Ben mit einem hämischen Grinsen. Seine Augen wirkten dabei so kalt wie der Grund des Meeres. „Hören Sie nicht auf Ihren kleinen Oberweltler-Freund", sagte er zu John, klang verärgert, doch John spürte sofort, dass er verächtlich klingen wollte. So, als wären Bens Worte eine Entgegnung überhaupt nicht wert. John wollte sein Bein zurückziehen, doch es gehorchte ihm nicht.

„Übrigens, mein Name ist Achnum", sagte der Mann, griff in seinen Overall, zog eine Vril-Kugel hervor, aus der plötzlich ein dünner silberner Stab wuchs und immer länger wurde, bis er ungefähr eine halbe Armlänge erreichte. Die Vril-Kugel sah nun genauso aus wie die, die John zuvor bei den Kindern gesehen hatte, nur etwas größer. Achnum schwang den Stab in der Luft und berührte dann mit der Kugel Johns Knöchel. Auf einmal begann die Kugel wie ein Laserpointer zu strahlen. Der Lichtpunkt war grell und smaragdgrün. Achnum bewegte den Stab mit der Kugel kreisend über Johns Knöchel. Der Lichtpunkt war angenehm warm und durchdrang seinen ganzen Fuß. Der Schmerz hörte augenblicklich auf.

Staunend sah er Achnum zu. „Was ist das?", fragte er leise.

„Wir nennen es die Kraft des Vril", sagte Achnum kühl. „Mit dieser Kraft kann man bewirken, was man will. Man muss nur wissen, wie sie angewandt wird."

John, Babs, Eddie und Ben warfen sich verstohlene Blicke zu, die Achnum jedoch nicht entgingen. „Versucht erst gar nicht, irgendwelche Mätzchen zu veranstalten", sagte er barsch, „ihr seid schneller erledigt, als ihr bis drei zählen könnt."

Ben japste nach Luft und jegliche Farbe wich aus seinem Gesicht. Babs riss ihre Augen auf und sah Achnum bockig an. Eddie stierte so angestrengt aus der Kuppel, als ob draußen etwas ganz Tolles passieren würde.

Nach einigen Umkreisungen war Johns Knöchel wieder vollkommen in Ordnung. Die Schwellung, die Wunde und der Schmerz waren verschwunden. Achnum ließ den Stab in der Kugel verschwinden, steckte diese zurück in seinen Overall und gab Johns Bein frei, das er nun wieder ganz normal bewegen konnte. Anschließend drehte er sich nach vorne, betätigte einige Tasten und Schalter auf dem Steuerpult und der Aircutter begann zu summen.

John blickte mit quälendem Unbehagen aus der Kuppel. Die tellerartige Scheibe unter ihm begannen sich zu drehen, kleine Funken sprühten durch die Gegend, die rasch zu den winzigen Blitzen heranwuchsen. Mit einem sanften Ruck flogen sie in einer atemberaubenden Geschwindigkeit und in seltsamem Zickzackkurs davon.

„Wie funktioniert dieses Ding?", erkundigte John. Es war ein kläglicher Versuch, sein Unbehagen abzuschütteln.

„Es ist eine Mischung aus Antigravitation, Nutzung des Erdmagnetismus, ausgewogener Aerodynamik und vor allem der Kraft des Vril", sagte Achnum trocken.

„Anti ... was?", fragte John verblüfft.

„Antigravitation", wiederholte Achnum und klang gelangweilt. „Wenn man das Prinzip verstanden hat, ist alles andere ein Kinderspiel. Ihr rückständigen Oberweltler habt keine Ahnung, wie man sie richtig nutzt. Ganz zu schweigen von der Kraft des Vril. Von der habt ihr noch nie gehört und überhaupt keine Ahnung davon. Was diese Dinge anbelangt, befindet ihr euch in der Steinzeit, obwohl ihr euch überlegen fühlt. Wieso ihr euch anmaßt, die intelligenteste Spezies zu sein, ist mir ein Rätsel."

John starrte Achnum baff an, dann blickte er fragend zu den anderen.

Ben saß zusammengekauert auf seinem Platz, zuckte beiläufig mit den Schultern und sah aus, als würde er sich jeden Moment übergeben. „Warum sind wir nicht zu Hause geblieben?", stöhnte er leise und kaum hörbar.

Babs betrachtete ihn mitfühlend, da sie sich mindestens genauso miserabel fühlte, wie Ben dreinschaute.

Sie flogen mit dem Aircutter durch ein gigantisches Netz aus riesigen Tunnelröhren. Ständig zweigten Tunnel in die verschiedensten Richtungen ab. Alle diese Tunnel waren unvorstellbar hoch. Man konnte auch aus der Kuppel keine Decke sehen. Diese Tunnelröhren waren zudem alle sehr breit. Hin und wieder kam ihnen ein anderer Aircutter entgegen, doch diese riesigen Dinger flogen völlig ungehindert aneinander vorbei. Alles wirkte wie in einem fantastischen, unwirklichen Traum und John fragte sich, ob er das eben gerade wirklich erlebte.

Sie flogen schon gut fünfzehn Minuten, als sich plötzlich vor ihnen eine gewaltig große Höhle auftat. Da sie sehr hell erleuchtet war, war sie auch von Weitem gut sichtbar. Viele Gebäude befanden sich in ihr. Sie sahen aus wir große Steiniglus mit Türmen und Kuppeln. Aus manchen Kuppeln ragte Aufsätze, die Würfel glichen. Es war ein bizarrer Anblick. Ein Gebäude stach jedoch durch sein Aussehen und seine Größe besonders hervor.

John stockte der Atem, als er es sah. Es war das gewaltige Märchenschloss, das er in Vaters Arbeitszimmer so unvermittelt in seinem Geist gesehen hatte. Nun sah er auch den Teil, der in seinem Kopf verschwommen war, klar und deutlich. Auf einer gewaltigen Kuppel thronte in der Mitte des Gebäudes eine riesige Pyramide mit einer funkelnden, glitzernden Spitze. Die Pyramide schien auf der Kuppel zu schweben. Die Seiten der Pyramide ragten weit über die Kuppel hinaus und John fragte sich, wie das Ding da oben halten konnte. „Wo sind wir hier?", erkundigte er sich vollkommen überwältigt von dem Gebäude.

„Am Ziel", sagte Achnum schroff. Seine eisige Stimme ließ John nichts Gutes vermuten.

„Wieso sagt dieser Blödmann nicht, wo er uns hinbringt?", nörgelte Eddie wütend und bekam dafür von Babs einen heftigen Stoß in die Rippen verpasst.

Der Aircutter wurde langsamer, bis er vollkommen bewegungslos in der Luft schwebte. Achnum tippte wieder auf das rote, kugelförmige Ding, die unsichtbare Luke der Glaskuppel öffnete sich und die Treppe erschien flirrend, wie von Zauberhand, aus dem buchstäblichen Nichts.

„Steigen Sie aus", befahl Achnum kühl und zeigte zur Luke.

John nahm Babs abermals an der Hand und stieg dicht gefolgt von Ben und Eddie die flirrende Treppe hinunter. Achnum führte sie direkt zu dem großen Gebäude. Er steuerte auf die Mitte des riesigen Bauwerkes zu, wo sich unter der gigantischen Kuppel, auf der die mächtige Pyramide schwebte, ein großes Tor befand.

Als sie dort ankamen, entdeckte John eine gut verborgene Tür in dem großen Tor. Achnum zückte seine Vril-Kugel und jäh fuhr ein lang gezogener gelber Blitz aus ihr hervor, der. Der Blitz verformte sich zu einem antik wirkenden Schlüssel, steuerte direkt auf das Tor zu, verschwand in dem leuchtenden Auge eines fratzenähnlichen Gesichts am Tor und plötzlich löste sich die kleinere Tür flirrend auf. John, Babs, Eddie und Ben fielen fast die Augen aus dem Kopf.

„Hast du das gesehen?", flüsterte John Eddie baff zu, während sie durch die Tür schritten. „Hier kommen wir nie wieder raus." Eddie verzog das Gesicht und beobachtete, wie die Tür hinter ihnen wieder erschien.

Sie befanden sich nun in einem langen Korridor, der in zwei Richtungen führte, dessen Enden nicht zu sehen waren. In größeren Abständen zweigten andere Korridore ab, dazwischen gab es aber auch immer wieder Stufen, die nach oben oder unten führten. Achnum ging den Korridor lang, an einigen abzweigenden Korridoren vorbei und deutete dann auf eine Treppe, die nach unten führte.

John fühlte sich wie in einem Labyrinth, sich bewusst, hier nie wieder alleine herauszufinden. Unten angekommen, gingen sie einen weiteren Korridor lang, wieder eine Treppe hoch, bogen einige Male ab und kamen in einen Flur mit unzähligen Statuen. Achnum zeigte mit finsterer Miene auf eine Tür und öffnete sie mit seiner Vril-Kugel. Der umgeformte Schlüssel drang in die Tür ein, doch dieses Mal löste sich die Tür nicht flirrend auf, sondern glitt lautlos zur Seite. Die Tür hatte weder eine Türschnalle noch ein Schloss. John schwante Übles.

Als er durch die Tür wollte, hielt ihn Achnum am Arm fest. „Sie nicht, Mr. Spraud. Sie kommen mit mir", sagte er grimmig. „Ihre Schwester und Ihre beiden Freunde werden in diesem Raum warten, bis Sie zurückgekehrt sind."

Babs fauchte wie eine gereizte Hyäne. Ihr Gesicht verzerrte sich und nahm die Züge einer Raubkatze an. „Ohne John gehe ich hier sicher nicht rein!", schnaubte sie kratzbürstig und stellte sich breitbeinig neben die Tür.

„Oh doch. Das wirst du", knurrte Achnum mit sehr kalter, ausdrucksloser Stimme und schob Babs, Eddie und Ben unsanft durch die Tür. Babs versenkte ihre Fingernägel in Achnums Gesicht und verursachte tiefe Kratzspuren, Eddie versetzte ihm einen bösen Kinnhaken, Ben trat ihm gegen die Beine, doch Achnum beeindruckte nichts von alledem. Im Handumdrehen hatte er sie durch die Tür bugsiert.

John, dem vor Aufregung ganz heiß wurde, schlug wild auf Achnum ein. Dabei erinnerte er sich an diese mysteriöse Kraft in seiner Hand. „Lass dieses Schwein tot umfallen", dachte er und schlug weiter auf Achnum ein. Doch diese geheimnisvolle Kraft versagte. „Das war ja klar", überlegte John panisch, versuchte es aber noch einmal. „Fall um, du Miststück", dachte er und trommelte auf Achnums Rücken. Achnum zeigte jedoch keinerlei Reaktion. „Lass sie sofort wieder raus, du erbärmlicher Mistkerl!", rief John zornig und Wut kochte in ihm hoch. Er begriff, dass er nicht weiter zuschlagen brauchte, da diese Kraft offenbar erloschen war. „Ich wusste doch gleich, dir kann man nicht trauen. Mach die Tür auf, du widerlicher Sack!" John war so wütend, dass er überhaupt nicht darauf achtete, was er sagte und es war ihm, genau genommen, auch völlig egal. Er wollte nur verhindern, dass Babs, Eddie und Ben weggesperrt wurden. In seinem Gesicht stand das helle Entsetzen.

„Mr. Spraud", sagte Achnum kühl und gelassen, „Ihrer Schwester und Ihren beiden Freunden wird nichts geschehen."

John, der Achnum kein Wort glaubte, trommelte mit seinen Fäusten abermals auf ihn ein. Durch die bereits geschlossene Tür konnte er Babs und Ben rufen hören. Zorn durchflutete jede Faser seines Körpers. Ein heißer, brechreizerregender Wutschwall stieg ihm die Kehle hoch und es kostete ihn Mühe, nicht völlig auszurasten. Sein Kopf war bereits hochrot angelaufen und er bekam es nun allmählich auch mit der Angst zu tun.

Plötzlich packte ihn Achnum brutal am Kragen seiner Jacke und schob ihn unsanft vor sich her. Er stieß ihn zwei Stockwerke nach oben und führte ihn in einen schmalen Korridor. John stemmte sich mit aller Gewalt dagegen und rammte ihm seinen Ellenbogen mehrmals in die Eingeweide. „Lass mich los, du Ratte!", schrie er schrill, seiner Stimme nicht mehr Herr, und trat wild um sich.

Ungerührt schob ihn Achnum weiter den Korridor entlang und bog nach einigen Metern nach rechts ab. Von dort führte eine weitere Treppe nach unten und Achnum stieß ihn unsanft die Stufen hinunter. John hatte große Mühe, sein Gleichgewicht zu halten. Sie gingen drei Stockwerke in die Tiefe. Die Luft wurde kalt und feucht. Es roch muffig. Als sie unten ankamen, wartete bereits ein weiterer Mann auf sie, dem das Blut aus dem Gesicht wich, als er John erblickte.

„Gib auf dieses Bürschchen gut acht, Lulu", fauchte Achnum und schnauzte den Typ dann in einer Sprache an, die John nicht verstand.

John hatte den Eindruck, dieser Lulu fühlte sich nicht sonderlich wohl in seiner Haut. Was auch immer Achnum gerade von ihm verlangte, es war ihm offenbar unangenehm. Das konnte John aus seinem Gesicht ablesen. Immer wieder warf er einen erstaunten Blick auf John und sah dabei ziemlich irritiert aus.

John überkam ein zarter Hoffnungsschimmer. Vielleicht spielte er ja nicht mit. Die ganze Zeit über hielt ihn Achnum am Kragen fest, damit er nicht abhauen konnte. Dieser Lulu war ebenfalls sehr groß und schlank, hatte braune Augen, dunkelbraunes, stark gewelltes Haar und seine Haut war nicht ganz so blass wie Achnums Haut. Achnum plärrte unaufhörlich auf ihn ein. Eine Flut von unverständlichen Lauten quoll aus seinem Mund hervor. John glaubte, aus Achnums Wortschwall einige Male das Wort Atlatis herauszuhören. Er bildete sich auch ein, Lulu jedes Mal leicht zucken zu sehen, wenn dieses Wort fiel.

„Was bedeutet dieses Wort?", dachte John.

Lulu nickte schließlich mit dem Kopf und sein Gesichtsausdruck wurde alles andere als vertrauenerweckend. Er entriss John aus Achnums Umklammerung und packte ihn unsanft am Arm. Achnum verschwand mit zufriedenem Blick in der anderen Richtung. Lulu schliff John den Korridor lang, bogen einige Male in abzweigende Korridore ab und hielten schließlich vor einer weiteren Tür, die weit offen stand. „Los, rein da! Keine Mätzchen", blaffte Lulu mit eisiger Stimme. „Es wird gleich jemand kommen, der sich um Sie kümmert!"

Brutal und ziemlich hastig schob Lulu John in den winzigen Raum, als ob er froh wäre, das rasch hinter sich zu bringen, und verschwand. Die Tür schloss sich, John hörte jedoch, dass sich seine Schritte nicht entfernten. Mit klopfendem Herzen sank er zu Boden. Tiefe Verzweiflung machte sich in ihm breit. Was sollte er nun tun? Was hatten diese Leute vor? Abermals fielen ihm die Worte von Professor Flirt ein. „…

um all diejenigen, die nicht zurückgekehrt sind, ranken sich noch mehr Gerüchte und Legenden. Man sagt, dieses Reich hätte sie einfach verschlungen ..." Nun klopfte Johns Herz noch heftiger. Ob Professor Flirt damit wirklich recht hatte? Aber warum wurde er hierhergebracht? Warum hatten sie sich die Mühe gemacht, ihn von Babs, Eddie und Ben zu trennen? Das ergab doch keinen Sinn. Mit mulmigem Gefühl dachte er an Babs, Eddie und Ben und fragte sich, wie es denen wohl erging?

***

Babs, Eddie und Ben saßen zermürbt in einem anderen Teil des Gebäudes zusammengekauert auf einer Bank in dem muffigen Raum, in den Achnum sie hineingeschoben hatte. Babs war dem Heulen nahe, konnte sich jedoch nicht entscheiden, ob sie vor Sorge um John oder aus Wut heulen sollte, darum ließ sie es bleiben. Ben murrte unaufhörlich, er hätte die Nase nun endgültig voll. Eddie war seiner Meinung nach der Einzige, der im Moment einen klaren Gedanken fassen konnte. Er dachte gerade darüber nach, wie sie hier herauskommen könnten, als er dumpfe Schritte den Gang entlanghallen hörte. Gleich darauf öffnete sich die Tür und Achnum erschien mit einem großen, schweren Tablett. Darauf befanden sich ein Krug und mehrere Schüsseln mit undefinierbarem breiigem Zeug in vielen unterschiedlichen Farben. Schwer atmend hielt Achnum das Tablett in Händen und stierte sie mit einem freudlosen Lächeln an.

„Wie lange wollen Sie uns hier noch festhalten? Sie sind doch nicht ganz dicht, Mann!", rief Eddie wütend und in seiner überaus charmanten Art, als Achnum mit dem Tablett auf sie zukam.

„Solange es notwendig ist", erwiderte Achnum kühl. Sein Gesicht war voller Heimtücke. „Esst das, ich werde später wieder nach euch sehen", blaffte er mit schneidender Stimme und stellte das Tablett laut klappernd auf einen kleinen Tisch, der in einer Ecke stand.

„Was ist das?", wollte Ben wissen und versuchte, mutiger zu klingen, als er sich fühlte.

„Eure Henkersmahlzeit", sagte Achnum kalt und lachte rau.

„Das Zeug können Sie behalten", murmelte Ben unwirsch, klang dabei jedoch ziemlich schwachbrüstig.

„Wo ist John? Ich will sofort wissen, was Sie mit John gemacht haben", fauchte Babs mit erhitztem Gesicht und einer Stimme, die vor Erregung immer höher anschwoll. „Ich will zu John! Sofort! Hören Sie! Ich will zu meinem Bruder! Sie dürfen uns hier nicht festhalten. Lassen Sie uns raus! Verstanden!"

„Halt die Klappe", blaffte Achnum schroff und ging bedrohlich nah auf Babs zu. Sie konnte seinen fauligen Atem riechen. „Esst das", brüllte Achnum sie an. Seine Stimme knallte wie ein Peitschenhieb durch den Raum und ließ Babs und Ben erschaudern.

Eddie jedoch, wütend wie selten zuvor, stand auf, baute sich vor Achnum auf und ballte seine Fäuste. Ben zog ihn panisch auf die Bank zurück. „Mach mal halblang, Alter", zischte er Eddie ins Ohr, der nun überlegte, Ben eine reinzuhauen. Achnum schenkte den beiden ein mitleidiges Lächeln und verschwand. Es war, als hätte er sich in Luft aufgelöst. Nur ein paar grüne Funken zischten über die Stelle, an der er eben noch gestanden hatte. Eddie glotzte ungläubig auf die Funken, sah wütend zu Ben und machte sich dann mit gieriger Miene über den Krug her. „Bist du irre, Mann? Lass das!", rief Ben entsetzt. „Du kannst dieses Zeug doch nicht trinken. Das ist sicher vergiftet!"

Unsicher betrachtete Eddie den Krug mit der gelblichen Flüssigkeit und begann zu schmunzeln. „Du glaubst den Schwachsinn mit der Henkersmahlzeit doch hoffentlich nicht wirklich? Das sagte dieser Kotzbrocken doch nur, um uns Angst zu machen", bemerkte Eddie bestimmt, wirkte dabei aber sehr unsicher.

„Und ob ich das glaube! Was denkst du, warum dieser Widerling uns das Zeug gebracht hat?", sagte Ben überzeugt. „Sicher nicht, weil er sich Sorgen um uns macht. Er sagte doch, er würde später wiederkommen. Wahrscheinlich will er dann unsere Leichen abtransportieren."

Eddie sah Ben entgeistert an und fand, dass er in seiner Panik wieder einmal maßlos übertrieb, getraute sich aber dennoch nicht, mehr zu trinken. Er setzte sich wieder auf die Bank und starrte grübelnd auf das Tablett. „Also wenn ihr mich fragt ...", murmelte er unwirsch.

„Dich fragt aber keiner", schnitt ihm Ben streitsüchtig das Wort ab.

„Lasst uns was spielen", schlug Babs vor. Sie sah äußerst mitgenommen aus. „Vielleicht vergeht die Zeit dadurch etwas leichter und schneller", fügte sie mit belegter Stimme hinzu, als sie Eddies entgeistertes Gesicht sah. Sie wollte auf andere Gedanken kommen. Die Sorge um John raubte ihr fast den Verstand. Eine innere Stimme sagte ihr, dass John in großer Gefahr war.

Atlatis

John saß bereits eine gefühlte Ewigkeit in dem kleinen Raum, als zorniges Stimmengewirr und Schritte durch die Tür drangen. Er stand rasch auf und stellte sich kampfbereit daneben, doch die Tür blieb geschlossen und die Stimmen entfernten sich wieder. Fieberhaft überlegte er, was er tun könnte. Dabei fiel ihm seine Vril-Kugel ein.

„Öffne diese Tür", flüsterte er der Kugel zu, doch nichts geschah. John beschloss, etwas anderes zu versuchen. „Bring mich in den Raum zu Babs, Ben und Eddie", sagte er leise. Wieder passierte nichts. Die Kugel leuchtete nicht mal. „War ja klar", dachte John sauer.

Plötzlich hörte er erneut Schritte. Hurtig stopfte er die Vril-Kugel in die Hosentasche. Gleich darauf glitt die Tür auf und ein Mann um die dreißig betrat den Raum. Er war sehr groß, athletisch gebaut und hatte einen gelb schimmernden Overall an. Sein Mund verzog sich zu einem spöttischen Lächeln, als sich ihre Blicke trafen. Unterdrückte Siegesgewissheit spiegelte sich in seinen Augen.

John starrte benommen in diese Augen, die so kalt waren, dass er fast zu Eis gefror. Sein Herz hämmerte nun noch rasender als zuvor. Er wich einen Schritt zurück, während Panik ihm das Gehirn vernebelte, sich allmählich in seinem Körper immer weiter ausbreitete und seine Arme und Beine lähmte. Er verspürte das brennende Verlangen, loszurennen, doch was er sah, ließ ihn wie angewurzelt stehen, denn er konnte es nicht glauben, nicht begreifen. Es war sein Spiegelbild, das ihm hier gegenüberstand. Es war sein Gesicht, das ihm nun spöttisch zulächelte. Es war dasselbe Gesicht, das ihm auch aus der Vril-Kugel angestarrt hatte. John war wie vom Donner gerührt. Wie konnte der Mann sein Spiegelbild sein? Wie konnte der Mann so aussehen wie er? Die Ähnlichkeit war gruselig, obwohl John nun doch einige Unterschiede feststellen konnte. Der Mann hatte dunkelblondes, fast hellbraunes Haar. Wohl auch schulterlang wie John, aber doch dunkler. Das war John im Turm, als er in die Vril-Kugel starrte, nicht aufgefallen. Und dann waren da noch diese unheimlich stechenden Augen. Sie waren genauso leuchtend blau wie Johns Augen, aber doch anders. Skrupellos, mitleidlos, furchterregend und so kalt wie ein Gletschersee funkelten sie ihm entgegen. Auch die Nase des Mannes war etwas länger, wie John nun bemerkte, da er ihm direkt ins Gesicht starrte. Und er war fast zwei Köpfe größer als John. Trotz der vielen kleinen Unterschiede war die Ähnlichkeit aber so verblüffend, dass John es einfach nicht fassen konnte. Bei flüchtiger Betrachtung glichen sie sich fast wie ein Ei dem anderen. John stand wie angewurzelt an der Wand, mit dem Ausdruck ungläubigen Staunens, unfähig, sich zu bewegen. Sein Spiegelbild blickte ihm nun mit unverhohlenem Hass entgegen. John spürte, wie ihm das letzte Gefühl aus den Beinen entwich. Der Mann deutete auffordernd zu dem Tisch und den beiden Stühlen, die in einer Ecke des Raumes standen, und setzte sich. Ein grausames Lächeln huschte dabei über sein bleiches Antlitz.

John kam sich vor, als ob sein Inneres zu Eis erstarrt wäre. Regungslos stierte er in sein älteres Spiegelbild. Sein Gegenstück tat es ihm gleich und einige Sekunden starrten sie sich wortlos an. Es waren die quälendsten Sekunden in Johns Leben. In seinem Kopf war alles eisig und taub. Er atmete tief durch, um sich zu beruhigen. Der Mann wies John abermals an, sich zu setzen. Seine Lippen zuckten für ein schwaches Lächeln, doch seine kalten Augen sprachen eine andere Sprache. John war wie benommen. Er hatte das Gefühl, als hätte sich ein Loch in seinem Magen aufgetan. Wie hypnotisiert ging er auf den Stuhl zu und setzte sich. Sein Spiegelbild beobachtete ihn reglos mit kalten, siegestrunkenen Augen. John war so sprachlos, als wäre ein Tsunami über ihn hinweggerollt. Die Stille schraubte sich ins Unerträgliche. John starrte mit offenem Mund sein Gegenüber an, bewusst, nicht sonderlich intelligent dabei auszusehen.

„Nun sehen wir uns endlich wieder, John Spraud", fegte plötzlich eine kalte, hämische Stimme über John hinweg, unterbrach damit die unerträgliche Stille und riss John aus seiner Starre. Die Stimme des Mannes war nicht nur so kalt wie ein Eisberg, sondern klang auch so verächtlich, dass sich Johns Hals zuschnürte. Er brauchte einige Sekunden, um zu begreifen. „Was sagte er eben? Wir sehen uns wieder?" John hatte jedoch nicht genügend Zeit, darüber nachzudenken, denn schon fegte ihm die kalte Stimme erfüllt von abgrundtiefem Hass erneut um die Ohren.

„Eine glückliche Fügung des Schicksals hat uns wieder vereint. Es ist bereits eine Weile her, dass wir uns das letzte Mal sahen. Meine Abneigung dir gegenüber hat sich allerdings nicht verändert, wie ich eben feststellen musste. Gleichwohl ich gestehen muss, eine gewisse Freude zu empfinden, dich hier zu sehen."

John spürte seinen ganzen Körper abermals taub werden, versuchte jedoch, seinen Gesichtszügen einen, wie er hoffte, gefassten Ausdruck zu verleihen. Was hatte das zu bedeuten? Wieso sahen sie sich wieder? Er war doch noch nie hier gewesen! Er kannte diesen Mann doch gar nicht. Darauf bedacht, sich keinerlei Angst anmerken zu lassen, gab er sich einen mächtigen Ruck, um seine Taubheit abzuschütteln. „Wir sehen uns wieder?", raunte er verblüfft. Er bemühte sich, gefasster zu klingen, als er sich fühlte, doch seine Stimme hörte sich sehr brüchig an. Viel zu brüchig. Er gab sich erneut einen Ruck. „Ich war noch nie hier", sagte er nun mit weit forscherer Stimme. „Was soll dieser Schwachsinn?" Auch sein zeitweilig betäubtes Gehirn schien allmählich wieder zu erwachen.

„Oh doch, du warst schon einmal hier", sagte der Mann fast flüsternd und mit einer Kälte in der Stimme, wie John sie noch nie vernommen hatte. Seine Augen waren starr und ohne Lidschlag auf John gerichtet. „Und nun bist du erneut hier. Nun wird endlich der Gerechtigkeit Genüge getan. Ich habe lange auf diesen Moment gewartet und nun ist es endlich so weit. Nun wirst du für diese Gerechtigkeit ein Opfer bringen." In den Augen des Mannes lag Triumph, doch sein Gesichtsausdruck hatte die Züge eines Wahnsinnigen.

John lief ein kalter Schauer über den Rücken und seine Gedanken überschlugen sich. Unzählige Fragen schossen ihm gleichzeitig durch den Kopf. Wieso war er schon einmal hier? Wieso konnte er sich nicht erinnern? Was sollte dieses Gefasel von Gerechtigkeit? Wieso sah ihm dieser Mann so ähnlich? Wer zum Teufel war dieser Mann und was genau wollte er eigentlich?

„Ach richtig, ich habe mich ja noch nicht vorgestellt", lachte sein Gegenüber hämisch und ließ dabei keine Zweifel an seiner Überlegenheit. Es war, als ob er über Johns Gedanken genauestens Bescheid wusste, was John einen ordentlichen Schrecken einjagte. „Mein Name ist Atlatis", fuhr er mit tückischem Blick fort. „Wir beide sind Brüder – wenn auch sehr ungleiche. Genau genommen sind wir Halbbrüder. Wir haben denselben Vater."

„Was?", rief John fassungslos. Die Erkenntnis, seinem Halbbruder gegenüberzusitzen, bohrte sich wie ein alles lähmender Pfeil in sein Bewusstsein. In seinem Kopf startete ein Feuerwerk. Er fühlte sich, als hätte ihm soeben jemand einen heftigen Faustschlag verpasst. Mit glasigem Blick stierte er den Mann an. Er konnte nicht glauben, was er gehört hatte. „Wir sind Brüder?", raunte er schließlich etwas unbeholfen.

„Wie du ja nun weißt, bist du Enlil, der Sohn des Herrschers Anu. Mein jüngerer Halbbruder", setzte Atlatis zu einem von Abneigung und Hass erfülltem und vor Selbstmitleid triefendem Monolog an, der John das pure Staunen ins Gesicht trieb. „Unser Vater, dieser Narr, entschied bei deiner Geburt, dass du sein Nachfolger wirst. Er dachte wohl, ich würde es hinnehmen. Er dachte wohl, er könnte mich wie Abschaum behandeln. Ich frage mich, weshalb nur konnte er das glauben. Er hätte mich doch besser kennen müssen. Er hätte wissen müssen, dass ich mir dies nicht bieten lasse, dass wir uns dies nicht bieten lassen. Er hätte wissen müssen, dass diese Zeiten nun endgültig vorbei sind. Durch mich vorbei sind! Meine Geburt hat alles verändert, doch dieser Narr wollte es nicht zur Kenntnis nehmen. Er wollte sich nicht eingestehen, dass er es war, der mit seiner Lüsternheit die Machtverhältnisse in unserem Reich nach Jahrtausenden ins Wanken brachte. Sie, die seine Schritte kannten, sie, die mit eigenen Augen sahen, welches Unrecht geschah, stellten sich dennoch auf seine Seite. Sie zeigten ihre Achtung heischenden Gesichter, huldigten seiner Macht, frönten alten Traditionen, machten sich gegen die Unseren stark, verteidigten die Doktrinen ihrer Ahnen. Ihr Edelmut war vergnüglich, zugestanden, doch nicht wohldurchdacht. Sie, die Tugendhaften, hätten besser an die Konsequenzen ihres Tuns denken sollen, bevor sie sich heuchlerisch gegen mich und meinesgleichen stellten. Ich war noch jung. Nicht viel älter als du heute, Enlil. Aber ich vergesse nicht. Und ich verzeihe nicht. Nach deiner Geburt war ich unserem Vater plötzlich nicht mehr gut genug, diesem Heuchler. Ich war plötzlich nicht mehr ebenbürtig. Jammerschade sein törichtes Verhalten. Selbst die Mächtigen und Weisen euresgleichen wollten mich plötzlich nicht mehr als ebenbürtig anerkennen. Eine abgrundtiefe Schande für meinesgleichen und sehr schlecht für dich, Enlil. Ist ein besonders störrischer Mann, unser Vater, musst du wissen. Wollte einfach nicht auf mich hören, dieser Tor. Ich hoffte damals, ich könnte ihn überzeugen. Wie dumm von mir. Ich hätte es besser wissen müssen. Ich war diesem hochnäsigen Pack einfach nicht gut genug. Sind allesamt dickköpfige, starrsinnige Despoten und glauben etwas Besseres zu sein, nur weil … Jetzt schweife ich eindeutig zu weit ab. Du musst diese Dinge nicht verstehen, Enlil. Es genügt, wenn du begreifst, dass du der Gerechtigkeit im Wege stehst. Ich muss dich nun töten, Enlil", sagte Atlatis jäh mit zornig anschwellender Stimme. „Ich muss dich töten, um Vater für seine Tat zu bestrafen. Ihm soll derselbe Schmerz widerfahren, den er mir zugefügt hat. Ich wollte dich schon damals töten, doch plötzlich wart ihr weg. Du und deine Schwester Tiamat. Ein Verräter hat euch in Sicherheit gebracht. Einer von diesen heuchlerischen, scheinheiligen Idioten euresgleichen, der wohl dachte, er könnte dein und das Leben deiner Schwester retten. Zugegeben, es hätte fast funktioniert. Wir dachten tatsächlich, ihr seid tot. Die meisten hier denken es noch heute." Atlatis hielt inne.

John war zu keiner Reaktion fähig. Atlatis' Stimme war wie ein eisiger Wintersturm über ihn hinweggefegt. In Johns Kopf schwirrte es, als hätte er einen Mückenschwarm darin und er nahm alles nur noch verschwommen wahr. Sein Gehirn war der Erschöpfung nah. Es konnte die Dinge nicht so schnell verarbeiten, wie Atlatis sprach. Auch Atlatis fanatisch flackernde Augen und seine kalte, vor Hass triefende Stimme schienen Johns Hirn zu blockieren. Er saß wie vom Schlag getroffen da und versuchte, zu begreifen. Seine Arme und Beine fühlten sich plötzlich seltsam schwer an und um seine Brust legte sich ein stählerner Panzer, der ihn zu zerdrücken drohte. In seinem Kopf zogen Nebelschwaden umher und verhinderten ein klares Denken. Das Wichtigste hatte er jedoch begriffen. Er, John, sollte der Nachfolger ihres Vaters werden – und Atlatis passte das so gar nicht in den Kram. John versuchte, die Dinge in seinem Kopf zu ordnen, doch Atlatis begann erneut zu sprechen.

„Wer dich und deine Schwester beim Timor Castle abgelegt hat, habe ich noch nicht herausgefunden", fuhr er mit rachsüchtigem Blick laut und jähzornig fort. „Aber ich werde diesen Verräter ausfindig machen und er wird dafür mit seinem Leben bezahlen. Wenn ich die Herrschaft übernommen habe, werden all diejenigen, die sich gegen mich stellten, für ihren Verrat an mir bestraft. Ich denke, der Tod ist eine gerechte Strafe. Ja, wenn ich Herrscher bin", sagte Atlatis nun mitleidlos, „werden sich viele Dinge in unserem Reich ändern. Aber das betrifft dich nicht, Brüderchen, denn nun, Brüderchen, hat deine letzte Stunde begonnen." Er warf John einen hämischen Blick zu, der nach Atem rang, und sprach unbeirrt weiter. „Denk nicht, es könnte dir jemand helfen. Unser Vater und die Weisen haben keine Ahnung, dass ihr noch am Leben seid. Sie sind immer noch davon überzeugt, dass ihr damals, nach eurer Entführung, ermordet wurdet. Um sie dieser Überzeugung nicht zu berauben, werde ich nun dafür sorgen, dass du tatsächlich stirbst." Atlatis hielt erneut inne, lachte kurz und gehässig auf, während seine Augen immer kälter wurden, sein Gesicht immer wahnsinnigere Züge annahm. Dann sprach er mit einer nicht zu überbietenden Kaltblütigkeit weiter, in der jedoch eine überhörbare Genugtuung mitschwang. „Ich werde bekommen, was sie mir genommen haben, was mir zusteht. Ich werde Herrscher über dieses Reich. Niemand kann mich aufhalten. Niemand kann sich mir in den Weg stellen. Ich werde die Mauern des Palastes sprengen und unseren Vater in Ketten legen. Ich werde ihm all die Qualen zufügen, die er mir zugefügt hat. Ich werde seine treuesten Gefolgsleute vor seinen Augen hinrichten. Die Weisen und Mächtigen euresgleichen in seinem Beisein vierteilen. Ich werde unseren Vater so lange quälen, bis er um Gnade winselt. Aber er wird von mir keine Gnade erhalten. Erst der Tod wird ihm Gnade gewähren und seine Erlösung sein. Erst im Augenblick des Todes wird er von seiner unerträglichen Pein befreit und das Letzte, was seine Augen sehen werden, ist deine Leiche."

Atlatis machte eine neuerliche Pause und sah John triumpherfüllt in die Augen, der nun von blankem Entsetzten gepackt war, unfähig, etwas zu sagen. Dann verzerrte ein grimmiges Lächeln Atlatis' Lippen und er sprach schon fast wie in einem Siegestaumel weiter. „Nur diejenigen, die mir treu ergeben sind, werden bleiben. Nur sie werden das Recht haben, in meinem Reich zu existieren. Ich werde arme Kreaturen aus ihrer Verbannung befreien. Einer Verbannung, in der sie seit Jahrtausenden dahinvegetieren. Ich werde all die mir treu Ergebenen um mich scharen und unser Reich neu erstarken lassen." Er hielt wieder inne. In seinen kalten Augen funkelte Besessenheit.

John lief Gänsehaut über Arme und Rücken, als er in diese besessenen Augen blickte. Jäh fuhr Atlatis mit einer Stimme voll rachsüchtiger Wut fort, die Johns Herz fast zum Stillstand brachte.

„Sie haben dich, Enlil, als mein Schicksal bezeichnet. Du kamst ihnen gerade recht, diesem heuchlerischen Pack. Sie wollten mich nie. Ich war immer nur der Bastard mit dem unreinen Blut, geduldet, weil es keinen anderen Nachfolger gab. Als du kamst, versuchten sie, mich zu töten, um die Angelegenheit auf galante Weise zu erledigen. Unerwartet gestorben, so haben sie es sich gedacht." Atlatis hob nun seinen Finger und führte ihn ganz nah an Johns Wange heran. „Dies war eine sehr dunkle Stunde für mich, das kannst du mir glauben. Aber ich habe sie besiegt – habe den Tod besiegt, dachte, es könnte nicht schlimmer kommen, doch ich hatte mich abermals geirrt. Kurz darauf warf mich unser Vater aus dem Palast. Dies war meine schwärzeste Stunde, wie du dir vielleicht denken kannst. Ich war noch ein Junge wie du, doch ich schwor Rache – und nun ist es so weit." Atlatis lächelte sein schrecklichstes Lächeln, die Augen regungslos auf John gerichtet.

John war fassungslos, tat es Atlatis aber gleich und starrte ihm ebenfalls reglos in die Augen. Für einen kurzen Moment bildete sich John ein, trotz des Hasses und aller Kaltblütigkeit bei Atlatis Unsicherheit zu bemerken. Oder redete er sich das bloß ein, um diesen grauenhaften Augenblick zu beschönigen? Jäh kochte übermächtige Wut in John hoch, als suchte seine Angst ein Ventil.

„Was ist mit Babs, Eddie und Ben?", fauchte er blindwütig. Es war ihm, als ob die Angst, die er in sich spürte, einen Damm in seiner Brust durchbrach. „Sie haben mit der Sache nichts zu tun! Lass sie frei, du Miststück! Sie haben dir nichts getan! Hast wohl Angst, sie könnten dich verraten, dir in die Quere kommen, was? Hast wohl Angst, sie könnten deine Pläne durchkreuzen." Er wollte eigentlich etwas ganz anderes sagen, doch seine Wut ließ ihn einfach nicht die richtigen Worte finden. Er nahm auch kaum wahr, was er sagte. Die Worte brachen einfach aus ihm hervor. Er scherte sich einen Dreck um Atlatis' Gelaber von seinesgleichen, ihresgleichen, euresgleichen und die Unseren. Was immer das auch bedeuten mochte, es würde ihm sowieso nicht helfen. All seine Gedanken ruhten nun bei Babs, Eddie und Ben. „Lass Babs, Eddie und Ben frei. Bring sie zurück, du Schwein", begann er neuerlich aufbrausend, verstummte aber, als er den Ausdruck auf Atlatis' Gesicht sah. Es war ein Ausdruck voll Häme und Spott. Seine Augen glühten verächtlich. John schluckte schwer. Er wusste nicht, ob er sich jetzt mehr oder weniger Sorgen machen musste. Seine unüberlegten Worte lagen ihm schwer im Magen. Am meisten beunruhige ihn aber der Ausdruck in Atlatis Augen.

„Angst, Brüderchen, hab ich keine", sagte Atlatis mit eisiger Gelassenheit. Seine Stimme war nur ein Flüstern, was die Sache für John noch unerträglicher machte. „Angst ist ein Gefühl, von dem man sich nie beherrschen lassen sollte. Angst ist etwas für Schwächlinge, Enlil. Ich habe vor niemandem Angst und schon gar nicht vor deinen seltsamen Freunden. Sie sind für mich so unbedeutend wie ein Staubkorn im Weltall. Doch nachdem du sie hierhergebracht hast, wissen sie über uns Bescheid, über unser Reich – und darum werden sie auch sterben, Brüderchen. Keiner betritt ungestraft unser Reich, mein Reich. Du hast sie hierhergebracht und darum bist du für ihren Tod verantwortlich. Es war deine Entscheidung, sie mitzunehmen. Du, nur du, hast sie auf dem Gewissen – nicht ich. Keiner von uns, auch nicht Achnum, dieser Tölpel, hat dir befohlen, sie mitzubringen. Aber ich verspreche dir, du hast, während du stirbst, genügend Zeit, um über deinen Fehler nachzudenken."

Wie Regen auf kalten Asphalt prasselte die Erkenntnis auf John nieder. Es fiel ihm wie Schuppen von den Augen und er spürte, wie Hitze in ihm aufwallte und ihm in Hals und Gesicht stieg. „Du warst es!", rief er angewidert. „Du hast mir diese Gedanken und Gefühle geschickt. Du hast mich hierhergelockt. Du bist schuld, dass wir hier sind. Du warst bestimmt auch die Stimme in meinem Kopf."

„Nur im Turm", sagte Atlatis kühl. „Den Rest hat Achnum erledigt, wenn auch nicht zu meiner Zufriedenheit. Aber du hast recht, Brüderchen. Du hast die ganze Zeit getan, was ich befohlen habe. Bist wie eine Puppe an meinen Fäden gehangen."

John war so sprachlos, dass er keine Worte fand. Er fühlte sich ausgelaugt und erschöpft.

„Ich werde nun die letzten Vorbereitungen für deinen Tod treffen. Danach komm ich, um dich zu holen", sagte Atlatis mit unverhohlen grausamer Häme. „Mit etwas Glück sind Tiamat und deine beiden seltsamen Freunde bereits tot. Achnum ist ein nützlicher Gehilfe, nicht besonders klug, wie ich ja bereits sagte, aber für diese Dinge durchaus brauchbar. Er hat ihnen vor geraumer Zeit vergiftete Lebensmittel gebracht. Ich gebe zu, es klingt nicht sehr einfallsreich und entspricht auch nicht meinen Fähigkeiten. Da ich die Leichen der beiden Oberweltler aber nicht in meinem Reich haben möchte, werden sie wieder zu euch nach oben geschafft. Darum halte ich es für angebracht, wenn ihre Körper eine euch bekannte Todesursache aufweisen. Gewiss, ich könnte Achnum befehlen, sie zu erschlagen, doch das Vergiften erschien mir vergnüglicher." Atlatis sah John mit heimtückischem Lächeln an, das auch auf seinem Gesicht haften blieb, als er mit einer alles durchdringenden Kälte weitersprach. „Zugegeben, für sie wird es weniger vergnüglich sein. Ihr Todeskampf wird nicht angenehm, aber es geht einigermaßen schnell. Es ist kein besonders grausamer Tod, wie ich meine. Übelkeit ... Schwindel ... Krämpfe ... Atemnot, dann haben sie es überstanden. Doch für dich, Brüderchen", sagte er nun mit schneidender Stimme, „für dich habe ich mir eine abscheulichere Art zu sterben ausgedacht. Dich wird der Tod nicht so schnell erlösen. Für dich wird es qualvoller. Du wirst das ungeheure Leid der Ungerechtigkeit erfahren. Doch sei unbesorgt, deinem Körper wird nichts geschehen. Er bleibt unversehrt, denn wie ich bereits sagte, werde ich deine Leiche unserem Vater in der Stunde seines Todes zu Füßen werfen, damit auch er dieses Leid erfährt." Atlatis kalte Augen waren nun starr auf John gerichtet.

Eissplitter schienen Johns Herz zu durchbohren. Johns Miene blieb jedoch unbewegt, obwohl ihm das Herz im Hals schlug. „Mein Tod schert mich einen Dreck", log er mit gleichgültiger Stimme, aber innerlich zitternd vor Angst. „Du kannst mit mir machen, was du willst, aber lass Babs, Eddie und Ben da raus. Benimm dich wie ein Mann. Lass uns die Sache unter uns klären. Sie haben nichts damit zu tun!"

Atlatis starrte John aus tief liegenden Augen an. Einen flüchtigen Augenblick hatte John das Gefühl, er würde sich auf ihn stürzen, doch er fing an zu lachen. Es war ein schauriges, irres Lachen, das den ganzen Raum erfüllte. Als sein Lachen erstarb, nahm sein Gesicht boshafte Züge an. „Wenn dich dein Tod nicht schert", sagte Atlatis in spöttischem Flüsterton, „dann hast du auch nichts zu befürchten, Brüderchen. Dann kannst du ja ganz entspannt deinem Ende entgegentreten. Wenn es aber nicht so ist, wenn es sich so verhält, wie ich denke, solltest du deine letzten unbeschwerten Atemzüge genießen, denn die Angst, die dich gleich übermannen wird, wird dir die Sinne rauben und den Atem lähmen."

John starrte Atlatis feindselig an, doch Atlatis beachtete ihn gar nicht. Er stand auf, ohne ihn anzusehen, und verschwand. Es war, als hätte er sich in nichts aufgelöst. John rang nach Luft, kauerte sich auf den Boden, umklammerte seine Knie und drückte seine Beine eng an seinen Körper. Er versuchte, zu begreifen, was eben geschehen war, doch das Gefühl kaum beherrschbarer Panik ließ ihn nun nicht mehr los und begleitete ihn genauso hartnäckig wie Atlatis Worte, die noch immer in seinem Kopf nachhallten. Er wünschte fast, es hinter sich zu haben, denn ihm graute vor dem, was nun auf ihn zukam. Dann dachte er mit Gänsehaut an Babs, Eddie und Ben. Waren sie wirklich schon tot? Bei diesem Gedanken wurde ihm das Herz schwer wie Stein und Tränen schossen ihm in die Augen. Nein, das durfte nicht sein. Ihm war speiübel. Vor ihm begann sich alles zu drehen und kleine Sterne flimmerten vor seinen Augen. Er hatte das Gefühl, jeden Moment aus den Schuhen zu kippen. „Du darfst nicht schlappmachen", sagte er laut, stand auf und torkelte im Raum umher. Seine Beine waren so wackelig, dass sie ihn kaum trugen. „Ich muss mich zusammennehmen", ging es ihm durch den Kopf und er machte ein paar kräftige Atemzüge. Sein Atem war sehr schnell und flach und rasselte. „Ich brauche einen klaren Kopf", ermahnte er sich, hatte aber keine Ahnung, wie er das zustande bringen sollte.

Nach einiger Zeit, die John abermals wie eine halbe Ewigkeit vorkam, kehrte Atlatis zu ihm zurück, der nun offenbar neue Höhen der Niedertracht erklommen hatte.

„So, Enlil, mein liebes Brüderchen, dein Grab steht bereit", schmunzelte Atlatis mit leuchtenden Augen, als er vor John genauso plötzlich auftauchte, wie er zuvor verschwunden war. „Zugegeben, es ist kein gemütliches Grab, doch es gibt dir Zeit, um dich vom Leben zu verabschieden. Wie ich dir ja bereits sagte, wird dein Tod eine längere, qualvolle Angelegenheit. Großzügig, wie ich bin, gebe ich dir dadurch die Möglichkeit, unseren Vater gebührlich zu hassen. Ich hoffe jedoch, du warst klug genug, um die letzten unbeschwerten Momente in deinem Leben zu genießen. Und nun folge mir!", befahl er barsch und sein Gesicht nahm einen ungemein hässlichen Ausdruck an.

Johns Puls beschleunigte wie der Motor eines Ferraris. Das Blut rauschte ihm in den Ohren. Sollte es ihm nun nicht gelingen, abzuhauen, war es aus mit ihm. Kein Mensch würde je erfahren, was mit ihm geschehen war. Er würde einfach für immer verschwinden. Völlig unbemerkt.

Atlatis umklammerte einen Arm von John und drehte ihn mit einem unsanften Ruck auf seinen Rücken. John musste die Zähne zusammenbeißen, um nicht vor Schmerz laut zu schreien. Mit eisernem Griff führte ihn Atlatis zur Tür, öffnete sie mit seiner Vril-Kugel und gab seinem Bruder dabei nicht die geringste Chance, freizukommen. John nahm den gelben, lang gezogenen Blitz, der sich wie von Geisterhand in einen antiken Schlüssel umformte und in die Tür zischte, kaum wahr. Abermals vernebelte Panik all seine Sinne.

„Geh endlich", knurrte Atlatis ungeduldig, da John stocksteif dastand, und drückte seinen Arm noch weiter nach oben.

Atlatis' Stimme war wie ein eisiger Windstoß, der John den kalten Hauch des Todes ins Gesicht blies, ließ aber seine Sinne zurückkehren. Er blickte sich Hilfe suchend um, es war jedoch weit und breit keine Menschenseele zu sehen. Verzweifelt versuchte er, sich aus Atlatis' Umklammerung zu befreien, doch der hatte ihn fest im Griff.

„Mach kein unnötiges Theater, Brüderchen", zischte Atlatis mit einem Ausdruck lodernder Abscheu im Gesicht. „Es nützt dir ja doch nichts. Stirb so, wie es sich für einen von euch gehört. Mit Würde. Glaub mir, Enlil, du kannst deinem Tod nicht entfliehen", sagte er dann mit einem metallischen Lachen in seiner Stimme, die dabei so hohl klang, als käme sie durch ein langes Rohr.

John, der zum Sterben noch nicht bereit war, versuchte alles, um zu entkommen. Er trat mit seinen Füßen gegen Atlatis, ließ sich zu Boden sacken, zappelte wie ein Verrückter, rammte Atlatis seinen freien Ellenbogen in die Eingeweide, versuchte, ihm mit der Faust ins Gesicht zu schlagen, doch nichts von alledem half ihm, freizukommen. Nach einem erneuten Tritt gegen Atlatis' Schienbein drückte ihn Atlatis wutentbrannt gegen die Wand, langte mit einer Hand in seinen Overall, zog seine Vril-Kugel hervor und hielt sie John mit funkelnden Augen unter die Nase. Jäh und unerwartet zischte ein grauer langer Blitz aus der Kugel hervor. Leichter Rauch hing dabei in der Luft. Johns Augen tränten von dem Qualm. Der Blitz zischte seinen Körper hinab und wand sich wie eine Schlange um ihn. Bei genauerem Hinsehen bemerkte John jedoch, dass es ein Seil war, das sich um seinen Oberkörper schlang. Es zurrte sich immer fester, bis er kaum noch atmen konnte.

„Du wolltest es ja nicht anders, Brüderchen", höhnte ihm Atlatis tückisch grinsend ins Ohr und steckte die Vril-Kugel wieder ein.

John rang nach Luft und sah völlig entgeistert auf das Seil, das sich immer fester zusammenzog.

„Ich könnte dir viele unglaubliche Dinge beibringen, Brüderchen", sagte Atlatis hämisch, da ihm Johns Blick nicht entgangen war. „Dazu fehlt dir aber die Zeit, denn deine Zeit ist abgelaufen. Geh jetzt!"

John gab sich geschlagen. Sein Oberkörper war verschnürt wie ein Paket. Widerwillig stolperte er vor Atlatis her, der ihm immer, wenn er langsamer wurde, einen Stoß in den Rücken versetzte. Während er stolpernd durch den Korridor ging, fragte er sich verwundert, was man mit diesen Vril-Kugeln noch alles anstellen konnte.

Sie gingen den Korridor zurück bis zu der Treppe und dann noch ein

Stockwerk tiefer. Atlatis öffnete mit seiner Vril-Kugel eine weitere Tür, die zu einem sehr schmalen, dunklen Tunnel führte und wies John an, durch die Tür zu gehen. Nur eine Fackel erhellte den Tunnel. Sie gab ein flackerndes, spärliches Licht und ließ ihre Schatten in bizarrer Form über die Felswände huschen. John folgte den leicht abschüssigen Weg, der sich in beklemmender, düsterer Einsamkeit verlor. Diese Einsamkeit legte sich wie ein Fluch über ihm und klamme Kälte kroch ihm unter die Haut. Mit verschleierten Augen stolperte er weiter.

Plötzlich blieb Atlatis vor einer weiteren Tür stehen, die völlig anders aussah als alle bisherigen Türen. Sie stand weit offen und John sah in einen kleinen Raum mit glänzenden Wänden.

„Wir sind da", sagte Atlatis. Seine laute und schneidende Stimme hallte im Tunnel wider und ließ Johns Haare im Nacken zu Berge stehen. Blankes Entsetzen packte ihn. „Deine Todeszelle, Brüderchen", raunte ihm Atlatis mit der Begeisterung eines völlig Irren ins Ohr. „Bitte, tritt doch ein!"

John dachte nicht im Traum daran, diesen Raum zu betreten. Er stemmte sich mit aller Gewalt gegen Atlatis, konnte dabei aber mit seinem verschnürten Oberkörper nicht viel ausrichten. Ein erbarmungsloses Lächeln spielte über Atlatis' bleiches Gesicht. Seine Augen blitzen auf. Mit dem Ausdruck grausamer Genugtuung stieß er John durch die Tür, der daraufhin kopfüber in den Raum flog und sich dabei gleich mehrmals überschlug.

„Mach's gut, Bruderherz. Bedauerlicherweise kann ich dir beim Sterben nicht zusehen, obwohl ich gestehen muss, der Anblick wäre sehr amüsant und würde mich auch gewiss erfreuen", hörte John Atlatis mit süffisanter Stimme sagen. Das Seil löste sich noch während seines Flugs auf wundersame Weise und John hörte, wie die Tür hinter ihm unter lautem Getöse geschlossen wurde. Er lag ausgestreckt und nach Luft ringend auf steinernem, kühlem Boden. Atlatis' kaltes Lachen hallte gruselerregend und todbringend durch seinen Kopf. Eine eisige Woge des Grauens überkam ihn und nahm von seinem Körper Besitz. Er rappelte sich auf, hechtete zur Tür, trommelte verzweifelt dagegen und schrie aus Leibeskräften um Hilfe. Er wusste, niemand würde ihm helfen, doch er musste schreien. Er wollte Atlatis' kaltes Lachen, das noch immer in seinem Kopf hallte, übertönen.

„Mach auf, du Spinner! Lass mich raus!", schrie er mit bebender Stimme.

Plötzlich hörte er hinter sich ein Geräusch. Es war ein Rauschen, das ihn wie versteinert innehalten ließ. Es hörte sich an, als würde er sich mitten in einem Wasserfall befinden. Erschrocken und mit bleicher Miene blickte er sich um. Sein Herz setzte für einen Schlag lang aus, als er erkannte, woher das Rauschen kam. Dann verließ sein Herz seinen Brustkorb und hämmerte in seinem Hals weiter. Kalter Schweiß trat auf seine Stirn. Aufkeimende Todesangst machte sich in ihm breit und schnürte ihm die Luft ab. „Atlatis hat mir nicht zu viel versprochen", dachte er um Atem ringend und starrte dabei auf ein großes Loch im Boden, aus dem Wasser sprudelte. Johns Herz raste nun so schnell, als wollte es ihm aus dem Hals springen. Er konnte sich nichts Schlimmeres vorstellen, als zu ertrinken.

Das Wasser floss mit ungeheurer Geschwindigkeit und ohrenbetäubenden Rauschen aus dem Loch im Boden. John stand wie vom Blitz getroffen da und starrte mit Entsetzen darauf. „Ich muss etwas unternehmen. Ich muss das Wasser stoppen", jagte es durch seinen Kopf. Rasch zog er seine Jacke aus und versuchte, sie in das Loch zu stopfen. Seine Schuhe waren bereits vollkommen durchnässt. Das Wasser in dem kleinen Raum ging ihm bis zu den Knöcheln.

Johns Todeszelle war etwas über zweieinhalb Meter hoch, so schätze er. „Wie lange wird es dauern, bis der Raum mit Wasser voll ist?", überlegte er ahnungslos und versuchte weiter, mit seiner Jacke das Loch abzudichten. Doch es klappte nicht. Der Stoff sog sich mit Wasser voll und bot keinerlei Hilfe. Mit hämmerndem Kopf beobachtete John das Wasser, wie es aus dem Loch hervorsprudelte. „Ich muss dieses verfluchte Wasser stoppen", sagte er laut und zwang sich zur Besonnenheit.

Doch wie sollte er das Wasser stoppen? Wie sollte er das anstellen? Das Wasser hatte nun fast seine Knie erreicht. „Verflucht noch mal, wieso fällt mir nichts Vernünftiges ein?", dachte er panisch. Ohne sich große Hoffnungen zu machen, holte er seine Vril-Kugel aus der Hosentasche hervor. „Stopp dieses Wasser", sagte er zu der Kugel, doch nichts geschah. „War klar", dachte er verdrossen und versuchte, mit der Kugel das Loch abzudichten. Doch auch das klappte nicht, da die Kugel viel zu klein war. Sie trieb mit dem Wasserstrahl nach oben, blieb darauf liegen und drehte sich wild im Kreis. Wutentbrannt nahm John das verfluchte Ding und schleuderte es mit voller Wucht gegen die Wand, worauf die Kugel in tausend Splitter zerbrach. Er starrte entsetzt auf die vielen kleinen Stücke am Boden, die silbrig glitzernd durch das Wasser schimmerten. Das hatte er nun auch wieder nicht gewollt. Jetzt war diese Kugel für immer unbrauchbar. „Na ja, auch egal", dachte er betrübt. „Ich benötige dich sowieso nicht mehr, du blödes Ding!", schrie er verbittert den kleinen Stückchen am Boden zu und wandte sich ab, ohne zu bemerken, dass sich die Stücke wie von Geisterhand wieder zu einer Kugel zusammenfügten. Seine Panik schlug jäh in Mutlosigkeit um. War dies hier wirklich sein Ende?

„Reiß dich zusammen", herrschte er sich laut an. „So etwas darfst du erst gar nicht denken. Denk lieber nach, wie du das Wasser aufhalten kannst." Alles Blut rauschte nun in seinem Kopf. „Denk schon!", schrie er laut. Das Blut pochte ihm in den Ohren. „Los jetzt, denk nach, verdammt!"

Doch es wollte ihm nichts einfallen. Seine Gefühle wechselten von Mutlosigkeit zu tiefer Verzweiflung. Er wollte keinesfalls sterben – und schon gar nicht so. Sein Herz raste noch immer wie wild und sein Atem ging schwer. Gehetzt blickte er sich in dem Raum wieder und wieder um, doch es gab nichts, was ihm hätte helfen können. Es war bloß ein leerer Raum mit eisenähnlichen Wänden.

Das Wasser reichte ihm bereits bis zum Bauch und ihm war furchtbar kalt. Sein ganzer Körper fröstelte und er begann, sich heftig zu schütteln. Das Wasser war so kalt, dass seine Haut brannte, als würde er in Feuer und nicht in eisigem Wasser stehen. Immer wieder schüttelte es ihn. Er war sich jedoch nicht sicher, ob das nur von der Kälte oder auch den angespannten Nerven kam. Neuerlich überkamen ihn Todesängste.

Plötzlich musste er an Babs denken und wie sie den gelblichen Brief in Vaters Arbeitszimmer fanden. „Hätte ich damals geahnt ... na egal, jetzt ist es ohnedies zu spät", überlegte er düster. Dann dachte er an July und seine Eltern, die er nie wiedersehen würde. Voller Verzweiflung trommelte er nochmals gegen die Tür. Das Wasser hatte nun seinen Oberkörper erreicht und ging ihm fast bis zur Brust. Ihn quälte ein furchtbar schlechtes Gewissen, da er Babs, Ben und Eddie hierher mitgenommen hatte. Er, und nur er, war schuld an ihrem Tod! Er konnte sich nicht verzeihen, so verantwortungslos gehandelt zu haben.

Er startete einen letzten verzweifelten Versuch, um das Loch im Boden abzudichten. Zitternd vor Kälte zog er seinen Pullover und sein T-Shirt aus. Aus den Sachen machte er zusammen mit seiner Jacke ein dickes Knäuel, das er wieder in das Loch stopfen wollte. Vielleicht konnte er ja damit erreichen, dass das Wasser etwas langsamer sprudelte. Das

Wasser war bereits so tief, dass er tauchen musste, um das Loch zu erreichen. Er machte ein paar kräftige Atemzüge, holte tief Luft und tauchte unter. Er blinzelte, um etwas klarer sehen zu können, und steuerte rasch auf die Vertiefung im Boden zu.

Während der kalte todbringende Wasserstrahl sein Gesicht umspülte und in seinen Ohren rauschte, versuchte er mit aller Kraft, sein Zeug in das Loch zu stopfen. Das Rauschen lastete dabei schwer auf seinem Trommelfell. John war einem Herzanfall nahe. Er musste auftauchen, um Luft zu holen. Er stieß mit dem Kopf nach oben, machte einen kräftigen Atemzug und tauchte sofort wieder unter.

Nach einiger Mühe und mehreren Versuchen blieb das Knäuel in der Vertiefung stecken, doch das Wasser sprudelte ungehindert weiter daraus hervor. Keuchend tauchte John wieder auf. Er fühlte sich schwindlig und benommen. Das Wasser hatte mittlerweile seine Schultern erreicht. Bald würde er schwimmen müssen, wenn er nicht gleich ertrinken wollte. Der Abstand bis zur Decke betrug noch achtzig oder neunzig Zentimeter. Lange würde sein Leben ohnehin nicht mehr dauern.

Fröstelnd dachte er ein letztes Mal an Babs, Eddie und Ben. Er hoffte für sie, dass sie einen schöneren und vor allem schnelleren Tod hatten. Oder waren sie doch klug genug, um von dem vergifteten Zeug nichts anzurühren? John wünschte es ihnen von ganzem Herzen. Er wusste, er würde es nicht mehr erfahren. Der Tod saß ihm nun mit eiserner Faust hartnäckig im Nacken und es gab nichts, was er dagegen tun konnte. Er musste bereits auf Zehenspitzen stehen, um kein Wasser zu schlucken, doch seine Zehen berührten kaum noch den Boden. Jetzt verstand er auch den seltsamen Spruch seines Vaters, der immer zu ihm gesagte hatte, wenn er etwas ausgefressen hatte und er in großen Schwierigkeiten steckte: „John, mein lieber, dir steht das Wasser bereits bis zum Hals." „Echt ein saublöder Spruch", dachte er nun in seiner abgrundtiefen Verzweiflung.

***

Babs, Eddie und Ben vertrieben sich die Zeit mit einem Ratespiel. Das Tablett stand noch unberührt auf dem kleinen Tischchen. Eddie wollte ein paar Mal aus dem Krug trinken, doch Ben hielt ihn jedes Mal hysterisch davon ab. Babs blickte auf ihre Uhr. Die schien aber nicht mehr richtig zu funktionieren. Mit klopfendem Herzen dachte sie an John und wie es ihm wohl ergehen würde.

Plötzlich schob sich die Tür auf und Achnum trat ein. Sein Gesicht verfinsterte sich, als er sie sah. Wütend starrte er sie mit funkelnden Augen an. „Wieso habt ihr nicht gegessen?", wollte er mürrisch wissen.

„Ach, wir sind nicht hungrig", sagte Babs, strich sich die Haare aus dem Gesicht und setzte eine Miene auf, als wäre es gerade die schönste Zeit ihres Lebens.

„So, ihr seid also nicht hungrig", sagte Achnum und verzog den Mund.

„Genau", sagte Babs und mühte sich nach Kräften, so unbekümmert wie möglich dreinzuschauen.

Achnum wirkte höchst unzufrieden. Er marschierte auf und ab und fixierte Babs, Eddie und Ben mit einem Blick größten Unbehagens. „Wenn ihr nicht freiwillig esst, stopfe ich es euch in den Rachen", knurrte er mürrisch.

„Lassen Sie uns sofort hier raus, Sie widerliches Stück Dreck", fauchte Eddie aufbrausend.

„Ich will endlich zu John", sagte Babs zornig, setzte aber ein gekünsteltes Lächeln auf.

„Und ich will nach Hause, du Armleuchter. Kapiert!", rief Ben mit hoher, schriller Stimme.

„Esst das, aber etwas plötzlich!", befahl Achnum streng, jedoch mit einem etwas einfältigen Blick.

„Wir werden essen, wann wir wollen", murrte Babs wütend und versuchte dabei, auf ihrem Gesicht weder Angst noch Nervosität zu zeigen. „Ich möchte endlich zu John, verstehen Sie."

„Blödes Pack", knurrte Achnum frostig. Seine fahle Haut nahm die Farbe saurer Milch an und seine Augen verengten sich gehässig.

„Iss es doch selbst, du widerlicher Kotzbrocken!", rief Ben aufgewühlt. Es kostete ihm all seinen Mut. Aufgeregt fummelte er an seinem Haarbüschel herum.

„Irgendwann werdet auch ihr hungrig werden", sagte Achnum hämisch grinsend, drehte sich um, ein gelber, lang gezogener Blitz zischte aus seiner Vril-Kugel, verformte sich zu einem Schlüssel, zischte in die Tür und die Tür schob sich zur Seite. Beim Hinausgehen murmelte er etwas in seiner Sprache, was aber nicht besonders freundlich klang, dann schob sich die Tür hinter ihm zu.

„Na, was habe ich euch gesagt!", rief Ben aufgeregt, als Achnum verschwunden war, und zupfte noch hektischer an seinem Haarbüschel herum. „Das Zeug ist vergiftet! Er kam nur, um nachzusehen, ob wir schon hinüber sind!"

Eddie überlegte, sah dabei aber ziemlich ungläubig drein. „Warum sollten sie uns vergiften?", sagte er grübelnd. „Das macht doch keinen Sinn."

„Warum sind wir deiner Meinung nach hier eingesperrt, häh?", fauchte Ben erregt „Denkst du, Achnum freut sich über unseren Besuch und dieser Matsch ist ein Ausdruck seiner Gastfreundschaft? Denkst du das wirklich, Mann?"

„Woher soll ich wissen, was dieser Armleuchter vorhat", schnauzte Eddie achselzuckend.

„Du hast wahrscheinlich recht, Ben", sagte Babs unvermittelt. „Der will uns wirklich vergiften." Mit skeptischem Blick betrachtete sie die Schüsseln mit der breiigen Masse „Wir dürfen von dem Zeug eben nichts anrühren", meinte sie etwas hilflos und sah dabei elend aus.

„Und was glaubst du, wie lange wir das durchhalten?", fragte Eddie mit gequältem Gesichtsausdruck. „Einen Tag oder vielleicht auch zwei – und was dann? Ich möchte nicht unbedingt verdursten. Es soll sehr grausam sein", fuhr er mit matter Stimme und herabhängenden Schultern fort. „Dein Körper trocknet immer mehr aus und du wirst dabei auch immer schwächer. Dich plagt die ganze Zeit unsagbarer Durst und schließlich ..."

„Hör auf!", schrie Babs verbittert und sah Eddie wütend an. „Heb dir deine Gruselgeschichten für einen besseren Zeitpunkt auf!"

„Wenn es doch wahr ist", brummte Eddie trotzig.

„Vielleicht lässt er sich ja etwas anderes einfallen. Etwas viel Grausameres, wenn es ihm zu lang dauert", meinte Ben plötzlich. „Vielleicht ertränkt er uns ja, wenn es mit dem Verdursten nicht klappt. Das geht schneller!"

„Red doch nicht so einen Stuss, Alter", fauchte Eddie entnervt.

„War ein Scherz! Aber ich sag euch, wir müssen von hier abhauen, wenn uns unser Leben lieb ist! Lange wird Achnum nicht mehr zusehen, wie wir ihm auf der Nase herumtanzen. Wir müssen hier weg."

„Und wie willst du das anstellen, Mr. Superman?", fragte Eddie spöttisch.

„Halt's Maul und hör zu", sagte Ben aufgekratzt, wild entschlossen, etwas zu unternehmen. „Wenn Achnum das nächste Mal kommt, stürzen wir uns auf ihn. Vielleicht bringen wir ihn gemeinsam zu Boden, dann könnten wir abhauen."

„Wo willst du denn hin? Wir wissen doch nicht mal, wo wir sind", sagte Eddie verständnislos.

„Egal, einfach weg von hier", fauchte Ben, „dann werden wir weitersehen."

„Könnte klappen", sagte Babs, sah dabei jedoch ausgesprochen bekümmert und skeptisch drein.

Eddie blickte Ben zweifelnd an. „Ich bin doch nicht die fette Ausgabe von Batman", murmelte er und wippte mit seinem Kopf hin und her. „Na gut, wie du meinst, versuchen können wir es ja", brummte er schließlich, klang dabei aber ziemlich unschlüssig, da er nicht sicher war, ob ihm der Gedanke an Batman ermuntern oder verunsichern sollte.

***

John musste bereits kräftig mit seinen Beinen strampeln, um sich über Wasser zu halten. Zwischen der Wasseroberfläche und der Decke war gerade noch genügend Platz für seinen Kopf.

„Bald habe ich es überstanden", dachte er fast erleichtert, da er zum Kämpfen kaum noch genügend Kraft hatte. Seine Arme schmerzten und seine Beine fühlten sich an, als wären sie aus Blei. Er wünschte sich nur noch, es endlich hinter sich zu haben. Er wollte auf dieses unvermeidlich grausame Ertrinken, das ihm gleich bevorstand, nicht noch länger warten müssen. „Je schneller es vorbei ist, desto besser", überlegte er erschöpft. Er war steif gefroren und konnte seine Arme nur noch mit Mühe bewegen. Das Schwimmen fiel ihm von Sekunde zu Sekunde schwerer. Immer wieder zog ihn seine nasse, schwere Jeans nach unten. Nur mit äußerster Anstrengung erreichte er dann wieder die Wasseroberfläche. Sein Herz pochte dabei jedes Mal noch wilder und sein Atem ging noch schwerer. Er wusste, sein Tod war unvermeidlich. Er wusste auch, wie nahe er dem Tod bereits war, allerdings strampelnd auf ihn zu warten, erforderte eine ganz andere Art von Mut.

Die Gesichter von Babs, Eddie und Ben drängten sich gewaltsam vor sein inneres Auge. Sie lächelten ihm zu, als wollten sie ihm Mut machen. Oder wollten sie sich verabschieden? Es gab schließlich keine

Abschiedsworte, keinen Abschiedsgruß. John verdrängte schweren Herzens ihre Gesichter aus seinem Kopf. Erschöpft und fast zu einem Eiszapfen erstarrt, strampelte er am ganzen Körper zitternd weiter. Auch aus seinen Lungen schien nun immer mehr Luft zu entweichen und jede Bewegung wurde zu einer schrecklichen Qual. Vor seinen Augen wurde es immer dämmriger. Angst überflutete ihn. Während sein Herz die letzten Takte einer viel zu kurzen Symphonie anschlug, war ihm, als gleite er durch ein großes schwarzes Loch in einen sehr tiefen Abgrund. Sein Gehirn fühlte sich nun auch eiskalt an und er konnte kaum noch denken. Der Tod hatte ihn fast erreicht. Er streckte bereits seine Hände aus, um ihn mit verheißungsvoller Miene zu sich zu locken.

Plötzlich hörte er an der Decke, unmittelbar über sich, ein polterndes Geräusch. „Was ist das denn?", dachte er wie elektrisiert und etwas Leben kehrten in seinen erschöpften Körper zurück. War dieses Geräusch bloße Einbildung? Ein letzter mühsamer Versuch seines strapazierten Geistes? John wusste es nicht. Er musste seinen Kopf bereits weit in den Nacken beugen, um überhaupt noch atmen zu können. Ja, er musste seinen Mund richtig an die Decke pressen, da das Wasser nur noch wenige Zentimeter von dieser entfernt war. Dadurch konnte er aber nicht gut hören, da seine Ohren ins Wasser tauchten. John holte mit letzter Kraft noch einmal tief Luft und drehte seinen Kopf zur Seite, damit er mit einem Ohr an der Decke lauschen konnte. Wasser spülte ihm dabei über das Gesicht, als wollte ihm die Hand des Todes behutsam die Wange streicheln. Er versuchte, sich zu konzentrieren, lauschte angestrengt, doch er konnte nichts mehr hören. Nur mit dem anderen Ohr, das sich unter Wasser befand, konnte er das todbringende Blubbern vernehmen, das von dem Loch im Boden zu ihm drang. Rasch drehte er den Kopf wieder nach oben, um noch einmal ordentlich Luft zu holen. Waren dies seine letzten Atemzüge?

Plötzlich hörte er einen lauten Knall, sah grüne Funken über die Decke zischen und danach hörte er eine Stimme. Nun war er fest davon überzeugt, sich das in seiner Todesangst bloß einzubilden. Wo um alles in der Welt sollte in dem überfluteten, abgeschotteten Raum eine Stimme herkommen? „Mann, jetzt dreh ich in den letzten Minuten meines Lebens auch noch durch", dachte er von Grauen erfüllt, fragte sich, warum sein Geist so grausam zu ihm war und wünschte, er würde damit aufhören. Seine Glieder waren steif, sein Nacken schmerzte, sein Mund klebte an der Decke, doch er wollte seinen Kopf nicht vorbeugen, da er sonst nicht mehr atmen konnte. Er wusste, nur noch ein paar Atemzüge trennten ihn vom Tod, doch auf die wollte er nun nicht verzichten. Hektisch sog er Luft in seine Lunge, als könnte er sie dort für später aufbewahren.

Nach einigen weiteren hektischen Atemzügen, als ihm plötzlich Wasser in den Mund lief, erkannte er die Aussichtslosigkeit. Ihm wurde klar, diesen Kampf, konnte er nicht gewinnen. Also wozu noch länger kämpfen? Nur um seine Qualen noch etwas hinauszuzögern? Er beschloss, sich untergehen zu lassen, es hinter sich zu bringen, dem Unausweichlichen entgegenzutreten. Alles, was jetzt kommen würde, würde mit Sicherheit schrecklicher sein als alles, was er je erlebt hatte, und er wollte es so kurz wie möglich halten. Gerade als er aufhörte, seine Arme zu bewegen, die ihn nur noch mühselig über Wasser hielten, vernahm er erneut diese Stimme.

„Bin ich schon tot?", dachte er fast etwas erleichtert. „Nein, tot bin ich bestimmt nicht. Das fühlt sich ganz sicher anders an." Felsenfest davon überzeugt, sich alles nur einzubilden, drehte er sich schwimmend im Kreis, wobei seine Nase schmerzhaft an der Decke schrammte. Wasser lief ihm in die Nasenlöcher. Mit weit aufgerissenen Augen betrachtete er die Decke. Es sah alles nur schemenhaft, da seine Augen vom Wasser umspült wurden und das spärliche Licht an der Decke ebenfalls von Wasser umspült wurde. Einzig seine Nase ragte noch heraus. Plötzlich durchzuckte ein kleiner Hoffnungsschimmer seinen frierenden, zitternden, von Angst und Panik geplagten Körper. Schemenhaft sah er ein großes Loch in der Decke. Ein richtiges Loch! Oder spielte ihm seine Fantasie einen üblen Streich? Mit weit zurückgebeugtem Kopf schwamm er auf das vermeintliche Loch zu. Wasser lief ihm dabei in die Nase und hinderte ihn stark beim Atmen. Er bekam kaum noch Luft. Er spürte, wie immer mehr Wasser durch seine Nase drang und ihm langsam den Hals hinablief. Er hatte furchtbare Angst, jeden Moment zu ertrinken. In seinem Kopf tauchten seltsame Bilder auf.

„Gleich ist es so weit", erwägte er panisch. Erneut überkamen ihn Zweifel an seiner Wahrnehmung. Dieses Loch war bestimmt auch nur ein Produkt seiner Einbildung, denn es war vorher ja auch nicht da. Warum spielte ihm seine Fantasie einen so grausamen Streich? Es war auch so schon schlimm genug. Da brauchte er seine Hirngespinste nun wirklich nicht. Als er das vermeintliche Loch in der Decke erreichte, hörte er abermals diese Stimme. Sie klang, als würde sie aus einer anderen Welt kommen. „Jetzt hat es mich erwischt", dachte er, schloss die Augen und strampelte so verzweifelt mit seinen Beinen, dass es sich anfühlte, als würde jeder Muskel vor Erschöpfung schreien. Sogar sein Kopf schien nun voll Wasser zu sein. Er konnte nicht mehr atmen. Er brauchte Sauerstoff. Er wollte nicht sterben, doch das Wasser hatte nun die Decke erreicht.

Plötzlich glaubte er, zu spüren, wie sein Kopf durch die Wasseroberfläche stieß. Warum musste sein Geist so erbarmungslos zu ihm sein? Seine Luft wurde immer knapper. Sein Hals brannte und in seiner Lunge entstand ein entsetzlicher Druck. Er konnte es nicht länger aushalten. Ein letzter Gedanke an Babs, Eddie und Ben, dann hörte er auf, mit den Beinen zu strampeln, und riss den Mund auf. Klare Luft stach ihm in den Rachen. Er sog sie in hektischen Zügen ein und es schien ihm, als hätte er nie leichter geatmet. Unsicher, ob das wirklich passierte, öffnete er ein Auge und blickte sich benommen um. Es war düster, doch er konnte eindeutig, wenn auch sehr verschwommen, die Gestalt eines hübschen Mädchens wahrnehmen.

„Wenn diese Sinnestäuschung zum Sterben gehört", überlegte er fröstelnd, „ist Sterben nicht mal so schlecht."

Furchterregende Kugelblitze

„Los, raus da", hörte John eine Stimme an seine Ohren dringen. „Babs, bist du das?", fragte er verunsichert, dachte aber betrübt, wenn es Babs wäre, müsste sie auch tot sein.

„Wir müssen die Luke rasch schließen", hörte er die Stimme wieder in seinen Ohren, in denen aber auch das Rauschen des Wassers hallte.

„Bin ich tot?", fragte John und spürte, wie jemand an ihm zerrte. Schemenhaft sah er erneut dieses Mädchen durch seine halb geöffneten Augenlider, das sich nun über ihn beugte.

„Hilf mit", forderte ihn das Mädchen auf und zog kräftig an seinen Armen.

„Wieso sagt einem keiner, dass das Sterben so seltsam ist?", dachte John total benommen und kletterte mithilfe dieses Mädchens aus der Luke. Er spürte, wie er zur Seite gezogen wurde, begriff aber nicht wirklich, was vorging. Plötzlich gab es einen Knall. John riss den Kopf herum und sah gerade noch, wie grüne Funken über einen Deckel zischten, der ihn entfernt an die Ausstiegsstelle eines U-Bootes erinnerte. Er war jedoch viel zu benommen, um sich darüber Gedanken zu machen. Sein trüber, verschwommener Blick wurde etwas klarer. Er erkannte nun, dass dieses Mädchen nicht Babs sein konnte, da es einen gelb schimmernden Overall trug.

„Das war buchstäblich in letzter Sekunde", raunte das Mädchen erleichtert. „Tut mir sehr leid, Enlil, ich wollte dich schon früher hier rausholen, habe aber erst jetzt herausgefunden, wo sich diese verdammte Luke befindet."

John betrachtete das Mädchen etwas genauer. Es sah, wie er nun fand, Babs etwas ähnlich, war aber viel hübscher, was er Babs natürlich nie sagen würde. Es war sogar ausgesprochen hübsch, wie er nun bemerkte, ungefähr siebzehn Jahre alt und wirkte ziemlich erwachsen. Ihm wurde ein bisschen schwummrig in der Magengegend, was jedoch, wie er glaubte, nichts mit seiner Todesangst zu tun hatte.

„Wer bist du?", stieß er unsicher hervor und klang dabei ein wenig überdreht.

„Ich bin Inana, deine Cousine", sagte das Mädchen mit einem milden Lächeln in seinen blauen Augen und strich sich sein langes blondes Haar anmutig nach hinten.

„Oh nein! Nicht schon wieder jemand aus meiner reizenden Familie, der mich umbringen will!", rief John entsetzt und das schwummrige Gefühl löste sich rasend schnell in Luft auf.

„Bist du verrückt?", fragte Inana in sanftem Ton. „Ich habe dir eben dein Leben gerettet, falls du dich noch erinnerst. Ich will dich doch nicht umbringen."

Misstrauisch betrachtete John seine angebliche Cousine. „Woher weißt du, wer ich bin?", erkundigte er sich schroff. „Und woher wusstest du, dass ich hier drin stecke?"

Inana senkte ihren Blick. Sie sah aus, als würde sie nach einer Ausrede suchen und hoffen, diese auf dem Boden zu finden. „Ist eine lange Geschichte", sagte sie nach kurzem Zögern ausweichend. „Für lange Reden haben wir aber keine Zeit."

„Dann fass dich eben kurz", pflaumte sie John argwöhnisch an.

„Ich erzähl's dir später", sagte Inana abwimmelnd. „Wir müssen von hier verschwinden!"

„Wie du meinst", murmelte John ausdruckslos. Er war sich nicht sicher, ob das alles wirklich passierte. Womöglich strampelte er ja nach wie vor in dem wassergefüllten Raum und es spielt bloß sein Geist total verrückt.

„Ich habe dir trockene Kleidung mitgebracht", sagte Inana und hielt ihm einen von diesen schimmernden Overalls hin. Allerdings in Kindergröße. „Damit siehst du aus wie wir und wirst nicht so leicht erkannt. Los, zieh ihn schnell an. Ich möchte weg sein, bevor Atlatis herausfindet, dass du keine unansehnliche Wasserleiche bist."

John erschauderte bei diesem Gedanken, nahm den Overall und betrachtete ihn skeptisch. Dieses Ding sah tatsächlich wie ein Anzug eines Automechanikers aus, nur eben sehr klein.

„Mach schon", drängte Inana ungeduldig. „Er wird dir schon passen. Du wirst sehen."

John glaubte ihr kein Wort. „Die will sich doch bloß über mich lustig machen", dachte er verärgert, beschloss aber, es zu versuchen, da ihm Inanas eindringliche Blicke nervös machten. „Ähm, würdest du dich mal umdrehen", murrte er gnatzig und zog sich schnell seine Schuhe und seine klitschnasse Hose aus, als Inana grinsend ihren Kopf zur

Seite drehte. Kopfschüttelnd steckte John einen Fuß in den Overall und kam aus dem Staunen nicht mehr heraus. Dieses eigenartige Ding wurde beim Reinschlüpfen immer länger. Es war fester, weicher Stoff, der nicht elastisch war, aber dennoch beim Anziehen immer breiter und länger wurde. John konnte es kaum fassen. Als er den Overall anhatte, durchströmte behagliche Wärme seinen frierenden Körper. Es fühlte sich an, als würde das zarte gelbe Licht, das dieses Ding tatsächlich selbstständig abstrahlte, auch durch ihn hindurchstrahlen. „Sonderbares Zeug", reflektierte er und zupfte an dem Overall herum.

Inana, die sich einen kurzen Blick nicht verkneifen konnte und sein verblüfftes Gesicht sah, sagte: „Erklär ich dir auch später, Enlil. Jetzt lass uns von hier verschwinden."

„Ähm, könntest du mich bitte John nennen?"

„Enlil ist ein sehr bedeutender Name. Du solltest stolz drauf sein. Nur direkte Nachfahren von Enki haben das Recht, ihn zu tragen", tadelte ihn Inana mit verständnisloser Miene, zuckte jedoch gleichgültig mit den Schultern. „Aber wenn du möchtest, von mir aus. Dann eben John."

John war erleichtert. Auch wenn dieser Name etwas Bedeutendes sein sollte, gefiel er ihm nicht besonders gut.

„Komm endlich", sagte Inana und begann zu laufen, noch bevor John fragen konnte, wer dieser Enki war.

Er schlüpfte rasch in seine Schuhe, nahm seine nasse Jeans und hastete Inana hinterher. Sie liefen ein gutes Stück durch einen kurvigen Tunnel, der stetig leicht nach oben führte, als John sich fragte, wo sie eigentlich hinliefen. „Wo bringst du mich hin?", erkundigte er sich keuchend, während er Inana durch die verschlungenen Windungen des Tunnels folgte.

„Weg von hier. An einen sicheren Ort, an dem dich Atlantis nicht so schnell finden wird."

John blieb abrupt stehen. „Und was wird aus Babs, Eddie und Ben?", schrie er aufgebracht und musterte Inana misstrauisch. „Du denkst doch nicht etwa, ich werde ohne sie von hier verschwinden."

Inana begann zu kichern. John sah sie entgeistert an. „So heißen die?", sagte Inana mit breitem Grinsen. „Babs, Eddie und Ben sind wirklich ihre Namen? Ist ja ulkig. Keine Sorge, Enlil … äh … John, die nehmen wir natürlich mit."

John stierte Inana noch immer entgeistert an.

„Vertrau mir einfach, komm schon", brummte Inana trotzig, da sie Johns Misstrauen spürte. „Du musst dich etwas sputen! Wir müssen die drei befreien, bevor Atlantis dein Verschwinden bemerkt. Glaub mir, er wird mächtig wütend werden und ich möchte ihm nicht begegnen, wenn er wütend ist, da er bereits in zufriedenem Zustand gefährlich ist."

„Da ist was dran", murmelte John und hoffte, es würde für Babs, Eddie und Ben nicht schon zu spät sein. Die Ungewissheit, ob sie noch lebten, legte sich wie Frost auf ihn, dessen beißende Kälte kaum zu ertragen war. Sein Misstrauen gegenüber Inana war wie weggeblasen. Er machte sich nur noch Sorgen um Babs, Eddie und Ben. Schnell hastete er hinter Inana her.

Sie liefen ein gutes Stück durch den immer breiter werdenden Tunnel und jäh sah John einen mächtigen Rundbogen, der aus einer Felswand ragte. Als sie näher kamen, begann der Rundbogen zu leuchten und strahlte plötzlich in den Farben des Regenbogens. An beiden Seiten des Bogens erschien in Schulterhöhe je eine steinerne Fratze aus dem Nichts, die wie gefiederte Schlangenköpfe aussahen und gespenstisch rot leuchtende Augen hatten. Sie wuchsen einfach aus der Felswand heraus und wurden immer größer. John starrte so entgeistert darauf, dass er gar nicht bemerkte, wie ihm der Mund nach unten klappte. Inana langte in ihren Overall, holte eine Vril-Kugel hervor und reichte sie John.

„Was soll ich damit?", erkundigte er sich und griff zögerlich danach.

„Öffne die Tür!"

„Welche Tür?", fragte John verblüfft und blickte auf den Regenbogen.

„Na, diese hier", sagte Inana belustigt und deutete auf den Regenbogen.

„Das soll eine Tür sein?", erkundigte sich John überrascht.

„Ja", sagte Inana, „mach endlich auf."

„Und wie soll ich das anstellen?", brummte John verlegen.

Inana nahm ihm die Vril-Kugel wieder ab, ließ einen Stab – wie Achnum im Aircutter – aus ihr wachsen und reichte sie John wieder.

„Grundkurs für Anfänger", sagte sie dabei mit verschmitztem Grinsen und John lief rot an. „Du nimmst die Vril-Kugel am Stab und berührst mit der Kugel ein Auge." Sie deutete dabei auf die Augen der steinernen Fratzen. „Dabei sagst du: ouvrir. Wenn du es etwas besser kannst, musst du nichts sagen. Es genügt dann, wenn du ouvrir denkst.

Und wenn du es einmal voll drauf hast, schickst du einen Ouvrirblitz aus deiner Vril-Kugel in ein Auge. Dazu brauchst du keinen Stab. Du kannst den Blitz direkt aus der Kugel abfeuern. Ganz locker aus dem Handgelenk heraus, verstehst du. Es ist ein lang gezogener, gelber Blitz, der sich in einen antiken Schlüssel umformt und in das Auge eindringt, wenn du richtig zielst. Das gilt für jeden Durchgang. Auch wenn du den Durchgang nicht siehst, weil er mitunter nur eine gewöhnliche Wand ist, erkennst du ihn an dem Kopf mit den leuchtenden Augen. Somit weißt du immer, wo sich ein Durchgang befindet. Dasselbe gilt auch für schlichte Türen, an denen sich kein Kopf befindet. Feuer einfach einen Ouvrirblitz gegen die Tür, egal wohin, du musst nur die Tür treffen, dann geht sie auf. Wenn sich der Blitz in keinen Schlüssel umformt, hast du etwas falsch gemacht. Aber es ist nicht schwierig. Versuch es einfach. Du wirst sehen, wie leicht es geht. Selbst Zweijährige haben das bereits drauf."

„Ist ja beruhigend", murmelte John und dachte an Achnums Ouvrirblitz. Mit klopfendem Herzen stellte er sich nun vor eine Fratze. Er war furchtbar aufgeregt. Dieses schwummrige Gefühl war auch wieder da, machte ihn zusätzlich nervös und vernebelte sein Denken. Er wollte sich vor Inana auf keinen Fall blamieren, wenn, wie sie sagte, es selbst Zweijährige konnten. Er umklammerte den Stab wie eine Waffe, berührte mit der Kugel eines der gruseligen Augen und murmelte: „Ouvrir", doch nichts geschah.

„Ich wusste doch gleich, dass ich mich lächerlich mache", dachte er zornig. „Wieso haben die bloß keine normalen Türen?" Unsicher, mit rot angehauchten Wangen, sah er Inana glupschäugig an.

„Du wirst es schon noch lernen", sagte sie mit einem äußerst milden Lächeln und sanfter Stimme, was Johns Situation nicht gerade verbesserte. „Probiere es noch mal und sag deutlich ouvrir, aber beeil dich bitte!"

John, der sie noch immer anstarrte, stach die Kugel in ein anderes Auge, sagte laut und bestimmt: „Ouvrir, du Mistding", und dachte dabei fast flehend: „Bitte lass mich nicht hängen."

John sah keinen Blitz aus der Kugel zischen, da er sie ja in das Auge gerammt hatte, doch die Felswand fing innerhalb des Regenbogens an zu flirren wie heiße Luft über kochendem Asphalt und löste sich langsam auf.

Sekunden später wurde ein großer Durchgang sichtbar, der nun von dem Regenbogen umrahmt wurde. Es war der beeindruckteste Torbogen, den John je gesehen hatte.

„Na siehst du, war doch gar nicht so schwer, oder?", kicherte Inana. „Das *Mistding* hättest du dir allerdings ersparen können!"

John schoss das Blut in den Kopf und sein Gesicht wurde knallrot. Er fühlte sich plötzlich wie ein dummes kleines Kind.

Hinter dem Torbogen befand sich ein langer düsterer Korridor, der so gar nicht zu dem strahlenden Rundbogen passen wollte. Inana lief los, hastete den Korridor lang, eine Treppe und mehrere Stockwerke hoch, lief einen weiteren Korridor lang, hastete an unzähligen Abzweigungen und Türen vorbei und dann wieder eine Treppe runter. John hatte fast Schwierigkeiten, mit ihr Schritt zu halten, die Orientierung hatte er ohnehin längst wieder verloren. Inana lief noch ein Stück einen Korridor lang, der in Johns Erinnerung etwas rührte, da ihm die vielen Statuen bekannt vorkamen, und deutete dann auf eine Tür. Wohl ohne Türschnalle, aber immerhin eine Tür.

John, der noch immer den Stab in seiner Hand hielt, berührte mit der Kugel die Tür, sagte: „Ouvrir", und betete, dass es klappen würde. Zu seiner Überraschung klappte es sofort und die Tür glitt lautlos auf. „Wow, klasse, ich kann's", freute er sich innerlich, doch seine Euphorie hatte ein jähes Enden, denn plötzlich packte ihn jemand und wirbelte ihn herum. Er wurde davon so überrascht, dass er ins Wanken geriet. Er wollte zurückweichen, doch schon stürzte sich noch jemand auf ihn, mit beiden Händen fest um seinen Hals. Gleich darauf traf ihn ein Aufwärtshaken und schleuderte ihn bäuchlings zu Boden. Der Stab mit der Vril-Kugel flog ihm aus der Hand. Er griff danach, ohne darüber nachzudenken, was er damit wollte, doch jemand umklammerte seinen Oberkörper und er konnte sich nicht mehr bewegen. Gleich darauf wurde ihm ein Knie in den Rücken gepresst. John schrie auf und versuchte, seine Angreifer abzuschütteln. Es ging alles so schnell, dass er gar nicht begriff, was mit ihm geschah. Keuchend rang er nach Luft und versuchte, sich aus dem Körperknäuel freizukämpfen.

„Los, haut ab! Schnell!", hörte er im selben Moment eine Stimme rufen, die ihm sehr vertraut vorkam.

Der Druck auf seinen Körper ließ nach, er rappelte sich rasch hoch und sah, wie Babs, Eddie und Ben unter Inanas verwirrten Blicken den Korridor entlangstürmten und davonliefen.

„Seid ihr verrückt?", rief John ihnen verblüfft nach und hob den Stab mit der Vril-Kugel geistesabwesend auf. „Wo zum Teufel wollt ihr hin?" Babs blieb stehen und drehte sich verwundert um. Sie kniff die Augen mit so angestrengter Miene zusammen, als versuchte sie, mühsam etwas zu begreifen.

„Wie siehst du denn aus!", rief sie überrascht, als sie begriff, was sie sah. Ihr Herz macht vor Freude einen großen Hüpfer. „Bist du's wirklich?", fragte sie dann skeptisch und musterte John argwöhnisch.

Ben und Eddie, die den Korridor schon ein gutes Stück runtergelaufen waren, blieben verdutzt stehen und drehten sich um.

„Mit wem zum Henker spricht Babs", murmelte Ben entsetzt.

„Meine Fresse, das ist doch John", entfuhr es Eddie verblüfft, als er seinen Freund erkannte. „Wo hast du diese coolen Klamotten her?", fragte er begeistert und ging zurück. „Dieses leuchtende Zeug sieht echt abgefahren aus. Und erst der Stab mit der Kugel in deiner Hand. Echt krass, Mann!"

„Könnten wir endlich machen, dass wir von hier wegkommen?", zischte Inana ungeduldig und trat aus den Schatten einer Nische hervor.

„Wer ist das denn?", rief Babs viel steifer, als es sonst ihre Art war. Mit weit aufgerissenen Augen starrte sie gebannt von Inana zu John.

„Das ist Inana", sagte John knapp und gab Inana die Vril-Kugel zurück. „Ich werde euch alles später erklären. Wir müssen erst von hier weg."

„Ich will aber jetzt wissen, was los ist. Wo kommst du eigentlich her? Und wieso hast du diese Klamotten an?", fragte Babs mit sturer Miene.

John kam nicht mehr dazu, Babs zu antworten, denn plötzlich hörte er lautes Stimmengewirr und trampelnde Schritte, die Unheil verkündend über eine Treppe nach oben hallten. Das warme Feuer der Erleichterung, das in ihm aufgelodert war, als er Babs, Eddie und Ben wohlbehalten wiedergesehen hatte, erlosch in etwas Eisigem, das nun durch seinen Körper strömte und ihm das Gefühl einer düsteren Vorahnung bescherte.

„Kommt her! Stellt euch zu mir. Wir müssen verschwinden", flüsterte Inana, da sich die Stimmen bedrohlich näherten. „Wir dürfen es zu keinem Kampf kommen lassen. Gegen Atlantis haben wir keine Chance. Seine Fähigkeiten im Umgang mit Vril sind Furcht einflößend." Sie hielt ihnen ihre Vril-Kugel mit ausgestreckter Hand entgegen und deutete ihnen ihre Finger daraufzulegen.

Babs, Eddie und Ben hatten keine Ahnung, wovon Inana redete und wen oder was sie mit Atlatis meinte. Bis John begriff, war es jedoch zu spät. Atlatis und Achnum erschienen – gefolgt von Lulu und einem weiteren Typen – am anderen Ende des Korridors.

Babs stieß einen spitzen Schrei aus, als sie Atlatis sah und riss die Augen ungläubig auf. „Der sieht ja aus wie ..." Weiter kam sie nicht, dann Atlatis' kalte Stimme fegte wie ein eisiger Wintersturm durch den Korridor und ließ sie entsetzt erstarren.

„Dieses Bürschchen gehört mir!", brüllte Atlatis den anderen fuchsteufelswild zu. „Wagt es ja nicht, ihn anzurühren!"

John schluckte schwer und sah den Korridor zu Atlatis runter. Die Entfernung zu ihm betrug gut fünfzehn Meter. Atlatis' Stimme hallte unheilvoll in seinen Ohren nach und seine Augen funkelten John bedrohlich an. Er wurde von einer Panik erfasst, die ihn so fest im Griff hatte, dass er Atlatis anstarrte, ohne sich zu bewegen. Plötzlich ließen Atlatis' Augen von ihm ab, in seinem Gesicht stand pures Erstaunen, doch gleich darauf nahmen seine Gesichtszüge einen beängstigenden Ausdruck an. In seinen Augen flackerte ein irrer Glanz.

John wirbelte mit dem Kopf herum und folgte Atlatis' Blick. Er galt Inana, die gerade hinter einer großen Statue hervortrat und ihre Vril-Kugel auf Atlatis richtete. Dann, ohne Vorwarnung, schoss ein weißer Blitz, der sich in eine kleine dünne Speerspitze umformte, aus Atlatis' Vril-Kugel und raste auf Inana zu. John, Babs, Eddie und Ben drückten sich gegen die Wand und sahen entsetzt zu Inana, die sich rasch wegduckte. Wie es schien, versuchte sie aber nicht sich selbst, sondern ihre Vril-Kugel vor der heransausenden Speerspitze zu schützen, was ihr allerdings nicht gelang. Die Speerspitze streifte ihre Vril-Kugel gerade noch, die kurz weiß leuchtete und gleich darauf eine hässliche dunkle Schlammfarbe annahm.

„Verdammter Mistkerl", fauchte Inana Atlatis zu, der sie hämisch anlächelte.

„Dachtest du, du könntest mich aufhalten, du dummes Ding?", schallte Atlatis' Stimme durch den Korridor, der seine Überraschung, Inana hier zu sehen, offenbar längst überwunden hatte. „Dachtest du, du könntest mit deiner Vril-Kugel gegen mich antreten, Cousinchen? Nun, dann zeig mir mal, ob du auch mit einer blockierten Kugel etwas anfangen kannst!"

Inana wusste, ihre Chancen, zu entkommen, neigten sich gegen null. Atlatis hatte mit dem Speerspitzenblitz, auch Nokblitz genannt, ihre

Vril-Kugel für einige Zeit unbrauchbar gemacht. Es war ein sehr schwieriger Abwehrblitz, der die Kugel eines Gegners blockierte. Sie wollte John, Babs, Eddie und Ben warnen, doch schon peitschte ein weiterer Blitz aus Atlatis Vril-Kugel, formte sich zu einem kleinen schwarzen Kugelblitz und schoss auf John zu. Ein fürchterliches Zischen, wie von einer Gewehrkugel, durchschnitt dabei die Luft. John war so überrascht, dass er sich nicht bewegte, doch er hatte Glück, denn der Blitz verfehlte ihn um Haaresbreite, schoss den schnurgeraden Korridor lang und verglühte, ohne etwas zu treffen. Atlatis' Augen funkelten John gefährlich an. Heißes Blut floss John ins Gehirn. Atlatis Augen bekamen ein fanatisches Glühen und schon schoss abermals ein schwarzer Kugelblitz auf John zu. Er konnte sich gerade noch rechtzeitig wegducken, doch der Kugelblitz surrte ihm so knapp über den Kopf, dass er den Windhauch in seinen Haarspitzen spürte. Der Blitz schlug hinter ihm in die Wand ein und sprengte ein ordentliches Loch heraus. Mauerteile stoben durch die Luft und hüllten den Korridor in eine riesige Staubwolke.

„Lauft!", rief Inana, die die Chance erkannte. Sie stürmte, ohne zu warten, los und verschwand in der Wolke aus herumwirbelndem Schutt und Staub.

„Sie dürfen nicht entkommen, aber ich will sie lebend, verstanden", hörte John Atlatis rufen und sah aus vier Vril-Kugeln schwarze und blaue Kugelblitze auf sich zurasen. Er warf sich panisch zu Boden, spürte, wie seine Haare im Wind der Blitze wehten, hörte Einschläge, sah eine Statue durch die Luft wirbeln, eine andere neben Babs zerbersten und eine noch größere Staubwolke schwebte auf ihn zu. Babs, Eddie und Ben standen noch immer flach an die Wand gedrückt und sahen mit furchterfüllten Augen zu John.

„Kommt schnell!", rief John ihnen zu, rappelte sich auf, stürmte los, tauchte in die Staubwolke und verschwand.

Babs handelte instinktiv richtig. Sie rannte fast gleichzeitig mit John los, ohne zu begreifen, was eigentlich vor sich ging. Eddie und Ben sahen sich kurz an, dann hasteten auch sie los und verschwanden in der dichten Wolke aus Staub.

In heilloser Verwirrung stürzten sie weiter durch den Korridor. Sie liefen und liefen immer den Gang lang, der nicht enden wollte, und mussten sich unzählige Male vor den Kugelblitzen, die Atlatis, Achnum, Lulu und der vierte Typ ihnen hinterherschleuderten, wegducken. Die Dinger zischten John, Babs, Eddie und Ben wie kleine schwarze und blau Kanonenkugeln um die Ohren. Manche schlugen in der Wand ein und verursachten noch mehr Staub, manche schlitterten den Boden entlang, hinterließen tiefe Furchen und erloschen. Einer dieser Kugelblitze sauste John zwischen den Beinen durch und brachte ihn fast zum Straucheln, traf ihn aber nicht. Johns Herz raste wie verrückt. Seine Hoffnung, hier lebend rauszukommen, schwand mit jeder Minute mehr. Er lief immer schneller, dicht gefolgt von Babs, Eddie und Ben, kämpfte sich halb blind durch die mächtige Staubwolke, die mittlerweile den ganzen Korridor einnahm, und sah plötzlich Inana, die inmitten einer flirrenden Wand stand.

„Los, beeilt euch", rief sie John, Babs, Eddie und Ben zu. „Lauft durch, es geschieht euch nichts." Die vier liefen, ohne zu überlegen, durch die flirrende Wand, die sofort wieder zu massivem Stein wurde, und standen völlig verblüfft in einem abschüssigen Tunnel.

„Was sind das für schwarze und blaue Dinger, die sie uns da auf den Hals hetzen?", erkundigte sich John keuchend bei Inana.

„Sie wollen uns nur aufhalten", sagte Inana und lief in den Tunnel. „Es sind bloß Looper und Akineseblitze. Sind nicht gefährlich, man sollte aber dennoch keinen abbekommen. Lauft weiter, schnell!"

Babs, Eddie und Ben machten einen ziemlich verwirrten Eindruck, liefen aber, so schnell sie konnten, hinter John her, der dicht an Inanas Fersen klebte.

„Was meinst du mit Looper und Akineseblitze?", keucht John, der kaum mit Inana Schritt halten konnte.

„Ein Akineseblitz lähmt deine Gliedmaßen", erklärte Inana, ohne ihr Tempo zu verringern. „Atlatis will uns lebend, sonst würden uns rote Kugelblitze um die Ohren sausen. „Die blauen Lopper ... duck dich, John!"

Wieder sausten schwarze und blaue Blitze an ihnen vorbei. John warf einen raschen Blick zurück und sah gerade noch, wie sich die Wand abermals flirrend schloss. Sie hatten einen schönen Vorsprung, doch der nützte ihnen nicht viel. Die Blitze schossen auf sie zu und verfehlten sie oft nur um Haaresbreite.

Auf einmal gabelte sich der Tunnel in einer engen Kurve. Inana hastete in den ansteigenden Teil des Tunnels und verschwand hinter einer Biegung. John, Babs, Eddie und Ben rannten ihr, wie vom Teufel geritten, nach.

„Denkst du, wir haben eine Chance?", keuchte John Inana völlig außer Atem zu, als er sie wieder eingeholt hatte.

„Ich hoffe", antwortete Inana knapp, legte noch einen Zahn zu, wandte ihren Blick nach hinten, doch durch die Biegung des Tunnels hatte sie ihre Verfolger aus dem Blickfeld verloren.

„Ich hoffe, sie hat recht", keuchte Eddie nach Luft japsend.

Plötzlich ertönte unverständliches Geschrei. Es hallte von den Wänden wider und ließ John die Beine weich werden.

„Sie sind bei der Abzweigung", sagte Inana. „Lauft, so schnell ihr könnt!"

„Welchen Tunnel?", hörte John plötzlich eine Stimme rufen, die er als die von Achnum zu erkennen glaubte, und seine Nackenhaare stellten sich auf. Er hoffte, sie würden den falschen Tunnel nehmen. Ein rascher Blick zu Babs, Eddie und Ben sagte ihm, dass sie bereits völlig außer Atem waren und kaum noch schneller laufen konnten.

„Los, weiter, ihr schafft das", feuerte John sie an und warf erneut einen raschen Blick zurück. Ein kalter Schauer jagte ihm über den Rücken und er dachte: „Hätte ich mich bloß nicht umgedreht", denn Atlatis, Achnum, Lulu und der vierte Typ tauchten gerade in diesem Moment auf. „Gleich haben sie uns", überlegte er bestürzt. Ihr Abstand wurde von Sekunde zu Sekunde geringer. Neuerlich zischte John ein schwarzer Kugelblitz um die Ohren. Er duckte sich geschickt weg, während er unbeirrt weiterlief. Der Blitz schlug neben ihm im Felsen ein und sprengte ein riesiges Stück heraus. Steinbrocken schwirrten durch die Luft. Einer verfehlten Bens Kopf nur ganz knapp, ein anderer traf Babs Schulter. Die schrie laut auf, gab John aber zu verstehen, dass ihr nichts passiert war. Angst raubte ihr dennoch den Atem. Sie spürte ein heftiges Stechen in der Seite, doch sie rannte weiter, sich bewusst, nicht mehr lange durchzuhalten.

„Haltet durch", schnaufte Inana und schleuderte einen blauen Kugelblitz aus ihrer Kugel auf ihre Verfolger. „Endlich funktioniert das Ding wieder", sagte sie dabei. Ihre Vril-Kugel war nun nicht mehr blockiert. Ihre hässliche schlammige Farbe war endlich wieder einem strahlenden Grün gewichen. Ihr blauer Kugelblitz schlug in den Boden ein, verursachte einen breiten Riss, traf aber keinen Verfolger. Sie feuerte gleich noch zwei ab und einer davon traf.

John, Babs, Eddie und Ben verfolgten wie versteinert das Geschehen. Was sie nun zu sehen bekamen, war besser als alles, was sie jemals in irgendeinem Actionthriller gesehen hatten, und ließ sie völlig vergessen, weiterzulaufen. Es war Lulu, wie John erkannte, der von Inanas blauen Kugelblitz getroffen wurde. Der Kugelblitz drang durch seinen Overall in seinen Körper ein, als wäre dieser weicher als Butter, und einen Moment lang leuchtete der ganze Overall blau. Es schien, als würde selbst sein Leib unter dem Overall blau leuchten. Auch sein Kopf glühte unheimlich blau, dann riss es ihn von den Füßen. Er hob ab wie eine Rakete und wurde nach hinten geschleudert. Dabei drehte er sich einmal in der Luft, krachte mit einem widerlichen knackenden Geräusch auf den Rücken und blieb reglos liegen. Atlatis starrte mit wutverzerrter Miene zu Inana, beugte sich über Lulu, dessen Kopf noch immer in einem zarten Blau strahlte und redete auf ihn ein.

„Habt ihr das gesehen", entfuhr es Ben mit ungläubiger Miene. „Und das nennst du ungefährlich?", sagte er dann zu Inana, die breit schmunzelte.

„Alter Schwede", raute Eddie begeistert und sah Inana bewundernd an.

„Legt ihr alle so ein barbarisches Verhalten an den Tag?", fragte Babs kühl mit einem Blick zwischen Missbilligung und Anerkennung.

„Das, John, war ein Looper", erklärte Inana grinsend. „Reißt jeden Verfolger von den Füßen."

„Durchaus brauchbar", sagte Eddie beeindruckt. „Wie es den in der Luft zerlegt hat, einfach genial."

„Der Typ hat sicher keinen heilen Knochen mehr", dachte John mitleidlos und wollte sich gar nicht vorstellen, wie es gewesen wäre, hätte ihn so ein Blitz getroffen.

„Achnum", hörte John plötzlich Atlatis fauchen, „kümmere dich um Lulu. Ich schnapp mir jetzt dieses Bürschchen. Nergal, du übernimmst die anderen. Mach mit ihnen, was du willst, aber das Bürschchen gehört mir."

John wurde schlecht, als er das hörte, wandte seinen Blick zu Atlatis und sah, wie er mit diesem vierten Typen, Nergal, auf sie wutentbrannt zustürmte.

„Schnell, legt einen Finger auf meine Kugel", sagte Inana und streckte sie John, Babs, Eddie und Ben entgegen. Sie taten, wie ihnen geheißen. Inana murmelte etwas Unverständliches und schon wurden sie von dem Sog herumgewirbelt.

Einen Augenaufschlag später landeten sie in einer großen Höhle mit vielen Gebäuden. Es war die Höhle, in der sie angekommen waren. Zwei Aircutter schwebten abgestellt vor dem großen Tor des riesigen Märchenschlosses. Einer schwebte nahe einer Tunnelmündung und etwas verborgen hinter der Kuppel eines Iglus.

„Das ist meiner", sagte Inana und deutete auf den hinter der Kuppel. „Lauft!"

Die Luke des Aircutters war geöffnet und auch die Treppe war sichtbar. Mit Angst im Nacken liefen die fünf auf die Treppe zu, hasteten nach oben und ließen sich völlig außer Atem auf die Rückbank fallen. Inana tippte auf das rote, kugelförmige Ding am Steuerpult, die Treppe löste sich flirrend in nichts auf und die Tür, die auch hier völlig unsichtbar in der gläsernen Kuppel verborgen war, schloss sich lautlos wie ein herabfallendes Beil.

John sah angespannt aus der Kuppel. Sein rasendes Herz setzte einen Schlag lang aus, als er Atlatis und diesen Nergal in der Tunnelmündung erscheinen sah. Atlatis blieb in der Mündung stehen, blickte sich kurz um und deutete dann mit wütendem Blick auf Inanas Aircutter.

„Im Aircutter sind wir sicher. Atlatis kann uns hier keinen Blitz auf den Hals hetzen", sagte Inana, als sie Johns banges Gesicht sah, wischte sich den Schweiß von der Stirn, hantierte am Steuerpult und der Aircutter begann zu summen.

John beobachtete Atlatis, der ihm wütend seine geballte Faust entgegenstreckte und etwas zubrüllte. Wenn er sich nicht sehr täuschte, las er von Atlatis Lippen ab: „Du entkommst mir nicht." John war bestürzt über den Ausdruck, der dabei über Atlatis' erhitztes Gesicht huschte. Es war mehr als Wut, es war blanker Hass, der ihm nun entgegenblickte. Atlatis' Augen glühten selbst auf diese Entfernung wie die eines Besessenen. „Mann, dieser Verrückte gibt sicher nicht auf, bevor ich tot bin", dachte John beunruhigt.

Plötzlich erschien hinter Atlatis etwas Mächtiges im Tunnel. Zuerst sah John nur einen gewaltigen Schatten, der von hinten an Atlatis herantrat. Dann sah er einen großen Arm, der ihn an der Schulter packte, doch was John dann sah, ließ ihn an seinem Verstand zweifeln. Er rieb sich die Augen, denn was er glaubte, zu sehen, konnte einfach nicht sein. Dieses Ding, das nun Atlatis an der Schulter zurück in den Tunnel zerrte, sah richtig absonderlich aus. Ein Wesen irgendwo zwischen Mensch und Vogel. John schloss die Augen. Er war überzeugt, zu träumen oder zu halluzinieren, doch dann fiel ihm der Bericht aus dem Radio ein. Er riss die Augen auf und ärgerte sich maßlos, sie geschlossen zu haben. Er sah gerade noch zwei mächtige Adlerschwingen, viel größer als er je welche gesehen hatte, im Tunnel verschwinden.

„Hab ich das wirklich gesehen?", grübelte er, während der Aircutter immer höher stieg und ein atemberaubendes Tempo erreichte. Er überlegte kurz, Inana danach zu fragen, ließ es aber bleiben, weil er ihren Spott fürchtete.

„Könnte mir mal wer erklären, was hier los ist?", platzte es aus Babs in einem Ton zwischen Neugierde und Zorn heraus.

„Ich bin so froh, dass ihr das vergiftete Zeug nicht angerührt habt", murmelte John und wirkte etwas von der Rolle. Sein Blick schweifte abermals aus der Kuppel, doch sie hatten sich bereits viel zu weit entfernt, um das er noch etwas erkennen konnte.

„Also hatte ich doch recht", rief Ben triumphierend. „Woher weißt du davon, John?", fragte er dann verblüfft.

„Von Atlatis", sagte John knapp.

„Meinst du den Kerl, der aussieht wie du?", erkundigte sich Babs schrill und benutzte den gleichen Gesichtsausdruck wie Mr. Spraud, bevor er einen Wutanfall bekam.

John erzählte rasch, was sich zugetragen hatte. Babs, Eddies und Bens Gesichter wurden immer länger, je mehr John erzählte. Als Babs hörte, Atlatis sei ihr Halbbruder, wollte sie es nicht glauben.

„Ich soll einen älteren Bruder haben, der nicht alle Tassen im Schrank hat!", rief sie entsetzt. „Das glaubst du ja selbst nicht, John", fügte sie so bestimmt hinzu, als wäre es gänzlich unmöglich.

„Jede Familie hat ein schwarzes Schaf", philosophierte Ben weise. „Mach dir nichts draus, Babs. Der Cousin zweiten Grades meiner …"

„Diese Geschichte wird immer abgefahrener, Leute", unterbrach Eddie Ben mit leuchtenden Augen, da ihm die schwarzen Schafe aus Bens Familie rein gar nicht interessierten. Amüsiert blickte er aus der Kuppel und lächelte glückselig vor sich hin. Nun entwickelte sich die Geschichte endlich nach seinem Geschmack.

„Und wer ist sie?", fragte Babs John neugierig, mit einer Kopfbewegung zu Inana, ohne ihre Stimme zu senken.

„Ich bin deine Cousine", verkündete Inana vergnügt und Babs klappte der Mund nach unten. „Eure Mutter und meine Mutter sind Schwestern."

„Alter Schwede!", rief Eddie und stieß einen langen Pfiff aus. „Das ist ja nun wirklich ein dicker Hund. Ich sagte doch, die Geschichte wird immer abgefahrener."

„Sie ist unsere Cousine", sagte Babs in dem Tonfall, in dem sie sonst nur über etwas Abartiges sprach.

„Ja", bestätigte John. „Behauptet sie zumindest."

„Und wo bringt sie uns hin?", erkundigte sich Babs mit gekünstelt munterer Stimme und tat, als ob Inana nicht anwesend wäre.

„Ähm", sagte John, da er sich darüber noch gar keine Gedanken gemacht hatte.

„Zu meinen Eltern. Da seid ihr in Sicherheit", eröffnete ihnen Inana mit unergründlicher Miene.

„Wo wohnen deine Eltern?", erkundigte sich Eddie neugierig.

„Meine Eltern", sagte Inana bedächtig, „wohnen in einer sehr großen Stadt. Ihr Name ist Amun-Re. Sie befindet sich unter dem Land, das bei euch Ägypten heißt."

„Wo?", rief Eddie, der sich sicher war, es handle sich um einen Irrtum oder er habe sich schlichtweg verhört.

„Unter dem Land, das bei euch Ägypten heißt", wiederholte Inana gelassen.

„Ich will nach Hause, hört ihr", murrte Ben und ein entschlossener Zug trat auf sein Gesicht.

„Ach, komm schon, Ben", sagte John abwehrend. „Wie lange brauchen wir dorthin, Inana?"

„Du willst nach Ägypten?", rief Ben ungläubig. „Du hast ja gewaltig einen am Sender! Ich will nach Hause, kapiert!"

„Wir brauchen nicht lange", antwortete Inana mit wichtiger Miene. „Bis jetzt sind wir bloß geschwebt, es geht aber auch viel schneller."

„Es ist mir egal, wie lange wir brauchen", maulte Ben mürrisch. „Ich will nach Hause. Verstanden!"

John achtete nicht auf Ben und sah überrascht aus der Kuppel. Er hatte nicht das Gefühl, zu schweben. Die Tunnelwände zischten an ihm vorbei, sodass ihm schwindlig wurde. Sie flogen jetzt bereits viel schneller, als es ein Flugzeug je könnte. „Du meinst, dieses Ding kann noch schneller fliegen?", fragte er beeindruckt.

„Viel schneller", bestätigte Inana grinsend und hantierte gelassen am Steuerpult. John, Babs, Eddie und Ben drückte es augenblicklich in die Rückbank. Der Aircutter beschleunigte dermaßen, dass es ihnen ganz mulmig wurde.

„Wie ... wie ... steuerst du dieses Ding?", krächzte Ben mit weißer Gesichtsfarbe, die, noch während er sprach, zu grau wechselte. „Du kannst doch überhaupt nicht erkennen, wo du hinfliegst."

„Das muss ich auch nicht. Aircutter steuern sich völlig selbstständig, wenn man es will. Man gibt ein, wohin man möchte, dann sucht er sich die kürzeste Route und bringt dich umgehend ans Ziel. Nur die Eingabe muss natürlich stimmen."

„Wow, und wie oft hat sich so ein Ding schon verflogen oder ist gegen eine Tunnelwand geknallt?", wollte Eddie fast ehrfurchtsvoll wissen.

„Soviel ich weiß, noch nie", sagte Inana, betätigte ein paar Tasten am Steuerpult und drehte sich dann abrupt um. „Ihr Oberweltler seid wirklich ulkig", stellte sie dabei etwas herablassend fest und sah Eddie forschend an.

„Jetzt erzähl endlich, woher du von uns weist", forderte John Inana neugierig auf.

„Ist eine ziemlich überdrehte Geschichte", sagte Inana erneut abwehrend. „Ich habe Overalls für euch hier. Ich möchte, dass ihr sie anzieht. Sie befinden sich unter der Rückbank. Nehmt sie euch und streift sie über. Anderenfalls würden wir Ärger bekommen."

„Ärger! Wieso denn Ärger?", fragte Eddie stutzig und warf John einen verwunderten Blick zu, der ahnungslos mit den Schultern zuckte.

„Das ist etwas kompliziert", wich Inana aus. „Seht es einfach so: Wenn ihr diese Overalls anhabt, erregt ihr kein Aufsehen."

John wusste sofort, Inana verheimlichte ihnen etwas. Sein Misstrauen war augenblicklich wieder geweckt, zumal sie keine Frage wirklich beantwortete.

„Zieht sie euch an", drängte Inana abermals und versuchte dabei, jedoch ziemlich erfolglos, gelassen auszusehen, was John nicht entging.

„Wieso ist sie so versessen darauf, dass wir diese Dinger tragen?", fragte er sich alarmiert? „Was erwartet uns nun wieder Unliebsames?"

Nachdem Babs, Eddie und Ben die Overalls angezogen hatten, sie waren ebenso erstaunt wie John über das Material, verließen sie auch schon diese endlos erscheinenden Tunnelröhren. Nun begann sich alles zu weiten, wurde immer größer und plötzlich sahen sie viele andere Aircutter an sich vorbeibrausen. John, Babs und Eddie drückten sich fast ihre Nasen platt, so neugierig blickten sie aus der Kuppel. Es war wie in einem fantastischen Traum. Nur für Ben schien es ein Albtraum zu sein. Noch immer grau im Gesicht stierte er starr auf seine Beine. Ihm war furchtbar übel. Die vorbeirasenden Tunnelwände hatten seinem Magen den Rest gegeben, der sich nun hartnäckig in seinem Hals befand.

„Wir sind gleich da", sagte Inana und hantierte am Steuerpult, worauf der Aircutter langsamer wurde und zu sinken begann.

John, Babs und Eddie saßen auf der Rückbank dieser fliegenden Schüssel und sahen jetzt noch gespannter aus der Kuppel. Selbst Ben riskierte einen Blick. Sie schwebten nur noch gemächlich dahin und verloren rasch an Höhe, was seinem Magen äußerst guttat. Es war fast wie bei dem Landeanflug eines Flugzeuges.

Dann tauchte in einiger Entfernung eine riesige Stadt auf und John fragte sich, ob ihm seine Augen einen Streich spielten. „Die muss mindestens so groß wie Birmingham sein", dachte er verwirrt und fragte sich, wie verflucht groß diese Höhlen eigentlich waren. Befanden sie sich tatsächlich unter der Erde? Kuppelartige Häuser kamen immer näher und er erkannte, dass es mindestens zehnstöckige Iglus waren. Manche mussten noch höher sein.

„Befinden wir uns wirklich unter der Erde?", fragte er Inana unsicher.

„Natürlich", sagte Inana und steuerte nun selbst diese riesige Schüssel mit einer spielerischen Leichtigkeit zwischen den hohen Iglus hindurch auf einen großen Platz zu, auf dem sich bereits andere Aircutter befanden. Jeder dieser Aircutter schwebte vollkommen selbstständig in einem Meter Höhe über dem Boden. Als sie den Platz erreichten, tippte Inana auf dieses rote, kugelförmige Ding am Steuerpult, das Summen hörte auf, die völlig unsichtbare lukenähnliche Tür in der Glaskuppel öffnete sich und die Treppe erschien flirrend aus dem Nichts. Man sah zuerst ein Flimmern, dann war die Treppe einfach da.

„Alles aussteigen", sagte Inana lächelnd und deutete mit einer eleganten Handbewegung nach draußen.

John, Babs, Eddie und Ben gingen die Treppe nach unten. Ein angenehm warmer Lufthauch wehte ihnen entgegen. Es war auch sehr hell. Ein warmes weißes Licht beleuchtete die Stadt, doch vereinzelt waren grüne Lichtstreifen zu sehen, die wie Wolken umherzogen. Dadurch wirkte die Stadt noch utopischer, als sie es ohnedies schon war, und sah auch ein klein wenig gespenstisch aus.

„Meine Eltern wohnen nicht weit von hier. Es ist gleich da drüben", sagte Inana und machte sich sofort auf den Weg.

John, Babs, Eddie und Ben folgten ihr gespannt. Sie liefen über einen großen Platz, vorbei an abgestellten Aircuttern und unzähligen Bäumen und Sträuchern und dann eine sehr breite Straße entlang, wo die Igluhäuser zu beiden Seiten hoch aufragten. Über ihren Köpfen schwebten Aircutter in verschiedene Richtungen und warfen riesige Schatten auf sie.

John fühlte sich wie in einem seiner absonderlichen Träume. Es war ihm, als würde er durch eine unwirkliche Märchenstadt laufen. Zahlreiche Bewohner, die sie auf dem großen Platz und der angrenzenden Straße trafen, drehten sich zu ihnen um oder starrten sie mit eigenartigen Gesichtern an. Einige verrenkten sich sogar fast die Hälse, um einen Blick auf sie zu erhaschen. All diese Leute waren sehr groß, schlank und mit diesen gelb schimmernden Overalls bekleidet. Viele waren blond und blauäugig, doch John konnte auch welche mit dunklen Haaren und braunen Augen sehen. Diese Leute waren auch nicht so blass, sondern hatten eine etwas dunklere Haut.

„Da hat sich Professor Flirt aber geirrt", dachte John und sah sich im Vorbeilaufen die Leute noch genauer an. Einige Männer hatten diese Kinnbärte. Das waren aber immer nur die blonden mit fast weißer Haut. Von den anderen hatte niemand einen Bart. Sie waren auch nicht ganz so groß und schlank und wirkten fast orientalisch.

„Los! Kommt schnell weiter", drängte Inana jedes Mal, wenn sich jemand nach ihnen umdrehte.

John fiel auf, dass es fast immer nur die Blonden waren, die sie anstarrten, wobei sie ihn und Babs nicht beachteten, jedoch Eddie und Ben misstrauische Blicke zuwarfen. „Irgendetwas stimmt hier nicht", flüsterte John besorgt in Eddies Ohr. Eddie nickte zustimmend. Auch ihm kam hier einiges reichlich seltsam vor.

Kurz darauf waren sie bei Inanas Igluhaus, wie John diese außergewöhnlichen Bauten für sich nannte, angelangt. Es war der höchste Iglu weit und breit. Er überragte alle umstehenden und ein riesiger Mast, aus einer noch riesigeren Kuppel, ragte hell erleuchtet in die sich darüber befindliche unendliche Schwärze. John erinnerte dieser Mast an einen großen Sendemast und dies erinnerte ihn wiederum an eine Kommandozentrale.

„Wissen deine Eltern von uns?", fragte er Inana, da er sich ganz eigenartig fühlte, und sah beeindruckt zu der Spitze des Mastes empor. Wenn er daran dachte, dass Inanas Eltern seine Tante und sein Onkel waren, wurde ihm noch sonderbarer zumute und ein mulmiges Gefühl machte sich in ihm breit.

„Nein."

„Nein? Du hast ihnen nichts gesagt?", fragte John mit einem Kloß im Hals. Er schluckte nervös und versuchte, sich vorzustellen, wie seine Tante und sein Onkel reagieren könnten.

„Die Mühe hab ich mir gespart. Hätte doch nichts geändert", sagte Inana gleichgültig.

„Doch! Sie wüssten Bescheid", pflaumte sie John unwirsch an.

„Ist doch egal", gab Inana kühl zurück.

„Vielleicht sollten wir hier warten und du bereitest sie erst mal auf unseren Besuch vor", schlug Babs etwas unsicher vor. Immerhin waren sie zu viert und ganz sicher kein alltäglicher Besuch.

„Das ist nicht nötig", sagte Inana arglos. „Macht euch keine Sorgen."

„Na hoffentlich hat sie recht", dachte John zweifelnd.

Ben sah Inana zerknirscht an. Er hatte richtig Schiss, wie ihre Eltern auf ihren Besuch reagieren könnten. Vielleicht hassten sie ja die Oberweltler, wie Inana sie nannte. Womöglich würde es ihnen nun erst richtig an den Kragen gehen. Seine Fantasie ging augenblicklich wieder mit ihm durch. Doch auch in seiner Fantasie fanden Worte wie Jäger, Spürhunde und Suchtrupps keinen Platz.

***

Anderswo auf einem düsteren Flecken, weit abseits allen Geschehens, krächzte Gorudo ohne jegliches Mitgefühl oder ein Anzeichen von Angst mit seiner papageienartigen Stimme, die Faust fest um Atlatis Kehle, der mit baumelnden Beinen in der Luft hängend nach Atem rang: „Werd endlich vernünftig! Dein Hass blendet dich und trübt deinen Geist." Atlatis derart zu demütigen, erforderte nicht nur Kühnheit, sondern auch eine gehörige Portion Überheblichkeit, die jedoch für einen Apkallu nichts Außergewöhnliches war.

„Lass mich runter", befahl Atlatis keuchend, nachdem er sich ziemlich kraftlos aus Gorudos Adlerklauen befreit hatte, die ihn hoch durch die Lüfte davongetragen hatten. Sein Overall war an der Schulterpartie aufgeschlitzt und ein Schwall Blut quoll durch den Stoff, wo gerade noch die Klauen tief in sein Fleisch geschnitten hatten. „Lass mich sofort runter", keuchte Atlatis erneut nach Atem ringend.

Der Griff um seine Kehle löste sich. Atlatis fiel zu Boden und sein Kopf baumelte schlaff und mitgenommen hin und her. Er stöhnte kurz auf vor Schmerz, dann verstummte er. Blut lief über den kalten Boden. Mühsam bäumte er sich etwas auf. Der mächtige Umriss des riesigen Apkallu schimmerte bedrohlich im Halbdunkel über ihm.

Gorudos goldener Federkamm wippte zornig auf seinem Adlerkopf, der auf einem menschlichen Körper saß. Die scharfen langen Aderklauen an seinen menschlichen Füßen, die auch aus menschlichen Beinen wuchsen, waren blutverschmiert. Seine Adleraugen durchbohrten Atlatis und seine menschlichen Hände, an seinen muskelbepackten menschlichen Armen, näherten sich erneut gefährlich Atlatis' Kehle.

„Lass deine dreckigen Finger von Enlil!", begann Gorudo völlig unbeeindruckt mit seiner krächzenden Papageienstimme eine Wutrede. „Bei unserem letzten Treffen sagte ich dir, nochmals warne ich dich nicht. Du bist, wie es scheint, unbelehrbar, Halbblut. Die anderen Apkallu warten nur darauf, dir etwas anzuhängen. Keiner von denen schert sich um dich oder dein Leben. Sie sind Anu treu ergeben und auf der Seite der Reinblüter, wie du weißt. Besonders Nijil würde dich liebend gerne tot sehen. Ich weiß nicht, wie lange es noch dauert, bis er dahinterkommt. Nijil ist schlau. Sehr schlau. Und er hasst Verräter. Wenn er die Geschichte mit dem Jungen erfährt, kann dir nichts und niemand helfen. Du denkst, du kannst die anderen Apkallu auf deine Seite ziehen? Du denkst, wenn du ihnen versprichst, sie ebenbürtig zu behandeln, laufen sie dir blind hinterher? Lass dir von mir gesagt sein, dies wird nicht geschehen. Nicht, solange Nijil ihr Anführer ist." Gorudo hielt inne und blickte mahnend zu Atlatis herab. Er stellte dabei die goldenen Federn seines Kammes noch weiter auf, wodurch er noch um einiges größer und bedrohlicher wurde. „Bei der Feder des Mächtigen, lass die Finger von dem Jungen. Für persönliche Eitelkeiten ist jetzt die falsche Zeit. Dein Hass zerfrisst dich und dein Hochmut lässt dich die Dinge nicht mehr scharf sehen. Wenn du den Jungen tötest, wirst du dein Ziel nie erreichen." Er packte Atlatis erneut am Hals und hievte ihn zornig auf die Beine. „Komm endlich zur Vernunft. Vergiss deine Rache an Anu. Sie ist nichts weiter als von Selbstmitleid getriebene Verbitterung, die dich in den Abgrund treibt. Begnüg dich endlich damit, dass dir die Regentschaft des Reiches zukommen wird. Sie sollte dir mehr bedeuten als blindwütige Rache. Niemals zuvor hatte ein Halbblüter diese Möglichkeit. Wenn du die Regentschaft willst, vergiss deine Rache. Wenn du jedoch Rache willst, vergiss die Regentschaft."

„Du weißt doch überhaupt nicht, wovon du sprichst, Gorudo",

keuchte Atlatis verächtlich und befreite sich aus dem Würgegriff des Apkallu. „Aber deine Unwissenheit rechtfertigt nicht dein Handeln."

„Ach, was du nicht sagst", krächzte Gorudo abschätzig und wippte dabei mit seinem goldenen Federkamm wild und zornig hin und her. „Deine Verblendung wird dich zu Fall bringen und alle ins Verderben stürzen."

„Und dich, Gorudo, wird dein loser Schnabel eines Tages den Kopf kosten", fauchte Atlatis wütend.

„Ich sage dir noch einmal, lass deine dreckigen Finger von dem Jungen. Du stürzt uns damit alle ins Verderben", krächzte Gorudo und wippte dabei mit seinem Kamm noch wilder und zorniger hin und her.

„Überschätze dich nicht, Gorudo. Es könnte deiner Gesundheit schaden", drohte Atlatis schwankend und sah Gorudo mit leeren Augen fuchsteufelswild an. Blut lief noch immer von seinen Schultern und zog dicke rote Linien über seinen gelb schimmernden Overall. „Vielleicht lasse ich dich ja vierteilen, Gorudo, und suche mir einen anderen Apkallu, der etwas mehr mit dem Begriff Loyalität anzufangen weiß."

Gorudo beugte seinen Körper ein Stück nach unten, damit er Atlatis besser in die Augen sehen konnte, und beäugte ihn völlig ungerührt. Seine Adleraugen funkelten wild und ungestüm. Dann legte er seinen goldenen Kamm dicht an seinem Adlerkopf an, spannte die mächtigen Schwingen auf seinem muskulösen Rücken und erhob sich in die Luft. Er wusste, er hatte es übertrieben, aber es rührte ihn nicht im Mindesten.

Schwebende Stühle und eine Menge sonderbares Zeug

Inana öffnete ihren Wohniglu durch einen gezielten Ouvrirblitz. John, Babs, Eddie und Ben traten ein und staunten nicht schlecht. Sie standen in einem imposanten Oktogon, in dessen Mitte sich eine große Scheibe befand. Diese hatte einen Durchmesser von gut sechs Metern, strahlte mattweiß und schwebte knapp über dem Boden. Das Oktogon war etwa zwanzig bis dreißig Meter hoch und darüber spannte sich ein gewaltiges, steinernes Kuppeldach. Die Wände waren mit unzähligen Bildern verziert, die schaurige Motive von seltsamen Wesen zeigten. Kartuschen mit kunstvollen Schriftzeichen schmückten die Zwischenräume und eine Vielzahl von reliefartigen Steinköpfen, die auch von der Kuppel grimmig nach unten blickten, starrten ihnen entgegen. Es gab keine Treppe, keine sichtbaren Türen und auch keine Fenster. Dennoch strahlte das Oktogon bis unter die Kuppel in einem sanften gelblichen Licht. Inana betrat die Scheibe und stellte sich in deren Mitte.

„Kommt", sagte sie vergnügt.

John, Babs und Eddie gingen auf die Scheibe zu, doch Ben blieb stehen und betrachtete sie misstrauisch. „Was passiert, wenn ich mich auf dieses Ding stelle?", murmelte er skeptisch.

„Deine Füße werden gewaschen", sagte Inana kühl, musste dann aber laut lachen, obwohl ihr Ben einen tödlichen Blick zuwarf. Sie hatte es noch nie mit Oberweltler zu tun, aber schon viele sonderbare Berichte über sie gehört, und wollte herausfinden, ob sie wirklich so anders waren, wie behauptet wurde.

„Wirklich sehr witzig", murrte Ben und stellte sich zu den anderen auf die Scheibe.

Jäh senkte sich aus dem Nichts eine Glaskuppel herab und die Scheibe begann, nach oben zu schweben, während sie sich um ihre eigene Achse drehte. Vor der Glaskuppel begann alles zu verschwimmen. Es war, als wäre die Scheibe in Wolken getaucht. Hin und wieder erspähte John durch die Wolkenschleier Steinnischen, in denen schaurige Figuren standen. Auch tauchten immer wieder Steinköpfe auf, die ihn mit verdammt echt aussehenden Augen anstarrten. Es wirkte irreal. So irreal, dass er nicht sicher war, ob er es wirklich sah. Nach kurzer Zeit blieb die Scheibe stehen und die Wolkenschleier verzogen sich, als hätte sie jemand abgesaugt. Sie flutschte einfach davon, die Glaskuppel öffnete sich und John wähnte sich plötzlich ganz woanders. Von dem Oktogon war nichts mehr zu sehen und auch die Kuppel war nicht mehr da. Vor ihm lag ein breiter, langer, schmuckloser Flur. Es gab keine Türen oder Fenster. Nur ein Rundbogen, der eine Steinnische wie in einer alten Ritterburg umrahmte, war zu sehen. Warmes weißes Licht erhellte den Flur, das von einigen Vril-Kugeln kam, die knapp unter einer steinernen Decke schwebten.

„Kommt", sagte Inana, ging auf die Nische zu und winkte ungeduldig mit der Hand.

John, Babs, Eddie und Ben folgten ihr mit angespannten Gesichtern. Inana zückte ihre Vril-Kugel, schoss einen Ouvrirblitz in das Auge eines kleinen, gut verborgenen Kopfes innerhalb des Rundbogens und gelbe Funken tanzten um ihn herum. Babs, Eddie und Ben wichen erschrocken zurück. John, der schon seine Erfahrungen mit Rundbogen hatte, blieb gebannt stehen und beobachte, wie sich die Steinmauer der Nische innerhalb des Rundbogens flirrend auflöste und eine große Tür freigab. Inana feuerte einen weiteren Ouvrirblitz gegen die Tür und diese glitt lautlos zur Seite.

„Ich bin's!", rief sie mit vergnügter Stimme und ging rein.

Mit mulmigem Gefühl schlich John hinterher. Er musste all seinen Mut zusammenkratzen, so unbehaglich fühlte er sich. Babs, Eddie und Ben gingen mit Gesichtern, als würden sie auf ihre eigene Beerdigung gehen, hinter John her.

„Mum, Dad, ich habe Besuch mitgebracht!", rief Inana und Johns Herz machte einen Hüpfer.

Sein zusammengekratzter Mut sank rascher als ein Stein, den man ins Wasser warf. „Gleich werde ich meine Tante und meinen Onkel kennenlernen", ging es ihm aufgeregt durch den Kopf und schon drang ihm eine Stimme ans Ohr. Eine sehr laute, tiefe, rauchige Stimme, die in einer fremden Sprache etwas rief und sich ziemlich verwundert anhörte.

„Wartet hier", befahl Inana kurz angebunden und verschwand.

„Jetzt haben wir die Bescherung. Jetzt gibt's gleich mächtigen Ärger", dachte John und blickte sich nervös um. Sie befanden sich in einem ovalen, großen Raum. Er war, abgesehen von der Größe, ziemlich schlicht. An den Wänden hingen Abbildungen von komisch wirkenden Menschen und schwebende Vril-Kugeln beleuchteten ihn mit warmem Licht. Es gab auch hier keine Fenster, dafür aber mehrere Türen. John wäre am liebsten durch eine verschwunden, so unbehaglich war ihm zumute. Er fühlte sich plötzlich merkwürdig klein, als ob er ein wenig geschrumpft wäre, seit er den Raum betreten hatte.

„Ob das gut geht", nuschelte Eddie, was John noch nervöser machte. „Was tun wir jetzt?"

„Schätze, wir müssen hier warten", antwortete John gequält.

„Vielleicht hätten wir besser doch nicht mitgehen sollen", flüsterte Babs.

„Wir hätten zu Hause bleiben sollen", murrte Ben. „Aber auf mich hört ja keiner."

„Könnt ihr endlich still sein", fauchte John nervös.

Was dann geschah, verschlug ihm den Atem. Eine Tür öffnete sich und eine Frau betrat gefolgt von Inana den ovalen Raum. Ihre scharfen Gesichtszüge wirkten angespannt, ihr schwaches Lächeln nicht echt. Als ihr Blick auf John fiel, blieb sie wie angewurzelt stehen. Sie wirkte so erstaunt, als stünde ein rosa Elefant vor ihr.

John, nicht minder erstaunt, starrte die Frau unverwandt mit aufgeklapptem Mund an. So etwas hatte er noch nie gesehen. Sein Mund wollte sich gar nicht mehr schließen. Diese Frau war groß. Verboten groß. Ihre Augen waren tiefblau und sie hatte eine sehr blasse Haut. Ihr langes blondes Haar reichte ihr in zwei geringelten Zöpfen bis zur Taille. An den Zopfenden hing etwas, das Schrumpfköpfen ziemlich nahe kam. Um ihre Taille war ein breiter Gürtel gezurrt, dessen Schnalle ein Gebiss war. An ihren Ohren baumelten zwei kleine Sonnen, die an Ketten befestigt waren, grün strahlten und auf ihren Schultern hin und her flutschten. Um ihren Kopf hatte sie ein buntes Tuch gewickelt, auf dem sich etwas Ähnliches wie ein Haarreif befand, der zwei spiralartige Antennen, die wie gedrehte Fühler aussahen, hatte. An den Enden dieser Fühler schwankte je ein großer Reißzahn. Sie was schlank, aber nicht dürr, und sah, abgesehen von ihrer Aufmachung, recht gut in ihrem Overall aus und Inana auch etwas ähnlich, wenn man von ihrem Aufputz absah. John war von ihrem Aussehen so verblüfft, dass er sie noch immer mit offenem Mund unverwandt anstarrte.

Auch Babs, die direkt hinter John stand, lugte über dessen Schultern und betrachtete gebannt diese Frau, ihre Tante. Ihr wurde etwas leichter ums Herz, da sie einen mürrischen, alten Drachen erwartet hatte, konnte ihre Aufmachung aber auch nicht fassen. Sie biss sich rasch auf die Lippen, um ein Lachen zu unterdrücken.

Ben und Eddie standen dicht hinter Babs, flach an eine Wand gedrückt, und versuchten mit größter Anstrengung, eine neutrale Miene aufzusetzen.

„In welcher Witzkiste hat die denn geschlafen?", flüsterte Ben Eddie ins Ohr und rollte mit den Augen.

Eddie konnte gerade noch ein Lachen abwürgen, das zu einem trockenen Hüsteln gerann. „So einen schrägen Vogel hab ich noch nie gesehen", tuschelte er Ben zu.

„Die ist doch vollkommen durch den Wind, wenn du mich fragst", kicherte Ben und konnte seinen Blick von dem Gebiss am Gürtel nicht abwenden.

„Völlig verpeilt", flüsterte Eddie überzeugt, während seine Augen an den Reißzähnen hafteten.

„Ben, Eddie", zischte Babs mahnende, warf beiden sträfliche Blicke zu und starrte dann wieder auf die Ohren der Frau.

„Was ist?", flüsterte Eddie in einem Unschuldston, der keinen täuschte, und wechselte mit Ben bedeutungsschwere Blicke.

Die Situation wurde immer prekärer, da weder Inana noch dieser Paradiesvogel sich rührten. Alle standen da und starrten sich mit großen Augen an. Sekunden wurden zur Ewigkeit.

Plötzlich trat Inana hinter der Frau hervor, stellte sich mit breitem Grinsen neben sie und deutete mit theatralischer Geste auf John.

„Mum, darf ich dir vorstellen, das ist Enlil, der Sohn unseres Herrschers, dein Neffe, den wir alle für entführt und ermordet hielten. Und das, was sich hinter Enlil versteckt, ist Tiamat, deine Nichte", fügte sie schelmisch grinsend hinzu, wofür ihr Babs am liebsten eine geknallt hätte.

John machte ein Gesicht, als hätte ihm Inana ein Schlagholz über den Schädel gezogen. „Bei der ist doch ein Rad ab", dachte er, da er die Vorstellung seiner Person für komplett bescheuert und überzogen hielt. Sein Kopf färbte sich in der Farbe und Geschwindigkeit einer aufgedrehten Herdplatte und er schluckte unschlüssig.

Was sollte er nun tun? Hätte diese Ziege nicht einfach sagen können: „Mum, das ist John", dachte er verärgert und starrte in das Gesicht seiner Tante. Er vermied jedoch tunlichst, ihr auf den Kopf zu sehen, denn dann hätte er sich vermutlich trotz allem Unbehagen nicht mehr halten können.

„Du meine Güte, das ist ja unglaublich!", rief Inanas Mutter plötzlich mit übertriebenem Lächeln und ging auf John zu. Dabei gerieten die Antennen auf ihrem Kopf heftig ins Schwanken und die Reißzähne wippten wild.

John zuckte unwillkürlich zusammen, als er seine Tante sprechen hörte. Er dachte spontan, ein Güterzug würde in den Bahnhof einrollen. Irgendwie war ihm diese Frau augenblicklich suspekt. Ihr Aussehen, ihre Stimme, ihr übertriebenes Lächeln, das passte seiner Meinung nach alles nicht zusammen.

Seine Tante stand nun direkt vor ihm und musterte ihn auf unangenehme Weise. Johns Magen zog sich noch enger zusammen. Er wollte etwas sagen, doch seine Tante erledigte das glücklicherweise für ihn. „Grundgütiger, du siehst tatsächlich aus wie ... nein, diese Ähnlichkeit ... du bist es also wirklich ... unfassbar ... alle dachten, du seist tot. Wo kommst du auf einmal her? Und du, Tiamat, du siehst aus wie deine Mutter in diesem Alter", sagte sie mit einem Blick auf Babs. „Und glaub mir, ich weiß, wovon ich rede. Sie ist immerhin meine jüngere Schwester. Anus Kinder hier bei uns ... nach all den Jahren ... nicht zu glauben ... einfach nicht zu ... Herzlich willkommen, Enlil, in deinem zukünftigen Reich."

Bei ihren letzten Worten deutete sie eine leichte Verbeugung an, was John komplett aus der Fassung brachte. Sein Kopf färbte sich noch dunkler und es wurde ihm noch heißer um den Kragen. Verlegen und sprachlos starrte er auf die Reißzähne, die durch die leichte Verbeugung wild wippten. Die ganze Situation kam ihm äußerst unwirklich vor. Sein zukünftiges Reich? „Vielleicht ist das ja noch immer der seltsame Traum von gestern Nacht und ich werde gleich wach und liege zu Hause im Bett", sinnierte er verwirrt. Ben und Eddie kicherten äußerst dümmlich. Fast so, als ob sie nicht ganz richtig in ihren Köpfen wären, was John noch mehr aus der Fassung brachte, ihm aber gleichzeitig vermuten ließ, dass es sich doch um keinen Traum handelte.

„Ähm ... äh", begann er stotternd, da er nicht wusste, was er sagen sollte. „Ähm, guten Tag, Ma'am", sagte er dann zögerlich. Eine Spur Misstrauen lag dabei in seinem Blick.

„Ach, nennt mich doch Tante Nisaba", sagte Inanas Mutter nun in gemäßigter Lautstärke und zwinkerte John, Babs, Eddie und Ben zu.

Dabei hörte sie sich wie ein heiserer Mann an, der zu viele Zigarren geraucht hatte. Danach wandte sie sich schmunzelnd an Babs, Eddie und Ben und begrüßte sie mehr als überschwänglich. Bei Ben und Eddie wirkte ihr Lächeln jedoch gezwungen und ihr herzliches Gehabe nicht echt. „Kommt doch weiter. Ihr seid sicher hungrig", sagte Tante Nisaba mit öliger, tiefer Stimme und schritt durch eine Tür.

Als John hinter ihr den Raum betrat, blieb er so überrascht stehen, dass ihm Eddie in den Rücken prallte. Der Raum war riesengroß und fast leer. Es gab kein einziges Fenster. Außer einem großen runden Tisch befanden sich keinerlei Möbel in dem Raum. An einer Wand entdeckte er eine antike Steinplatte, die direkt in die Mauer eingelassen war und unzählige Schalter, Knöpfe, Tasten und ein großes Display hatte. Die Schalter, Tasten und Knöpfe waren alle mit Hieroglyphen gekennzeichnet.

„Setzt euch", sagte Tante Nisaba und deutete in Richtung Tisch.

John sah sich verwundert um, denn er konnte nirgends einen Stuhl entdecken. Zögerlich blickte er zu seiner Tante, die ein bellendes Lachen hören ließ, zu der Wand ging, einige Tasten auf der Steinplatte drückte und auf dem Touchscreen tippte. Plötzlich kamen flirrend sechs Stühle, zuerst leicht verschwommen, dann immer schärfer, aus dem Nichts von oben herab. John, Babs, Eddie und Ben glotzen ungläubig darauf, während sie äußerst sachte von der Decke glitten und sich, wie von Geisterhand geführt, geräuschlos um den Tisch stellten.

„Du meine Fresse", entfuhr es Eddie. „Habt ihr das gesehen? Da wird ja der Hund in der Pfanne verrückt. So was gibt's doch gar nicht. Schwebende Stühle!"

„Alter, ist das abgefahren", murmelte auch Ben beeindruckt und quasselte munter weiter. „Da könnte man ja glatt meinen, man hat sie nicht mehr alle. Das glaubt uns keiner, das sag ich euch."

„Da könntest du richtig liegen", wusste Babs beizutragen und sah ungläubig auf die Stühle.

Tante Nisaba erschien mit einem Tablett in Händen, was John, Babs, Eddie und Ben noch mehr ins Staunen versetzte, da keiner von ihnen gesehen hatte, wie sie verschwunden war. Auf dem Tablett befanden sich unzählige große Schüsseln und mehrere Krüge. Tante Nisaba stellte das Tablett auf den Tisch und lächelte ihnen mit übertriebener Freundlichkeit zu. „Wir müssen ohne Inanas Vater essen", meinte sie mit betrübter Stimme, was nun so gar nicht zu ihrem strahlenden Zahnpastalächeln passte. „Seine Aufgabe ist, Eindringlinge aufzuspüren und deren Abtransport zu überwachen. Er hat den Oberbefehl über alle Suchtrupps, müsst ihr wissen. Ich erwarte ihn erst morgen zurück." Mit ungerührtem Blick sah sie zu Eddie und Ben, denen die Kinnlade nach unten klappte. „Sie haben wieder mal in Teilen Asiens Eindringlinge aufgespürt", fügte sie mit einer Miene hinzu, als ob dies eine Ungeheuerlichkeit wäre und setzte sich. „Bin neugierig, ob das jemals aufhört. Irgendwann müssten sie doch dahinterkommen, dass ihnen hier nichts Gutes blüht."

Ben, der sich auch eben setzen wollte, hätte sich vor Schreck fast neben den Stuhl gesetzt. Augenblicklich verfiel er in Schnappatmung und seine Fantasie begann durchzugehen.

„Was passiert mit denen?", erkundigte sich John mit zugeschnürtem Hals und flüchtigem Blick zu Ben und Eddie.

„Ach, die werden zum Verhör gebracht", antwortete Tante Nisaba so beiläufig, als ob nichts Schlimmes dabei wäre. „Danach werden sie ..., aber das interessiert euch bestimmt nicht."

Eddies Mimik war nun nicht mehr ganz so cool, wie sie es für gewöhnlich war. Sein Blick wirkte irgendwie versteinert.

„Was meinst du mit *Eindringlinge*?", fragte Babs mit erbleichter Miene.

„Oberweltler!", rief Tante Nisaba zornig. „Aber bis jetzt ist uns noch keiner von diesen penetranten Wichten durch die Lappen gegangen", fügte sie mit triumphierendem Lächeln hinzu. „Kaum größer als Zwerge, aber aufdringlich wie Riesen!", rief sie dann mit erbostem Blick.

„Dann sind wir doch auch Eindringling, oder etwa nicht? Werden wir auch zum Verhör gebracht?", krächzte Ben beklommen. „Die jagen uns", dachte er bestürzt. „Wieso bin ich Idiot nicht zu Hause geblieben?"

„Ja", sagte Tante Nisaba ungerührt. „Ja, ihr seid auch Eindringlinge. Ich müsste euch melden."

„Was?", keuchte Ben und schrumpfte in sich zusammen. Sein Gesicht war weiß wie ein Laken und seine Stimme hörte sich seltsam verzerrt an. „Ich hab's ja gleich geahnt. Ich wusste doch sofort, diese Geschichte kann nicht gut gehen. Warum habt ihr bloß nicht auf mich gehört?" Seine Fantasie geriet nun völlig außer Kontrolle und spielte ihm einen sehr üblen Streich. Er saß wie ein Häufchen Elend auf seinem Stuhl, unfähig, noch etwas zu sagen.

John starrte den Tisch an, als ob der besonders spannend wäre, doch im Grunde sah er ihn gar nicht an. Ihm wurde nun bewusst, wieso Inana so scharf drauf gewesen war, dass sie diese Overalls trugen. Jetzt verstand er auch, von welchen Schwierigkeiten sie gesprochen hatte. Die Bewohner dieses Reiches machten doch tatsächlich Jagd auf Eindringlinge von außerhalb. Darum durften sie also nicht auffallen.

„Aber, Tante Nisaba!", rief Babs in einem tapferen Versuch, ihre übliche Tonlage zu treffen, auch wenn ihre Stimme leicht zitterte. „Das kannst du doch nicht tun. Ich meine, Ben und Eddie melden. Das darfst du nicht!" Sie sah ihre Tante prüfend an. Hatte sie sich in ihr so sehr getäuscht, als sie dachte, sie wäre wohl ein bisschen überdreht, aber sonst in Ordnung?

„Keine Sorge, Kindchen", sagte Tante Nisaba mit ausgesucht liebenswürdiger Stimme, „da die beiden Freunde des Sohnes unseres Herrschers sind, brauchst du keine Angst um sie haben. Ihnen wird nichts geschehen. Ein kleines Verhör vielleicht, aber sonst haben sie nichts zu befürchten."

„Ein kleines Verhör?", keuchte Ben kaum hörbar und lief grün an.

Babs fand die Beschwichtigungsversuche ihrer Tante nicht sehr überzeugend und sah sie argwöhnisch an. Diese nickte jedoch nur bekräftigend mit dem Kopf, wobei ihre langen, geringelten Zöpfe wild umherwirbelten. Die Schrumpfköpfe an deren Enden wogten über den Tisch und fegten einen Krug zu Boden. Ihre blauen Augen funkelten verschmitzt, als sie ihre Vril-Kugel nahm und mit einer raschen Handbewegung auf den geborstenen Krug zielte, der sich daraufhin unter kleinen Blitzen in Nichts auflöste und die ausgeschüttete Flüssigkeit verdampfte.

„Hoffentlich stimmt das auch", grübelte John nicht minder argwöhnisch als Babs, während er völlig sprachlos auf die Stelle am Boden starrte, an der sich eben noch der Krug befand.

„Erzählt doch mal, wie ihr hierhergekommen seid", forderte sie Tante Nisaba mit mildem Lächeln auf.

„Atlatis", stieß Babs hervor. „Kennst du diesen Wahnsinnigen? Der hat es auf John …"

„Woher kennt ihr Atlatis?", gellte Tante Nisabas Stimme wie ein Nebelhorn über den Tisch und unterbrach Babs, die erschrocken zusammenfuhr. Das milde Lächeln in Tante Nisabas Gesicht war augenblicklich verschwunden. Misstrauisch hob sie eine mit kräftigem Stift nachgezogene Augenbraue und blickte zu Inana, deren Miene hölzern wurde. Widerwillig erzählte sie ihrer Mutter, was vorgefallen war, sparte aber genau die Dinge aus, die auch John brennend interessiert hätten.

„Ist das wahr, Enlil?", bellte Tante Nisaba in der Tonlage eines Bernhardiners und lächelte Inana auf ziemlich nervige Weise an, die keiner zu deuten vermochte. „Atlatis wollte dich tatsächlich ertränken?", fragte sie John dann auf fast liebenswürdige Weise.

John spürte, wie seine Eingeweide einen mächtigen Satz machten, als ob er gerade eine Stufe treppab gesprungen wäre. Ihm schauderte noch immer, wenn er daran dachte. Das seltsame Verhalten seiner Tante irritierte ihn aber weit mehr und ließ ihn auch keine Worte finden. Ihr Gesichtsausdruck schwankte ständig zwischen einem liebenswürdigen Lächeln, das jedoch nicht echt wirkte, und einem ärgerlichen Blick, der große Anspannung verriet.

„Uns wollte er vergiften", warf Eddie empört ein und ersparte John eine Antwort. „Dieser Hornochse ist doch nicht ganz dicht", fügte Eddie noch auf seine üblich charmante Art hinzu.

Tante Nisaba wirbelte auf ihrem Stuhl herum. Die Schrumpfköpfe näherten sich abermals bedrohlich den Krügen und die Reißzähne an ihren Antennen gerieten ordentlich ins Schwanken.

„Ganz übel. Ja, ganz übel", murmelte sie und begann die Schüsseln vom Tablett zu nehmen. „Weiß nicht, warum Atlatis uns solche Scherereien macht", murrte sie und knallte einen Krug auf den Tisch, wobei eine gelbe Flüssigkeit herumspritzte. „Atlatis' Leben ist eine unrühmliche Geschichte, müsst ihr wissen. Nichts, mit dem man prahlen könnte. Er musste viel hinnehmen, zugegeben, das gibt ihm allerdings nicht das Recht, uns derartige Schwierigkeiten zu machen. Lange dachten wir, wir hätten ihn zur Vernunft gebracht. Ich muss wohl kaum sagen, dass wir uns entsetzlich geirrt haben. Möchte bloß wissen, ob Atlatis jemals zu Besonnenheit findet. Er ist so talentiert, so begabt, hatte die besten Gelehrten an seiner Seite und ist begnadet im Umgang mit Vril. Seinem Vater nicht unähnlich, was das angeht. Aber nur, was das angeht! Von Besonnenheit, Einsicht, Güte und Vernunft kann bei ihm keine Rede sein. Sollte er je von diesen Wörtern gehört haben, dürfte er so einiges missverstanden haben. Macht immer nur Scherereien und uns das Leben schwer." Mit einer eleganten Handbewegung ließ sie die verschüttete Flüssigkeit auf dem Tisch verdampfen. Ihre Vril-Kugel zischte dabei genauso gefährlich, wie ihre Augen blitzten. „Ich muss umgehend Abgal verständigen", rief sie mit grollender Stimme. „Er muss sich der Sache unverzüglich annehmen. Wer weiß, was sich in Atlatis' Kopf zusammenbraut."

„Wer ist das?", platzte es aus John voller Argwohn heraus.

„Mein Vater", antwortete Inana rasch und verzog den Mund.

„Der Suchtruppheini?", keuchte Ben mit einem Schaudern.

„Sieht aus, als wären wir im Arsch, Alter", flüsterte Eddie schelmisch grinsend, wirkte aber doch besorgt.

„Das ist nicht nötig", sagte John rasch. Sein Magen, ohnehin schon flau, verkrampfte sich noch mehr. Wie würde sein Onkel auf Ben und Eddie reagieren? Würde er bei ihnen ein Auge zudrücken?

„Nicht nötig? Natürlich ist es nötig, Enlil", sagte Tante Nisaba entschieden. Sie lächelte John beruhigend an und verließ eiligen Schrittes den Raum. Dieses Mal durch die Tür.

Keiner rührte sich oder sprach ein Wort, bis Eddie nach langem Schweigen der Kragen platze. „Musstest du Atlatis erwähnen", fauchte er Babs wütend an. „Warum kannst du nicht einfach einmal nichts sagen? Einfach die Klappe halten."

„Woher sollte ich wissen, dass sie deswegen gleich Sturm bläst?", verteidigte sich Babs mit beleidigter Miene.

„Hättest trotzdem deine Klappe halten können", zischte Eddie vorwurfsvoll.

„Sie wäre sowieso dahintergekommen", sagte Inana gleichmütig. „Derartige Dinge …" Sie brach ab, da ihre Mutter eben in diesem Moment wieder auftauchte.

„Ich habe deinen Onkel gebeten, nach Atlatis Ausschau zu halten und ihn in sichere Verwahrung zu nehmen, bis die Sache geklärt ist", sagte sie zu John, als sie vor ihnen erschien.

„Toll", knurrte John übellaunig, da Atlatis nun noch größeren Hass auf ihn haben würde, sofern das überhaupt möglich war.

„Erst hat er sich geweigert", kritisierte Tante Nisaba außer sich.

„Gut", murmelte John, doch Tante Nisaba tat, als hätte sie ihn nicht gehört.

„Ich habe ihm von dir und den beiden Oberweltlern nichts erzählt."

„Schön", brummte John.

„Ich wollte ihn nicht noch zusätzlich beunruhigen …"

„Gut", murmelte John erneut.

„Ich sagte ihm, es sei von äußerster Wichtigkeit, doch er wollte davon nichts hören. Sagte doch glatt, er hätte Wichtigeres zu tun. Als ob es etwas Wichtigeres gäbe, als Atlatis vor seiner nächsten Dummheit zu bewahren und uns damit Scherereien vom Hals zu schaffen. Schließlich hat er nachgegeben, wenn auch sehr zögerlich."

„Schade", brummte John.

„Ich hoffe, er meint es tatsächlich ernst ..."

„Ich nicht", grummelte John.

„... denn wenn er es nicht ernst meinte, könnte es schwerwiegende Folgen für uns alle haben. Was hast du eigentlich für ein Problem damit, Enlil?"

„Nicht so wichtig", murmelte John.

„Schön", sagte Tante Nisaba. „Wenn die Sache ausgestanden ist, werden wir den Palast verständigen."

„Was?"

„Deinen Vater, Schätzchen. Was gefällt dir daran nun wieder nicht?"

„Ähm ..."

„Gut, dann könnt ihr ja endlich essen."

Babs betrachtete die vielen Schüsseln mit Abscheu. In jeder befand sich eine breiige Masse. Es sah alles gleich aus, nur die Farben waren unterschiedlich, und es war dasselbe Zeug, das Achnum ihnen gegeben hatte, was sie ziemlich misstrauisch machte. „Was ist das?", fragte sie argwöhnisch mit zugeschnürtem Hals.

„Spezialitäten des Hauses", trällerte Tante Nisaba in der Tonlage eines stimmbrüchigen Vogels und tat geheimnisvoll. „Esst, es wird euch bestimmt schmecken!"

Babs bezweifelte, dass ihr dieses unappetitlich aussehende Zeug schmecken würde, schluckte verkrampft und lächelte ihrer Tante scheinheilig zu. So, als könnte sie es kaum noch erwarten, etwas von dem Matsch zu essen.

Auch Ben betrachtete die Schüsseln mit Argwohn und beschloss, keinesfalls als Erster zu kosten.

„Wie isst man denn dieses Zeug ... ähm, Spezialität?", murmelte Eddie mit rauem Hals. Er konnte kaum glauben, diese Pampe zu sich nehmen zu müssen, zudem konnte er nirgends Essbesteck entdecken.

„Drück auf den kleinen Knopf an der Tischkante vor dir", sagte Inana leicht überheblich. „Ihr Oberweltler seid wirklich ein komisches Volk", kicherte sie kopfschüttelnd. „Ihr habt von rein gar nichts eine Ahnung ... ihr seid so rückständig ... so schrullig ... und ..."

„Was soll ich?", knurrte Eddie grimmig. So dumm und rückständig wie sie tat, war er seiner Meinung nach, nun auch wieder nicht.

„Drück diesen Knopf", sagte Inana grinsend und zeigte Eddie einen kleinen eckigen Punkt an der Tischkante.

Übellaunig drückte Eddie und sogleich schob sich ein Teil der Tischplatte in der Größe eines Tischsets unter die Tischplatte und vor seinen Augen tat sich eine Vertiefung auf. Aus der Vertiefung kam ein vollständiges Gedeck zum Vorschein. Das ganze Zeug kam mitsamt einer anderen Platte hoch und fügte sich nahtlos in die Tischplatte ein. Ben beobachtete fasziniert das Geschehen und drückte hastig auf seinen Knopf, obwohl er nicht vorhatte, etwas zu essen. „Abgefahren", murmelte er beeindruckt, als sein Gedeck zum Vorschein kam.

„Habt ihr noch nie einen Tischbutler gesehen?", entfuhr es Tante Nisaba verwundert.

„Einen *was*?", fragte John unsicher.

„Einen Tischbutler. So nennen wir die Vorrichtung, die den Tisch deckt. Gibt es seit Hunderten von Jahren. Sagt bloß, ihr kennt so etwas nicht?"

„Ähm, nein. Bei uns decken wir den Tisch", murmelte John und kam sich wie ein Steinzeitmensch bei einem Ausflug in die Zukunft vor.

„Und wie kommt das Zeug da rein?", fragte Babs skeptisch.

„Mit Vril natürlich", sagte Inana und Babs war genauso schlau wie zuvor.

„Grundgütiger, ihr kennt tatsächlich keine Tischbutler", rief Tante Nisaba kopfschüttelnd, wobei wieder die Schrumpfköpfe umherwirbelten und die Reißzähne wild wippten. „Wirklich ein rückständiges Volk, diese Oberweltler", pflichtete sie Inana bei. „Wie auch immer, greift zu und esst." Kopfschüttelnd verließ sie den Raum. Auch dieses Mal durch die Tür.

Inana drückte schelmisch grinsend ihren Knopf, und als sich das Gedeck vor ihr aufgetan hatte, begann sie genüsslich zu essen.

John drückte ebenfalls, doch ziemlich gedankenverloren. Er konnte Inanas und Tante Nisabas Verhalten nicht verstehen. Hatten sie denn noch nie mit Leuten wie ihnen zu tun gehabt? Waren sie wirklich die Ersten? Wurden alle anderen immer sofort beseitigt, nachdem sie aufgegriffen worden waren? War an Professor Flirts Geschichte, dass niemand lebend von hier zurückkehrte, wirklich etwas dran? Als sich sein Gedeck aufgetan hatte, nahm er sich ein wenig vom gleichen Brei, den auch Inana genommen hatte. Da Inana davon aß, konnte er zumindest nicht vergiftet sein, obwohl die lila Farbe nicht vertrauenerweckend wirkte. Ben und Eddie beobachteten ihn äußerst angespannt. In Zeitlupe steckte John den Löffel unter Bens und Eddies angewiderten Blicken in den Mund und schluckte den Brei hastig hinunter.

„Igitt", stöhnt er leise zu Bens und Eddies Unbehagen. Babs ließ ihren Löffel fallen, ohne gekostet zu haben. Eddie schauderte nun bei dem Gedanken, diesen ekeligen Matsch essen zu müssen, und Ben suchte fieberhaft nach einer Ausrede, um nichts essen zu müssen.

Unter Inanas irritierten Blicken nahm sich Eddie ganz wenig von einem blauen Brei, in der Hoffnung, der würde besser schmecken. Würgend steckte er den Löffel in den Mund und schluckte hastig. „Mann, dieser Matsch schmeckt ja richtig lecker!", rief er überrascht. „Was ist das für ein komisches Zeug?"

„Das ist Brei aus Obst, angereichert mit Inbu", sagte Inana belehrend, die sich über das sonderbare Gehabe ihrer Gäste sehr wunderte. „Wir ernähren uns fast ausschließlich von Obst, haben aber auch hervorragende Gemüsesorten."

Babs und Ben schaufelten nun ebenfalls begeistert in sich hinein. Sie merkten erst jetzt, wie hungrig sie waren. Sie kosteten sämtliche Breie. Da gab es einen orangefarbenen, der wie eine Obsttorte schmeckte. Ein rosafarbener hatte den Geschmack von Pfannkuchen mit Erdbeermarmelade, der braune schmeckte nach Schokoeis und der lila Brei nach Himbeerpudding.

Es gab auch noch einen roten, der zu Johns Verwirrung nach gebratenen Würstchen schmeckte, der blaue schmeckte nach Speck, der gelbe nach Kartoffelbrei und es gab noch jede Menge andere, die sie noch nicht gekostet hatte. Auch die Säfte waren ausgesprochen lecker. Der grüne schmeckte wie Ginger-Ale, was John sehr verwunderte, und der braune fast wie Tomatensaft, was ihn noch mehr irritierte.

„Ist das wirklich nur Obst?", erkundigte er sich ungläubig. „Und wie kommt es, dass manches gar nicht nach Obst schmeckt?"

„Alles eine Frage der Zubereitung", posaunte Inana hochmütig. „Wir haben zudem Früchte, die es bei euch seit Jahrtausenden nicht mehr gibt. Und Inbu ist eine Essenz, die nicht auf der Erde wächst", prahlte sie stolz und fügte rasch hinzu, „ich meine natürlich, bei euch oben auf der Erde nicht wächst."

John musste sofort an Professor Flirt und das, was er über die Gründer von Eridu gesagt hatte, denken. Hatte er womöglich auch damit recht? Er wollte Inana gerade danach fragen, als sie unerwartet aufsprang.

„Folgt mir", rief sie gut gelaunt und ging zur Tür.

John, Babs, Eddie und Ben schlangen noch rasch ein paar Löffel Brei runter und folgten Inana in den Vorraum und von dort zu einer weiteren Tür.

„Das ist meine Kammer, kommt rein, ich möchte euch etwas zeigen, das ihr sicher noch nie gesehen habt", sagte Inana stolz und öffnete mit einem Ouvrirblitz die Tür.

Als John Inanas Kammer betrat, riss er verwundert die Augen auf. Er hatte sich unter einer Kammer etwas Ähnliches wie eine Besenkammer vorgestellt, doch dieser Raum sah aus wie eine Museumshalle ohne Einrichtung. Auch hier befand sich an einer Wand diese sonderbar anmutende Steintafel. Neugierig blickte er sich um. Was wollte Inana ihnen zeigen? Er konnte in dem leeren Raum nichts entdecken, außer, dass er so groß war, dass man mühelos das ganze Haus der Sprauds darin unterbringen konnte.

„Ich zeige euch jetzt den fantastischsten Ausblick, den ihr je gesehen habt", versicherte ihnen Inana, als sie Johns verdutztes Gesicht sah.

„Machst du Witze? Der Raum hat doch kein einziges Fenster", rief Eddie verblüfft.

„Sei doch nicht so ungeduldig", sagte Inana ein wenig eingeschnappt. Sie ging zu der Steintafel, betätigte den Touchscreen und plötzlich löste sich ein großes Stück Mauer flirrend und flimmernd auf und verwandelte sich in ein riesiges Fenster.

„Krass", sagte Eddie begeistert und lief auf das Fenster zu. Als er jedoch näher kam, sah er nur sein Spiegelbild und den Raum hinter sich. Verdutzt betrachtete er sich selbst. „Willst du mich verarschen?", maulte er ungehalten. Inana grinste Eddie diebisch an, wodurch Eddie sich unterlegen fühlte, was ihm gar nicht behagte, dann betätigte Inana erneut den Touchscreen. Der Spiegel verwandelte sich in Glas und gab die Sicht nach draußen frei. „Das müsst ihr euch ansehen", raunte Eddie beeindruckt, ohne den Blick vom Fenster abzuwenden. Inanas Grinsen lag ihm noch schwer im Magen.

John, Babs und Ben liefen eilig zum Fenster, denn wenn Eddie so begeistert tat, musste es toll sein. Staunend betrachteten sie die Stadt, die ihnen nun direkt zu Füßen lag. Die Aussicht von hier oben war atemberaubend. Die Iglus mit ihren Kuppeln, Türmchen, Masten und den vielen Säulen wirkten allesamt utopisch und unecht. Überall zogen grüne Lichtschleier durch das weiße Licht und warfen merkwürdige Schatten auf Bäume und Sträucher, die die Straßen säumten. Unzählige Menschen liefen in ihren gelb schimmernden Overalls durch die Straße und Aircutter schwebten direkt am Fenster vorbei.

„Fantastisch", hauchte Babs entzückt. Sie stand wie verzaubert vor dem Fenster und starrte hinaus. „Eine Märchenstadt könnte nicht schöner sein."

„Woher kommen diese grünen Lichtschleier?", fragte John neugierig, während er die Stadt betrachtete, an seine Träume dachte, einen vorbeischwebenden Aircutter nachsah und sich fragte, wann er erwachen würde.

„Alles Licht, was ihr hier seht, kommt von eurem Sonnenlicht", sagte Inana mit einem nicht zu überhörenden Anflug von Stolz. „Vril speichert es, filtert die schädlichen Strahlen heraus, fügt vitae essentia von Nibirus hinzu, wodurch es diese grünen Schleier bekommt, und projiziert es über speculum magna in Vril Capsulas und von dort verteilt Vril es im gesamten Reich. Es fördert ..."

„Könntest du es auch so sagen, dass man es versteht", unterbrach sie Eddie mit säuerlicher Miene. „Das hier ist doch kein Wettbewerb für unmögliche Wörter."

„Vril filtert die schädlichen Strahlen heraus, fügt bestimmte Wirkstoffe hinzu, projiziert es über Spiegel in Vril Kapseln und verteilt es von dort in das gesamte Reich. Besser?", fragte Inana und verdrehte die Augen.

„Ja", murrte Eddie.

„Diese grünen Lichtstreifen fördern das Wachstum der Pflanzen und verlängern unser Leben", erklärte Inana weiter.

„Es verlängert euer Leben?", fragte Eddie überrascht. „Wie alt werdet ihr?"

„Bis zu zweihundert Jahre", antwortete Inana mit einer gelassenen Selbstverständlichkeit.

„Zweihundert Jahre? Unmöglich!", rief Babs und dachte, Inana wollte sie verschaukeln.

„Doch, doch", sagte Inana. „Es stimmt wirklich. Das Licht verhindert durch die zugefügten Wirkstoffe fast alle Krankheiten und Inbu als Zusatzstoff in unserer Ernährung schützt uns vor schädlichen Einflüssen. Und natürlich nicht zu vergessen ... ach, lassen wir das doch. Hört mal", sagte sie geheimnisvoll. Ihre Augen leuchtenden verschwörerisch. „Ich habe morgen etwas ganz Besonderes mit euch vor."

„Was?", fragte Eddie mit gieriger Miene.

„Ich möchte mit euch ins Haus des Vril. Auch Haus der Weisheit genannt. Man kann dort Weisheiten unserer Ahnen studieren, aber auch den Umgang mit Vril verinnerlichen oder erweitern. Ihr dürft Mum aber nichts davon sagen. Sie würde es nicht erlauben. Natürlich bedarf es viel Übung, mit Vril umzugehen, aber ich könnte euch ein paar Grundkenntnisse beibringen. Ich könnte es auch hier, doch im Raum des Vril ist es viel einfacher, da dort die Kraft des Vril gebündelt ist. Außerdem habt ihr so etwas noch nie gesehen. Das Haus des Vril wird euch gefallen und der Raum des Vril wird euch beeindrucken. Es ist kein wirklicher Raum, mehr eine Illusion. Aber ich will euch nicht zu viel verraten. Es soll eine Überraschung werden."

Alle, außer Ben, waren begeistert, doch dann machte John ein langes Gesicht. „Wir müssen zurück, Inana", sagte er bestimmt. „Wenn wir nicht bald zu Hause auftauchen, gibt das eine Katastrophe."

„Ach, keine Sorge, John. Dafür gibt es eine ganz simple Lösung", sagte Inana leichtfertig. „Vertraut mir einfach. Das kriegen wir schon hin. Ihr dürft das Haus des Vril nicht verpassen. Glaubt mir, es wird euch gefallen."

Ben protestierte lautstark, wurde aber von den anderen überstimmt. John hatte wohl Zweifel an dieser Entscheidung, doch seine Neugierde spülte alle Bedenken und jegliche Vernunft in einem Strom der Euphorie hinweg.

„Dann sind wir uns ja einig und werden uns jetzt ausruhen", sagte Inana zufrieden. Nichts machte ihr mehr Spaß, als etwas Unerlaubtes zu tun.

„Wir sind uns nicht einig. Ich will nach Hause", murrte Ben wütend, doch Inana überging ihn einfach.

„Es ist Abend, der Tag war lang für euch", sagte sie belehrend, „und morgen braucht ihr einen klaren Kopf, um mit der Kraft des Vril zu arbeiten. Darum werden wir uns jetzt ausruhen." Sie tippte auf den Touchscreen, das Fenster verschwand, die Mauer erschien und jäh kamen aus dem Nirgendwo fünf Hängematten von der Decke herab. In den Hängematten befanden sich behagliche Kissen und große Tücher, mit denen man sich bequem zudecken konnte. Um jede Hängematte befand sich ein Vorhang. Man konnte ihn um die Hängematte ziehen und so völlig ungestört sein. „Lasst uns ausruhen", sagte Inana und kletterte ohne weitere Erklärungen in eine Hängematte, schloss ihre Augen und schlief in derselben Sekunde ein.

„Krass! Habt ihr das eben gesehen?", flüsterte Eddie staunend und starrte ungläubig zu Inana, die ihren Vorhang nicht geschlossen hatte.

„Was meinte Inana mit, es war ein langer Tag für uns", sagte John mit einer drückenden Vorahnung. „Habt ihr auch das Gefühl, sie verheimlicht etwas?"

„Was es auch ist", meinte Eddie leichtfertig, „sie wird es schon hinbiegen."

„Sei dir da mal nicht so sicher", murrte Ben. „Ich hab euch ja gesagt, es ist eine schei…"

„Wir wissen, was du davon hältst", unterbrach ihn Eddie. „Aber wir sind nun mal hier und darum machen das Beste daraus. Alles Weitere wird sich ergeben." Grinsend kletterte er in seine Hängematte, zog den Vorhang zu und schlief ein.

„Das muss an den Hängematten liegen", meinte Ben überzeugt, der neugierig durch Eddies Vorhang lugte. „So etwas gibt's doch nicht!"

John hatte ein ganz mulmiges Gefühl. Irgendetwas stimmte hier nicht. Seine Uhr sagte ihm, es sei mittags. Aber mittags konnte es nicht sein, denn dann wären sie ja erst zwei Stunden unterwegs. Das war unmöglich. Der nächste Tag mittags konnte es aber auch nicht sein. Oder doch? Nein, dazu waren sie nicht lange genug unterwegs. „Aber beim letzten Mal war es auch abends, als wir zurückkehrten, obwohl wir nur ein paar Stunden weg waren", dachte er nervös. Grübelnd kletterte er in seine Hängematte, da Babs und Ben schon hinter ihren Vorhängen verschwunden waren. Er versuchte, das Zeiträtsel zu lösen, doch er schlief ein, bevor er einen klaren Gedanken fassen konnte.

***

Als John erwachte, fühlte er sich so ausgeruht wie noch nie in seinem Leben. Er benötigte einen Moment, bis ihm einfiel, wo er sich befand. Das leise Schnarchen von Ben und Eddie sagte ihm, dass sie noch tief und fest schliefen. Er zog seinen Vorhang zur Seite, blickte auf die Uhr und da war es wieder, das Rätsel um die Zeit. Die Leuchtziffern kündigten späten Abend an. Er hatte keine Ahnung, wie spät es wirklich war, aber Abend war es bestimmt nicht. War seine Uhr defekt oder ging hier etwas Seltsames vor? Er kletterte aus seiner Matte, spähte durch die Vorhänge, bis er Babs gefunden hatte, und stupste sie an. Ihre Hängematte begann leicht zu schaukeln und sie fuhr erschrocken hoch.

„Was ist passiert? Wo bin ich?", rief sie und wäre fast aus der Matte gefallen.

„Wie spät ist es auf deiner Uhr?", flüsterte John ihr zu.

„Die ist kaputt, wieso?", murrte Babs schlaftrunken.

„Nicht so wichtig. Vergiss es", wehrte John ab, um sie nicht zu beunruhigen, fand es aber äußerst seltsam, dass auch Babs' Uhr nicht in Ordnung zu sein schien.

Nach und nach wurden auch Eddie und Inana wach und hüpften aus ihren Matten. Eddie langte durch Bens Vorhang und gab ihm einen heftigen Klaps am Kopf. „Was ist los?", maulte Ben verschlafen. „Muss ich schon aufstehen, Mum? Kannst du nicht später noch mal kommen? Ich will nicht aufstehen, hörst du." Augenblicklich brachen alle in schallendes Gelächter aus. Ben riss die Augen auf, steckte den Kopf durch den Vorhang und sah John, Babs, Inana und Eddie, die sich vor Lachen krümmten. „Sehr witzig, wirklich witzig", knurrte er wütend und bekam einen leuchtend roten Kopf. Verlegen blies er sich sein blondes Haarbüschel aus den Augen und kletterte aus seinem Nachtlager.

„Wir sollten frühstücken gehen", wieherte Inana, hielt sich den Bauch vor Lachen und ging zur Tür. „Mum hat sicher schon etwas zubereitet."

„Klink dich wieder ein", schnaubte Ben giftig und stapfte beleidigt hinterher.

Tante Nisaba hatte das Frühstück tatsächlich bereits zubereitet. Auf dem Tisch standen Unmengen Schüsseln, alle mit Brei gefüllt, und einige Krüge. Aus manchen Krügen dampfte es.

„Darf ich die Stühle herzaubern? Darf ich?", rief Eddie euphorisch.

„Du zauberst sie nicht her", rügte ihn Inana. „Sie sind die ganze Zeit über da, du kannst sie nur nicht sehen. Sie befinden sich in einer anderen Dimension, die du mit deinen Augen nicht wahrnehmen kannst. Wenn du sie aktivierst, materialisierst du sie und dadurch werden sie für dich sichtbar. Die Kraft des Vril ermöglicht dies und lässt sie auch von der Decke schweben. Das hat mit Zauberei rein gar nichts zu tun. Es ist einzig die Kraft des Vril, die diese Dinge geschehen lässt. Ich werde euch später", flüsterte sie mit gesenkter Stimme weiter, „im Haus des Vril die Kraft des Vril erklären. Aber verwendet nie wieder das Wort Zauberei!"

„Okay, auch gut. Dann eben keine Zauberei. Darf ich trotzdem drücken?", raunte Eddie etwas verwirrt. Er war beeindruckt von dem, was Inana eben gesagt hatte, obwohl er kein Wort verstanden hatte.

„Natürlich darfst du", antwortete Inana und ging mit Eddie zur Steintafel.

„Welcher Schalter ist es?", erkundigte sich Eddie aufgeregt. Er hatte Angst, einen falschen zu drücken und dadurch das totale Chaos auszulösen. „Wer weiß, was da oben noch so alles herumhängt", dachte er belustigt. Immerhin könnte es ja gut möglich sein, dass ihm die halbe Einrichtung auf den Kopf fiel.

Inana zeigte ihm den richtigen Schalter und tippte auf dem Screen. Erwartungsvoll drückte Eddie ihn nach unten. Sofort wurden fünf Stühle sichtbar und kamen behutsam von der Decke herab.

„Affengeil! Das ist so was von krass, Mann", rief er begeistert und hüpfte dabei wie ein Vierjähriger vor dem Weihnachtsbaum. Nachdem er mit seinem Kriegstanz fertig war, setzte er sich und drückte den Knopf an der Tischkante. „Klasse", sagte er mit hungrigem Stöhnen, griff sich eine Schüssel und fing an, seinen Teller zu beladen. Die anderen sahen ihm entgeistert zu, wie er fast mit unanständiger Begeisterung zu essen begann, und setzten sich ebenfalls. Sie drückten ihre Knöpfe, schaufelten sich Unmengen verschiedenfarbige Breie auf ihre Teller und mampften los. John war ganz vernarrt in den, der nach Speck schmeckte, und Ben war entzückt von einem, der nach Schoko-Muffins mundete.

„O läts ich wirlich eben!", sagte Eddie und schaufelte sich eine weitere Ladung weißen Brei mit Omelettgeschmack auf seinen bereits überfüllten Teller. Eddie hatte den Mund so voll, dass ihn keiner verstand. John fragte sich, wie es ihm überhaupt gelingen konnte, einen Ton von sich zu geben, ohne den Inhalt seines Mundes über den Tisch zu verteilen, während Babs ihn einfach nur missbilligend anschaute und den Kopf schüttelte.

„Schönen guten Morgen", sagte plötzlich die vertraut tiefe, rauchige Stimme von Tante Nisaba, als sie aus dem Schatten einer Tür heraustrat. Heute völlig anders ausstaffiert, aber nicht minder schräg. Auf ihrem Kopf saß ein Hut mit einem Gewächs, das einem abgebrannten Rosenbusch ähnelte. An seinem verkokelten Geäst hing etwas Sternenähnliches, das in vielen Farben schillerte. Unter dem Hut wucherte ein langer Haarzopf hervor, der ihr über die linke Schulter hing, aus dessen

Ende ein Mäusekopf quoll. Um die Taille hatte sie etwas gewickelt, das wie eine verknotete Schlange aussah. Der Kopf der Schlange schielte zu der Maus, die aus den Haarspitzen guckte.

Babs schlug sich die Hand vor dem Mund und konnte ein Lachen gerade noch unterdrücken. Rasch tauchte sie unter dem Tisch ab und tat, als wäre ihr etwas hinuntergefallen. Sie presste sich die Hand fest vor den Mund und versuchte, sich schnell wieder einzukriegen. Ben wäre vor Schreck mit dem Kopf beinahe in eine Schüssel geknallt, als sie auftauchte. Als er sie dann richtig ansah, hätte er seinen Kopf liebend gerne in der Schüssel versenkt, da er nicht wusste, wie er sein Lachen verbergen sollte. Eddie rutschte vor Staunen über ihr Aussehen der Löffel aus der Hand und patschte in seinen überfüllten Teller. Der weiße Brei spritzte dabei in alle Richtungen und traf auch sein Gesicht. Sogar an seinen Ohren klebte etwas von dem breiigen Zeug und lief ihm langsam seitlich am Kopf herunter. Auch Inana konnte sich nicht halten und wieherte erneut los. Daraufhin brachen alle in lautes, schallendes Gelächter aus, doch nur Inana lachte über Eddie. Alle anderen waren froh, einen Grund für den Ausbruch gefunden zu haben. Babs tauchte unter dem Tisch hervor, schüttelte sich ebenfalls vor Lachen, ohne jedoch zu wissen, wieso die anderen lachten. Eddie lief rot an und sah nun wie ein Fliegenpilz aus. Er hätte sich auch maßlos geärgert, wenn er nicht ebenso froh gewesen wäre, einen Grund zum Lachen zu haben.

„Entschuldigt", sagte Tante Nisaba, ließ einen weiteren Stuhl von der Decke schweben und steuerte auf den Tisch zu, wobei der abgebrannte Rosenbusch ordentlich ins Schleudern geriet. „Ich dachte nicht, euch mit meinem Erscheinen derart zu erschrecken. Ihr werdet euch schon noch daran gewöhnen."

„An diesen Aufzug werde ich mich nie gewöhnen", keuchte Ben und Eddie nickte zustimmend.

„Ich habe gute Nachrichten von Vater", fuhr Tante Nisaba an Inana gerichtet fort. „Sie haben heute Nacht Atlantis hier in der Nähe geschnappt. Er ist in sicherer Verwahrung. Vater wird bald zurück sein."

John wurde es ziemlich heiß und sein Lachen gefror auf seinem Gesicht. „Auch das noch", dachte er nervös. Er verspürte eine jähe und mächtige Woge der Abneigung, die er sich nicht erklären konnte. Aus irgendeinem Grund hatte er Angst, seinem Onkel zu begegnen. Irgendetwas sträubte sich in ihm, wenn er auch nur daran dachte, ihn kennenzulernen.

„Vater hat Atlatis hier geschnappt?", erkundigte sich Inana verwundert.

„Ja, es war bereits gegen Morgen und ganz hier in der Nähe", antwortete Tante Nisaba mit einem gezierten Lächeln, das die jäh erschienene Kälte in ihren Augen nicht im Geringsten minderte. „Dein Vater war auf dem Weg nach Hause, als er Atlatis begegnete", fuhr sie fort und setzte sich. „Er sagte, es kam zu einem bösen Streit und Atlatis hätte ihm sogar Mortalblitze auf den Hals gehetzt. Zum Glück war dein Onkel nicht allein", sagte sie nun zu John und füllte dampfende Flüssigkeit aus einem Krug in eine Tasse.

„Was sind Mortalblitze?", fragte John.

„Todesblitze, Schätzchen", sagte Tante Nisaba. „Rote Kugelblitze, die dich auf der Stelle töten. Dieser Nichtsnutz hat deinem Onkel tatsächlich Mortalblitze auf den Hals gehetzt. Das muss sich mal einer vorstellen!"

„Mum", flötete Inana mit einschmeichelnder Stimme und John fragte sich, ob dies der richtige Augenblick war. „Ich möchte mit John, Babs, Eddie und Ben im Aircutter eine Runde über Amun-Re drehen", schwindelte sie. „Ich will ihnen unsere Stadt von oben zeigen, denn herumlaufen können wir ja nicht."

Tante Nisaba blickte völlig entgeistert drein. „Du willst was?", fragte sie mit aufgesetzt liebenswürdigem Blick, doch dann fiel jegliche Zurückhaltung von ihr ab. „Inana, das kannst du nicht tun! Du bringst uns in große Schwierigkeiten. Denk an Vater. Wie sollte er erklären, dass sich seine Tochter mit Oberweltlern herumtreibt. Nein, völlig unmöglich! Solltet ihr von Spürhunden entdeckt werden, wird das sehr unangenehm für uns alle. Oberweltler in unserer Stadt ... mit dir, ausgeschlossen, Inana." Sie saß stocksteif auf ihrem Stuhl, die Hände auf den Armlehnen und jegliche Spur Freundlichkeit war verschwunden. Der Ausdruck ihres sonst so übertrieben freundlichen Gesichts wirkte nun fast gefährlich.

„Spürhunde? Wovon zum Teufel redet ihr?", krächzte Ben heiser.

„So nennen wir unsere Jäger", gestand Inana.

„Jäger! Welche Jäger?", keuchte Ben mit geweiteten Augen.

„Die Trupps, die ständig unser Reich nach Eindringlingen durchkämmen", sagte Inana. „Haben wir euch doch gestern gesagt. Wir nennen sie Spürhunde oder Jäger, da sie Eindringlinge aufspüren wie Hunde und sie jagen wie Jäger." Sie spulte das Ganze sehr schnell runter, als wäre es für Eddie und Ben weniger unerträglich, wenn sie diese Unannehmlichkeit sehr rasch hörten.

Ben entfuhr ein merkwürdiges Japsen, das er gerade noch zu einem Räuspern umbiegen konnte, und erwiderte nichts.

„Wie sollen wir denn im Aircutter auf einen Spürhund treffen, Mum", nahm Inana das Gespräch wieder auf, um ihre Mutter umzustimmen. „Mum, bitte lass uns gehen. Es ist nicht gefährlich."

„Nicht gefährlich?", sagte Tante Nisaba, ließ einen gewichtigen Seufzer hören und nahm einen ausgiebigen Schluck aus ihrer dampfenden Tasse. „Allerdings ist es gefährlich!", rief sie dann.

„Ich werde auch ganz bestimmt aufpassen, Mum", versicherte Inana.

Tante Nisaba lachte auf so silberhell, dass sich Johns Nackenhaare sträubten. „Wie willst du unseren Spürhunden entgehen, Inana?", fragte sie und ein seltsames Lächeln dehnte ihren Mund.

„Vertrau mir, Mum", beharrte Inana stur. „Wir befördern uns doch nur mit der Vril-Kugel von hier zum Aircutter. Wer soll uns denn da sehen? Da kann doch gar nichts passieren."

„Tante Nisaba, bitte! Wir passen ganz bestimmt auf", sagte Babs, die unbedingt ins Haus des Vril wollte.

„Ja, ganz bestimmt", versprach nun auch Eddie und Ben dachte, er säße im falschen Film.

„Was denkt ihr euch eigentlich dabei?", wetterte Tante Nisaba mit unerbittlicher Miene. „Kommt überhaupt nicht infrage!"

„Ach, Tante Nisaba, komm schon", sagte John unbeeindruckt, da er das Haus des Vril auf keinen Fall verpassen wollte. „Du sagtest doch selbst, ich sei der Sohn des Herrschers und meinen Freunden würde nichts geschehen. Ich will mich mit Babs, Eddie und Ben hier etwas umsehen. Ist doch nicht schlimm. Schließlich war ich noch nie hier, obwohl es mein zukünftiges Reich sein soll. Ich muss doch wissen, wie es hier aussieht." John wusste, seine Worte waren ziemlich dumm und kamen einer unterschwelligen Erpressung verdammt nahe, doch es war ihm egal. Erwartungsvoll blickte er zu seiner Tante, die aussah, als wäre ihr jemand auf die Füße getreten. Ein Blick zu Inana erweckte jedoch Hoffnung in ihm, da sie ihm verstohlen zunickte. „Du wirst mir doch diese Bitte nicht abschlagen, Tante Nisaba", setzte John selbstbewusst und mit scheinheiliger Miene nach, da seine Tante nichts sagte.

„Grundgütiger! Etwas weniger Dramaturgie hätte es auch getan, Enlil. Also gut, meinetwegen", gab Tante Nisaba nach und sah nun aus, als hätte sie in eine saure Gurke gebissen. „Aber seid bloß vorsichtig, steigt nicht aus und kommt auf gar keinen Fall zu spät zurück. Und, Inana, bring Vater ja nicht in Schwierigkeiten, hörst du! Eine Runde über Amun-Re. Mit Oberweltler!", rief sie kopfschüttelnd. „Lass dir keine Verrücktheiten einfallen, verstanden!", fügte sie hinzu und verschwand genauso plötzlich und unerwartet wie immer. Die dampfende Tasse verschwand mit ihr.

„Ich hab sie rumgekriegt", sagte John und konnte es noch gar nicht glauben.

„Ich habe auch eine Vermutung, wieso", sagte Inana grinsend. „Es ist jedoch nur eine Vermutung. Du hast alles richtig gemacht, John. Ich erklär's dir später. Lasst uns verschwinden, bevor sie es sich anders überlegt."

„Zum Teufel, müssen wir dorthin?", murmelte Ben mit vernehmlichem Trotz in der Stimme. „Ich möchte wirklich nicht auf einen dieser Spürhunde treffen!"

„Unsinn! Du hast eindeutig zu viel gegessen, Ben, davon bekommt man Wahnvorstellungen und Angstzustände", sagte Eddie spöttisch, steckte noch hastig einen Löffel Brei in den Mund und sprang so hurtig auf, als würde sein Stuhl brennen. „Na los, kommt schon!", drängte er ungeduldig. „Worauf wartet ihr noch? Lasst uns gehen!"

„Willst wohl unbedingt verhaftet werden", wetterte Ben schlecht gelaunt.

„Ach, mach dir doch nicht ins Hemd, Mann", gab Eddie grinsend zurück.

„Denkst du etwa, du wirst dort klüger, weil es auch das Haus der Weisheit genannt wird", stichelte Ben streitsüchtig.

„Schnauze, Mann! Können wir jetzt endlich gehen?", fauchte Eddie zappelig und ging schon mal zur Tür. Hurtig erhoben sich alle. Auch Ben. Sie fürchteten, Eddie könnte überschnappen, wenn sie sich nicht beeilten.

***

Weit entfernt von Amun-Re, aber auch **anderswo**, stürmte Achnum auf ein Gebäude zu, feuerte einen Ouvrirblitz in das schillernde Auge einer gefiederten, versteinerten Schlange und eine dicke Holztür öffnete sich. Er betrat den gewölbeartigen Raum, in dem sich in einer großen

Nische neben einem Feuer und gegenüber der mächtigen Statue mehrere aus Stein gehauene Sitzgelegenheiten um einen riesigen Steinquader gruppierten. Drei Personen und ein Apkallu befanden sich in dem Raum. Ihre Gesichter lagen im Halbdunklen. Sie sahen überrascht auf, als Achnum zur Tür hereinstürzte und ihre Stimmen erstarben.

„Sie haben Atlatis", rief Achnum aufgeregt mit zittriger Stimme. „Abgal und seine Truppe, sie haben Atlatis in Amun-Re geschnappt. Wir müssen etwas unternehmen, Adamu."

Ein Rest von Farbe schwand aus Adamus ebenmäßigem Gesicht. Einen Moment lang sah er aus, als hätte er größte Lust, Achnum zu schlagen, doch als er dann sprach, war seine Stimme ruhig und bedacht. „Warum hat Abgal Atlatis geschnappt?", fragte er.

„Ähm, keine Ahnung", erwiderte Achnum.

„Also gut", sagte Adamu leise und legte langsam die Fingerkuppen seiner Hände zusammen. „Wann? Wann haben sie Atlatis geschnappt?"

„Ist schon eine ganze Weile her", rief Achnum aufgewühlt. „Hab es eben erst erfahren."

„Also gut", sagte Adamu abermals mit ruhiger Stimme, lehnte sich zurück und starrte zur Decke. Er durfte nun keinen Fehler begehen. „Mach es ungeschehen", befahl er dann.

„Ich komme an Abgal und seine Truppe nicht ran", raunzte Achnum mit resignierter Stimme. „Ich kann Atlatis nicht raushauen. Sie bringen ihn in die Hauptstadt."

„Du verstehst mich falsch, Achnum", sagte Adamu im selben, ruhigen Ton. „Ich meinte, verhindere, dass es passiert. Nimm dir Lulu, wenn sie ihn bereits wieder zusammengeflickt haben. Atlatis vertraut ihm. Wenn er noch nicht auf dem Damm ist, geh mit Nergal." Sein Blick schweifte zu den anderen im Raum, dann fuhr er mit schärferer Stimme fort: „Geht nach Amun-Re, passiert zuvor eine Zeitschleuse, wartet auf Atlatis, warnt ihn und verschwindet, bevor Abgal mit seiner Truppe auftaucht."

Achnum sah einen kurzen Moment völlig belämmert drein, dann schien ihm ein Licht aufzugehen und ein Lächeln kräuselte seinen Mund. „Jaaa", sagte er gedehnt mit leuchtenden Augen und stürzte zur Tür hinaus.

„Ganz schön verwegen", rief die krächzende, papageienartige Stimme eines Apkallu und sein Federkamm stellte sich auf. Er schillerte im matten Licht des kleinen Feuers in den Farben des Regenbogens.

Adamu fing den stechenden Blick des Apkallu auf und lächelte süffisant. „Gewiss", sagte er und zuckte halbherzig mit den Schultern, „nicht meine Schuld, wenn sich diese Tölpel aus Versehen in die falsche Zeit befördern. Mir kann jedenfalls keiner vorwerfen, ich hätte nichts unternommen."

„Vermasseln es nicht, Adamu. Abgal hat uns dadurch jede Menge Scherereien erspart", krächzte der Apkallu, erhob sich und stellte seinen regenbogenfarbigen Kamm noch weiter auf, wodurch er riesig wurde. „Und denk nicht, du könntest mich reinlegen, Adamu. Atlatis darf nicht wieder freikommen", sagte er dann noch drohend und legte seinen bunten Kamm dicht am Kopf an.

„Das kann ich dir nicht versprechen, Nijil, und das weißt du. Ich muss im Verborgenen agieren. Keiner darf mich dabei sehen", sagte Adamu betont ruhig, obwohl der Apkallu mit seiner Drohung eine rote Linie übertreten hatte. „Sollte mich Atlatis bemerken oder auch nur den Hauch eines Verdachtes schöpfen, kann ich der Sachen nicht mehr von Nutzen sein."

„Du weißt, was wir mit unnützen Personen tun?", fragte Nijil gelassen mit seiner krächzenden Stimme, doch Adamu war sich bewusst, dass es eine erneute Drohung war.

Er ließ Nijil auch diese Drohung durchgehen, da er ihn dringen brauchte und keine Zeit für Zurechtweisungen hatte. Für Adamu wurde die Sacher immer schwieriger. Er hatte es geschafft, alle glauben zu lassen, er stehe auf deren Seite. Auf welcher Seite er tatsächlich stand, wusste nur er. „Ich an deiner Stell, Nijil", sagte er kühl, erhob sich ebenfalls und straffte seine muskulösen Schultern, „würde mir weit mehr Gedanken darüber machen, was Atlatis tut, sollte er je erfahren, dass du hier warst. Ich sagte dir ausdrücklich, du darfst dich hier nicht blicken lassen."

„Dann wirst du Atlatis sagen, Achnum hätte Gorudo gesehen. Achnum ist dumm genug, sich das einreden zu lassen, und Atlatis wird dir glauben. Wir Apkallu sehen alle gleich aus. Uns unterscheidet nur die Farbe unserer Federkämme", krächzte Nijil gelassen und blickte auf Adamu hinab, da alle Apkallu weit größer als Menschen waren.

„Du weißt von Gorudo?", fragte Adamu und tat überrascht.

„Natürlich weiß ich von Gorudo", krächzte Nijil. „Dachtest du, ich hätte nichts von seinen unzähligen Treffen mit Atlatis bemerkt? Noch lasse ich ihn gewähren, aber, Adamu, denke nicht, ich lasse Gorudo davonkommen. Gorudo ist ein übler Verräter. Wie du weißt, verabscheue ich Verräter. Gorudo wird, wenn seine Zeit gekommen ist, für den Verrat an Anu das Schicksal aller Verräter erleiden."

Adamu blickte mit gleichgültiger Miene in Nijils funkelnde Adleraugen und fragte sich, ob dies womöglich eine versteckte Warnung für ihn sein sollte.

Die Prüfung

Mit gesenkten Köpfen liefen John, Babs, Eddie und Ben neben Inana durch Amun-Re – vorbei an utopischen Igluhäusern und seltsam anmutenden Plätzen. John hatte ein mulmiges Gefühl. Er hatte Angst um Eddie und Ben. Inana wollte sie partout nicht mit der Vril-Kugel zum Haus des Vril bringen, da sie ihnen ihre Stadt zeigen wollte. Sie meinte, sie liebe den Nervenkitzel und mache sich keine Gedanken über Gefahren und Verbote scherten sie erst recht nicht. John kam es endlos vor, doch dann waren sie endlich da.

Es gab ein lautes „Ooohhh" und „Wow", als sie das Gebäude erreichten. Golden funkelnd und hell erleuchtet thronte auf einer Erhebung ein mächtiger Iglu, der alle bisherigen in seiner Höhe, Breite und Pracht in den Schatten stellte. Er hatte unzählige Säulen mit reicher Verzierung, auf denen Fackeln mit goldenen Flammen zügelten, kleine Kuppen, aus denen vereinzelt hohe Masten ragten, und Türmchen, die durch verschnörkelte Brücken verbunden waren. Eine steinerne Treppe führte über die sanfte Erhebung zu einem großen Portal. Dieses war zu beiden Seiten mit Fackeln gesäumt, deren Feuer auch golden flammten. Ihr Licht spiegelte sich am glänzenden Steinboden der Treppe wider und erweckte den Eindruck, ein goldenes Vlies würde über die Stufen herabfallen. Die Treppe war auf beiden Seiten mit hohen, steinernen Säulen flankiert, zu deren Füßen adlerähnliche Wesen saßen. Auf den Säulen befanden sich Steinköpfe, die grimmig blickten und John an Olmekenköpfe erinnerten, aber doch anders aussahen. Vor der Treppe befand sich ein beleuchteter Brunnen mit einem großen Wasserbecken. In dessen Mitte stand eine übergroße, menschliche Statue, deren Kopf einen langen Bart und eine seltsame Frisur hatte. Das Gesicht war sehr verwittert. Aus dem Mund ergoss sich ein breiter Wasserstrahl, der grün schillerte und den Brunnen beleuchtete. Auf dem Iglu ruhte die größte Kugel, die John je gesehen hatte. Sie war übermächtig, strahlte silbern, ragte weit über das imposante Gebäude hinaus und war unvorstellbar hoch.

„Ist es das? Ist das das Haus des Vril?", raunte Eddie aufgeregt. Seine Wangen glühten vor Begeisterung und leuchteten fast heller als der Brunnen.

„Jep", bestätigte Inana stolz. „Das ist das Haus des Vril."

John, Babs, Eddie und Ben standen mit offenen Mündern und ehrfürchtigen Gesichtern da und glotzten auf das mächtige Gebäude. Ihre Begeisterung versandete jedoch rascher, als ihnen lieb war.

„Wir haben noch eine winzige Hürde zu bewältigen", erwähnte Inana nebenbei, während sie das Gebäude bestaunten, „dann seht ihr den Raum des Vril. Er befindet sich in der mächtigen Kugel. Es ist ein magisch anmutender Raum, der sein Aussehen ständig verändert. Es wird euch dort sicher gefallen."

„Hürde! Welche Hürde?", erkundigte sich John misstrauisch.

„Nichts Besonderes", tat Inana lächelnd ab. „Wir müssen bloß an dem Wächter vorbei, der in der Halle sitzt."

„Wächter! Was für ein Wächter?", fragte John und dachte, ihm würden gleich sämtliche Sicherungen durchglühen. „Du meinst doch hoffentlich keinen richtigen Wachmann?"

„Doch", bestätigte Inana.

„Ein richtiger Wachmann? Sag mal, bist du verrückt, Inana?", entfuhr es John mit grollender Stimme. „Wozu ist der überhaupt gut?"

„Dieser Wächter ist ausschließlich dazu da, um Unbefugten den Zutritt zu verwehren, und um nach dem Rechten zu sehen", sagte Inana mit einer kalt lächelnden Selbstverständlichkeit. Ihre Stimme hörte sich dabei gleichgültig und unbekümmert an.

„Unbefugten?", wiederholte John ungläubig. „Willst du damit sagen, wir dürfen hier nicht rein?"

„Babs und du schon, unsere beiden Oberweltler nicht", sagte Inana verschmitzt grinsend.

Ben war nun grün angelaufen und hob sich vom Licht des Brunnens kaum noch ab. Nur seine roten Haare ließen seinen Kopf erahnen.

„Na toll", maulte Eddie griesgrämig. „Wozu bringst du uns hierher, wenn wir doch nicht rein können?"

„Gib doch nicht immer gleich auf, Eddie", sagte Inana gleichmütig „Wir werden trotzdem reingehen."

„Aber was passiert, wenn uns der Wächter erwischt?", stöhnte Ben mit weichen Knien und redete sich dann in Rage. „Ich glaube wirklich, bei euch ist ein Rad ab! Ich will doch nicht für den Rest meines Lebens eingesperrt werden wegen dieses Schwachsinns. Darauf kann ich verzichten. Du kannst dir deine Vril-Kraft an den Hut oder sonst wohin stecken, Inana. Interessiert mich nicht mehr ... nicht die Bohne ... hat sich erledigt. Ich geh da nicht rein, nie und nimmer! Wenn der Wächter uns erwischt, sind wir im Arsch! Ich lass mich doch nicht braten. Das kannst du vergessen!"

„Bist du mit deiner Ansprache fertig?", erkundigte sich Inana trocken, als Ben endlich verstummte. Ben starrte sie ungläubig an, holte tief Luft, überlegte es sich aber anders und verdrehte die Augen. „Gut", brummte Inana zufrieden, „wir erregen nämlich ziemliches Aufsehen."

Erst jetzt bemerkte John die Menschen, die sie neugierig beobachteten, sich ihre Hälse nach Ben und Eddie verrenkten, miteinander tuschelten und mit den Fingern auf sie zeigten. Die beiden hatten zwar ihre Overalls an, doch man konnte ihnen von Weitem ansehen, dass sie nicht von hier waren. Ben mit seinen roten Haaren und den Sommersprossen und Eddie mit seiner Körperfülle passten einfach nicht hierher.

John spürte, wie sein Körper vor Schreck erstarrte, und sah, wie Bens Knie heftig zu schlottern begannen, als er die Leute bemerkte. Seine Gesichtsfarbe war nun ein schmutziges, ungesundes Grau, was aber den Vorteil hatte, dass er sich wieder vom Hintergrund abhob.

„Also, wenn wir reingehen, begrüßt ihr den Wächter mit einem freundlichen Achaldo", schärfte ihnen Inana ein. „Das heißt so viel wie hallo. Starrt ihn nicht an, geht rasch weiter. Dreht ihm, wenn möglich, den Rücken zu."

John konnte es nicht fassen. Ungläubig stierte er Inana an, zu entsetzt, um einen Ton hervorzubringen. Inana lächelte ihm zu, ging schnurstracks um den Brunnen, die steinerne Treppe hoch, steuerte zielstrebig auf das mächtige Portal zu und öffnete es mit einem Ouvrirblitz. John wusste, sie mussten rasch von hier verschwinden, und so stapfte er wütend hinter Inana her. Babs, Eddie und Ben folgten widerwillig. Eddie hatte seine Coolness etwas verloren, wollte es aber nicht zeigen und grinste dämlich, als er neben Ben ins Innere des mächtigen Gebäudes trat.

Ben, dem schon längst das Herz in die Hose gerutscht war, deutete für Eddie, um ihm das Grinsen zu verleiden, auf den Wächter, der hinter einem ausladenden Schreibtisch im hinteren Teil einer großen Halle saß. Diese Halle war imposant und beängstigend zugleich. Ben hatte jedoch nicht die Nerven, sich etwas genauer umzusehen.

Eddie dagegen setzte eine ungerührte Miene auf. „So ein Mist! Wieso muss der ausgerechnet jetzt hier sitzen?", flüsterte er.

Ben ließ sich jedoch nicht täuschen. Er durchschaute Eddie sofort, da seine Stimme ziemlich angespannt klang. „Angeber", zischte er schwer durch die Nase atmend und mit Beinen so weich wie Pudding.

„Scht!", flüsterte Inana streng und grüßte mit einem freundlichen: „Achaldo."

John sagte ebenfalls mit fester Stimme: „Achaldo."

Ben brachte keinen Ton heraus, Babs blieb ebenso stumm und Eddie stammelte etwas Ähnliches wie: „Ach – ojda." Er klang dabei ziemlich schwachbrüstig und blickte stur zu Boden.

Zu ihrer Erleichterung nahm der Wächter keine Notiz von ihnen. Er saß regungslos da und war offensichtlich gerade mit etwas sehr Wichtigem beschäftigt, das seine ganze Aufmerksamkeit erforderte. John kam dies sonderbar vor. „Irgendetwas stimmt hier nicht", dachte er, konnte sich sein Misstrauen aber nicht erklären.

Hastig, mit eingezogenen Köpfen, eilten sie durch die große Halle und versuchten, so wenig Lärm wie möglich zu machen. John beobachtete aus den Augenwinkeln den Wächter. „Wirklich sonderbar, wie der dasitzt", überlegte er argwöhnisch.

Im Laufschritt führte Inana sie zu einer großen Scheibe. Rasch stellten sie sich darauf und als sich die Kuppel über ihnen schloss, schwebten sie erleichtert nach oben. Ihr Hochgefühl endete jedoch abrupt, als Inana sagte: „Ihr werdet nun beispielhaften Mut beweisen müssen."

„Mut?", keuchte Ben mit weißem Gesicht, da ihm nun jegliche Farbe aus dem Gesicht gewichen war. „Was willst du damit sagen?"

„Ihr müsst eine Aufgabe bewältigen, die sehr viel Mut erfordert", sagte Inana kühl. „Aber ihr schafft das schon."

Ben starrte sie aus dumpfen, tief liegenden Augen entsetzt an. Ihm schwante Übles. Babs und Eddie machten erstaunte, fragende Gesichter. Johns Herz klopfte schnell. Er hatte das vage Gefühl, etwas sehr Bedrohliches könnte auf sie zukommen. Sein Gefühl verschlimmerte sich noch dramatisch, als die Scheibe auf halbem Weg stehen blieb und sich die Kuppel öffnete.

Die Scheibe schwebte nun in einer Höhe von mindestens dreißig Metern über dem Boden. Bis nach oben war es bestimmt noch mal so weit. Tief unter ihnen sahen sie die Halle, in der noch immer der Wächter saß. Ben sah elend drein, Babs und Eddie argwöhnisch und John platzte der Kragen. „Verflucht, Inana, was soll das?", schnauzte er aufgebracht. „Du schleppst uns hierher, schmuggelst uns an dem Wächter vorbei und bringst uns hier rauf! Was soll der Mist? Warum hängen wir hier fest?"

„Keine Sorge, John, es ist alles in Ordnung", antwortete Inana schmunzelnd.

„Alles in Ordnung? Was, bitte schön, soll hier in Ordnung sein? Hier ist gar nichts in Ordnung, wenn du mich fragst", bellte John zornig.

Inana ging, ohne zu antworten, bis an den Rand der Scheibe, nahm ihre Vril-Kugel, ließ den Stab aus ihr wachsen und berührte mit der Kugel eine Glyphe auf der Scheibe. Sofort schwebte ein Holzsteg von oben herab. An der Wand gegenüber erschien eine kleine Plattform, ein Stück Mauer löste sich flirrend auf und gleich darauf öffnete sich ein Durchgang. Der Steg senkte sich lautlos bis zur Scheibe herab und bildete eine Brücke mit der Plattform. Diese war nicht sonderlich breit, aber auch nicht bedrohlich schmal. Die Entfernung zur anderen Seite betrug jedoch gute acht oder neun Meter.

„Müssen wir da rüber?", brummte Eddie verärgert. Er wollte ein paar coole Tricks lernen, aber mittlerweile ging ihm alles gehörig auf den Senkel.

„Ich gehe da nicht rüber", maulte Ben trotzig. „Ich hab Höhenangst und bin nicht schwindelfrei." Ängstlich blickte er über den Rand der Scheibe. Ihm wurde schlecht und schwindlig. „Wenn ich da runterknalle, sehe ich aus wie euer Matschbrei! Nein, nein ... ich gehe da nicht rüber, basta! Ihr braucht erst gar nicht versuchen, mich umzustimmen. Auch dann nicht, wenn ich hier verrotten müsste. Ich geh hier nicht rüber, kapiert. Lieber verschimmle ich an Ort und Stelle!"

„Ist das wirklich der einzige Weg?", nörgelte Babs missmutig. Sie hatte kein Problem mit dem Steg, doch ihr tat Ben leid und sie wusste, wie sehr John es hasste, über Abgründe oder Schluchten zu gehen. „Du hättest uns vorwarnen müssen", fügte sie anklagend hinzu.

„Jeder, der in den Raum des Vril möchte, muss hier lang, Babs", antwortete Inana ungerührt.

„Ich geh da nicht rüber", keuchte Ben bockig. Sein Herz war schwer wie Stein.

„Der Holzsteg ist doch breit genug, Ben", sagte Eddie großmäulig. „Weiß nicht, warum man dazu Mut benötigen sollte. Ist doch eine normale Brücke, nur ohne Geländer."

„Dann schlage ich vor, du gehst gleich mal los", sagte Inana grinsend.
„Warum ich? Geh du doch", keifte Eddie streitsüchtig.
„Ich werde nachkommen, wenn ihr drüben seid", entgegnete Inana kühl.
„Ich gehe", sagte John, da er wusste, Inana würde ihnen keine andere Wahl lassen. Er stieg mit einem Fuß auf den Holzsteg, um herauszufinden, ob er stabil war.
„Du schaffst das", sagte Babs, um John Mut zu machen, sah dabei aber ausgesprochen besorgt drein. Ihre Besorgnis gipfelte in einem nach Luft japsendem: „Ooohhh." Von Ben und Eddie kam ein leises, entsetztes Keuchen.
John sah ungläubig nach unten, dann zu Inana. Er dachte zu träumen. Inana lächelte jedoch nur und bedeutete ihm, er solle weitergehen. Unsicher setzte John seinen zweiten Fuß auf den Steg, der daraufhin nochmals schmaler wurde. „Also doch kein Traum", dachte John fassungslos. Einen quälenden Moment lang verlor er etwas von seiner Zuversicht. Würde sich der verfluchte Steg bei jedem seiner Schritte verengen? Er atmete tief durch und setzte seinen nächsten Schritt. Wieder wurde der Steg schmaler. Er blickte über seine Schulter zu Inana, doch die beobachtete ihn vergnügt und bedeutete ihm abermals, er solle weitergehen. Zorn stieg in John hoch. Wozu sollte das gut sein? Er machte einen weiteren Schritt und aus dem Steg wurde ein Balken. Ähnlich einem Schwebebalken im Sportunterricht, aber doch eine Spur breiter. Instinktiv streckte John die Arme zur Seite, um eine bessere Balance zu haben. Schweißtropfen bildeten sich auf seiner Stirn.
Babs, Eddie und Ben standen auf der Scheibe und sahen gebannt zu John. Sie waren so entsetzt, dass es ihnen die Sprache verschlug. Bens Gesichtszüge waren merkwürdig schlaff und er sah käseweiß und angespannt aus.
John ging mit pochendem Herzen noch einen Schritt vorwärts und der Balken wurde noch schmaler. Er war nun nicht mal mehr so breit wie sein Fuß. Johns Muskeln verkrampfen sich. Seine Beine waren wie Blei und in seinem Kopf hämmerte immer wieder derselbe Gedanke. „Sieh ja nicht nach unten, du darfst auf keinen Fall nach unten sehen."
„John!", hörte er Babs in ihrem *sei doch mal vernünftig-T*onfall rufen. „Komm zurück!" Angst mischte sich dabei in ihre Stimme.
„Das", sagte Inana beiläufig, „würde ich nicht empfehlen. Wenn du umkehrst, John, löst sich der Balken auf."

„Du hast wohl nicht mehr alle Ziegel am Dach", sagte Ben mit gehässiger Stimme, doch Inana lächelte nur.

„Ihr Dachschaden ist weit größer als ein paar fehlende Ziegel, glaub mir, Ben", sprach Eddie überzeugt.

John stand wie angewachsen auf Balken und fragte sich, ob Inana das ernst meinte. Er hatte jedoch nicht vor, es herauszufinden. Er wischte sich mit dem Ärmel die Stirn, kam ins Schwanken und streckte panisch die Arme zur Seite, um rasch wieder Balance zu finden. „Mach schon, geh weiter", sprach er sich selbst mit klopfendem Herzen zu. Vorsichtig setzte er einen Fuß vor den anderen, um es schnell hinter sich zu bringen. „Wenn der Balken doch nur etwas breiter wäre", dachte er verbissen. Als er ungefähr die Mitte des Balkens erreichte, begann dieser zu schwingen.

Babs presste sich die Hand vor dem Mund, um nicht laut zu schreien. Mit angehaltenem Atem sah sie zu, wie John wankend balancierte. Jedes Mal, wenn er die Balance zu verlieren drohte, entfuhr ihr ein entsetztes „Pffffhh" und sie schloss die Augen.

Gefühlt wurde der Balken für John immer länger. Er hatte nicht den Eindruck, der anderen Seite rasch näherzukommen. Sein Herz pochte in seinem Kopf und das Blut rauschte ihm in den Ohren. Sein Magen rebellierte. Ihm war schwindlig und schlecht. Wie in Trance wandelte er über den Balken. Ein Schritt nach dem anderen. Die Zeit schien stillzustehen. Schließlich hatte er es geschafft und langte wohlbehalten auf der gegenüberliegenden Seite an. Mit einem großen Schritt der Erleichterung stieg er auf die Plattform. Endlich hatte er wieder sicheren Boden unter den Füßen.

„Ist gar nicht so schwierig", log er und legte so viel Bestimmtheit wie möglich in seine Worte, um Babs, Eddie und Ben Mut zu machen. Er hatte furchtbare Angst, einer von ihnen könnte es womöglich nicht schaffen. Er spürte, wie schon so oft, ein Brodeln in seiner Magengrube und sein Zorn auf Inana wurde noch größer.

Als Nächster sollte Eddie gehen. „Möchte wissen, wozu dieser Scheiß gut sein soll", murmelte er mit einem Hauch von Widerwillen, stapfte zum Balken und setzte, wie er meinte, eine zuversichtliche Miene auf, die jedoch eher einer Grimasse glich. Trotz seines flauen Gefühls im Magen schaffte er es ohne größere Schwierigkeiten, über diese Brücke zu laufen. Es war die Wut auf Inana, die ihm durch die Beine wogte, ihn immer weiter vorantrieb und alle anderen Gefühle überdeckte.

Selbst als der Balken zu schwingen begann, hatte er keine allzu großen Probleme. Er war selbst am meisten erstaunt und froh, als er bei John ankam.

„Gut gemacht, Mann", lobte der, als Eddie neben ihm stand.

„Die hat doch einen Knall, die Alte", flüsterte Eddie. „Das ist bestimmt nicht der einzige Weg. Die will sich doch bloß aufspielen."

Babs sollte die Nächste sein. „Wieso zum Teufel tu ich das?", dachte sie, als sie ihren Fuß auf das Ding setzte. Sie versuchte, nicht an den Abgrund unter sich zu denken, sondern stellte sich vor, sie wäre im Sportunterricht. Langsam setzte sie einen Fuß vor den anderen. John streckte ihr auf der gegenüberliegenden Seite die Hand entgegen.

„Du schaffst das, Babs", sagte er beherzt. Seine Nerven waren mindestens genauso angespannt wie die von Babs. Er konnte vor Aufregung gar nicht richtig hinsehen. Endlich erreichte Babs seine Hand und griff hurtig danach. John umklammerte sie mit eisernem Griff und zog sie auf die Plattform. Erleichtert sackte Babs zu Boden.

„Das mache ich sicher nicht noch mal! Ganz bestimmt nicht", keuchte sie und wischte sich ihre feuchten Handflächen am Overall ab.

„Komm, Ben, du bist an der Reihe", sagte Inana und lächelte ihm ermutigend zu. „Wirst sehen, es ist gar nicht so schwer."

„Du hast gut reden. Du hast ja auch keine Höhenangst", krächzte er aufgelöst, warf Inana einen tödlichen Blick zu und ging am ganzen Körper zitternd auf den Balken zu. Als er ihn erreichte, schoss sein Blick panisch in die Tiefe. „Ich geh da nicht rüber", sagte er und die Widerspenstigkeit in seiner Stimme war deutlich zu hören. „Das könnt ihr euch abschminken!"

„Du kriegst das hin, Ben", rief ihm Babs zu. Ihre Stimme hörte sich dabei aber nicht sehr überzeugt an und Sorgenfalten traten auf ihre Stirn.

„Du musst an dich glauben, Ben", sagte Inana wohlmeinend. „Nur wer an seine Fähigkeiten glaubt, kann seine Ängste bezwingen."

„Vielleicht will ich sie ja gar nicht bezwingen", zischte Ben unwirsch.

„Komm schon, Ben, bring es hinter dich", sagte John, um ihn anzufeuern.

Mit todbleichem Gesicht stierte Ben den Balken an. John, Babs und Eddie starrten Ben atemlos gespannt an.

„Sieh nicht nach unten! Du darfst nicht runtersehen", rief ihm John zu, als er bemerkte, wie unschlüssig Ben war.

„Tu ich nicht, Mann", gab Ben schlotternd zurück und schob seinen rechten Fuß auf den Balken. Nach einer kurzen Pause schliff er den linken nach. Er hatte Angst, einen Fuß vor den anderen zu setzen. Allein der Gedanke, für kurze Zeit mit einem Bein in der Luft zu schweben, ließ ihn fast ohnmächtig werden. Er machte erneut eine Pause, dann schob er den vorderen Fuß wieder ein Stück weiter, um gleich darauf den anderen nachzuziehen. Schweiß lief ihm über Gesicht und Hals, seine Beine zitterten und sein Herz flatterte. Er versuchte, seine Glieder zu beherrschen, und schob wieder einen Fuß ein Stück vorwärts. Als er auf diese umständliche Weise endlich die Mitte des Balkens erreicht hatte, begann dieser auch bei ihm zu schwanken und Ben verlor das Gleichgewicht. Mit ausgestreckten, wild rudernden Armen wackelte er wie ein Betrunkener hin und her. Sein Gesicht war kreidebleich und angstverzerrt. Babs stieß einen spitzen Schrei aus und presste sich die Hand vor den Mund. Nervös biss sie auf ihre Finger, um ja keinen Laut mehr von sich zu geben. John stockte der Atem. Er warf Eddie einen besorgten Blick zu, der diesen mit hoffnungsleeren Augen erwiderte.

Ben versuchte unterdessen, sein Gleichgewicht wiederzuerlangen. Torkelnd schwankte er mit dem Oberkörper von einer Seite zur anderen. Er war leichenblass und sein Mund stand vor Entsetzen weit offen. Es wirkte, als wollte er schreien, gab dabei aber keinen Ton von sich, wankte noch einmal mit dem Oberkörper auf die rechte Seite und rutschte ab. Eddie verkrallte sich in Johns Arm, Babs wandte die Augen ab und begann jämmerlich zu schluchzen. „Wären wir doch nur zu Hause geblieben", dachte sie verbittert.

Ben konnte gerade noch mit einer Hand den Balken erreichen, als er abrutschte. Sein gellender Schrei, den er dabei ausstieß, dröhnte wie ein startender Düsenjet und ließ Johns, Babs und Eddies Mägen rebellieren. John war, als würde eiskaltes Wasser von seinem Magen in sein Gehirn aufsteigen. Ben baumelte am Balken, schrie und schrie und seine Augäpfel hüpften wild auf und ab. Dann schloss er den Mund und eine unerträgliche Stille breitete sich aus.

„Wir müssen was unternehmen", sagte Eddie entsetzt, als er seine Sprache wiedergefunden hatte. Bens Hilflosigkeit war für ihn schlimm anzusehen.

„Ich helfe dir, Ben. Halte durch", krächzte John, der ebenso geschockt war wie Eddie. Er tauschte mit Eddie düstere Blicke aus, dann robbte er blitzschnell, auf dem Bauch liegend, auf den Balken vorwärts, um

Ben zu Hilfe zu eilen. Als er ihn erreicht hatte, packte er Ben an seiner zweiten Hand, die ihm Ben panisch entgegenstreckte, und versuchte, ihn hochzuziehen.

„Versuch, ein Bein auf den Balken zu schwingen", keuchte John in bemüht lässigem Ton. Doch Ben reagierte nicht. Sein Gehirn schien blockiert. Er hing nun wieder laut brüllend am Balken und baumelte hilflos hin und her, da der Balken nun noch heftiger schwankte.

„Ben, du musst dein Bein auf den Balken schwingen, hörst du", sagte John nochmals mit Nachdruck. Er wollte Ben nicht anschreien, da er fürchtete, er könnte den Balken loslassen. Seine Augen blitzten zu Inana. Ihr Blick ruhte auf ihm und sie lächelte. John konnte es nicht fassen.

„Ich kann mich nicht mehr halten", stieß Ben zwischen zwei gellenden Schreien hervor und ließ den Balken los. Jetzt baumelte er nur noch an Johns Arm.

„Verflucht, Ben, schwing endlich dein verdammtes Bein über den Balken. Hörst du!", brüllte John mit klopfendem Herzen. Er wusste, Ben hatte keine Chance, den Sturz zu überleben. Sein Blick schoss in die Tiefe. In den Augenwinkeln sah er den leeren Schreibtisch des Wächters. „Wieso ist der plötzlich weg?", dachte er verwundert, hatte aber keine Zeit, weiter darüber nachzudenken. „Ben, verdammt, beweg dich endlich", fauchte er angsterfüllt.

„Ich kann nicht", krächzte Ben und schrie weiter.

Eddie, der sich von seinem Schock einigermaßen erholt hatte, war ebenfalls auf den Balken gerobbt und umklammerte nun, so gut er konnte, Johns Beine, damit Ben ihn nicht in die Tiefe mitreißen konnte. John überlegte fieberhaft, wie er Ben dazu bewegen konnte, sein Bein auf den Balken zu schwingen. Er musste dabei sehr behutsam vorgehen, andererseits musste es schnell gehen, denn er hatte kaum noch genügend Kraft in seinem Arm, um den Freund festzuhalten.

„Gib mir deine zweite Hand, Ben", sagte John nun so ruhig wie möglich, doch Ben reagierte wieder nicht. „Inana, hilf uns", fauchte ihr John grimmig zu. Er wusste beim besten Willen nicht, wie lange er Ben noch mit einer Hand halten konnte. „Verflucht noch mal, Inana, du könntest uns doch von der anderen Seite helfen! Warum tust du nichts?"

„Du schaffst das schon, John", sagte Inana gelassen, ohne sich dabei von der Stelle zu rühren. John konnte es kaum glauben. Wollte sie denn, dass sie abstürzten? Abermals versuchte er, Ben hochzuziehen.

Angst und Wut trieben ihm den letzten Rest Farbe aus dem Gesicht, verliehen ihm aber eine unglaubliche Kraft.

„Ben, schwing dein verdammtes Bein über den Balken", keuchte er, während er versuchte, ihn ein Stück höher zu ziehen. „Ich kann dich nicht länger halten, kapiert!" Ben wollte antworten, doch die Worte fielen ihm nicht mehr ein. Er hatte Todesängste. Als ihn John abermals mit einem Ruck nach oben zog, versuchte er, mit seiner Fußspitze den Balken zu erreichen, aber es klappte nicht. Verzweifelt bemühte er sich dann, mit der Hand den Balken zu umklammern.

„Schnell, Ben! Mach schon, Mann", stöhnte John außer Atem. Sein ganzer Arm zitterte von der gewaltigen Kraftanstrengung, seine Muskeln im Oberarm verkrampften sich immer mehr und fühlten sich allmählich taub an. Endlich bekam Ben den Balken zu fassen. John wurde etwas leichter ums Herz, da Ben sich nun halten konnte und leichter wurde. Mit allerletzter Kraft zog er ihn noch ein Stückchen höher und Ben konnte nun mit der Fußspitze den Balken erreichen.

„Komm schon, Ben, du hast es gleich geschafft!", rief Eddie aufmunternd, der immer noch Johns Beine umklammerte. Schließlich hatte Ben sein Bein über den Balken geschlungen. Er hing komplett verkrümmt, war ein furchtbarer Anblick, aber er hing am Balken.

„Gut, Ben. Versuche jetzt, dich auf den Balken zu legen", sagte John wieder so ruhig wie möglich.

„Ich kann nicht", ächzte Ben.

„Doch, du kannst!", brüllte John aufgebracht. „Hilf jetzt gefälligst mit. Lass dich nicht hängen wie ein nasser Sack. Komm schon, tu endlich was!" Langsam, ganz langsam begann sich Ben zu bewegen und ließ seinen Oberkörper mit Johns Hilfe auf den Balken gleiten.

„Ja, weiter so, Ben! Du schaffst es! Noch ein kleines Stückchen. Gib jetzt um Himmelswillen ja nicht auf, hörst du", keuchte John und packte so viel Zuversicht in seine zitternde Stimme, wie es ihm nur möglich war.

Endlich lag Ben auf dem Balken. Er bebte am ganzen Körper und wirkte vollkommen erschöpft. Sein Gesicht war so bleich und wächsern wie das eines Toten. Eddie und John robbten auf dem Balken rückwärts und Ben schob sich flach am Bauch liegend vorwärts. Als er endlich drüben anlangte, fiel ihm Babs erleichtert um den Hals. Tränen liefen über ihre Wangen und ihre Augen waren rot verquollen. John sank erschöpft neben Eddie zu Boden.

„Mann, das war knapp", sagte er erleichtert. „Ich hätte Ben keine Minute länger halten können." Ben saß aufgelöst am Boden und sprach kein Wort. Seine Hände zitterten und sein blondes Haarbüschel hing ihm nass in die Augen. Sein Gesicht war seltsam verzerrt.

Inana, die die gesamte Zeit ungerührt auf der Scheibe gestanden hatte, kam nun zu ihnen herüber. Mit einer tänzerischen Leichtigkeit hüpfte sie über den Balken. Als sie drüben anlangte, klopfte sie John anerkennend auf die Schulter.

„Was soll das, Inana?", fauchte John wutentbrannt. „Wieso zum Teufel hast du uns nicht geholfen? Verdammt noch mal, was hast du dir eigentlich dabei gedacht?"

Inana sah John an und versuchte, eine Miene aufzusetzen, die nicht allzu selbstgefällig war, was ihr aber nicht sonderlich gut gelang. „Gut gemacht, John", lobte sie huldvoll. „Ihr habt alle die Prüfung mit Auszeichnung bestanden."

„Ach ja! Welche Prüfung denn?", schnauzte John. Seine Wut, die ganze Zeit am Köcheln, erreichte nun den Siedepunkt. „Was sollte der Quatsch, Inana? Was hättest du getan, wenn Ben abgestürzt wäre? Ach, ich verstehe ... er ist für dich nichts weiter als ein unnützer Oberweltler, nicht wert, gerettet zu werden, oder was?"

„John, beruhige dich", sagte Inana beschwichtigend.

„Ich will mich aber nicht beruhigen", fauchte John außer sich.

„Hör mir doch mal zu, John", sagte Inana mit finsterer Miene.

„Nein, du hörst mir jetzt zu", zischte John aufgebracht.

„Soll ich euch Messer bringen?", fragte Babs trocken, worauf sie John entgeistert ansah.

„Selbstüberwindung, Selbstbeherrschung, Selbstaufopferung, aber vor allem auf die eigenen Fähigkeiten vertrauen, waren Bestandteile dieser Prüfung", sagte Inana rasch, worauf John noch entgeisterter dreinschaute.

„Bist du verrückt geworden? Wir hätten draufgehen können", polterte er mit vorwurfsvoller Stimme.

„Ihr seid keine Minute in Gefahr gewesen", verteidigte sich Inana beleidigt.

„Nein? Waren wir nicht?", schnauzte John erregt. „Wie würdest du es nennen? Spaziergang mit Hindernissen?" John war jetzt so wütend, dass er Inana am liebsten eine gelangt hätte.

„Wäre Ben wirklich abgestürzt", sagte Inana einlenkend unter Johns wütenden Blicken „wäre er in ein unsichtbares Netz gefallen. Es war nur eine Prüfung, um festzustellen, ob ihr in der Lage seid, euch zu überwinden, und es schafft, auf euch und eure Fähigkeiten zu vertrauen. Nur diejenigen, die bedingungslos an sich selbst glauben, haben auch die Möglichkeit, mit der Kraft des Vril umzugehen. Ich wollte bloß herausfinden, ob ihr die nötigen Voraussetzungen mitbringt. Das ist auch der Grund, warum ich euch nicht geholfen habe. Ihr musstet die Situation alleine bewältigen. Versteht ihr? Nur so konntet ihr über euch hinauswachsen."

„Herzlichen Dank! Auf diesen Scheiß hätte ich verzichten können", fluchte Ben, aber immerhin hatte er seine Sprache wiedergefunden. Seine Beine zitterten noch immer wie Espenlaub und er war erschöpft, doch auf seinem Gesicht spiegelte sich der Ausdruck des Triumphs. Er hatte es tatsächlich geschafft. Auch wenn er dabei Johns Hilfe benötigt hatte, hatte er es geschafft. Dennoch hätte er auf eine solche Prüfung verzichten können. „Das war wirklich beschissen von dir, Inana", murmelte er, lehnte sich gegen die Wand, wischte sich die Stirn und schloss die Augen.

„Ist es wahr, dass man hier lang muss, um in den Raum des Vril zu gelangen?", fragte John mürrisch.

„Ja", sagte Inana und fügte leise hinzu, „aber der Steg wird für gewöhnlich nicht schmaler. Es war ein spontaner Einfall von mir."

„Und der Wächter? Was ist mit dem?", grollte John wütend.

„Ach, der war nicht echt", grinste Inana verschmitzt. „Der war nur eine Vril-Illusion. Hier gibt es keine Wächter. Das hab ich mir nur ausgedacht, um die Sache spannender zu machen."

„Du bist völlig bescheuert, Inana. Weißt du das?", schnaubte Eddie schwer beeindruckt und blickte zu John, der sich die Augen rieb und verdrossen dreinschaute.

Der Raum des Vril

Inana warf ihnen einen auffordernden Blick zum Weitergehen zu. John, Babs, Eddie und Ben seufzten schwer, nickten, standen auf und folgten Inana, nicht wissend, was sie als Nächstes erwarten würde.

Sie liefen einen prunkvollen Korridor entlang, der stetig leicht nach oben führte und sie mit seiner Pracht fast erdrückte. Kunstvolle, farbenprächtige Mosaike am Boden, edle Wandteppiche, juwelenbehangene Statuen, beeindruckende Gemälde und glitzernde Kronleuchter mit Hunderten von kleinen Vril Fackeln zierten ihren Weg. Der Korridor endete an einer schlichten Ziegelwand, die so gar nicht in diese prunkvolle Umgebung passen wollte. Inana nahm ihre Vril-Kugel, ließ den Stab aus ihr wachsen, skizzierte mit der Kugel ein eigenartiges Symbol an die Wand und murmelte dabei unverständliche Worte. John dachte, eine Hexenbeschwörung könnte nicht anders sein. Plötzlich begannen die Ziegel zu flackern, als würde sie brennen. Ein unheimliches Sirren ertönte. Schwarzer Nebel umhüllte die flackernde Wand, wodurch John sie nicht mehr sehen konnte. Allmählich wurde das Sirren leiser, der schwarze Nebel löste sich auf und eine große Öffnung klaffte John entgegen.

Gespannt gingen sie auf Inanas Geheiß hindurch und konnten nicht glauben, was sich dahinter verbarg. Sie befanden sich auf halber Höhe einer hohlen Kugel, eingehüllt in goldenes Licht, das von einer saphirblauen Decke strahlte, auf der Millionen winzige goldene Kügelchen glänzten und sie in einen prächtigen Sternenhimmel verwandelte. Der Kugelraum war riesig und hatte bestimmt einen Durchmesser von fünfzig Metern. An den Wänden züngelten smaragdgrüne und rubinrot Flammen.

Der untere Teil der Kugel war in Düsternis gehüllt, über der in ihrer Höhe eine dünne Scheibe schwebte. Die Scheibe verschmolz fast gänzlich mit der darunterliegenden Finsternis und war um einiges kleiner als die Kugel selbst. Am äußeren Rand war sie mit roten Lichtpunkten markiert, ohne die man sie kaum gesehen hätte. Die Düsternis, die sich darunter ausbreitete, war beängstigend.

„Der Raum des Vril", sagte Inana ehrerbietig.

„Alter Falter", raunte Eddie überwältigt.

„Dieser Raum ist eigentlich kein wirklicher Raum, sondern eine große Vril-Illusion", erklärte Inana stolz.

„Und wie kommt man auf die Scheibe?", erkundigte sich John argwöhnisch.

„Keine Sorge, John", lachte Inana, schwenkte ihren Stab und zeichnete ein kniffliges Muster in die Luft. Es sah aus, als wolle sie ein Orchester dirigieren. Die Vril-Kugel am Stab begann blau zu leuchten. Zarte Funken sprühten aus ihr, wurden immer größer und verbanden sich zu einer leuchtend blauen Schlange. Diese wurde immer länger, bewegte sich langsam auf die Scheibe zu und verschwand unter ihr. Plötzlich erwachte die Scheibe zum Leben und aus der fast unsichtbaren Plattform wurde eine wabernde, wogende Masse. Sie wirkte nun wie die glitzernde Oberfläche des Meeres bei tief stehender Sonne. Es war nicht zu erkennen, ob diese Masse flüssig oder fest war. Sie war hell, silbrig glänzend und bewegte sich wie Wellen, über die ein zarter Wind strich. Doch jäh bauschten sich die Wellen immer weiter auf, bis sie über den Rand der Scheibe schwappten und wie ein Wasserfall in die darunterliegende Düsternis stürzten. Die roten Lichtpunkte am Rand der Scheibe begannen immer intensiver zu strahlen und verwandelten den Wasserfall in einen glühenden Lavastrom, der sich nun langsam über den Rand der Scheibe wälzte und in die Tiefe ergoss. Die Düsternis unter der Scheibe wurde zu einem immer größer werdenden Lavabecken und sah nun wie das Tor zur Hölle aus. Jäh begann sich die Scheibe zu bewegen und kam langsam auf sie zugeschwebt. John, Babs, Eddie und Ben sahen gebannt zu, wie sie immer näher kam. Als die Scheibe sie erreichte, blieb sie stehen und verharrte ruhig in der Luft.

„Kommt", sagte Inana, hüpfte vergnügt darauf und die anderen vier konnten beobachten, wie ihre Füße, bis zu den Knöcheln in der glühenden Masse verschwanden.

John machte mit flauem Gefühl einen Schritt auf die Scheibe, darauf gefasst, zu versinken oder sich die Füße zu verbrennen. Aber nichts dergleichen geschah. Er hatte jedoch das Gefühl, auf wogendem Meer zu stehen, dessen Wellen seine Füße umspülten. Ben war äußerst skeptisch, doch nach kurzem Zögern betrat auch er die Scheibe. Als sich alle darauf versammelt waren, bewegte sie sich wieder in die Mitte des Raumes zurück. John fühlte sich dabei leicht und fast schwerelos. Als die Scheibe ihre Ausgangsposition erreicht hatte, glätteten sich die Wogen, die roten Lichtpunkte wurden schwächer und ihre Oberfläche glitzerte wieder wie das Meer bei tief stehender Sonne. Inana schwenkte abermals ihren Stab. Die Vril-Kugel begann, weiß zu leuchten, und ein Funkenschauer aus Millionen winziger, hell leuchtender Blitze zischte aus ihr. Die Blitze verbanden sich und formten sich zu Tischen, Stühlen und einem Schrank. John, Babs Eddie und Ben beobachteten mit offenen Mündern das Geschehen, zu überwältigt, um etwas zu sagen. Inana forderte sie auf, sich zu setzen.

„Hier sieht es ja fast wie in einem Klassenzimmer aus!", rief Babs, nachdem sie wieder Worte gefunden hatte, und sah verdutzt auf die Möbelstücke.

„Diese Plattform erfüllt viele Aufgaben", erklärte Inana feierlich. „Du musst Vril nur sagen, was du benötigst, dann bekommst du es. Vril passt die Plattform immer den jeweiligen Anforderungen an. Wir brauchen im Moment etwas Ähnliches wie ein Klassenzimmer, darum verformte Vril meine Blitze zu den Dingen, die ihr hier seht. Hätten wir einen Platz für Übungskämpfe gebraucht, hätten wir eine Arena bekommen, hätten wir was Kochen wollen, hätten wir eine Küche erhalten."

„Wow", raunte Babs und sah sich in diesem seltsam anmutenden Kugelraum um. Es war ein ganz eigenartiges Gefühl, das sie dabei hatte. Diese hohle Kugel wirkte auf sie beruhigend, obwohl sie den Eindruck hatte, mitten in einem lodernden Feuerball aus grünen und roten Flammen zu sitzen, dessen Untergrund flüssig war.

„Erst mal ein paar allgemeine Dinge", begann Inana sofort mit dem Unterricht und hatte sichtlich sehr großen Spaß daran. „Die Kraft des Vril ist keine Zauberei und hat auch nichts mit Zaubern zu tun." Ihr Blick schweifte belehrend zu Eddie und sie grinste dabei. „Die Kraft des Vril arbeitet mit der Kraft eures Geistes zusammen. Vril ist keine Magie, Vril ist Energie. Mit der Vril-Kugel kann man sich diese zunutze machen. Man kann mithilfe von Vril allerdings Dinge tun, die für Unwissende wie Magie aussehen. Natürlich sind die Fähigkeiten, mit Vril zu arbeiten, individuell sehr unterschiedlich. Darum erlangen auch einige größere Kräfte als andere. Man kann diese Kraft auch kurzfristig auf Personen ohne Vril-Kugel übertragen. Dieser Energiefluss benötigt aber Kontakt mit der betreffenden Person. Die Kraft, die diese Person erlangt, ist nur von kurzer Dauer, nicht sehr stark und hängt auch von der Kraft der übertragenden Person ab. Man kann damit aber auch großen Schaden anrichten. Darum wird es nur in äußersten Notfällen gemacht."

„Das also hat Achnum bei mir gemacht", sagte John, dem sein blitzender Finger einfiel. Rasch erzählte er Inana, was sich zugetragen hatte.

„Da hattest du wirklich Glück", sagte Inana. „Achnum ist nicht der Hellste. Vermutlich auch nicht im Umgang mit Vril. Ich werde euch nun erklären, was man mit Vril alles tun kann und wie man mit Vril arbeitet. Ihr werdet einiges an Geduld benötigen, doch wenn ihr euch anstrengt, könnt ihr schon heute die ersten Grundschritte erlernen."

John und Babs lauschten Inanas Worten mit begierigen Blicken, Ben schaute etwas beklommen drein und bei Eddie verebbte die Aufmerksamkeit zusehends. Er erweckte den Eindruck, als würde sich sein Denken abwechselnd trüben und wieder schärfen. Ben wusste, lange belehrende Monologe ermüdeten Eddie und er war sich sicher, Eddie tat nur so, als würde er zuhören.

„Man kann mit der Kraft des Vril Dinge erscheinen oder verschwinden lassen", erklärte Inana weiter. „Man kann durch feste Gegenstände sehen, sie verkleinern, vergrößern oder bewegen. Man kann die Zeit vor und zurückrücken oder den Ort wechseln. Wenn ihr mit Vril den Ort wechselt, könnt ihr mit genug Übung, so wie wir jetzt, kleine Distanzen, auch ohne die Kugel in euren Händen zu halten, zurücklegen. Es reicht dann, wenn ihr eine Vril-Kugel bei euch habt. Das ist nicht ganz einfach, aber sehr praktisch und auch der Grund, warum wir oft wie aus dem Nichts auftauchen. Ihr verschwindet und erscheint dann auch ohne Blitze. Wichtig ist, die Landung zu beherrschen. Man wird bei all diesen Reisen ziemlich herumgewirbelt und ungeübt kann es schon mal passieren, dass man auf dem Hinterteil oder auf der Nase landet. Bei größeren Distanzen erscheint oder verschwindet man immer in Blitzen. Diese Blitze sind die Kraft des Vril, also die Energie, die sich dabei entlädt. Je mehr Energie man für etwas braucht, desto mehr Blitze sind zu sehen. Die Kraft des Vril ist unermesslich und fast grenzenlos. Sie stammt von unseren Ahnen. Sie haben Vril entdeckt. Mit Vril effektiv zu arbeiten, ist jedoch eine hohe Kunst und erfordert ein sehr langes, intensives Studium. Auch eine gewisse Gabe ist vonnöten, wenn man die höchsten Grade erreichen möchte. Diese Gabe ist jedoch nur wenigen vorenthalten. Nicht viele beherrschen Vril in absoluter Vollendung."

John musste an Professor Flirt und seine Geschichte über die Gründer von Eridu und deren außerordentliche Kräfte denken, doch die Geschichte kam ihm immer noch so absonderlich vor, dass er Scheu hatte, Inana danach zu fragen.

„Wie ihr gesehen habt", fuhr Inana fort, „kann man mit Vril, durch die Vril-Kugel, Kugelblitze hervorrufen. Diese Kugelblitze haben unterschiedliche Farben und Bedeutungen und können sehr nützlich, aber auch ganz schön gefährlich sein. All diese Blitze müssen mit ihren entsprechenden Begriffen hervorgerufen werden. Den blauen Looper kennt ihr ja bereits", sagte sie grinsend. „Den schwarzen Akinese habt ihr auch gesehen, jedoch nicht seine Wirkung. Sie ist nicht ganz so spektakulär, aber sehr effektiv. Der Blitz lähmt bei Berührung die getroffenen Gliedmaßen. So kann man ganz leicht jemanden am Weglaufen hindern, indem man sein Bein trifft. Oder man lähmt den Arm und kann dadurch keinen Blitz mehr auf den Hals gehetzt bekommen. Vom Mortal habt ihr von Mum gehört. Das ist ein roter, rotierender Kugelblitz. Der Getroffene ist augenblicklich tot. Da gibt es keine Hilfe mehr. Aber seid unbesorgt. Mortalblitze sind sehr schwer hervorzurufen, erfordern großes Können und sind eigentlich verboten. Was natürlich nicht bedeutet, dass man nicht trotzdem einen auf den Hals gehetzt bekommen kann. Es können aber auch Blitze in anderen Gestalten hervorgerufen werden", fuhr sie unermüdlich fort. „Den Ouvrirblitz, der sich in einen Schlüssel umformt und jede Tür und jeden Durchgang öffnet, kennt ihr. Auch Tische, Stühle und viele andere feste Gegenstände kann man aus Blitzen formen, wie ihr eben gesehen habt. Es können aber auch Blitze hervorgerufen werden, die sich in Messer, Dolche oder Seile umformen oder wie Schwerter aussehen, um nur einige zu nennen. Diese Blitze haben nicht nur gefährliche, sondern auch nützliche Funktionen. Mit dem Cultro ruft ihr ein Messer hervor. Es ist ein silberner Blitz, der sich in ein Messer umformt. Damit kann man einen Gegner aufschlitzen, aber auch Gemüse scheiden."

„Du machst Witze", platzte es aus John heraus.

„Nein, durchaus nicht", sagte Inana ernst. „Ihr solltet mal sehen, wie es bei uns in der Küche zugeht, wenn Mum am Werken ist. Da kann es schon mal vorkommen, dass sich ein Messerblitz verirrt und einem um die Ohren saust oder ein Kochlöffel aus ihrer Vril-Kugel rast und sich in einen Topf stürzt." John, Babs und Ben trieb es das Staunen, aber auch ein breites Schmunzeln in ihre Gesichter, und Eddie erwachte aus seinem Dämmerschlaf.

„Wenn wir später noch Zeit haben", fuhr Inana ganz in ihrem Element fort, „werde ich euch ein paar dieser Blitze zeigen und erklären, wie sie hervorgerufen werden. Diese Begriffe müsst ihr euch merken, denn nur so können sie hervorgerufen werden. Man kann auch, wenn man mächtig genug ist, die Vril-Kugel eines anderen blockieren. So wie es Atlatis mit meiner getan hat. Ihr habt es selbst gesehen. Es ist der weiße Nokblitz, der sich in eine kleine dünne Speerspitze umformt. Diese Speerspitze kann euch nichts anhaben. Nicht mal einen Kratzer zufügen. Nur eure Vril-Kugel ist dabei in höchster Gefahr. Wenn die Speerspitze die Kugel trifft oder auch nur streift, ist sie für einige Zeit unbrauchbar. An ihrer Schlammfarbe ist es gut zu erkennen. Erst wenn die Kugel wieder ihre übliche Farbe annimmt, was mal länger, mal kürzer dauert, ist sie wieder brauchbar. Eine Vril-Kugel kann nicht zerstört werden, müsst ihr wissen. Auch nicht, wenn sie gespalten oder in tausend Stücke geteilt wird. Sie repariert sich immer wieder von selbst. Darum sind Nokblitze ein begehrtes Lernziel, da es die einzige Möglichkeit ist, den Gegner für kurze Zeit zu entwaffnen. Um diesen Blitz hervorzurufen, braucht man allerdings sehr viel Können. Und damit meine ich wirklich großes Können. Mir ist der Nokblitz bis heute nicht gelungen, obwohl ich ihn seit Jahren übe. Ihr dürft ihn aber nicht mit dem Wakahuablitz verwechseln, der auch weiß ist, was aber gar nicht möglich ist, denn der Wakahua ist ein kleiner, weißer Kugelblitz. Er ist sehr leicht hervorzurufen und lässt den Getroffenen, je nach Intensität, einige Sekunden bis Minuten erstarren. Es ist ein recht harmloser Blitz, mit dem meist Kinder ihren Spaß haben, wenn sie sich beim Fangenspiel einen auf den Hals hetzen."

„Wie soll ich mir das alles merken?", stöhnte Eddie entmutigt. „Mein Gehirn ist doch kein Computer."

„Das wissen wir", gab Ben süffisant grinsend von sich. „Selbst der älteste Computer hätte mehr drauf als du."

„Kann dieser Flasche mal jemand das Maul stopfen?", sagte Eddie auffordernd, worauf Ben noch breiter grinste.

„Ich werde John nachher, wenn ihr übt, eine Notiz vorbereiten", sagte Inana rasch, um einen Zwist abzuwenden. „Dann könnt ihr euch die Begriffe immer wieder ins Gedächtnis rufen. Ihr müsst begreifen, wenn man mit Vril umgehen kann, gibt es fast nichts, was man nicht kann. Ich habe euch jetzt nur ein paar Dinge aufgezählt, die mit Vril möglich sind. Es erfordert jedoch Geduld, Besonnenheit, Ehrgeiz, Willensstärke, Ausdauer und Disziplin, um mit Vril zu arbeiten. Wenn ihr diese Dinge nicht habt, werdet ihr es auch nicht erlernen. Das Wichtigste dabei ist", erklärte Inana weiter, „dass ihr euren Kopf frei macht und euch auf eure Aufgabe konzentriert. Das erfordert jedoch viel Übung. Wer keine Geduld dazu hat, wird auch nichts zustande bringen. Aber nur Mut, selbst unsere Weisen haben mal klein begonnen."

„Wer sind die Weisen?", erkundigte sich John wissbegierig, da er die Gelegenheit äußerst günstig fand. Ihm brannten bereits so viele Fragen auf der Zunge, dass er froh war, eine loszuwerden.

„Es sind jene", antwortete Inana lehrerhaft, „die sehen, was wir nicht sehen, wissen, was wir nicht wissen, und können, was wir nicht können. Sie widmen sich ein Leben lang intensiver Studien. Ihr Wissen umfasst viele Lehren unserer Ahnen. Die Ältesten, also diejenigen mit dem größten Schatz an Wissen, stehen mit ihrer Weisheit, Güte und Kraft dem Herrscher zur Seite, um mit ihm unser Reich vor Schaden zu bewahren. Jeder Herrscher bildet die Spitze der Weisen. Sein Wissen ist unerschöpflich. Er kann als Einziger mit und durch Vril mit den alten Lehrmeistern der Vergangenheit kommunizieren und sich ihr Wissen zunutze machen. Fragt mich aber nicht, wie das geht, denn dieses Wissen steht alleine dem Herrscher zu und wird immer nur an die Nachfolger weitergegeben."

John schluckte schwer. Der Gedanke, wie mächtig dieser Herrscher sein musste und es sich dabei um seinen Vater handelte, beeindruckte und ängstigte ihn zugleich. Es war eine Mischung aus Beklommenheit und Bewunderung, die ihn übermannte, und er überlegte, wie eine Begegnung mit seinem Vater wohl sein würde.

„Es gibt aber leider auch welche", sprach Inana betrübt weiter, „die auf dunklen Pfaden sehr große Macht erlangt haben. Durch sie sind wir nun in Gefahr. Sie haben sich schon vor sehr langer Zeit gegen uns verschworen und versuchen nun, da sie an Macht und Stärke gewonnen haben, den Herrscher zu stürzen, um neue Machtpositionen im Reich zu erschaffen. Sie werden dunkle Mächte genannt, da ihr Vorhaben die Unseren in Finsternis stürzen würde. Auch Atlatis gehört, soviel ich weiß, den dunklen Mächten an."

„Atlatis?", entfuhr es John.

„Ja", sagte Inana trocken. „Atlatis ist sehr mächtig unter den Seinen und hat eine große Anhängerschar. Viele wollen ihn als Herrscher sehen und ..."

„Was meinst du mit *unter den Seinen*?", unterbrach John neugierig. „Und was bedeutet *die Unseren*?"

„Das", wich Inana rasch aus, „gehört in eine Geschichtsstunde über unser Reich, ist aber der Grund, warum die dunklen Mächte die Machtverhältnisse im Reich ändern wollen. Was Atlatis mit den dunklen Mächten und deren Verschwörung zu tun hat, weiß ich nicht genau. Ich glaube, er hat sich den dunklen Mächten nur angeschlossen, um mit seinen Leuten ihre Vorhaben zu sabotieren, weil er durch sie seine Herrschaft gefährdet sieht. Das ist aber bloß eine Vermutung von mit. Es kann auch ganz andere Gründe haben. Ich weiß diese Dinge nur, weil ich Vater oft belausche, bekomme aber nicht immer alles mit. Natürlich darf Vater davon nichts wissen", lächelte Inana schelmisch. „Die Leitung der Suchtrupps ist nur eine Tarnung, damit er sich ungehindert überall Zugang verschaffen kann. In Wirklichkeit ist er ... egal, jedenfalls hat er mit der Sache irgendwie zu tun. Das habe ich alles mühsam erlauscht. Ich glaube, nicht mal Mum weiß davon. Ihr dürft darüber kein Wort verlieren."

„Alter Schwede", murmelte Eddie nun hellwach. Solche Geschichten waren sein Ding. Da schlug sein Herz höher.

„Ja", sagte Inana ernst, „ich versuche schon länger, so viel wie möglich darüber herauszufinden, und belausche Vater, wann immer es geht. Es dürfte sich dabei um eine ziemlich ernste Sache handeln. Aber nun solltet ihr mit der Vril-Kugel üben."

John wollte über diese Verschwörung, Atlatis und Inanas Vater mehr erfahren, sagte aber nichts, sondern setzte es auf die Liste der Dinge, die er Inana alleine befragen wollte.

„Können auch wir eure Fähigkeiten erlangen?", erkundigte sich Ben. „Ich meine, wenn wir lange genug üben."

„Ich denke schon, dass Oberweltler einiges erlernen können. Unsere Fähigkeiten werdet ihr aber nie erlangen", antwortete Inana überheblich. „Wir werden mit einer sehr leichten Aufgabe beginnen, dann wissen wir gleich, wozu ihr in der Lage seid. Seid ihr bereit?"

John, Babs, Eddie und Ben nickten erwartungsvoll und Inana holte vier Kugeln aus dem Schrank. John fiel auf, dass sie genauso aussahen wie die, die er von Atlatis bekommen hatte.

„Diese hier sind Übungskugeln ohne Stab und kleiner", erklärte Inana, während sie die Kugeln austeilte. „Dieser Stab ist sehr nützlich, doch für die ersten Schritte nicht nötig. Auch die Größe der Vril-Kugel spielt bei den ersten Übungen keine Rolle. Mit größeren Kugeln hat man mehr Energie zur Verfügung, die ihr aber jetzt nicht braucht. Ihr müsst auch wissen, jede Vril-Kugel gehorcht nur ihrem Besitzer. Dieser kann sie einer anderen Person leihen, dann gehorcht sie dem neuen Besitzer so lange, wie es der rechtmäßige Besitzer will. Der Besitzer kann sie weiterhin mit desactivate und activate steuern, dies ist aber nicht so einfach, wie es sich anhört, und hat Tücken. Dazu später mehr. Bekommt man eine Vril-Kugel geschenkt, ist man der rechtmäßige Besitzer, diese Kugeln sind aber nicht so effektiv wie Kugeln, die man sich anfertigen lässt. Es gibt mehrere Arten von Vril-Kugeln, das erkläre ich euch später. Ihr müsst nun lernen, mit der Kugel, also mit Vril, zu verschmelzen. Konzentriert euch nur auf das, was Vril für euch tun soll. Nehmt nun die Kugel in eure Hände und versucht, sie zum Leuchten zu bringen."

John war nun klar, wieso die Kugel von Atlatis immer nur dann funktioniert hatte, wenn er es wollte. Fest entschlossen, dies alles auch zu lernen, nahm er die Kugel und zu seiner Überraschung leuchtete sie sofort, obwohl nur er und nicht Atlatis die Kugel steuerte. Er musste sich nicht mal sonderlich anstrengen. Die kleine Kugel leuchtete in seinen Händen wie eine grüne Glühlampe. Babs' Kugel leuchtete schwach, bei Ben und Eddie klappte es überhaupt nicht.

„Ihr müsst lernen, mit eurem Geist zu arbeiten. Verbannt unnötige Gedanken. Macht euren Kopf frei und öffnet ihn für Vril", sagte Inana mit Nachdruck.

Bei Babs klappte es immer besser, Ben mühte sich redlich, doch es war für ihn schwer, an nichts anderes zu denken, da ihm noch immer das Erlebnis auf dem Balken in den Knochen steckte.

„Ihr müsst das so lange üben, bis es klappt", sagte Inana ungerührt. „Wenn ihr es einmal richtig gut könnt, reichen kurze, klare Gedanken."

Es dauerte eine Weile, bis auch Bens und Eddies Kugel schwach zu leuchten begann. „Sie leuchtet!", rief Eddie ganz aus dem Häuschen. „Meine Kugel leuchtete! Seht ihr das?" Während er so begeistert quasselte, erlosch die Kugel wieder. „Was hat das blöde Ding?", murrte er aufgebracht und sah die Kugel so vorwurfsvoll an, als wäre sie schuld an der Misere.

„Es liegt nicht an der Kugel. Es liegt an dir", wetterte Inana. „Wie soll dir Vril helfen, wenn du dich nicht konzentrierst? Wie soll dir Vril von Nutzen sein, wenn du Vril nicht sagst, was es tun soll? Vril ist Energie und Energie muss fließen. Wenn du den Energiefluss unterbrichst, ist es vorbei. Es bedarf sehr viel mehr Können, diese Energie fließen zu lassen, während man andere Dinge tut. Dieses Stadium wirst du jedoch nie erreichen."

Eddie starrte sauer zu Inana, dann zornig auf die Kugel. Nachdem er sich wieder abgekühlt hatte, versuchte er es noch einmal. Er bemühte sich, an nichts zu denken, außer daran, dass die Kugel leuchten sollte. Das geschah nach einer Weile tatsächlich.

„Hast du es nun verstanden?", erkundigte sich Inana skeptisch. Eddie nickte bedächtig, obwohl er so gut wie nichts begriffen hatte. „Sehr gut", sagte Inana zufrieden, ließ vier alte Schuhe erscheinen und legte grinsend jedem einen von diesen ausgetretenen Dingern auf den Tisch. „Versucht nun, diesen Schuh zum Schweben zu bringen."

„Das klappt doch nie", protestiert Eddie sofort. „Wie um alles in der Welt soll ich diesen ausgetretenen Latschen zum Schweben bringen?"

„Ich dachte, du hättest begriffen, worauf es ankommt", seufzte Inana resigniert und runzelte die Stirn. „Oberweltler", murmelte sie in sich hinein.

„Schon gut, schon gut", fauchte Eddie giftig, nahm die Vril-Kugel in seine Hände, die natürlich nicht leuchtete, und starrte auf den Schuh auf dem Tisch. „Schweb, du stinkendes Ding", dachte er unwirsch, doch der Schuh hob sich nicht. Wütend starrte er ihn an. „Hast du nicht gehört? Du sollst schweben!", fauchte er dem Schuh leise zu.

„Unsere Weisen haben recht. Diese Oberweltler sind wirklich verbohrt, engstirnig und selbstgefällig", murmelte Inana leise.

John setzte sich kerzengerade hin, achtete weder auf Inana, noch hörte er auf Eddies Gebrabbel. Er nahm die Vril-Kugel in beide Hände und konzentrierte sich auf den Schuh. Plötzlich erhob dieser sich und begann zu schweben. John machte mit den Augen eine kreisende Bewegung und der Schuh folgte prompt seinem Blick. Er tat genau das, was John von ihm wollte. Er ließ ihn ein paar Kreise ziehen und dabei umherhüpfen. Er hatte auch nun nicht das Gefühl, sich dabei anzustrengen. Im Gegenteil. Es kam ihm vor, als hätte er es immer schon gekonnt, als hätte er nie etwas anderes getan. Ohne Mühe dirigierte er den Schuh nur mit seinen Gedanken. Es schien ihm so, als wüsste der Schuh bereits, was er wollte, noch bevor er es richtig dachte. Selbst jetzt, wo seine Gedanken abschweiften, folgte der Schuh seinen Augen.

„Eigenartig", grübelte John, während der Schuh vor ihm auf und ab hüpfte. Sein Eifer wurde immer größer. Begeistert ließ er den Schuh nochmals durch den Raum sausen und ihn dabei immer schneller fliegen. Weil es ihm so einfach erschien, drehte er den Schuh dabei noch zusätzlich im Kreis. Selbst dabei musste er sich nicht sonderlich bemühen. Es war für ihn ein Leichtes, den Schuh zu dirigieren. Triumphierend sah er zu Inana und der Schuh folgte rasend schnell seinem Blick.

„Bravo, John!", lobte Inana begeistert, duckte sich aber hurtig weg, da der Schuh direkt auf ihren Kopf zuraste. „Steuer das muffige Ding woanders hin!", rief sie entsetzt. „Ich brauche keinen ausgeleierten Schuh als Kopfschmuck."

Der Schuh streifte gerade noch Inanas Ohr, flog auf die lodernde Wand zu, prallte von ihr ab, kam rot leuchtend, als hätte er Feuer gefangen, zurück und knallte gegen Inanas Hinterkopf. John dachte, Inanas Kopf würde nun in Flammen aufgehen und fragte sich, ob dieser Schuh ein Eigenleben habe. Er hatte Inana den Schuh nicht bewusst an den Kopf geknallt, aber dann dachte er, dass es womöglich sein Unterbewusstsein war, das sich an ihr rächen wollte.

„Wenn das wirklich stimmen sollte", sinnierte er begeistert, „kann ich es besser, als ich je zu träumen gewagt hätte. Ich muss bloß noch ein bisschen üben, damit ich die Sache besser im Griff habe." Freudig blickte er zu Inana, die zum Glück nicht in Flammen aufgegangen war. Der Schuh war von ihrem Hinterkopf abgeprallt, zu Boden gefallen und erloschen.

„'tschuldigung", murmelte John, konnte sich aber ein Grinsen nicht verkneifen.

„Abgefahrene Nummer, John", grunzte Eddie schadenfroh.

„Ja, Mann, du hast es voll drauf", sagte Ben anerkennend.

„Zeig uns das doch noch mal, John", feixte Eddie.

„Vergiss es, Eddie", murrte Inana und rieb sich den Hinterkopf. „Also, ihr wisst jetzt, wie die Kraft des Vril funktioniert. Kleine Unfälle sind nichts Besonderes, aber such dir das nächste Mal ein anderes Ziel, John. Ihr müsst nun so lange üben, bis ihr es gut beherrscht. Habt einfach Geduld und übt! Ihr könnt auch andere Gegenstände zum Schweben bringen. Es müssen keine stinkenden Schuhe sein. Ich fand es lustig, aber es funktioniert mit jedem Gegenstand. Versucht es aber bitte zu Beginn mit kleinen Dingen." Bei diesen Worten blickte sie in Eddies Richtung.

„Warum siehst du mich so an?", giftete der empört.

„Ich will verhindern, dass du es mit einem Schrank oder derartigen Dingen versuchst."

„Sie kennt dich eben auch schon", gluckste Ben vergnügt.

„Es gibt natürlich noch eine Menge anderer Dinge, die man mit der Kraft des Vril tun kann", fuhr Inana fort. „Von diesen Dingen seid ihr jedoch noch sehr weit entfernt. Ihr müsst zuerst die einfachen Sachen bewältigen. Lernt, mit Vril umzugehen, und übt ... übt ... übt! Es kann allerdings eine Weile dauern. Also übt, so oft ihr könnt. Wenn ihr Vril verstanden habt und wisst, wie ihr euren Geist für Vril öffnet, geht es etwas schneller voran. Das nächste Mal zeige ich euch, wie man in einem zugeschlagenen Buch liest. Es ist recht einfach und wenn ihr diese einfachen Dinge beherrscht, beginnen wir mit den etwas schwereren Sachen."

„Einfach!", rief Eddie. „In einem zugeschlagenen Buch lesen, nennst du einfach? Das soll wohl ein Witz sein, was?"

„Kein Witz", sagte Inana trocken. „Verwende deine Energie zum Üben, nicht zum Maulen, dann wirst du es vielleicht auch lernen. John, ich hab hier die Begriffe, Bedeutungen und Farben der Blitze und Kugelblitze. Du kannst dich bei Gelegenheit damit beschäftigen."

„Cool, danke, Inana", sagte John begeistert, nahm die Notiz entgegen und überflog die Begriffe.

Dabei stach ihm der Wakahuablitz in die Augen, von dem Inana erklärt hatte, dass er ungefährlich sei und von Kindern beim Spiel verwendet wurde. Plötzlich reizte es ihn, den Blitz auszuprobieren. Er wollte herausfinden, ob er es drauf hatte. „Wakahua", sagte er laut und zielte dabei mit der Vril-Kugel auf Eddie.

Kleine weiße Blitze zischte aus der Kugel hervor und verbanden sich zu einer winzigen Kugel, die weiß glühend auf Eddie zuraste, dem vor Schreck der Mund nach unten klappte. Der Kugelblitz streifte Eddies Arm, er sackte mit offenem Mund zusammen und rutschte wie ein steifes, verkrümmtes Stück Holz vom Stuhl.

„John!", rief Babs entsetzt, aber man konnte ihrer Stimme eindeutig Bewunderung entnehmen.

„Alle Achtung, John", sagte Inana anerkennend, konnte aber ihre Überraschung nicht verbergen. „Wenn du so weitermachst, wirst du bald besser sein als ich."

„Jetzt übertreib mal nicht", sagte John, lief rot an, fühlte sich aber dennoch geschmeichelt.

„Was ist mit ihm?", fragte Ben und starrte fassungslos auf Eddie, der noch immer wie ein krummes Stück Holz auf dem wogenden Boden lag.

„Ach, mach dir keine Sorgen, Ben. Eddie ist gleich wieder der Alte", lachte Inana vergnügt. „Der Blitz hat ihn nur gestreift. Da ist die Wirkung sehr kurz. Das ist übrigens bei allen Kugelblitzen so. Um das beste Ergebnis zu erzielen, muss der Blitz in den Körper eindringen."

Und wirklich. Kaum eine Minute später rappelte sich Eddie auf und fixierte John mit einem tödlichen Blick. „Schön", sagte er bissig, „wenn du das noch mal tust, bist du tot. Alles klar?"

„Ach, hab dich nicht so, Eddie", sagte Inana schmunzelnd. „Übe, damit du es auch lernst, dann zahl es John einfach heim. Ihr werdet sehen, es macht Spaß."

„Das wird mir nie gelingen", raunzte Eddie missmutig, blickte wütend zu John und dann zornig auf seine Kugel.

Ein folgenschwerer Entschluss

Eddie versuchte noch einige Male, den Schuh zum Schweben zu bringen, doch es wollte nicht klappen. Entmutigt, genervt und wütend gab er schließlich auf.

„Hört mal", sagte Inana und riss alle, außer Eddie, aus der Konzentration, „ich habe eine Idee. Wollt ihr die Pyramiden sehen?"

Ben starrte sie ungläubig an und Eddie entfuhr es begeistert: „Mann, wie krass bist du denn drauf. Natürlich wollen wir die Pyramiden sehen!" Ben klappte die Kinnlade nach unten und seine runden Augen wurden noch runder. Er verspürte das ungestüme Verlangen, Eddie eine reinzuhauen.

Während er gegen diesen Wahn ankämpfte, hörte er Babs mit euphorischer Stimme: „Die wollte ich schon immer sehen", raunen und dachte, er hätte es mit den Ohren. Nun wusste er nicht mehr, wem er lieber eine langen würde. Seine letzte Hoffnung ruhte auf John, doch der fand Inanas Idee auch abgefahren.

„Legt eure Kugeln in den Schrank. Die sind nur für Übungszwecken da. Wir nehmen meine Kugel. Jeder muss seinen Finger auf meine Kugel legen und darauf achten, den Kontakt nicht zu verlieren", sagte Inana freudig erregt.

„Willst du damit sagen, wir hätten auch mit der Vril-Kugel hierherkommen können?", fauchte Ben wütend.

„Na ja, in gewisser Weise schon", gestand Inana schmunzelnd, worauf sie Ben noch wütender anstarrte. Die Freunde legten ihre Kugel in den Schrank. John ging ebenfalls zum Schrank, steckte seine Kugel jedoch in eine Tasche seines Overalls.

Dann stellten sich alle in einem Kreis um Inana auf und pressten die Finger auf deren Kugel, die auch einiges größer als die Übungskugeln war. „Immer schön Kontakt halten", mahnte Inana, und bevor Ben protestieren konnte, sagte sie: „Sternentor." Ein gewaltiger grüner Blitz fuhr aus der Kugel, sie wurden wieder durch einen engen Schlauch gezogen und um sie herum dröhnte es. Nach einigen Sekunden landeten sie mit einem schmerzenden Plumps.

John öffnete die Augen. Um ihn war es furchtbar dunkel. In einiger Entfernung konnte er die Lichter einer Stadt erkennen, bei der es sich wohl um Kairo handelte. Sein Blick schweifte nach oben und er sah einen prächtigen Sternenhimmel. „Wir sind oben! Seht euch den Himmel an", rief er begeistert.

„Was dachtest du denn?", zeterte Inana beleidigt. „Dachtest du etwa, ich sei nicht in der Lage, euch hierherzubringen?"

„Nein, natürlich nicht", murmelte John eilig. „Ich freute mich bloß über den Sternenhimmel." Gleich darauf schoss es ihm entsetzt durch den Kopf: „Sternenhimmel? Unmöglich! Es ist doch Vormittag." Ein mulmiges Gefühl stieg ihm die Kehle hoch. Ein Blick auf seine Uhr verriet ihm vier Uhr morgens.

Dann fiel ihm ein, dass seine Uhr beim Aufwachen Abend angezeigt hatte. Er fragte sich, wie das möglich sein konnte. „Irgendetwas stimmt hier nicht mit der Zeit", dachte er bange, wollte Babs, Eddie und Ben aber nicht unnötig ängstigen, darum sagte er nichts. Ihnen schien es bisher nicht aufgefallen zu sein. Vielleicht gab es ja eine vernünftige Erklärung, die ihm nicht einfallen wollte. „Aber", sinnierte er dann, „welche Erklärung könnte das sein?"

„Seht euch ein bisschen um", brummte Inana noch immer beleidigt und holte John damit in die Jetztzeit zurück. „Ach ja, und versucht das nächste Mal, aufrecht zu landen. Möchte nicht mit blauen Flecken übersät sein, sollten wir öfter reisen."

„Sei doch nicht so ungeduldig mit uns, wir lernen es schon noch", sagte Babs unwirsch und starrte in die Nacht. Vor ihr erhoben sich die Umrisse der gigantischen Pyramiden. Sie wuchsen aus dem Wüstensand und ragten hoch in den Sternenhimmel.

„Seht euch das an", raunte sie fasziniert und vergaß, auf Inana sauer zu sein. Der Anblick war atemberaubend. Plötzlich störte ein metallisches Piepen die Stille.

„Keine Angst, es ist nur meine Callbox", erklärte Inana, griff in ihren Overall und holte etwas Kleines hervor. Es sah aus wie ein Metallplättchen, nicht größer als eine Streichholzschachtel und dünn wie Papier. Sie tippte darauf, wodurch es so groß wie ein Buch wurde, aber dünn wie Papier blieb.

„Es ist die Nachricht einer Freundin", sagte Inana, während sie las. „Ich muss ihr rasch etwas bringen. Bin gleich wieder zurück. Dauert nur ein paar Minuten."

„Bist du verrückt?", kreischte Ben entsetzt. „Du kannst uns hier doch nicht alleine lassen!"

„Wieso? Wir können uns genauso gut auch ohne Inana hier etwas umsehen", meinte Eddie achselzuckend. „Ist ja außer uns niemand da."

„Du spinnst ja", krächzte Ben bestürzt.

„Ihr werdet die paar Minuten sicher alleine zurechtkommen. Seht euch ein bisschen um, dazu braucht ihr mich nicht. Wenn ich zurück bin, zeige ich euch das Innere der großen Pyramide, dann verduften wir wieder", sagte Inana unbekümmert, nahm ihre Vril-Kugel und verschwand in einem grünen Blitz.

„Nein, warte!", rief Ben ihr mit aschfahlem Gesicht hinterher, aber von Inana war nichts mehr zu sehen. „Und was jetzt?", schrie er Eddie wütend an. „Wie konntest du sie auch noch bestärken, von hier zu verschwinden? Was tun wir, wenn sie nicht zurückkommt? Oder sich verspätet? Oder weiß der Teufel was passiert. Daran hast du wohl nicht gedacht?"

„Sie wird sich schon nicht verspäten", meinte Eddie cool. „Und was soll in dieser verstaubten Gegend schon passieren?"

„Wenn sich Inana aber doch verspätet und hier Leute auftauchen? Wenn sie uns sehen – in diesem Aufzug?" Ben zupfte demonstrativ an seinem Overall. „Was tun wir dann, du Holzkopf?"

„Hört auf, euch zu zanken", fuhr John scharf dazwischen. „Sehen wir uns lieber ein bisschen um. Kommt schon! Wir wollten doch hierher."

„Ihr wolltet hierher", korrigierte Ben. „Wo wollt ihr eigentlich hin?", erkundigte er sich dann mit wütender Stimme.

„Ich gehe zur großen Pyramide, klettere rauf und sehe mir die Gegend von da oben an", antwortete Eddie provozierend.

„Du tust *was*?", rief Ben fassungslos. „Das ist hoffentlich nicht dein Ernst."

„Doch! Wenn ich schon mal hier bin, will ich was davon haben", schnauzte Eddie provokant.

„Pah, bei der Dunkelheit! Du spinnst ja."

„Jetzt beruhigt euch doch", fuhr Babs beschwörend dazwischen. „Wir werden uns die Pyramiden aus der Nähe ansehen und auf Inana warten. Ist ja nicht so schlimm."

„Vielleicht treffen wir ja eine Mumie", meinte Eddie grinsend.

„Ach, halt doch deine blöde Klappe", zischte Ben mit mulmigem Gefühl in der Magengegend.

„Habt ihr den Film *Der Fluch der Mumie* gesehen?", hakte Eddie nach, da er es nicht lassen konnte. „Da steigt doch glatt so eine alte, ekelig verrottete, eingewickelte Leiche aus ihrem Grab und ..."

„Hör auf!", schrie Ben mit grollender Stimme. „Wenn du nicht sofort dein Maul hältst, dann hau ich dir eins drauf!"

„Oder *Die Rache des Pharaos*", stichelte Eddie weiter, „na, der Film war vielleicht gruselig, sag ich euch. Da wurden alle mit einem schrecklichen Fluch belegt und ..."

„Halt endlich die Luft an, du Rindvieh", krächzte Ben.

„Hört auf zu streiten, sonst verwandle ich euch in Mistkäfer", warf John scherzend ein und zog die geklaute Vril-Kugel aus dem Overall, um die zwei Streithähne zum Schweigen zu bringen.

„Mann, wo hast du die denn her?", rief Eddie begeistert und vergaß prompt seinen Streit mit Ben.

„Einfach eingesteckt. Ich wollte ..."

Grelle Blitze unterbrachen John jäh und aus der Dunkelheit schälte sich in einiger Entfernung eine Gestalt aus den Blitzen.

„Inana, bist du das?", erkundigte sich Babs hoffnungsvoll und John ließ rasch die Vril-Kugel in den Overall gleiten.

„Nein, meine Lieben", schallte eine grimmige Stimme in ihren Ohren.

Johns Körper versteifte sich. Etwas an der Stimme ließ ihm die Haare im Nacken zu Berge stehen und rührte etwas in seiner Erinnerung. Das war doch ... ja, es war Atlatis Stimme. Da war er sich ganz sicher. Aber wie zum Teufel konnte das sein? Tante Nisaba hatte doch berichtet, sie hätten Atlatis in sicherer Verwahrung. John lief eine Gänsehaut über den Rücken. Die letzte Begegnung mit seinem Bruder war für ihn ja nicht besonders erfreulich verlaufen. „Was willst du?", zischte John unwirsch und tat mutiger, als er sich fühlte.

„Dich!", schallte Atlatis' Antwort über den staubigen Wüstenboden.

Johns Herz setzte einen Schlag lang aus. Heißes Blut schien sein Gehirn zu überfluten, das sein Denken auszulöschen drohte.

„Wer ist das, John?", flüsterte Babs, da sie die Gestalt nicht erkennen konnte. Angewidert von der kalten Stimme, ahnte sie jedoch Böses.

„Atlatis", antwortete John knapp.

„Mann, lasst uns von hier abhauen", raunte Eddie nach Luft ringend, als wäre er gegen einen Steinblock gelaufen.

„Wir würden nie schnell genug sein", flüsterte John sehr leise. Ringsum gab es nur Wüste und die Pyramiden. Wo sollten sie da hinlaufen? Wo sollten sie sich verstecken, bis Inana zurück war. Wenn sie überhaupt kam.

„Gib auf, Enlil", dröhnte Atlatis' kalte Stimme durch die Nacht.

„Was tun wir jetzt?", quiekte Ben nervös. Sein Körper schien vor Angst steif zu werden und sein Gesicht schien zu erschlaffen, als hätte jemand die Luft rausgelassen.

„Gib auf, Brüderchen!", wiederholte Atlatis erbarmungslos.

John antwortete nicht. Fieberhaft suchte er nach einem Fluchtplan. Er musste sich etwas Zeit verschaffen.

„Glaub mir, du hast nicht die geringste Chance, Enlil", sagte Atlatis, als ob er seine Gedanken kennen würde, und ließ ein kaltes Lachen hören. „Ich könnte euch in Sekundenschnelle ins Jenseits befördern", fuhr er herzlos fort, „doch das wäre zu gnädig für euch. Ich will jedoch edelmütig sein. Wenn du dich freiwillig deinem Schicksal stellst, Enlil, werden deine Schwester und deine Freunde einen milden Tod erleiden. Wenn nicht, werden sie den gleichen qualvollen Tod erleiden wie du. Ihr Tod liegt also in deiner Hand, Brüderchen."

„Halts Maul!", rief Babs und wedelte hysterisch mit den Händen. „Lass John in Ruhe! Hau ab!"

John, Eddie und Ben sahen entgeistert zu Babs, die noch immer hysterisch mit ihren Händen wedelte. Einen Moment lang geschah nichts. John starrte zu Atlatis und Atlatis erwiderte seinen Blick. Sie standen gut zehn Schritte voneinander entfernt, doch John war sich sicher, Atlatis' funkelnde Augen erkennen zu können. Dieses Funkeln erinnerte ihn an etwas. Plötzlich hatte er die rettende Idee. Unauffällig holte er seine Vril-Kugel hervor, doch gerade als er Atlatis einen Wakahuablitz auf den Hals hetzen wollte, wurde er von Zweifeln gepackt. Was, wenn er Atlatis nicht treffen sollte? Doch selbst wenn er ihn treffen sollte, würde Atlatis lange genug starr sein, damit sie verschwinden konnten? Sollte er es wagen, mit der Kugel abzuhauen? Würde er es schaffe? Er hatte es noch nie alleine versucht. Bisher hatte immer Atlatis seine Finger im Spiel. Doch selbst wenn er es wagen würde, wo sollten sie hin?

„Die Kugel", flüsterte er Eddie entschlossen zu, ohne die Lippen zu bewegen, und hoffte, diesen Entschluss nicht zu bereuen. Eddie nickte und John wusste, dass er begriffen hatte. Schnell drehte er Atlatis etwas den Rücken zu und betete, der würde nicht bemerken, was er vorhatte.

„Unsere Schwester ist mutig, aber dumm", höhnte Atlatis. Seine

Stimme wehte wie ein eisiger Windstoß über den Wüstensand auf John zu.

„Du willst bestimmt nicht, dass sie dein Schicksal erleiden muss, Enlil. Wenn du jedoch noch länger zögerst, wirst du euch ein grauenhaftes Dahinscheiden bescheren."

John gab, während Atlatis sprach, Babs und Ben ein Zeichen, deutete auf die Kugel und hoffte, sie würden verstehen. Was er aber weit mehr hoffte, war, dass es ihm gelingen würde. Babs und Ben kapierten sofort. Rasch pressten sie ihre Finger auf die Kugel und John konzentrierte sich, so gut er konnte, auf die Pyramide, da ihm kein besserer Fluchtort einfiel.

„In die Pyramide", flüsterte er mit klopfendem Herzen.

Ein verkümmerter Blitz fuhr aus der Kugel. Sie wurden von den Füßen gerissen, wirbelten herum wie Kreisel und landeten mit einem Knall, der ihnen fast das Trommelfell platzen ließ, unsanft auf sehr hartem Untergrund. Es war dunkel und sie konnten nicht viel sehen. Nur ihre gelb schimmernden Overalls gaben etwas Licht.

„Wo sind wir?", fragte Eddie und stocherte in seinen Ohren, in denen es summte wie in einem Bienenstock.

„Schätze, wir befinden uns irgendwo in der Pyramide", antwortete John, freute sich, dass er es geschafft hatte, und versuchte, mit seinen Augen die Dunkelheit zu durchbrechen.

„Und jetzt?", hakte Babs vorwurfsvoll nach. „Inana kann uns hier doch unmöglich finden."

John wusste selbst, in welch heikler Situation sie sich befanden. Aber wo hätten sie sonst hinsollen? Er kannte hier doch nichts anderes. Ein lautes „Autsch" von Ben ließ ihn zusammenzucken und ersparte Babs eine unwirsche Antwort. „Was ist los, Ben?", erkundigte er sich angespannt.

„Ich bin gegen dieses große Ding da gestoßen", raunzte Ben aufgebracht und zeigte auf einen mächtigen Steinblock. „Diese Overalls könnten ruhig etwas mehr Licht geben."

„Wir könnten es mit der Vril-Kugel versuchen", warf Babs mit neunmalkluger Stimme ein.

„Gute Idee", sagte John, umschloss die Kugel mit seiner Hand und konzentrierte sich. „Lux", sagte er dann mit fester, bestimmter Stimme und die Kugel begann zu leuchten. Es war ein ziemlich starkes weißes Licht, das von ihr ausging.

„Klasse!", rief Ben erleichtert. „Das Ding leuchtet ja wie ein Kronleuchter. Woher weißt du, dass man Lux sagen muss?"

„Steht auf Inanas Notiz", entgegnete John, legte die kleine Kugel auf den sandigen Boden und sah sich um.

„Hey, Mann, wie machst du das?", grunzte Eddie verblüfft. „Du hältst das Ding nicht mal in deinen Händen und es leuchtet trotzdem?"

„Gelernt ist gelernt", sagte John trocken und sah verdutzt auf die Kugel. Seine Überraschung war weit größer als die von Eddie. Er hatte völlig vergessen, die Kugel nicht aus der Hand zu geben, und fragte sich nun, wieso dieses Ding noch immer leuchtete. Hatte er den Dreh wirklich raus oder gab es einen anderen Grund? Eine ungute Vorahnung stieg in ihm hoch, die er aber nicht aussprechen wollte. Nervös blickte er sich um. Sie befanden sich in einem rechteckigen Raum, an dessen Ende sich ein riesiger Steinblock befand. Ben stand daneben und rieb sich seinen schmerzenden Fuß.

„Ben, dein Steinblock ist ein Sarkophag", sagte Eddie völlig hingerissen. „Da fehlt der Deckel. Habt ihr das schon bemerkt?"

„Was?", raunte Ben und ein Schauer jagte über seinen Rücken.

„Ein Sarkophag, du Holzkopf", wiederholte Eddie grinsend. „Da drinnen haben die alten Ägypter ihre Toten begraben. Du weißt schon, diese eingewickelten, verrotteten Dinger, von denen ich vorhin gesprochen habe."

„Ich weiß, was ein Sarkophag ist, du Rindvieh", keuchte Ben und ging einige Schritte zur Seite. Der fehlende Deckel zehrte an seinen Nerven.

„Liegt da eine Mumie drinnen?", krächzte Babs mit trockenem Hals.

„Aber nein", sagte John mit gerunzelter Stirn, wirkte aber nicht sehr sicher.

„Bestimmt nicht?"

„Du kannst ja nachsehen", meinte John grinsend.

„Igitt, nein", schnaufte Babs angeekelt. Die Vorstellung, einer alten verstaubten Mumie ins Auge zu sehen, behagte ihr ganz und gar nicht.

Eddie ging zielstrebig auf den Sarkophag zu, der so hoch war, dass er kaum darüber schauen konnte. Er stellte sich auf seine Zehenspitzen und lugte neugierig hinein. „Jemand zu Hause?", fragte er frech, als er seinen Kopf über den Rand beugte. Abgesehen von Staub und Dreck war der Sarkophag jedoch leer. In einem Anflug von Verwegenheit kletterte Eddie auf den Rand und ließ seine Beine hineinbaumeln.

„Bist du völlig irre, Mann?", japste Ben. „Du kannst doch nicht in dieses Ding klettern!"

„Warum nicht?", fragte Eddie hämisch grinsend und ließ sich ganz langsam in den Sarkophag gleiten, obwohl er es eigentlich gar nicht vorhatte. „Hier wohnt doch keiner mehr", grunzte er spöttisch, um Ben noch mehr zu provozieren. Als er jedoch mit den Füßen den Boden erreichte, klappte dieser nach unten. John, Babs und Ben hörten einen angsterfüllten Schrei. Es war ein schrecklich lang gezogener Schrei. Ein Schrei, der nicht enden wollte und schaurig widerhallte. Ben sah drein, als könnte ihn die Panik jeden Moment überwältigen.

„Ach du heiliges Kanonenrohr, Eddie!", rief John und lief zum Sarkophag. Als er hineinblickte, war jedoch von Eddie nichts mehr zu sehen. „Er ist weg", raunte John ungläubig und zog den Kopf aus dem Ding. Unschlüssig, ob ihn diese Erkenntnis nur beunruhigen oder entsetzten sollte, schaute er nochmals hinein.

„Was willst du damit sagen? Was heißt ... weg?", keuchte Ben, denn nun hatte ihn die Panik überwältigt.

„Eddie ist weg. Verschwunden. Einfach futsch. Diese Steinkiste ist leer", sagte John verdutzt und zog den Kopf erneut aus dem Ding.

„Aber ... das kann doch nicht sein", raunte Ben. „Ich dachte, wir befinden uns in der Königskammer und das ist der Sarkophag des Cheops. Die Größe des Raumes würde passen, aber das kann nicht stimmen. Ich hab nirgends gelesen, dass der Sarkophag nach unten offen sein soll."

„Vielleicht hast du es ja überlesen", sagte John, der nicht wusste, wovon Ben faselte. „Ist ja auch egal. Eddie ist weg und wir müssen ihn finden."

„Hört mal", sagte Babs mit überzeugter Miene. „Eddie hat es vorher ja schon gesagt und ich hab's mal gelesen. Auf jedem Grab eines Pharaos lastet ein Fluch. Diejenigen, die sich dem Grab nähern, sind dann ebenfalls verflucht."

„Das ist doch Blödsinn", brummte John. „Diese Kiste war doch leer!"

„Ach, du denkst also, es ist Schwachsinn? Und woher kommen dann deiner Meinung nach diese Geschichten?", fragte Babs ganz sachlich, als würde sie eine Hausaufgabe diskutieren.

„Was weiß ich", murmelte John, „wir müssen herausfinden, was mit Eddie passiert ist. Vergiss diese Fluchgeschichten."

„Wie willst du das denn anstellen?", erkundigte sich Babs skeptisch und sah nun aus, als hätte man ihr eine bittere Tasse Tee eingeflößt.

„Einer von uns muss in den Sarg klettern", erläuterte ihr John nüchtern seinen Plan.

„Ich klettere sicher nicht rein", ächzte Ben sofort. „Kann mir wirklich was Schöneres vorstellen, als einer verstaubten Mumie zu begegnen."

„Diese Kiste ist leer", sagte John verständnislos. „Wie willst du da einer Mumie begegnen?"

„Na schön", sagte Babs, nicht sicher, ob sie Johns Idee gutheißen sollte. „Ich mach's. Ich werde reinsteigen." Ihr war nicht wohl bei der Sache, doch sie wusste, John hatte recht. Sie mussten Eddie finden.

„Einverstanden", sagte John, „und ich werde beobachten, was in dem Ding vor sich geht."

„Seid ihr noch bei Trost?", röchelte Ben mit noch heiserer Stimme als zuvor. „Das ist doch irre!"

„Wie könnten wir sonst herausfinden, wo Eddie geblieben ist?", empörte sich Babs vorwurfsvoll. „Wenn du eine bessere Idee hast, Ben, sag es jetzt."

Ben lief rot an und blickte beschämt zu Boden. „Na gut, einverstanden. Ich mach's", sagte er in einem ganz und gar nicht überzeugenden Versuch, lässig zu klingen.

John und Babs schauten sich an. John ahnte, dass Babs die gleichen Bedenken hatte wie er. Er hob die Vril-Kugel vom Boden auf, die noch immer leuchtete und hielt sie über den Sarkophag, damit sie besser sehen konnten. Es machte ihn ordentlich nervös, dass die Kugel noch immer leuchtete, doch im Moment beschäftigte ihn Eddies Verschwinden mehr. Er beobachtete Ben, wie er im Schneckentempo zum Sarg schlurft. Eine sonderbare Mischung aus Unmut und Furcht war Ben dabei ins Gesicht geschrieben. Dann holte er tief Luft und kletterte auf den Rand des Sarges. Seine Beine fühlten sich wie Wackelpudding an. Mit bleicher Miene schaute er in den Sarkophag. Der war innen noch um einiges tiefer, als er außen hoch war. Um den Boden zu erreichen, musste er ganz rein. Er erinnerte sich plötzlich an all die gruseligen Filme, die er im Fernsehen gesehen hatte. Diese Art Filme, in denen aufgescheuchte Mumien hinter harmlosen Menschen herjagten. Er hoffte inständig, keiner dieser furchtbaren Gestalten zu begegnen. Zögerlich ließ er sich in das steinerne Grab rutschen. John und Babs standen über den Sarkophag gebeugt und sahen ihm mit angehaltenem Atem gespannt zu. Bens Herz raste wie wild und er konnte vor Aufregung kaum atmen.

„Warum tu ich das bloß?", jagte es durch seinen Kopf, als er den Rand des Sarkophags losließ und sich langsam hineingleiten ließ. Er konnte gerade noch hören wie Babs: „Sei vorsichtig, Ben", sagte, dann gab der Boden unter seinen Füßen nach und er sauste mit lautem, panischem Gebrüll in die Tiefe.

Das Loch, in das er fiel, schien unendlich tief zu sein. Er hatte das Gefühl, von einem Hochhaus zu springen. Sein Körper fiel und fiel und er schrie sich dabei die Seele aus dem Leib. Er raste mit einer unglaublichen Geschwindigkeit nach unten und war sich ganz sicher, den Aufprall nicht zu überleben.

Gerade als er dachte, es sei aus mit ihm, plumpste er mit einem mächtigen Klatscher in eiskaltes Wasser. Sein Körper schoss wie ein Pfeil in die Tiefe. Immer tiefer.

Es kam ihm wie eine Ewigkeit vor, bis er endlich wieder nach oben tauchen konnte. Seine Luft wurde immer knapper. Endlich stieß er mit dem Kopf durch die Wasseroberfläche. Nach Atem ringend, schwamm er an den Rand, kletterte über Steine ins Trockene und blieb zitternd liegen. Ihm war mächtig kalt und von dem harten Aufprall taten ihm sämtliche Knochen weh.

„Eddie, ich bin's, Ben. Kannst du mich hören?", sagte er mit einer Stimme, die genauso zitterte wie sein Körper.

„Hier drüben", kam es von Eddie zurück. Seine Stimme klang heiser.

„Lebst du noch?", fragte Ben und rappelte sich stöhnend auf.

„Nein. Mein Geist spricht zu dir", erwiderte Eddie trocken.

„Du hast wohl einen Wasserschaden im Oberstübchen", murmelte Ben, war aber erleichtert, da er Eddie in seinem gelb schimmernden Overall nun auch sehen konnte. Rasch umrundete er das Wasserloch und fand ihn zusammengekauert auf einem Stein sitzend vor.

„Mann, ich war noch nie so froh, dich zu sehen, Alter. Das kannst du mir glauben", entfuhr es Eddie freudig. „Mein Arm ist gebrochen", klagte er dann und deutete mit schmerzverzerrtem Gesicht auf seinen linken Unterarm.

Bestürzt betrachtete Ben Eddies Arm. Der sah ziemlich zugerichtet aus. „Ich fürchte, du hast recht", meinte Ben fachmännisch. „Das sieht gar nicht gut aus. Du musst damit schleunigst zu einem Arzt."

„Machst du Witze, Mann?", rief Eddie aufgebracht. „Wo soll ich hier einen Arzt finden, hä? In diesem verfluchten, gottverlassenen Loch gibt es keine Ärzte! Wir sind hier unter einer Pyramide eingeschlossen.

Wenn kein Wunder geschieht, krepieren wir hier und du faselst etwas von einem Arzt. Bist du vollkommen verstrahlt, Alter?"

„Es gibt hier sicher einen Ausgang und dann finden wir auch einen Arzt", sagte Ben überzeugt, um sich selbst Mut zu machen. „Du wirst schon sehen!"

Eddie verdrehte die Augen und konnte es nicht fassen. Bens dusseliges Geschwafel war ihm einfach zu viel.

Lebendig begraben

John und Babs standen wie betäubt neben dem Sarkophag und starrten noch immer hinein. Sie hatten gesehen, wie die Bodenplatte nach unten klappte, als Ben sie mit den Füßen berührte. Sie hatten auch gesehen, wie Ben in ein rundes Loch gestürzt war, das sich darunter verbarg, und wie sich die Bodenplatte wieder geschlossen hatte. Babs war völlig durch den Wind, John hatte die Befürchtung, Ben und Eddie könnten den Sturz nicht überlebt haben.

„Ich werde reinklettern und die Bodenplatte nach unten drücken, damit wir herausfinden, was mit den beiden los ist", sagte John nach kurzem Schweigen.

„Was?", rief Babs mit hochgestellten Nackenhaaren. „Und wenn du ebenfalls in das Loch stürzt? Wenn das die Strafe für alle ist, die in das Ding klettern. Wenn das der Fluch ist, der auf dem Grab liegt, John, was dann?"

„Blödsinn, Babs, es gibt keine derartigen Flüche", sagte John nicht ganz überzeugt. „Ich werde mich am Rand festhalten. Wenn sich die Klappe öffnet, werde ich hinunterrufen. Vielleicht können mich Ben und Eddie hören." John legte die Vril-Kugel, die immer noch leuchtete, auf den Rand des Sarkophags. Ihr beharrliches Leuchten beunruhigte ihn sehr, er machte sich aber nicht die Mühe, darüber nachzudenken, sondern er kletterte auf das Grabmal und schwang seine Beine hinein. Mit beiden Händen klammerte er sich, so gut er konnte, am Rand fest und machte sich dann so lang wie möglich. Als seine Füße den Boden berührten, schwang die Bodenplatte lautlos nach unten.

„Sei bloß vorsichtig", hauchte Babs mahnend und spähte in ein dunkles Loch, das sich wie ein Tor zur Verdammnis auftat.

John beugte den Kopf nach unten. „Ben ... Eddie ... könnt ihr mich hören?", schrie er aus Leibeskräften.

„Beeeen ... Eeeddiiiiie ... kööönnt ihr mich hööören", kam sein Echo zurück.

John und Babs fuhr der Schreck in die Glieder. Die vom Echo erfüllte Düsternis, die aus dem Loch zu ihnen drang, lag schwer auf ihren Gemütern. Als Johns gruselerregendes Echo endlich verstummte, konnte sie eine ganz leise Stimme hören. Sie klang, als würde sie von der anderen Seite der Erde kommen.

„Heeey ... Jooohn ... Baaabs ... wir sind hier unten", drang Bens Stimme schwach nach oben. „Das Loch ist ziemlich tief. Eddie hat sich den Arm gebrochen. Ihr müsst uns hier rausholen!"

„Auch das noch", stöhnte John und kletterte aus dem Sarkophag, während Bens Echo langsam verstummte. „Uns muss etwas einfallen", sagte er mit in Falten gelegter Stirn und ging in der Pyramidenkammer auf und ab. „Irgendwie müssen wir die beiden raufbekommen, Babs."

Die Vril-Kugel lag am Rand des Sarkophags und erleuchtete noch immer auf wundersame Weise den Raum. Als John an ihr vorbeimarschierte und sein Blick auf sie fiel, blieb er abrupt stehen. „Verdammt, wieso bin ich so ein Idiot", fluchte er und ärgerte sich über sich selbst. „Wir versuchen es mit der Vril-Kugel, Babs. Vielleicht bringt sie uns zu Ben und Eddie nach unten."

„Und ... was ... dann?", erkundigte sich Babs gedehnt.

„Wir schnappen uns die beiden und kommen mithilfe der Kugel sofort wieder hierher zurück. Ist doch ganz einfach."

„Ach, ist es das?", antwortete Babs spitz, die von dieser Idee wenig begeistert war. Irgendetwas mussten sie aber versuchen und da Babs keine bessere Idee hatte, stellte sie sich neben John und berührten die kleine Kugel.

„Bring uns in das Loch zu Ben und Eddie", sagte John hastig.

Die Kugel leuchtete, ohne zu blitzen, und in derselben Sekunde landeten sie auch schon neben den beiden, die ordentlich erschreckten.

„Wie zum Teufel kommt ihr hierher?", rief Ben überrascht und zugleich machte sich tiefe Erleichterung in seinem Gesicht breit.

„Mit der Vril-Kugel", antwortete John.

„Krass", sagte Eddie erfreut.

„Ja, echt toll. Wirklich großartig", schnaubte Ben wütend. „Auf diese Idee hättest du auch gleich kommen können. Dann hätte ich mir den grässlichen Sturz", er deutete wutentbrannt auf das Wasserloch, „ersparen können. Ich hätte dabei draufgehen können!"

„Red keinen Stuss, Ben", zischte John aufgebracht. „Als du in den Sarkophag gestiegen bist, wussten wir nichts von der Bodenplatte und wo sich Eddie befindet."

„Na und!", rief Ben zornig. „Die Kugel hätte uns auch so zu Eddie gebracht. Ihr wusstet ja auch nicht genau, wo wir stecken, und die Kugel hat euch trotzdem hierhergebracht." Wäre Ben nicht so erleichtert gewesen, John zu sehen, wäre er noch wütender geworden.

„Vermutlich hast du recht, Ben", meinte John zerknirscht. „Zeig mal deinen Arm, Eddie", sagte er rasch, um von dem unangenehmen Thema abzulenken. Er setzte sich neben Eddie und betrachtete dessen Arm. „Sieht scheußlich aus", sagte er dann.

„Danke, Mann. Das weiß ich selbst", schnaubte Eddie äußerst gereizt, da der Arm furchtbar schmerzte.

John nahm, ohne auf Eddies Gekeife zu achten, die Vril-Kugel und legte sie auf seinen Arm.

„Was zum Henker tust du da?", knurrte Eddie mürrisch.

„Ich versuche, deinen Arm zu heilen", sagte John ernst.

„Ahh, bist wohl unter die großen Heiler gegangen, was?", entfuhr es Eddie spöttisch. „Reicht dir wohl nicht, neuerdings ein Wunderknabe zu sein. Willst nun auch noch Wunderdoktor spielen."

John war stinksauer auf Eddie. Er wollte doch nur helfen. Bei seinem Knöchel hatte es ja auch geklappt. Gut, zugegeben, sein Knöchel war nicht gebrochen und Achnum hatte diesen Stab. Außerdem wusste Achnum, was er tat. John kam seine Idee nun lächerlich vor, er wollte es aber dennoch versuchen. „Ich dachte", zischte er, „ein Versuch kann nicht schaden. Wenn du es aber vorziehst, mit Schmerzen herumzulaufen, bitte sehr. An mir soll es nicht liegen. Deine Entscheidung, Mann."

„Komm schon, Eddie, lass es John versuchen", meinte Babs mit ihrem *musst du immer meckern*-Blick, um noch ein längeres Gezänke zu verhindern.

„Von mir aus", brummte Eddie geringschätzig. „Wenn du wirklich meinst, Babs, dann lassen wir John eben Doktor spielen."

„Mach diesen Arm wieder gesund", sagte John und strich dabei unter Eddies spöttischen Blicken behutsam mit der Vril-Kugel über seinen Arm. Er machte es genauso, wie Achnum es mit seinem Knöchel getan hatte. Die Kugel strahlte dabei in einem zarten Grün. Immer wieder bewegte er sie kreisend über Eddies Arm. Plötzlich erlosch sie.

„Bin ich gesund, Herr Doktor?", fragte Eddie spöttisch.

„Weiß nicht, das Ding leuchtet nicht mehr. Kann mich wohl nicht mehr konzentrieren", sagte John. „Wie geht's deinem Arm?"

„Fühlt sich abgestorben an", sagte Eddie sachlich.

„Tut er noch weh?", fragte John erschrocken.

„Hast du schon mal gehört, dass etwas Abgestorbenes wehtut?", fauchte Eddie patzig.

„Hab dich nicht so, Eddie. Ist doch besser als Schmerzen", sagte Babs knapp, da ihr beim Erlöschen der Kugel ein furchtbarer Gedanke gekommen war. „Sag mal, John, als dieses Ding das letzte Mal nicht funktionierte, wo war das?"

„Im Turm. Wieso?"

„Und warum hat sie dort nicht funktioniert?", fragte Babs steif.

John fühlte, dass Babs recht hatte, auch wenn er es nicht wahrhaben wollte. Schon als die Kugel alleine leuchtete, wusste er es, wollte es sich aber nicht eingestehen. Um ganz sicherzugehen, versuchte er, die Kugel zum Leuchten zu bringen, doch nichts geschah.

„Meinst du wirklich, es könnte mit Atlatis zusammenhängen?", erkundigte sich Ben unsicher und machte ein Gesicht, als wäre ihm übel.

„Warum sonst sollte die Kugel nicht funktionieren?", gab Babs mit hochgezogenen Augenbrauen zu bedenken.

„Inana hat aber nichts davon gesagt, dass man Vril-Kugeln auch aus der Ferne steuern kann", belehrte sie Ben.

„Doch", sagte Babs rechthaberisch. „Inana sagte eindeutig …"

„Diese Kugel ist nicht von Atlatis", gab John zu bedenken. „Aber vermutlich hat uns Inana vieles nicht gesagt."

„Wenn ihr das wirklich meint, müssen wir von hier verschwinden", ächzte Ben mit einem erneuten Anflug von Panik in der Stimme.

„Wie denn?", rief Babs. „Das Ding funktioniert doch nicht mehr!"

„Dann müssen wir uns ein Versteck suchen", flüsterte Ben beschwörend. Er wollte Atlatis keinesfalls ein weiteres Mal begegnen.

„Denkst du wirklich, wir können uns vor ihm verstecken?", fragte John. „Der findet uns garantiert überall. Der hat es auf mich abgesehen und wird erst ruhen, wenn er mich erledigt hat."

„So etwas darfst du erst gar nicht denken", tadelte Babs und sagte aufgewühlt zu sich selbst: „Wenn wir nur Inana erreichen könnten."

John überlegte, was sie tun konnten, aber es wollte ihm nichts einfallen. Er grübelte und grübelte, bis sein Grübeln von herumstobenden Funken unterbrochen wurde.

„Dachtet ihr wahrlich, ihr wärt schlauer als ich?", hörte er im selben Moment Atlatis verächtlich sagen. Seine Stimme klang in der Höhle wie ein mächtiges Donnergrollen. Der grüne Lichtschein seiner Vril-Kugel beleuchtete sein Gesicht gespenstisch und ließ seinen Schatten in verzerrter Form über die Felswand huschen. John war zutiefst beunruhigt, doch am meisten beunruhigte ihn der zufriedene Ausdruck auf Atlatis' Gesicht. Was immer ihn so froh und heiter aussehen ließ, es konnte nichts Gutes verheißen. Da war sich John sicher. Dennoch versuchte er, ein herausforderndes Lächeln aufzusetzen. Die Bestätigung seiner Vermutung kam jedoch schneller als sein Lächeln.

„Dumm von euch, sich in ein Grab zu setzen", feixte Atlatis, wobei eine ordentliche Portion Häme in seiner Stimme mitschwang, die Johns Gesichtsmuskel gänzlich erschlaffen ließ. „Es gehört schon einiges an Torheit dazu, sich auf der Flucht vor dem Tod ausgerechnet in ein Grab zu begeben."

Atlatis' Worte durchbohrten John wie glühende Schwerter. Ihm wurde bewusst, dass sie hier nie wieder rauskommen würden. Die Höhle erschien ihm plötzlich mächtig klein.

„Was die Qualen eures Todes anbelangt", sagte Atlatis fast wehmütig, „bin ich wohl etwas enttäuscht. Besonders bei dir, Enlil. Doch ihr werdet es hier keinesfalls gemütlich haben und der Tod wird sich auch nur sehr langsam an euch heranschleichen. Ihr habt also genügend Zeit, um zu leiden, auch wenn euer Leid nicht ganz meinen Wünschen entspricht." Seinen Worten folgte ein schauderhaftes Lachen. Es erzeugte ein furchterregendes Echo. Laut und schneidend hallte es gruselerregend von den Wänden wider. Babs, Eddie und Ben standen wie angefroren da. Das Echo ließ ihnen die Haare zu Berge stehen.

„Du irrst dich", brüllte John wütend über Atlatis' Echo hinweg. „So leicht, wie du denkst, wirst du uns nicht los!"

„Ach nein?", höhnte Atlatis und grinste grässlich. Im Schein seiner leuchtenden Vril-Kugel verengten sich seine Pupillen bösartig. Er stand nur noch zwei Schritte von John entfernt.

Zum ersten Mal sahen Babs, Eddie und Ben Atlatis aus unmittelbarer Nähe. Die Ähnlichkeit mit John war gruselig. Aber noch gruseliger war Atlatis' zufriedener, von Abscheu triefender Gesichtsausdruck. Ben war sich nun ganz sicher, hier nicht mehr lebend rauszukommen, Eddie bewunderte John für sein furchtloses Auftreten und Babs wurde immer zorniger, da sie Atlatis selbstgefälliges Gehabe abscheulich fand.

„Wir werden hier rauskommen", sagte John beinahe flüsternd, „verlass dich drauf. Dann wirst du für alles bezahlen."

Atlatis lachte laut auf. Es war ein irres Lachen. „Ich werde den Thron unseres Reiches besteigen, sehr bald schon. Doch du, mein liebes Brüderchen, wirst zu diesem Zeitpunkt nur noch eine erbärmliche Erinnerung sein."

„Du wirst niemals den Thron besteigen", fauchte John und legte so viel Verachtung in seine Stimme, wie es ihm möglich war.

„Und wer sollte mich daran hindern, Brüderchen?"

„Ich", zischte John drohend.

„Du! John Spraud, der Retter unseres Reiches?", sagte Atlatis spöttisch. „Du kannst dich doch nicht mal selbst retten."

Atlatis war nun so nah, dass John seinen Atem im Gesicht spürte. Angewidert stieß er ihn von sich. „Wenn wir hier raus sind, werde ich dich zertreten wie eine Kakerlake, denn du bist nicht mehr als eine widerwärtige Kakerlake", zischte John angeekelt.

Eddie und Ben sahen John halb ehrfürchtig, halb staunend an. Allerdings versetzte sie Babs gleich darauf in noch größeres Staunen. Sie stellte sich mit verschränkten Armen und trotziger Miene neben John. Ihre Augen funkelten wild. „Ich werde John dabei helfen, dich zu zertreten. Verlass dich drauf, Brüderchen", verkündete sie mit flatternder Stimme. „Wir werden dafür sorgen, dass du nie wieder Schaden anrichtest."

„Ach, Tiamat, mein süßes Schwesterlein", entgegnete Atlatis mit kalter Stimme, die vor Spott und Hohn triefte. Seine Gesichtszüge entglitten ihm jedoch und verzerrten sich zu einer siegestrunkenen Fratze. „Ihr werdet für gar nichts sorgen. Ihr werdet hier langsam sterben und keiner wird es merken. Keiner wird es erfahren und keiner wird euch suchen. Nur deine und Enlils Leiche werde ich mir holen. Ihr habt noch einen großen Auftritt im letzten Akt einer zu Ende gehenden Tragödie."

Atlatis warf John und Babs einen triumphierenden Blick zu, ließ noch einmal sein grässliches Lachen hören und verschwand genauso plötzlich, wie er erschienen war. Nur das Echo seines Lachens war noch zu hören und die kleine Höhle war erfüllt von den grünen Blitzen, die er hinterließ. Als diese abebbten, wurde es erneut düster und es herrschte gespenstische Stille. Nur aufgeregte Atemzüge störten die Grabesruhe und das gelb schimmernde Licht von vier Overalls erhellte die Höhle etwas. Babs' Zuversicht hatte sich mit Atlatis in Luft aufgelöst, ihre schlechte Laune jedoch nicht. „So ein abscheulicher Widerling", stieß sie wutentbrannt hervor, die Arme noch immer verschränkt. „Das soll mein Bruder sein? Na, der soll mir noch mal in die Quere kommen, dann wird er mich aber kennenlernen!"

„Babs!", entfuhr es Eddie beeindruckt.

Ben glotze sie mit aschfahlem Gesicht an, als ob er sich um ihren Geisteszustand sorgte, dann blickte er zu John. „Denkst du, wir kommen hier je wieder raus, John?", hauchte er mit rauer Stimme.

John packte Ben bei den Schultern. „Hör zu, Ben", sagte er bestimmt, schüttelte ihn leicht und versuchte, so viel Gewissheit wie möglich in seine Stimme zu packen, denn er wusste, seine folgenden Worte würden leere Worte sein. „Wir kommen hier raus. Das verspreche ich dir!"

Jäh und erschreckend hallte im selben Moment Atlatis' eisige Stimme durch die kleine Höhle. „Ihr werdet hier langsam sterben!", rief er, doch von ihm war nichts zu sehen.

„Verschwinde, du Mistkerl!", rief John wütend in die Dunkelheit.

Abermals hallte ein hölzernes, kaltes Lachen durch den Raum, dessen Echo einfach nicht verstummen wollte.

„Lass diesen Idioten, John", sagte Eddie, der sich am schnellsten wieder gefangen hatte. „Der will uns doch nur Angst einjagen. Versuchen wir lieber, hier rauszukommen."

„Du hast recht, Eddie", antwortete John wider besseres Wissen. Er wusste, Atlatis wollte ihnen keine Angst einjagen. Er hatte sie soeben lebendig begraben und der Tod war nun ihr ungeduldiger Begleiter. Diese Erkenntnis wurde vor seinen Augen so klar wie frisch geputztes Glas. Sein Herz hüpfte ihm gegen die Rippen wie ein Tier gegen die Gitterstäbe seines Käfigs. Er hatte das Bedürfnis, vor Zorn zu schreien, doch es fehlte ihm die Kraft. Er wollte sich nur noch hinsetzen, nichts denken, nichts fühlen und einfach auf den Tod warten, doch das Versprechen, das er Ben gegeben hatte, ließ ihn nicht ruhen. Auch wenn es nur leere Worte waren, musste er es wenigstens versuchen.

Sie umrundeten das Wasserloch und untersuchten jeden Quadratzentimeter des Bodens und der Wände, doch nirgends konnten sie etwas entdecken, das ihnen auch nur die geringste Hoffnung auf Freiheit gab.

„Hier werden wir nie einen Ausgang finden", jammerte Ben und setzte sich mutlos auf einen großen Felsblock. Die drei anderen ließen sich jedoch nicht beirren, suchten weiter und entdeckten nach einiger Zeit – in der Ecke einer Nische – einen kleinen Schacht. Der war in einen riesigen Steinquader gehauen und führte steil nach unten. Zudem war er sehr schmal und auch nicht sehr hoch.

„Das ist sicher ein Lüftungsschacht", dachte John euphorisch, doch dann fiel ihm ein: „Nein, das kann nicht sein. Ein Lüftungsschacht führt nicht nach unten. Aber egal, was anderes haben wir nicht." Er war niedergeschlagen. „Wir sollten es versuchen", sagte er trotzdem zu Eddie, der gerade flach auf dem Boden lag und den Kopf in den Schacht steckte.

„Sieht verdammt eng aus", stöhnte Eddie, zog seinen Kopf zurück, stemmte sich in die Höhe und sah mit verzogener Miene an sich hinunter.

„Versuchen! Was versuchen?", fragte Ben misstrauisch, stand auf und kam rasch näher. John, Babs und Eddie zeigten ihm denn kleinen Schacht. „Wer weiß, wo der hinführt", argwöhnte Ben sofort. „Außerdem ist er viel zu schmal."

„Wir müssen es versuchen, Ben", mahnte John.

„Und wenn wir stecken bleiben?", protestierte Ben.

„Was anderes haben wir nicht. Wenn wir hier rauswollen, müssen wir es riskieren", gab John trocken zurück.

„Aber ..."

„Ohne aber", fuhr Eddie kühl dazwischen. „Ist doch völlig egal, ob wir hier verrotten oder in dem Schacht. Aber dann haben wir es wenigstens versucht."

„Der Schacht führt nach unten", zeterte Ben, „und ihr denkt ernsthaft, er bringt euch nach oben? Seid ihr belämmert, oder was?"

„Wir kriechen da rein und werden einen Ausgang finden", sagte John bestimmt, jedoch in einem Ton, als ob er sich lieber nicht darauf festlegen wollte.

Nacheinander zwängten sie sich in den Schacht, der in erdrückender Dunkelheit zerrann. John quetschte sich als Erster durch die Öffnung und robbte mit ausgestreckten Armen, flach liegend, ein gutes Stück vorwärts und wartete. Nach ihm folgte Babs, dann Ben und als Letzter kam Eddie, da er der Dickste war. Der Schacht war so eng, wie ihre Körper breit waren. Eddie drückte es die Luft aus der Lunge. Sie mussten ihre Köpfe einziehen, um nicht an die Decke zu stoßen. Ben maulte unaufhörlich und lautstark vor sich hin. Er war der Meinung, es sei falsch, nach unten zu gehen, wo sie doch nach oben wollten. Als sich alle im Schacht befanden, robbte John weiter. Sein Zorn auf Atlatis pulsierte unablässig wie Gift durch seine Adern, während er immer schneller den Schacht nach unten kroch. Das Licht, das ihm sein Overall gab, war verdammt spärlich und er wünschte, mehr sehen zu können. Er robbte schon eine gefühlte Ewigkeit, als er sah, dass der

Schacht endete. Eigentlich sah er nur einen schwarzen Fleck, ohne zu erkennen, ob es ein Weiter gab. Sollte dieser Schacht wirklich ihr Ende sein? Platzangst fuhr in jede Faser seines Körpers, nahm von ihm immer mehr Besitz und schnürte ihm den Hals zu. Schnell robbte er bis zu dem schwarzen Fleck und erkannte, dass es ein Loch war. Grenzenlose Erleichterung durchströmte seinen Körper, als er den Kopf in das Loch steckte und in einen schmalen Gang sah. Wenigstens würden sie nicht in diesem Schacht verrecken.

„Wir haben es geschafft!", rief er aufgeregt, ließ sich in den Gang plumpsen und richtete sich erleichtert auf.

Nach und nach kamen Babs, Ben und Eddie aus dem Schacht. Nun konnten sie auch endlich mehr sehen, da ihre Overalls das Licht besser abstrahlen konnten.

„Mann, ich dachte ehrlich, ich bleib in diesem Ding stecken", keuchte Eddie mit vor Anstrengung rotem Kopf, als er sich aus dem Loch zwängte.

„Du isst einfach zu viel", sagte Babs kühl in ihrer tadelnden Tonlage und handelte sich dafür von Eddie einen bösen Blick ein.

„Lasst uns rasch weitergehen", sagte John und setzte eine zuversichtliche Miene auf. „Wir werden hier rauskommen. Verlasst euch darauf!" Er wollte den anderen Mut machen und die Stimmung etwas heben, doch wusste er auch, dass nur ein Wunder sie noch retten konnte. Aber Wunder gab es keine. Er hätte jedoch alles dafür gegeben, um in diesem Moment an Wunder glauben zu können.

Müde marschierten sie weiter. Keinem war nach Reden zumute, keiner wollte Johns aufmunternde Worte glauben und keiner glaubte daran, einen Ausgang zu finden. Hoffnungslosigkeit hing wie eine alles verschlingende Bestie über ihnen. Der Gang schien endlos. Als er in einem winzigen Raum mündete, brauchten sie einige quälende Sekunden, um zu begreifen.

John hatte das Gefühl, ein Messer würde sich in seinen Leib bohren, als er begriff, dass dieser kleine Raum ihre Endstation war. Angst stach ihm wie spitze Nadeln in die Haut. Dies hier war ihr Grab. Ihr Leben würde tatsächlich in diesem winzigen Raum tief unter einer Pyramide enden.

Bastet, Eisenringe und ein Rätsel

„Atlatis hatte recht", sagte Babs und Wut trieb ihr Tränen in die Augen. „Wir sind hier lebendig begraben."

„Wir werden nicht sterben", sagte John starrköpfig, obwohl er wusste, dass Babs sich wohl nicht irrte. Zornig versuchte er, die Vril-Kugel zu aktivieren.

„Gib auf, John", sagte Eddie, nachdem er ihm eine Weile stumm zugesehen hatte. „Das Ding funktioniert ja doch nicht mehr."

Wütend steckte John die Kugel ein. Babs ließ sich neben ihm nieder und verbarg den Kopf in ihren Händen. Ihre angsterfüllten Augen schauten zwischen ihren Fingern hindurch. Sie schien zu entsetzt, um sprechen zu können. John sah mit leerem Blick von Babs zu Eddie und Ben und überlegte, ob es noch Hoffnung gab. Angst umhüllte ihn wie ein schwereloser Schleier. Würde der Tod dieses Mal bekommen, was Atlatis so unerbittlich forderte, oder konnte er ihm noch einmal entrinnen? Sein ganzes Sein war nun auf diese Frage gerichtet, als er vollkommen unvorbereitet eine leise, schnurrende Stimme vernahm.

„Sohn von Anu, hör auf meinen Rat und schreite dann zur Tat", schnurrte die Stimme in Johns Kopf:

„Für eine kurze Dauer
erscheint deine Errettung an der Mauer.
Es sind Ringe aus Eisen
und es wird sich beweisen,
ob du wirst zu Stein
oder in Freiheit sein.
Willst du die Freiheit erlangen,
darfst du nicht zaudern und nicht bangen.
Doch gib acht,
nur mit Scharfsinn und Bedacht
kannst du der Wand entreißen,
was dir die Befreiung wird verheißen.
Du hast nur einen Versuch,

danach senkt sich über dich mein Fluch.
Überlege gut
und zeige deinen Mut,
denn es ist deine Pflicht,
der rechte Pfad beginnt im Licht.
Quer den Pfad Richtung Dunkelheit
und schreite geradewegs zur Helligkeit.
Quer den Pfad erneut mit Tapferkeit
und du wirst finden die nächste Dunkelheit.
Sohn von Anu, hast du diesen Pfad beschritten,
liegt dein Schicksal am End inmitten.
Dein wahres Los offenbart sich dann mit Grausamkeit
und entscheidet über Licht und Dunkelheit."

John schüttelte benommen den Kopf. Zwischen dem Wunsch, diese Stimme gehört zu haben, und Selbstzweifeln, sie tatsächlich vernommen zu haben, schaute er zu den anderen. „Habt ihr auch etwas gehört?", fragte er unsicher.

„Gehört! Was gehört?", erkundigte sich Eddie verblüfft.

„Die Stimme. Habt ihr diese schnurrende Stimme eben gehört?"

„Willst du damit andeuten, du hast eine schnurrende Stimme gehört?", fragte Ben mit sorgenvoller Miene.

„Ja, will ich", antwortete John mit brennenden Eingeweiden.

„Was sagte die Stimme denn?", erkundigte sich Eddie in einem Ton, der keine Zweifel an seiner Skepsis aufkommen ließ.

„Wie wir hier rauskommen", sagte John ungeduldig, „dass wir nur einen Versuch hätten und noch anderes Zeug."

„Also ich habe keine Stimme gehört", gab Ben zurück und starrte John an, als wäre er nicht ganz bei Trost.

„Woher kam denn diese Stimme?", wollte Babs in einem Ton wissen, der irgendwo zwischen Skepsis und Neugier lag.

„Aus meinem Kopf." John wurde bei dieser Antwort verlegen. Er wusste nun, diese Stimme hatte nur zu ihm gesprochen, und er musste an die Stimmen denken, die er schon so oft zuvor vernommen hatte. Doch dieses Mal war es ganz anderes gewesen. Dieses Mal war auch die Stimme anders gewesen. Es war eine schnurrende, leise Stimme, die sich nicht menschlich anhörte, und sie hatte mit Atlantis garantiert nichts zu tun.

„Aus deinem Kopf!", rief Babs entsetzt. „Könnte es sein, John, ... also ich meine, wäre es möglich, dass du dir diese Stimme eingebildet hast?"

John antwortete nicht. Sollte er von all den Stimmen, die er bisher gehört hatte, erzählen? Würden sie ihm glauben oder ihn für verrückt halten?

„Was genau hat diese Stimme gesagt?", fragte Ben schließlich mit bedauernder Miene.

John wiederholte unwillig die Worte, obwohl heiße Wut in ihm hochkochte. Sie hielten ihn also tatsächlich für verrückt.

„Sagtest du eben Eisenringe?", erkundigte sich Eddie zweifelnd.

„Ja, sagte ich", fauchte John. „Es war bestimmt ein Rätsel, dass wir lösen müssen.

„Wo sollen denn diese Ringe sein?", fragte Babs steifnackig und ihre Sorge um John wurde augenblicklich noch größer.

„Sagte ich doch eben. In irgendeiner Mauer. Keine Ahnung", brüllte John dünnhäutig und bereute, etwas gesagt zu haben.

„Du bist kurz eingenickt und hast geträumt. So wird es sein. Ja, bestimmt war es so", wagte Ben einen Versuch, eine Erklärung zu finden. John ließ unterdessen die Augen über die Wände wandern. Hatte er die Stimme wirklich gehört oder hatte er tatsächlich geträumt? „Geträumt, pah, wenn die wüssten", fluchte er innerlich mürrisch und starrte weiter die Wände an. Jäh konnte er deutlich fünf Eisenringe erkennen, die sich vor seinen Augen aus der Wand schälten. Sie kamen aus dem Nichts, erschienen leicht verschwommen, wurden immer deutlicher und waren dann einfach da. „Da sind sie ja!", rief John triumphierend, deutete auf die Mauer und hoffte aufrichtig, die anderen könnten die Ringe auch sehen.

„Alter Schwede. Wie kommen die plötzlich hierher?", entfuhr es Eddie und John atmete erleichtert auf.

Die Eisenringe waren in der Form der fünf Augen eines Würfels in die Mauer eingelassen. John hatte allerdings nicht die blasseste Ahnung, wie er sie der Mauer entreißen sollte. Irgendwie herausziehen? Nein, er musste dabei bestimmt eine Reihenfolge beachten? Unsicher betrachtete er die Ringe. Es gab unzählige Varianten, die Dinger zu ziehen. Er wusste, er durfte es nicht vermasseln. Die Stimme hatte ausdrücklich gesagt, er hätte nur einen Versuch. Würde dieser fehlschlagen, würden sie hier unten mit Sicherheit verrotten. Was die Stimme mit dem Fluch und zu Stein werden gemeint hatte, wollte er dagegen erst gar nicht wissen. Er starrte auf die Mauer, bis die Ringe vor seinen Augen zu tanzen begannen.

„Was hast du jetzt vor?", erkundigte sich Ben in heller Aufregung.

„Ich versuche, das Rätsel zu lösen", grollte John launisch. „Schätze, wir müssen eine bestimmte Reihenfolge beachten." Er starrte weiter auf die Ringe und trieb sich zur Eile an. Die Stimme hatte ja auch gesagt, die Ringe würden nur für kurze Dauer erscheinen.

„Ziehen wir sie einfach raus", meinte Eddie unbedarft. „Kann ja nicht so schwer sein."

„Wir müssen eine Reihenfolge beachten. Verstehst du das nicht?", entgegnete John. „Einfach rausziehen, bringt uns sicher nichts."

„Ach Quatsch." Eddie war ungeduldig. „Zieh sie einfach raus. Meinetwegen zieh sie im Uhrzeigersinn raus, wenn du dich dann besser fühlst."

„Und wenn es falsch ist? Was dann?", fauchte John aufgebracht und starrte wieder auf die Ringe. Die Zeit saß ihm im Nacken.

„Irgendetwas müssen wir versuchen", konterte Eddie aufbrausend und blickte zu Babs und Ben, als würden sie die Erleuchtung bringen. Die sahen aber nur ziemlich ratlos drein.

„Wir müssen erst dieses Rätsel lösen, Eddie. Begreifst du das nicht?", äußerte John beschwörend und fürchtete, sie könnten es nicht rechtzeitig schaffen.

„John hat recht, Eddie", belehrte ihn Babs mahnend. „Du hast doch gehört, was die Stimme zu John gesagt hat."

„Ich hab gar nichts gehört", knurrte Eddie beleidigt. „Sag doch du, wie es geht, wenn du so schlau bist."

„Hör nicht auf ihn, Babs", sagte Ben leise. „Hat denn die Stimme sonst nichts gesagt, John?"

„Glaubst du wirklich, ich würde hier sitzen und die Ringe anstarren, wenn die Stimme sonst noch was gesagt hätte?", brüllte John gereizt. „Ich hab euch alles gesagt. Mehr war da nicht." John rief sich noch mal in Erinnerung, was die Stimme mitgeteilt hatte, und grübelte über die verwirrenden Worte nach. Er zermarterte sich sein Hirn, bis es wehtat. „Ich denke, wir sollten sie diagonal rausziehen", brummte er dann ganz unvermittelt.

„Wie?", grunzte Eddie.

„Diagonal, Mann", schnauzte John ruppig. „Stell dich nicht so an. Du wirst doch wissen, was diagonal bedeutet."

„Klar weiß ich das", grantelte Eddie. „Aber auch diagonal gibt es mehrere Möglichkeiten. Wo beginnst du? Unten, oben, links, rechts? Wie willst du jemals die richtige Reihenfolge erraten?"

„Die Stimme sagte doch", begann Ben zögerlich, „der rechte Pfad beginnt im Licht. Also sollten wir vielleicht auch rechts oben beginnen."

„Oh, Mr. Superschlau denkt also, er hätte das Rätsel durchschaut", spottete Eddie nun noch schlechter gelaunt, da ihm Bens Einwand logisch erschien, er aber selbst nie dahintergekommen wäre.

„Halt die Klappe, Eddie. Ben hat recht", sagte Babs zornig. „Wir beginnen im rechten Licht und queren zur Dunkelheit. Das ist es!", rief sie aufgeregt. „Rechts oben, links unten."

„Wieso denn ausgerechnet so?", erkundigte sich Eddie mürrisch.

„Einfach darum, weil der rechte Pfad im Licht beginnt", war nun auch John sicher. „Hier unten ist es dunkel, das Licht ist oben. Das bedeute, rechts oben beginnen wir und gehen dann diagonal runter. Babs hat es doch gerade erklärt. Hörst du nie zu?"

„Und wie geht es anschließend weiter?", fragte Babs leise.

„Dann soll ich geradewegs zur Helligkeit", sagte John.

„Das ist es!", rief Ben und sprang euphorisch auf, da er nun das Rätsel verstand. „Wir müssen gerade rauf. Danach bleibt nur noch rechts unten. Also wieder diagonal runter, denn dann queren wir erneut zur Dunkelheit. Wir haben das Rätsel gelöst."

„Und was machst du mit dem in der Mitte?", fragte Eddie argwöhnisch.

„Tja, es muss der fünfte sein, schätze ich", murmelte Ben.

„Er könnte aber auch der dritte sein", gab Babs zu bedenken.

„Das glaube ich nicht", wimmelte John ab, da er nun auch begriff. „Mein Schicksal liegt am Ende inmitten, sagte die Stimme, also muss der mittlere Ring der letzte sein."

„Was faselt ihr für Zeug über Pfade queren und Mitten?", brummte Eddie verständnislos. „Könntet ihr euch einfach für eine Variante entscheiden? Das hält ja keiner aus."

„Wir versuchen es, Eddie, falls dir das entgangen ist", erwiderte Babs mit hochgezogenen Schultern.

„Mein wahres Los offenbart sich dann mit Grausamkeit und entscheidet über Licht und Dunkelheit", rezitierte John. „Das bedeutet, erst zum Schluss erfahren wir, ob wir es richtig gemacht haben."

„Na gut, wie ihr meint, dann lasst eben das Los über Licht und Dunkelheit entscheiden", brummte Eddie sarkastisch. „Mehr, als dass wir hier verrotten, kann uns ja nicht passieren."

„Sollten wir die Sache vielleicht noch einmal überdenken, John?", erkundigte sich Ben. Die Aussicht, hier zu verrotten, war für ihn nicht sonderlich berauschend.

„Bekommst wohl Muffensausen", keifte Eddie feindselig. „Bist dir nun doch nicht mehr so sicher, Mr. Schlau, was?"

„Hey, fangt jetzt bloß nicht zu streiten an", warnte John. „Wir haben auch so schon genügend Probleme am Hals. Ich bin dafür, dass wir die Dinger, wie besprochen, rausziehen. Sollte es falsch sein, könnt ihr meinetwegen bis zu eurem bitteren Ende streiten. Das dauert dann zum Glück ja nicht sehr lange."

„Worauf du dich verlassen kannst", knurrte Eddie.

„Tolle Aussichten", brummte Ben.

„Wenn ihr noch einen Ton von euch gebt, erschlag ich euch", warnte Babs mit ihrer *glaubt ja nicht, dass ich es nicht ernst meine*-Stimme und die beiden verstummten augenblicklich mit weit aufgerissenen Augen.

John schritt mit flauem Gefühl auf die Wand zu. Sollte er es wirklich wagen? Was, wenn die Reihenfolge falsch war? Da ihm aber die Zeit durch die Finger ran, wagte er es. Die oberen Ringe waren so hoch, dass er die Arme weit in die Höhe strecken musste, um sie zu erreichen. Alle fünf Ringe waren an armdicken Eisenstangen in der Mauer befestigt und wirkten sehr stabil. „Na gut, ich beginne rechts oben", sagte er mit rauer Stimme.

„Warte", wisperte Ben, doch John wollte nicht länger warten. Die Zeit wurde immer knapper. Keine wusste, wie lange die Ringe noch da sein würden. Er umklammerte den Ring und zog, doch der Ring bewegte sich keinen Millimeter aus der Mauer. „Vielleicht wäre es doch links oben gewesen", fuhr es John durch den Kopf. Sein Zweifel an der Richtigkeit der Reihenfolge machte ihn fast wahnsinnig. Er fasste all seinen Mut zusammen und zog nochmals mit voller Kraft. „Mann, sitzt der fest", stöhnte er keuchend. Er musste innehalten, um seine Kräfte zu sammeln, bevor er erneut einen Versuch startete. Eddie konnte ihm mit seinem gebrochenen Arm nicht helfen, Ben war zu klein, um die oberen Ringe zu erreichen, und Babs weigerte sich, daran zu ziehen. Sie wollte die Sache gründlich ausdiskutieren, was John aber nicht wollte. Ihm blieb also nichts anderes übrig, als es alleine zu versuchen. Endlich, nach mehreren Versuchen, machte es den Anschein, als würde sich der

Ring aus der Mauer lösen. Er nahm noch einmal all seine Kraft zusammen und zog noch fester. Auf einmal gab der Ring ein kleines Stück nach und ließ sich dann allmählich aus der Mauer ziehen.

„Das ist ja nicht auszuhalten", jammerte Ben, während er John nervös beobachtete, wie er am Ring herumhantierte. „Wenn das bei jedem so langsam geht, sitzen wir ja morgen noch hier."

„Hast du eine dringende Verabredung einzuhalten, oder was?", erkundigte sich Eddie sarkastisch. „Hast wohl einen eng gesteckten Terminkalender, du Armer."

„Wirklich sehr witzig", schnauzte Ben mit schroffem Unterton.

„Dachte schon, du hättest ein Rendezvous und willst dich nicht verspäten", gab Eddie lachend von sich.

„Hört auf, dummes Zeug zu quatschen", fauchte John gereizt.

„Und fangt bloß nicht schon wieder zu streiten an", maßregelte sie Babs und strafte die Jungs mit strengem Blick.

„Ich versuche es jetzt mit links unten", brummte John und zog, so stark er konnte. Nach einigen Versuchen hatte er auch diesen Ring geschafft. Als nächster Ring war der links oben dran und schließlich auch noch der rechts unten. Jetzt fehlte nur noch der mittlere. Johns Nervosität wurde immer größer. Gleich würden sie wissen, ob sie die richtige Reihenfolge eingehalten hatten.

„Hat sich eigentlich einer von euch überlegt, was passiert, wenn die Ringe aus der Mauer sind?", fragte Babs nüchtern. „Ich meine, wie soll uns das helfen? Warum sollten wir deswegen hier rauskommen?"

„Du meinst, es könnte eine Falle sein?", raunte Ben und blies sich nervös ein Haarbüschel aus den Augen.

„Hast du immer noch nicht kapiert, dass es egal ist, warum du hier stirbst", sagte Eddie gleichgültig. „Denn sterben werden wir so und so."

„Ja, ganz bestimmt, Eddie. Aber nicht heute", zischte John und zog am mittleren Ring.

„Ich krieg ihn nicht raus", stöhnte er nach einiger Zeit mit vor Anstrengung hochrotem Kopf. Er zog und zog, doch der Ring rührte sich nicht von der Stelle.

„Ich helfe dir", sagte Babs etwas unsicher und zog nach Kräften mit John am Ring. Doch auch zu zweit wollte es nicht klappen.

„Das war's dann wohl", meinte Eddie phlegmatisch.

„Sag das nicht", krächzte Ben bestürzt. Er sah sich bereits als verrottetes, verstaubtes Skelett in dem Raum liegen. „Wenigstens gibt es hier keine Würmer oder anderes Viehzeug, das mich auffrisst, wenn ich hinüber bin", brummte er verdrossen.

„Der arme Wurm würde sich eine gehörige Magenverstimmung mit dir einhandeln", sagte Eddie frotzelnd, doch Ben beachtete ihn nicht.

John und Babs zogen beharrlich weiter an dem Ring, doch er wollte sich nicht von der Wand lösen. „Ben, hilf uns doch Mal, vielleicht schaffen wir es ja zu dritt", keuchte John außer Atem. Da Ben aber nicht groß genug war, konnte er den mittleren Ring wohl erreichen, aber nicht vernünftig daran ziehen.

„Nein, so wird das nichts", bemerkte John, als er Ben betrachtete. „Du bist zu klein", klagte er vorwurfsvoll.

„Wir können ja warten, bis er etwas gewachsen ist", platzte es aus Eddie zynisch heraus. „Haben sowieso nichts Besseres zu tun. Vielleicht haben wir ja Glück und er wächst schnell."

„Wirklich sehr komisch, Eddie", tadelte Babs fast tonlos und verdrehte die Augen. „Aber", sagte sie dann grinsend, „wenn wir Ben auf etwas stellen, damit er größer wird, könnte es durchaus was werden."

„Und was wäre das?", erkundigte sich Eddie vorsichtig, da ihm Babs' Blick gar nicht gefiel.

„Du natürlich, Eddie", sagte John grinsend. „Gute Idee, Babs."

„Wie bitte?", empörte sich Eddie entsetzt. „Ich bin doch keine Leiter für Zwerge."

„Mach schon, Eddie", sagte John bestimmt. „Leg dich hin."

„Kommt nicht infrage!", protestierte Eddie. „Las mir von dem doch nicht das Rückgrat brechen."

„Ahh, verstehe", giftete Babs angriffslustig. „Du willst also lieber mit kerzengeradem Rücken verrotten. Selbst im Tode noch schön, klappt bei dir aber nicht, Eddie. Also leg dich hin, sonst breche ich dir das Rückgrat."

„Babs, mach mal halblang", murmelte Eddie beschwichtigend.

Babs warf ihm einen auffordernden Blick zu und Eddie wusste, er hatte keine Wahl. Widerwillig legte er sich auf den Boden. „Brich mir ja nicht die Rippen. Und trample nicht wie ein Hornochse auf mir rum, hörst du!", zischte er Ben warnend zu. Ben gab keine Antwort. Schwungvoll bestieg er Eddies Rücken. „Autsch", ächzte Eddie unwirsch. „Pass gefälligst auf!" Ben war jetzt groß genug, um den mittleren Ring bequem zu erreichen.

„Auf drei", kommandierte John.

Mit einem gewaltigen Ruck zogen sie gleichzeitig am Ring, der daraufhin abrupt nachgab und sich aus der Mauer löste. Mit lautem Gebrüll flogen John, Babs und Ben nach hinten und landeten auf ihren Hosenböden. Gespannt starrte John auf die Mauer und wartete, doch nichts geschah. Sollte er es tatsächlich vermasselt haben?

Nach einer gefühlten Unendlichkeit begann sich die gesamte Mauer wie ein Rolltor zu heben. Ganz leise knirschend glitt sie nach oben. Gleißend heller Glanz strömte ihnen entgegen und tauchte den kleinen Raum in ein Meer von Licht. John, Babs, Ben und Eddie waren wie erstarrt. Gespannt beobachteten sie, wie die Mauer immer weiter nach oben glitt. In einer Höhe von gut zwei Metern blieb sie stehen. Das Licht, das ihnen entgegenströmte, war hell und angenehm nach der langen Düsternis. Für einen Moment war ihnen, als würde die Sonne scheinen.

„Hätte ich nur meine Sonnenbrille nicht verloren", dachte John wieder einmal wehmütig, als ob dies seine größte Sorge wäre. Er verengte die Augen und ging einen Schritt auf die offene Mauer zu. Ben und Eddie folgten ihm.

Babs blieb stehen und blickte in das Licht. Sie war wie verzaubert. Das Licht durchströmte ihren Körper und zog sie völlig in seinen Bann. Es war ihr, als würde in dem Licht ein Film ablaufen. Vor ihren Augen tummelte sich plötzlich eine große Menge seltsam gekleideter Menschen. Babs stand wie angewurzelt da und beobachtete entzückt diese Menschen, die sich mit sonderbar anmutenden Geräten durch massives Gestein gruben, als wäre es aus Butter. Schwebende, tonnenschwere Granitblöcke hingen über ihren Köpfen und wurden mit spielerischer Leichtigkeit in die Höhe befördert. Plötzlich tauchte in dieser Menschenmenge eine überdimensional große, schwarze Katze auf, die sich schnurrend zwischen den Leuten hindurch auf sie zubewegte und sie dabei mit ihren leuchtenden Augen fixierte. Die Katze kam immer näher und schmiegte sich schnurrend an Babs' Beine. Sie ging ihr fast bis zur Hüfte. Ihre leuchtenden Augen ruhten auf denen von Babs.

John, Eddie und Ben bemerkten nichts von Babs sonderbarem Zustand. John stand noch immer einige Schritte von der offenen Mauer entfernt, doch ein plötzlicher, unstillbarer Drang, zu laufen, ergriff von ihm Besitz. Er starrte in das Licht und sprintete los. Kaum auf der anderen Seite der Mauer angekommen, begann sie sich auch schon wieder zu senken. Mit leisem Knirschen glitt sie nach unten. Als Ben und

Eddie bemerkten, wie sich die Mauer zu schließen begann, hasteten sie John hinterher. John wandte sich an Babs, die mit verklärtem Gesichtsausdruck so reglos dastand, als wäre sie aus Stein gemeißelt.

„Babs, komm, schnell!", rief John, doch Babs stand wie angewachsen da und rührte sich kein Stück. „Los, komm schon, Babs!", rief John abermals, doch Babs machte nicht mal den Eindruck, als würde sie ihn hören. Die Mauer glitt unterdessen unaufhörlich immer weiter nach unten. Entsetzt sprintete John los. Mit eingezogenem Kopf rannte er durch die Öffnung zurück, packte Babs am Arm und zog sie hinter sich her. Die Mauer hatte sich nun bereits über die Hälfte geschlossen.

„Bück dich!", rief John, doch Babs war wie versteinert.

Mit aller Kraft drückte John ihren Oberkörper nach unten und gab ihr in seiner Verzweiflung einen gewaltigen Stoß. Babs flog wie ein gekrümmtes Stück Holz unter der sich schließende Mauer hindurch und kollerte Ben direkt vor die Füße. Die Mauer hatte sich indessen fast geschlossen.

John warf sich panisch zu Boden und rollte sich, so rasch er konnte, auf die andere Seite. Der Spalt zwischen Mauer und Boden war gerade noch breit genug, damit er sich hindurchzwängen konnte.

„Puh! Das war ordentlich knapp, Mann", ächzte Eddie. „Ich wäre bestimmt stecken geblieben." Die Mauer war nun wieder geschlossen und fest mit dem Boden verbunden.

„Babs, was ist los mit dir?", erkundigte sich John besorgt. Er kniete neben ihr nieder und schüttelte sie sachte an den Schultern. Babs stand mit starrem Blick mechanisch auf und klopfte sich den Staub vom Overall. Fassungslos blickte sie zur Mauer, dann zu John.

„Ich weiß auch nicht, was eben passiert ist", stammelte sie verwirrt. „Als sich die Mauer zu öffnen begann und das Licht in den kleinen Raum strahlte, war ich wie hypnotisiert und sah die merkwürdigsten Dinge. Es war richtig eigenartig, das könnt ihr mir glauben. Da waren überall seltsam gekleidete Menschen und eine riesengroße, schwarze Katze!"

„Eine Katze?", fragte John verwundert.

„Ja", versicherte Babs. „Sie war sehr groß, hatte ein schwarz schimmerndes Fell und einen Anhänger um den Hals, auf dem ein Auge eingraviert war. Unter dem Auge stand *Bastet*. Ich konnte es ganz deutlich lesen. Sie lief schnurrend um meine Beine und ich hatte den Eindruck, sie versuchte, mir etwas zu sagen."

„Wie soll dir eine Katze etwas sagen können?", grunzte Eddie verständnislos."

„Sonderbar", dachte John nichts Gutes ahnend und sah sich suchend nach dieser Katze um. Was zum Henker hatte das bloß wieder zu bedeuten?

***

Anderswo schritt Nijil vor einem mannshohen, heftig flackernden Feuer auf und ab. Sein regenbogenfarbener Kamm war vollends aufgestellt und schillerte prächtig im Schein des Feuers, das den Rand eines Seeufers hell erleuchtete. Seine mächtigen Adlerschwingen hatte er eng an seinen Rücken gelegt und seine Klauen zogen tiefe Spuren durch sandigen Boden. Er unterhielt sich mit einem anderen Apkallu über Atlatis geglückte Flucht. Der andere Apkallu war etwas kleiner als Nijil, hatte einen scharlachroten Federkamm und wirkte unterwürfig. Sie unterhielten sich gerade, ob Adamu bei Atlatis' Flucht seine Finger im Spiel gehabt hatte oder es einem Unglück geschuldet sei, als Adamu in einem grünen Funkenschauer am Rande des Sees erschien. Es sah aus, als würde er aus dem See emporsteigen. Nijil gebot dem anderen Apkallu, zu schweigen, und beäugte Adamu wie eine Beute. „Du kommst spät", krächzte er anklagend.

„Dein loser Schnabel wird dich eines Tages deine Federn kosten", gab Adamu kühl zurück, ging auf Nijil zu und hielt ihm eine kleine, unscheinbare Schachtel entgegen.

„Wir fragen uns gerade", krächzte Nijil misstrauisch, ohne die Schachtel anzurühren, „wie es wohl geschehen konnte, dass Achnum und Lulu Atlatis vor Abgals Truppe bewahren konnten." Seine Adleraugen beäugte Adamu dabei weiterhin wie eine Beute.

„Ich konnte nicht eingreifen", antwortete Adamu knapp, aber sehr bestimmt.

„Ach nein?", krächzte Nijil bissig. Argwohn klang aus seiner Papageienstimme und seine Augen blitzen gefährlich. „Wir fragen uns, ob du womöglich nicht eingreifen wolltest."

„Hüte deine Zunge, Nijil", sagte Adamu roh. „Wie du weißt, spiele ich auf mehreren Veranstaltungen. Und wie du ebenfalls weißt, ist dies für unseren finalen Plan unabdingbar. Was geschehen ist, ist für mich nicht minder ärgerlich."

„Ach wirklich", krächzte Nijil ungerührt, legte seinen Kamm eng am Adlerkopf an und durchbohrte Adamu mit seinen stechenden Augen. „Wenn es so geschah, wie du behauptest, Adamu, dann kümmere dich darum, dass Atlatis jetzt, wo er wieder frei ist, dem Jungen nichts anhaben kann. Wir brauchen den Knaben."

„Er wird ihm nichts anhaben", sagte Adamu arglos. „Seine Besessenheit und seine Engstirnigkeit stehen Atlatis im Weg. Er will Genugtuung und übersieht das Wesentliche. Würde er den Jungen nur töten wollen, könnten wir ihn nicht beschützen. Da er in seinem grenzenlosen Hass den Jungen aber leiden sehen und ihn für alles bestrafen will, was ihm widerfahren ist, und er dem Jungen in seiner Verblendung einen qualvollen Tod bereiten will, macht er einen Fehler nach dem anderen und gibt uns dadurch genügend Zeit, den Jungen zu schützen."

„Ich frage mich gerade", krächzte Nijil herausfordernd, „ob du womöglich doch auf der falschen Seite stehst. Ich frage mich auch, ob der von dir ersehnte finale Plan eine Finte ist, um uns reinzulegen. Wenn es dir damit ernst wäre, müsstest du den Jungen längst in Sicherheit gebracht haben, denn ohne den Jungen wirst du dein ersehntes Finale nicht bekommen."

„Ich bin an dem Jungen dran, Nijil", sagte Adamu gereizt.

„Tatsächlich", krächzte Nijil und stellte seinen Kamm bedrohlich auf, der nun erneut im Schein des Feuers prächtig schillerte, was seiner gefährlichen Erscheinung aber nicht im Geringsten schadete. „Und warum konnte ihn Atlatis dann unter den Pyramiden einschließen?"

„Von wem hast du das gehört?", fragte Adamu scharf.

„Woher weißt du es?", krächzte Nijil misstrauisch.

„Ich sagte doch, ich bin an dem Jungen dran", zischte Adamu nun noch gereizter. „Und nun sag mir, wer dir das zugetragen hat?"

„Das ist nicht von Bedeutung", krächzte Nijil und wippte ungestüm mit seinem Kamm hin und her. „Was gedenkst du, nun zu tun, Adamu?"

„Was ich zu tun gedenke?", fragte Adamu harsch. „Ich werde dir sagen, was ich zu tun gedenke. Ich gebe dir einen guten Rat, Nijil. Und zwar kostenlos. Also hör mir gut zu. Wenn du Atlatis zu Fall bringen willst, droh mir nie wieder. Du wusstest vom Anfang an, dass es schwierig wird, wir sehr viel Geduld benötigen und auch Rückschläge einstecken müssen. Wenn dir das nicht gefällt, sag es offen oder halte für immer deinen Schnabel." Adamu wandte sich zum Gehen, drehte sich noch einmal um, sah in Nijils flackernde Adleraugen und reichte ihm erneut die kleine Schachtel. „Gib gut acht auf den Inhalt, Nijil, du wirst ihn noch bitter benötigen."

Nachdem Adamu gegangen war, entschied Nijil, Adamus Ehrbarkeit vorerst nicht anzuzweifeln. Der andere Apkallu verließ ebenfalls den Ort, um Nijils Kunde unter ihresgleichen zu verbreiten.

Die Halle der geheimen Aufzeichnungen

Während sich John noch immer nach der Katze umsah, betrachtete er seine Umgebung etwas genauer. Sie befanden sich in einem sehr großen hohen Raum. Die Wände bestanden aus glatten, mächtigen Steinquadern und der Boden war aus feinem Sand. In die Steinquader waren unzählige Nischen in unterschiedlichen Größen gehauen. In einigen davon standen steinerne Statuen, in den anderen stapelten sich Kisten – manche so groß wie Schränke. Auf dem Boden verstreut standen kleinere Kisten und Truhen. Es sah fast wie in einer großen Lagerhalle aus. Die Truhen waren mit kunstvollen Hieroglyphen und prunkvollen Zeichnungen verziert. Woher das starke Licht kam, konnte John nicht erkennen. Es war einfach da und erfüllte den Raum mit einem Strahlen, das der Sonne glich. Eine Katze konnte er jedoch nirgendwo entdecken.

„Lasst uns eine dieser Kisten öffnen", schlug John neugierig vor.

„Wozu soll das gut sein?", murrte Ben unwirsch. „Suchen wir lieber einen Ausgang. Oder denkst du etwa, du findest einen Wegweiser in den Kisten?"

„Nein, natürlich nicht. Was soll der Quatsch?", brummte John. „Aber es könnte doch gut sein, dass wir uns in der Vorkammer eines Grabes befinden."

Mit gespannter Miene ging John auf eine der Kisten zu. Sie wirkten alle sehr alt und zum Teil auch sehr kostbar.

„Vorkammer eines Grabes", murmelte Ben mürrisch. „Also von Gräbern hab ich die Nase voll, das könnt ihr mir glauben. Gräber sind ätzend. Vor allem, wenn man lebend drinnen sitzt. Sehen wir lieber zu, wie wir hier wegkommen."

„Was denkst du, könnte sich in den Kisten befinden, John?", erkundigte sich Eddie mit leuchtenden Augen.

„Weiß nicht", antwortete John achselzuckend. „Vielleicht sind es kostbare Grabbeigaben der alten Ägypter."

„Machst du Witze?", entfuhr es Eddie mit einer nicht überhörbaren Begeisterung in der Stimme.

„Sieh dir diese Kisten doch genauer an", drängte John mit ernster

Miene. „Das sind doch alles ägyptische Gottheiten, die da abgebildet sind."

„Woher willst du das wissen?", fragte Eddie überrascht.

„John hat recht, Eddie. Du solltest im Unterricht besser aufpassen. Aber wir sollten diese Dinger so lassen, wie sie sind", sagte Ben beschwörend.

„Du glaubst doch nicht etwa, auf diesen Kisten lastet ein Fluch?", grunzte Eddie spöttisch und konnte sich ein hässliches Grinsen nicht verkneifen.

Ben stieg umgehend eine deutliche Röte ins Gesicht. „Natürlich nicht", log er gereizt. „Ich ... ich bin eben der Meinung, wir sollten diese Dinger nicht anrühren. Verstanden!"

„Die verfluchte Kiste des alten Pharaos", raunte Eddie mit der gruselerregendsten Stimme, die er zustande brachte, lachte übers ganze Gesicht und hielt sich seinen Arm, der wieder zu schmerzen begann.

John ging unterdessen zu einer Kiste und rüttelte am Deckel. Die Kisten hatten weder sichtbare Schlösser noch waren sie vernagelt.

„Und ich sage euch nochmals, lasst die Finger von diesen Kisten!", rief Ben aufgebracht, als er John am Deckel rütteln sah. „Wir haben wahrlich andere Sorgen, als diese Dinger aufzubekommen."

Babs, der diese Diskussion zu blöd war, setzte sich auf eine kleine Kiste, um sich auszuruhen, was ein kaum hörbares Klicken verursachte.

„Was war das? Habt ihr das auch gehört?", flüsterte John alarmiert.

„Woher kam dieses Geräusch?", fragte Eddie leise.

„Von der Kiste", sagte Ben und deutete zu Babs.

Babs fuhr von der Kiste hoch und bemerkte, dass der Deckel nun einen Spalt offen stand. Ihr gruselte bei dem Gedanken, jeden Moment könnte eine ekelige Mumie zum Vorschein kommen, und wich einige Schritte zurück. John wagte sich etwas näher an die Kiste ran und fixierte den offenen Spalt. Nach kurzem Zögern gab er dem Deckel einen heftigen Tritt, wodurch er nach hinten aufklappte. „Da sind bloß alte Papyrusrollen drinnen", raunte er erleichtert, als der Deckel zurückschlug.

„Toller Schatz", spottete Ben, um seine Angst zu verbergen.

John überhörte Bens hämische Bemerkung und ging schnurstracks zu einer anderen Kiste. Er vermutete, Babs habe, als sie sich auf die Kiste setzte, mit ihrem Gewicht den Schließmechanismus ausgelöst. Er versuchte dasselbe bei einer größeren Kiste und es klappte. Wieder hörte er das leise Klicken und wieder sprang der Deckel einen Spaltbreit auf. Seine Freude versandete jedoch abrupt, als es aus der Kiste qualmte und gelber Rauch aus ihrem Inneren zog. Ein leises Kratzgeräusch kam ebenfalls aus der Kiste, als ob sich etwas Lebendiges darin befinden würde. Babs zog John sogleich erschrocken ein großes Stück von der Kiste weg. Auch Eddie und Ben wichen zurück. Der Qualm brannte in ihren Augen, die Luft wurde immer stickiger und ein beißender Geruch von verbrannten Fingernägeln hing in der Luft. Plötzlich flog der Deckel mit lautem Knall nach hinten auf. Es war, als hätte ihn jemand aufgesprengt. Ben spähte mit verschleiertem Blick durch sein blondes Haarbüschel auf die Kiste. Von ihrem Inhalt war nichts zu erkennen, doch Babs glaubte, nun einen Schatten zu erkennen, der sich unnatürlich bewegte, und zeigte darauf.

„Ich hab euch gesagt, lasst diese verdammten Truhen zu, aber auf mich hört ja keiner! Jetzt haben wir die Bescherung", raunte Ben vorwurfsvoll. „Warum hast du dieses verfluchte Ding geöffnet, John?", krächzte er wutentbrannt und begann, die ganze Litanei nochmals runterzubeten. „Warum könnt ihr nicht einmal auf mich hören?" Ben quasselte und quasselte. Er befürchtete wohl, wenn er still wäre, würde er in Ohnmacht fallen.

„Ich seh mal nach", flüsterte John wagemutig, täuschte eine tiefe Gelassenheit vor, die er jedoch kaum verspürte, und ging wieder auf die Kiste zu.

„Wusst ich's doch, das sind die verfluchten Kisten des alten Pharaos", sagte Eddie gehässig. Allerdings sah er dabei ein wenig besorgt drein. Ben wirkte nun tatsächlich so aus, als würde er nie wieder sprechen, und Babs schnalzte missbilligend mit der Zunge. John dagegen ballte seine Hände zu Fäusten, während er auf die Kiste zuging. Seine Fingernägel gruben sich tief in die Handflächen, doch als er vorsichtig in die Kiste lugte, begann augenblicklich herzhaft zu lachen und seine Fäuste entkrampften sich wieder. Eddie kam rasch näher und riskierte ebenfalls einen neugierigen Blick. In der Kiste befanden sich Statuen aus Stein. Die Kiste war vollgestopft mit diesen Dingern. Da waren welche, die Menschen darstellten, und welche, die wie Tiere aussahen. Schlangen, Katzen, Vögel, Hunde und ein Haufen andere Kreaturen, die er nicht zu deuten wusste.

„Babs, Ben, kommt her", schmunzelte Eddie. „In dieser Kiste befinden sich nur harmlose Steinfiguren."

Babs starrte in die Kiste und konnte es nicht glauben. Da waren wirklich nur Steinfiguren in den unterschiedlichsten Größen drin. „Woher kam eurer Meinung nach der gelbe Rauch, wenn das nur Steine sind?", fragte sie störrisch, da sie noch immer felsenfest davon überzeugt war, dass sich in der Kiste etwas bewegt hatte.

Keiner wusste eine Antwort. Tatsächlich konnte sich niemand erklären, wie aus einer Kiste, die mit Steinskulpturen gefüllt war, Rauch entweichen konnte.

„Ich habe deutlich gesehen, wie sich in dieser Kiste etwas bewegte", setzte Babs rechthaberisch nach. „Ihr habt es doch auch gesehen."

„Ach, Babs, das war bestimmt nur Einbildung", sagte John arglos grinsend. „Vermutlich hat der Qualm Schatten geworfen." Sein Grinsen verging ihm jäh, als er glaubte, eine der Steinfiguren, die eine Katze darstellte, würde ihn anstarren. Sie bekam plötzlich lebendig aussehende Augen, die ihm entgegenfunkelten. „Seht doch nur", stieß er fast tonlos hervor.

„Was ist los, John?", erkundigte sich Eddie flüsternd.

„Die ... die ... Katze!", würgte John hervor.

„Welche Katze?", entfuhr es Eddie verständnislos. „Wieso seht ihr ständig überall Katzen?"

Babs, Eddie und Ben starrten in die Kiste und entdeckten sofort die Steinkatze, die sie mit ihren glühenden Augen anfunkelte. Ben sah nun noch mitgenommener drein und Babs setzte wieder ihre rechthaberische Miene auf. „Seht ihr, ich hatte recht!", rief sie triumphierend. „Und zu eurer Information, das ist dieselbe Katze, die ich vorhin gesehen habe, nur ist die da viel kleiner. Seht euch nur ihr Halsband an!"

Plötzlich begann es wieder zu qualmen. Der Rauch wurde immer dichter und dann verwandelte sich die Steinkatze vor ihrer aller Augen in eine echte Katze.

Ben wich panisch noch ein paar Schritte zurück, John, Babs und Eddie stand der Mund weit offen. Geschmeidig hüpfte das Tier an den Rand der Kiste und starrte sie an. Dabei funkelte das Auge an ihrem Halsband wie ein heller Stern am Firmament. John starrte auf die Katze und vernahm ein leises Schnurren. Es kam eindeutig von dem Tier und er war sich sicher, die anderen würden es dieses Mal auch hören. Regungslos starrte er weiter auf die Katze.

„Irgendwas ist hier seltsam? Seht euch John an, der sieht doch aus wie hypnotisiert", stieß Eddie hervor, blickte zu Babs, die mit den Schultern zuckte, und sah dann wieder zu John, der noch immer reglos der Katze in die Augen blickte.

In Johns Ohren war aus dem Schnurren die schnurrende Stimme von vorhin geworden, er war jedoch überzeugt, alle konnten sie hören. Es war ihm, als würde die Stimme den ganzen Raum erfüllen. Babs, Eddie und Ben beobachteten ihn mit staunenden Gesichtern, registrierten, wie er die Katze anstarrte und dabei hin und wieder mit dem Kopf nickte. Die Katze saß ganz ruhig am Rand der Kiste, ihren Kopf zu John gerichtet. Das funkelnde Auge an ihrem Halsband spiegelte sich in Johns Augen wider.

Es war ein gruseliger Anblick. Schließlich beobachteten sie, wie die Katze in die Kiste zurücksprang und im selben Moment zu Stein wurde. Gelber Rauch steigt dabei erneut auf und der Deckel flog mit lautem Knall, der alle erschreckte, zu.

„Krass!", raunte John, nachdem sich der Deckel geschlossen hatte. Babs, Eddie und Ben blickten ihn verständnislos an. „Wieso seht ihr mich so an?", erkundigte er sich verwundert. „Findet ihr es denn nicht krass, dass wir uns in der Halle der geheimen Aufzeichnungen unter der Sphinx befinden?"

„Unter was?", erkundigte sich Eddie, der als Erster Worte fand.

„Unter der Sphinx", wiederholte John fast ehrfurchtsvoll. „Die große Statue bei den Pyramiden. Die mit Menschenkopf und Löwenkörper. Kommt schon, die müsst ihr doch kennen!"

„Woher weißt du das?", fragte Ben mit großen Augen.

„Na, von der Katze! Ihr habt es doch auch gehört, oder?", erkundigte er sich nun etwas verunsichert.

„Gehört? Nein, wir haben nichts gehört", verkündeten die drei einstimmig.

Als John das Gesagte begriff, durchflutete ihn ein brennendes Gefühl im Magen. „Wieso hör immer nur ich diese Stimmen", dachte er fast mürrisch. Er räusperte sich. „Also", sagte er, „sie heißt Bastet ..."

„Wie bitte?", unterbrach ihn Eddie verständnislos.

„Die Katze. Sie heißt Bastet und ist die Tochter des Sonnengottes Ra. Ihr haben wir die Eisenringe zu verdanken. Das Rätsel stammt auch von ihr."

„Wessen Tochter?", erkundigte sich Eddie entgeistert. „Was quasselst du da für seltsames Zeug? Wie kann eine Katze die Tochter ..."

„Ich wiederhole doch nur, was die Katze gesagt hat", polterte John grantig. „Die Katze ist die Tochter des Sonnengottes Ra und heißt Bastet."

„Ich sagte vorhin bereits, dass die Katze Bastet heißt. Sonst hat dieses Vieh nichts gesagt?", fragte Babs, als wäre es ganz normal, dass John mit Katzen sprach.

„Doch! Die Katze sagte, dies hier sei ein absolut geheimer Ort, in dem sämtliche Aufzeichnungen aller Gottheiten vereint sind. Dieser Raum wurde noch von keinem Uneingeweihten ungestraft betreten und diese Aufzeichnungen hier ..." John deutete auf die Kisten und Truhen. „... seien uralt, würden hier seit Jahrtausenden vor der Menschheit verborgen und ..."

„Welche Aufzeichnungen? Was laberst du?", unterbrach ihn Eddie abermals verständnislos.

„Das Zeug in den Kisten! Stell dich doch nicht so an, Mann", rief John aufbrausend. „Alles von den ägyptischen Gottheiten Ra, Ptha, Thoth, Seth, Osiris, Isis und wie sie sonst noch alle heißen. Keine Ahnung. Die Katze sagte, in diesen Aufzeichnungen wird auch die Entstehung der Menschheit festgehalten. Sie sagte, jeder, der bisher hierher vorgedrungen ist, wurde ausnahmslos und für immer zu Stein, um die Geheimnisse zu bewahren, bis die Menschheit reif für derartige Enthüllungen ist. Was immer sie damit auch meinte. Darum stehen hier auch diese menschlichen Steinskulpturen, versteht ihr", sagte John und deutete ungerührt auf eine große Nische, in der unzählige, menschlich aussehende Statuen standen.

„Ach du heilige Scheiße. Soll das ein Witz sein? Du meinst, die sind alle echt?", entfuhr es Ben entsetzt. „Ich habe dir doch gesagt, lass diese verfluchten Kisten zu. Ich will nicht als Steinhaufen enden, nur weil du nicht auf mich hören konntest."

„Reg dich ab, Ben. Bastet sagte, es gibt einige Menschen, denen es gestattet ist, hierherzukommen", versuchte John, den aufgebrachten Ben zu besänftigen.

„Wem ist es gestattet?", fragte Eddie argwöhnisch.

„Einer davon bin ich. Ich darf hier ungestraft ein und aus gehen. Ich darf auch die Aufzeichnungen ansehen, darin lesen und die Weisheiten für mein Volk verwenden", gab John belehrend dem verblüfften Eddie als Antwort.

„Für dein Volk", sagte Babs konfus und sah John an, als hätte er den letzten Funken Verstand verloren.

„Bist du irre geworden, John, oder was?", entfuhr es Eddie plump. „Was redest du da für Schwachsinn, Mann? Die Weisheiten für dein Volk verwenden? Ist bei dir eine Sicherung durchgebrannt?"

„Hat sich wohl geistig vom Acker gemacht und treibt sich irgendwo rum", bekundete Ben und machte einen beunruhigten Eindruck.

„Es ist wirklich erstaunlich, nicht wahr", sagte John mit leuchtenden Augen, „Bastet wusste, dass ich der Sohn des Herrschers Anu bin. Ist das nicht großartig?"

„Ja, ganz toll von der schlauen Mieze", polterte Eddie aufgebracht. „Und was hat das mit uns zu tun? Wie kommen wir aus der Nummer raus, ohne wie die hier als Steinhaufen zu enden?" Aufgebracht deutete er zu den Statuen.

„Sie, also Bastet, wusste genau Bescheid. Sie wusste, wer wir sind und das alles, was hier passiert ist. Sie sagte mir, jemand hätte sie in Kenntnis gesetzt und sie hätte uns bereits erwartet. Sie wurde angehalten, mir zu helfen und Milde über euch walten zu lassen. Sie war damit einverstanden, jedoch nur unter der Bedingung ..."

„Na, prima!", rief Eddie giftig dazwischen. „Eine Katze stellt Bedingungen, damit wir hier raus können? Das sind ja tolle Aussichten für Ben und mich."

„Ja", sagte Ben trübselig, „wirklich großartig. Worauf willst du eigentlich raus, John?"

„Nur eine Bedingung", stellte John wütend klar. „Hört doch endlich zu, ihr Holzköpfe. Bastet hat eingewilligt, euch laufen zu lassen. Ihr dürft nur nie ein Wort über diese Halle verlieren. Derjenige, der sich dieser Bedingung widersetzt, wird als Strafe zu Stein und sei es auch erst in fünfzig Jahren. Ich weiß, es klingt nicht sonderlich gut, ist aber besser, als hier zu verrotten oder gleich zu Stein werden. Ihr müsst bloß eure Klappe halten. Ist doch nicht so schwer!"

„Und wenn ich im Schlaf rede?", fragte Eddie trocken.

„Dann musst du eben dafür sorgen, dass dich keiner hört", meinte Ben mit ironischem, leicht verzweifeltem Unterton und blies sich hektisch wieder einmal sein Haarbüschel aus den Augen.

„Ich soll für immer alleine schlafen, damit mich niemand hören kann?", fragte Eddie ungläubig.

„Wenn du nicht vorhast, als Steinhaufen zu enden, könnte es nicht schaden", trug Babs mit nüchterner Miene bei. „Du kannst dir aber auch deinen Mund zukleben. Ganz wie es dir beliebt."

„Oder eine Socke ins Maul stopfen", sagte John grinsend.

„Wieso bin ich Vollidiot eigentlich nicht zu Hause geblieben?", stöhnte Ben mit betrübtem Gesicht.

„Das tollste habt ihr aber noch gar nicht gehört", sagte John strahlend.

„Noch so eine Nachricht vertrage ich nicht", murrte Eddie unwirsch. „Solltest du nichts Erfreuliches zu berichten haben, so erspar es mir bitte."

„Es ist absolut erfreulich", versicherte John. „Bastet hat meine Vril-Kugel aktiviert. Keine Ahnung, wie das Vieh das zustande brachte. Sie steht ihren Worten nach in der Schuld unseres Befürworters und ist daher nun für mein Wohlbefinden verantwortlich. Ja, und darum können wir jetzt von hier weg."

„Wer ist denn dieser Befürworter?", fragte Babs skeptisch.

„Keine Ahnung", sagte John. „Er muss sich aber für uns ganz schön ins Zeug gelegt haben, denn Bastet war nicht glücklich darüber."

„Woher weißt du das?"

„Sagte ich doch bereits. Nur weil Bastet in der Schuld von dem steht, hat sie eingewilligt. Keine Ahnung. Ich weiß es doch auch nicht. Auf jeden Fall können wir hier raus."

„Jetzt wartet mal kurz", sagte Babs mit hochgezogenen Augenbrauen, senkte ihre Stimme und sah sich nervös um. „Wie wahrscheinlich ist es, dass eine Steinkatze zu einer echten Katze wird, sprechen kann, zufällig in der Schuld von jemand steht, der uns kennt, und Johns Vril-Kugel aktivieren kann? Ich meine, seht ihr denn nicht, dass hier etwas oberfaul ist? Das ist doch bestimmt wieder so eine Vril-Illusion, um uns in die nächste Falle zu locken. Dabei hab ich die Eisenringe und die Mauer noch gar nicht erwähnt."

„Du hast recht, Babs, es ist unwahrscheinlich und es ergibt keinen Sinn", sagte John harsch. „Aber es ergibt auch keinen Sinn, uns hierherzulocken, ohne uns helfen zu wollen. Überlegt doch mal, wir wären aus dem kleinen Raum nie rausgekommen. Es gab auch keinen anderen Weg, wie ihr wisst. Also – wozu sollte uns Atlatis oder sonst wer diese Show liefern?"

„Vielleicht will er uns das Sterben versüßen", sagte Eddie spontan.

„Quatsch! Den Schwachsinn glaubst du doch selbst nicht", fauchte John aufgebracht. „Vielleicht war es ja Inana, die uns hier rausholen will."

„Wenn Inana wüsste, dass wir hier sind, bräuchte sie nur herkommen", gab Babs zu bedenken.

„Warum vergeuden wir unsere Zeit eigentlich mit sinnlosem Gequatsche?", raunzte Ben aufgebracht. „Lasst es uns doch versuchen. Ich meine, was haben wir zu verlieren?"

„Und wo, wenn ich fragen darf, soll die Reise hingehen?", erkundigte sich Babs mit verzogener Miene.

„Nach Hause natürlich! Wohin sonst?", sagte Ben bestimmt.

„Ben, denkst du ernsthaft, ich bin imstande, uns mit dieser kleinen Übungskugel nach Hause zu bringen? Ich bin froh, wenn ich es nach oben schaffe. Nur Inana kann uns helfen, nach Hause zu kommen", sagte John bestimmt.

„Ach, du schaffst das schon", brummte Ben halsstarrig.

„Ohne Inana werden wir es nicht schaffen", sagte John mit Nachdruck. „Wenn wir sie gefunden haben, kannst du immer noch nach Hause."

„Willst du damit sagen, du bleibst hier?", fragte Eddie mit leuchtenden Augen.

„Mal sehen", sagte John mit unergründlicher Miene. „Lasst uns versuchen, nach oben zu kommen."

Ben wollte protestieren, ergab sich aber seinem Schicksal. Im Moment erschien ihm fast alles besser, als hier unten eingeschlossen zu sein. Wortlos stellte er sich zu den anderen und berührte mit seinem Finger Johns Vril-Kugel.

John konnte sich erinnern, wie Inana Sternentor gesagt hatte, als sie ihren verhängnisvollen Ausflug antraten. „Sternentor", sagte er nun ebenfalls und hoffte, es würde klappen.

Ein Blitz schoss aus der Kugel, der Sog erfasste sie, wirbelte sie herum und eine Sekunde später prallten sie auf harten Untergrund. Wieder stach ihnen Licht in die Augen, doch dieses Mal war es wirklich die Sonne. Sie rappelten sich auf, klopften sich den Staub von ihren Overalls und sahen entsetzt auf die Sonne, die bereits ziemlich hoch am Himmel stand. John war erleichtert, dass es geklappt hatte, schaute sich aber bekümmert nach Inana um. Er wusste, sie hatten nicht mehr viel Zeit. Die ersten Besucher in ihren großen Reisebussen würden bald zu den Pyramiden strömen. Sollten sie dann noch hier sein, würden sie mit Sicherheit in großen Schwierigkeiten stecken. Sie befanden sich ohne Pässe in einem fremden Land, hatten kein Geld und waren zu allem Überdruss auch noch äußerst merkwürdig gekleidet. Ein grüner Funkenregen unterbrach Johns trübe Gedanken, der sich über den hellen Himmel ergoss und Inana erschien in einer Wolke kleiner Blitze.

„Seid ihr wahnsinnig?", rief Inana, als sie die vier erblickte, und schnauzte in einem Ton weiter, als wäre sie deren Mutter. „Ich suche seit einer Ewigkeit nach euch! Ich war schon überall. Auch bei der Sphinx. Hab mir bei der Stele von Thutmosis die Lunge aus dem Hals geschrien. Was habt ihr euch dabei gedacht? Ihr könnt doch nicht einfach abhauen! Atlatis ist verschwunden. Ich fürchtete schon, er hätte euch geschnappt!"

„Hatte er auch fast", sagte John. „Was denkst du, warum wir abgehauen sind? Wir sind in die große Pyramide geflüchtet und haben uns dort versteckt."

„Die Pyramiden sind nachts geschlossen. Da konntet ihr nicht rein", sagte Inana sauer. „Erzähl den Quatsch anderen." Verlegen zeigte ihr John die Vril-Kugel. „Wo hast du die her?"

„Geklaut", murmelte John mit rosa gefärbten Wangen. „Im Haus des Vril."

„Und was ist passiert, nachdem ihr in die Pyramide geflüchtet seid?", fragte Inana neugierig.

„Eddie in einen Sarkophag geklettert und in ein tiefes Loch gestürzt", antwortete Babs kleinlaut.

„Genau, und dabei hat er sich den Arm gebrochen", sagte Ben.

„Richtig", sagte Eddie und deutete auf seinen Arm. „Und danach haben wir die Ha…"

„Halt's Maul, du Rindvieh!", zischte ihm Bens ins Ohr. „Willst wohl als Steinhaufen enden."

Inana betrachtete die beiden argwöhnisch, dann sah sie sich Eddies Arm an. „Der sieht ganz schön zugerichtet aus, ist aber nicht gebrochen", meinte sie nach eingehender Untersuchung und ließ den Stab aus ihrer Vril-Kugel wachsen. Ein Laserpunkt begann zu leuchten. Inana ließ den Lichtpunkt mehrmals über Eddies Unterarm huschen und strich dann mit der Vril-Kugel über die ramponierten Stellen. Danach ließ sie den Stab verschwinden und packte die Kugel weg.

„Das nächste Mal pass besser auf! Hörst du?", verkündete sie dem verblüfften Eddie.

„Ist der Arm wieder in Ordnung?", fragte Eddie entgeistert.

„Natürlich! Was dachtest du denn?", prahlte Inana stolz. „Okay, zugegeben, wäre der Arm gebrochen gewesen, hätte ich dir nicht helfen können. Für solche Zwecke benötigt man eigene Heilerkugeln und sollte auch ausgebildet sein."

In der Ferne tauchte jäh ein kleiner Reisebus auf, der sich gemächlich ratternd den Pyramiden näherte. Inana deutete auf den Bus und wies die Freunde an, sich rasch zu ihr zu stellen. Mit einem Ausdruck sprachlosen Entsetzens starrte Ben auf den Bus, stellte sich hurtig zu den anderen und vergaß völlig, dass er nach Schottland wollte. Sie legten ihre Finger auf Inanas Vril-Kugel und wurden sogleich von dem Sog erfasst. Das Dröhnen schwoll an, sie wurden herumgewirbelt, John spürte ein Bein im Rücken und eine Hand im Gesicht, dann knallte er unsanft auf den Boden von Inanas Kammer.

„Ihr müsst mit den Beinen nach unten landen", schalt sie Inana und rieb sich ihr Hinterteil. „Ich müsst, auch wenn es euch noch so herumwirbelt, die Beine unten lassen."

John wollte Inana gerade erklären, dass er nie wusste, wo oben und unten war und er daher seine Beine auch nicht unten lassen konnte, als er durch Tante Nisabas Erscheinen abgelenkt wurde. Sie stand plötzlich in voller Leibesgröße vor ihnen und blickte ziemlich wütend drein.

„So!", rief sie und es klang wie das Zuschnappen einer Mausefalle. „Da seid ihr also." Ihre Stimme wehte dabei wie ein aufziehender Tornado durch Inanas Kammer. Sie hatte einen zutiefst giftigen Blick aufgesetzt, aber nicht ohne ihr Lächeln in den Augen. Irgendwie gelang es ihr immer, selbst wenn sie böse schaute, ihr Lächeln in den Augen zu behalten. „Als ich hörte, Atlatis sei entkommen, habe ich mir große Sorgen gemacht!", polterte sie und ihre Stimme schwoll zu einem ausgewachsenen Hurrikan an. „Was hast du dir nur dabei gedacht, Inana? Fliegst mit dem Aircutter herum, kommst nicht zurück und schickst keine Nachricht. Ihr hättet tot sein können! Spürhunde hätten euch aufgreifen können! Alles Mögliche hätte passieren können!" Auf diese Worte folgte ein äußerst angespanntes Schweigen.

„'tschuldigung", murmelte John, da Inana nichts sagte. „Ähm, wo ist Atlatis jetzt?"

„Ach, wenn wir das wüssten", wetterte Tante Nisaba. Ihre Stimme war nun zu einem Sturm abgeflaut. „Ihr vier bleibt jedenfalls vorläufig hier. Ich erwarte keine Widerrede. Auch nicht von dir, Enlil."

Wieder folgte ein angespanntes Schweigen, es schien aber noch erdrückender als das zuvor. John wusste, es hatte keinen Sinn, seiner Tante zu widersprechen, doch sie konnten doch nicht tagelang hier ausharren. Ihre Eltern würden bestimmt verrückt vor Sorge.

„Kommt essen", sagte Tante Nisaba und beendete damit das drückende Schweigen. Ihre Stimme war nun nur noch eine steife Brise. „Ihr seid bestimmt hungrig."

Das waren sie in der Tat. John, Babs, Eddie und Ben hatten einen Bärenhunger. „Ich esse bestimmt fünf Schüsseln", sagte Babs mit gierigen Augen.

„Und ich werde zehn verdrücken", verkündete Eddie.

Als sie mit dem Essen fertig waren, kam Tante Nisaba mit vier kleinen Päckchen und gab jedem eins.

„Sind die für uns?", fragte John überrascht.

Tante Nisaba nickte, worauf der verdorrte Rosenbusch auf ihrem Hut ordentlich in Schieflage geriet und John Mühe hatte, nicht zu lachen. Gierig wickelte er sein Päckchen aus. Zum Vorschein kam eine blitzblank polierte, silberne Vril-Kugeln, aus der man den Stab wachsen lassen konnte.

„Ist die für mich?", rief Eddie begeistert, als er seine Kugel ausgewickelt hatte. Er konnte sein Glück kaum fassen. Nie hätte er gedacht, jemals eine eigene Vril-Kugel zu besitzen.

„Selbstverständlich ist sie für dich", sagte Tante Nisaba. „Ihr müsst lernen, damit umzugehen. Damit der Stab aus der Kugel wächst, müsst ihr videtur asta sagen. Nur dann erscheint er. Wenn ihr es gut könnt, genügt es, wenn ihr es denkt." Sie nahm Babs die Kugel ab, demonstrierte es und gab ihr dann die Kugel am Stab zurück.

„Danke, Tante Nisaba", schnurrte Babs überglücklich. Voller Freude fuchtelte sie damit in der Luft herum und sah wie ein wild gewordener Dirigent aus.

„Hey, pass gefälligst auf", schnaubte Eddie erbost, da er die Kugel fast auf die Nase bekommen hätte. „Viditu ast", murmelte er dann, blickte erwartungsvoll, doch nichts geschah. „Hätte ich mir denken können", maulte er grimmig.

„Es heißt, videtur asta. Du wirst es schon lernen", sagte Tante Nisaba, klang aber nicht sonderlich überzeugt. „Um den Stab verschwinden zu lassen", erklärte sie, „müsst ihr evanescet asta sagen oder denken. Versucht es einfach."

„Videtur asta", sagte John, der es gleich mal probieren wollte.

Schon beim ersten Versuch wuchs der Stab aus seiner Kugel. Seine

Augen begannen zu leuchten. Fast auf liebevolle Weise betrachtete er seine Vril-Kugel, sagte: „Eevanescet asta", und der Stab verschwand augenblicklich. Er ließ ihn noch einmal aus der Kugel wachsen und wieder verschwinden und lächelte zufrieden. „Nicht schlecht, John", sagte Inana beeindruckt.

Auch Tante Nisaba schien beeindruckt, widmete sich aber, ohne ihre Miene zu verziehen, Babs, Eddie und Ben und demonstrierte ihnen ein weiteres Mal, wie sie es zu machen hatten.

„Ich glaub, ich hab's drauf. Ich muss nur noch ein bisschen üben, dann kann ich kommen und gehen, wann ich will", murmelte John begeistert, was allen, außer Inana, entging.

„Mum, ich gehe mit John in meine Kammer", sagte sie und zog John so kräftig am Ärmel, dass er fast vom Stuhl gekippt wäre.

Babs, Eddie und Ben sahen ihnen verwundert nach. „Tante Nisaba", sagte Babs verlegen, während sie aufsprang, „können wir auch ..."

„Geht nur, aber übt ein bisschen", antwortete diese, während Babs, Eddie und Ben schon zur Tür rausstürzen.

„Was ist da los?", flüsterte Eddie Babs zu, die mit einem Ausdruck völliger Ahnungslosigkeit antwortete.

„So, du denkst also, du brauchst mich nicht mehr. Denkst, du könnest alles alleine bewältigen", fauchte Inana John giftig zu, nachdem sie ihre Kammer betreten hatten.

„Inana, sieh mal", versuchte John, sich aus der Affäre zu ziehen, „es ... es ist doch nichts Persönliches."

„Ach nein?", fauchte Inana, ging zu der antiken Steintafel, tippte auf den Touchscreen und ein gemütliches Sofa, ein Tischchen und mehrere große Ohrensessel schwebten von der Decke herab.

„Nein, ist es nicht", beharrte John und sah auf das Sofa, das lautlos zu Boden glitt.

„Was geht eigentlich zwischen euch ab?", fragte Eddie neugierig und machte es sich bereits auf einem Ohrensessel gemütlich, der noch gar nicht den Boden erreicht hatte.

„Na, die beiden zanken sich. Das siehst du doch", grunzte Ben gähnend. „Und wenn sie damit aufhören würden, könnten wir etwas schlafen", brummte er gleichgültig und warf sich auf das Sofa, das eben den Boden erreichte. Es war ihm vollkommen egal, warum John und Inana sich in der Wolle hatten. Er war aus unerklärlichen Gründen so müde, dass er seine Augen kaum noch offenhalten konnte.

„Dass sich die beiden zanken, sehe ich selbst", fauchte Eddie giftig.

„Und warum fragst du dann so blöd?", gähnte Ben schläfrig.

„Klappe, Ben", zischte Eddie. „John, worüber streitet ihr?"

„Na ja, ich hatte da so einen Gedanken", begann John ausweichend und machte es sich ebenfalls in einem Ohrensessel bequem. Irgendwie kam ihm Inanas Verhalten merkwürdig vor. „Sie kann doch deswegen nicht ernsthaft beleidigt sein", dachte er verwundert.

„Einen total verrückten Gedanken, wenn ich anmerken darf", sagte Inana milde entrüstet, während sie mit ihrer Vril-Kugel eine Kanne Tee und fünf Tassen auf dem Tischchen erscheinen ließ. „Erzähl doch mal, was dir da eben durch den Kopf gegangen ist", forderte sie ihn auf und goss Tee in die Tassen.

John starrte auf die Tassen. „Was ist eigentlich dein Problem?", fragte er abwehrend.

„Ich habe kein Problem", sagte Inana überheblich. „Aber du."

„Nur weil ich sagte, ich kann kommen und gehen, wann ich will, brauchst du doch nicht so eingeschnappt sein."

„Versteh ich das richtig, du wolltest abhauen?", rief Eddie fassungslos.

„Wieso denn?", fragte Babs überrascht und nahm einen Schluck Tee.

„Habt ihr schon mal an unsere Eltern gedacht?", gab John zu bedenken und langte nach seiner Tasse. „Ich weiß ja nicht, wie lange wir bereits hier sind, aber sie sind sicher schon krank vor Sorge. Und nun sollen wir auch noch warten, bis Atlatis geschnappt wird. Wer weiß, wie lange das dauert."

„Was meinst du damit, das du nicht weißt, wie lange wir hier sind?", erkundigte sich Babs scharf.

„Es ist dir also aufgefallen", sagte Inana unterkühlt.

„Wovon zum Geier redet ihr da?", fragte Eddie mit finsterem Blick.

„Sieh mal, John", begann Inana erklärend, „du kannst nicht einfach kommen und gehen, wie es dir beliebt. Du würdest dir damit haufenweise Probleme aufhalsen."

„Warum?", fragte John hitzig.

„Weil, wie du richtig bemerkt hast, bei euch die Zeit schneller vergeht als bei uns. Ihr seid nach eurer Zeitrechnung schon ziemlich lang weg", belehrte ihn Inana. „Wie würdest du denn deine lange Abwesenheit erklären, John? Mit der Vril-Kugel kannst du die Sache nicht geradebiegen, falls du das gedacht hast. Mit der kannst du nur kleine Zeitsprünge machen. Um mehrere Tage zu überbrücken, erfordert es eine eigene

Ausbildung und selbst dann können das nur wenige. Die meisten verschwinden einfach für immer."

„Was?", rief John entsetzt und dachte an ihre Zeitreise.

„Mehrere Tage?", raunte Eddie ungläubig. „Wir sind doch erst gestern Vormittag gekommen."

„Hier war es auch gestern, aber bei euch sind mehrere Tage vergangen. Hörst du eigentlich nie zu, Eddie?", stöhnte Inana.

Babs schien der Tee im Hals stecken zu bleiben und in John machte sich unsägliche Nervosität breit, obwohl er nun endlich eine Erklärung für sein seltsames Zeitgefühl und seine vermeintlich falsch gehende Uhr hatte. Auch seine oft wiederkehrende Müdigkeit ließ sich damit erklären. Ben bekam von alledem nichts mit. Er lag auf dem Sofa und schlief selig. „Ich wette, Atlantis kann es", murmelte John. „Ich meine, mit der Vril-Kugel mehrere Tage zurückdrehen."

Es war ein schrecklicher Moment für John, der auch dadurch nicht besser wurde, dass Inana schonungslos meinte: „Damit liegst du vermutlich richtig. Das ist aber weit nicht alles, was er dir voraushat. Aber verstehst du nun, wieso du nicht einfach verschwinden kannst?"

John war schrecklich sauer auf Inana. Wieso hatte sie das nicht früher gesagt? Sie hätte sie doch informieren müssen. Warnen müssen.

„Ihr müsst, bevor ihr zurückkehrt, durch die Zeitschleuse", erklärte Inana, als sie Johns saures Gesicht sah. „Das meinte ich auch letztens mit simpler Lösung."

„Durch was?", rief Eddie so laut, dass Ben erschrocken hochfuhr.

„Habe ich verschlafen?", grunzte der durcheinander.

„Was ist eine Zeitschleuse?", fragte John, ohne von Ben Notiz zu nehmen, der sich mit weit aufgerissenen Augen aufsetzte und misstrauisch in die Runde starrte.

„Das ist ein Vril-Raum, der im Grunde gar nicht existiert", schmunzelte Inana belehrend. „Dieser Vril-Raum verbindet mit der Kraft des Vril Zeit und Raum. Man befindet sich dort in einem vakuumähnlichen Zustand, in dem es weder Zeit noch Raum gibt. Die Kraft des Vril krümmt Zeit und Raum und dadurch kannst du dich ungehindert durch die Zeit bewegen. Diese Erklärung ist sehr oberflächlich und ungenau, aber es kommt dem ziemlich nahe, was in der Zeitschleuse passiert. Ich wollte es nicht unnötig kompliziert machen."

„Danke", sagte John. Seine Nervosität war nun noch größer. „Und wie kommt man in den Raum, wenn er gar nicht existiert?"

„Es ist ein Vril-Raum. Fast wie im Haus des Vril. Auch dort sind die Kräfte des Vril vereint. Dieser Raum ist mit einer Zeituhr ausgestattet. Auf der stellt man die gewünschte Zeit ein, anschließend wird man durch die Kraft des Vril durch Raum und Zeit befördert und landet in der gewünschten Zeit."

„Ist nicht dein Ernst?", entwich es Eddie. Die Begeisterung war ihm buchstäblich ins Gesicht geschrieben.

„Doch", entgegnete Inana ernst.

„Kann man diese Uhr auch auf hundert Jahre vor unserer jetzigen Zeit stellen? Oder auf eine spätere Jahreszahl?", fragte John. „Was ich meine, kann man auch eine echte Zeitreise machen?"

Ben war mittlerweile hellwach. Ihm schwante Fürchterliches. Dieses Gespräch lief in eine Richtung, die er gar nicht mochte. „Du willst doch hoffentlich nicht in die Steinzeit reisen, John?", schnauzte er außer sich und blies sich sein Haarbüschel aus den Augen.

Eddie sah Ben entgeistert an. Auf diese Idee wäre er selbst nie gekommen. „Geht das überhaupt?", fragte er Inana neugierig.

„Sicher geht das."

„Kommt überhaupt nicht infrage!", protestierte Ben aufgebracht und sprang hoch. „Wir reisen nirgendwo hin. Und schon gar nicht in die Steinzeit. Ich hab auch so schon genügend Probleme mit Steinen am Hals, kapiert!" Alle starrten auf Ben, der plötzlich wie Rumpelstilzchen herumhüpfte.

„Was glotzt ihr mich so blöd an?", fauchte er wütend. „Denkt ihr, ich brauch die Steinzeit, um zu sehen, wie es mir als Steinhaufen ergeht?"

„Keiner will in die Steinzeit, Ben", sagte John amüsiert.

„So schlecht ist die Idee gar nicht", warf Eddie nüchtern ein. „Dann könnte man gleich mal herausfinden, ob diese Steinzeitmenschen wirklich so waren, wie man uns aufschwatzen möchte. Ich glaube nämlich nicht, dass es stimmt, was man uns da auftischt. Schließlich war noch keiner dort – und erzählen kann man viel."

„Von wegen *keiner will in die Steinzeit*", schnauzte Ben aggressiv.

„Nimm Eddie doch nicht ernst", sagte John rasch, als er Bens hervorquellende Augen sah. „Inana erklärte uns doch nur, was wir tun müssen, bevor wir nach Hause zurückkehren."

„Ach so", brummte Ben erleichtert und ließ sich wieder auf das Sofa fallen. „Ich dachte wirklich, ihr …"

„Ich finde diese Idee abgefahren", unterbrach ihn Eddie und blickte mit leuchtenden Augen erwartungsvoll in die Runde. „Überlegt doch mal! Inana, warst du schon mal in einer anderen Zeit?"

„Ja, klar, was denkst du denn. Macht unheimlich viel Spaß! Es gibt nur einige Dinge, die man dabei berücksichtigen muss, aber das erkläre ich euch, wenn wir wirklich mal eine Zeitreise unternehmen."

„Das müssen wir unbedingt machen, Inana", sagte Eddie mit glänzenden Augen. „Was meinst du, John?"

„Jaaa", sagte John zögerlich, da ihn der Gedanke einer Zeitreise mehr faszinierte, als er zugeben wollte. „Vielleicht irgendwann mal. Wer weiß."

„Ihr seid ja vom Affen gebissen", brummte Ben fassungslos. „Ihr habt ja wirklich einen an der Klatsche! Eine Zeitreise – pah. Ihr spinnt doch! Ohne mich, das sag ich euch!"

Onkel Abgal

John, Inana und die drei anderen lagen in ihren Hängematten und schliefen. John träumte, er sei in der Zeitschleuse zu den Dinosauriern gereist. Er lieferte sich gerade einen erbitterten Kampf mit einem Tyrannosaurus Rex, als ihn Getrampel hochschrecken ließ. Zuerst dachte er, er würde von einer Horde Dinosaurier angegriffen, doch dann bemerkte er, dass er nur geträumt hatte und das Getrampel von Schritten kam. Auch die anderen erwachten von dem Lärm.

„Das ist Vater. Bin gleich wieder da", sagte Inana, sprang aus ihrer Hängematte und lief hinaus, um ihn zu begrüßen.

Johns Magen krampfte sich zusammen. Jedes Mal, wenn er an seinen Onkel dachte, beschlich ihn ein merkwürdiges Gefühl. Er konnte es sich selbst nicht erklären. Dieses sonderbare Gefühl wollte einfach nicht verschwinden und es beunruhigte ihn zutiefst.

Sekunden später kam Inana wie ein Wirbelwind zurück, schloss rasch ihre Tür und schnappte aufgeregt nach Luft.

„Was ist passiert?", erkundigte sich John, da er sofort wusste, dass etwas nicht stimmte. Sein sonderbares Bauchgefühl wurde schlagartig stärker.

„Eddie, Ben", sagte Inana mit gedämpfter Stimme, „Vater hat drei seiner Leute mitgebracht. Ihr müsst umgehend verschwinden, sonst werden sie euch aufspüren. Die Sache ist ernst. Nicht umsonst nennen wir sie Spürhunde."

Ben rutschte vor Entsetzen das Herz in die Hose. Sein Gesicht war bleich und seine Augen traten leicht hervor. „Spürhunde?", würgte er mit erstickter Stimme hervor. Sein Mund war trocken wie der Wüstenboden. „Was meinst du mit verschwinden? Wohin sollen wir denn?"

Eddie sprang aus seiner Hängematte und raste wie ein gereizter Eber durch den riesigen Raum. „In diesem blöden Zimmer gibt es kein Versteck!", rief er entnervt.

„Ihr sollt euch auch nicht verstecken. Ihr müsst verschwinden", sagte Inana und überlegte kurz. „Springt zurück in eure Hängematten", befahl sie dann.

„Da sieht uns doch sofort jeder, der zur Tür reinkommt", protestierte Eddie entnervter.

„Nicht, wenn ihr mit den Matten verschwindet", meinte Inana sichtlich zufrieden über ihren Einfall.

„Wir sollen mit der Hängematte verschwinden?", fragte Ben ungläubig.

„Genau", sagte Inana knapp.

„Ja ... aber ...", rief Ben widerspenstig.

„Keine Widerrede, Ben", unterbrach ihn Inana forsch.

„Bist du schon mal in so einer Matte verschwunden?", krächzte Ben mit leichter Schnappatmung.

„Nein", gestand Inana und Ben sah drein, als hätte er fliegende Schweine gesehen.

„Klingt nicht besonders verlockend", murrte Eddie mit herabhängendem Unterkiefer.

„Es klingt vollkommen bescheuert, wenn du mich fragst", zeterte Ben mit finsterer Miene.

„Wie ihr wollt", sagte Inana ungerührt, „dann lasst euch eben verhaften."

„Können wir beide in eine Hängematte?", erkundigte sich Eddie rasch. Die Aussicht, verhaftet zu werden, gefiel ihm noch weniger als die Vorstellung, mit den Matten zu verschwinden, obwohl er nicht mal wusste, wohin diese Dinger verschwanden.

„Ja, könnt ihr", sagte Inana zustimmend. „Macht schnell."

Ben war froh, dass Eddie die Idee mit der gemeinsamen Matte gehabt hatte, wollte es aber nicht zugeben. „Mit dem da soll ich mich in Luft auflösen?", murrte er schroff, als hätte er keine anderen Probleme.

Plötzlich hörten sie laute Schritte von mehreren Personen, die sich zügig näherten. Eddie und Ben stürzten sich, ohne ein weiteres Wort zu verlieren, kopfüber in eine Hängematte. Inana eilte zur Steintafel und tippte hastig auf dem Touchscreen rum. Die Hängematten schwebten nach oben und begannen sich aufzulösen. Nur einen Moment später ging die Tür auf und Inanas Vater betrat den Raum. Drei sonderbar wirkende Männer, groß und breit wie Schränke, stierten durch die geöffnete Tür, als hätten sie Witterung aufgenommen. John stockte der Atem. Hatten sie noch gesehen, wie Inana Ben und Eddie verschwinden ließ? Inana ging so gelassen wie möglich zu ihrem Vater und begrüßte ihn überschwänglich.

„Wieso bist du so schnell verschwunden?", fragte Inanas Vater verwundert in ihrer Sprache, nachdem Inana von ihm abgelassen hatte. Dann entdeckte er John und Babs, die hinter dem Sofa standen. Seine Miene verfinsterte sich. „Wer sind die beiden", knurrte er harsch. „Der da", er deutete auf John, „sieht doch aus wie ..."

„Ach, das sind bloß Freunde von mir", unterbrach Inana rasch, da sie genau wusste, was ihr Vater sagen wollte.

John wurde nervös, als sein Onkel auf ihn zeigte. Zu seinem Ärger konnte er kein Wort verstehen. Stumm und stocksteif starrte er ihm ins Gesicht. Eine mächtige Woge der Abneigung rollte dabei über ihn hinweg.

Er wusste nun mit erschreckender Sicherheit, dass er alles an seinem Onkel verabscheute. Er wirkte noch viel grimmiger, als John ihn sich je vorgestellt hatte. Seine Größe dagegen war beeindruckend. John schätzte ihn auf weit über zwei Meter. Er hatte blondes, mittellanges Haar, das er straff nach hinten gekämmt trug. Seine Gesichtszüge waren scharf und kantig. Seine Wangen waren eingefallen, wodurch die Wangenknochen noch mehr hervortraten. Seine stechend blauen Augen lagen in dunklen, tief liegenden Augenhöhlen, die auch die eines Toten hätten sein können. Seine wächserne, milchige Haut war so fest über die hervorstehenden Wangenknochen gespannt, dass sein Kopf wie ein Totenschädel aussah. Seine Nase war kurz und spitz und passte so überhaupt nicht zu seinem großen Kopf. Unter seinem linken Ohr prangte eine große, hässliche Narbe, die sich über den Hals nach unten zog. Sein Auftreten war wie das einen Mannes, der immer bekam, was er wollte. Seine stechenden Augen waren eiskalt. Sein Blick hatte etwas Böses. Er mahnte John zu äußerster Vorsicht.

„Wie heißt du, Junge, woher kommst du?", ließ sein Onkel nicht locker und wandte sich abermals mit seinen stechenden Augen John zu.

John verstand wieder kein Wort, versuchte aber, dem bohrenden Blick seines Onkels standzuhalten. Babs stand starr neben John und sah entsetzt auf ihren Onkel, der auf sie so kalt und gefühllos wirkte, als wäre er aus Granit.

„Wieso antwortest du mir nicht, Junge?", fragte sein Onkel ungeduldig mit beißender Stimme und blickte John misstrauisch an.

Johns Blicke schweiften zwischen seinem Onkel und Inana hin und her. Einen Moment lang herrschte äußerste Spannung.

„Ähm, Dad, ich muss dich alleine sprechen?", flüsterte Inana und deutete verstohlen zur Tür, wo die Jäger standen. „Ich meine ohne die da draußen."

„Was soll das, Inana?", polterte ihr Vater giftig. „Sollte das eines eurer verrückten Spielchen sein, verschont mich damit! Für so etwas habe ich keine Zeit. Muss denen", nun deutete auch er zur Tür, „noch ihre Koordinaten geben, damit sie gehen können."

„Vater ... bitte! Es ist wirklich wichtig", bettelte Inana.

„Also gut, Inana", sagte ihr Vater kühl. „Ich hoffe jedoch für dich, dass es wirklich wichtig ist. Zuvor muss ich mich aber um die drei kümmern. Wehe, ihr erlaubt euch einen üblen Scherz mit mir." Aus seiner Stimme war eindeutig eine Drohung zu hören. Mit einem unergründlichen Blick auf John und Babs machte er kehrt und verschwand.

„Was wollte dein Vater?", flüsterte John, froh darüber, dass sein Onkel weg war.

„Er wollte wissen, wie du heißt, woher du kommst, und wunderte sich, dass du Atlatis so ähnlich siehst. Er wollte danach fragen, doch ich unterbrach ihn einfach."

„Und was ist mit den Jägern? Wieso haben die so merkwürdig an der Tür rumgehangen?"

„Diese Jäger oder Spürhunde, wie wir sie nennen, sind keine richtigen Menschen", sagte Inana beiläufig.

John und Babs sahen Inana so entgeistert an, als würde sie vor ihren Augen schrumpfen. „Was sind sie dann?", stieß John irritiert hervor.

„Roboter. Gewöhnliche Roboter, die für uns Arbeiten erledigen. Sehr viel früher hatten wir dafür ... ach, vergiss es."

„Roboter? Richtige Roboter!", sagte John beeindruckt. „Du meinst Maschinen, die aussehen wie Menschen, aber keine sind?"

„Ja, Roboter eben. Die meisten sind darauf programmiert, Oberweltler aufzuspüren. Sie lassen sich von nichts beirren und auch von nichts und niemandem täuschen. Daher sind sie so gefährlich, aber natürlich auch sehr nützlich."

„Die haben so echt ausgesehen", sagte Babs ungläubig. „Das können keine Maschinen gewesen sein."

„Sie sehen wie echte Menschen mit Haut und Kochen aus, ich weiß. Das ist ja der Witz an der Sache", lachte Inana.

„Ist ja irre", murmelte John fassungslos. „Wenn ich das Eddie erzähle", dachte er belustigt, „platzt der vor Neid. Eddie wird diese Roboter nie zu Gesicht kriegen, wenn er nicht verhaftet werden will."

Dieser Gedanke hob Johns Laune etwas.

„Was geschieht nun?", erkundigte sich Babs, als sie die Geschichte mit den Robotern verdaut hatte.

„Vater kommt gleich wieder, dann erzählen wir ihm alles", meinte Inana sichtlich angespannt und nervös.

„Auch von Ben und Eddie?"

„Natürlich! Es hat keinen Sinn, die beiden zu verschweigen. Er wird es sonst von Mum erfahren. Das würde die Sache noch schlimmer machen. Glaubt mir, ich kenne Vater. Mum will uns die Gelegenheit geben, es ihm selbst zu sagen. Es ist besser, wenn wir es gleich tun."

John fühlte sich so elend wie schon lange nicht mehr. Wie würde sein Onkel reagieren? Das Warten zermürbte ihn. Wie immer, wenn er auf etwas wartete, schien die Zeit nur sehr langsam zu vergehen. Schließlich kehrte sein Onkel mit dem Auftreten eines Generals zurück. Alleine seine Erscheinung war Furcht einflößend. John hörte Babs neben sich leise keuchen und fragte sich, was nun geschehen würde.

„Sind die drei weg?", erkundigte sich Inana in ihrer Sprache, noch bevor ihr Vater das Zimmer richtig betreten hatte.

„Was willst du, Inana?", knurrte ihr Vater. „Ich bin müde und möchte mich ausruhen. Wenn die beiden etwas zu verbergen haben, werde ich ihnen nicht helfen." Aus seiner kalten Stimme konnte man abermals eine Drohung heraushören. Er blickte mit versteinertem Gesicht von Inana zu John und Babs. Seine tiefblauen stechenden Augen bohrten sich dabei wie Dolche in Johns Haut.

John stockte allein von diesen Blicken der Atem. Da er von der Unterhaltung wieder kein einziges Wort verstanden hatte, wurde er immer unruhiger. Er bemerkte auch, wie sein Onkel immer wütender und ungeduldiger wurde, da Inana nichts sagte.

„Also, Inana, was wird hier gespielt? Ich wünsche unverzüglich eine Antwort", bellte ihr Vater, da Inana immer noch reglos dastand.

„Ähm, na ja, die Sache ist die", begann Inana zaghaft. „Sag mal, Vater, könnten wir diese Unterhaltung auch auf Englisch führen?"

„Wozu denn das?", rief ihr Vater bissig mit ekelhaft arglistigem Blick auf John, wobei sich sein Gesichtsausdruck noch mehr verfinsterte.

John wurde immer unbehaglicher zumute, da der Blick seines Onkels immer finsterer wurde, was er gar nicht für möglich gehalten hätte. „Wenn ich doch bloß verstehen könnte, was sie sagen?", grübelte er und hörte im selben Augenblick Inana auf Englisch sagen: „Na, damit uns die beiden auch verstehen können." John blickte überrascht zu ihr. „Danke, Inana", dachte er etwas beruhigter, da er nun endlich in der Lage war, dem Gespräch zu folgen, und, wenn nötig, sich auch verteidigen konnte.

„Wer sind die beiden?", polterte sein Onkel mit grollender Stimme auf Englisch und durchbohrte John und Babs mit einem eiskalten, aalglatten Blick.

John, der sehr erleichtert war, etwas zu verstehen, versuchte, diesem kalten, gnadenlosen Blick nicht auszuweichen, was ganz schön an seinen Nerven zehrte.

„Das sind Enlil und Tiamat, Dad", sagte Inana und hoffte, ihr Vater würde sich an ihre Namen erinnern.

„Wer?"

„Enlil und Tiamat", wiederholte Inana und schluckte nervös. „Erinnerst du dich denn nicht mehr, Vater?"

„Ähm, John und Babs", stieß John leise hervor, bemerkte aber sofort, wie blöd sein Einwand war.

„John ... bitte!", rief Inana aufgebracht und warf ihm einen vernichtenden Blick zu.

„Wie jetzt?", schnaubte Inanas Vater mit tückischem Blick. „Enlil und Tiamat oder John und Babs?" Seine weit hervorstehenden, spitzen Wangenknochen stachen nun noch spitzer aus seinem Gesicht. Nun hatte sein Kopf endgültig das Aussehen eines Totenschädels erlangt.

„Na ja, irgendwie beides", sagte Inana zögerlich.

„Inana, was geht hier vor?", donnerte ihr Vater. „Du hast doch nicht etwa die Goldene Regel gebrochen?" Für das gesamte Reich gab es ein ungeschriebenes Gesetz. Das besagte: *Nimm nie einen Oberweltler mit.* Dieses Gesetz wurde auch die Goldene Regel genannt. Diejenigen, die sich dem widersetzten, hatten mit schweren Strafen zu rechnen.

„Nein! Habe ich nicht!", rief Inana sofort. „Ähm, na ja, zumindest nicht direkt", fügte sie trotzig hinzu.

Die Miene ihres Vaters verhärtete sich. Furchtbarer Zorn stand nun in seinem knochigen Gesicht und in seinen Augen funkelten grimmig. „Inana, das ist unglaublich", sagte er fast flüsternd, was John noch bedrohlicher fand, als wenn er losgebrüllt hätte. „Ich werde die beiden unverzüglich zum Verhör bringen und dich werde ich gleich mitnehmen. Auch dir, Inana, wird eine Lektion erteilt. Es ist unerhört, was du dir da geleistet hast."

John schluckte. Würde sein Onkel sie nun tatsächlich alle verhaften? Jeder Nerv in seinem Körper war gespannt wie die Sehne eines Bogens. Dann loderte brennender Zorn in seiner Brust hoch und für Angst blieb kein Platz. „Inana hat mir das Leben gerettet", sagte John so bestimmt, wie es seine Stimme zuließ. „Mein Vater, der Herrscher, würde sie dafür sicher nicht verurteilen."

Die Augen seines Onkels wanderten kurz zu John und sahen dann Inana an, als hätte John nichts gesagt.

„Vater, hör bitte zu", sagte Inana rasch und ihre beschwörende Stimme überschlug sich fast. „Die beiden sind wirklich die Kinder unseres Herrschers. Du bist ihr Onkel. Enlil und Tiamat. Erinnere dich bitte. Du hast sie damals doch selbst gesucht ..."

Ihr Vater brachte sie mit einer Handbewegung zum Schweigen und fing an zu lachen. Es war ein schauriges, unheimliches Lachen, das den ganzen Raum erfüllte. „Genug", sagte er dann und etwas Stählernes lag in seinem Gesicht.

„Vater, bitte! Die beiden sind Enlil und Tiamat."

„Das glaubst du doch selbst nicht, Inana", zischte ihr Vater so giftig, dass Babs einen Schritt zurücktrat und nach Luft schnappte.

„Und wenn es doch stimmt, was dann?", sagte Babs mit zittriger Stimme, die so schrill klang, dass John froh war, kein Fensterglas in seiner Nähe zu haben.

„Sieh sie doch an, Vater!", rief Inana und Angst schwang in ihrer Stimme mit, was nicht gerade zu Johns Beruhigung beitrug. „Siehst du denn nicht, dass sie so aussehen wie wir? Betrachte Babs etwas genauer! Sieht sie mir nicht ähnlich? Und John. Betrachte John! Er sieht doch wie Atlatis aus! Das ist dir vorhin selbst aufgefallen. Die beiden wurden entführt und von hier weggeschafft. Sie wurden ausgesetzt und nun sind sie zurück. Wenn du uns nicht glaubst, frag Mum. Sie glaubt uns." Eine schreckliche, anschwellende, sich aufblähende Stille trat ein.

„Sie wurden von hier weggeschafft? Woher willst du das wissen?", fragte Inanas Vater schließlich und seine Stimme hatte nun einen ganz seltsamen Klang.

„Atlatis hat es selbst gesagt! Er hat es Enlil erzählt, bevor er ihn töten wollte."

„Das ist doch Blödsinn, Inana", beharrte ihr Vater.

„Ist es nicht", entgegnete John.

„Inana, verschone mich mit diesem Märchen", zischte ihr Vater mit grimmiger Miene und überging John erneut. Etwas in seinem Blick verriet John jedoch, dass sein Onkel über sie Bescheid wusste. Sein Gesichtsausdruck wirkte viel zu aufgesetzt, um ihn damit zu täuschen. Aber wieso spielte er den Unwissenden?

„Wir erzählen keine Märchen", sagte John etwas unbeholfen und Inana ergänzte: „Es ist wahr, Vater, die beiden sind Enlil und Tiamat. Warum denkst du, wollte Atlatis John töten?"

„Vermutlich, weil er ein Eindringling ist", sagte ihr Vater schroff und ein kaum merkliches Zucken umspielte seine Mundwinkel.

John war sich nun sicher, sein Onkel wusste mehr, als er zugeben wollte. Er nahm sich jedoch vor, sich nichts anmerken zu lassen.

„Vater, bitte hör mir zu", flehte Inana und berichtete ihrem Vater kurz, was sich zugetragen hatte. Bei ihrer Erzählung vergaßen sie allerdings tunlichst, Ben und Eddie zu erwähnen. Von den beiden sprach sie kein einziges Wort. So, als würden sie gar nicht existieren. „Verstehst du nun, Vater?", fragte Inana, als sie ihren Bericht beendet hatte.

„Ich schlage vor", sagte Inanas Vater mit gebieterischer Stimme und John war daraufhin sofort klar, egal, was nun auch kommen würde, es hatte mit einem Vorschlag sicher rein gar nichts zu tun. „Wir belassen die Sache für heute. Morgen entscheide ich, was mit den beiden zu geschehen hat."

John hatte das starke Gefühl, sein Onkel wollte plötzlich nur Zeit gewinnen. Sein Argwohn über ihre Herkunft war zu schlecht gespielt. „Vielleicht ist es gar kein Argwohn", ging es John durch den Kopf, „vielleicht ist es ja Unbehagen. Unbehagen darüber, dass nun die Wahrheit ans Licht kommt. Gib ja acht", hörte er seine innere Stimme warnen.

„Ähm, Vater, da wäre eine Kleinigkeit, die wir noch besprechen müssen." Inana blickte dabei nervös nach oben.

„Das hat Zeit bis morgen. Ich bin müde, Inana."

„Es dauert nicht lange", murmelte Inana und ging zu der Wand, an der sich die Steintafel befand. John spürte, wie sein Herz einen Moment aufhörte, zu schlagen, um dann mit voller Wucht gegen seine Rippen zu trommeln. Wie würde sein Onkel reagieren, wenn er Ben und Eddie erblickte? Inana hantierte am Touchscreen und im selben Moment begannen die Hängematten von der Decke zu schweben.

„Mann, das wurde aber auch höchste Zeit", hörte John Eddie maulen, noch bevor er ihn zu Gesicht bekam. „Ist ein scheiß Gefühl, im Nichts zu hängen, das könnt ihr glauben."

John stand wie angewurzelt da und beobachtete voller Sorge das grimmige Mienenspiel seines Onkels. Dessen Anblick war beängstigend. Seine Lippen bebten, sein Gesicht weiß und hart wie gefrorener Schnee, seine Augen waren kalt wie Eis. Es war einfach nur zum Fürchten.

Noch bevor die Hängematte ganz unten war, sprang Eddie heraus und murrte in seiner unverkennbaren Art unbeirrt weiter. „Was hat da so lang gedauert? Ich dachte schon, ihr hättet uns vergessen! Ich ..." Weiter kam er nicht, denn da bemerkte er Inanas Vater. Eddies Mund bewegte sich zwar noch, doch es kam kein Ton mehr heraus. Es schien, als hätte ihm der Anblick dieses Mannes die Stimme geraubt.

Ben war nun ebenfalls aus der Hängematte geklettert. Mit hochrotem Kopf und schnaubend wie ein Pferd schnauzte er Eddie wütend an.

„Halt die Luft an, Mann", zischte Eddie leise und gab ihm einen unsanften Tritt gegen das Schienbein.

„Autsch", schnauzte Ben und machte einen Satz rückwärts. „Sag mal ..." Doch dann erstarb auch seine Stimme. Er schien sogar etwas zu schrumpfen, als er schwer atmend Inanas Vater anstarrte. Sein Gesicht bekam eine leicht grünliche Farbe und er blies sich hektisch sein Haarbüschel aus den Augen.

Alle Augen waren nun auf Inanas Vater gerichtet. Niemand regte sich oder machte ein Geräusch, außer Ben, der pfeifend atmete.

Als die Stille einen unerträglichen Höhepunkt erreichte, legte Inanas Vater los. „Wer sind die beiden?", zischte er außer sich vor Zorn. Seine Stimme peitsche wie ein alles vernichtendes Unwetter durch den Raum. Kalt, erbarmungslos, barbarisch hallte sie wider. Seine Augen hatten nun etwas von einem Raubtier, das seine Beute im Visier hatte.

John fuhr diese Stimme durch sämtliche Glieder. Er spürte, wie ihm das Blut aus dem Gesicht strömte, seine Beine weich wurden, seine Eingeweide zu brennen begannen, doch er nahm er all seinen Mut zusammen. „Das ... das sind meine beiden Freunde ... Ben und Eddie", sagte er mit abgehackter Stimme.

„Die beiden sind Oberweltler!", betonte sein Onkel nun mit einer Stimme, die so eisig war, als käme sie direkt aus der Tiefkühltruhe. „Was im Namen aller Mächtigen haben die hier bei uns zu suchen, Inana?"

Ben hatte das Gefühl, jeden Moment tot umzufallen. „Vielleicht bin ich ja bereits tot und weiß es nur noch nicht", dachte er am ganzen Körper zitternd.

„Die beiden waren mit Enlil und Tiamat unterwegs, als Atlatis sie zu uns brachte", sagte Inana rasch. „Ben und Eddie können nichts dafür. Es ist alles Atlatis' Schuld. Wirklich, Dad!"

„Weiß deine Mutter von den beiden?", fragte ihr Vater mit ausdrucksleerer Stimme.

„Natürlich!", rief Inana hitzig. „Natürlich weiß Mum Bescheid!"

„Gut", sagte ihr Vater ganz ruhig, doch seine Mundwinkel zitterten leicht, was John nicht entging. „Belassen wir auch diese Angelegenheit für heute." Seine stechenden Augen ruhten kurz auf Ben und Eddie, dann verließ er ohne ein weiteres Wort Inanas Kammer.

„Mann, das ist vielleicht ein unfreundlicher Zeitgenosse", sagte Eddie entsetzt, als Inanas Vater den Raum verlassen hatte. „Da kommt einem ja das Gruseln!"

„Nicht nur das Gruseln, auch das Grauen", gab Ben seinen Senf dazu.

„Sprecht bitte nicht so von meinem Vater", schnaubte Inana giftig.

„Wenn es doch wahr ist", meckerte Eddie dreist.

„Ich denke, wir sollten wieder schlafen gehen", warf John rasch ein, um die Situation etwas zu entspannen. Er wollte verhindern, dass sich Inana und Eddie in die Wolle kriegten.

„Du hast recht, John", sagte Babs schnell, die ebenfalls Sorge hatte, Eddie könnte einen Streit vom Zaun brechen.

Ohne etwas zu sagen, kletterte Inana in ihre Hängematte, doch man konnte ihr ansehen, dass sie eingeschnappt war.

„Hey, Ben", flüsterte Eddie mit gehässigem Unterton, während er in seine Matte stieg.

„Ja?"

„Vergiss nicht, kein Wort von Bastet!"

„Von wem?"

„Na, von der Katze! Oder willst du etwa für den Rest deines Lebens, ein unansehnlicher Steinhaufen sein?"

„Musstest du das ausgerechnet jetzt erwähnen?", zischte Ben unwirsch.

„Hab's doch nur gut gemeint", flüsterte Eddie grinsend.

„Mistkerl! Blöder!", fauchte Ben wütend. Doch noch bevor er sich ernstlich über Bastet Sorgen machen konnte, war er auch schon eingeschlafen.

***

John hatte einen sehr unruhigen Schlaf. Er träumte blödes Zeug und erwachte schließlich durch ein dumpfes Geräusch. Es stellte sich heraus, dass das Geräusch von ihm selbst gekommen war, als er auf dem Boden aufgeschlagen war. Benommen kletterte in seine Matte zurück, konnte nicht fassen, herausgefallen zu sein, und versuchte, weiterzuschlafen, was aber nicht klappte. In seinem Kopf wirbelten die Gedanken. Nicht mal diese Hängematte konnte ihm nun den ersehnten Schlaf bringen. Was hatte sein Onkel vor? Würde er sie zu seinem Vater bringen? Dieser Gedanke löste Freude und Unbehagen gleichzeitig aus. Oder glaubte er ihnen kein Wort und würde sie alle zum Verhör bringen? Würde ihnen Tante Nisaba helfen? Oder glaubte sie ihnen auch nicht? Wieso hatte sein Onkel so eigenartig reagiert, als er von ihm und Babs erfuhr? Steckte er womöglich gar mit Atlatis und den dunklen Mächten unter einer Decke? Hatte Inana das Erlauschte missverstanden? Oder gelogen?

Es dauerte eine schöne Weile, bis John endlich wieder einschlafen konnte. Wieder versank er in einen unruhigen Traum und erwachte etwas später so jäh und endgültig, als hätte ihm jemand mit einem Hammer auf den Kopf geschlagen. Eine Weile lag er reglos da und starrte Löcher in die Luft. Dann dachte er abermals an seinen Onkel. Er grübelte und grübelte, bis es ihm unerträglich wurde und er aus der Matte sprang.

Allmählich erwachten auch Babs, Inana, Ben und Eddie. Ben hatte einen Albtraum gehabt. Er hatte davon geträumt, wie Bastet ihn zu Stein werden ließ. Nach dem Aufwachen überprüfte er sofort seine Arme und Beine auf ihre Funktion. Beruhigt stellte er fest, dass seine Gliedmaßen noch beweglich waren. „Blödes Katzenvieh", fluchte er innerlich und sprang ebenfalls aus seiner Hängematte.

Niemand sprach. Jedem war die Sorge über die Ungewissheit, was nun geschehen würde, ins Gesicht geschrieben. Bedrückt schlichen sie in den Raum mit dem großen runden Tisch. Weder Onkel Abgal noch Tante Nisaba waren anwesend. Sie ließen die Stühle von der Decke schweben und setzten sich.

Selbst Inana schien nervös, was gar nicht zu ihrer unbekümmerten und aufmüpfigen Art passte. John wurde jäh bewusst, mit welcher Rigorosität sein Onkel wohl Strenge und Härte an den Tag legen musste. Ein merkwürdiges Gefühl der Übelkeit und Leere im Magen überkam ihm, was aber nichts mit Hunger zu tun hatte. Als Tante Nisaba erschien, löste sich ein quälender Knoten in seiner Brust, doch seine

Befürchtungen waren keineswegs gebannt. Im Gegenteil. Durch seine innere Unruhe fiel ihm nicht mal auf, dass seine Tante normal gekleidet war. Sie trug nur ihren Overall. Keinen Kopfschmuck, keinen Firlefanz, keine Absonderlichkeiten zierten ihr Äußeres. „Guten Morgen", begrüßte sie alle, stellte ein großes Tablett mit unzähligen Schüsseln und Krügen auf dem Tisch ab und setzte sich.

„Guten Morgen, Tante Nisaba", antworteten John, Babs, Eddie und Ben. Auch Ben und Eddie waren über ihre Anwesenheit erleichtert. Sie hofften, Tante Nisaba würde ihnen helfen, wenn es brenzlig wurde.

„Greift doch zu", sagte diese auffordernd. „Ihr seid sicher hungrig."

„Ähm, sollten wir nicht besser auf Onkel Abgal warten?", erkundigte sich John unsicher und mit pochendem Herzen.

„Das ist nicht nötig", hörte John eine tiefe Stimme hinter sich, die ihn mehr denn je an ein heranziehendes Unwetter erinnerte. Sein Herz begann noch schneller zu schlagen. Mit einem Schaudern im Nacken beobachtete er seinen Onkel, wie er durch den großen Raum schritt und gegenüber von Tante Nisaba Platz nahm.

Sein Gesichtsausdruck war genauso unergründlich und kalt wie in der Nacht zuvor. Schweigend nahm er eine Schüssel nach der anderen und häufte sich Unmengen auf seinem Teller auf. Ohne ein Wort zu sagen, begann er zu essen. Es war nichts zu hören, außer hin und wieder das Geklapper von Besteck, das in Johns Ohren unnatürlich nachhallte. Es klang wie das Klirren des Grauens und hing wie ein schlechtes Omen in der Luft. Die Atmosphäre war so frostig, als säßen sie auf dem höchsten Gipfel eines Gletschers.

Johns Nerven waren zum Zerreißen gespannt. Er versuchte, ebenfalls zu essen, um seine Hände zu beschäftigen, konnte aber kaum schlucken. Es war ihm, als würde er an eine alte Schuhsohle kauen. Seine Unruhe hatte längst den Höhepunkt erreicht, als sein Onkel den Löffel zur Seite legte.

„Nisaba", sagte er, „hättest du jemals gedacht, zwei Oberweltler an unserem Tisch zu haben?"

„Ja, kaum zu glauben", sagte Tante Nisaba und schenkte sich dampfenden Tee in eine Tasse. „Aber im Grunde sind sie ganz nett."

„Das tut nichts zur Sache", sagte Onkel Abgal scharf. „Die beiden sind Oberweltler. So ist es doch, nicht wahr?" Sein Blick bohrte sich dabei buchstäblich in Ben und Eddie, als wollte er sie aufspießen. Seine Züge schienen noch schärfer, noch kantiger, jede Falte auf seinem Gesicht deutlicher zu sein. In seinem Blick lag kein Erbarmen. Er musterte Ben und Eddie so, als ob sie etwas Ekeliges wären.

„Ja, Sir ... Oberweltler, Sir. Entschuldigung, Sir", stieß Eddie hervor. Er sah dabei so belämmert drein, als hätte ihn etwas Schweres im Gesicht getroffen. Inana wieherte deshalb laut und schüttelte sich vor Lachen. „Klink dich wieder ein", murrte Eddie mit rotem Kopf und stocherte verlegen in seinem Brei. Auch Babs und Ben mussten nun grinsen. Das Eis wäre fast gebrochen, wenn Onkel Abgal nicht dazwischengefunkt hätte.

„Halt deinen Mund, Inana", schnauzte er mit strenger Stimme und Inana verfiel in hartnäckiges Schweigen, was John noch nervöser machte. „Wisst ihr, was wir mit Oberweltler tun, die unerlaubt bei uns eindringen?", fragte er Ben und Eddie, die Hilfe suchend zu Tante Nisaba blickten.

„Abgal", sagte Tante Nisaba mit unergründlichem Lächeln, „lass etwas Milde über sie walten." Zu aller Entsetzten erhob sie sich dabei. „Ihr entschuldigt mich", sagte sie mit unstetem Blick auf Onkel Abgal und verschwand mit ihrer dampfenden Tasse im Nichts. John, Babs, Eddie und Ben sahen mit geweiteten Augen bestürzt auf die Stelle, an der sie gerade noch gestanden hatte. Ben, dessen letzte Hoffnung mit Tante Nisaba verschwunden war, versank in seinem Stuhl und er nahm wieder eine leicht grünliche Gesichtsfarbe an. Er sah aus, als würde er den Drang, sich zu übergeben, mit aller Gewalt unterdrücken.

„Also wisst ihr es oder wisst ihr es nicht?", fragte Onkel Abgal abermals unbeirrt.

„Ja, Sir, wir wissen es", sagte John leise. „Inana hat es uns erzählt."

„Ah, dann wisst ihr sicher auch, dass das für alle Eindringlinge gilt."

„Das kannst du nicht tun, Onkel Abgal, Sir!", rief John mit einem Anflug von Zorn in der Stimme. „Eddie und Ben haben nichts verbrochen!"

„Ach nein?"

„Nein, Sir!"

„Wie würdest du es nennen, John?", fragte Onkel Abgal und betonte das Wort John so nachdrücklich, dass er damit ohne Umschweife kundtat, nicht im Entferntesten daran zu denken, John Enlil zu nennen.

„Ähm, na ja, auf keinen Fall Verbrechen", antwortete John entschieden.

„Ach nein? Und wieso nicht?"

„Na, weil sie kein Verbrechen begangen haben!"

„Tatsächlich?", sagte Onkel Abgal und ließ seine Zweifel durchblicken. „Sieh mal", sagte er dann mit düsterem Blick und gleichgültiger Stimme. „Die beiden hier", er deutete mit seinem Finger auf Ben und Eddie, die in ihren Stühlen immer kleiner wurden, „sind Oberweltler und bei uns unerlaubt eingedrungen. Und das ist bei uns nun mal ein Verbrechen."

Babs schnappte nach Luft, als ob Onkel Abgal sie mit kaltem Wasser übergossen hätte. Eddie wirkte, als wolle er was sagen, seine Angst schien aber groß genug, um ihn den Mund zu versiegeln. Ben sah elend drein und John verspürte brodelnde Wut im Magen. „Verbrechen hin oder her", sagte er aufgebracht. Er verspürte nun keinerlei Angst mehr, sondern wurde immer wütender. „Es ist ausschließlich Atlatis' Schuld. Wäre er nicht gewesen, würde keiner von uns hier sitzen." John wusste, dass dies nicht ganz der Wahrheit entsprach, doch es war ihm völlig egal.

„Es gefällt mir, wie du dich für deine Freunde einsetzt, John", sagte Onkel Abgal. „Dennoch muss ich …"

„Das würde jeder tun", unterbrach John, der nicht hören wollte, was sein Onkel musste.

„Nicht jeder, John", sagte Onkel Abgal. „Dennoch muss ich die beiden verhaften und zum Verhör bringen. Das verstehst du doch. Du und deine Schwester, ihr werdet uns begleiten."

„Versteh ich nicht", sagte John ungerührt, obwohl ihm der Schreck in die Glieder fuhr. „Der meint es tatsächlich ernst", dachte er entsetzt.

„Nun, auch wenn du es nicht verstehst, John", sagte sein Onkel aalglatt, „meine Entscheidung steht fest."

Von Ben kam ein leises Keuchen, Eddie sah grimmig drein und Babs saß mit ungläubigem Blick und hochgezogenen Schultern da.

„Ich bin der Sohn des Herrschers", sagte John mit fester Stimme und alle Augen richteten sich auf ihn. Er bekam Zweifel an der Klugheit seiner Worte, fuhr aber unbeirrt fort. „Ich bestimme, wer zum Verhör gebracht wird und wer nicht. Die beiden sind unschuldig. Sie haben nichts verbrochen und darum bleiben sie hier!"

„Genau", sagte Eddie zustimmend und kratzte sich ungerührt am Kinn.

John merkte, wie hirnrissig seine Worte waren. Hatte er tatsächlich geglaubt, mit so einem blöden Kommentar seinen Onkel umzustimmen? Er errötete leicht, doch gleichzeitig trat ein sturer Ausdruck auf sein Gesicht. „Hab ich nicht recht", rief er hitzig. Er wünschte fast, sein Onkel würde ihn für seine Dummheit anbrüllen.

„Gewiss, John", entgegnete sein Onkel mit spürbarer Kühle in der Stimme, die John unangenehmer unter die Haut kroch als der lauteste Schrei. „Natürlich hättest du recht, John, wenn du der Sohn unseres Herrschers wärst. Dann hättest du viele Rechte und könntest auch Einfluss darauf nehmen, was mit den beiden passiert. Damit du diese Rechte in Anspruch nehmen kannst, muss es sich allerdings erst beweisen, ob du der Sohn des Herrschers bist. Und bis dahin sage ich, wo es langgeht."

„Blöd gelaufen", entfuhr es Eddie.

„Halt's Maul, Mann", zischte Ben.

„Also gut", antwortete John zornig und stand auf, „dann lass es uns herausfinden. Aber bis es feststeht, lässt du Ben und Eddie in Ruhe. Wie willst du es überhaupt herausfinden?", fragte er dann verunsichert und setzte sich wieder.

„Wie ich das herausfinden will?", fragte Onkel Abgal und lachte laut auf. Es war ein hölzernes, kaltes Lachen und es hätte nicht deutlicher sein können, dass keiner außer ihm am Tisch amüsiert war. „Ganz einfach", sagte er tückisch mit boshaft funkelnden Augen, „ich sagte dir ja bereits, ich muss die beiden verhaften." Er deutete mit einer Miene, als hätte er gerade etwas Unappetitliches gesehen, auf Ben und Eddie. „Ich sagte dir auch, du und deine Schwester, ihr werdet uns begleiten. Ich werde euch nach Rhangri-Lo bringen. Dort wirst du und auch deine Schwester einer genauen Genprüfung unterzogen und deine Freunde einem Verhör."

„Wohin?", fragte John misstrauisch.

„Rhangri-Lo", wiederholte Onkel Abgal mit schneidender Stimme, die wie ein Peitschenhieb durch Johns Kopf knallte. „Solltest du die Genprüfung tatsächlich bestehen, John", sagte er mit dem Ausdruck größter Zweifel im Gesicht, „wirst in den Palast deines Vaters gebracht. Nachdem du deinem Vater vorgestellt wurdest, kannst du um Milde für deine Freunde bitten. Wenn du allerdings nicht bestehst, John ..."

„Natürlich besteht John", unterbrach Babs scharfzüngig, sah empört zu ihrem Onkel und wedelte ungestüm mit ihrem Löffel in der Luft herum. Onkel Abgals Mundwinkel zuckten, seine Miene wurde stählern und er durchbohrte Babs mit kaltem Blick.

„Wo ist denn dieses Rhan – na, diese Stadt eben?", fragte Eddie, obwohl es ihm überhaupt nicht interessierte. Er wollte bloß Babs zur Seite stehen, die noch immer unter Onkel Abgals bohrenden Blicken den Löffel schwang.

„Rhangri-Lo liegt unter dem Teil der Welt, den ihr Tibet nennt", mischte sich nun erstmals Inana mit belehrender Stimme in die Unterhaltung ein. „Rhangri-Lo ist eine sehr große Stadt", berichte sie stolz weiter. „Es gibt dort Dinge, die ihr sicher noch nie gesehen habt. Auch unser Herrscher hat dort seinen Pala…"

„Wer hat dich aufgefordert, zu sprechen, Inana?", herrschte ihr Vater sie rüde an und Inana verfiel erneut in Schweigen.

John saß nun aus mehreren Gründen wie elektrisiert da. Zum einen war ihm klar geworden, warum Inana bis jetzt geschwiegen hatte, zum anderen fielen ihm Professor Flirts Worte über Rhangri-Lo ein und zum dritten musste er sich rasch etwas einfallen lassen, um seinen Onkel an seinem Vorhaben zu hindern.

„Wer weiß", dachte er besorgt, „was mit Ben und Eddie passiert, während ich dieser Genprüfung unterzogen werde. Und was, wenn ich diese Prüfung nicht bestehe?" Aber wie sollte er seinen Onkel daran hindern, sie nach Rhangri-Lo zu bringen? Plötzlich kam ihm ein Gedanke. Wenn er es schaffen würde, seinen Onkel mit etwas abzulenken, könnte er Eddie und Ben damit Zeit verschaffen und mit etwas Glück würde sich bis dahin alles klären. Aber was wäre gut genug, um seinen Onkel von seinem Vorhaben abzuhalten?

„Onkel Abgal", begann John zögerlich, „könntest du dafür sorgen, dass Atlantis geschnappt wird? Ich meine, bevor du uns nach Rhangri-Lo bringst." Einer plötzlichen Eingebung nachgeben, fügte er rasch hinzu: „Und wäre es möglich, also … könnte ich dich dabei begleiten?"

„Ich soll mit dir Atlantis schnappen?", rief Onkel Abgal. Seine funkelnden Augen waren nun so kalt und unergründlich wie der Grund des Meeres.

„Na ja, ich dachte …", stotterte John etwas unbeholfen, „… also ich dachte, ich könnte vielleicht dabei sein. Atlantis ist immerhin mein Halbbruder. Er hat versucht, mich zu töten. Ich möchte mir nicht entgehen lassen, wie er geschnappt wird. Würde mich beruhigen, versteht ihr", fügte er hinzu, als er in die verständnislosen Gesichter der anderen sah. Flugs blickte er wieder zu seinem Onkel, der zu langsam war, um den hinterlistigen Ausdruck zu verbergen, der auf sein Gesicht getreten war. „Ich möchte unbedingt dabei sein, Onkel Abgal. Bitte, Sir", hakte John nach, da er hoffte, seinen Onkel damit überzeugen zu können. Was auch immer diesen hinterlistigen Ausdruck in sein Gesicht gezaubert hatte, wollte John nutzen, um Eddie und Ben vor Rhangri-Lo zu bewahren.

„Wie stellst du dir das vor, John?", fragte sein Onkel und wirkte amüsiert. Er richtete sich im Stuhl auf und lenkte sein ganzes Augenmerk auf John.

„Na ja, also ich dachte, ich könnte vielleicht als eine Art Köder mitkommen", sagte John mit hoffnungsvoller Miene. „Atlatis ist doch ganz scharf auf mich. Damit könnten wir ihn bestimmt in eine Falle locken."

„John, das ist doch Wahnsinn", keuchte Babs.

„Find ich nicht", antwortete John rasch, warf Babs einen grimmigen Blick zu und hoffte, sie würde ihren Mund halten. „Ich finde die Idee brillant. Atlatis fällt sicher darauf herein, so besessen, wie der von mir ist. Ich bin dann sozusagen das Trojanische Pferd, versteht ihr."

„Das Trojanische Pferd", wiederholte Onkel Abgal und ein leises Lächeln kräuselte seinen Mund.

„Das mit dem Köder machen sie im Fernsehen auch so", gab Eddie weise von sich. „Dort klappt es immer. Aber warum willst du dabei ein Pferd sein, John?"

„Es ist eine Metapher, du Matschbirne. Man könnte auch List dazu sagen, wenn du das besser verstehst", keuchte Ben und war selbst überrascht, den Mund aufzubringen. „Aber diese Idee ist bescheuert. Vollkommen blöd. Bist du übergeschnappt, John, oder was?"

„Ich würde meinen", sagte Onkel Abgal gereizt, ohne seinen Ärger verbergen zu können, „dass einige hier", er sah Ben und Eddie vernichtend an, „etwas stiller wären, wenn sie ihre Lage besser einschätzen könnten." Ben und Eddie saßen mit steifen Gesichtern da, sahen Onkel Abgal feindselig an, wagten es aber nicht, ihm etwas zu entgegnen.

„Wo denkst du, könnte Atlatis stecken?", fragte John, um von Eddie und Ben abzulenken und versuchte dabei, arglos neugierig zu klingen.

Onkel Abgal sah aus, als stecke ihm etwas Dickes im Hals, doch John hatte den Eindruck, dass er sehr rasch und intensiv nachdachte. „Brasilien", antwortete er schließlich knapp und versetzte John damit in Staunen.

Jäh beschlich den das unangenehme Gefühl, sein Onkel führe nun etwas ziemlich Arglistiges im Schilde. Es war nur ein Bauchgefühl, doch es beunruhigte ihn sehr. „Was macht Atlatis in Brasilien?", hakte er nach.

„Nun", begann Onkel Abgal verblüffend offenherzig, „in Brasilien, tief im Dschungel verborgen, gibt es eine sehr alte Stätte. Ganz in der Nähe, tief unterhalb …, aber nein, das tut nichts zur Sache", wimmelte er plötzlich wieder ab und lehnte sich auf seinem Stuhl zurück. Sein kantiges, ausdrucksloses Gesicht ließ dabei nicht erkennen, was in ihm vorging. Nur seine leicht zuckenden Mundwinkel verrieten John, dass er sehr angespannt war. „Atlatis hat Verbündete dort", fuhr Onkel Abgal fort und nun huschte ein fast unmerkliches Grinsen über sein Gesicht. „Darum ist auch anzunehmen, dass er sich dort aufhält."

„Sprichst du von Bakakor? Dieser Tempelstadt, in der einst die Uagha lebten. Meinst du die?", fragte John verblüfft und konnte es nicht fassen. Der Professor hatte also mit diesem Teil der Geschichte völlig richtig gelegen. Was ihn aber weit mehr verblüffte, war Onkel Abgals plötzliche Offenherzigkeit und er fragte sich erneut, was sein Onkel im Schilde führte.

„Woher weißt du davon? Woher kennst du diese Namen?", fragte Abgal und sprang auf, wodurch er Furcht einflößend groß wurde. Seine Hände fest an die Tischkante gepresst, die Knöchel weiß, so stand er da.

„Woher?", fragte Onkel Abgal abermals, seine Hände noch immer an die Tischkante gepresst.

„Ähm, von unserem Professor."

„Welchem Professor?", zischte Onkel Abgal giftig. Seine spitzen hervorstehen Wangenknochen und seine funkelnden Augen verliehen ihm dabei ein richtig gruseliges Aussehen.

„Professor Flirt von der Schule", antwortete John rasch.

„Und woher weiß der über Bakakor und die Uagha Bescheid?"

„Keine Ahnung."

„Ist er schon mal dort gewesen?", erkundigte sich Onkel Abgal im schroffen Tonfall eines Generals und einer Lautstärke von schwer dröhnenden Motoren.

„Nein, ich glaube nicht", mutmaßte John und fragte sich, was plötzlich in seinen Onkel gefahren war. Er wirkte nun völlig verändert, hatte einen sturen Blick und schien auf dem besten Weg, sich geistig vom Acker zu machen.

„Was ist denn so besonders an diesem Bakakor?", fragte Babs scheinheilig, die nicht minder überrascht wirkte.

„Das geht dich nichts an, Mädchen! Keinen von euch geht das was an!", fauchte Onkel Abgal barsch und sah aus wie ein rasender Stier.

Babs Gesicht wurde immer röter, als würde kochendes Wasser in ihr aufsteigen. „Aber", setzte sie mit rotem Kopf so buttrig nach, dass es gar nicht nach ihr klang, wurde aber von Onkel Abgal unterbrochen.

„Wir werden alle vernichten!", rief er plötzlich wie von Sinnen und sah dabei gefährlicher aus denn je. Seine Augen rollten in ihren Höhlen, als würde er gleich überschnappen und John fragte sich, was hier eigentlich vor sich ging.

„Vernichten?", sagte John, während sein Onkel dreinschaute, als würde er eben das Reich der Vernunft verlassen. „Was meinst du mit vernichten?"

„Auslöschen! Für immer unschädlich machen! Nur so können wir sie stoppen, ihren Machthunger beenden!", rief Onkel Abgal noch immer wie von Sinnen. Er schien nun völlig außer sich und knallte seine wuchtige Faust auf den Tisch. Es war, als hätte jemand einen Schalter bei ihm umgelegt und seinen Verstand ausgelöscht. Selbst Inana sah ihn nun perplex und mit weit aufgerissenen Augen an, was er jedoch nicht zu bemerken schien. John war ja bereits einiges von Mr. Spraud gewohnt, doch Derartiges hatte er noch nie erlebt.

„Wir müssen ihre Macht brechen und ihren Einfluss zerschlagen!", polterte Onkel Abgal wie ein Besessener weiter und schien seine Umgebung nicht mehr wahrzunehmen. „Müssen ihnen ihre Kräfte entziehen, dafür sorgen, dass sie für immer unschädlich gemacht werden!"

„Wen meinst du damit und warum willst du sie töten?", fragte John neugierig. Er hatte den starken Verdacht, sein Onkel zog hier eine hinterhältige Show ab. Warum sonst hätte er das alles sagen sollen? Oder hatte sein Gehirn wirklich einen Aussetzer? John wollte es nicht wirklich glauben.

„Ich sagte für immer unschädlich machen, nicht töten!", schnaubte sein Onkel Abgal.

„Und was macht ihr mit denen, wenn ihr sie nicht tötet?", fragte Eddie neugierig, dem Onkel Abgals Verhalten offenbar nicht zu denken gab. „Habt ihr Gefängnisse, wo ihr diese Leute einsperrt?"

Onkel Abgal sah Eddie mit geweiteten Augen an, als würde er eben aus einer tiefen Trance erwachen. Sein Gesichtsausdruck wirkte leicht konfus. Inana starrte ihren Vater noch immer perplex an, was er nun auch zu bemerken schien.

Zu Johns Verwunderung hatte er sich aber sofort wieder völlig im Griff und tat, als wäre nichts gewesen.

„Diejenigen, die wir unschädlich machen, werden wir auf einer Insel isolieren", entgegnete Onkel Abgal nun betont ruhig, schien aber nicht sonderlich erpicht, sich mit Eddie darüber zu unterhalten.

„Auf einer Insel?", fragte Babs überrascht.

„Gibt es hier ein so großes Wasser, dass eine Insel darauf passt?", ergänzte John Babs Frage neugierig.

„Natürlich", sagte sein Onkel zu aller Verwunderung. „Unter der Antarktis befinden sich Süßwasserseen und auf einem sehr großen haben wir eine abgeschottete Insel, die wir dafür verwenden."

„Am Südpol", sagte Babs und setzte ihre belehrende Miene auf, „gibt es keine Seen und auch keine Inseln. Dort gibt es nur Eis."

„Nicht in der Tiefe", belehrte sie nun ihr Onkel, hatte aber sichtlich Mühe, seine Beherrschung zu wahren. Eine machte eine kurze Pause, dann fuhr er fort. „In der Tiefe verbergen sich unter dem kilometerdicken Eisschild sehr viele Seen und Flüsse. Aufsteigende Wärme der Erdkruste erwärmen diese Seen. Die Wassertemperatur mancher Seen würde euch in Staunen versetzen. Über den Seen wölben sich riesige kuppelförmige Eisdächer. Der See mit unserer Isolationsinsel ist der größte und wärmste. Er ist unter einem viertausend Meter dicken Eispanzer verborgen und von euch unentdeckt. Bei euch weiß man wohl über die Existenz einiger Seen Bescheid, doch dieser ist euch völlig fremd. Es gab von euch schon mehrere armselige Bohrversuche, um etwas über einige dieser Seen herauszufinden, darüber konnten wir hier allerdings nur herzhaft lachen. Mit eurer bedauernswerten Technologie werdet ihr diese Seen nie zu Gesicht bekommen und eure armseligen Erkenntnisse über diese Seen sind genauso bedauernswert wie eure Technologie." Ben starrte Onkel Abgal mit so großen Augen an, als würde ihm etwas Gruseliges aus der Nase hängen. Er glaubt ihm kein Wort, nahm sich aber vor, die Sache mal zu googeln.

„Das kann nicht sein", widersprach Babs dagegen prompt mit verdrehten Augen.

„Ah, du bist wohl eine von der ganz schlauen Sorte", sagte Onkel Abgal bissig. „Wenn ihr euch nur ein bisschen mehr für eure Belange interessieren würdet, würdet ihr auf so Einiges kommen. Ihr habt sicher Möglichkeiten, euch über derartige Dinge zu informieren. Tu es einfach, Mädchen. Auch euch anderen kann das nicht schaden."

„Und auf dieser Insel lasst ihr Leute verschwinden?", fragte Eddie und klang milde beeindruckt.

„Wir isolieren sie dort", sagte Onkel Abgal und ein Anflug von Überlegenheit huschte über sein Gesicht. „Atlatis kann ein Lied davon singen und auch ihr werdet Bekanntschaft mit dieser Insel machen, wenn sich eure Geschichte als unwahr bestätigt."

John spürte abermals brodelnde Wut in seinem Magen aufschäumen wie Säure, die nun auch vor seinem Gehirn nicht Halt machte. „Sollte sich unsere Geschichte jedoch als wahr erweisen", sagte er getrieben von dieser unsäglichen Wut und sah seinen Onkel herausfordernd an, „werde ich veranlassen …"

„Nein, John! Sag's nicht", mahnte Babs leicht hysterisch, da ihr Fürchterliches schwante und sie Heidenangst vor Onkel Abgals Reaktion hatte.

„Wir werden ja sehen, John", lachte Onkel Abgal, der offenbar genau wusste, was John sagen wollte. „Wir werden ja sehen."

„Wieso war Atlatis auf dieser Insel?", erkundigte sich Babs hurtig, damit John nichts Unbedachtes sagen konnte, und versuchte, sich diese Insel bildlich vorzustellen.

„Atlatis ist kein Unschuldslamm", erwiderte Onkel Abgal. „Viele seiner Taten sind nicht zu entschuldigen, doch es wurde ihm in der Vergangenheit auch sehr oft übel mitgespielt. Nicht alles, was er erdulden musste, war gerecht."

Bei diesen Worten sah John eine Art Mitleid im Gesicht seines Onkels. Es war nur für einen sehr kurzer Moment sichtbar, der auch sogleich wieder vorbei war, als er es selbst merkte, aber John war es nicht entgangen. „Wie willst du Atlatis in Bakakor schnappen?", erkundigte er sich, doch Mitleid für seinen Halbbruder rührte sich nicht.

„Wenn ich es mir recht überlege, John", sagte Onkel Abgal plötzlich mit merkwürdig hohler Stimme und arglistig blitzenden Augen, „ist dein Vorschlag wie geschaffen für mein Vorhaben. Ja, John, du wirst mich begleiten. Ich bin gleich zurück." Onkel Abgal erhob sich und verließ im nächsten Augenblick den Raum. „Ja, so wird es geschehen", murmelte er, als er durch die Tür ging.

John wurde ganz schummrig zumute. Was hatte sein Onkel mit ihm vor? Er blickte fragend zu Inana, die noch immer völlig verwirrt über das Verhalten ihres Vaters schien und nur mit den Schultern zuckte. Ihr Verhalten irritierte John, doch sein Onkel machte ihm im Moment weit mehr Kopfzerbrechen. Nur zu gerne hätte er mit Babs, Eddie und Ben darüber gesprochen, doch vor Inana wollte er das keinesfalls tun. So saß er schweigend da und grübelte.

Plötzlich fuhr ein atemberaubender Gedanke wie ein elektrischer Stromschlag durch seinen Kopf. Er sprang auf, murmelte: „Ich muss mal", und verschwand im Vorraum. Er wollte seinen Onkel belauschen. Wenn Inana das konnte, konnte er es auch. Vielleicht würde er so mehr erfahren. John spürte, wie Erregung durch seinen Körper strömte. Sämtliche seiner Nerven schienen sich zu spannen. Auf leisen Sohlen schlich er durch den Vorraum zur nächsten Tür. Er legte gerade mit trockenem Mund und zusammengezogenem Magen sein Ohr an das kühle Holz, als ihm einfiel, dass sein Onkel sicher nicht Englisch sprechen würde. Da er nichts hörte, schlich er enttäuscht zur nächsten Tür. Wieder war nichts zu hören. Vier Türen waren noch übrig. Er hatte furchtbare Angst, sein Onkel oder seine Tante könnte ihn erwischen. Er beschloss, zurückzugehen, da ihm das Risiko, ertappt zu werden, zu hoch war. Noch dazu, wo er sowieso nichts verstehen würde. Als er auf dem Weg zurück an einer weiteren Tür vorbeischlich, vernahm er plötzlich eine Stimme. Erneut durchsickerte ihn Erregung. Er presste sein Ohr, so fest er konnte, gegen diese Tür und konnte jäh einige Worte verstehen.

„... in etwas mehr als zwei Stunden ... sorg dafür, dass er es ... ja, genau." Die Stimmer erkannte John mühelos als die seines Onkels. Er presste sein Ohr noch fester an die Tür, wunderte sich, warum sein Onkel Englisch sprach, und lauschte weiter. Sein Herz pochte jedoch so laut, dass es beim Lauschen hinderlich war.

„Ich bring den Jungen nach ..." Das nächste Wort konnte John nicht verstehen, da sein Onkel es sehr leise sagte. „Verdammt", dachte er, „wieso konnte ich ausgerechnet nicht verstehen, wo er mit mir hinwill."

„Ja, du hast richtig gehört", sagte sein Onkel nun und John wusste, Wichtiges verpasst zu haben. „...ich weiß, du bist anderer Meinung", hörte John ihn jetzt sagen. „...ich dachte, wir hätten das längst geklärt ... schön, dann betrachte es eben als Fehler ... nein, du kannst mich nicht umstimmen ... ja, wir treffen uns dort ... und, Adamu, der Junge darf dich nicht sehen."

Unschlüssig, ob ihn diese Informationen nur beruhigen oder gar entsetzen sollten, huschte John rasch zurück. Er setzte sich auf seinen Stuhl und versuchte angestrengt, den Eindruck zu erwecken, als wäre nichts geschehen. Er fragte sich gerade zum wiederholten Male, wieso sein Onkel Englisch gesprochen hatte, als Übelkeit in ihm hochstieg. Hatte sein Onkel geahnt, dass er lauschen würde? Hatte er nur deshalb Englisch gesprochen? Aber woher sollte er es wissen? „Wäre ich nur früher auf die Idee gekommen", verfluchte sich John, dann hätte ich vielleicht mehr erfahren.

Die Tür ging auf, John schreckte aus seinen Gedanken hoch und sah entsetzt in das zufriedene Gesicht seines Onkels. Sein Entsetzen wuchs noch ein Stück mehr, als der ihn mit den Worten: „Steh auf, wir gehen", frostig anherrschte.

„Wo ... wo willst du hin?", erkundigte sich John mit stockendem Atem.

„Bakakor! Du wolltest doch dabei sein. Schon vergessen?"

„Ähm, nein", sagte John. „Heißt das, wir versuchen, Atlatis zu schnappen?"

„Das war es doch, was du wolltest. Oder etwa nicht?"

„Ja, schon", sagte John zögernd und fragte sich, was sein Onkel wirklich vorhatte. Sein plötzlicher Sinneswandel und die Worte, die er erlauscht hatte, deuteten nicht auf eine Verfolgung von Atlatis hin. Was sollte er jetzt tun? Einfach mitkommen? Eine Mischung aus Freude und Angst fuhr ihm in die Knochen. Freude, weil er Eddie und Ben vor Rhangri-Lo bewahren konnte, Angst, weil er sich ernstliche Sorgen um seine eigene Gesundheit machte. „Wie willst du Atlatis finden?", erkundigte er sich vorsichtig. „Ich meine ..."

„Es geht gleich los?", unterbrach ihn Eddie so aufgekratzt, als könnte er es kaum noch erwarten.

„Ihr bleibt natürlich hier!", blaffte Abgal und Eddie klappte die Kinnlade runter.

„Wie bitte!", rief Eddie aufgebracht. „Wir dürfen nicht mit? Wieso zum ..."

Onkel Abgal hob die Hand, um Eddie Schweigen zu gebieten. „Ihr bleibt hier und wartet auf meine Rückkehr", sagte er energisch und kassierte dafür von Babs einen störrischen Blick, die anschließend höchst alarmiert zu John sah. „Inanas Mutter wird sich solange um euch kümmern."

John lief ein kalter Schauer über den Rücken. Sein Onkel hatte gerade seine Rückkehr angekündigt. Nicht ihre gemeinsame, sondern nur seine Rückkehr. „Könnte es sein", schoss es John durch den Kopf, „dass es Onkel Abgal von Anfang an nur auf mich abgesehen hatte, um mich hier wegzuschaffen? Ging es hier gar nicht um Ben und Eddie, sondern nur um mich? Steckt mein Onkel tatsächlich mit Atlatis unter einer Decke? War die Geschichte mit der Genprüfung und dem Verhör nur erfunden, um mich hier wegzulocken? Wieso ist mir das eigentlich nicht eher aufgefallen?" All das fragte er sich entsetzt. „Wie blöd kann man eigentlich sein? Wie konnte ich mich nur derart hinters Licht führen lassen?"

„Nur damit das klar ist", stieß Babs nicht minder energisch als Onkel Abgal hervor und setzte jene tragische Miene auf, die sie immer aufsetzte, wenn sie etwas erreichen wollte. „Ich werde nicht von Johns Seite weichen."

„Wenn ihr meint, Schwierigkeiten machen zu müssen", zischte ihr Onkel kalt, „lasse ich euch gleich verhaften. Denkt ja nicht, ich lass mir von euch auf der Nase herumtanzen."

„Aber ...", begann Eddie erneut zu protestieren. Als er dann jedoch in das kalte und entschlossene Gesicht von Onkel Abgal blickte, verstummte er. „Großartig", dachte er, „der Typ ist doch vollkommen verpeilt."

John war nun noch fester davon überzeugt, dass sein Onkel ihm an den Kragen wollte. Er war ebenso fest davon überzeugt, dass sein Onkel nicht mal im Traum daran dachte, Atlatis zu schnappen, sondern mit ihm und den dunklen Mächten unter einer Decke steckte. John fragte sich, wer dieser Adamu sei und was er mit der Sache zu tun haben könnte? Warum er ihn nicht sehen durfte? Dann überlegte er fieberhaft, wie er seinem Onkel entkommen konnte.

Der hatte es jedoch plötzlich verdammt eilig. Onkel Abgal zückte seine Vril-Kugel, schnappte sich unter den bestürzten Blicken von Babs, Eddie, Ben und Inana Johns Finger, presste ihn auf seine Vril-Kugel und noch bevor John reagieren konnte, wurde er von dem Sog erfasst.

In die Falle gelockt

John landete nur Sekunden später in Onkel Abgals Aircutter, der sich sofort hinter das Steuerpult klemmte. Der Aircutter begann zu summen und erhob sich. Es ging alles so verflucht schnell, dass John kaum Zeit zum Nachdenken blieb. Die Ungewissheit, was ihn nun erwarten würde, legte sich wie beißende Kälte über ihn und war für ihn kaum zu ertragen.

„Du kannst dich neben mich setzen", sagte Onkel Abgal kalt, während der Aircutter immer höher stieg.

Schweigend setzte sich John neben seinen Onkel. Als sie Amun-Re hinter sich gelassen hatten, glitten die Tunnelwände wieder in einer derartigen Geschwindigkeit an ihnen vorbei, dass John abermals ganz schwindlig wurde. Nachdenklich blickte er aus der Kuppel. Wollte sein Onkel tatsächlich Atlantis in eine Falle locken? Oder war die Falle für ihn? Er fühlte sich stark genug, um mit dem, was nun auf ihn zukommen würde, fertigzuwerden, es konnte jedoch die Bedrohung nicht eindämmen, die er mit jeder Minute näher kommen spürte. Er rechnete fest mit Ungemach. Das Verhalten seines Onkels ließ bei näherer Betrachtung keine guten Schlüsse zu und er verfluchte sich dafür, mitgekommen zu sein.

„Ich hätte abhauen sollen", dachte er sauer auf sich selbst. „Ich hätte mit der Vril-Kugel von Tante Nisaba mit Babs, Eddie und Ben abhauen sollen, anstatt Onkel Abgal zu belauschen." Verstohlen fasste er in die Hosentasche seines Overalls und stellte beruhigt fest, dass seine Kugel noch da war. Er überlegte kurz, jetzt abzuhauen, verwarf den Gedanken aber gleich wieder. Aus dem fliegenden Aircutter zu verduften, würde er sicher nicht hinbekommen – und wenn doch, was würde dann aus Babs, Eddie und Ben? „Wie lange fliegen wir?", fragte er seinen Onkel stattdessen. Halb aus Neugier, halb aus der Hoffnung heraus, der Flug würde sehr lange dauern und damit das Unausweichliche noch etwas hinauszögern.

„Zwei Stunden", antwortete sein Onkel knapp.

John musste an die Worte seines Onkels denken, die er erlauscht hatte. Da hatte er etwas von in zwei Stunden eintreffen gesagt. Damit waren also wirklich sie gemeint. „Wie schnell fliegen diese Dinger?", hakte er in einem vagen Versuch nach, um herauszufinden, ob sie wirklich nach Bakakor flogen, da ihm zwei Stunden reichlich kurz vorkamen, um von Ägypten nach Brasilien zu gelangen.

„Aircutter können mit Lichtgeschwindigkeit reisen. Allerdings machen wir das nur, wenn wir in den Weltraum fliegen. Hier müssen wir langsamer fliegen."

Diese Auskunft brachte John kein Stückchen weiter. Er fragte sich jedoch, was sein Onkel im Weltraum tat, sagte aber nichts, da dieser nicht den Eindruck erweckte, dies erörtern zu wollen.

„Was hast du vor, wenn wir dort sind?", erkundigte sich John nach längerem Schweigen. Es war ein weiterer verzweifelter Versuch, mehr herauszufinden. Vielleicht konnte er seinen Onkel ja eine unbedachte Äußerung entlocken.

„Ich werde mich mit einigen Leuten in Verbindung setzen", sagte Onkel Abgal harsch. Sein rechter Mundwinkel zuckte dabei fast unmerklich.

John blickte wieder schweigend aus der Kuppel und dachte über seinen Onkel nach. Wollte er ihn, John, nur in den Dschungel bringen, um ihn dort zu beseitigen? Sicher, es war bestimmt ein hervorragender Ort, um jemand unbemerkt und für immer verschwinden zu lassen, aber das könnte er woanders auch. Oder irrte er sich tatsächlich in diesem Mann? Da es ihm unmöglich war, dies herauszufinden, versuchte er, sich vorzustellen, wie es im Urwald sein würde. „Hoffentlich treffe ich keine giftigen Spinnen, Schlangen oder ähnlich abscheuliches Getier", dachte er angewidert und schüttelte sich vor Ekel.

Die Reise dauerte bereits weit über eine Stunde und allmählich begann John sich zu langweilen. Die Tunnelwände, die an ihm vorbeirasten, brachten keinerlei Abwechslung und sein Onkel schien nicht erpicht auf ein Gespräch. So döste er vor sich hin und dachte über die dunklen Mächte nach. Jäh riss ihn sein Onkel aus den Gedanken, als er ihn fragte, ob er den Aircutter landen wolle. Augenblicklich kehrte Leben in ihn zurück.

„Klar!", rief John aufgekratzt. „Sicher will ich das", sagte er dann etwas ruhiger und bemühte sich, so zu klingen, als wäre er ganz locker und froh. Dann tauschte er mit seinem Onkel den Platz und saß nun am Steuer dieser fliegenden Untertasse. „Wenn das Eddie sehen könnte", grinste er schelmisch, aber auch etwas wehmütig in sich hinein, da er seine Freunde und Babs sehr vermisste. Aufgeregt betrachtete er die vielen Hebel, Schalter, Tasten und was dieses Cockpit sonst noch so zu bieten hatte. Das Herz pochte ihm gegen die Rippen. Er hatte einmal das Cockpit eines Linienflugzeuges gesehen. Damals war er von den vielen Instrumenten ebenso fasziniert gewesen wie heute, obwohl man Flugzeuge in keiner Weise mit diesen fliegenden Schüsseln vergleichen konnte. Und nun sollte er selbst so ein Ding landen, wo er doch überhaupt keine Ahnung vom Fliegen hatte. Er fühlte sich unglaublich nervös.

Gewissenhaft befolgte er die Anweisungen seines Onkels. Es war bei Weitem nicht so schwierig, wie er es sich vorgestellt hatte. Dieses Ding flog praktisch von selbst. Allmählich begann es, John Spaß zu machen. Als sie sich ihrem Ziel näherten, gab ihm sein Onkel ganz genaue Anweisungen. Er sagte, in welcher Reihenfolge was getan werden musste. Der Aircutter schwebte nur noch sehr langsam und John war stolz, dass Steuern dieser riesigen Schüssel so gut meistern zu können. Kurz darauf konnte er in einiger Entfernung einen riesigen Abstellplatz ausmachen, auf dem viele Aircutter schwebten. Es war eine gigantische Höhle, von einer Stadt war jedoch nichts zu sehen.

„Ich dachte, Bakakor ist auch eine unterirdische Stadt", sagte John, konnte aber das Unbehagen, das in seiner Stimme mitschwang, kaum verbergen.

„Armada, so heißt die Stadt, in die wir zuerst müssen. Sie ist gut fünfzig Kilometer von hier entfernt", erklärte sein Onkel mit steinernem Gesicht und John fragte sich, warum sie dann ausgerechnet hier landeten. Was ihn aber weit mehr interessierte, war, was zum Geier sein Onkel in Armada wollte und wo sich dieses Armada befand. Gerade als er seinen Onkel fragen wollte, befahl ihm dieser, den runden Schalter auf der linken Seite neben dem roten Schubbeschleuniger zu drücken. John, der mit seinen Gedanken ganz woanders war, hörte nur etwas von einem roten Schalter und drückte den erstbesten Schalter, der rot war, nach unten. Der Aircutter beschleunigte daraufhin in einem atemberaubenden Tempo und schoss in einem sehr steilen Winkel nach oben davon. Die Funken und Blitze, die zwischen den rotierenden Tellern unter der Kuppel hervorsprühten, waren so blendend hell, dass alles andere in samtene Dunkelheit getaucht wurde.

„Ach du liebe Zeit!", schrie sein Onkel. „Ich sagte ausdrücklich, den runden Schalter links neben dem roten Schubbeschleuniger drücken!" John drückte denselben Schalter rasch noch mal, da er dachte, die Sache damit zu bereinigen, doch der Aircutter beschleunigte darauf erneut. Entsetzt sah er aus der Kuppel. Eine eisige Woge des Grauens überkam ihn, als er die Decke der großen und zum Glück auch mächtig hohen Höhle in atemberaubender Geschwindigkeit näher kommen sah. Der Aircutter beschleunigte jedoch immer weiter.

„Tu doch was!", brüllte John panisch und sprang auf. „Wir krachen sonst gegen die Decke!" Er versuchte, nicht daran zu denken, denn wenn er es tat, bekam er das fürchterliche Gefühl, etwas sehr Großes wolle aus seinem Magen.

„Drück den dritten Schalter von rechts, in der zweiten Reihe auf der linken Seite!", knurrte sein Onkel. Sein Kiefer mahlte vor Zorn.

„Was? Welchen Schalter?"

„Den dritten von rechts in der zweiten Reihe auf der linken Seite", wiederholte sein Onkel ungeduldig. „Mach schon, drück ihn endlich!"

John versuchte fieberhaft, den richtigen Schalter zu finden, doch es gelang ihm nicht. Er war so aufgeregt, dass er alles durcheinanderbrachte. Rasch warf er nochmals einen Blick aus der Kuppel.

„Oh nein! Wir knallen gleich gegen die Decke", keuchte er entsetzt und zog instinktiv den Kopf ein.

Sein Onkel stieß ihn vom Steuerpult weg, doch es war bereits zu spät. Mit einem gewaltigen Rumps prallte der Aircutter gegen die Felsen der Höhlendecke. John wurde dabei durch die ganze Kuppel geschleudert. Während er sich aufrappelte, versuchte sein Onkel, ziemlich hektisch den Aircutter unter Kontrolle zu bringen. Sie prallten dabei einige Male leicht gegen die Decke, dann sackte der Aircutter plötzlich abrupt ab. Johns Magen bewegte sich Richtung Hals. Er warf erneut einen Blick aus der Kuppel. Zum Glück befand sich kein geparkter Aircutter in der Nähe. Sein Onkel zog das Ding, knapp bevor sie am Boden aufschlugen, hoch und Augenblicke später knallten sie wieder gegen die Decke. Der Aircutter begann wild zu trudeln und schraubte sich in einem Höllentempo wie eine Spirale nach unten. Es verursachte einen mächtigen Knall, als sie auf dem Boden aufschlugen. John flog abermals durch die Kuppel, knallte mit seinem Kopf gegen das Glas, landete unsanft auf der Rückbank und rutschte zu Boden. Kleine Lichter flammten vor seinen Augen auf. Einen Moment lang war ihm so schwindlig und wirr zumute, dass er nicht aufstehen konnte. Der Aircutter gab bedrohliche Summ- und Zischlaute von sich. „Hoffentlich explodiert das Ding nicht", dachte John und rieb sich seinen schmerzenden Hinterkopf, auf dem sich eine große Beule befand. Noch immer benommen, rappelte er sich auf und sah seinen Onkel zwischen Steuerpult und Cockpitsessel eingeklemmt hängen. Sein Körper wirkte ziemlich schlaff. „Onkel Abgal, bist du okay?", erkundigte er sich vorsichtig. Er hatte ein verdammt schlechtes Gewissen. Wäre er nicht so unaufmerksam gewesen, wäre dies alles mit Sicherheit nicht passiert. Rasch ging er zu seinem Onkel. Er verharrte an seiner Seite und starrte auf seinen schlaffen Körper hinab wie auf den Kadaver einer toten Kuh. Dann rüttelte er ihn an der Schulter. „Onkel Abgal?", sagte er erneut und taumelte einen Schritt rückwärts.

Das Summen, Zischen und Ächzen des Aircutters wurde immer lauter und John fühlte sich jäh lebendig begraben und beengt wie in einem Sarg. Die blaue Beleuchtung der Kuppel begann zu flackern, wurde immer schwächer und erlosch knisternd. Düsternis umhüllte John, als hätte jemand den Sargdeckel geschlossen. Panik drückte auf ihn wie ein Leichentuch. Plötzlich flackerte die Beleuchtung wieder auf und Funken flogen umher. Er sah zu seinem Onkel, doch der war ein grauenvoller Anblick. Bleich und reglos wie eine angeschwemmte Leiche hing er da. John wusste nicht, was er empfinden sollte – außer Entsetzen und Gewissensbisse. Jetzt hatte er auch noch seinen Onkel ins Jenseits befördert. Gut, zugegeben, so war es ihm lieber, als umgekehrt, dennoch hatte er große Schuldgefühle. Von Reue gepackt, rüttelte er seinen Onkel nochmals kräftig an der Schulter. Der Kopf seines Onkels baumelte dabei wie ein abgeknickter Ast hin und her. „Na toll", dachte John mit aufgestellten Nackenhaaren, rüttelte noch fester und wünschte, der Kopf seines Onkels wurde nicht so hin und her schlagen.

Plötzlich regte sich Onkel Abgal, stöhnte leise und schlug die Augen auf, die, wie John fand, nun noch tiefer in ihren dunklen Höhlen lagen. Sein Onkel sah ihn an, als ob er etwas Abartiges wäre, dann wurden seine Züge etwas straffer. „John, du musst den Aircutter abstellen", raunte er kaum hörbar mit schielendem Blick.

„Wie denn?"

„Der Hauptschalter, John! Ein großer viereckiger Schalter mit der Glyphe A."

John hatte keine Ahnung, wie diese aussehen könnte. Verzweifelt suchte er einen viereckigen Schalter. Es gab mehr als zwei Dutzend davon, die alle mit Hieroglyphen gekennzeichnet waren. „Ich kann den Schalter nicht finden", jammerte John nervös, während das Zischen immer lauter wurde, die herumfliegenden Funken immer mehr wurden und sich nun auch noch beißender Qualm in der Kuppel ausbreitete.

„Diese Glyphe sieht so ähnlich wie ein Zweier in eurer Schrift aus. Es befindet sich ein kleiner Kreis darauf. Mach schon, John!"

„Ein Zweier mit einem Kreis, ein Zweier mit einem Kreis", murmelte John unaufhörlich vor sich hin und suchte fieberhaft alle Schalter nach diesem Zeichen ab. Seine Augen brannten von dem Qualm und allmählich wurde er von einer Höllenangst befallen. Er blickte kurz nach draußen. Außerhalb der Kuppel war es noch viel schlimmer. Rote und gelbe Blitze zischten vom Aircutter weg, prallten gegen die Höhlenwand und kamen als Geschosse zurück. Manche schlugen wie Kanonenkugeln auf der Glaskuppel ein. John hoffte, dieses Ding würde den Blitzen standhalten. „Wo ist nur dieser verfluchte Schalter?", dachte er verbissen. „Ein Zweier mit einem Kreis, komm schon – du musst ihn finden, sonst fliegt dir die ganze Schüssel um die Ohren." Seine Nervosität war nun so groß, dass er fürchtete, schlicht und einfach den Kopf zu verlieren.

„Jetzt mach, John", röchelte sein Onkel und bemühte sich, sich aus seiner eingeklemmten Lage zu befreien.

John suchte fieberhaft weiter. Er war schon ganz duselig von dem vielen Qualm und sehen konnte er auch fast nichts mehr. Seine Augen brannten und tränten, sodass er wie durch einen Hitzeschleier alles nur noch verschwommen sah. Panik überrollte ihn wie eine Dampfwalze. Er versuchte, den Rauch wegzublinzeln, um etwas sehen zu können, und suchte kopflos weiter. Irgendwie schien sein Gehirn blockiert. Ihm war übel und so heiß, als würde kochendes Wasser in ihn hineingegossen. „Jetzt mach schon, ein Zweier mit einem Kreis – such endlich", feuerte er sich selbst angstgelähmt in Gedanken an. „Ich habe ihn!", rief er plötzlich und hoffte aufrichtig, es würde sich um den richtigen Schalter handeln.

„Dann drück ihn endlich nach unten", schnaufte sein Onkel gereizt. „Oder willst du mit dem Aircutter in tausend Stücke zerfetzt werden?"

Das wollte John natürlich nicht. Mit zittriger Hand legte er einen Finger auf den Schalter, schloss die Augen und betete, dass es sich dabei auch wirklich um den richtigen handeln würde.

***

Inana, Babs, Eddie und Ben saßen auf bequemen großen Kissen in Inanas Kammer auf dem Fußboden und übten bereits eine Weile mit ihren Vril-Kugeln. Sie hatten sich, nachdem John und Onkel Abgal weg waren, in Inanas Kammer zurückgezogen. Eddie war noch immer stocksauer, dass er nicht mitdurfte, und konnte sich kaum auf die Übung konzentrieren. Babs war bereits recht gut im Umgang mit der Vril-Kugel, obwohl ihre Sorge um John ihre Konzentration beeinträchtigte. Inana versuchte gerade, ihnen beizubringen, wie man in einem geschlossenen Buch lesen konnte.

„Mann, so ein Schwachsinn", maulte Eddie aufbrausend in seiner üblich charmanten Art. Er konnte nur mühsam seine Gereiztheit zügeln. „Wie um alles in der Welt soll mein Geist in ein Buch eindringen?", fauchte er schlecht gelaunt.

„Nur weil ihr Oberweltler dazu nicht in der Lage seid, ist es noch lange kein Schwachsinn", murrte Inana missbilligend. „Tu, was ich dir gesagt habe, und konzentriere dich gefälligst ein bisschen. Ist ja nun wirklich nicht so schwer!"

Babs tat, wie ihr geheißen. In einer Hand hielt sie die Vril-Kugel, die grün leuchtete, die andere legte sie auf den Buchumschlag. Plötzlich öffnete sich nach unzähligen Versuchen das Buch tatsächlich in ihrem Geist. Sie war selbst überrascht, war aber nun in der Lage, in dem Buch zu lesen. Sie konnte jede beliebige Seite aufschlagen und umblättern, obwohl das Buch die ganze Zeit über zugeklappt vor ihr lag. Es wirkte unheimlich auf sie und ihr gruselte, doch es war auch berauschend. Wer konnte schon in einem zugeschlagenen Buch lesen? „Ich kann's!", rief sie begeistert.

„Echt?", fragte Eddie neidisch. „Bei mir klappt es nicht."

Babs legte das Buch zur Seite und sah zu Eddie. „Nun, ich weiß ja nicht, was du erwartet hast, Eddie, aber wenn du weiter nur herumnörgelst, wirst du es nie lernen. Es ist ganz einfach. Du musst dich nur darauf konzentrieren, den Inhalt des Buches zu sehen", sagte sie belehrend, obwohl sie selbst nicht wusste, wie sie es geschafft hatte.

„Was denkst du eigentlich, was ich die ganze Zeit tue?", fauchte Eddie nun noch gereizter. „Ist doch wirklich ganz einfach", äffte er Babs wütend nach. „Dass ich nicht lache!"

„Jetzt kannst du auf die gleiche Weise versuchen, durch eine Wand zu sehen", sagte Inana zu Babs, ohne sich weiter um den nörgelnden Eddie zu kümmern.

„Durch eine Wand?", fragte Babs verblüfft.

„Warum denn nicht?", meinte Inana gleichmütig. „Es gibt keinen Unterschied zwischen einem Buchdeckel und einer Wand. Wenn man es kann, kann man durch alles sehen",

„Aber dann kann doch jeder, der es beherrscht, hier reinsehen", sagte Babs erschrocken.

„Die Wände sind mit Vril versiegelt", gab Inana von sich. „Keiner kann hier reinsehen."

„Und wie kann man dann raussehen?", erkundigte sich Eddie verständnislos.

„Weil der Blick nach draußen möglich ist", sagte Inana grinsend. „Versuch es, Babs. Du wirst sehen, es klappt."

Babs ging zu einer Wand und legte ihre Hand darauf. Mit der zweiten Hand hielt sie die Vril-Kugel fest umschlossen. Sie versuchte es wie beim Buch, doch nichts geschah. Sie konzentrierte sich erneut und versuchte es abermals. Wieder tat sich nichts, doch sie wollte nicht aufgeben und versuchte es immer wieder. Plötzlich löste sich vor ihren Augen die Wand auf und gab den Blick auf die Stadt frei. Sie konnte es selbst nicht fassen und war nun vor Begeisterung völlig durch den Wind. „Das ... das funktioniert wirklich", raunte sie ganz aus dem Häuschen. „Es ist so was von unglaublich, sag ich euch. Ihr müsst das auch lernen. Dieses Gefühl ist unbeschreiblich, einfach irre!"

Eddie sah gelb vor Neid zu Babs, stöhnte und versuchte es weiter mit seinem Buch. Er wollte die Fähigkeit, durch Wände zu sehen, unbedingt erlernen, denn dann würde es in seiner Welt für ihn keine Geheimnisse mehr geben. Nur diese Vorstellung spornte ihn an, sonst hätte er schon längst aufgegeben. „Bei mir klappt das nicht", raunzte er trotzdem nach einigen Versuchen. „Wie machst du das nur, Babs?"

„Öffne deinen Geist, konzentrier dich und gib Vril eine Chance", meinte Babs hochtrabend, aber etwas unbeholfen, da sie sich selbst nicht erklären konnte, wie sie es bewerkstelligte. „Du schaffst das schon!"

Mürrisch versuchte es Eddie erneut. Wie zu erwarten, funktionierte es wieder nicht. Wütend schleuderte er das Buch durch Inanas Zimmer.

„Hey, Mann, bist du übergeschnappt?", zeterte Ben unwirsch, der bis jetzt ganz still gewesen war. Er stand auf, hob das Buch auf und ging auf Eddie zu. „Wenn du dich weiter wie ein Irrer aufführst, wirst du es nie lernen", sagte er provozierend, nahm das Buch und knallte es Eddie vor die Nase. „Da, versuch es weiter oder halt gefälligst deine Klappe und störe die anderen nicht bei der Arbeit." Eddie starrte Ben entgeistert an und Ben starrte mürrisch zurück. Dann schenkte Ben Eddie einen sehr überlegenen Blick, der Eddie zur Weißglut brachte.

„Oh, unser großer Magier fühlt sich also in seiner Ruhe gestört", stichelte Eddie mit zornig anschwellender Stimme und gab seinen Frust freien Lauf.

„Halt doch die Luft an", fauchte Ben gehässig. „Nur weil du nicht in der Lage bist, in einem verschlossenen Buch zu lesen, musst du uns ja nicht auf den Wecker fallen."

„Sag bloß, du bist dazu in der Lage."

„Ja, bin ich."

„Blöder Angeber."

„Bin ich nicht!", rief Ben wütend.

„Na dann, großer Meister, lies uns doch mal was vor", stichelte Eddie grinsend und sah Ben herausfordernd an.

Ben nahm kommentarlos sein Buch und seine Vril-Kugel, setzte sich wieder auf sein Kissen, legte eine Hand auf den Umschlag und konzentrierte sich.

„Dieser Wichtigtuer zieht doch bloß eine Show ab!", rief Eddie aufgebracht und wurde noch wütender.

„Scht!", zischte Babs. „Lass ihn in Ruhe!"

Plötzlich begann Ben zu lesen. Eddie starrte Ben ungläubig an und wandte sich dann zu Babs, als könnte sie ihm das erklären. Er sah dabei so belämmert drein, dass Babs ihr Lachen nicht unterdrücken konnte, was Eddie noch wilder machte. „Und wer sagt uns, dass das, was der da runterleiert, auch wirklich in dem Buch steht", wetterte Eddie gehässig.

„Seite zweiunddreißig", sagte Ben trocken und warf Eddie das Buch zu. „Sieh nach und überzeug dich selbst."

Hastig hob Eddie das Buch auf und blätterte auf Seite zweiunddreißig. Dort stand genau das, was Ben eben gelesen hatte.

„Das ist doch glatter Betrug!", rief Eddie mürrisch. „Du hast diese Seite auswendig gelernt, nur um anzugeben ... das ist alles."

„Ach, denkst du das?", schnaubte Ben erbost und warf Eddie einen wütenden Blick zu. „Dann such dir eben selbst eine Seite aus. Ich werde wohl kaum das ganze Buch auswendig gelernt haben."

„Nein, dazu reicht dein Grips nun wirklich nicht", blaffte Eddie und blätterte gereizt im Buch.

„Hundertneunundfünfzig", schnauzte er barsch und warf Ben das

Buch zurück. Mittlerweile war er noch viel wütender als zu Beginn des Streites. Ben machte es genauso wie zuvor und begann nach kurzer Zeit zu lesen. Eddie klappte der Mund nach unten. „Mann, das gibt es doch nicht", murmelte er, während Ben unbeirrt im geschlossenen Buch las.

Als Ben mit der Seite fertig war, hörte er auf zu lesen und stand auf. „Tja, so wie es aussieht, bist du der Einzige, der es noch immer nicht kapiert hat", sagte er triumphierend. „Aber mach dir nichts daraus. Mit viel Glück lernst du es vielleicht doch noch. Und wenn nicht, hast du eben Pech gehabt."

Eddie bekam vor Zorn einen knallroten Kopf. Er sah wie eine Tomate im Kochtopf aus, die kurz vor dem Platzen war. „Ach, lass mich doch in Ruhe, du Klugscheißer", fauchte er übellaunig und schleuderte sein Buch ein weiteres Mal durch den Raum.

Babs freute sich für Ben und nickte anerkennend mit dem Kopf, was Eddie natürlich nicht entging. „Sag bloß nicht, ich hätte es verdient", fauchte er Babs an, hob sein Buch auf und zog sich mit roten Ohren in eine Ecke zurück.

***

John nahm all seinen Mut zusammen und drückte nach kurzem Zögern den Schalter nach unten. Er fürchtete das Schlimmste, doch zu seiner Erleichterung wurde das Zischen leiser. Er riss die Augen auf und sah nach draußen. Auch außerhalb wurden die Blitze kleiner und weniger und erstarben schließlich ganz.

„Hilf mir hier raus, John. Ich bekomme keine Luft", keuchte sein Onkel mit bläulicher Gesichtsfarbe, von der John irrtümlich dachte, sie hätte mit der Beleuchtung zu tun.

Rasch packte er seinen Onkel an beiden Armen und zog, so gut es ging. „Puh, der ist nicht nur riesengroß, sondern auch mächtig schwer", dachte John stöhnend. Schweiß tropfte von seiner Stirn. Er zog und zerrte und schließlich gelang es ihm, seinen Onkel aus der misslichen Lage zu befreien. Mit schmerzverzerrtem Gesicht rappelte sich Onkel Abgal hoch und John wischte sich die Stirn.

„Wieso habt ihr in diesen Dingern eigentlich keine Sicherheitsgurte?", fragte John verlegen mit schiefem Blick.

„Weil es bislang nicht nötig war. Derartiges ist noch nie vorgekommen", sagte seine Onkel nach Atem ringend. „Wir fliegen diese Aircutter schon seit Hunderten von Jahren, doch du bist wahrlich der Erste, der einen zum Absturz gebracht hat."

„Tatsächlich?", entfuhr es John bestürzt und dachte griesgrämig: „Ist ja irre, jetzt gehe ich in die Geschichte dieses Reiches als derjenige ein, der diese Dinger nicht fliegen kann. Vermutlich zerreißen sie sich noch in hundert Jahren das Maul über mich."

„Das hast du toll hinbekommen", schnaubte Onkel Abgal verärgert, als sie vor dem Aircutter standen und er das Wrack betrachtete. Sie hatten den Aircutter über einen Notausstieg verlassen, da das Gefährt so in Mitleidenschaft gezogen war, dass sich die Lucke nicht öffnen ließ.

„Fliegt das Ding noch?", erkundigte sich John zerknirscht.

„Das bezweifle ich, John!"

„Wie kommen wir von hier wieder weg?"

„Mit diesem Schrotthaufen sicher nicht", grollte sein Onkel mürrisch und John sah sich bereits stundenlang durch Tunnel laufen. Allein der Gedanke ließ seine Beine schmerzen.

„Wieso sind wir eigentlich hier gelandet?"

„Wir sind abgestürzt", erinnerte ihn sein Onkel schroff. „Aber selbst wenn du meinen Aircutter nicht zertrümmert hättest, könnten wir nicht nach Armada fliegen. Armada wurde vor vielen Jahrtausenden erbaut und ist für Aircutter nicht geeignet. Was denkst du, warum hier so viel Aircutter schweben?"

„Wir müssen fünfzig Kilometer laufen?", fragte John mit bleichem Gesicht. Wenn er etwas wirklich hasste, dann waren es lange ermüdende Fußmärsche.

„Du hast wohl vergessen, wo du dich befindest", sagte Onkel Abgal kühl. „Wir reisen selbstverständlich mit der Vril-Kugel."

„Wieso sind wir nicht gleich mit der Vril-Kugel nach Armada gereist?", fragte John verwundert. „Das wäre doch viel schneller gegangen."

„Es ist nicht sehr klug, mit der Vril-Kugel so große Distanzen zurückzulegen", belehrte ihm sein Onkel. „Wer eine Reise über eine so große Entfernung wagt, riskiert, hängen zu bleiben. Er würde dann für immer zwischen Raum und Zeit verloren gehen. Denkst du, wir fliegen zum Spaß mit dem Aircutter?"

„Krass", raunte John. „Und wie viele hängen da schon rum?"

„Einige", antwortete sein Onkel zu Johns Verwunderung. „Alles Klugscheißer. Ist nicht schlimm um sie." John war entsetzt. Seine Frage war als Scherz gedacht. Ihm wurde schmerzlich bewusst, wie viel Glück er und seine Freunde bisher hatten. „Stell dich zu mir", sagte sein Onkel schließlich, zückte seine Vril-Kugel, langte nach Johns Arm, drückte seinen Finger auf die Vril-Kugel und zischte: „Armada."

John spürte, wie ihm der Sog die Beine wegriss, doch sein Onkel hielt ihn mit eisernem Griff aufrecht. Eine Sekunde später landete er zum ersten Mal auf den Beinen. Überrascht schlug er die Augen auf und sah sich um. Sie befanden sich inmitten einer Stadt auf einem weitläufigen Platz. Die Leute, die ringsherum geschäftig in der Gegend umherliefen, beachteten sie überhaupt nicht. Die Häuser dieser Stadt waren keine Iglus, sondern einstöckige steinerne Würfel ohne Türmchen und Masten. Es war auch etwas düsterer als in Amun-Re, da das weiße Licht von viel mehr grünen Schleiern durchzogen war. Es verlieh der Stadt ein gespenstisches Aussehen.

Abgal ging mit John über den ausgedehnten Platz, lotste ihn in eine schmale Gasse und steuerte direkt auf eines dieser steinernen Würfelhäuser zu. Es stand am Ende der Gasse, etwas im Abseits, fast völlig verborgenen von unzähligen Sträuchern. Es war aus großen Steinquader erbaut und mit unendlich vielen Hieroglyphen und Ornamenten verziert. Onkel Abgal feuerte mit einer lässigen Handbewegung einen präzisen Ouvrirblitz in das schillernde Auge einer gefiederten Schlange, die sich um den Torbogen des Hauses schlängelte. Augenblicklich öffnete sich das Tor. John schritt hinter seinem Onkel durch das Tor, das sich gleich wieder schloss, und wähnte sich im Vorhof zur Hölle.

Der Anblick raubte ihm den Atem. Er befand sich in einem gewölbeartigen Raum, der auf ihn wie ein Kerker wirkte. In mehreren düsteren Nischen prasselten mächtige Feuer. Ihr Lichtschein warf lange, spinnengleiche Schatten auf riesige Steinköpfe, die überall herumstanden und auch die glänzenden Wände zierten. Eine übermächtige Steinstatue stand in einer Ecke. Gruselerregende, steinerne Tierfratzen starrten durch lange goldene Lichtstreifen zu John hindurch, die das Feuer an die schwarze Decke warf. Es war heiß und stickig. In einer Nische, gegenüber der mächtigen Statue und neben einem kleinen Feuer, standen mehrere aus Stein gehauene Sitzgelegenheiten, die sich um einen großen Steinquader gruppierten. John rang nach Luft. So etwas hatte er noch nie gesehen. Sein Onkel deutete auf einen steinernen Sockel, der sich neben der Statue befand. „Warte hier", knurrte er schroff und verschwand im Nichts.

John war ganz mulmig zumute. Die Feuer knisterten und knackten und ihm war unheimlich heiß. Zaghaft setzte er sich auf den steinernen Sockel und betrachtete ehrfürchtig die mächtige Statue. Sie zeigte einen fremdartigen Mann, auf dessen Kopf sich ein sehr hoher Hut befand, der an den Seiten eher einem Turban glich und die Ohren des Mannes mit zwei Bommeln bedeckte. Diese eigenartige Kopfbedeckung reichte dem Mann fast bis zu den Augenbrauen. Die Augenpartie und die Nase waren wie die eines normalen Menschen und doch etwas anders. Die Augen waren ein wenig größer und weiter auseinander, die Nase war sehr schmal und kurz und die Nasenflügel ziemlich breit. Der Mund des Mannes wirkte, als wäre er zu einem sanften Lächeln verzogen. Auch seine Augen schienen zu lächeln. Es war ein wissendes, mildes Lächeln, als wollte er seine Weisheit und Güte zum Ausdruck bringen. Das restliche Gesicht des Mannes war von einem gekräuselten Bart verdeckt, der mit einem geraden Schnitt in Brusthöhe endete.

„Kann das einer der Gründer von Eridu sein?", dachte John beeindruckt. Oder einer der Nachfahren? Oder war es womöglich gar ein Abbild des Herrschers, seines Vaters? Mit angehaltenem Atem betrachtete John die Statue und versuchte, eine Ähnlichkeit mit sich zu finden. Da er keine finden konnte, wandte er sich von der Statue und all den anderen schauderbaren Dingen ab und sinnierte über seinen Onkel nach. Wieso hatte er ihn hierhergebracht? War dieser Raum ein Vorgeschmack auf das, was ihm gleich blühen würde? Dann dachte er an die sagenumwobene Stadt Bakakor, die er so gerne sehen wollte, er und fragte sich, ob er sich überhaupt in der Nähe von Bakakor befand. Er versuchte, sich in Erinnerung zu rufen, was Professor Flirt über Bakakor gesagt hatte. „Wie war das noch mal?", dachte er. Plötzlich fiel es ihm ein. Er konnte sich nun wieder ziemlich genau an Professor Flirts Worte erinnern: „… diese Ansiedlung im brasilianischen Urwald, wo die Uagha der Überlieferung nach seit Anbeginn der Zeit lebten, heißt Bakakor. Es soll eine sehr alte Stätte mit einer riesigen Tempelanlage sein. Im Herzen eines Tempels soll sich ein verborgener Eingang zu dem Reich der Nachfahren der Gründer von Eridu befinden. Man sagt, im Laufe der letzten Jahrhunderte durchstreiften sehr viele Abenteurer und Schatzgräber immer wieder den brasilianischen Dschungel und versuchten, nach Bakakor zu gelangen, doch nur sehr wenige sollen auch wieder zurückgekehrt sein. Von denen soll aber keiner diese verborgene Stätte mit ihrer Tempelanlage und diesen Eingang gefunden haben, was möglicherweise daran liegt, dass es diese Dinge schon lange nicht mehr gibt oder nie gegeben hat. Vielleicht haben sie aber auch gelogen, um nicht noch mehr Abenteurer anzulocken. Tja, und um diejenigen, die nicht mehr zurückgekehrten sind, ranken sich nun noch mehr Geschichten. Man sagt, dieses Reich hätte sie einfach verschlungen. Aber das ist meiner Meinung nach wirklich Geschwafel. Vermutlich sind sie an Schlangenbissen oder sonstigen Unfällen gestorben."

John überlegte, ob das stimmen könnte und was mit diesen Menschen wohl passiert sei. Waren sie tatsächlich umgebracht worden? Nur weil sie Bakakor entdeckt hatten?

„Wir können gehen", knurrte Onkel Abgal, der plötzlich neben John stand und ihn aus seinen Gedanken riss.

John erschrak fürchterlich. Er zuckte zusammen und fuhr auf den Sockel herum, als ob der Teufel persönlich hinter ihm her wäre.

„Alles in Ordnung mit dir?", erkundigte sich Onkel Abgal mit hämisch grinsendem Gesichtsausdruck.

„Ja, klar", log John. „Hast du herausgefunden, wo Atlatis steckt?"

„Nein", antwortete sein Onkel knapp.

„Heißt das, wir müssen Atlatis suchen?", erkundigte sich John in bemüht lässigem Ton.

„Kalte Füße bekommen?"

„Ähm ... nein, aber wie willst du Atlatis im Dschungel finden?"

„Gar nicht", sagte Onkel Abgal und Johns Herz setzte einen Schlag lang aus.

„Heißt das, wir gehen gar nicht nach Bakakor?", fragte John und wünschte, sein Onkel wäre etwas mitteilungsfreudiger.

„Doch. Natürlich gehen wir nach Bakakor."

„Was ... was machen wir in Bakakor, wenn wir nicht nach Atlatis suchen?", fragte John und ihm graute vor der Antwort.

„Auf Atlatis warten. Er wird uns finden."

„Wie?"

„Meine Männer sind unterwegs und verbreiten die Kunde, dass Enlil in Bakakor ist."

„Wer ist in Bakakor?", fragte John verwirrt.

„Enlil, der Sohn des Herrschers", sagte sein Onkel zynisch.

„Aber ... das bin ja ich", stotterte John. Sein Herz pochte plötzlich so stark, als wolle es auf die doppelte Größe anschwellen.

„Du wolltest dich doch als Köder zur Verfügung stellen", sagte sein

Onkel gehässig und John schluckte so schwer, als steckte ihm die Erinnerung wie ein Klumpen im Hals. „Komm schon", forderte sein Onkel ihn kühl auf, griff nach Johns Hand, noch bevor John etwas erwidern konnte, drückte er seinen Finger auf die Vril-Kugel und sagte: „Templum Bakakor."

Gleißend helles Sonnenlicht blendete Johns Augen. Als hätte er keine anderen Sorgen, dachte er wehmütig an seine heiß geliebte Sonnenbrille, die im Verlies des Timor Castle im Matsch begraben lag. Blinzelnd sah er sich um. Er befand sich inmitten einer alten Ruinenstadt, die von wucherndem Dickicht umgeben war. Der Dschungel hatte sich bereits große Teile der Stadt zurückerobert. John erinnerte die Gegend ein bisschen an eine alte Maya Stadt und in seiner Erinnerung tauchten Bilder von Chichén Itzá auf, wo er einmal als kleiner Junge mit den Sprauds gewesen war. Im Zentrum dieser Ruinenstadt befand sich eine große Pyramide, die oben abgeflacht war und einen tempelähnlichen Aufsatz hatte. Sie war noch komplett erhalten und sah der Pyramide von Chichén Itzá etwas ähnlich. Die Höhe dieses Bauwerkes war jedoch gigantisch. Es sah aus, als würde es bis in den Himmel ragen. Von der Pyramide führten in alle vier Himmelsrichtungen breite, zum Teil noch recht gut erhaltene Straßen ins nahe Dickicht. Es machte den Eindruck, als ob die Pyramide inmitten eines mächtigen Kreuzes stehen würde.

In einiger Entfernung gab es noch zwei kleinere Pyramiden, die jedoch nicht mehr so gut erhalten waren. Auch sie waren oben abgeflacht und hatten kleine tempelähnliche Aufbauten. Die steinernen Ornamente an der großen Pyramide wirkten furchterregend. Schlangen, gefiederte Menschenköpfe und andere tierische Verzierungen waren zu sehen. Manche dieser Menschenköpfe erinnerten John in ihrem Aussehen an Astronauten. Sie hatten sonderbare Helme auf und bei manchen sah es sogar aus, als hätten sie Headsets unter ihren Helmen. Auch die steinernen Stufen, die, wie es schien, auf allen vier Seiten nach oben zu dem tempelartigen Aufbau führten, waren mit schaurigen Motiven verziert.

Von den Häusern, die sich einmal um die Pyramiden gruppiert haben mussten, gab es nur noch große Steinbrocken, auf dem Boden liegende Säulen und einige noch intakte Mauerreste. Überall standen sonderbare, ja fast ehrfurchtgebietende riesige Steinköpfe und Statuen in verschiedenen Größen, die fremdartige Menschen darstellten. Einige waren der Statue aus dem Gewölberaum sehr ähnlich. Diese Stadt musste einmal sehr mächtig gewesen sein. Das konnte John alleine aufgrund ihrer Größe erahnen.

„Du wartest hier", befahl Onkel Abgal schroff.

„Auf was?"

„Du meinst eher auf wen", sagte Onkel Abgal spöttisch.

„Was?"

„Du wirst hier auf Atlatis warten", sagte Onkel Abgal kühl.

„Was? Nein!", rief John entsetzt.

„Doch", knurrte Onkel Abgal und John dachte, der Boden unter seinen Füßen würde wegbrechen.

„Alleine?"

„Natürlich."

„Warum?", stieß John mit brennenden Eingeweiden hervor und dachte: „Wusst ich's doch. Die Falle war für mich gedacht. Was mach ich jetzt?"

„Meine Männer werden bald hier eintreffen", sagte Onkel Abgal. „Wir werden dich beobachten. Du wartest, bis Atlatis auftaucht. Ich kann dir nicht sagen, wie lange es dauern wird. Du kannst dich hier umsehen, darfst aber nicht weggehen. Wenn Atlatis auftaucht, bleib ganz ruhig. Ich werde mich um ihn kümmern. Alles klar?"

„Ähm ..."

„Lauf nicht ins Dickicht, wenn Atlatis auftaucht. Du würdest du dich im Dschungel nicht zurechtfinden. Verstanden?"

„Hab ich nicht vor", sagte John ruppig. „Als ob der sich Sorgen um mich machen würde", dachte er gereizt.

Ohne ein weiteres Wort zu verlieren, verschwand Onkel Abgal in einem grünen Blitzlichtgewitter. Johns Herz pochte nun so schnell, dass es wehtat. Hatte sein Onkel das wirklich ernst gemeint? Die Ungewissheit drückte ihm wie eine eiserne Rüstung die Luft ab und das tropische Klima machte ihm schwer zu schaffen. Es war furchtbar heiß und schwül. Er ging zu der großen Pyramide und machte es sich am Fuße der Treppe an einem schattigen Plätzchen bequem. Missmutig zupfte er an seinem Overall.

„Mann, ist das Ding heiß. Die hätten ruhig eine Kühlung einbauen können", überlegte er genervt und musste dann über sich selbst lachen. Doch es war kein fröhliches Lachen. Es war Galgenhumor, mit dem er seine düsteren Gedanken vertreiben wollte, während ihm unaufhörlich der Schweiß von der Stirn tropfte.

Armadeiras

Babs, Eddie und Ben saßen noch immer in Inanas Kammer und übten mit der Vril-Kugel.

„Was John wohl gerade erlebt?", dachte Eddie neidisch. Das Üben hing im zum Hals raus und er langweilte sich zu Tode. Die Aussicht, hier noch länger rumzuhängen, zermürbte ihn.

„Hört mal", begann Inana plötzlich leise flüsternd, worauf Ben laut stöhnte und sie misstrauisch beäugte, Eddie jedoch wie elektrisiert zu ihr blickte. „Ich habe mir etwas überlegt", fuhr sie verschwörerisch fort und Ben schlug sich die Hand auf die Stirn.

„Nur raus damit, Mädchen!", rief Eddie und hoffte, es sei etwas Spannendes.

„Wir warten, bis Mum weggeht, dann reisen wir Vater und John hinterher."

„Mann, klasse, Inana!", rief Eddie begeistert. Seine Augen leuchteten wie zwei Strahler in der Nacht. „Wusste gleich, auf dich ist Verlass."

Ben war erschüttert. Er machte den Mund auf und schloss ihn wieder, öffnete ihn erneut, um ihn gleich wieder zu schließen, da ihm die Worte fehlten. Dann, nachdem er sich mühselig erinnert hatte, was er sagen wollte, öffnete er ihn abermals und krächzte: „Ihr habt sie nicht mehr alle!"

„Wann geht deine Mutter weg?", erkundigte sich Babs, die am liebsten gleich aufgebrochen wäre. Sie wollte zu John. Etwas sagte ihr, dass er dringend Hilfe benötigen würde.

„Für gewöhnlich geht sie um diese Zeit fast immer weg. Trifft sich da mit Leuten, die seit Jahren Dinosaurier züchten."

„Was?", entfuhr es Ben.

„Ja, das Ganze findet in einem großen abgeschotteten Areal statt. Wurde eigens dafür eingerichtet. Sieht dort fast ein bisschen wie in der Urzeit aus."

„Und dort züchten sie diese Viecher?", fragte Eddie, als wäre es ganz normal, Dinosaurier zu züchten.

„Begonnen hat es mit einem Dinosaurierei, das mal einer bei einer

Zeitreise gefunden hat. Das Ei war uralt, doch irgendwie haben sie es geschafft, einen Dino schlüpfen zu lassen."

„Das meinst du nicht ernst", sagte Babs aus voller Überzeugung.

„Doch, sie kreieren nun durch Genmanipulation neue, kleinere Arten. Damit man sie als Haustiere verwenden kann, versteht ihr. Abwehr gegen Oberweltler und so ein Zeug. Mum hängt da voll mit drin. Ist wie besessen von den Tieren. Es ist ihnen aber noch nicht gelungen, die Dinos zu zähmen. Sind ziemlich unberechenbar. Einmal hat sie ein Junges mitgebracht. Sah recht niedlich aus, hat ihr aber beim Füttern die Hand abgebissen. Unsere Heiler mussten sie wieder anwachsen lassen."

„Klingt ziemlich schräg, was deine Mum so treibt", sagte Eddie trocken. „Aber was tun wir, wenn sie heute keine Dinos streicheln will?"

„Dann haben wir Pech gehabt", antwortete Inana trocken.

„Oder mehr Glück als Verstand", entgegnete Ben, ohne seinen Unmut zu verbergen.

„Ach, hör doch auf", zischte Eddie grimmig. „Hätte mir gleich denken können, dass du gegen den Plan bist."

„Na und, wenn schon. Ich denke eben etwas weiter als du."

„Und was genau willst du damit sagen?", grunzte Eddie streitsüchtig.

„Wir werden einen Haufen Ärger bekommen, wenn wir dort auftauchen. Aber an so etwas denkt ihr ja nicht."

„Ich gebe zu, das ist ein Schwachpunkt", sagte Inana.

„Da hörst du's", triumphierte Ben.

„Dafür habe ich auch einen Plan", entgegnete Inana großspurig.

„Siehst du", triumphierte nun Eddie.

„Hätte ich wetten können", stöhnte Ben. „Dieser Plan ist vermutlich genauso chaotisch wie alle anderen."

„Klappe, Holzkopf. Lass Inana gefälligst aussprechen", zischte Eddie unwirsch, da er sich nicht länger langweilen wollte, während John – seiner Meinung nach – die tollsten Sachen erlebte.

„Es ist ja nicht so, dass ich John nicht nachreisen möchte", begann Ben, „aber denkt doch mal an die Schwierigkeiten, die wir uns einhandeln, wenn Inanas Vater dahinterkommt."

„Hör dir doch Inanas Plan an, bevor du herumeierst", sagte Babs ungeduldig.

„Bakakor ist eine alte Ruinenstadt mitten im Dschungel", begann Inana ihren Plan zu erläutern. „Es gibt dort eine mächtige Pyramide mit einem Tempel. Dort können wir uns verstecken und die Gegend ausspionieren, ohne gesehen zu werden."

„Und wie bitte willst du das von einem Versteck aus tun?", erkundigte sich Eddie verständnislos.

„Mit der Kraft des Vrils natürlich", gab Inana prompt zurück. „Warum denkst du, habe ich euch gelehrt, wie man durch feste Gegenstände und Wände sieht. Es wird für uns ein Leichtes, von einem Versteck aus die Gegend auszukundschaften."

„Aber, ich kann das nicht!", rief Eddie aufgebracht und man konnte sehen, wie seine Beherrschung zu bröckeln begann.

„Dann guckst du eben nicht durch die Wände", sagte Ben ungnädig.

„Da verpasse ich ja alles", protestierte Eddie zornig und nahm Ben mit einem sehr sauren Ausdruck in den Augen ins Visier.

Der gab sich jedoch nicht mal die Mühe, so zu tun, als wäre er besonders mitfühlend. „Wir werden dich auf dem Laufenden halten", sagte er schadenfroh. „Vorausgesetzt natürlich, du bist nett und bittest höflich drum."

„Tja, Eddie", mischte sich nun auch Babs mit theatralischer Miene ein, „hättest du mal fleißiger geübt. Ich hab's dir gesagt. Andererseits", sagte sie dann in belehrendem Ton, „hast du noch Zeit. Üb noch ein wenig, vielleicht schaffst du es ja doch."

„Toll! Reizend von euch", blaffte Eddie, der seine Wut kaum noch unter Kontrolle halten konnte. Er nahm sein Buch und zog sich in eine Ecke zurück, da er fürchtete, ihm könnte jeden Moment der Kragen platzen. Seine gute Laune war schneller abgekühlt als ein Stück Fleisch in der Tiefkühltruhe. Wenn er es nicht rechtzeitig schaffen würde, würde er alles verpassen. Diese Vorstellung war ihm ein Gräuel. Einfach unerträglich. Endlich würde etwas passieren und er würde nichts mitbekommen.

„Was tun wir, wenn sich die beiden nicht an diesem Tempel aufhalten?", fragte Babs, während Eddie schlecht gelaunt sein Buch traktierte. „Ich mein, die können doch überall stecken."

„Keine Ahnung", sagte Inana schulterzuckend. „Das entscheiden wir dort. Wir müssen je nach Lage improvisieren."

„Ich habe noch nie von einem Plan gehört, der sich so wenig nach Plan angehört hat und bei dem so viel dabei schiefgehen kann", murmelte Ben und dachte: „Das kann ja nicht gut gehen."

***

John hatte das Gefühl, bereits seit Stunden auf der Treppe zu sitzen. Er konnte weder Onkel Abgal noch dessen Männer sehen, obwohl er ständig mit seinen Augen das angrenzende Dickicht absuchte. Von Atlatis war auch nichts zu sehen. Die Hitze macht ihn fast wahnsinnig und das untätige Herumsitzen zehrte an seinen Nerven. Am liebsten wäre er mit der Vril-Kugel abgehauen, doch wenn es stimmte, was sein Onkel sagte, war es unmöglich. Er saß hier fest und konnte nichts tun, als warten. „Ich muss was unternehmen", dachte er hibbelig und sah die Pyramide hoch. „Ganz schön viele Stufen." Er wischte sich den Schweiß von der Stirn. Kurz entschlossen stand er auf, streckte seine steifen Glieder und stieg gemächlich die steinernen Stufen empor. Oben angelangt, genoss er erst einmal die gigantische Aussicht. Von hier konnte er die ganze Stadt – oder was noch von ihr übrig war – toll überblicken. Er hatte auch einen fantastischen Ausblick auf den Dschungel, der sich in alle Richtungen ausbreitete. So weit sein Auge reichte, sah John nichts als undurchdringliches Grün. Nachdem er sich sattgesehen hatte, schlenderte er in das Innere des Tempels. Zu seiner Freude war es hier etwas kühler. Gelangweilt blickte er sich um. Es gab nicht viel zu besichtigen. Es war nur ein großer Raum mit vier offenen Eingängen, in dessen Mitte sich ein rechteckiger Steinblock befand. „Das ist sicher der Opferstein", überlegte John. „Den haben die früheren Bewohner sicher für die Opferdarbietungen bei ihren Ritualen benötigt." In seiner Fantasie malte er sich aus, wie die Ureinwohner dieser Stadt um den Steinblock saßen oder tanzten, während ihr Anführer darauf einen Menschen abschlachtete und ihm das Herz herausriss. Ein kalter Schauer jagte ihm über den Rücken. Er umrundete den Opferaltar und entdeckte dabei eine Vertiefung, aus der ihm zwei Augen entgegenfunkelten. Die Augen gehörten zu einem kleinen Kristallschädel und glänzten im einfallenden Licht feurig.

Nun war John hellwach. Er fragte sich, was dieses Ding hier zu suchen hatte. Der Opferstein selbst bestand aus einem einzigen riesigen Steinblock ohne jegliche Verzierung. Wenn dieses Ding kein vergessenes Relikt aus der Vergangenheit war, musste es irgendeine Bedeutung haben. John ging etwas näher ran. Die funkelnden Augen schienen ihn zu beobachten. Es war gruselig. Zaghaft berührte er den Kopf, dessen Oberfläche ganz glatt und kühl war. Sachte versuchte er, ihn aus dem Loch zu ziehen, doch es klappte nicht. Er bemerkte jedoch, dass der Kopf beweglich war. Langsam probierte er, ihn zu drehen. Der Kristallschädel begann jäh rot zu glühen, als hätte jemand ein Feuer in ihm entfacht. John zögerte, dann drehte er weiter. Als er den Schädel ganz zur Seite gedreht hatte, öffnete sich der Mund und der Unterkiefer klappte lautlos nach unten. John griff vorsichtig hinein und tastete die Mundhöhle ab. Plötzlich fühlte er am Gaumen einen Zapfen. Er drückte dagegen und hielt die Luft an. Was dann passierte, konnte er kaum glauben und er fragte sich, ob er seinen Augen trauen konnte. Der tonnenschwere Opferstein begann sich ganz langsam zu bewegen und schob sich immer mehr zur Seite. Kurz danach stand er am Fuße einer abgenutzten steinernen Treppe, die sich in der Dunkelheit verlor.

„Wow, das ist ja ein Ding", entfuhr es John verblüfft. Neugierig spähte er in die Tiefe. Ein kühler, muffiger Lufthauch wehte ihm entgegen. Er überlegte, ob es klug war, da runterzugehen. Seine Neugierde und auch seine Entdeckerlust wurden jedoch übermächtig. Was befand sich da unten? Sein Herz pochte ganz schnell. Sollte er es wirklich riskieren? War dies womöglich der Zugang, von dem Professor Flirt gesprochen hatte? Nein, das konnte nicht sein. Dieser Abgang war viel zu leicht zu entdecken. Nach kurzem Überlegen siegte seine Neugierde.

Der Abgang war nicht sehr breit und die abgenutzten Stufen sehr hoch und steil. Langsam ging er Stufe für Stufe immer weiter nach unten. Die Treppe schien endlos. „Wo führt die bloß hin?", grübelte er aufgekratzt. Sollte er doch besser umkehren? Abermals schob er seine Bedenken zur Seite und ging weiter. Bald wurde es so dunkel, dass er fast nichts mehr sehen konnte. Nur sein Overall gab ihm etwas Licht. Er nahm seine Vril-Kugel, ließ den Stab aus ihr wachen und befahl ihr, zu leuchten. Sie leuchtete sofort, jedoch nicht besonders hell, was wohl an seiner Nervosität lag. Im spärlichen Lichtschein der Vril-Kugel wirkte der Treppenabgang nun noch gespenstischer. Als er endlich die letzte Stufe erreicht hatte, befand er sich in einem ziemlich großen, quadratischen Raum. Die Luft hier unten war noch um einiges muffiger und es stank eigenartig. „Vielleicht entdecke ich ja einen vergessenen Schatz", spekulierte er aufgekratzt. Seine Begeisterung war nun nicht mehr zu bremsen. Er sah sich bereits in einer Schatzkammer über und über mit Gold beladen. Er entfernte sich von der Treppe, um sich genauer umzusehen. Plötzlich hörte er ein knirschendes, knackendes Geräusch unter seinen Füßen. Es hörte sich widerlich an. Gebannt blieb er stehen, blickte mit Gänsehaut im Nacken nach unten, doch der Boden war in undurchdringliche Finsternis gehüllt. Er hielt die Vril-Kugel am Stab weiter nach unten, das dürftige Leuchten der Kugel tauchte den Boden in ein diffuses Dämmerlicht und sein Herz setzte für einen Schlag lang aus. Entsetzt lief er zur Treppe zurück. Sein Herz pochte nun wild und sein Magen spielte verrückt. Er hatte das Gefühl, sich jeden Moment übergeben zu müssen. Er konnte nicht fassen, was er im Schein der Vril-Kugel gesehen hatte.

„Ich habe mich geirrt! Ich habe mich ganz sicher geirrt", flüsterte er atemlos, um sich etwas Mut zuzureden. Sein ganzer Körper zitterte vor Aufregung. Die Vril-Kugel begann zu flackern und erlosch. Nun stand er in fast völliger Dunkelheit. Die Stille, die ihn umgab, war bedrückend. Er wollte die Flucht ergreifen, entschied sich dann aber dagegen.

„Lux ... Lux. Komm schon, Lux", schrie er seine Kugel angsterfüllt an. Endlich leuchtet sie wieder. Nicht stark, aber immerhin etwas. Langsam ging er zu der Stelle, an der er glaubte, das Knacken und Knirschen gehört zu haben. Als er das Geräusch abermals vernahm, blieb er abrupt stehen, hielt die Vril-Kugel erneut nach unten und sah er es wieder.

„Ach du heiliges Kanonenrohr!", stieß er entsetzt hervor und schluckte nervös. „Ich habe mich also doch nicht geirrt, hier liegt ein Skelett. Ein richtiges und wahrhaftiges Skelett." Ein Totenkopf mit seinen riesigen, dunklen Augenhöhlen starrte ihn gespenstisch entgegen. John wandte angewidert den Blick ab und sah daneben ein weiteres Skelett. „Mann, das ist ja der reinste Horrorladen hier. Wo bin ich bloß gelandet?", dachte er bestürzt und murmelte entsetzt: „Ist ja ein echt toller Schatz, den du da gefunden hast. Als er den Boden etwas genauer unter die Lupe nahm, bemerkte er, dass er mit menschlichen Skeletten übersät war. Da lagen sicher hundert, wenn nicht noch mehr. Nun machte sich richtiges Entsetzen in John breit, das allmählich in Panik überging. Wieso lagen hier überall Skelette? Befand er sich etwa in einem Grab? Waren diese Skelette die Überreste der einstigen Opferungen? Gab es deswegen den Abgang vom Altar? Damit man die Geopferten gleich entsorgen konnte?

Plötzlich schoss ihm ein anderer, furchtbarer Gedanke durch den Kopf, der sein Blut in den Adern gefrieren ließ. Was, wenn diese Toten so wie er die Treppe rein zufällig entdeckt hatten, nicht mehr zurückgekonnt hatten und hier gestorben waren? Wankend lief zur Treppe und hastete die Stufen hinauf. Je weiter er nach oben kam, desto mulmiger wurde sein Gefühl. Müsste er nicht bereits Tageslicht sehen? Er nahm zwei Stufen auf einmal, um schneller nach oben zu gelangen. Dann, ohne Vorwarnung, knallte er mit dem Kopf gegen etwas Hartes. Er rieb sich die Stirn und schluckte schwer. Zitternd hielt der Vril-Kugel nach oben. In ihrem Schein sah er, dass die Treppe an der Steindecke endete.

„Das kann doch nicht sein", stellte er bestürzt fest. Hatte sich der Opferstein wieder geschlossen? Tat er das von alleine oder hatte jemand nachgeholfen? Atlatis? Onkel Abgal? Beide? Unsägliche Nervosität überkam ihn. Seine Vril-Kugel erlosch. Panik überflutet ihn. „Komm schon, ich brauch dich", wisperte er angstgelähmt. Lass mich jetzt nicht im Stich. Bring mich nach oben."

Nichts geschah. „Konzentrier dich, mach schon", manifestierte sich ein Gedanke. „Bring mich nach oben!"

Wieder nichts. Jäh fielen ihm Onkel Abgals Worte ein.

„Templum Armada!"

Wieder nichts.

„Lux!"

Seine Stimme klang fast panisch, doch zu seiner Erleichterung leuchtete die Kugel etwas. „Okay, es liegt also nur an mir", vermutete er zerknirscht. „Jetzt konzentrier dich endlich! Templum Armada!"

Wieder nichts.

Seine Stimme klang nun ziemlich schrill. „Ich bin viel zu aufgeregt, so wird das nichts." Dann kam ihm der Gedanke, dass es womöglich daran lag, dass er die Kugel nicht in der Hand hielt. „Evanescet asta." Seine Stimme klang noch etwas schrill, doch der Stab verschwand. „Templum Armada!"

Noch immer nichts.

Was sollte er jetzt tun? Angst erfasst jeder Faser seines Körpers. „Beruhig dich! Denk nach!" Im Eiltempo raste er die Treppe wieder runter – auf der Suche nach einem anderen Ausgang. Mit dem Ausdruck tiefsten Widerwillens erforschte er den Raum. Er musste dabei über unzählige Skelette steigen. Die muffige Luft und der Gestank machten ihn schwindlig. Fieberhaft suchte er weiter, obwohl er fühlte, dass es zwecklos war. Seine innere Unruhe wurde immer größer und Angst begann ihm das Gehirn zu vernebeln. Beklemmung schwoll in seiner Brust an wie ein großer Ballon. Der Raum fühlte sich plötzlich viel kleiner an als zuvor und Beengtheit gesellte sich zu seiner Furcht. Er ging zur Treppe zurück und setzte sich auf die unterste Stufe. Todesangst, die nun immer mehr von ihm Besitz ergriff, sich wie eine mächtige Schlange durch seinen Körper fraß, ließ sein Gehirn weiter und weiter erlahmen.

Der Gedanke, hier als Skelett zu enden, blockierte all sein Denken. Die Vril-Kugel erlosch. Ein schabendes Geräusch ließ ihn erstarren. Panisch wandte er sich um. War er etwa nicht alleine? Seine Augen wanderten durch die fast vollkommene Dunkelheit. „Schwachsinn, mach dich doch nicht lächerlich. Ein Skelett kann nicht leben!" Plötzlich schossen ihm die sonderbarsten Dinge durch den Kopf und schnürten ihm den Hals zu. „Jetzt mach dich nicht verrückt." Aber vielleicht befand sich außer den Skeletten doch noch jemand hier. Jemanden, den er bisher übersehen hatte. Bei dem Gedanken bekam er erneut Gänsehaut und sein Magen stülpte sich um. Übelkeit stieg ihm den Hals hoch. Er musste würgen. Vielleicht hätte er sich all die Filme, in denen massenweise Zombies durch die Gegend liefen, doch nicht ansehen sollen.

Seine Fantasie begann ihm einen Streich zu spielen. Der quadratische Raum verwandelte sich in den reinsten Horrorschuppen. Überall liefen Skelette und lebende Tote mit verfaulten Gesichtern umher. Sie gingen direkt auf ihn zu und berührten ihn mit ihren verfaulten stinkenden Händen, die nur noch ekelige verstümmelte Fleischklumpen waren. Jäh sah er sich von diesen widerlichen Kreaturen umringt. Wo er auch hinblickte, überall starrte ihm ein Skelett oder ein verfaultes Wesen entgegen. Der zart gelbliche Schimmer seines Overalls machte alles noch gruseliger. Panisch schloss er die Augen. Hatte er das eben wirklich gesehen? Seine Wangen glühten und seine Hände zitterten. Er zwang sich, Ruhe zu bewahren. Abermals hörte er dieses schabende Geräusch.

Langsam öffnete er die Augen und sah, wie sich ein Teil der Wand gegenüber ganz allmählich zur Seite schob. Sonnenlicht drang daraufhin in den Raum. Durch das einfallende Licht konnte er die Skelette nun ganz deutlich sehen. Es war ein schauderhafter Anblick. Schlimmer als in jedem Horrorstreifen. Diese Dinger lagen kreuz und quer in der Gegend herum. Manche sonderbar verrenkt, manche in sich verschlungen und einigen stand noch immer das pure Entsetzen im Gesicht. „Bin ich übergeschnappt", dachte er mit stockendem Atem, während sich die Wand knirschend immer weiter zur Seite schob. „Ich muss verrückte sein." Dann lief er los. Einfach auf das Licht zu. Er stolperte dabei über mehrere Skelette, doch das war ihm völlig egal. Er wollte nur noch raus. Raus aus diesem Gruselkabinett.

Als er auf der anderen Seite der Wand anlangte, atmete er zunächst einmal kräftig durch. Die Luft war hier viel frischer. Nach einigen tiefen Atemzügen fühlte er sich etwas besser. Auch sein Kopf schien nun etwas klarer. Er befand sich in einem großen, fast runden Raum. Ein breiter Schacht führte nach oben, aus dem auch das Sonnenlicht und die frische Luft kamen. Der Schacht ging senkrecht nach oben und hatte ganz glatte Wände. Er sah wie ein nicht enden wollender, dicker Schornstein aus. Der Raum selbst war leer und nichtssagend. In seiner Mitte befand sich etwas, das einen Brunnen glich.

„Seltsam", überlegte John. „Ein unterirdischer Raum mit Schornstein und Brunnen. Wenn ich das Babs, Eddie und Ben erzähle, glauben die mir kein Wort." Der Gedanke an Babs, Eddie und Ben erinnerte ihn daran, dass er hier raus musste. Seine Augen huschten durch den Raum und blieben an der offenen Wand hängen. Mit Schaudern wurde ihm bewusst, dass es kein Zufall sein konnte, dass sich ein Teil diese Wand zur Seite geschoben hatte. Wände schoben sich nun mal nicht einfach zur Seite und schon gar nicht von alleine. John lugte nochmals in den quadratischen Raum, ohne jedoch hineinzugehen. „Das ist bestimmt kein normales Grab", schoss es ihm durch den Kopf, während sein Blick über die Skelette schweifte. „Die sind alle hier gestorben, so viel ist klar." Plötzlich fielen ihm abermals Professor Flirts Worte ein: „… um diejenigen, die nicht zurückgekehrt sind, ranken sich nun noch mehr Geschichten. Man sagt, dieses Reich hätte sie einfach verschlungen …"

Ob diese Skelette mit den Menschen etwas zu tun hatten? John schauderte erneut. „Ich muss hier raus!" Unerwartet hörte er ein dumpfes Geräusch hinter sich. Er stand stockstarr da und wandte seinen Kopf zur Seite. Die Kälte, die ihn durchfuhr, war so heftig, dass er am ganzen Leib zu zittern begann. Eine Gänsehaut kroch ihm über die Arme und seine Nackenhaare sträubten sich. Er starrte in das Gesicht eines großen Mannes – und der starrte gehässig zurück. Sein Ausdruck rührte etwas in Johns Gedächtnis, doch sein Gehirn schien wieder blockiert. Der Mann begann, hämisch zu grinsen.

„Oh nein, das ist Achnum", durchfuhr es John. „Wenn der hier ist, kann Atlantis nicht weit sein."

„Hättest du nicht gedacht, was?", fragte Achnum dumpf.

John wich ein paar Schritte zurück. Achnum stand einige Meter von ihm entfernt und verstaute seine Vril-Kugel im Overall. Als Achnum ganz langsam auf ihn zukam, dachte John: „Ich muss es noch mal versuchen. Jetzt oder nie", und holte die Vril-Kugel aus seinem Hosensack hervor. Gerade als er „Templum Armada" sagen wollte, packte ihn jemand von hinten und wirbelte ihn herum. Augenblicklich spürte er, wie ihm die Vril-Kugel aus der Hand gerissen wurde. Nur Sekunden später blickte er direkt in Atlatis' irre Augen, die einmal mehr das Funkeln eines Wahnsinnigen hatten. John ignorierte die Panik, die in seiner Brust aufstieg, das Grauen, gegen das er nun kämpfte, und versuchte, Atlatis die Vril-Kugel zu entwinden. Doch der schien darauf vorbereitete und drehte ihm gewaltsam die Arme auf den Rücken.

„Hi, Brüderchen", zischte er ihm dabei mit so kalter Stimme ins Ohr, dass John dachte, ein Eisregen würde sich über ihn ergießen. Gleichzeitig drückte er John die Hände gegen die Schulterblätter und umklammerte sie mit eisernem Griff. John wollte sich losreißen, doch Achnum machte ein paar Schritte vorwärts, packte ihn an den Beinen und gemeinsam mit Atlatis drückte er ihn mit dem Bauch nach unten zu Boden. John drehte den Kopf nach oben und sah aus den Augenwinkeln zwei graue, sehr dünne lange Blitze aus Atlatis' Vril-Kugel hervorbrechen. Die Blitze verformten sich zu Seilen, rasten auf John zu, schlangen sich um seine Arme und Beine und zurrten sich immer fester. Sein Bruder gab ihm einen heftigen Tritt und John rollte auf den Rücken. Mit weit aufgerissen Augen und von Grauen erfüllt starrte er in Atlatis' zufriedenes Gesicht.

„Du bist mir zweimal entkommen, Kleiner, aber nun entkommst du mir nicht mehr", sagte Atlatis siegessicher und betrachtete John spöttisch, der wie ein verschnürtes Paket auf dem Boden lag. „Ich könnte dich nun mit einem Blitz töten", fuhr Atlatis zynisch dort. „Das wäre einfach, sauber und schnell, aber es würde mir keine Genugtuung verschaffen. Wie ich dir bereits sagte, musst du das Leid der Ungerechtigkeit erfahren. Darum habe ich mir etwas sehr Spezielles für dich ausgedacht. Ich kann dir versichern, es ist grausamer, als zu ertrinken, und du wirst genügend Zeit zum Fürchten haben."

„Mach die Fesseln los oder ich schwöre, du wirst es für den Rest deines bescheuerten Lebens bereuen!", brüllte John mit bebender Stimme, sich seiner Worte gar nicht bewusst. Panik schnürte ihm die Brust ab und er hatte das Gefühl, nicht mehr richtig atmen zu können.

„Was du nicht sagst, Brüderchen", höhnte Atlatis und seine Pupillen verengten sich bösartig. „Hast du das gehört, Achnum? Der Kleine denkt tatsächlich, er könnte mich einschüchtern."

„Ja, ganz schön blöd von ihm", stellte Achnum trocken fest.

„Mach die Fesseln los!", rief John abermals, das Gesicht weiß wie

Papier. Atlatis, dessen kalte blaue Augen starr auf John gerichtet waren und dem die Abneigung wieder in jede Pore seines Gesichtes geschrieben stand, trat einen Schritt von John zurück. „Hol die Kiste", befahl er Achnum gerade so laut, dass John es gut verstehen konnte. In seinen Augen funkelte nun irres Vergnügen. „Es ist an der Zeit, dem Ganzen ein Ende zu setzen." Achnum nickte grinsend und verschwand in einem grünen Blitz.

John versuchte verzweifelt, seine gefesselten Hände freizubekommen. In der Hoffnung, Atlatis würde es nicht bemerken, rollte er sich ein wenig zur Seite.

„Ich habe dir nicht erlaubt, dich zu bewegen", brüllte der wütend, als er es bemerkte, und verpasste John einen Tritt in die Rippen.

John rang nach Luft. Die Wucht des Trittes war so heftig, dass er über den Boden rollte und auf Bauch zum Liegen kam. Seine Rippen schmerzten, als stecke ein Messer dazwischen. Atlatis drehte ihn mit dem Fuß unsanft auf den Rücken zurück und starrte ihn mit flackernden Augen an. „Lass diese Spielchen", sagte er angewidert. „Du gehst mir gehörig auf die Nerven. Solltest längst tot sein!"

„Oh, entschuldige, dass ich noch lebe", zischte John.

„Nur noch kurz", antwortete Atlatis trocken.

„Es wird dir auch dieses Mal nicht gelingen", fauchte John und legte so viel Verachtung wie möglich in seine Worte, obwohl er wusste, blödes Zeug zu faseln. Sein Herz pochte, als wollte es zerspringen.

„Du bist bemitleidenswert, Brüderchen. Allerdings habe ich kein Mitleid mit dir", knurrte Atlatis dumpf. „Du wirst gleich Abscheuliches erleiden. Und damit meine ich wirklich Abscheuliches. Möchte nicht in deiner Haut stecken. Und glaub mir, es wird klappen."

John spürte wie schon so oft, ein Brodeln in seiner Magengrube, doch dieses Mal war es nicht Wut, sondern Angst. „Was hast du vor?", fragte er beklommen, sich dessen bewusst, dies zu erfahren, würde bestimmt nicht tröstlich für ihn sein.

„Ich will dir die Überraschung nicht verderben", sagte Atlatis hämisch.

Im selben Moment tauchte Achnum in einem grünen Blitz auf und hielt eine ziemlich große Holzkiste in Händen. John betrachtete sie misstrauisch. Was konnte sich in dieser Kiste befinden? Er atmete so schwer, als wäre er meilenweit gerannt. Seine Hoffnung, Onkel Abgal stecke mit Atlatis doch nicht unter einer Decke, schwand von Minute zu Minute mehr. Irgendwie hatte er gehofft, sein Onkel würde plötzlich aus dem Nichts auftauchen, aber wie es schien, würde er da lange warten können.

„Es ist so weit, Brüderchen", sagte Atlatis roh, fixierte die Holzkiste mit entzücktem Blick, packte John an den Schultern, schliff ihn quer durch den Raum und platzierte ihn genau unter dem Schacht.

„Was soll das?", keuchte John matt. Sonnenlicht stach ihm in die Augen, sein Rücken schmerzte, seine Rippen pochten und seine Brust hob und senkte sich noch immer so, als wäre er sehr weit gerannt.

„Nun, ich dachte mir, etwas Sonne könnte deinem Teint nicht schaden", sagte Atlatis schadenfroh. „Außerdem kannst du die Süßen besser sehen."

„Wen soll ich besser sehen können?", rief John panisch.

Atlatis ließ ein kaltes Lachen hören. „Armadeiras", sagte er entzückt und ein irres Flackern trat in seine Augen. Offensichtlich hatte er das Reich der Vernunft nun endgültig verlassen.

„Was zum … wer … was?", rief John mit erstickter Stimme. Er fühlte sich nicht in der Lage, einen vernünftigen Satz zu bilden. Es schien ihm, als wäre sein Gehirn bereits vor ihm gestorben.

„Süße kleine Zeitgenossen", mischte sich Achnum ein, wobei er mit dem Kopf auf die Kiste deutete, sie knapp neben Johns Kopf abstellte und einige Schritte zurückwich.

Johns ganzer Körper fühlte sich an, als wäre er mit Blei vollgepumpt. Atlatis rieb sich zufrieden die Hände. „Achnum, nun dauert es nicht mehr lang", verkündete er triumphierend. „Wenn dieses Bürschchen beseitigt ist, werfen wir seine Leiche meinem Vater zu Füßen und beseitigen ihn ebenfalls. Dann sind es nur noch ein paar Schritte und ich werde Herrscher sein." Achnum nickte und bedachte John mit abfälligem Grinsen. „Öffne die Kiste, Achnum. Es ist an der Zeit", befahl Atlatis frostig.

John starrte mit aschfahlem Gesicht zu Achnum, der sich langsam und genüsslich auf die Kiste zubewegte. John hatte den Eindruck, sein Körper würde Wellen von Angst erzeugen, die so mächtig waren, dass jegliches Denken und Empfinden hinweggespült wurde.

„Jetzt mach schon", knurrte Atlatis ungeduldig, da sich Achnum recht langsam bewegte. Atlatis' hasserfüllte Stimme ließ John erschaudern, aber noch mehr erschauderte er bei dem Gedanken an den Inhalt der Kiste.

Plötzlich zischten grüne Blitze, Achnum und Atlatis fuhren herum und John hielt den Atem an.

„Onkel Abgal", dachte John hoffnungsvoll, doch aus den Blitzen schälte sich ein Mann, den John noch nie gesehen hatte. Er war etwas größer als Atlatis, athletisch gebaut, hatte ein ebenmäßiges Gesicht und John schätzte ihn auf Anfang vierzig. Er war mit einem gelb schimmernden Overall bekleidet, hatte dunkelblondes Haar und leuchtend blaue Augen. Seine Gesichtszüge waren scharf und kantig, wirkten aber nicht gefährlich. In seinen leuchtend blauen Augen lag stählerne Härte, doch John glaubte, auch etwas Gutes darin zu erkennen.

„Das muss einer von Onkel Abgals Männern sein", hoffte John und unendliche Erleichterung floss durch seinen Körper. Also hatte Onkel Abgal Wort gehalten. John nahm sich fest vor, sich bei seinem Onkel für sein Misstrauen zu entschuldigen.

„Was im Namen aller Mächtigen ...", blaffte Atlatis außergewöhnlich schrill und starrte den Mann fast ungläubig an.

Der Fremde blickte völlig ruhig zu Atlatis und warf dann John einen Blick zu, den er nicht deuten konnte.

„Schnapp dir Atlatis, los, mach schon", wisperte John ungeduldig in Gedanken. „Worauf wartest du noch?" Am liebsten hätte er den Mann angeschrien, er soll sich gefälligst beeilen, doch er blieb stumm, obwohl ihm war, als müsse seine Brust gleich explodieren.

„Verschwinde, bevor ich dir einen Blitz auf den Hals hetzte", knurrte Atlatis wütend.

John starrte den Typen an, der sich nicht rührte.

„Tu was, bevor er dich umbringt", dachte er entsetzt und empfand sogar ein wenig Mitleid mit ihm, wenn auch weit nicht so viel wie mit sich selbst.

„Verschwinde", herrschte Atlatis den Mann abermals an, hatte sich dann aber rasch wieder im Griff. „Geh endlich, du hast hier nichts zu suchen."

„Ich werde hierbleiben, Atlatis", sagte der Mann entschlossen. „Ich möchte dabei sein, wenn dieses Bürschchen stirbt. Ich möchte es sehen, mich vergewissern, dass er tot ist." Seine Augen glühten dabei fast genauso wie Atlatis' Augen und in seiner Stimme lag die gleiche furchtbare Kälte. John wurde übel. Er erkannte sogleich, dass der Typ mindestens genauso irre wie Atlatis sein musste und unmöglich einer von Onkel Abgals Männern sein konnte.

„Du kannst nicht bleiben", sagte Atlatis kalt. „Du hättest gar nicht kommen dürfen. Geh endlich, Adamu."

Bei dem Namen Adamu läutest es in Johns Gehirn. Das war doch der Name, den er hörte, als er Onkel Abgal belauscht hatte. Nun kannte John sich gar nicht mehr aus. Gehörte dieser Typ nun zu den Guten oder zu den Bösen?

„Ich möchte sehen, wie er stirbt", wiederholte Adamu schonungslos und Johns Hoffnung, lebend aus der Sache rauszukommen, schmolz dahin wie Eis in der glühenden Sonne.

„Ich sagte Nein!", brüllte Atlatis und rang um Beherrschung.

„Ich riskiere mein Leben für dich und darum will ich dieses Mal absolute Sicherheit", sagte Adamu kühl. „Es darf nicht noch mal etwas schiefgehen."

„Lass ihn doch zusehen", mischte sich Achnum ein. „Wenn er es unbedingt sehen will, dann gönn ihm doch das Vergnügen."

Johns Blick wanderte gehetzt zwischen Atlatis, Achnum und Adamu hin und her, während er bemüht war, seine Hände dem Seil zu entwinden.

„Der Typ ist ja geradezu erpicht darauf, mir beim Sterben zuzusehen", dachte er entsetzt und zerrte weiter an dem Seil.

„Halte dich da raus, Achnum", blaffte Atlatis aufgebracht. „Das ist eine Sache zwischen Adamu und mir."

„Willst du wirklich riskieren, dass der Junge noch einmal davonkommt?", fragte Adamu ruhig und sah verächtlich zu John, der noch immer verstohlen an seinen Fesseln herumzerrte.

„Er wird nicht davonkommen", antwortete Atlatis mit höhnischem Grinsen. „Ich bin mir sicher, unsere Süßen erledigen die Sache gewissenhaft."

„Tatsächlich?", sagte Adamu und sein Blick streifte erneut den von John.

„Genug, Adamu", sagte Atlatis gereizt. „Wir werden dieses Bürschchen nun seinem Schicksal überlassen. Und glaub mir, Brüderchen, dein Schicksal meint es nicht gut mit dir."

„Das, hast du mir schon zweimal angedroht", fauchte John verächtlich. „Und was hat es dir gebracht? Nichts! Ich lebe noch immer!"

„Du musst zugeben, Atlatis", sagte Adamu unnachgiebig, „der Junge hat recht. Und darum halte ich es auch für angebracht, seinen Tod abzuwarten. Die ganze Sache hat uns mehr Zeit gekostet, als mir lieb ist.

Ich will den Jungen endlich tot sehen. Ich will mich endlich anderen Dingen widmen."

„Dieses Mal ist es anders", brüstete sich Atlatis. „Dieses Mal wird er nicht überleben."

„Hoffst du es oder weißt du es?", zischte Adamu gereizt. „Ich habe deine tyrannischen Spielchen satt. Sie funktionieren nicht. Schick ihm einen Todesblitz auf den Hals und wir können gehen."

„Das, Adamu, wäre keine gerechte Strafe", knurrte Atlatis wieder mit irre funkelnden Augen. „Er muss leiden und er wird leiden. Ich habe alles bedacht. Dieses Mal kommt er nicht mit dem Leben davon."

„Sei dir da nicht so sicher", zischte John provozierend, um Zeit zu gewinnen. Im tiefsten Innersten hoffte er noch immer, Onkel Abgal würde auftauchen.

„Für mich gibt es keinen Grund, zu zweifeln", sagte Atlatis siegessicher. „Oder wüsstest du einen Grund, Achnum?"

Achnum schüttelte mit gerunzelter Stirn den Kopf. Das Nachdenken fiel ihm augenscheinlich schwer. Er wirkte dadurch noch unintelligenter, als er es ohnedies schon war. „Nööö", sagte er langsam mit infantilem Grinsen im Gesicht.

„Ich wüsste zwei Gründe", sagte Adamu hartnäckig. „Gewissheit und das Vergnügen, ihn sterben zu sehen. Wobei ich der Gewissheit dem Vergnügen den Vorzug gebe, dir jedoch das Vergnügen zusätzliche Genugtuung bereiten würde."

„Zugegeben, der Anblick wäre gewiss erfreulich und durchaus auch vergnüglich, aber ich habe Wichtigeres zu tun: Und auf dich, Adamu, warten ebenfalls wichtigere Dinge. Mir reicht es, zu wissen, dass er leidet. Und das wird er ohne Zweifel", sagte Atlatis eiskalt. „Achnum, öffne endlich die Kiste."

Achnum ging zu der Kiste, nahm mit gierigem Blick den Deckel ab und ließ dabei ein grässliches Lachen hören. John hielt den Atem an, drehte mit gesträubten Nackenhaaren den Kopf, so gut es ging, zur Kiste, konnte jedoch nicht hineinsehen.

„Wenn du später seine Leiche holst, Achnum", sagte Atlatis sichtlich von Vorfreude gepackt, „vergiss nicht, die Kiste und die Süßen zu entsorgen."

„Ich werde nicht sterben", murmelte John ohne Überzeugung.

„Mach's gut, Brüderchen", sagte Atlatis und gab Achnum und Adamu den Befehl, zu verschwinden.

Noch bevor John etwas sagen konnte, verschwanden Atlatis und Achnum in einem grünen Blitzlichtgewitter. Adamu verharrte eine Sekunde länger. Es war für John eine Sekunde des Grauens. Die längste Sekunde, die er bisher erlebt hatte. Er fragte sich, was Adamu vorhatte, denn, da war sich John sicher, der Typ überließ nichts, aber auch gar nichts dem Zufall. Er schätzte ihn sogar gefährlicher ein als Atlatis, da er ihm weit abgeklärter erschien. Den Blick, den er John in dieser einen, nicht enden wollenden Sekunde zuwarf, konnte John erneut nicht deuten, er war sich jedoch sicher, dass er nichts Gutes verhieß. Jäh sah John blaue Funken um sich wirbeln und wusste, dass gleich noch größeres Übel auf ihn zukommen würde. Dann leuchteten grüne Blitze und Adamu war ebenfalls verschwunden.

John lag mit pochendem Herzen auf dem Rücken unter dem Schacht, die Sonne stach ihm ins Gesicht und er wartete fast ungeduldig auf das Übel, das gleich über ihn hereinbrechen würde. Seine Angst war kaum noch beherrschbar. Er war heilfroh, dass Adamu verschwunden war, auch wenn er nun, mit Ausnahme der vielen Skelette, ganz alleine war. Die Holzkiste mit ihrem geheimnisvollen Inhalt stand direkt neben ihm. Die Furcht vor ihrem Inhalt schwoll wie ein bösartiges Geschwür in ihm an, drückte gegen seine Eingeweide und vertrieb alle anderen Gedanken aus seinem Kopf. Er konnte nur noch an die Kiste und ihren Inhalt denken, während er beharrlich versuchte, sich von seinen Fesseln zu befreien. An seinen Handgelenken konnte er vom vielen Scheuern bereits ein warmes feuchtes Rinnsal spüren. Immer, wenn er dachte, der Strick würde endlich etwas lockerer, zog er sich wie von Geisterhand wieder zusammen. Er hielt inne und betrachtete panisch die Kiste. Von ihrem mysteriösen Inhalt war nichts zu sehen. Einen überdrehten Moment lang dachte John, die Kiste könnte leer sein, doch dann sah er in seinen Augenwinkeln, wie sich etwas bewegte. Starr vor Angst hob er den Kopf und erblickte mit dem Ausdruck blinden Entsetzens etwas Schwarzes, Langes, Dünnes aus der Kiste gucken.

„Schon gut ... alles gut", sagte er kurzatmig, während sich sein Herzschlag beschleunigte und ein großer schwerer Klumpen von seiner Brust in seinen Magen rutschte. Als kurz darauf noch so ein Ding zum Vorschein kam, war John klar, es musste sich um Beine handeln. Doch zu wem oder was gehörten diese Beine? Es dauerte nicht allzu lange und John wusste es. In grauenerfüllter Trance sah er das Vieh aus der Kiste fallen, begann laut und hysterisch zu schreien und schloss panisch die Augen. „Hilfe, Hilfe, Hilfe ...", rief er immer wieder. „So helft mir doch! Verdammt, hört mich denn keiner?"

Aber wer sollte ihn hören? Die Skelette etwa? „Die werden mir sicher nicht helfen", dachte John nach Atem ringend, außerdem hatte sich die Wand längst wieder geschlossen. „Jetzt beruhige dich erst einmal", dachte er schweißgebadet. Vielleicht war das alles ja bloß Einbildung. Vorsichtig öffnete er die Augen.

„Oh, nein! Das kann nicht sein!", rief er entsetzt, als er etwas Dunkles neben sich kriechen sah. Nun wusste er mit erschreckender Sicherheit, es handelte sich um keine Einbildung. Eine riesige, dicke, fette Spinne mit widerlich langen Beinen krabbelte langsam auf ihn zu. Dieses Tier hatte einen Körper so groß wie seine Handfläche. Die Beine dieses Ungetüms waren mindestens so lang wie seine Finger. Plötzlich sah er noch so ein Vieh aus der Kiste fallen.

„Zum Teufel", rätselte John, „wie viele von diesen Dingern sind denn da drin?" Nach und nach fiel eine Spinne nach der anderen vom Kistenrand. Nach kurzer Zeit krabbelten mindestens drei Dutzend von den Viechern um John herum. Er wusste nicht, um welche Spinnenart es sich handelte, er wusste nur, dass er Spinnen hasste. Auch die kleinen. Von diesen Monstern erst gar nicht zu reden. Der Name Armadeira sagte ihm gar nichts, doch ihm war klar, dass diese Tiere nicht nur ekelig, sondern sicherlich auch sehr giftig waren. Er lag stockstein da und getraute sich nicht, sich zu rühren. Ja, er getraute sich nicht einmal, zu atmen. Auf seiner Stirn bildeten sich immer mehr Schweißperlen, die ihm langsam seitlich über Gesicht und Hals liefen. Sein Körper begann zu zittern, doch er befahl sich, ganz still zu liegen.

„Ich muss herausfinden, was diese Viecher tun und wie viele es sind", zermarterte er sich mit brennenden Eingeweiden das Hirn. Er nahm den kläglichen Rest seines Mutes zusammen und hob den Kopf. Dabei sah er eine dieser Spinnen auf seinem Bein herumkrabbeln. Starr vor Entsetzen beobachtete er das Tier. Durfte er sich bewegen, um es abzuschütteln, oder wäre das sein Todesurteil? Wie schnell würde er sterben? Wäre er auf der Stelle tot? John wusste nicht, wie diese Spinnen ihr Gift verabreichten. Im Grunde war es ihm auch völlig egal. Er hoffte nur, es würde schnell gehen, doch Atlatis' Worte ließen ihn daran zweifeln. Bange beobachtete er die Spinne, wie sie auf seinem Bein gemächlich nach oben krabbelte. Einen Moment später hatte sie seinen Bauch erreicht. Der Anblick des Tieres mit seinen langen Beinen und seinem dicken, fetten Körper war derart widerlich, dass John sich fast übergeben musste. Er konnte diese Spinne nicht länger ansehen. Rasch legte er den Kopf zu Boden.

Plötzlich spürte er, wie ihn an seinem rechten Ohr etwas kitzelte. Abgrundtiefe Panik erfasste ihn und sein Puls begann erneut zu rasen. Saß etwa eines dieser Tiere auf seinem Kopf? John dachte gerade darüber nach, dass es nicht schlimmer kommen konnte, als auf seiner Stirn ein langes Bein zum Vorschein kam. Er konnte jetzt auch ganz deutlich spüren, wie sich auf seinem Kopf etwas bewegte. Ihm wurde schlecht vor Ekel, doch die Angst, die er nun verspürte, übertraf jegliche Angst, die er jemals verspürt hatte. Da war er sich ganz sicher. Er begann laut zu schreien, schloss den Mund jedoch sofort wieder, als er bemerkte, wie die Spinne langsam über seine Stirn krabbelte und immer mehr von ihr zum Vorschein kam. Die langen Beine berührten seine Wangen und seine Nase. Einige qualvolle Sekunden später, die ihm wie eine Ewigkeit erschien, konnte er die Spinne ganz deutlich von unten sehen, da sie jetzt direkt über seinen Augen saß. Das Biest war halb so groß wie sein Gesicht, wenn nicht größer. Atlatis hatte ihm wirklich nicht zu viel versprochen. Im Gegenteil. Es war der blanke Horror. Schlimmer als der wassergeflutete Raum, schlimmer als die Höhle unter der Pyramide und weit schlimmer als die Skelette.

Mit halb geschlossenen Augen kämpfte John gegen seine Übelkeit an und fragte sich, wie lange diese Bestie wohl auf seinem Gesicht sitzen würde? Jedes Mal, wenn er durch die Nase ausatmete, bewegten sich durch den Luftzug die feinen Härchen auf den Beinen der Spinne und kitzelten ihn im Gesicht. John war knapp daran, die Besinnung zu verlieren. Instinktiv wollte er den Kopf schütteln, um das Vieh loszuwerden. Nur mit äußerster Mühe konnte er sich zum Stillliegen zwingen. Die Spinne sah von unten betrachtet noch viel ekelerregender aus. Und sie wollte einfach nicht abhauen. Die Spinne saß regungslos über seinen Augen, mitten in seinem Gesicht, als wäre es ihr Zuhause. Das Kitzeln der feinen Härchen an seiner Nase war unerträglich. John hatte das Gefühl, gleich niesen zu müssen. Es traf ihn wie ein mächtiger Faustschlag, als er spürte, wie ihn etwas an seinem Hals berührte.

„Noch so ein Vieh an meinem Kopf", dachte er panisch. Er lag wie versteinert da, doch innerlich bebte sein ganzer Körper. Er konnte es nicht länger ertragen und wünschte nur noch, tot zu sein. Er wollte die Angst, die ihm die Luft aus den Lungen presste, das Schaudern, das durch seinen Körper strömte, und die Furcht, die seine Eingeweide zersetzte, nicht länger fühlen. Er wollte das Unvermeidliche hinter sich haben. Er spürte sein Herz boshaft gegen seine Rippen trommeln, als wüsste es, was kommen würde und als wolle es noch einmal kräftig schlagen, bevor es für immer verstummte. Er spürte ein leichtes Zittern seiner Hände, während er dieser Trommel, die hartnäckig in ihm schlug, lauschte. Würde es wehtun, wenn sein Herz verstummte, oder würde er es gar nicht merken? Würde sein Denken in der Sekunde enden, in der sein Herz stehen blieb, oder würde er noch qualvolle Sekunden weiterdenken im Bewusstsein, dass er tot war?

Dann, völlig unerwartet und fast erlösend, spürte er den Hauch des Todes, der einladend wie eine sanfte Brise über ihn strich und darauf wartete, sich auf ihn zu legen wie ein warmes Tuch, um jeglichem Schmerz und jeglicher Angst ein Ende zu bereiten. Es war ein verheißungsvolles Gefühl. Als würde Wärme und Geborgenheit durch ihn strömen. Doch jäh spürte er wieder die Spinne. Er fühlte, wie sie an seinem Hals langsam nach oben kroch. Er fühlte ihre Beine an seinem Kinn, an seiner Wange, an seinem Mund und presste die Lippen noch fester zusammen. Plötzlich glaubte er, ein Stechen an seinem Bein zu spüren. Ihm wurde schwummrig. Hatte eines dieser Viecher zugebissen? „Gleich ist es so weit. Gleich bin ich tot", überschlugen sich seine Gedanken. Diese Erkenntnis offenbarte ihm die Vergänglichkeit seines Seins, beruhigte auf wundersame Weise seinen Herzschlag und alle Last fiel von ihm ab. Er fühlte sich plötzlich unendlich leicht. Er schloss die Augen, bereit, die warme Hand des Todes zu ergreifen, die ihm so verlockend entgegengestreckt wurde.

Fugere et moriar

„Was ist denn hier passiert?", rief Inana entsetzt, als sie einen großen Haufen Schrott, der nur noch vage an einen Aircutter erinnerte, inspizierte. Babs, Eddie, Ben und Inana hatten sich rasch auf den Weg nach Armada gemacht, als Inanas Mutter nach einer saftigen Gardinenpredigt endlich den Wohniglu verlassen hatte, und standen nun fassungslos vor einem abgestürzten Aircutter.

„Sag nicht, der ist von deinem Vater?", fragte Babs voller Sorge, als sie den Schrotthaufen betrachtete.

„Doch", antwortete Inana. „Seht ihr den Aufkleber in der Kuppel? Den hab ich mal als Kind dorthin geklebt. Ist das Symbol von Nibiru. Aber glaubt mir, ich habe noch nie gehört, dass so ein Ding abgestürzt ist."

„Wirklich?", entfuhr es Babs erschrocken.

„Ja, wirklich!"

Babs' Magen zog sich zusammen wie eine Dörrpflaume. „Hoffentlich geht es John gut", dachte sie bange. Ihr Gefühl sagte ihr allerdings, dass das sicherlich nicht der Fall war.

„Was tun wir jetzt?", erkundigte sich Eddie erwartungsvoll.

„Wir reisen mit der Vril-Kugel zum Tempel nach Bakakor, es sei denn, ihr wollt laufen", sagte Inana grinsend. „Dieser Tempel hat viele unterirdische Räume, die alle übereinander angelegt sind. Wir werden im untersten Raum beginnen und uns langsam hocharbeiten, bis wir einen Raum finden, von dem aus wir nach draußen blicken können. Dann entscheiden wir, wie wir weiter vorgehen."

„Na toll!", maulte Eddie mürrisch. „Wird sicher spannend für mich." Schlecht gelaunt stellte er sich zu den anderen und berührte Inanas Kugel. „So ein verdammter Mist", überlegte er, während er vom Sog erfasst wurde. Nur Sekunden später landeten sie in einer kleinen Höhle.

„Hinter dieser Wand befindet sich der unterste Raum", erklärte Inana und deutete auf eine alte Steinmauer. „Nur wir können rein und raus. Sollte sich je ein Fremder in den Raum verirren, ist für ihn an dieser Wand Schluss. Ohne Vril-Kugel gelangt er nicht in unser Reich."

„Wow, ganz schön clever", grunzte Eddie. „Hat aber einen Haken."

„Ach, was du nicht sagst", flötete Inana überheblich.

„Ich könnte doch die Wand mit Dynamit in die Luft jagen", sagte Eddie grinsend. „Dann würde ich mich sehr wohl in eurem Reich befinden."

„Ja, das könntest du versuchen", sagte Inana. „Aber dazu müsstest du wissen, dass sich hinter dieser Wand unser Reich befindet, und dann müsstest du die Kraft des Vril bezwingen. Die schützt nämlich diese Mauer. Du würdest dich nur selbst in die Luft jagen, dieser Wand aber keinen Kratzer zufügen."

„Krass", staunte Eddie und kratzte sich am Kopf.

„Ben, sieh doch bitte nach, ob die Luft rein ist", schlug Inana vor.

„Ja klar", antwortete Ben und konnte sich einen gehässigen Blick zu Eddie nicht verkneifen. „Aber wozu?"

„Wir müssen sehr vorsichtig sein, ein bisschen praktische Übung schadet euch auch nicht und es macht die Sache aufregender."

„Unglaublich aufregend", murrte Eddie, während Ben seine Hand auf die Wand legte.

„Tja, hättest du weniger gemurrt und mehr geübt", sagte Babs weise, „könntest du es mitunter auch."

„Vielleicht würden wir schneller erfahren, was sich da drüben verbirgt, wenn ich ein Loch in die Wand stemme", sagte Eddie süffisant, da Ben für ihn nicht den Eindruck erweckte, als könnte er durch die Wand sehen.

„Du kannst diese Wand nicht aufstemmen oder sprengen", sagte Inana verständnislos. „Sie ist unverwüstlich. Das habe ich dir doch gerade erklärt."

„Er ist bloß gehässig. Nicht wahr, Eddie?", stellte Babs sachlich fest. „Gib Ben etwas Zeit. Er macht das schon."

„Ist ja gut", murrte Eddie. „Dann geben wir Ben eben Zeit. Hab heute sowieso nichts anders mehr vor."

Ben konzentrierte sich, so gut er konnte. Er wollte sich vor Eddie keine Blöße geben. Plötzlich löste sich tatsächlich vor seinen Augen die Wand auf und er fragte sich erneut, wie das gehen konnte. „Da drüben ist es ziemlich dunkel", teilte er den anderen sogleich mit. „Der Raum ist mit einer Fackel beleuchtet. Er scheint leer zu sein."

„Bist du sicher?", erkundigte sich Babs.

„Ziemlich", sagte Ben, klang aber unsicher.

Sie berührten Inanas Kugel und schon befanden sie sich in dem Raum nebenan. Es war wirklich ziemlich düster hier. Nur eine kleine Lichtquelle in Form einer Vril-Fackel, die an der Mauer befestigt war, erhellte den Raum ein wenig.

„Nun müssen wir nach oben", verkündete Inana gut gelaunt. „Der nächste Raum befindet sich über uns."

„Wie willst du da oben nachsehen?", fragte Babs verständnislos.

„Du kannst auch durch eine Wand sehen, ohne sie zu berühren", belehrte sie Inana. „Beim Erlernen ist es einfacher, sie zu berühren. Wenn man es kann, geht es auch ohne. Du kannst es ja gleich mal versuchen, Babs."

„Ich?"

„Ja, warum denn nicht?"

Babs umklammerte ihre Vril-Kugel, starrte zur Decke, erwartete aber nicht, es zu schaffen. Es dauerte eine Weile, doch dann funktionierte es tatsächlich. Der Raum erschien etwas verschwommen, doch sie konnte ihn gut sehen. „Da oben sieht es genauso aus wie hier", sagte sie stolz auf sich selbst und war mit ihrer Leistung sehr zufrieden.

Auf diese Weise arbeiteten sie sich Stockwerk für Stockwerk weiter nach oben. Einmal blickte Babs durch die Decke, dann wieder Ben. Eddie stand jedes Mal stocksauer daneben und verfluchte sich. Den nächsten Raum sollte wieder Babs ausspionieren.

„Da oben ist es stockdunkel", klagte sie, da bisher alle Räume mit Vril-Fackeln beleuchtet waren.

„Dann machen wir eben Licht", schmunzelte Inana.

„Wie willst du da oben Licht machen?", fragte Eddie verblüfft.

Inana lachte, nahm ihre Vril-Kugel, sagte: „Lux", worauf die Kugel hell erstrahlte, und schleuderte sie nach oben. Sie verschwand in der steinernen Decke, als wäre sie in Wasser getaucht. Babs, Eddie und Ben sahen der Kugel entgeistert, aber auch ziemlich beeindruckt nach.

„Dachtet ihr, eine Vril-Kugel kann nur mit euch den Ort wechseln?", gab Inana überrascht von sich, als sie in ihre verdutzten Gesichter sah.

„Eigentlich schon", gab Ben zurück.

„Ich sehe, ihr habt noch sehr viel zu lernen", kicherte Inana belustigt.

„Was es alles gibt", grunzte Eddie begeistert und wünschte, er würde diese Dinge auch beherrschen.

Babs versuchte es erneut. Als sich ihr Blick durch die Decke schärfte, stieß sie einen spitzen Schrei aus, verstummte, atmete tief und zitternd ein und wandte ihren Blick zu Boden. „Das werdet ihr mir sicher nicht glauben", raunte sie keuchend, „da oben wimmelt es von Skeletten!"

„Deine Fantasie hat dir einen Streich gespielt", sagte Inana überzeugt. „Hier gibt es bestimmt keine Skelette."

„Ich sagte doch, ihr werdet es nicht glauben", entgegnete Babs verstimmt.

„Ich wusste, ich würde das Beste versäumen", haderte Eddie mürrisch.

„Ich guck mal nach", meinte Ben heldenhaft und konzentrierte sich auf die Decke. „Du heilige Scheiße", rief er, nachdem auch er einen Blick in das nächste Stockwerk gewagt hatte. „Babs hat recht, da oben wimmelt es von diesen Toten."

„Mann, und ich kann sie nicht sehen", schnaubte Eddie und schlug sich wütend auf den Oberschenkel. „Wieso verpass ich immer die tollsten Dinge?"

„Du verpasst gar nichts", versicherte ihm Inana. „Da wir sowieso rauf müssen, kannst du dir die Skelette ansehen. Ich verstehe allerdings nicht, wie man auf Skelette so erpicht sein kann."

„Er hat einen Sprung in der Schüssel, das ist alles", erklärte Ben trocken.

„Da könntest du recht haben", sagte Babs mit nachdenklicher Miene. „Aber glaubt ja nicht, ich steige in ein Grab. Wir werden den Raum auslassen, ihn überspringen oder sonst wie umgehen."

„Beim Haupt des Mächtigen", zischte Inana energisch. „Wir dürfen nicht riskieren, von Vater entdeckt zu werden. Der verfrachtet mich auf … egal, jedenfalls werden wir den Raum nicht umgehen, ohne zu wissen, was darüber ist."

„Ach, komm schon, Babs! Mach dir doch wegen ein paar Knochen nicht ins Hemd", sagte Eddie großmäulig. „Diese Knochengerüste tun dir doch nichts."

„Ich mach mir nicht ins Hemd, Eddie", belehrte ihn Babs mit verzogenem Gesicht. „Du hast wohl noch nie etwas von Totenruhe gehört, was? Außerdem finde ich es ekelhaft."

„Willst du wirklich wegen ein paar Knochen aufgeben und umkehren?", fragte Inana ungläubig.

Das wollte Babs natürlich nicht. „Na gut", gab sie widerstrebend nach und berührte Inanas Vril-Kugel. „Wir machen da oben aber schnell, hört ihr!", setzte sie entschieden nach.

„Was ist denn das für ein widerlicher Gestank!", rief Ben angeekelt, als sie in dem Raum landeten. „Hier bekommt man ja keine Luft!"

Eddie landete auf einem Totenkopf und war entzückt. Rasch rappelte er sich auf und sah sich sensationsgierig um. Der Anblick, der sich ihm offenbarte, war gespenstisch und genau nach seinem Geschmack. „Seht doch nur, der da drüben lehnt an der Wand, als würde er pennen!", rief er restlos begeistert. „Und der erst! Seht euch doch mal den da hinten an, der hält seinen Kopf in Händen!"

„Du bist wirklich nicht normal in der Birne", stellte Ben fassungslos fest. „Wie kann einen ein verdrehtes Skelett dermaßen begeistern?"

„Überleg doch mal, der kann unmöglich so gestorben sein", schwadronierte Eddie hingerissen und betrachtet fasziniert das Knochengerüst.

„Was willst du damit sagen, du Spinner?", erkundigte sich Ben mit einem Anflug von Nervosität.

„Hast du schon mal einen Sterbenden gesehen, der seinen Kopf in Händen hält?", fragte Eddie hämisch grinsend. „Da hat doch einer nachgeholfen, wenn du mich fragst."

„Ich guck mal nach, ob die Luft oben rein ist", sagte Ben und blickte rasch zur Decke. Er wollte dieses Gruselkabinett so schnell wie möglich verlassen. Eddies Entdeckung schlug schwer auf seinen Magen. „Wow", stieß er nach einiger Zeit hervor.

„Noch mehr Skelette?", fragte Eddie erwartungsvoll.

„Nein, du Holzkopf. Ich kann Tageslicht sehen. Über uns befindet sich ein leerer Raum mit einem großen rechteckigen Steinblock und ein Stückchen weiter kann ich einen Ausgang sehen", berichtete Ben.

„Na, was hab ich euch gesagt", wetterte Inana. „Man kann nie vorsichtig genug sein. Vater könnte überall stecken und ich möchte ihn beileibe nicht treffen."

„Willst du damit sagen, wir bleiben hier?", empörte sich Babs aufgebracht.

„Nein, natürlich nicht, aber wir müssen zuerst sicherstellen, dass oben niemand ist", sagte Inana bestimmt.

„Ich hab niemanden gesehen", erklärte Ben rasch.

„Da hörst du's", murrte Babs. „Lass uns nach oben gehen, Inana. Ich will hier weg."

„Erst, wenn ich mich umgesehen habe", konterte Inana stur.

„Ach komm schon, Inana, da oben ist nichts", murrte nun auch Ben, klang aber nicht sehr überzeugend.

„Wir müssen uns vorher vergewissern, dass Vater uns nicht sehen kann", beharrte Inana unnachgiebig.

„Kannst du das nicht von woanders?", drängte Babs mit steifer Miene und gerümpfter Nase. „Vielleicht gibt es ja nebenan noch einen Raum."

„Ich sehe mal nach", bot sich Ben an, hastete zur gegenüberliegenden Wand und stolperte über einen Totenkopf. Er krachte mit voller Wucht auf ein Skelett, dessen Knochen knackend und knirschend entzweibrachen und fand sich Auge in Auge mit dem Totenschädel wieder. Kreischend und vom Entsetzen gepackt, sprang er wie vom Teufel geritten hoch. „Igitt, ist das widerlich", keuchte er mit gesträubten Nackenhaaren, ging zu Wand und konzentrierte sich.

„Ich sehe was!", rief er nach einiger Zeit. „Ja, da drüben ist noch ein Raum. In dem ist es sehr hell. Da ist ein breiter Schacht, der nach oben führt. Da kommt Sonnenlicht rein. Ich sehe auch eine Art Brunnen ... und ..."

„Und was?", rief Eddie begierig.

„Beine", sagte Ben trocken. „Gefesselte Beine, wenn du es genau wissen willst. Sie ragen hinter dem Brunnen hervor."

„Bist du sicher, Ben?", erkundigte sich Babs voller Unbehagen.

„Natürlich bin ich sicher", zischte Ben. „Denkst du, ich bin nicht in der Lage, gefesselte Beine zu erkennen, wenn ich sie vor mir sehe?"

„Toll, und ich kann sie nicht sehen", brummte Eddie missmutig.

„Liegen da auch Skelette?", erkundigte sich Babs mit spitzer Stimme.

„Weiß nicht. Ich suche den Raum etwas genauer ab", gab Ben zurück und blickte erneut durch die Wand. „Umpff", machte er einen Moment später und schaute so rasch wieder weg, als fürchtete er, seinen Augen Schaden zuzufügen.

„Was? Was hast du gesehen?", bombardierte ihn Eddie neugierig.

Ben machte Augen, rund und groß wie Fässer, entfernte sich von der Wand, sagte aber keinen Ton.

„Was'n los?", drängte ihn Eddie gierig. „Jetzt sag schon was!"

„Der Typ da drüben, das ist John", sagte Ben und fügte hinzu, „oder jemand hat seine Schuhe an."

„Was!", rief Babs und wollte durch die Wand sehen, doch Ben hielt sie zurück. „Das ist noch nicht das Schlimmste", fuhr er mit Blick auf Babs fort, die ihn mit steifer Miene anblickte. „Wer auch immer der Typ da drüben ist", fuhr Ben fort, „ist hinüber. Auf den verschnürten Beinen krabbeln riesige Tiere, die nicht besonders nett aussehen und den Anschein erwecken, gerade ihren Lunch einzunehmen. Wenn du verstehst, was ich meine."

„Was!", schrie Babs abermals, riss sich von Ben los und lief eilig zur Wand. Auf ihrem Weg dorthin trampelte sie alle Skelette nieder. Unter ihren Füßen knirschte und knackte es, als würde jemand Popcorn machen. Völlig unbeeindruckt davon erreichte sie die Wand und blickte in den Raum nebenan.

„Du hast recht, Ben", keuchte sie bestürzt, „das könnte tatsächlich John sein. Und ... und diese Viecher, sie sind überall!"

„Was sind das für ekelige Dinger?", raunte Ben voller Abscheu.

„Das sind besonders große Exemplare von Phoneutrias", erklärte Inana, die mittlerweile ebenfalls nachgesehen hatte.

„Große Exemplare wovon?", rief Eddie lüstern.

„Giftspinnen", sagte Inana belehrend. „In Brasilien werden sie Armadeira genannt, was so viel wie bewaffnete Spinne bedeutet. Bei euch werden sie meist Bananenspinnen genannt. Sie sind die giftigste Spinnengattung der Welt und höchst aggressiv. Ihr wissenschaftlicher Name ist Phoneutria. Sie beißen oft ohne Vorwarnung und ..."

„Danke", unterbrach Eddie angewidert. „Giftspinne hätte als Erklärung völlig gereicht."

„Seht ihr die Kiste?", quiekte Babs aufgebracht. „Diese Tiere kommen da raus. Und seht doch nur, neben der Kiste ... könnte das nicht der Schatten eines Kopfes sein? Ich versuche es mal weiter drüben. Vielleicht sehe ich von dort besser." Sie lief rasch die Mauer entlang und trampelte dabei noch ein paar Skelette nieder.

Ben, der dieselbe Idee hatte und schon am Ende der Wand stand, riskierte gerade einen Blick, prallte aber gleich wieder zurück. „Tu dir einen Gefallen, Babs", sagte Ben entsetzt. „Sieh nicht rüber."

„Wieso?", fragte Babs misstrauisch.

„Es ist wirklich John", sagte Ben und schüttelte sich vor Ekel. „Und zwei dieser Monster sitzen direkt auf seinem Kopf. Also ich will ja nicht unken, aber der ist bestimmt hinüber."

„Sag das nicht!", fauchte Babs wutentbrannt und sah durch die Wand.

„Habt ihr bemerkt, dass John an den Armen gefesselt ist?", fragte Inana, die nun neben ihnen stand und ebenfalls durch die Wand blickte.

„Oh mein Gott, ja", stieß Babs mit erstickter Stimme hervor.

„Was denkt ihr, wer das getan hat?", fragte Ben und zwang sich, noch einmal genauer hinzusehen.

„Ich versteh nicht, wie das passieren konnte", sagte Inana und klang ehrlich erschüttert. „Mein Vater müsste doch bei ihm sein."

„Vielleicht war er es ja, der John in diese Lage gebracht hat", mutmaßte Ben.

„Du spinnst", giftete Inana beleidigt.

„Wir müssen John da wegschaffen! Sofort!", drängte Babs bestimmt.

„Und wie willst du diese riesigen Viecher von John runterbekommen?", erkundigte sich Ben zugeknöpft. „Wir können sie doch nicht angreifen. Außerdem sieht John sowieso aus, als würde er nicht mehr leben."

„Das darfst du nicht sagen, Ben, hörst du! Sag so etwas nie wieder, kapiert!", fauchte Babs wütend, obwohl ihr Johns völlig lebloser Körper nicht entgangen war. Eddie stand daneben, glotzte die Wand an und hatte das Gefühl, gleich zu platzen. Er stieg von einem Bein auf das andere und spürte mächtigen Zorn wie überschäumendes Wasser in sich brodeln. Er wollte auch sehen, was Babs, Inana und Ben sahen. Er kam sich völlig ausgeschlossen vor – und das war eines der Dinge, die er am wenigsten ertragen konnte.

„Wir müssen die Tiere mit einem Besen von John runterkehren", sagte Babs so kompromisslos, als wäre es in Stein gemeißelt.

„Ist bei dir ein Rad ab?", entgegnete Ben spitz. „Wo willst du denn hier einen Besen auftreiben?"

„Dann verwenden wir eben etwas anderes", fauchte Babs aufgebracht.

„Woran denkst du dabei?", erkundigte sich Ben schleppend.

„Knochen", mischt sich Inana mit verstohlenem Grinsen ein. „Ich würde Oberschenkelknochen vorschlagen, denn die sind am längsten."

„Du spinnst ja auch", keifte Ben schaudernd. „Du glaubst doch nicht wirklich, ich fasse so ein Ding an."

„Willst du John helfen?"

„Ähm ... ja, aber ..."

„Na eben", sagte Inana. „Also, jeder sucht sich einen schönen langen Knochen." Sie konnte sich das Lachen kaum noch verkneifen. „Oberweltler sind wirklich etwas Dümmliches", dachte sie verschmitzt.

„Der da hat sich die Beine gebrochen", murmelte Ben dünnhäutig, als er sich vom nächstbesten Skelett einen Knochen schnappen wollte.

„Dann such dir ein anderes. Liegen ja genug herum", meinte Eddie und stürzte sich auf einen dicken Knochen, froh, endlich auch etwas tun zu können.

Babs ging zu einem Skelett, bückte sich, griff rasch nach dem längsten Knochen, den sie finden konnte, und wandte sich schnell wieder ab. „Entschuldigung, Mister", flüsterte sie dabei mit krächzender Stimme.

Inana dagegen konnte über deren Dummheit nur noch staunen. „Mit den Vril-Kugeln in Händen suchen diese Blödis doch tatsächlich nach Kochen", dachte sie fassungslos über so viel Unvermögen.

Als jeder von ihnen einen langen Knochen hatte, berührten sie Inanas Kugel und befanden sich einen Augenaufschlag später im Nebenraum. Als Eddie die riesigen Spinnen sah, begann auch seine Coolness zu bröckeln. Erschrocken wich er einige Schritte zurück. „Das sind ja gewaltige Viecher", raunte er mit stockendem Atem. „So riesige Spinnen hab ich noch nie gesehen."

„Bist doch nicht so unerschütterlich, wie du dachtest", entgegnete Ben schadenfroh.

„Sag bloß, du findest die Viecher nicht eklig?", fragte Eddie gehässig.

„Fangt ja nicht zu streiten an", warnte Babs mit wütender Stimme. „Wenn wir wissen, was mit John ist, könnt ihr zwei Streithähne von mir aus streiten, so viel ihr wollt. Ihr könnt euch auch mit den Knochen die Schädel einschlagen, wenn es euch beliebt. Aber jetzt ist Ruhe! Verstanden!"

„Die ist ja giftiger als die Spinnen", grunzte Eddie leise.

„Ja, unsere Süße kann auch sauer sein", murmelte Ben, was Babs jedoch hörte und noch mehr in Rage brachte. Wäre ihre Sorge um John nicht so groß gewesen, hätte sie den beiden vermutlich ihren Knochen auf den Kopf geknallt.

Inana ging auf John zu, der bleich am Boden lag und sich nicht rührte. Eine Spinne saß mitten auf seinem Gesicht und eine halb auf seinem Hals. Auf seinem Körper tummelten sich mindestens ein Dutzend dieser Tiere und um ihn herum kabbelten sicher noch einmal so viele. „John, hey John, kannst du mich hören?", fragte sie leise und beugte sich etwas zu ihm herunter. Dabei sehr darauf bedacht, den Spinnen ja nicht zu nahe zu kommen.

„Atmet er noch?", erkundigte sich Ben weiß wie Kreide. Er konnte diesen Anblick kaum noch ertragen.

„Weiß nicht", antwortete Inana. „Wir müssen diese Tiere von ihm runterschaffen."

Für Babs, Eddie und Ben war es nicht einfach, diese widerliche Spezies zu vertreiben. Kaum hatten sie eine Spinne in Johns Umkreis mit dem Knochen weggeschubst, krabbelte eine andere wieder auf ihn zu. An die Spinnen an seinem Körper wagten sie sich nicht heran, denn diese Viecher hatten ein ziemlich erschreckendes Verhalten. Wenn man sie berührte, machten sie schreckliche Drohgebärden. Sie richteten den vorderen Teil ihres Körpers auf und die beiden vordersten Beinpaare streckten sie weit nach oben. In dieser Haltung wiegten sich die Spinnen dann ruckartig hin und her.

Inana konnte die Dummheit ihrer Begleiter immer noch nicht fassen, bekam aber allmählich Angst, jemand könnte gebissen werden. Sie ließ den Stab aus ihrer Vril-Kugel wachsen und hielt die Kugel genau über die Spinne, die mitten in Johns Gesicht saß.

„Fugere et moriar", sagte sie laut und ließ die Vril-Kugel über Johns Kopf pendeln. Das Tier flog sogleich in hohem Bogen von Johns Gesicht und knallte gegen die Wand gegenüber. Der Aufprall war so heftig, dass die riesige Spinne zerplatzte wie ein wassergefüllter Luftballon. Ihre Innereien spritzten durch die Gegend und ihr zermatschter Körper lief die Wand herunter. „Fugere et moriar!", rief Inana nun unentwegt und Babs, Eddie und Ben sahen mit ungläubigen Blicken zu, wie sie die Spinnen beseitigte. Es war ein grauenhafter Anblick. Eine Spinne nach der anderen klatschte gegen die Wand.

Nach kürzester Zeit klebten überall die Innereien dieser Viecher, ihre aufgeplatzten Kadaver lagen über den Boden verstreut und ihre langen Beine wirbelten in der Luft herum. Babs war wütend auf Inana, Ben konnte kaum glauben, was er sah, und Eddie war fasziniert von Inanas Vorstellung.

„So geht das", sagte Inana, mied jedoch die Blicke der drei Freunde, beugte sich rasch über John, löste seine Fesseln und fühlte seinen Puls. „Er lebt noch, hat aber einen schwachen Puls. Wir bringen ihn am besten nach oben."

„Und dein Vater?", erkundigte sich Eddie. „Was, wenn er uns sieht?"

„Darauf können wir jetzt keine Rücksicht mehr nehmen", sagte Inana und knieten sich neben John. „Babs, nimm Johns Hand und drück seinen Finger fest auf meine Kugel. Eddie, Ben, ihr legt ebenfalls eure Finger auf meine Kugel. Los, macht schon!"

Babs, Eddie und Ben taten, wie ihnen geheißen, wurden im gleichen Augenblick nach oben gerissen, einmal herumgewirbelt und landeten auch schon wieder.

Der Aufprall war ziemlich hart. Babs hatte Eddies Bein im Gesicht,

Ben lag halb auf Inana, die quer über Eddie lag und John hatte es einen guten Meter weggeschleudert.

„Würdest du gefälligst dein Bein woanders hinlegen", fauchte Babs ungestüm.

„Mann, ist das heiß hier … und hell", stöhnte Eddie, dem der Schweiß aus allen Poren schoss, während er Babs von sich befreite.

„Wann werdet ihr es endlich lernen?", stöhnte Inana und schob Ben von sich.

Nachdem sie ihre Körper entwirrt hatten, liefen sie zu John, der völlig leblos am sandigen Boden lag. „Wir müssen John in den Schatten bringen", sagte Babs besorgt. Ihr gingen die schrecklichsten Dinge durch den Kopf. Der Gedanke, John könnte sterben, trieb sie fast in den Wahnsinn. „Was tun wir, wenn er von den Viechern gebissen wurde? Ich meine, woher wissen wir, ob er gebissen wurde?"

„Er lebt noch, also wurde er auch nicht gebissen", sagte Inana ziemlich selbstsicher, was Babs aber nicht sonderlich überzeugte.

„John, kannst du mich hören?", raunte Babs und tätschelte seine Wangen, als sie ihn in den Schatten gelegt hatten. „John, hey, John, ich bin's, Babs!" Doch John reagierte nicht.

„Oh wie schrecklich", jammerte Babs, vergrub ihr Gesicht auf seiner Brust, brach in Tränen aus und tätschelte dann erneut seine Wangen.

„Der hat den Löffel abgegeben", murmelte Ben leise, aber nicht leise genug.

„Halt deinen Mund, Ben! Halt ja deinen Mund, sonst vergesse ich meine gute Erziehung", fauchte Babs wutentbrannt und funkelte Ben mit ihren verquollenen Augen grimmig an.

„Oh, oh, ich glaube, du solltest besser deine Klappe halten, Ben", schnurrte Eddie. „Andernfalls könnte es sein, dass du der Nächste bist, der den Löffel abgibt."

„Auch dir könnte ein Unglück widerfahren, Eddie, wenn du nicht deine Klappe hältst", zischte Babs aufbrausend. „Inana, wir brauchen Wasser. Gibt es hier irgendwo Wasser?"

Inana nahm ihre Vril-Kugel, sagte: „Magnum vas aqua", hellblaue Blitze stoben aus der Kugel, teilten sich in unzählige kleine Blitze, gingen als Funkenregen nieder und als sie erloschen, stand ein Krug Wasser neben ihr auf dem Boden.

„Wie krass ist das denn", entfuhr es Eddie tief beeindruckt. „Das muss ich auch lernen."

„Danke, Inana", sagte Babs, raffte den Krug an sich und tropfte behutsam etwas Wasser auf die Stirn ihres Bruders. „John, bitte sag doch was", flehte sie und träufelte auch etwas Wasser auf seine Lippen.

„So wird das nichts", versicherte ihr Eddie. „Lass mich mal ran." Er schubste Babs zur Seite, nahm den Krug und schüttete ihn in Johns Gesicht.

„Bist du verrückt", rief Babs wütend und verpasste Eddie einen so heftigen Stoß, dass er rückwärts der Länge nach hinfiel.

„Idiot", murmelte Ben und half Eddie auf, der zur Vorsicht einige Schritte zurücktrat. Er mied Babs' Blick, schien sich plötzlich brennend für die Pyramide zu interessieren, sah dabei anständigerweise auch so drein, als hätte er ein schlechtes Gewissen. Als John jedoch nur eine Sekunde später leise zu stöhnen begann, nahm sein Gesicht überhebliche Züge an.

„Er kommt zu sich, er kommt wieder zu sich!", rief Babs erleichtert, blickte aber bestürzt in Johns blasses Gesicht, das im gleichen Moment wild zu zucken begann. „Was ist mit ihm?", raunte sie entsetzt. „John, John, kannst mich hören? Bitte sag doch was", bettelte Babs verzweifelt.

John schlug die Augen auf, schüttelte sich am ganzen Körper, rollte mit den Augen wild umher und schloss sie wieder.

„Siehst du, Babs, so schlecht war meine Idee gar nicht", sagte Eddie. „Wir benötigen noch einen Krug Wasser, Inana."

Inana besorgte auf die gleiche Weise einen weiteren Krug und Eddie schüttete ihn genüsslich in Johns Gesicht.

„John, kannst du mich hören? Du bist in Sicherheit. Es wird alles wieder gut", flüsterte Babs heiser und nahm Johns Hand.

Babs Stimme drang leise in Johns Ohren und er fragte sich, woher die Stimme kam, da er überzeugt war, sich noch immer in den Raum mit den Spinnen zu befinden. Als er Babs' Hand fühlte, dachte er, es wäre eine Spinne und erstarrte.

„John, kannst du mich hören, sag doch was", raunte Babs erneut.

John hörte Babs nun immer deutlicher, hatte aber das schreckliche Gefühl, ein riesiger Klumpen stecke in seiner Kehle, darum nickte er nur.

„Was ist passiert, John?", erkundigte sich Eddie.

„Spinnen", würgte John hervor, ohne zu wissen, mit wem er redete, und begann, wild um sich zu schlagen.

„Keine Bange, die sind weg", hauchte ihm Babs fürsorglich ins Ohr.

„Wer zum Teufel redet da mit mir?", dachte John benommen, öffnete die Augen und sah sich blinzelnd um. Als er Babs, Eddie, Ben und Inana erkannte, löste sich mit einem Schlag die Angst in seiner Brust. Jäh breitete sich eine Wärme in ihm aus, die nichts mit der heißen Sonne zu tun hatte. „Seid ihr es wirklich?", fragte er verwirrt, sah sie verwundert an, wurde aber immer klarer im Kopf. „Wie kommt ihr hierher?"

„Das ist eine lange Geschichte, Alter. Und kaum zu glauben", verkündete Eddie mit wichtiger Miene und begann sofort zu erzählen. Babs und Ben fielen ihm dabei ständig ins Wort, wobei so ein Durcheinander entstand, dass John bald nicht mehr folgen konnte. Während sie so überschwänglich berichteten, erholte sich John und Farbe kehrte in sein Gesicht zurück. Als die drei fertig waren, hatte er zwar nur die Hälfte verstanden, doch er fühlte sich gut genug, um aufzustehen. Seine Beine waren noch etwas wackelig, doch das störte ihn nicht sonderlich.

„Wer hat dir das angetan, John?", fragte Babs mit finsterer Miene. „Wer macht denn so etwas?"

„Ähm", sagte John zögerlich, denn seine Erinnerung kehrte nur sehr langsam und sehr lückenhaft zurück. Es schien ihm, als wären Teile seiner Erinnerung ausgelöscht. „Das muss wohl an dem Schock liegen", dachte er aufgewühlt.

„Du hattest großes Glück. Ein Wunder, dass du nicht gebissen wurdest", sagte Inana nüchtern, die bis jetzt geschwiegen hatte. „Wenn dir mehrere Spinnen ihr Gift verabreicht hätten, wärst du jetzt tot. Womöglich hätte schon ein Biss gereicht."

„Ich muss die Besinnung verloren haben", sagte John und schüttelte sich vor Ekel. „Eines dieser Viecher saß direkt über meinen Augen, ein weiteres krabbelte über meinen Hals und ab da kann ich mich an gar nichts mehr erinnern."

„Genau das war dein Glück", versicherte ihm Inana. „Hättest du dich bewegt, wäre es aus gewesen. Diese Tiere sind äußerst aggressiv und beißen auch, wenn sie nicht bedroht werden. So betrachtet, hattest du doppeltes Glück."

„Sag mal, John, wo ist eigentlich Onkel Abgal?", erkundigte sich Babs.

„Keine Ahnung", antwortete John und schluckte schwer, da seine Erinnerung nun immer stärker zurückkehrte. „Ich muss Inana sagen, dass ihr Vater zu den dunklen Mächten gehört und mit Atlatis gemeinsame Sache macht", fuhr es ihm durch den Kopf. Er kämpfte vergebens um nette Worte, die ihm jedoch nicht über die Lippen kommen wollten.

„Inana", begann er und bemühte sich, nicht streitsüchtig zu klingen, „dein Vater gehört, also ... er steckt mit Atlatis unter einer Decke. Die Sache war von ihm eingefädelt. Er hat das so geplant. Er wollte, dass mich Atlatis schnappt. Er ..."

„Schwachsinn, John!", fiel ihm Inana ins Wort. „Vater würde dir nie etwas ..."

„Hör zu, Inana", unterbrach John sie bestimmt und erzählte hastig, was vorgefallen war, doch auch nun schien es ihm, als könnte er sich nicht an alles erinnern.

„John, wie kannst du nur von meinem Vater denken, dass er dich umbringen wollte?", fauchte Inana, nachdem John seinen Bericht beendet hatte.

„Weil es die Wahrheit ist, Inana", sagte John kühl. „Dein Vater steckt mit Atlatis und weiß der Teufel mit wem noch unter einer Decke."

„Du irrst dich", protestierte Inana beharrlich. „Mein Vater würde niemals, hörst du, niemals die Seiten wechseln!"

„Nein, Inana, du irrst dich", sagte John und spürte Wut im Magen brodeln.

„Tu ich nicht", gab Inana trotzig zurück.

„Inana, sieh mal, ich weiß, es gefällt dir nicht, aber dein Vater ist nicht so, wie du denkst. Er wollte, dass mich Atlatis schnappt."

„Im Namen aller Mächtigen, du spinnst!"

John erwiderte nichts. Er wusste, es war zwecklos. Inana wollte es nicht begreifen. Sie wollte nicht verstehen, dass ihr Vater ein doppeltes Spiel spielte und seine Tarnung als Jäger nur dazu nutzte, um den dunklen Mächten zu dienen. Vielleicht gelang es ihm ja, seinen Onkel zu enttarnen, bis dahin war es wohl besser, mit Inana nicht mehr über dieses Thema zu reden.

„Atlatis war nicht alleine, sagtest du?", setzte Inana verbissen nach, da sie Johns Anschuldigung nicht auf ihren Vater sitzen lassen wollte.

„Ja, Achnum war bei ihm", antwortete John matt. „Und dann erschien ..."

„Siehst du!", rief Inana triumphierend. „Das hab ich mir gedacht! Achnum ist ein gewissenloser Kerl. Der nützt Atlatis' kranken Geist nur für seine Zwecke und Atlatis ..."

„Dazu ist Achnum gar nicht klug genug", fiel ihr John wieder ins Wort. „Diesen Schwachsinn kannst du doch nicht wirklich glauben."

„Wer war der dritte Typ?", rief Inana neugierig, da sie John recht geben musste, was Achnum betraf. „Was hatte der mit der Sache zu tun?" „Ich sagte doch schon, ich weiß es nicht mehr. Ich kann mich auch an seinen Namen nicht mehr erinnern", fauchte John sauer, da es ihn gehörig ärgerte, den Namen dieses Mannes vergessen zu haben, doch jäh tauchten in seiner Erinnerung blaue Blitze auf.

„Und ich sage dir, mein Vater hat damit überhaupt nichts zu tun, hörst du!", beharrte Inana.

„Wo ist Atlatis jetzt?", erkundigte sich Ben nervös.

„Woher soll ich das wissen?", antwortete John genervt. Er war von dem Erlebnis mit den Spinnen noch immer mitgenommen.

„Was tun wir jetzt?", murmelte Babs. Sie glaubte John jedes Wort und wusste nun nicht, wie sie sich Inana gegenüber verhalten sollte.

„Ich schlage vor", begann Inana mit versteinertem Gesicht, „John wartet hier auf meinen Vater und wir verstecken uns im Dschun…"

„Ganz sicher nicht!", rief John entsetzt.

„Doch", beharrte Inana stur, „dann werdet ihr sehen, dass Vater nichts mit der Sache zu tun hat! Ihr werdet sehen, wie er auftaucht und nicht mal daran denkt, John ein Haar zu krümmen. John soll dann mit Vater gehen und wir werden nach Amun-Re zurückkehren, ohne dass Vater etwas von uns erfährt."

Es folgte eine hitzige Diskussion, bei der sich John geschlagen geben musste. Aber nur, weil er keine andere Wahl hatte. Ohne Inanas Hilfe saßen sie hier fest und Inana ließ nicht mit sich reden. Sie beharrte stur auf ihrem Standpunkt und war nicht bereit, nach Amun-Re zurückzukehren, bevor die Sache mit ihrem Vater geklärt war.

Mit Babs' Vril-Kugel in der Hand, die sie ihm zur Vorsicht überlassen hatte, versuchte John nun, das Beste aus seiner Situation zu machen. Eigentlich hatte er genug von Atlatis, Achnum und seinem Onkel, wollte zurück, weg aus Bakakor. Er wollte seinen Vater sehen, ihn kennenlernen, mit ihm sprechen, herausfinden, wie und wer er war. Er grübelte, wie er es anstellen könnte, zu ihm zu gelangen. Dabei wurde ihm klar, dass er Inanas Hilfe benötigte, denn alleine würde er nie zu seinem Vater vordringen. Doch was, wenn die Sache hier nicht so ausging, wie Inana sich das wünschte? Würde sie ihm dann trotzdem helfen?

Ein ungleicher Kampf

Die Stimmung, die zwischen Babs, Eddie, Ben und Inana herrschte, war denkbar schlecht, als sie sich am Rande der Ruinenstadt im Dickicht ein schattiges Plätzchen suchten. Inanas sture Entscheidung lag ihnen schwer in den Mägen. Keiner hatte Lust, hierzubleiben, und sie machten sich große Sorgen um John. Sie ließen sich auf einem dicken Baumstamm nieder und Ben sinnierte mit flauem Gefühl, was sie tun könnten, sollte Atlatis, Achnum, Onkel Abgal oder – noch schlimmer – alle zusammen auftauchen. Er befürchtete, Inana würde ihnen in diesem Fall keine große Hilfe sein. Plötzlich zog Babs Inana zur Seite und flüsterte ihr etwas zu. Ben beobachtete sie misstrauisch.

„Dann schlag dich in die Büsche", hörte er Inana zu Babs sagen.

„Wozu denn das?", fragte Eddie erstaunt.

„Na, was denkst du wohl?", sagte Inana unfreundlich, während Babs bereits im umliegenden Gestrüpp verschwunden war.

Eddie und Ben sahen Babs nach und konzentrierten sich dann wieder auf John. Inana setzte sich in den Schatten eines Busches, zog ihre Callbox hervor und tippte mit saurer Miene darauf herum. Die Anschuldigung, ihr Vater könnte hinter alldem stecken, machte sie wütend und sie ließ es die anderen auch spüren. Ben und Eddie begannen, sich aus purer Langeweile um des Kaisers Bart zu streiten, bis es Ben zu blöd wurde und er Eddie alleine auf dem Baumstamm zurückließ. Neugierig setzte er sich zu Inana, um zu sehen, was sie mit ihrer Callbox tat.

„Wo bleibt eigentlich Babs?", erkundigte sich Eddie schlecht gelaunt, da er nun niemand mehr zum Zanken hatte.

„Sie wird schon kommen", antwortete Inana bissig, ohne von ihrer Callbox aufzusehen.

Plötzlich gellte ein lauter Schrei durch das Dickicht. Vögel stoben aus dem Blätterdach und flatterten aufgeregt davon. Inana, Ben und Eddie warfen sich bestürzte Blicke zu und sahen dann rasch zu John, doch bei dem schien alles in Ordnung zu sein. Abermals ertönte ein Schrei. Dieser Schrei ging ihnen durch Mark und Bein und ließ sie erschaudern. Er war so durchdringlich, dass ihnen trotz der Hitze kalt wurde. Mit bleichen Gesichtern starrten sie sich entsetzt an, doch nun war nichts mehr zu hören. Nur das Rascheln der Blätter im Wind störte die vollkommene Ruhe, die ihnen jedoch das seltsame Gefühl einer dunklen Vorahnung gab. Sie kniffen die Augen mit angestrengten Mienen zusammen und starrten durch das undurchdringliche Dickicht. Und dann, jäh und erschreckend und inmitten der erdrückenden Stille, hörten sie ein leises Wimmern. Ben spürte, wie seine Eingeweide einen mächtigen Satz machten, als wäre er von einem Baum gesprungen. Aus dem Wimmern wurde ein Gekreische und drang wie der Lärm einer wütenden Motorsäge an ihre Ohren.

„Ist das nicht Babs' Stimme?", fragte Ben gurgelnd. Aufregung ließ Röte seinen Hals hinaufsteigen und seine Wangen erglühen.

„Lasst uns nachsehen, was los ist", raunte Eddie mit einer Miene, als wollte er es rasch hinter sich bringen.

Sie folgten dem Wimmern, dass immer grauenvoller und lauter wurde und ihnen trotz der unerträglichen Schwüle und Hast eiskalte Schauer über den Rücken jagte. Ben hätte sich am liebsten die Ohren zugehalten, so entsetzlich war es. Sie kämpften sich durch das Gestrüpp, immer dem Wimmern hinterher.

Plötzlich blieb Ben stehen, als wäre er gegen eine Mauer geprallt. Hinter einem dicken, morschen Baumstamm entdeckte er Babs, die dort auf dem Boden lag. Sie war käseweiß und krümmte sich. Bens Gesicht erschlaffte wie ein Ballon, dem jemand die Luft rausgelassen hatte. „Da ist sie", rief er Eddie und Inana zu. In seinem Gesicht stand das blanke Entsetzen. Babs' Anblick ließ ihm den Atem stocken. Sie krümmte sich wie ein Wurm und wimmerte leise. „Babs, was ist passiert?", keuchte er und trat zitternd an sie heran. Es war das schlimmste Schauspiel, das er je gesehen hatte. Schnell und flach atmend lag sie nur da und starrte ihn mit wässrigen Augen an.

„Mich hat ... mich hat was gebissen", stieß sie mit verzerrter Stimme, die so gar nicht nach ihr klang, hervor. „Am Oberschenkel hat mich was gebissen", wimmerte sie hysterisch und schlug mit ihren Armen wild um sich. Ihr Wimmern wurde immer erschütternder und sie zitterte am ganzen Körper.

„Was ... was hat dich gebissen?", erkundigte sich Inana mit Grabesstimme, schnappte Babs bei den Schultern und versuchte, ihren zappelnden Körper zu beruhigen.

„Ich ... ich ... weiß nicht. Es tut so weh", winselte Babs zitternd. Mit wild rudernden Armbewegungen wollte sie sich aus Inanas Umklammerung befreien. Ihr Gesicht war weiß wie ein Laken und hätte jedes Gespenst vor Neid platzen lassen. Auf ihrer Stirn bildeten sich Schweißtropfen und ihre Augen kullerten in den Höhlen.

„Halt still, Babs", mahnte Inana und hielt ihre rudernden Arme fest. „Wenn es etwas Giftiges war, sollte sich das Gift nicht zu schnell verteilen."

„Hast du nicht gesehen, was es war?", fragte Ben besorgt.

Plötzlich sah Eddie in den Augenwinkel etwas über den Boden kriechen. Mit fiebrigem Blick packte er Inanas Arm und deutete auf einen ausgehöhlten Baumstamm, unfähig, etwas zu sagen. Gerade noch sichtbar schlängelte sich dort eine große rotbraune Schlange, die auf ihrer Oberseite dunkelbraune, fast schwarze Dreiecke hatte.

„Oh, nein! Auch das noch", stöhnte Inana. Ihr Gesichtsausdruck verriet nichts Gutes. „Ich glaube, es handelt sich um eine Bothrops asper", stieß sie entsetzt hervor und beobachtete, wie sich das Getier schlängelnd in dem Baumstamm verkroch. „Deren Lebensraum ist eigentlich viel weiter nördlich. Das kann doch nicht sein. Das ist übel! Ganz übel! Ich hoffe, ich irre mich."

„Eine was?", keuchte Eddie, den ebenfalls das Entsetzen gepackt hatte. Inanas Stimme und ihr Gesichtsausdruck sagten ihm, dass sich Babs in äußerster Gefahr befand. Sein Blick schoss nach unten, doch er konnte das Tier nirgends entdecken. Unschlüssig, ob er die Flucht ergreifen sollte, sah er mit aufgerissenen Augen zu Inana.

„Das ist eine Vipernart. Na, eine Schlange eben", sagte Inana, da sie Eddies belämmerten Gesichtsausdruck falsch deutete. „Schlimm, wirklich sehr schlimm", meinte sie mit aschfahlem Gesicht. „Ihr Gift ist äußerst aggressiv. Sollte Babs nicht innerhalb der nächsten Stunde von einem unserer Heiler entgiftet und behandelt werden, könnte es sehr übel ausgehen. Die häufigste Todesursache bei diesen Viechern ist akutes Nierenversagen, Hirnblutung und Blutvergiftung. Es könnte auch sein, dass sie eine schwere Nekrose bekommt und man ihr das Bein amputieren muss. Das Gift dieser Schlange enthält Gewebe zerstörende Enzyme und proteinabbauende ..."

„Ach du grüne Neune", unterbrach sie Eddie entsetzt, der nur Nierenversagen, Hirnblutung, Blutvergiftung und Bein amputieren verstanden hatte. Ihm wurde übel. Er öffnete den Mund, schloss ihn aber sofort wieder, da er dachte, er müsste sich auf der Stelle übergeben. Was sollten sie tun, wenn Babs hier sterben würde? Vor Eddies Augen flimmerten kleine Sterne und sein Hals war vollkommen ausgetrocknet. Besorgt blickte er zu Babs, die stöhnend und wimmernd am Boden lag. Ihr Oberschenkel war inzwischen zu einem dicken Klumpen angeschwollen und sah absolut unnatürlich aus. An manchen Stellen wirkte es, als würden sich große Blasen unter dem Overall bilden. Ihr Gesicht war noch bleicher als zuvor, sofern das überhaupt möglich war, und von unzähligen kleinen Schweißtropfen bedeckt. Ihre Haare klebten ihr im Nacken und ihr Atem ging unregelmäßig. Ihr Anblick war selbst Eddie zu viel. „Also eines kann ich euch sagen", stieß er schaudernd hervor, da er nun doch den Mund zum Sprechen aufmachte, „mich sieht diese Gegend nie wieder. Zuerst diese Spinnenviecher und jetzt auch noch giftige Schlangen. Ist ja der reinste Albtraum hier."

„Mir ist so übel und schwindlig", wimmerte Babs mit matter Stimme und einem markerschütternden Schluchzen. „Es tut so weh, mein Bein tut furchtbar weh."

„Ben, hol John", befahl Inana. „Wir müssen Babs umgehend zu einem Heiler bringen. Schnell!"

Ben, der einem Nervenzusammenbruch nahe war, stürmte auf Inanas Befehl wie ein Verrückter los. Er war froh, den Schauplatz des Übels hinter sich lassen zu können. Babs' Anblick drückte schwer auf seinen Magen. Er kämpfte sich durch das Gestrüpp und lief, so schnell er konnte, zurück. Auf halbem Weg, noch immer verborgen im Schatten des Dickichts, dachte er plötzlich zu träumen. Doch es war kein angenehmer Traum. Was er sah, gab ihm den Rest. Er rang nach Luft, drückte sich starr vor Schreck in den Schutz der dichten Blätter und stierte auf einen neuen Schauplatz des Übels, der so grauenvoll anmutete, dass er den alten glatt vergaß.

***

Einige Zeit nachdem Babs, Eddie, Ben und Inana gegangen waren, grübelte John noch immer, wie er es anstellen könnte, seinen Vater zu treffen. Das Verlangen, ihn kennenzulernen, wurde immer größer, je mehr er daran dachte. Er streifte wie ein gereiztes Tier vor der Pyramide auf und ab, völlig in seinen Gedanken versunken. Er wünschte, Inana würde ihm glauben. Er wünschte, sie könnten endlich zurückkehren, und er wünschte, Inana würde ihm helfen. Er blieb stehen und blickte in das angrenzende Dickicht, hoffte, sie zu sehen, konnte sie aber nirgends entdecken. Er ging einige Stufen der Pyramide hoch, um einen besseren Überblick über die Gegend zu haben, und ließ sich auf einer Stufe nieder. Wieder blickte er in das Dickicht, dieses Mal auf der Suche nach Atlatis und Onkel Abgal und hoffte, keiner der beiden würde auftauchen. Er war müde, ihm war heiß und er fühlte sich ausgelaugt. Allmählich wurde er immer schläfriger und seine Augenlider immer schwerer.

„Ich darf nicht einschlafen", dachte er gähnend und folgte mit seinen Augen einen großen Vogel, der majestätisch über den Platz flog und im angrenzenden Dickicht verschwand. Er glaubte, dort jemand zu sehen, und fragte sich, ob das Babs, Eddie, Ben und Inana waren. Angestrengt starrte er weiter auf diese Stelle. Dabei wurden seine Augenlider schwerer und schwerer, sein Kopf sank auf seine Brust, doch plötzlich ließ ihn ein raschelndes Geräusch hochschrecken. Er riss die Augen auf und sah, wie unzählige Vögel durch die Baumkronen stoben, deren aufgeregte Flügelschläge einen Höllenlärm verursachten. Er fragte sich, was diese Vögel so erschreckt haben könnte, doch plötzlich lenkte ihn am Fuße der Treppe etwas ab. Nun war er hellwach. Am Boden, im Sand an der untersten Stufe der Pyramide, erschien etwas Großes und ließ ihn die Vögel vergessen. Es schälte sich aus einer Dunstglocke, als ob ein Nebelschleier hochgezogen würde. Mit Schaudern erkannte John nur eine Sekunde später, wer sich aus der Dunstglocke schälte. Es war Atlatis, der nun hier stand und mit überlegener Miene zu ihm hochblickte. Voller Entsetzen starrte John in Atlatis' dämonisch funkelnde Augen und fühlte in jeder Faser seines Körpers die Bedrohung, die auf ihn zurückte. Mit stockendem Atem sprang er auf, Babs' Vril-Kugel fest umklammert, doch noch bevor er etwas tun konnte, sauste ihm auch schon ein Blitz entgegen. Es war ein leuchtend roter Kugelblitz, der unheimlich surrte. John erinnerte sich an Inanas Worte, die erklärt hatte, rote Kugelblitze seien Todesblitze. Er duckte sich gerade noch rechtzeitig weg und hechtete ein paar Stufen nach unten, was auch gut war, denn im nächsten Moment schlug genau an der Stelle, an der er eben noch gestanden hatte, der Blitz wie eine Kanonenkugel ein. Steinsplitter wirbelten durch die Luft und in der Treppe klaffte ein Loch. Mit gehetztem Blick sah John zu seinem Halbbruder. Atlatis wirkte so entschlossen, dass John ein kalter Schauer über den Rücken jagte. Er hatte den Eindruck, Atlatis wollte ihn nun mit allen Mitteln töten. Egal wie.

Sein Zorn, dass er wieder ungeschoren davongekommen war, schien unermesslich groß. Wut und Hass triefte Atlatis fast sichtbar aus den Augen, als sich ihre Blicke trafen. John wollte gerade mit der Vril-Kugel abhauen, als abermals ein roter Kugelblitz an ihm vorbeisauste.

Jäh wurde John bewusst, dass er nur eine Chance hatte, zu überleben. Er musste Atlatis besiegen, denn Atlatis würde ihn so lange jagen, bis er ihn erledigt hatte. Das Problem war nur, dass er nicht wusste, wie er ihn besiegen konnte. Inana hatte ihm im Haus des Vril die Begriffe und Bedeutungen aller Blitze zugesteckt, doch er hatte die Notiz nur oberflächlich gelesen. Wie sollte er da gegen Atlatis antreten? Der Wakahuablitz würde ihm sicher nicht helfen. Schließlich war das hier kein Kindergeburtstag. Er konnte sich nur noch an zwei weitere Begriffe erinnern, die ihm helfen konnten. An den blauen Kugelblitz, den auch Inana auf ihrer Flucht verwendet hatte, der mit dem Wort Looper hervorgerufen wurde, und den Messerblitz, den man mit dem Wort Cultro hervorrufen musste. Er verfluchte sich für seine Nachlässigkeit, beschloss aber in einem Anfall von Kühnheit und Selbstzerstörung, um sein Leben zu kämpfen. Ein vages Gefühl sagte ihm allerdings, dass er mehr Glück als Verstand brauchte, um lebend aus der Sache rauszukommen, doch schlussendlich war es egal. Atlatis wollte ihn ohnedies töten, und so würde er wenigstens nicht kampflos sterben. Er entschloss sich für den Looper, da er seine Wirkung schon gesehen hatte. Der Messerblitz erschien ihm zu unsicher, da er ihn nicht kannte. Mit zittriger Hand zielte er mit seiner Kugel auf Atlatis.

„Looper, Lopper", rief er und hoffte, es würde klappen. Zutiefst wünschte er sich, Atlatis würde es von den Füßen reißen und bis in den Dschungel wirbeln. Es war jedoch kein blauer Kugelblitz, der seiner Vril-Kugel entwich, sondern ein silberner Blitz, der sich schemenhaft in etwas Ähnliches wie ein Messer umformte. Verdutzt sah John dem seltsam verformten Blitz nach. Er war sich ganz sicher, Looper gesagt zu haben, erkannte aber im selben Augenblick seinen Fehler. Er hatte, als er Looper gesagt hatte, an den Messerblitz gedacht und offenbar war dieser Gedanke stärker gewesen als seine Worte. Sein verkümmerter Messerblitz raste auf Atlatis zu, dem es das Grinsen aus dem Gesicht wischte. Völlig verblüfft hechtet Atlatis zur Seite, war jedoch etwas zu langsam und der Blitz streifte gerade noch seinen Oberarm. Obwohl der Blitz nur ein unförmiges Messer darstellte, riss er Atlatis' Overall auf und hinterließ eine klaffende Wunde, aus der augenblicklich Blut sickerte. John, ebenso überrascht wie Atlatis, stürzte sich die restlichen Stufen hinab, rannte, so schnell er konnte, zu einem großen Steinkopf und ging dahinter rutschend und schlitternd in Deckung. Die Hoffnung, Atlatis noch einmal auf dem falschen Fuß zu erwischen und doch noch eine Chance zu haben, wuchs in John und ließ ihn mutiger werden. Seine Vril-Kugel fest umklammert, lugte er vorsichtig hinter dem Steinkopf hervor, entschlossen, Atlatis nun wirklich einen Looper auf den Hals zu hetzen.

Atlatis jedoch, schäumend vor Wut, feuerte gerade in der Sekunde einen Blitz ab. John sah einen leuchtend roten Kugelblitz aus Atlatis' Vril-Kugel hervorbrechen und auf sich zurasen. Panisch warf er sich zu Boden. Einen Wimpernschlag später schlug der Blitz in den Steinkopf ein, der in unzählige Stücke zerbarst. Johns Hoffnung zerbröselte mit dem Steinkopf, da er nun ohne Deckung vor Atlatis auf dem Boden lag und erkannte, auf was er sich da eingelassen hatte. Rasch rollte er zur Seite, sprang blitzschnell auf und starrte in Atlatis' wild glimmernde Augen. Sie standen gut zehn Schritte auseinander und es mutete wie ein Duell in einem alten Wildwest-Streifen an. John stand denkbar schlecht. Die Sonne stach ihm in die Augen und blendete ihn. Nur einen Augenblick später surrte ihm der nächste rote Kugelblitz von Atlatis entgegen, den er durch die Sonne etwas zu spät bemerkte. Er sprang zur Seite und die rotierende rote Kugel zischte ganz knapp oberhalb seines linken Ohrs an ihm vorbei. John war sicher, von dem Blitz nicht gestreift worden zu sein, doch seine Knie gaben augenblicklich nach und sein Kopf schien zu platzen. Der Schmerz war so heftig, dass ihm schwarz vor Augen wurde und er zu Boden stürzte. Aufgewirbelter Sand vom Einschlag des Blitzes rieselte auf ihn herab. Dann, wie durch ein Wunder, ließ der Schmerz etwas nach und John blickte fiebrig zu Atlatis, der sich wut- und schmerzverzerrt seinen Arm hielt. John versuchte aufzustehen, doch seine Beine wollten ihm nicht gehorchen.

„Das war's dann wohl", dachte er entsetzt, doch plötzlich strömte das Gefühl in seine Beine zurück. Er hievte sich schwankend hoch, wobei ein neuerlicher Schmerz durch seinen Kopf raste, der sich anfühlte, als würde sich sein Schädel spalten. Der Schmerz ließ ihn fast ohnmächtig werden. Kleine Sterne flimmerten vor seinen Augen. Seine Beine wurden erneut merkwürdig weich, doch er schaffte es bis zum nächsten Steinkopf, hinter dem er taumelnd in Deckung ging. Angst, Wut und der starke Wille, Atlatis zu besiegen, verdrängten seinen Schmerz etwas.

Er feuerte erneut einen Looper auf Atlatis ab, der aber bloß als verkümmertes Etwas durch die Luft wirbelte und erlosch. Atlatis lachte laut und gehässig, setzte mit einem unheimlichen Glimmern in den Augen zu einem Hechtsprung an und hob ab, als könnte er fliegen. John wusste, er würde nie schnell genug sein, um Atlatis noch in der Luft mit einem Looper zu treffen, darum versuchte er, um den Steinkopf zu laufen. Atlatis landete jedoch direkt vor ihm, stürzte sich mit hasserfülltem Blick auf ihn und riss ihn von den Füßen. John fiel seitlich zu Boden und Atlatis warf sich auf ihn – mit einer Hand fest um seinen Hals. John rang nach Luft, spürte Atlatis' Atem im Gesicht, versetzte ihm einen Stoß und erlebte einen Moment des Grauens, als erneut ein roter Kugelblitz über ihn hinwegsauste, der nur dank des Stoßes sein Ziel verfehlte. Atlatis' Augen funkelten irre und sein Griff um Johns Hals wurde immer fester. Johns Lunge begann zu pochen, er verspürte den starken Drang nach Sauerstoff, doch Atlatis' Hand legte sich immer fester um seinen Hals und schloss sich wie eine Zange.

John war sich nun sicher, dass Atlatis ihn mit seiner bloßen Hand erwürgen wolle, um seinen Hass und seine Enttäuschung zu besänftigen. Er versuchte, seine Arme zu bewegen, doch er konnte nicht. Mit verschleiertem Blick sah er, wie Atlatis' andere Hand nach seiner Vril-Kugel griff. Mit letzter Kraft ließ John sein Knie in die Höhe schnellen und traf Atlatis zwischen die Beine. Atlatis' Griff um seinen Hals lockerte sich, John rang nach Luft, rollte seinen Körper unter Atlatis etwas zur Seite, kam aber nicht ganz frei. Sein Kopf hämmerte und ihm war übel.

Plötzlich spürte er, wie ihm Atlatis die Vril-Kugel entwand und wusste, nun war alles verloren. Atlatis' Griff um seine Kehle wurde wieder fester und Johns Angst immer größer. Er versuchte, Atlatis die Vril-Kugel abzuringen, es gelang ihm aber nicht. Je mehr er sich bemühte, desto fester wurde Atlatis' Griff. John bekam abermals kaum Luft. Verzweifelt versuchte er, weiter an seine Vril-Kugel zu kommen. Dabei sah er Atlatis' verletzten Oberarm. Er sah die klaffende Wunde, sah verbrannte Haut und rot glänzendes Fleisch. Blind vor Angst stach er seinen Finger, so tief er konnte, in die Wunde und bohrte ihn wie besessen immer tiefer. Atlatis stieß einen lang gezogenen, schmerzverzerrten Schrei aus, der Griff um Johns Hals wurde wieder etwas lockerer. John dagegen rang nach Luft und bohrte seinen Finger noch tiefer in die Wunde. Mit einem neuerlichen Schmerzensschrei ließ Atlatis von ihm ab. John wand sich blitzschnell unter Atlatis hervor, rammte ihm sein Knie in den Magen, griff nach seiner Vril-Kugel und löste sie aus Atlatis' Hand. Mit einem Funkeln in den kalten Augen, das sonst blutleere Gesicht gerötet, starrte ihn Atlatis einen quälenden Moment lang nur stumm an. John versuchte, einen Looper abzufeuern, doch es war zu spät. Er hatte etwas zu lang gezögert. Atlatis fuhr mit übernatürlicher Kraft hoch, stieß John von sich, der nach hinten flog, die Vril-Kugel fest umklammert, und mit dem Rücken auf den Boden krachte. Sein Kopf schlug sehr hart auf und ihm wurde schwindlig.

Atlatis warf sich mit hasserfüllten Augen sogleich auf ihn. John versuchte, ihn abzuschütteln, doch der Schmerz in seinem Kopf war so heftig, dass er nur noch schemenhaft sah. Atlatis packte ihn erneut mit eisernem Griff an der Kehle, so fest, dass John einen stechenden Schmerz im Hals fühlte und schlagartig gar keine Luft mehr bekam. Panik stieg in ihm hoch. Hilflos versuchte er, Atlatis abzuwehren, was ihm nicht gelang, jedoch bekam er seine rechte Hand frei, in der sich seine Vril-Kugel befand. Seine Luft wurde nun immer knapper und der Druck in seiner Lunge immer größer. Übermächtige Angst durchströmte seinen Körper, seinen Geist und plötzlich war ihm alles egal. Er spürte nun weder Schmerz noch Angst. Es störte ihn auch nicht, dass er keine Luft bekam. Nur dass sich sein Hirn so schwummrig anfühlte, machte ihm Sorgen. Er presste die Hand mit der Kugel gegen Atlatis und versuchte, sich zu konzentrieren, bevor sein Gehirn versagte.

Plötzlich stieß Atlatis einen erstickenden Schrei aus und ließ von John ab. Es war der leidvollste Schrei, den John je gehört hatte. Hektisch sog er Luft in seine Lunge. Keuchend fragte er sich, was er angerichtet hatte. Er sah zu Atlatis hoch, der noch immer seinen Körper bedeckte. Doch Atlatis' Augen rollten gruselig in den Höhlen, sein Mund war leicht geöffnet zu einem stummen Schrei. Mühselig rollte John seinen Bruder von sich, dessen Körper immer mehr zu erschlaffen schien. Nun bekam es John mit der Angst zu tun. Was hatte er getan?

Als er sich endlich von Atlatis Körper befreit hatte, rappelte er sich hoch und sah Blut an seinem Overall. Viel Blut. Seine Augen huschten zu Atlatis und ihm wurde übel. Eine hässliche Wunde an seinem Bauch, lang und tief wie von einem Schlachtermesser, prangte John entgegen. Blut quoll daraus hervor, durchtränkte Atlatis' Overall, lief ihm an der Seite runter und versickerte im sandigen Boden. Der Anblick war grauenhaft. John zwang sich, Ruhe zu bewahren. Er versuchte, zu begreifen, was da eben geschehen war, konnte sich aber nicht entsinnen. Wie in

Trance betrachtete er die grauenvolle Wunde und ihm wurde schaudernd klar, dass er offenbar in der Hitze des Gefechtes, ein weiteres Mal den Messerblitz hervorgerufen hatte. Und wie es schien, war er ihm dieses Mal hervorragend gelungen.

Mit einem Gesicht weiß wie Papier schleppte er sich von Atlatis weg. Hatte er ihn getötet? Bei diesem Gedanken stülpe sich Johns Magen um und er musste sich übergeben. Würgend und keuchend robbte er hinter einen weiteren Steinkopf, sank bestürzt zu Boden, wischte sich den Mund und versuchte, gleichmäßig zu atmen. Sein Puls raste, sein Herz flatterte und sein Kopf hämmerte. Mit zittriger Hand fasste er sich an den Kopf, dorthin, wo Atlatis' Kugelblitz nur knapp vorbeigesaust war, damit rechnend, dass ihm diese Kopfhälfte fehlte.

„Wenn die Wunde nur halb so groß ist wie der Schmerz", fürchtete John, „dann bin ich erledigt." Vorsichtig betastete er oberhalb des Ohres seinen Kopf. Er spürte etwas Feuchtes, Warmes, Klebriges und wusste, dass er blutete. Es war jedoch nicht viel Blut, das an seinen Fingern kleben blieb. Der Blitz hatte scheinbar einen nicht allzu tiefen Kratzer hinterlassen. Sein Kopf pochte zwar noch immer, als hätte ihm jemand den Schädel gespalten, aber John fühlte sich etwas besser, da er nun wusste, sein Kopf war noch ganz. Er wollte sich erst gar nicht vorstellen, was passiert wäre, hätte ihn Atlatis' Todesblitz auch nur gestreift. Sicher wäre sein Kopf dabei aufgeplatzt wie ein Kürbis im Schraubstock. Inana hatte gesagt, dass diese Blitze sofort tödlich seien, wenn sie trafen, und es keine Hilfe mehr geben würde. Ihm wurde bewusst, wie viel Glück er gehabt hatte.

Langsam drehte er sich um und sah zu Atlatis. Der lag genau wie zuvor völlig reglos auf dem Boden und das Blut sickerte noch immer aus dem klaffenden Schnitt. Unter ihm im Sand hatte sich bereits eine kleine Blutlache gebildet. Atlatis' sonst so stechend blauen Augen waren leicht geöffnet, aber sie funkelten nicht, sondern waren trüb und starr. John spürte eine bleierne Schwere im Magen, die allmählich seinen ganzen Körper erfasste. Er wollte aufstehen und zu Atlatis gehen, doch er konnte nicht. Höllische Angst drückte ihn zu Boden wie eine tonnenschwere Last. Er fühlte sich nicht in der Lage, herauszufinden, ob er Atlatis wirklich getötet hatte.

„Warum bin ich nicht mit der Vril-Kugel geflohen, als Atlatis aufgetaucht ist?", ging es durch seinen hämmernden Kopf. Nacktes Entsetzen übermannte ihn, Schuldgefühle schienen plötzlich seine Eingeweide aufzulösen und die tödliche Stille um ihn raubte ihm fast den Verstand.

***

Ben stand mit weit aufgerissenen Augen im Schatten der dichten Büsche und starrte mit offenem Mund zur Pyramide. Der Kampf, den er eben mit ansehen musste, war das Übelste, was er jemals gesehen hatte. Er konnte es kaum glauben und fragte sich entsetzt, wer nun leblos am Boden lag. War es John oder war es Atlatis? Auf die Entfernung konnte er keinen Unterschied erkennen. Sollte er es wagen und hinlaufen? Aber was, wenn es Atlatis war, der nun an diesem Steinkopf lehnte? Nach kurzem Zögern redete er sich ein, dass derjenige, der am Steinkopf lehnte, eindeutig jünger aussah als Atlatis. Also musste es John sein. Er nahm all seinen Mut zusammen, löste sich aus den Blättern, stürmte los und betete, sich nicht zu irren. Er hoffte auch, Atlatis würde nicht ausgerechnet dann zum Leben erwachen, wenn er dort eintraf. Als er mit klopfenden Herzen näher kam, erkannte er eindeutig John, der blass und mit geschlossenen Augen sitzend am riesigen Steinkopf lehnte.

„Alles in Ordnung mit dir?", erkundigte sich Ben. John sah mit leeren Augen zu Ben hoch. „Bist du Okay?", fragte Ben abermals.

„Mir geht's gut", sagte John tonlos, stand mit wackeligen Beinen auf und sah sich rasch nach Atlatis um. Seine Beine zitterten noch immer entsetzlich und sein Kopf brummte, als spielte ein ganzes Orchester unter seiner Schädeldecke die Symphonie des Grauens.

„Ist er tot?", raunte Ben ängstlich. Er konnte sich nicht entscheiden, ob er sich dies wünschen oder sich davor fürchten sollte.

„Weiß nicht", sagte John mit flauem Magen.

Sie starrten sich ausdruckslos an, dann sah John neuerlich zu Atlatis rüber, der noch immer mit leicht geöffneten Augen und wächsernem Gesicht blutend dalag.

„Wir sollten verschwinden", flüsterte John mit erneut aufwallender Panik, während seine Augen auf Atlatis hafteten. „Was machst du eigentlich hier?"

Ben sah derart irritiert drein, als wäre diese Frage eine schier unlösbare Aufgabe. Doch dann erinnerte er sich mit einem plötzlichen, schmerzhaften Herzpochen, weswegen er gekommen war, und nahm eine leicht grünliche Gesichtsfarbe an. John fühlte, dass etwas nicht stimmte, und dachte nur: „Oh nein, nicht noch eine unliebsame Überraschung", und eine Welle stechender Kälte brach über ihn herein. „Was ist los, Ben?", fragte er ziemlich aufgewühlt, da ihn Ben nur mit großen Augen ansah. „Ben, sag endlich, was los ist", drängte John, da ihn die dumpfe Vorahnung, etwas Schreckliches sei passiert, überkam.

„Babs ... ähm ... äh ... Schlange ... äh ... schnell!", sagte Ben stotternd und blickte John weiter mit großen Augen an.

„Was ist mit Babs?", erkundigte sich John mit einem Schaudern im Nacken.

„Babs hat eine Giftschlange gebissen. Äh ... umgekehrt, eine Giftschlange hat Babs gebissen", keuchte Ben völlig durcheinander.

„Was sagst du da?", fragte John in einem Ton angesiedelt zwischen Panik und Zweifel. Bens Worte brannten wie glühende Kohlestücke auf seiner Haut.

„Inana sagte entgiften", keuchte Ben und schnappte nach Luft.

„Babs braucht ein Gegengift?", fragte John unsicher.

„Inana faselte was von einem Entgifter oder so", entgegnete Ben. „Innerhalb der nächsten Stunde, meinte sie. Andernfalls stünde es schlecht um Babs. Inana sagte auch ... ähm ... also sie meinte, Babs könnte ihr Bein verlieren. Keine Ahnung, Mann. Du sollst schnell kommen."

Abgesehen von seiner Angst, die nun nicht mehr von seiner Seite wich, war es Beklemmung und Hoffnungslosigkeit, was John am meisten verspürte. Wo um alles in der Welt sollten sie hier, mitten im Dschungel, innerhalb einer Stunde ein Gegengift hernehmen?

„Wo ist Babs?", stieß John mit zittriger Stimme hervor.

„Da drüben. Im Gestrüpp", gab Ben zurück.

„Bring mich sofort zu ihr, Ben", drängte John und schärfte Ben noch rasch ein, keinem von dem eben Passierten etwas zu sagen – schon gar nicht Inana.

„Wie willst du das Blut auf deinem Overall verheimlichen?", fragte Ben verwundert.

„Keine Ahnung. Mir wird schon was einfallen", sagte John, besah seinen Overall und kam zu dem Schluss, dass es keine vernünftige Erklärung für das viele Blut gab. „Bring mich zu Babs, schnell."

Als sie sich dem Dickicht näherten, konnte John bereits das markerschütternde Wimmern seiner Schwester hören. In seiner Kehle bildete sich ein dicker Kloß, der langsam in seinen Magen wanderte und dort wie ein übermächtiger Stein zu drücken begann. Als er endlich den Platz erreichte, wo Babs zusammengekrümmt auf dem Boden lag, fiel er fast ein weiteres Mal in Ohnmacht. Er öffnete und schloss den Mund, als gäbe es keine Worte, die seinem Entsetzen Ausdruck verleihen könnten, kniete neben Babs nieder und tätschelte unbeholfen ihre Wangen. Babs riss die Augen auf, die ganz wässrig und verschwommen waren, und begann zu schreien. John erschauderte. Sie schrie und schrie und plötzlich fing auch Ben zu schreien an. Es war, als wollte er mit ihr um die Wette leiden.

„Ben, halt's Maul" zischte Eddie und gab ihm einen Stoß, worauf Ben mit offenem Mund verstummte. „Wieso kommt ihr eigentlich erst jetzt?"

„John hatte ... na ja, ich meine ... was ich sagen will ...", begann Ben etwas wirr, bekam aber gerade noch die Kurve. „Ich hab mich verlaufen."

„Das sieht dir ähnlich", spottete Eddie verächtlich.

„Babs ist ganz heiß", murmelte John dankbar, dass Ben nichts verraten hatte, und tupfte Babs Stirn. Ihm war schlecht, er hatte entsetzliche Angst um seine Schwester, da brauchte er nicht auch noch neugierige Fragen.

„Sie könnte Fieber haben", meinte Inana etwas unsicher. „Wir müssen Babs nach Armada bringen."

„Dort gibt es ein Gegengift?", fragte John hoffnungsvoll.

„Gegengifte verwendet nur ihr", sagte Inana. „Bei uns wird sie von einem Heiler mit einer Heilerkugel entgiftet."

„Ich will, dass Babs ein Gegengift bekommt, kapiert!", schrie John aufgebracht.

„John, bitte! Du musst die Nerven bewahren", antwortete Inana kühl. „Jetzt hör mir mal zu. Eine Entgiftung mit einer Heilerkugel ist viel wirkungsvoller. Vertrau mir einfach. Wir haben keine Zeit, um endlos zu diskutieren!"

„Okay, okay, dann lass uns rasch von hier verschwinden", raunte John einsichtig, strich Babs über den Kopf und stand auf.

„Wie siehst du denn aus!", rief Eddie mit geweiteten Augen, die an Johns Overall hafteten.

„Ist das Blut?", fragte Inana misstrauisch.

„Nein, kein Blut. Nur ... es ist nichts. Gar nichts", sagte John abwehrend. „Erklär ich euch später. Wir müssen uns um Babs kümmern. Kannst du es wegmachen, Inana?"

Inana, die John kein Wort glaubte, Babs aber rasch zu einem Heiler bringen wollte, zückte ihre Vril-Kugel, strich damit über Johns Overall und sagte: „Limpiar."

John sah fasziniert zu, wie die Flecken immer blasser wurden und verschwanden. „Danke, Inana, und nun lasst uns Babs rasch wegbringen."

„Ben, Eddie, ihr beide wartet hier", sagte Inana bestimmt.

„Was? Nein!", rief Ben entsetzt.

„Ich kann euch nicht mitnehmen", sagte Inana kopfschüttelnd. „Ihr würdet verhaftet werden." Ben erstarrte mit offenem Mund. Er sah aus, als würde er jeden Moment überschnappen.

„Versteckt euch hier, damit Vater euch nicht findet", riet Inana wohlmeinend. „Sobald es Babs besser geht, komme ich euch holen."

„Ich bleib nicht hier", protestierte Ben energisch. Seine Stimme war nun genauso erhitzt wie sein Gesicht. „Denkst du etwa, ich lass mich von den eigenartigen Viechern, die hier herumkriechen, töten?"

„Ben, sei vernünftig", appellierte Inana. „Ihr werdet mit Sicherheit verhaftet. Glaub mir."

Ben schluckte nervös und wischte sich hektisch sein Haarbüschel aus den Augen. Er hatte also die Wahl zwischen Schlangen, Spinnen und sonstigem Getier und einer Verhaftung. „Ich entscheide mich für die Verhaftung", sagte er spontan, da er es für das kleinere Übel hielt.

„Was faselst du da, Mann?", mischte sich Eddie ein.

„Na, wir haben die Wahl zwischen dem hier", Ben deutete mit seinem Finger auf den Dschungel, „und einer Verhaftung. Ich entscheide mich für die Verhaftung. Hast du damit ein Problem, Mann? Ist ja meine Sache, wofür ich mich entscheide!"

„Du tickst doch nicht richtig", stellte Eddie aufbrausend fest. „Du kannst dich doch nicht verhaften lassen!"

„Ach nein? Aber von giftigen Viechern kann ich mich schon beißen lassen, oder was!", schnaubte Ben abwehrend.

„Du willst dich verhaften und verhören lassen?", fragte Eddie ungläubig.

„Solange es dort keine giftigen Viecher gibt, ist mir das egal. Ich bleibe keine Minute länger hier. Kapiert!", schrie Ben, der vor Aufregung wieder einmal einen knallroten Kopf bekommen hatte.

„Seid ihr damit einverstanden, im Aircutter zu warten?", erkundigte sich Inana, da sie so nicht weiterkamen und rasch eine Lösung brauchten.

„Ja, sind wir", antwortete Ben und warf Eddie einen bohrenden Blick von der Sorte: „Halt ja die Klappe, sonst bring ich dich um", zu.

„Gut", sagte Inana zufrieden. „Wir transportieren Babs genauso wie John. John, du musst Babs Finger ganz fest auf meine Kugel pressen und sie am Arm festhalten."

John tat, wie ihm geheißen, und als alle ihre Finger auf Inanas Kugel hatten, sagte sie: „Raedam spatium Armada."

Sekunden später landeten sie neben dem Aircutter. „Ihr beide wartet hier", befahl Inana Ben und Eddie in schroffem Ton.

„Na klar", grunzte Eddie. „Wir bleiben im Aircutter, egal was auch immer passieren mag."

„Genau", sagte Inana kühl. „Kommt ja nicht auf die Idee, auszusteigen."

„Wir kommen nicht auf die Idee auszusteigen", wiederholte Eddie schelmisch.

„Genau", sagte Inana scharf. „Ihr bleibt im Aircutter, selbst wenn die ganze Höhle einstürzt."

„Sicher", sagte Eddie grinsend. „Wir lassen uns verschütten und geben kein Lebenszeichen von uns, damit man uns ja nicht findet."

„Genau", sagte Inana spitz. „Sollte ein Aircutter von hier abfliegen oder landen, was durchaus möglich ist, versteckt ihr euch so gut wie möglich in der Kuppel. Keiner darf euch sehen! Verstanden?"

„Wir verstecken uns in der Kuppel und lassen uns nicht blicken", wiederholte Eddie grinsend.

„Richtig", sagte Inana barsch. „Und lass dir ja nicht einfallen, dieses Ding zu starten oder gar zu fliegen! Ist das klar, Eddie?"

„Wieso sprichst du nur mich an?", fauchte Eddie ungestüm.

„Weil ich es dir eher zutraue als Ben", gab Inana kühl zurück.

„Gemeinheit", zischte Eddie beleidigt und ging schlecht gelaunt mit Ben die Treppe zum Aircutter hoch.

Inana bedeutete John, sich zu beeilen. Der legte Babs' Finger auf ihre Kugel, Inana sagte: „Medicus Armada", und einen Augenaufschlag später landeten sie vor einem beleuchteten Gebäude am Rande eines weitläufigen Platzes, der, wie John feststellte, derselbe war wie der, auf dem er auch mit Onkel Abgal gelandet war.

„Wieso sind wir hier?", fragte John verwundert.

„Weil das hier", Inana zeigte auf das beleuchtete Gebäude, „das Haus des Heilers ist. Du musst aber hier warten, John", sagte sie mit versteinertem Blick, der John an Onkel Abgal erinnerte. „Es ist zu gefährlich, dich mitzunehmen."

„Wieso?", fauchte John aufgebracht.

„Du verstehst unsere Sprache nicht. Was tust du, wenn dich der Heiler etwas fragt? Denkst du, es wird ein Spaziergang? Willst du Babs helfen oder sie gefährden?"

„Äh ..."

„Du würdest dich verraten, wenn du deinen Mund aufmachst, aber auch, wenn du ihn geschlossen lässt! Unsere Chancen, aufzufliegen, sind ohnedies sehr hoch. Babs wir ihre Klappe bestimmt nicht halten. Mal sehen, welches Märchen ich dem Heiler auftischen werde."

John starrte Inana wütend an und ließ sich ihre Worte durch den Kopf gehen. „Na und", sagte er dann kühl, „ich bin der Sohn des Herrschers. Über mich kann sich nur einer hinwegsetzen – und das ist mein Vater!"

„Ja, klar", antwortete Inana übellaunig, „aber die da drinnen wissen nichts davon und würden dir auch nicht glauben. Wir hätten nur eine Menge unnötige Scherereien. Statione venenum."

John sah entgeistert zu Inana, die im selben Augenblick mit Babs in einem grünen Blitz verschwand. Er stierte eine Weile baff zu dem Haus des Heilers, marschierte dann wie ein nervöser Tiger über den Platz und setzte sich neben einem Busch auf einen Steinblock. Er machte sich große Sorgen um seine Schwester. Wieso hatte Inana sie nach Bakakor gebracht? Wären sie doch bei Tante Nisaba geblieben.

„Babs wird es schaffen", sinnierte er ein ums andere Mal, um sich zu beruhigen. Plötzlich drängte sich wieder das Bild von Atlatis, wie er blutend am Boden lag, in sein Gedächtnis. Sollte er Inana Bescheid sagen? Dafür sorgen, dass sich jemand um Atlatis kümmerte? Aber was, wenn er bereits tot war? Eine Welle von Angst überflutete ihn erneut.

„Ich hätte es ihr gleich sagen müssen", dachte er verzweifelt. „Vielleicht hätte man ihn retten können." Er begann, sich alles Mögliche einzureden, aber vor allem, dass er für diesen Schlamassel nichts konnte, da eigentlich er das Opfer war, und überlegte, ob er, wenn das hier vorbei war, einfach mit Babs, Eddie und Ben abhauen sollte. „Einfach weg von hier und alles hinter uns lassen, als wäre es nur ein böser Traum gewesen. Ja, warum nicht", grübelte er und suchte nun Gründe dafür, die er auch prompt fand. Warum sollte er hierbleiben und sich umbringen lassen? Babs brauchte dringend Erholung und für Eddie und Ben war diese Gegend auch nicht gerade die gesündeste. Er überlegte hin und her, unschlüssig, was er tun sollte. Seine Angst drängt ihn immer beharrlicher von hier weg und gewann allmählich Oberhand. Wäre da nicht die Sache mit seinem Vater, den er unbedingt kennenlernen wollte, gäbe es für ihn nun nichts mehr zu überlegen. „Was aber", dachte er dann, „wenn ich hierbleibe und Onkel Abgal verhindert, dass ich ihn treffe?" Dies erschien ihm als sehr wahrscheinlich, denn seinen Onkel würde es sicher nicht in den Kram passen, dass er seinen Vater traf. Oder redete er sich das nur ein, um sich die Entscheidung leichter zu machen? Nein, sein Onkel würde bestimmt alles unternehmen, um es zu verhindern. Selbst wenn Inana ihm helfen würde, hätte er vermutlich keine Chance. Also was sollte er noch hier? Alleine würde er zu seinem Vater nie vordringen können. Diese Erkenntnis lag ihm wie ein schwerer Klumpen im Magen, drückte gegen seine Eingeweide, rechtfertigte aber, wie er fand, seinen Wunsch, nach Hause zurückzukehren. Jäh fasste er einen Entschluss.

Nach einer gefühlten Ewigkeit sah er Babs, gestützt von Inana, auf ihn zuhumpeln. „Na endlich!", rief er erleichtert und ein tonnenschwerer Stein fiel ihm vom Herzen.

„Psst, nicht so laut", mahnte Inana. „Hör zu, wir müssen verschwinden. Der Heiler hat Verdacht geschöpft."

„Ist Babs wieder vollkommen gesund?", fragte John flüsternd.

„Mir geht's gut. Alles bestens", sagte Babs, klang aber erschöpft.

„Kommt schon", drängte Inana ungeduldig.

Rasch stellten sie sich im Kreis auf und berührten Inanas Vril-Kugel. Sekunden später landeten sie neben dem Aircutter. Als sie die Treppe zur Kuppel hochgingen, konnten sie bereits Ben und Eddie lautstark zanken hören.

„Wird aber auch Zeit", stöhnte Ben mit vorwurfsvoller Miene, als sie den Aircutter betraten. „Mit diesem Hornochsen da ist heute nicht gut Kirschen essen." Er deutete dabei auf Eddie und verzog das Gesicht.

„Ja, mir geht es gut, Ben. Danke der Nachfrage", sagte Babs bissig und ließ sich auf die Rückbank fallen.

„Hat euch jemand gesehen?", erkundigte sich Inana.

„Glaub nicht. Wir haben jedenfalls niemand gesehen", sagte Eddie.

„Das konntet ihr auch nicht", warf Babs ein und schien wieder ganz die Alte zu sein. „Bei eurem Gezänke hättet ihr nicht mal bemerkt, wenn jemand den Aircutter geklaut hätte."

„Jetzt übertreib mal nicht", kicherte Ben, der sich freute, Babs gesund und munter zu sehen.

„Ähm, Inana, hör mal", begann John, da er ihr seinen Entschluss rasch mitteilen wollte. „Ich möchte mit Babs, Eddie und Ben nach Hause. Bring uns bitte zu einer Zeitschleuse, damit wir zurückkehren können." Er holte tief Luft – und als es raus war, fühlte er sich besser. Babs, Eddie und Ben sahen ihn verdattert an, sagten aber nichts.

„Du kannst nicht weg von hier", sagte Inana entsetzt. „Du gehörst hierher!"

„Hör mal, Inana, meine Entscheidung steht fest", konterte John bestimmt. „Ich möchte mit Babs, Eddie und Ben zurück nach Hause."

„Gefällt es dir bei uns nicht?", fragte Inana entgeistert und sah drein, als könnte sie nicht glauben, was sie eben gehört hatte.

„Du meinst abgesehen von den Mordanschlägen?", fragte John grinsend.

„John, wenn es wegen Vater ist, ich verspreche dir, dieses Missverständnis ..."

„Inana, ich habe mir die Sache reiflich überlegt", unterbrach sie John. „Dieser Entschluss ist mir nicht leichtgefallen, aber meine Entscheidung steht fest."

„Werdet ihr euch von Mum verabschieden?", fragte Inana und hoffte, John würde es sich anders überlegen. Sie konnte Johns Entscheidung nicht verstehen. Er gehörte hierher, er musste seinen Vater kennenlernen und sie wollte ihm noch viele Dinge, Sachen und Orte zeigen, von denen er keine Ahnung hatten. Ungewöhnliche, aber auch fantastische Dinge und ganz geheime Orte.

„Nein, werden wir nicht", nuschelte Ben und bekam einen roten Kopf. „Ähm, nichts gegen deine Mum, Inana. Ist nichts Persönliches." Ben war erleichtert über Johns Entscheidung und wollte so rasch wie möglich weg. Er hatte auch nicht vor, jemals wieder hierherzukommen. Erwartungsvoll blickte er zu John, zupfte nervös an seinem Haarbüschel rum und hoffte, John würde auf eine Verabschiedung verzichten.

John antwortete nicht sofort. Er machte sich Gedanken, wie Tante Nisaba reagieren könnte. Was, wenn sie mit seiner Rückkehr nicht einverstanden war? Womöglich hatte Onkel Abgal ihr sogar befohlen, ihn festzuhalten. Unbehagen pulsierte durch seine Adern und er fragte sich, ob er bereits an Verfolgungswahn litt.

„Ich möchte gleich zurück", entschied er schließlich, mied Inanas

Blick und starrte stattdessen durch die geöffnete Luke und glaubte, einen Schatten unter den Aircutter verschwinden sehen.

„John!", rief Inana entsetzt und ließ ihn den Schatten vergessen. „Sei doch nicht so stur! Willst du das wirklich?"

„Ja", sagte John knapp, ohne zu wissen, was er tatsächlich wollte. Er fühlte sich so zwiegespalten wie noch nie in seinem Leben. Eine Hälfte von ihm wollte bleiben, die andere wollte zurück. Jede dieser Hälften hatte gute Gründe, was ihm die Sache noch schwerer machte. Da er aber genug vom Grübeln hatte und wegen Atlatis erneut Angst seinen Hals hochkroch, blieb er bei seiner Entscheidung, wohl wissend, dass er es bereuen könnte.

***

Anderswo stand Adamu mit einem Mann beisammen, der in einen purpurnen Umhang gehüllt war und sein Antlitz tief unter der Kapuze des Umhangs verborgen hielt. Auch Adamu war in einen purpurnen Umhang gehüllt, auch sein Antlitz war tief verborgen.

„Auf wessen Seite stehst du eigentlich? Wie es scheint, auf der Seite der Halbblüter", sagte der Mann.

„Du kennst den finalen Plan", sagte Adamu. „Daran hat sich nichts geändert, auch wenn sich nun alles verzögert. Wir müssen uns etwas in Geduld wiegen."

„Was ist mit dem Jungen."

„Er ist auf dem Weg zurück, aber sei unbesorgt. Er wird nicht lange weg sein", sagte Adamu gelassen und verschwand in einem grünen Blitz.

In der Zeitschleuse

Die Stimmung war angespannt und denkbar schlecht. Seit über einer Stunde sprach keiner ein Wort. Die durchdringende Stille wurde nur durch das Summen des Aircutters abgeschwächt.

„Sag mal, John", durchbrach Inana das Schweigen, als sie die Zeitschleuse fast erreicht hatten, „was ist eigentlich mit Vaters Aircutter passiert?"

John lief scharlachrot an und schnappte nach Luft. Er hatte so gehofft, dieses Thema würde nicht zur Sprache kommen. „Das ist eine ziemlich dumme Geschichte", sagte er verlegen und erzählte, was sich ereignet hatte.

„Du hast dieses Ding zu Schrott geflogen und in den Sand gesetzt?", fragte Eddie und schien begeistert. „Echt abgefahren, Mann."

„Deine Auffassung von *abgefahren* finde ich reichlich seltsam. John hätte sich den Hals brechen können", wusste Babs beizutragen, kniff die Augen zusammen und bedachte Eddie mit einem bösen Blick.

„Mädchen", murmelte Eddie. „Wieso haben die bloß kein Verständnis für coole Dinge?"

„Wo befindet sich die Zeitschleuse?", erkundigte sich John, um von dem Thema abzulenken.

„Es gibt mehrere", erklärte Inana. „Wir nehmen diejenige, die sich am nächsten zu Schottland befindet. Von dort könnt ihr mit der Vril-Kugel weiterreisen."

„Dürfen wir dieses Ding mitnehmen?", fragte Eddie begeistert.

„Sicher! Wie wollt ihr sonst nach Hause kommen? Geht doch nur mit der Vril-Kugel. John, für dich habe ich eine neue Vril-Kugel, damit du Babs ihre zurückgeben kannst", sagte Inana, kramte in ihrem Overall und holte eine Vril-Kugel hervor, von der John überzeugt war, dass es ihre eigene war. „Schenk ich dir", sagte sie nachdrücklich und drückte sie John in die Hand.

„Danke", antwortete John kurz angebunden mit schlechtem Gewissen und steckte sie ein.

„Wir sind gleich da", verkündete Inana einen Moment später, durchbrach damit erneut ein unangenehmes Schweigen und steuerte auf eine große Höhle zu. Neugierig blickte John aus der Kuppel. Plötzlich sah er einen kleinen Iglu mit einem hohen Mast, an dessen Spitze sich eine sehr große Vril-Kugel drehte und grün leuchtete.

„Ist sie das?", fragte er aufgeregt. „Ist das die Zeitschleuse?"

„Ja", meinte Inana und klang leicht verbittert. „Ihr solltet euch eure eigene Kleidung anziehen. Ich glaube nicht, dass es sehr vernünftig ist, in unseren Overalls zurückzukehren." Daran hatten weder John, Babs, Eddie noch Ben gedacht.

„Ich hab nur noch meine Jeans", sagte John, „meine restliche Kleidung hab ich in dem überfluteten Raum zurückgelassen."

„Du kannst mein Shirt haben", meine Eddie rasch. „Ich hab ja noch meinen Pullover."

Schnell schlüpften sie aus den Overalls und streiften sich ihre Anziehsachen über, die noch immer genau so in Inanas Aircutter lagen, wie sie sie ausgezogen hatten. Wehmütig reichten sie Inana die Overalls.

„Die könnt ihr auch mitnehmen, wenn ihr wollt", brummte Inana.

„Wirklich?", fragte John erstaunt.

„Nur für den Fall, dass ihr nochmals kommt", meinte Inana spitz und traf John damit mitten ins Herz. „Ihr werdet sie dann gut gebrauchen, denn ihr solltet alles vermeiden, was Aufsehen erregt."

„Was heißt *nur für den Fall?*", tat John entrüstet. „Wir kommen ganz sicher wieder. Das ist doch klar." Mit gemischten Gefühlen stieg er aus und ging zur Zeitschleuse. Seine Worte hallten in seinem Kopf nach. Wollte er tatsächlich wiederkommen oder hatte er das eben nur so gesagt? Als sie den Iglu erreichten, schoss ihm plötzlich ein Gedanke durch den Kopf. „Da ist noch etwas", sagte er hitzig. „Wenn wir wiederkommen, wie finden wir dich?"

„Ich dachte schon, du stellst diese Frage nie", entgegnete Inana.

„Wieso?"

„Weil ich dann gewusst hätte, dass du nicht wiederkommst. Hör mal, John", sagte Inana ernst, „du kannst nicht gehen. Du bist der Sohn des Herrschers. Du gehörst hierher. Du hast eine Verpflichtung dem Reich gegenüber. Was denkst du, was passiert, wenn dein Vater erfährt, dass du noch am Leben bist? Denkst du ernsthaft, er lässt dich einfach dort, wo du nun hingehst?"

„Ich komme wieder", sagte John mit einem schweren Klumpen im Magen und dem vagen Verdacht, etwas komplett Falsches zu tun.

„John! Du darfst nicht gehen. Du …"

„Also, wo muss ich hin, Inana?"

„Das wird etwas schwierig", gestand Inana resignierend. „Die Entfernung zwischen Schottland und Ägypten ist für die Vril-Kugel sehr groß. Machbar, aber sehr groß. Da ihr jedoch viel zu ungeübt seid, müsst ihr auf zwei Etappen reisen. Ihr müsst zuerst zum Tempel von Ggantija in Xaghra, danach weiter nach Amun-Re. Ihr müsst als Bestimmungsorte Templum Ggantija und dann readam spatium Amun-Re meridianam sagen."

„Wo befindet sich Ggantija?", erkundigte sich John.

„Ggantija befindet sich auf der Insel Gozo. Das ist eine kleine Insel neben Malta im Mittelmeer unterhalb Siziliens. Der Tempel von Ggantija birgt ein uraltes Geheimnis", sagte Inana und erzählte ihnen eine abgefahrene, überspannte, mystische Geschichte, die aber keiner erst nahm, da alle dachten, Inana wolle sie auf den Arm nehmen.

„Templum Ggantija, readam spatium Amun-Re meridianam", wiederholte John mehrmals, um sich die Worte einzuprägen.

„Gib mir mal kurz deine Vril-Kugel, John", sagte Inana und nun wusste John mit Sicherheit, dass sie ihm ihre gegeben hatte.

Sie feuerte einen gezielten Ouvrirblitz zu der großen Kugel am Mast und gab John die Vril-Kugel zurück. Die Kugel am Mast begann rot zu leuchten, Rauchschwaden hüllten den Iglu ein und ließen ihn völlig verschwinden. Als sich der Rauch verzogen hatte, bestand der Iglu plötzlich nur noch aus schimmernden Wänden, die aussahen, als würden sie aus Wasser bestehen. Sie bewegte sich wie aufgepeitschte Wellen und flimmerte und flirrte in Johns Augen. Es war fast wie im Haus des Vril, nur noch viel beeindruckender. Die Farben wechselten ständig zwischen einem Blau mit silbrigem Glitzer und einem Ocker mit Goldglanz. So wie die Wellen über die Wände rollten, wechselten auch die Farben. Obwohl John durch diese Wände nicht hindurchsehen konnte, hatte er das eigenartige Gefühl, vor nichts Festem zu stehen. Jedes Mal, wenn die Farbe wechselte, wirkten die Wände, als würde Wasser in Sturzbächen auslaufen.

„Wieso sind diese Wände so eigenartig?", erkundigte John sich staunend.

„Da sich dahinter weder Zeit noch Raum befindet, betrittst du beim Durchschreiten dieser Wände ein Vakuum aus Raum und …"

„Was betrete ich?", erkundigte sich Eddie verständnislos.

„Einen Raum, der eigentlich nicht vorhanden ist."

„Und wie kann ich ihn dann betreten?"

„Indem du durch diese Wand schreitest und Zeit und Raum sich um dich und mit dir auflösen."

„Ich löse mich auf?", krächzte Ben schockiert.

„Ja, aber nicht so, wie du denkst! Du ..."

„Ich möchte mich aber nicht auflösen!", unterbrach Ben Inana hysterisch.

„Ich denke, wir sollten uns von Inana verabschieden", meinte John, um der Diskussion ein Ende zu setzen. „Inana, bitte grüß deine Mum von mir. Sag ihr, es täte mir leid. Bitte sag ihr auch, dass ich bestimmt wiederkomme."

„Mach ich, John, auch wenn dein Entschluss falsch ist. Bitte denk an meine Worte und vergiss nicht, die Uhr, die du gleich sehen wirst, genau auf euer Abreisedatum einzustellen."

„Was passiert, wenn man sich in der Jahreszahl vertut?", erkundigte sich Eddie.

„Dann findest du dich im falschen Jahr wieder", sagte Inana trocken und Ben sah sich bereits im Mittelalter. „Aber so blöd werdet ihr ja hoffentlich nicht sein."

„Wir sollten uns jetzt wirklich verabschieden", mischte sich John erneut ein und konnte dabei sein Unbehagen kaum noch verbergen. Er wollte es endlich hinter sich bringen, bevor er es sich doch noch anders überlegte.

„Bis bald, John", sagte Inana mit traurigem Lächeln. „Bessere dich, Eddie, und Ben, lass dir von Eddie nichts gefallen."

„Werde ich nicht", sagte Ben und winkte Inana zu.

„Bis bald, Inana", riefen John, Babs und Eddie im Chor.

John ging mit vorgestreckten Armen auf eine der wogenden Wände zu. Als seine Hand die flimmernde, flirrende Masse berührte, lösten sie sich in Nichts auf. Geschockt zog er die Hand zurück. Je weiter er sie aus der flimmernden Masse herauszog, desto mehr wurde sie wieder sichtbar. „Mann, sie ist noch dran", dachte er erleichtert und betrachtete seine eben erschienenen Finger.

„Geht nur, es passiert euch nichts", hörte John Inana sagen.

Er blickte zu ihr, um zu nicken, und bildete sich plötzlich ein, einen Schatten hinter ihr verschwinden zu sehen. Beobachtete sie da jemand? Doch er schüttelte den Gedanken sofort wieder ab, da es durch die vielen Lichtreflexe dieser wogenden Wände unzählige Schatten gab. Ohne sich nochmals umzusehen, schritt er durch die wogende Wand. Babs, Eddie und Ben sahen, wie er sich in der flimmernden Masse auflöste und verschwand.

„Das sieht so abgefahren aus", murmelte Eddie fasziniert. „Das glaubt uns keine Sau!"

Nacheinander durchschritten sie die Wand und betrachteten neugierig ihre neue Umgebung. Sie hatten den Eindruck, als würden sie sich in einer riesigen Seifenblase befinden. Rund um sie gab es nur flimmernde, wogende Masse. In der Mitte dieser Seifenblase ragte ein dicker Stab in die Höhe, an dessen Ende sich eine große, in der Hälfte geöffnete Vril-Kugel befand. In ihrem Inneren war eine Digitaluhr verborgen. Die grünen Leuchtziffern zeigten nur Nullen an. Unter jeder Null befand sich ein Rädchen, das mit Schriftzeichen gekennzeichnet war.

„Auf welche Uhrzeit soll ich das Ding stellen?", erkundigte sich John.

„Soweit ich mich erinnern kann, war es zehn Uhr morgens", meinte Eddie grübelnd.

„Nimm ja eine Zeit, an der wir schon weg waren, John", grunzte Ben, grinste schelmisch zu Eddie und wirkte dabei völlig überdreht. „Wenn wir auftauchen, bevor wir weg waren, gibt es uns zweimal und zweimal halte ich diesen Blödmann nicht aus."

„Ich stell die Uhr auf elf", sagte John und drehte am ersten Rädchen, wobei die Sekunden zu laufen begann. Er stellte zehn Sekunden ein, da er die Sekunden unwichtig fand. Alles andere stand noch auf null. John starrte auf die Uhr. „Das ist echt abgefahren", murmelte er.

„Was?", erkundigte sich Eddie neugierig.

„Überlegt doch mal. Die Uhr zeigt zehn Sekunden. Wenn wir uns nun in diese Zeit transportieren würden, müssten wir doch zehn Sekunden nach Beginn unserer Zeitrechnung auf der Erdoberfläche auftauchen."

„Mann, ja, du hast recht!", rief Eddie fasziniert. „Würde gerne wissen, wie es damals auf der Welt ausgesehen hat. Meinst du, das würde klappen?"

„Last euch ja keinen Schwachsinn einfallen!", rief Ben erbost. „Ich möchte nach Hause, kapiert! Nicht in ein Schottland mit Neandertalern oder Rittern!"

„Ganz ruhig, Ben", sagte John und stellte gewissenhaft die Zeit ihrer

Abreise ein. Bei manchen Jahreszahlen juckten seine Finger besonders stark, als er die Uhr beobachtete. Als er fertig war, überprüfte er nochmals jede einzelne Eingabe. Als er sich ganz sicher war, dass alles stimmte, drückte er den rot blinkenden Schalter, dann den grünen, so wie Inana es erklärt hatte. Sie hörten ein leises Zischen und Sausen. Die Wogen an den Wänden begannen etwas schneller zu rollen, wechselte auch etwas schneller ihre Farben, sonst passierte allerdings nichts.

„Was ist denn nun los?", murrte Ben entsetzt.

„Ich glaube, das war's schon", sagte John unsicher.

„Du meinst, wir befinden uns schon in der richtigen Zeit?"

„Weiß nicht, denk schon", antwortete John achselzuckend.

„Und was jetzt?", erkundigte sich Ben nervös.

„Jetzt reisen wir mit der Vril-Kugel in Eddies Baumhaus."

„Und wenn das Ding nicht funktioniert hat?"

„Dann haben wir ein echtes Problem", murmelte John nachdenklich. „Wir hätten Inana fragen sollen, wie wir zu der Zeitschleuse zurückkommen."

„Na ja, schlimmstenfalls leben wir auf Mull zur Zeit der Kelten", sagte Eddie grinsend.

„Echt komisch, Mann. Wirklich komisch", stöhnte Ben entnervt.

„Soll eine spannende Zeit gewesen sein", warf Babs sachlich ein und Ben schlug sich die Hand vor Augen.

„Ich schlage vor, wir nehmen nur eine Kugel. Sollte irgendetwas schiefgehen, landen wir wenigstens alle an der falschen Stelle", sagte John grinsenden, wirkte aber bedrückt.

„Was genau könnte schiefgehen?", krächzte Ben.

„War ein Scherz", sagte John und hielt ihnen seine Vril-Kugel, die, wie er erst jetzt bemerkte, etwas größer und schwerer als die von Tante Nisaba war, entgegen. Hatte Inana absichtlich dafür gesorgt, dass er eine größer Vril-Kugel mit mehr Energie bekam? Oder war ihre einfach größer?

Alle legten ihre Finger auf Johns Kugel, John verwarf seine Gedanken und konzentrierte sich auf das Baumhaus.

„Schottland ... Insel Mull ... Eddies Baumhaus", sagte er heiser.

Ein greller Blitz zischte aus der Kugel und er wurde mit voller Wucht von dem starken Sog erfasst. Als der Sog nachließ, krachte er mit einem mächtigen Plumps auf harten Untergrund. Er öffnete die Augen und sah die vertraute Umgebung von Eddies Baumhaus.

„Wir sind zu Hause", rief er aufgekratzt und seine Stimme versagte ihm fast vor Erleichterung. Doch im selben Augenblick erfasste ihn ein beklemmendes Gefühl. Es schien in seinen Hals zu wandern, um ihm dort die Luft abzudrücken. War dies hier denn überhaupt noch sein Zuhause? Gehörte er nicht doch woanders hin?

„Wo zum Teufel gehöre ich eigentlich hin?", dachte er aufgewühlt. Er hatte ein verborgenes Reich entdeckt, von dem er zuvor keine Ahnung gehabt hatte. Von dem niemand eine Ahnung hatte. Ein Reich, in dem seine Wurzeln waren. Ein Reich, in dem seine Eltern lebten, die er nicht mal kannte. Ein Reich, mit dem er unweigerlich verbunden war. War es da nicht logisch, dass er dorthin gehörte? Er hatte Unglaubliches in den letzten Tagen erlebt und Unbegreifliches erfahren. Er war einem großen Geheimnis auf die Spur gekommen. Dem Geheimnis von Eridu. Dem Geheimnis der Gründer von Eridu war er jedoch nicht auf die Schliche gekommen. Und das nur, weil er nicht länger bleiben wollte. Weil er, wenn er ganz ehrlich zu sich war, wegen Atlatis Panik bekommen hatte. Genau das war es nämlich, was ihn zurückgetrieben hatte. Pure Angst und Panik, einen Mord begangen und vertuscht zu haben und von seinem Vater dafür verachtet zu werden. Diese Erkenntnis traf ihn wie ein Faustschlag. Er hatte sich die ganze Zeit selbst belogen. Er hatte sich eingeredet, er wolle zurück, doch tatsächlich war es nur die Angst vor der Wahrheit, die ihm dazu bewogen hatte.

„Glaubte ich wirklich, ich könnte davonlaufen? Alles zurücklassen, als wäre nichts gewesen? Ohne mich selbst zu verachten", überlegte er bestürzt. Jäh bereute er seinen unüberlegten Entschluss und verfluchte sich für seine kopflose Flucht. Denn etwas anderes war es nicht. Es war ein armseliger Fluchtversuch vor sich selbst, der die Sache nicht besser machte und ihm die Schuld an Atlatis' Tod nicht nehmen konnte.

***

Anderswo saßen zur selben Zeit erneut Männer in ihren purpurnen, fürstlichen Umhängen um den großen Tisch in einem prunkvollen Saal. Ihre Antlitze waren unter den Kapuzen ihrer Umhänge verborgen. Sie flüsterten aufgeregt durcheinander, bis ihnen der Vorsitzende mit einer Handbewegung Schweigen gebot. Wieder blitze der Siegelring auf dem Finger seiner Hand und wieder verschwand diese rasch unter seinem Umhang.

„Warum sitzt ihr hier und tut, als wäre nichts geschehen?", fragte der Vorsitzende vom Kopf des Tisches aus und eine Spur Gereiztheit mischte sich in den Klang seiner sonst so besonnenen Stimme.

Jeder am Tisch wusste, dies hatte nichts Gutes zu bedeuten. Der Geruch von Schuld breitete sich wie eine übel stinkende Wolke im Saal aus. Dann ging erneut leises Flüstern durch den Saal. Doch dieses Mal war es ein angstdurchtränktes Flüstern.

„Es gab unvorhersehbare Zwischenfälle", erhob sich eine Stimme über das Flüstern hinweg. Sie vibrierte leicht und klang angespannt.

„Nun", sagte der Vorsitzende und eine angestrengte Stille trat ein. Der Vorsitzende wartete, bis diese eine noch schmerzlichere Spannung erreichte, dann fuhr er fort. „Ich würde diese elenden Vorkommnisse weder als unvorhersehbar noch als Zwischenfälle bezeichnen", sagte er zynisch. Ein leises Raunen war nun zu hören. „Ich würde sagen", fuhr der Vorsitzende ungerührt fort, „es handelte sich um Unvermögen und Schwäche. Euer Unvermögen und eure Schwäche. Euer Scheitern ist nichts weiter als eure Unfähigkeit, Dinge richtig einzuschätzen. Meine Anweisungen waren klar und unmissverständlich. Was ihr allerdings daraus gemacht habt, ist eine Verhöhnung meiner Person. Kann mir einer von euch sagen, wie es kommt, dass sich Dinge zutragen konnten, von denen ihr keine Ahnung hattet?"

Viele Augenpaare, gut versteckt unter den Kapuzen, wanderten verstohlen zum Kopf des Tisches, doch das Antlitz des Vorsitzenden war so tief unter seiner Kapuze verborgen, dass es von keinem Lichtstrahl getroffen wurde.

„Uns wurden ständig Steine in den Weg gelegt", versuchte sich die raue Stimme zu verteidigen. „Es war erneut so, als wollte uns jemand sabotieren. Uns war es auch dieses Mal unmöglich, etwas zu unternehmen. Irgendjemand war uns immer einen Schritt voraus und verhinderte unser Bestreben."

„Tatsächlich?", sagte der Vorsitzende und es klang wie auch schon bei der letzten Versammlung amüsiert. „Nun, dann würde ich sagen", fuhr er mit unüberhörbarer Kälte fort, „es kommt zu eurem Unvermögen auch noch grenzenlose Dummheit hinzu. Kann mir einer von euch sagen, wo der Junge sich gerade befindet?"

Erneutes Schweigen breitet sich im Saal aus. Die Angst, die nun unter den Männern herrschte, war fast greifbar.

„Keiner? Kein Einziger?", fragte der Vorsitzende, doch niemand im

Saal rührte sich. „Ihr wollt zu den dunklen Mächten gehören und wisst es nicht? Ihr fühlt euch mächtig und habt keine Ahnung, was vor sich geht? Ihr seid tatsächlich nichts weiter als ein Haufen Versager, nicht würdig, hier mit mir an einem Tisch zu sitzen."

„Wir wurden ...", begann eine raunzende Stimme zaghaft, wurde jedoch vom Vorsitzenden schroff unterbrochen.

„Genug der Ausreden", sagte er unbarmherzig. „Ihr wisst nicht, wo sich der Junge befindet, nun gut, ich werde es euch sagen. Dank eurer Unfähigkeit ist Junge eben wieder zurückgekehrt. Er hat vor Kurzem eine unserer Zeitschleusen betreten. Abgals Tochter hat ihm, seiner Schwester und den beiden Oberweltlern dabei geholfen. Keine Sorge, Abgal wird sich für seine Tochter und seine Eigenmächtigkeiten verantworten müssen. So wie ihr euch für euer Unvermögen verantworten müsst."

Nun ging ein entsetztes Stöhnen durch den Saal. Manche versanken so tief in ihren Stühlen, als hofften sie, dadurch unsichtbar werden.

„Adamu!", stieß plötzlich eine heisere Stimme zögerlich hervor. „Adamu hat ..."

„Lass Adamu da raus", sagte der Vorsitzende und klang dabei nun fast gelangweilt. „Was auch immer du mir über Adamu berichten möchtest, was auch immer ihr alle glaubt, von Adamu zu wissen, ich sage euch, es ist falsch."

„Dann sagt uns, was es mit Adamu auf sich hat!", rief eine wütende Stimme.

„Wir müssen es erfahren!", rief eine andere Stimme aufrührerisch. „Wie sonst sollten wir ..."

„Kümmert euch um euch selbst und um unser Vorhaben", fegte die Stimme des Vorsitzenden jäh und unerwartet mit klirrender Kälte über den Tisch und ließ alle zu Eis erstarren. „Der Junge ist weg, gewiss", fuhr der Vorsitzende fort und seine Stimme nahm dabei rasch wieder ihren ruhigen, besonnenen Klang an, „aber er wird wiederkommen. Sehr bald sogar." Nun war auch der letzte Hauch von Kälte aus seiner Stimme verschwunden, doch das Frösteln rund um den Tisch war geblieben. „Wie ich hörte", sprach der Vorsitzende überaus bedacht weiter, „hatte der Junge eine böse Auseinandersetzung mit Atlatis, bei der Atlatis den Kürzeren gezogen hat. Der Junge ..."

Lautes Stimmengewirr wie das Zirpen einer aufgeschreckten Vogelschar unterbrach den Vorsitzenden. „Ja, man mag es kaum glauben", erhob sich die Stimme des Vorsitzenden darüber hinweg. „Der Junge ist ein pfiffiges Kerlchen, geschickter, als wir dachten, aber vor allem weit scharfsinniger. Er würde gut zu uns passen, wenn er nicht Anus Sohn wäre und ihm sein Gewissen und sein Hang zur Gerechtigkeit nicht im Weg stehen würden. Aber genau darum wird er hier wieder erscheinen. Sein ausgeprägtes Gewissen, geplagt von Schuldgefühlen und Angst, wird ihn zurückbringen. Schuldgefühle und Angst sind schlechte Wegbegleiter, denn sie verführen zu unüberlegten Taten, was im Falle des Jungen für uns aber sehr hilfreich ist. Sollte er wider Erwarten nicht auftauchen, werden wir ihn holen. Das hat aber noch etwas Zeit."

„Was ist zwischen dem Jungen und Atlatis vorgefallen?", fragte eine Stimme wissbegierig.

„Eigentlich wäre es eure Aufgabe, dies zu wissen", sagte der Vorsitzende zynisch. „Es gab einen Kampf, der gar nicht hätte stattfinden dürfen. Es war ein sehr ungleicher Kampf, dessen Ausgang wohl jeden überraschen würde. Der Junge konnte diesen Kampf für sich entscheiden. Ja, ihr habt richtig gehört. Der Junge hat Atlatis besiegt. Wohl mit Glück, aber besiegt."

„Lebt Atlatis noch?", raunte eine Stimme kaum hörbar.

„Atlatis wurde wieder zusammengeflickt", sagte der Vorsitzende kühl. „Mir wurde mitgeteilt, dass er vor Wut schäumt und neue Pläne mit aller Macht vorantreibt. Es sind grausame Pläne. Sein Vorhaben ist sehr gewagt, um nicht zu sagen ... äußerst riskant. Sollte ihm dieses Vorhaben jedoch gelingen, wird kein Stein auf dem anderen bleiben. Es wir das ganze Reich zutiefst erschüttern."

„Was hat Atlatis vor?", fragte eine Stimme wagemutig.

„Das kann ich euch noch nicht sagen", antwortete der Vorsitzende schroff.

„Wie sollen wir Atlatis aufhalten, wenn wir nicht erfahren, was Atlatis vorhat?", fragte eine andere Stimme aufgewühlt.

„Gar nicht", sagte der Vorsitzende. „Ich, der Erhabenste der dunklen Mächte, habe mit dem inneren Zirkel beschlossen, Atlatis gewähren zu lassen. Wir ihr wisst, verfolgen wir ähnliche Ziele. Wir werden uns Atlatis zunutze machen und sein Vorhaben, wenn es ihm gelingt, für unsere Zwecke missbrauchen."

„Sagt uns doch, was Atlatis vorhat", drängte die raue Stimme.

„Wir müssen doch wissen, was geschieht", rief eine andere Stimme entrüstet.

„Ich werde es euch mitteilen, wenn ich es für richtig halte", sagte der Vorsitzende unnachgiebig. „Noch ist es nicht an der Zeit, euch einzuweihen. Wie ich bereits sagte, handelt es sich um ein äußerst riskantes Vorhaben. Ihr haltet die Füße still. Keiner von euch wird einen Finger rühren. Ihr bleibt unsichtbar, bis ich euch hole und Anweisungen gebe."

„Das könnt Ihr nicht verlangen", grollte eine aufgebrachte Stimme nahe dem Vorsitzenden.

„Ach, denkst du das?", sagte der Vorsitzende und ein Hauch Verachtung schwang in seiner Stimme mit. „Muss ich euch wahrlich noch einmal daran erinnern, dass ihr ohne mich nichts wärt. Ihr habt euch freiwillig dem Bündnis der dunklen Mächte angeschlossen, weil ihr etwas Macht abbekommen wolltet. Macht, die ihr sonst nicht erlangt hättet. Als Gegenleistung verlangte ich von euch Verschwiegenheit, Treue und absoluten Gehorsam. Diese drei Dinge habt ihr mir unter Eid bekundet. Das solltet ihr nie vergessen. Ihr solltet ebenfalls nie vergessen, dass ich euch in dieses Nichts, aus dem ich euch geholt habe, jederzeit zurückschicken kann." Um seine Worte zu bekräftigen, ließ er seine Hand in den Umhang gleiten, holte seine Vril-Kugel hervor und legte sie demonstrativ vor sich auf den Tisch. Dabei funkelte sein Siegelring im Schein des Lichtes wie ein Unheil bringender Komet am Firmament.

Ein Schaudern lief durch den Saal, dann senkte sich wieder Stille herab, so vollkommen, als würden alle gleichzeitig die Luft anhalten. Plötzlich begann die Vril-Kugel des Vorsitzenden in einem blutigen Rot zu strahlen und alle am Tisch schnappten entsetzt nach Luft. Unzählige kleine Blitze, die sich in blutrote, spitze Dolche umformten, brachen aus ihr hervor, surrten über den Tisch und verharrten vor den Körpern der Sitzenden, bereit, in sie einzudringen. Die Männer erstarrten vor Schreck. Alle Augenpaare am Tisch blickten, gut verborgen unter ihren Kapuzen, gebannt auf die leuchtenden roten Dolche, die sich nur Zentimeter vor ihren Oberkörpern befanden. Keiner wagte, sich zu rühren. Keiner wagte, zu atmen.

„Von nun an", sagte der Vorsitzenden und seine Stimme war nicht mehr als ein Flüstern, „werdet ihr mir mit bedingungslosem Gehorsam untergeben sein. Ihr werdet tun, was ich von euch verlange. Wenn Atlatis erfolgreich ist, werden schwierige Aufgaben auf euch zukommen. Aufgaben, die absolute Verschwiegenheit verlangen. Aber bis dahin werdet ihr euch zurücknehmen. Sollte einer von euch meinen, er müsse sich meinen Anweisungen widersetzen, werde ich ihn persönlich eines Besseren belehren, denn keiner widersetzt sich ungestraft meinen Anweisungen." Mit einer eleganten Handbewegung holte er die Dolche zurück, die surrend in seiner Vril-Kugel verschwanden. Ohne ein weiteres Wort zu verlieren, steckte er die Vril-Kugel ein und verließ mit wehendem Umhang den Saal.

Erneut ging ein Schaudern um den Tisch. Eilig wurden Stühle gerückt und der Saal leerte sich. Einige Männer hatten Angst, manche zitterten unter ihren Umhängen, aber nicht nur aus Furcht vor dem Vorsitzenden, der sie soeben sehr gedemütigt und ziemlich dumm hatte aussehen lassen, sondern auch vor Zorn.

***

John, Babs, Eddie und Ben verließen das Baumhaus, nachdem Ben einen Freudentanz aufgeführt hatte, der die alten Bretter erzittern ließ. Auf der Plattform des Baumhauses sahen sie sich um. Alles sah so aus wie zuvor. Nichts hatte sich verändert. Nur im Inneren von John, Babs, Eddie und Ben hatte sich eine ganze Menge verändert. Die vier waren nicht mehr dieselben. Das Erlebte hatte jeden von ihnen auf unterschiedliche Weise geprägt.

Als sie die Leiter herunterkletterten, redete sich Eddie ein, er würde über die flirrende Treppe des Aircutters schreiten. Er wünschte, alles ein weiteres Mal erleben und für immer in diesem Reich bleiben zu können.

Ben hingegen war glücklich, alles unbeschadet überstanden zu haben, und freute sich, noch am Leben zu sein. Für ihn war dieses Reich nicht geschaffen und er war überzeugt, nie wieder einen Fuß dorthin zu setzen. Babs freute sich, wieder daheim zu sein, dachte aber mit Wehmut an Inana und Tante Nisaba zurück.

John grübelte noch immer darüber nach, wo nun sein echtes Zuhause war. Dabei wurde ihm ganz schwer ums Herz. Er ließ seinen Blick über das angrenzende Feld schweifen und dachte daran, dass niemand auf dieser Welt wusste, was sich tief unter der Erdoberfläche befand. „Dort ist mein wahres Zuhause", dachte er mit leerem Blick über das weite Feld.

Nach einigen Minuten des Schweigens vereinbarten sie, sich am nächsten Tag nach dem Frühstück wieder im Baumhaus zu treffen, dann liefen John und Babs zum Ferienhäuschen der Sprauds zurück. Als sie ankamen, war keiner da. Sie durchstöberten das ganze Haus, doch von ihren Eltern und July fehlte jede Spur.

„John, bist du sicher, dass die Zeitschleuse richtig funktioniert hat?", erkundigte sich Babs besorgt.

„Woher zum Teufel soll ich das wissen", antwortete John gereizt, aber ziemlich gleichgültig.

Babs warf ihm einen verunsicherten Blick zu. „Lass uns rasch im Kühlschrank nachsehen", meinte sie und lief in die Küche.

John folgte ihr und beobachtete, wie sie die Kühlschranktür panisch aufriss. „Er ist voll!", rief Babs beruhigt. „Dann muss auch jemand hier sein. Vermutlich sind sie nur einkaufen."

Erleichtert bereitete sie zwei Hühnersandwiches zu, an denen sie dann lustlos kauten. John dachten schwermütig an Tante Nisabas leckere Breie.

„Ich fahre mit dem Bus nach Craignure", sagte er zerknirscht, warf das Sandwich auf den Teller, sprang auf und hastete zur Tür.

„Wozu das denn?", erkundigte sich Babs verwundert.

„Ich besorge mir eine neue Sonnenbrille", brummte John, stapfte zur Tür raus und verschwand.

Verdutzt blickte ihm Babs hinterher. „Na ja, vielleicht fühlt er sich mit einer neuen Sonnenbrille etwas besser", dachte sie und stopfte die Brote zurück in den Kühlschrank.

***

Als John endlich aus Craignure zurückkam, war es bereits halb acht und höchste Zeit für das Abendessen. „Hi, Mum, hi, Dad", brummte er, als er das Speisezimmer betrat.

Mrs. Spraud schien sofort zu bemerken, dass John bedrückt war. „Wie war euer Tag?", erkundigte sie sich und lächelte John besorgt zu, was ihm die Gewissheit gab, dass die Zeitschleuse richtig funktioniert hatte.

„Och, ganz nett, Mum", antwortete John fast tonlos und setzte sich auf seinen Platz. Er ließ seinen Blick durch das Esszimmer schweifen, betrachtete die Stühle und dachte an die schwebenden Sitzmöbel, den großen runden Tisch und an den automatischen Tischbutler bei Inana Eltern. „Wir sind tatsächlich rückständig", murmelte er dabei gedankenverloren.

„Wer ist rückständig?", fragte July neugierig.

Babs blieb fast das Herz stehen. „Niemand ist rückständig", sagte sie und sah July an, als würde sie nicht ganz bei Trost sein.

„Aber John sagte doch eben ..."

„John sagte überhaupt nichts", faucht Babs. „Ein Ohrenarzt könnte dir nicht schaden."

„Ich habe es auch gehört, Barbara", sagte Mrs. Spraud, „und ich glaube nicht, dass ich einen Ohrenarzt benötige. Was ist mit euch? Ihr wirkt so verändert."

„Nein, Mum ... alles in Ordnung!", rief Babs sogleich.

John stocherte unterdessen in seinem Essen, ohne es anzurühren. Es gab gebratenes Fleisch mit Gemüse und Kartoffelbrei. Unweigerlich musste er abermals an die vielen Breisorten von Tante Nisaba denken. Dann fiel sein Blick auf die Wand gegenüber. Da saß eine kleine unscheinbare Hausspinne.

Beim Anblick des Tieres fühlte er plötzlich wieder, wie diese dicke fette Riesenspinne mit ihren langen Beinen langsam über sein Gesicht gekrabbelt war. Ein kalter Schauer jagte ihm über den Rücken und er sprang laut schreiend auf.

„John, um Himmelswillen, was ist in dich gefahren?", rief Mrs. Spraud und sah drein, als wäre eben jemand gestorben.

„Da drüben sitzt eine Spinne", keuchte John, wurde blass und begann seinen Körper zu schütteln.

Mr. und Mrs. Spraud betrachteten verwundert das kleine Tier an der Wand und sahen dann argwöhnisch auf John, den es schüttelte, als hätte er einen epileptischen Anfall. July beobachtete die Szene mit glänzenden Knopfaugen und wirkte dabei fast berauscht vor Glück.

„John, was soll das?", grollte Mr. Spraud wütend und sein Hals begann sich aufzublähen. „Du willst uns hoffentlich nicht einreden, dass du dich vor so einer kleinen Spinne fürchtest! Was soll dieses Theater? Setz dich sofort wieder hin und iss."

July beobachtete belustigt, wie der Gesichtsausdruck ihres Vaters immer wütender wurde. Dümmlich kichernd schweifte ihr Blick von John zu ihrem Vater und wieder zurück. Ihre Augen leuchteten vor Schadenfreude. „John hat Angst vor Spinnen, John hat Angst vor Spinnen", trällerte sie wie ein kleines Kind und klatschte dazu begeistert in die Hände.

„Halt deine blöde Klappe, du dämliche Ziege", zischte ihr John giftig zu und versuchte, seine Glieder zu beherrschen. Nachdem es ihm endlich gelungen war, setzte er sich rasch wieder auf seinen Platz.

„John, wie sprichst du", polterte Mr. Spraud. Sein Gesicht färbte sich dabei ziemlich ungesund und sah nun wie ein roter Ballon vor dem Platzen aus.

„Adam, irgendetwas stimmt hier nicht", brach es aus Mrs. Spraud beunruhigt hervor. „Ich möchte augenblicklich erfahren, was es ist!"

„Habt ihr nicht gehört?", fauchte Mr. Spraud wütend, da weder John noch Babs etwas sagten. „Eure Mutter hat euch etwas gefragt. Antwortet gefälligst."

„Alles in Ordnung, Mum", sagte John steif. „Kann ich auf mein Zimmer gehen?" Mrs. Spraud wollte etwas erwidern, doch John stand einfach auf und verließ das Speisezimmer.

„John, komm sofort zurück", brüllte Mr. Spraud, schnappte nach Luft und sah aus, als wäre er gefährlich nahe am Ersticken.

„Warte, John!", rief Babs und stürmte ohne Rücksicht auf ihre Eltern hinterher. Sie achtete dabei nicht im Geringsten auf deren verdatterte Gesichter.

„Und ich sage dir, Adam, mit den beiden ist etwas nicht in Ordnung! Ganz und gar nicht in Ordnung", wiederholte Mrs. Spraud und machte dabei eine Miene wie bei einer besonders traurigen Beerdigung.

John rannte ungeachtet all dessen die Treppe hoch, hastete in sein Zimmer, verschloss die Tür und ging mit dröhnendem Kopf auf und ab, zu aufgekratzt, um zu schlafen, obwohl ihm die Müdigkeit schwer in den Knochen steckte. Eine Flut von Gefühlen überrollte ihn. Immer wieder ging er zornig und aufgewühlt hin und her, ließ fauchend die Luft durch seine Nase strömen, ballte die Fäuste, trat gegen das Bett, ließ seine Fingerknöchel knacken, raufte sich die Haare und knirschte mit den Zähnen.

Ein Gedanke, der ihm dabei immer wieder durch den Kopf ging, raubte ihm fast den Verstand. „Ich hätte nicht so überhastet abhauen dürfen", flüsterte er wütend und trat erneut gegen sein Bett. „Ich hätte es ihr sagen müssen", dachte er mit geballten Fäusten und hätte sich für seine Verantwortungslosigkeit am liebsten selbst geschlagen. Seine Rückkehr war, wie er nun mit Sicherheit wusste, eine überhastete, unüberlegte Flucht, die vor Dummheit strotzte und mit nichts zu überbieten war. Wütend warf er sich auf das Bett und starrte an die Decke. Der Gedanke an Atlatis, der ihm fast den Verstand raubte, ließ sich davon aber nicht abschütteln. Er verfolgte ihn, nagte wie eine böse Krankheit an ihm und fraß sich langsam durch seinen Körper. „Ich muss zurückkehren", schoss es durch seinen Kopf. „Ich muss sofort zurückkehren und es rausfinden. Ich muss erfahren, ob ich Atlatis getötet habe. Ich muss es einfach wissen", dachte er von Angst und Schuldgefühlen geplagt. Die Ungewissheit machte ihn fast wahnsinnig und plötzlich wusste er, dass seine Heimkehr nicht nur vor Dummheit strotzte, sondern ein unverzeihlicher Fehler gewesen war. Ein Fehler, den er nur damit ausbügeln konnte, dass er so rasch wie möglich in dieses Reich zurückkehrte. Er musste die Verantwortung für seine Tat übernehmen, denn nur dann würde er Frieden mit sich selbst schließen können. Diese Erkenntnis legte sich wie sanft fallender Schnee über ihn und eine Ruhe so tief wie der Ozean breitete sich in ihm aus. Er nahm seine neu erstandene Sonnenbrille und betrachtete sie. Das gute Stück war nicht so cool wie seine alte, doch er war recht zufrieden mit ihr.

„Du wirst mit mir zurückkehren", überlegte er entschlossen und setzte sie auf, als wäre sie ein Schutzschild gegen jedes Übel. Dann nahm er seine Vril-Kugel, ließ sie in seinen Händen leuchten und vor seinen Augen tanzen. Ein zufriedenes Lächeln huschte dabei über sein Gesicht.

Danksagung

In großer Dankbarkeit und im Gedenken an Margareta S..

Große Dankbarkeit auch
Granny, ohne die dieses Buch nie zustande gekommen wäre,
der lieben Dani, die mich auf die Idee brachte,
dem lieben Chrisi für die guten Ratschläge,
Dad, der die Geschichte als Erster gelesen hat,
Niki, für seine aufmunternden Worte und seinen unerschütterlichen Glauben an diese Geschichte
und natürlich meinem Verlag, der mir die Veröffentlichung ermöglichte. Im Besonderen der lieben Frau Meier, die viel Geduld mit mir hatte.

Ich danke euch allen!

S. C. Fürler

Die Autorin

S. C. Fürler wurde 1964 in Österreich geboren und lebt in der schönen Stadt Wien. Sie ist Innenarchitektin, Mutter von mittlerweile zwei erwachsenen Kindern und widmet sich nun vermehrt ihrer größten Leidenschaft – dem Schreiben. Sie liest und reist gerne und ist fasziniert von alten Kulturen und deren Geschichten, Mythen und Legenden, die ihr zum Teil auch die Ideen für ihren All-Age Fantasyroman *John Spraud und das Geheimnis von Eridu* lieferten, der seine Fortsetzung in *John Spraud und die verbotene Stadt* finden wird.

Buchtipp

Cloud van Miller
Der Herr der Zeitenwende - Das Erwachen der Steine Band 1

ISBN: 978-3-96074-057-5, Taschenbuch, 410 Seiten

Wir sind nur ein Sandkorn im unendlichen Universum. Mit unserer Gier nach Reichtum und Macht haben wir diesen wunderbaren Planeten fast vernichtet.

Tausende Jahre später durchbricht ein Lichtstrahl die ewige Dunkelheit. Die Überlebenden erhalten eine zweite Chance: Yoki – der Herr der Zeitenwende. Es beginnt ein Kampf gegen mächtige Feinde und eine entfesselte Natur.

Buchtipp

Leodas Kent
Teufelsträne - Zeugen des Untergangs

ISBN: 978-3-96074-340-8, Taschenbuch, 296 Seiten

Ein Jahrtausende währender Krieg geht in die letzte Runde! Die Geschicke der Menschheitsgeschichte werden immer wieder durch die Steinwächter entschieden, Menschen, die ihr Leben dafür geben würden, sieben Diamanten mit finsteren Kräften vor Dämonen und dem Teufel selbst zu beschützen. In den 80ern gerät einer dieser Diamanten in die Hände von Elli und ihrem Bruder Finn. Ehe sich die Geschwister versehen, werden sie selbst zur Zielscheibe dunkler Mächte, denn die Dämonen sind allgegenwärtig und zu allem bereit, um das Relikt aus einer längst vergangenen Zeit wieder in ihren Besitz zu bringen.

www.ingramcontent.com/pod-product-compliance
Lightning Source LLC
LaVergne TN
LVHW041654060526
838201LV00043B/426